大衛・考勃菲爾

下

狄 更 斯　著
思　 果　譯

聯經經典

DAVID COPPERFIELD

Charles Dickens

第三十 喪逝

小艾姆麗失魂喪魄
病巴基斯隨潮歸天

我晚上到了雅茅斯，住了小旅館。我知道裴媽的空房——我的房間——不久就要有很多人住了，如果那位大客（所有活人到他面前都要讓位）還沒有到她家裡。所以我改住小旅館，在那裡吃了晚飯，定好牀位。

出門的時候已經十點鐘。許多店都關了門，鎮上冷冷清清。經過峨瑪・焦阮鋪子的時候發見百葉窗已經關起來了，不過店門還開著。我遠遠還看得見峨瑪老板在裡面，在坐談室門口抽煙斗。於是進去問候他。

「哎呀呀！」峨瑪老板說，「您好嗎？請坐。烟味不至於不好聞吧，我希望？」

「一點也不要緊，」我說。「我喜歡聞——別人煙斗裡噴出來的味道。」

「怎麼，不喜歡您自己煙斗裡的嗎，嗯？」峨瑪老板笑答。「這樣更好，先生。年輕人抽是壞習慣。請坐。我自己為哮喘才抽煙的。」

峨瑪老板替我騰出地方，放了一把椅子。這時他上氣不接下氣坐了下來，望著他的煙斗，好像裡面有少不了的必需品，缺了供應就非送命不可。

「我聽到巴基斯先生的壞消息，真難過。」

峨瑪先生面色從容地望著我，搖搖頭。

「您知道他今晚上怎麼樣嗎？」我問。

「我正要問您這句話呢，先生，」峨瑪老板答，「不過不便問罷了。幹我們這一行就有這個防礙。有那一位生病，我們不能問他怎麼樣了。」

我倒沒有想到這個困難，雖然我進來的時候，也害怕聽到他舖子裡那個老調子。不過他既然提起這一點，我也承認他有道理，附和了他。

「好，好，您是明白人，」峨瑪老板點頭道。「我們真不敢問。我的天，要是說，『峨瑪．焦阮鋪子問候您，問您今天早上身體好嗎？』或者今天下午—照當時的情形，這一來這種病人大多數要嚇壞，再也不能復原了。」

峨瑪老板跟我彼此對看點頭，他靠煙助力，透過氣來。

「幹這一行的時常不能心裡想關切別人，就表示出來，眼前就有這種情形，」峨瑪老板說。「拿我自己來說。我認識巴基斯，他打我門口過，我都跟他打招呼，至少有四十年。可是我現在絕不能跑去問，『他好嗎？』」

我覺得這也夠峨瑪老板受的了，就把這話告訴了他。

「我希望，我並不比別人的私心重，」峨瑪老板說。「您看我！我的氣隨便那一刻都會斷，我自己知道。既然如此，我就不會只顧自己利益。一個人知道他的氣會斷，真正斷的時候，好像一對風箱割破了，而且這個人已經做了外公，我說就不大會了，」峨瑪先生說。

我說，「確實不會。」

「也不是說我怨我這一行，」峨瑪老板說。「不是。所有的行業有好的，有壞的，一定的。我希望的是，大家要放剛強些。」

峨瑪老板滿臉自得、溫和，默默抽了幾口煙。然後又提到他說起的第一點道：

「所以我們要想知道巴基斯的情形，只有靠艾姆麗。她知道我們真心是什麼，所以我們就像羊一樣，不至於叫她驚慌，起疑心。米妮跟焦阮剛去過他家，其實是問她姨父今晚上怎樣了（她下了班以後，在那裡幫她姨媽一點忙）。要是您願意等他們回來，他們會告訴您全部詳細情形。您要來點什麼嗎？一杯檸檬汁甜酒好嗎？我靠攙水的果汁甜酒才能抽煙，」峨瑪老板端起酒杯說，「因為大家認為，這種酒可以潤潤我這個氣管，好讓惹麻煩的氣透出來。不過，我的天，」峨瑪先生乾啞地說，「有病的並不是這條氣管呀！『我只要有氣，』我對我女兒米妮說，『我就能找到氣管透出來，寶貝。』」

他的氣真沒有贖的了，看他笑出聲來，真要把人嚇壞。等我又能對他說話的時候，我謝謝他好意請我喝酒（我沒有喝，因為吃晚飯的時候喝了）。承他的情請我等他女兒女婿回來，我決定等，就問他小艾姆麗可好？

「唉，先生，」峨瑪老板說，一面拿開煙斗，好摸下巴頦，「跟您說實話，她要是結了婚就好了。」

「怎麼說？」我問。

「唉，她現在心神不定，」峨瑪老板說。「並不是她沒有從前標致，因為她更標致了——甚至更漂亮了。並不是她做事沒有以前賣力，因為她很賣力。從前她的確抵得上隨便那六個人，現在也還的確抵得上隨便那六個人。不過不知道什麼道理，她沒有勁頭兒。只要您懂，」峨瑪老板又摸了一下下巴頦，吸了一點煙，「我這句概括的話，『划得長呀，用力划呀，大家一齊划呀，夥伴們，加油①！』我對您說，艾姆麗——我概括地說——就少了這股勁。」

---

①指船夫一同划槳搖櫓，亦可指用索纜共拉一物。

峨瑪老闆的臉和姿態十分深刻，我真心實意點頭，懂得他的意思。我這樣快就理解，好像中他的意，他繼續說，——

「嗯，我認為這一點主要是因為她心不定，您明白吧。我們閒下來談了很多，她舅舅跟我，她未婚夫跟我。我認為，主要是因為她心不定。您一定總記得艾姆麗，」峨瑪老闆微微搖頭，「她是最特別重情感的小人兒。俗話說，『豬耳朵做不出綢荷包來。』我可不懂這種事。我倒認為或許做得出來，要是早點兒著手的話。她已經把那條舊船當成了家，這個家是青石和大理石也比不上的。」

「我想她的確把那裡當成家！」我說。

「看這個小美人兒那麼纏住她舅舅，」峨瑪老闆說，「看她每天那麼跟她舅舅越來越親，越來越接近，很感動人。哪，您知道，看這光景，準有什麼在掙扎著。為什麼拖這麼久呢，用不著呀？」

我凝神聽這位老好人，他的話我誠心誠意贊成。

「因此我對他提起這一點，」峨瑪老闆說，聲音很愉快、自在。「我說，『你們千萬不要以為艾姆麗學徒時間是定死的。定你們的時間好了。她替我們做事，想不到做這麼好，學起來這麼快。峨瑪．焦阮這間舖子可以把沒滿的期限一筆勾消，你們要，她就滿師了。以後她要是喜歡跟我們訂什麼辦法，在家替我們隨便做點什麼小活，都行。如果不呢，也行。我們無論怎樣都不吃虧。』因為——您不明白嗎？」峨瑪老闆用煙斗輕輕點一點我，「我這樣一個氣不夠的人，又做了外公了，還會跟她那樣藍眼睛的小花朵兒過不去嗎？」

「的確不會，一定的，」我說。

「根本不會！您說對了！」峨瑪老闆說。「我說，先生，她的表哥——您認識的，就是那個她要嫁的表哥？」

「嗯，認識，」我答。「我跟他很熟。」

「您當然認識，」峨瑪老闆說。「我說，先生！她表哥好像有很好的事做，手頭也寬。他為這件事謝我，很有大丈夫氣概（我要說公道話，他從頭到尾的舉止都叫我敬重他），還去租了一個小屋子，你我看一眼都舒服的那種。現在小屋子全部配了家具，又清爽，又齊全，像個玩偶的起坐間。要不是巴基斯這可憐傢伙的病沈重起來，他們已經成了夫妻——此刻一定成了。如今呢，有了耽擱。」

「那麼峨瑪老闆，艾姆麗呢？」我問。「她可曾定心一點？」

「這，唉，您知道，」他答，又摸摸他的雙下巴頦，「也不能就斷定她會。我們可以說，變化和分離這回事，在她既近在眼前，也遠在天邊。巴基斯死了，不一定會耽擱他們太久，可是他老拖著，倒會。反正，事情很難說，您明白吧。」

「我明白，」我說。

「所以，」峨瑪老闆說，「艾姆麗還有一點提不起精神，有一點心緒不寧。也許整個說來，她比以前更差了。每天好像越來越愛她舅舅，更不願意離開我們大家。我對她說一句體貼的話，她就眼淚汪汪。要是你看見她跟我小外孫女兒在一起的樣子，你永遠不會忘記。啊呀呀！」峨瑪老闆沈吟道，「她多麼愛那孩子啊！」

機會太難得，我趁他女兒女婿沒回來打斷我們話頭以前，問他可曉得任何關於瑪撒的事。

「唉！」他搖頭答，神色很頹喪。「不好。有件慘事，先生，不管您是怎麼知道的。我從來沒有以為這個小姑娘會害人。我不想在我女兒米妮面前提到這件事——因為她馬上就會攔我——不過從來也沒有提過。我們誰也不提。」

峨瑪老闆聽到他女兒的腳步，我還不知不覺呢。他用煙斗輕輕碰我，閉了一隻眼睛，叫我當心。米妮跟她丈夫一眨眼就進來了。

他們的消息是，巴基斯先生「病得不能再重了，」已經完全不省人事。契理醫生剛走，走之前在廚房裡淒然說，「就是把內科醫生公會、外科醫生公會、藥劑師公會所有會員全請來，也醫不好他了。他已經不是這兩種醫生合起夥來救得回來的，契理醫生說，至於藥劑師這一夥，只能把他毒死。」

聽了這話，又知道裴格悌大爺在那裡，我決定趕緊就去。跟峨瑪老闆、他女兒女婿告了別，舉步前往，我心情沈重，覺得巴基斯是另外一個不同的人了。

我輕輕敲門，應門的是裴格悌大爺。他並不如我預料那麼詫異。稍後裴媽下樓來，也一樣。如今我想，人知到了那件可怕的事是免不了的，其餘所有變化和意外就都算不了什麼了。

我跟裴格悌大爺握手，進了廚房，他輕輕關門。小艾姆麗坐在爐邊，手遮住臉。罕姆站在她旁邊。

我們低聲說話，不時傾聽樓上有什麼聲音。上次來我沒想到，這次才覺得廚房裡沒有了巴基斯叔叔，多麼不慣！

「很承您的情，小衛少爺，」裴格悌大爺說。

「非常承情，」罕姆說。

「艾姆麗，寶貝，」裴格悌大爺叫道，「瞧這兒！小衛少爺來了！怎麼回事，放高興點，好孩子！跟小衛少爺一句話也沒有嗎？」

她在抖，我現在都看見。我接觸到她的手，冰冷到現在還感覺到。她的手唯一有生氣的現象是從我手上抽回。然後她乘人不覺從椅子上起身，偷偷走到她舅舅另一邊，低下頭，靠在舅舅胸口，不出聲，還在抖。

「這孩子心厚道，」裴格悌大爺說，一面用他又粗又大的手把她濃密的頭髮拂平，「吃不消這種傷心事。少年人，小衛少爺，沒有經驗過這會兒這種痛苦，膽兒小，像我這隻小鳥兒似的，自然會這樣——自然會。」

她偎住她舅舅更緊些，既不抬頭，也不說一句話。

「不早了，寶貝，」裴格悌大爺說，「罕姆到這裡帶你回家。喂！跟另外那個心腸厚道的人一塊去吧！怎麼回事，艾姆麗？嗯，好孩子？」

她的聲音我沒聽見，不過裴格悌大爺低下頭，好像聽她講話，然後說，——

「讓你跟你舅舅一起待下來嗎？什麼，你真要嗎！跟你舅舅待在這裡，妞妞？馬上就要做你丈夫的不是在這兒等著帶你回家麼？看見這個小東西靠在我這樣風吹雨打的傢伙懷裡，誰也想不到，」裴格悌大爺望著我們大家，無限自豪地說。「可是海裡的鹽也沒她心裡愛她舅舅的多呢——小艾姆麗，蠢呀！」

「艾姆麗有這個心是對的，小衛少爺！」罕姆說。「就這麼辦，既然艾姆麗要這樣，而且，既然她趕忙得、嚇得什麼似地，我就讓她待到明天好了。我也待在這兒吧！」

「不好，不好，」裴格悌大爺說。「你不應該——你這樣結了婚的人——也差不多結婚了——不應該一天不做活。你不該又守夜，又做活，兩樣都來。那不行。你回家睡覺去。你不會怕沒有人好好招呼艾姆麗，我知道。」

罕姆聽他勸，拿了帽子走了。就在他吻艾姆麗的時候——他每次靠近她，我總覺得他天生有紳士風度——艾姆麗好像偎著她舅舅更緊，甚至是想躲開她選的丈夫。我跟著他把門關上，免得攪了那裡的一片肅靜。回來的時候，發現裴格悌大爺還在跟艾姆麗講話。

「哪，我要上樓告訴你姨媽，小衛少爺在這兒。讓她聽了高興一點，」他說。「你靠火爐坐下，這會兒，寶貝，焐一焐這雙冰冷的手。用不著這樣怕，這樣傷心。怎麼回事？你跟我一塊去？好吧！跟我去——走！——要是她舅舅給人趕出家，逼他躺在陰溝裡，小衛少爺，」裴格悌大爺說，得意不減剛才那一會兒，「我相信她也會跟我一起去，唉！不過不久就有另外一個人了——另外一個人，不久，艾姆麗！」

後來，我上樓，去過我那間小房，裡面黑暗，我當時有個矇矓的印象，好絲艾姆麗在裡面，倒在地板上。不過真地是她呢，還是房裡影子零亂使然，我現在已經不知道了。

我在廚房爐子面前，有空想到漂亮的小艾姆麗的怕死——加上峨瑪老闆跟我說的一番話，認為這就是她不像她本人的原因了——在裴媽下樓之前，我坐著數鐘的滴答聲，更加感到周圍嚴肅的沈寂，有空甚至更厚道地想到這個弱點。裴媽把我摟起，一再替我祝福，謝我在她大禍臨頭的時候，給她偌大安慰（這是她的用字）。然後請我上樓，哽咽著說，巴基斯叔叔一向喜歡我，稱贊我，失掉知覺之前常常提到我。她相信，如果他再清醒過來，要是世上有什麼可以叫他高興起來的，就是看見我了。

我見了他以後，就好像覺得他再清醒的可能微乎其微。他躺在牀上，姿勢很不舒服，頭和肩膀在牀外面，一半擱在那隻叫他吃了不少痛苦、惹出他不少麻煩的箱子上。

我聽說，等到他不能爬下牀打開它，不能用上次我看到他用的那根探鑛的杖保證箱子安全的時候，他就要他們把它放在牀旁邊椅子上，從此他夜以繼日抱著。現在他膀子擱在上面。時間和世界從他身底下不知不覺溜走，可是箱子還在那裡。他最後說的一句帶解釋的話還是，「舊衣裳！」

「巴基斯，心肝！」裴媽彎下腰對他幾乎高高興興地說，這時裴格悌大爺跟我都站在牀腳那頭，「我寶貝孩子來了——我寶貝孩子，小衛少爺，是他把我們撮攏的，巴基斯！你叫他帶口信的，你知道吧！你要跟小衛少爺說話嗎？」

他跟箱子一樣不聲不響，無知無覺，他的外表從箱子得到的是箱子所有唯一的表情。

「他跟潮水一道去了，」裴格悌大爺用手掩嘴對我說。

我的眼睛模糊起來，裴格悌大爺的也模糊了。不過我照樣說了一句，「跟潮水一起？」

「海邊的人，」裴格悌大爺說，「不等潮水差不多退盡，死不了。不等潮漲得相當高——不到漲足，不能順順當當出世。巴吉斯跟潮一道去。潮在三點半退，半個鐘頭平潮。要是他活到潮漲，就能拖到下次退潮，跟潮一道去。」

我們待在那裡，看著他，好久——幾個鐘頭。我人在那裡，對他那樣昏迷的人有什麼神祕影響，我不能亂說。不過，末了他漸漸有氣無力說胡話的時候，的確是嘟喃著駕馬車送我上學呢。

「醒過來了，」裴媽說。

裴格悌大爺拱拱我，低聲非常敬畏地說，「他快要跟潮水去了。」

「巴基斯，我的心肝！」裴媽說。

「柯・裴・巴基斯，」他微弱地說。「那兒也沒有更好的女人了！」

「你瞧！小衛少爺在這兒！」裴媽說。因為此刻巴基斯眼睛睜開了。

我正要問他可認識我，他伸手過來，清清楚楚對我說，面露愉快的笑容，——

「巴基斯願意！」

正值潮退，他跟潮一起去了。②

②英國人的迷信，認為水手會在潮退時死。

第三十一回　更大的損失

吝車夫藏金遺愛侶
俏村女慕貴棄恩親

我依裴媽的央求，決定在我原來住的地方待下來，等去世的趕車的遺體運到勃倫德司東之後再走，並不難。這也是他最後一次旅行了。裴媽早就用她自己的積蓄在我們的老墳地靠近「好姑娘」墳墓之處買妥一塊地，好安葬她夫妻倆——她老用好姑娘稱我母親的。陪著裴媽，做所有我會做的事（最多也只有一點點），我非常舒服，想到都高興，甚至現在都希望自己能有那麼舒服。不過我最快意的是憑我個人和他們的關係以及我學的行業兩種關係，我掌管了巴基斯的遺囑，解釋遺囑的內容。

我們應該到箱子裡去找遺囑，是我提議的，我也許可以說，這個功勞是我的。找了一下，遺囑就在裡面，秣囊下面，囊裡除了芻秣，還找到一隻金錶，有鍊有墜子，這是他結婚那天掛了的，婚前婚後我們從沒有看過；一隻銀製的煙斗塞煙具，形狀像隻腿；一個做製的檸檬，裡面裝滿微小的茶杯，茶托，我多少以為，是他在我還是小孩的時候買了預備送我的，後來又不捨得拿出來了；八十七個半基尼的金幣，全由一基尼半基尼湊成的；二百一十鎊簇新的鈔票；若干英倫銀行股票的收據；一隻舊馬蹄鐵，一枚假先令，一塊樟腦，一個牡蠣殼。牡蠣殼磨得光滑，內面發出虹彩，由這一點我斷定巴基斯叔叔對珍珠有些籠統的觀念，這些觀念從來沒有變成明確罷了。

多少年來，巴基斯叔叔每天不管他馬車走到那裡，都帶了這隻箱子。為了避免旁人注意，他編了一段子虛烏有的話，說這是「布辣鮑先生」所有。「存巴基斯處候取」；這段神話他用心寫在箱子蓋上，現在字跡都看不清了。

我發現，這麼多年來，他積蓄成績卓著。他金錢方面的財產差不多有三千鎊。其中一千鎊，利息遺給裴格悌大爺終身；他死後，全部本金遺給裴媽、小艾姆麗、我三人均分，若有誰死了，由餘二人均分，餘一人則一人獨得。他死時擁有的其餘一切都給裴媽，他指定裴媽為他的餘產承受人，身後財產遺囑的執行人。我誦讀這個文件，要多隆重有多隆重，把裡面的條款向各有關的人一再不憚煩地解釋，覺得自己十足是個代訴人。漸漸覺得，博士會館比我假定的要了不起得多。我用足精神細看這個遺囑，斷定它各方面都合法，在邊上用鉛筆做了記號什麼的，覺得自己居然懂這麼多，相當不凡。

我辦理這件深奧的事，替裴媽算出她名下應得的全部財產，有條不紊地安排所有事務，備裴媽諮詢，件件事替她出主意（這一點，我們都高興），出殯前的一個星期就此過去。這當兒沒看見小艾姆麗，不過他們告訴我，兩星期之內她就要不加鋪張地結婚了。

我並沒有依我的本分參加葬禮，要是我可以冒昧這樣說。我的意思是，我沒有穿黑袍，佩飄帶，嚇唬飛鳥；不過大清早就走到勃倫德司東，靈柩到的時候，我已經在墳地了。靈柩只有裴媽跟她哥哥伴送。那個瘋了的上流人在我小窗口往外張望。契理醫生的嬰兒伏在保母肩膀上，搖他沈重的頭，對著牧師轉動他凸出的眼睛。峨瑪老闆在後邊上氣不接下氣。此外沒有別人在場，四周很靜。一切弄妥以後，我們在墳地徘徊了一個鐘頭，摘了些我母親墳上那棵樹的嫩葉。

寫到這裡，我感到恐怖。遠處市鎮上空烏雲低垂。當時我是獨自回鎮的。此刻我怕挨近那裡。想到那個難忘的晚上發生的事，想到繼續寫下去一定又要重演，我受不了。

我記下這件事，不會使它更糟。我極不願意動筆，不過我即使不動筆，這件事也不會變好。事情已經發生了。再也挽救不回來；再也沒有辦法改觀。

我的老保母第二天跟我一起上倫敦，辦遺囑的事。小艾姆麗那天要在峨瑪老闆店裡度過。那晚我們要在老船屋裡碰面。罕姆要在一向那個時候接艾姆麗回來。我會悠悠閑閑赴會。裴格悌兄妹二人會跟來時一樣回來，日落後在爐邊等我們。

我在邊門口跟他們分手，就是古時候虛構的司闞勃背著背包跟羅德銳克·藍頓休息的地方①。我沒有馬上就回去，卻走了一段到羅司托夫特的路。然後回頭，向雅茅斯走。在一間像樣的酒館裡吃了晚飯，酒館離我前面提起過的渡口一兩哩路。一天就這樣打發過去了。我到雅茅斯，已經晚了。那時雨下得很大，是暴風雨之夜。不過雲後面有月亮，所以不陰暗。

不久我就看見裴格悌大爺的屋子，和窗子裡射出的燈光。在難行的沙上掙扎向前走了一小段，就到了門口，我進了門。

屋裡看情形真很舒服。裴格悌大爺抽他晚上的煙斗，相當多的晚飯在預備，不久就吃了。爐火很旺，灰往上飛揚。那隻箱子現成等小艾姆麗去坐，還在老地方。裴媽又坐到她的老地方去，看她樣子（除了她的衣服）好像她從來沒有離開過那裡。她已經又跟針線盒為伍了—盒蓋上有聖保羅教堂的像，放在小屋裡的碼尺，小塊蠟燭。他們全在那裡，好像從來沒有受到驚擾。艮密紀大媽坐在她的老角落裡，好像有點煩惱，這很自然，她本來就是那樣。

①見第四回提到司莫列特小說的一段。

「你是一批人裡的第一個到的，小衛少爺，」裴格悌臉上現出喜歡的神情說。「別老穿著那件外衣，少爺，要是濕了的話。」

「謝謝您，裴格悌大爺，」我把外衣交給他掛起來。「已經完全乾了。」

「真乾了！」裴格悌大爺摸摸我肩膀，「跟乾透了的東西一樣，您請坐，少爺。說歡迎您沒有用，可是我們歡迎您，熱和地，真心地歡迎。」

「謝謝您，裴格悌大爺，這是不消說的。——啊，裴媽，」我吻她一下說，「你好嗎，老媽媽？」

「哈，哈！」裴格悌大爺笑道，隨即坐下，搓他的手，表示最近的災禍已經過去了，而爽朗的天性也流露無遺。「比起她來，世上沒有那個女人，少爺，我告訴過她，更需要安心了。她對去世的盡了職，去世的也知道。去世的對得起她。她也對得起去世的——那——那——那夠圓滿的了！」

艮密紀大媽呻吟了一聲。

「放高興點，我的好老太太！」裴格悌大爺說（不過，他背著她朝我們這邊搖搖頭，明明體會到最近發生的種種事故引起她對老頭子的追憶）。「別洩氣！放高興點，你自己來，只要一點點，看看是不是就自然而然會高興很多！」

「我不是這種人，丹！」艮密紀大媽說。「我沒有什麼高興的，只有無依無靠。」

「不對，不對，」裴格悌大爺安慰她。

「是這樣的，是這樣的，丹！」艮密紀大媽說。「我不該跟有錢賸的人住在一起。樣樣事太跟我鬧彆扭了。最好拔掉我這個眼中釘。」

「唉，沒有你我怎麼花這個錢啊？」裴格悌大爺帶嚴重規勸的口氣說。「你說什麼話？我現在不比過去更需要你麼？」

「我就知道從來沒有人需要我，」艮密紀大媽抽抽噎噎怪可憐地哭道，「現在可真對我明說了！我怎麼能巴著別人用得著我，這樣無依無靠的，這樣彆扭的人！」

裴格悌大爺好像受了很厲害的一擊，想不到自己一句話別人會這樣不領情地曲解，本來想答辯，裴媽扯扯他袖子對他搖搖頭攔住了。他望著艮密紀大媽好一會兒，心裡很難過，然後看了一眼荷蘭鐘，站起身來，剪了燭花，把蠟燭放在窗子裡面。

「好啦！」裴格悌大爺高高興興地說，「好啦，艮密紀太太！」（艮密紀大媽微微呻吟了一聲）——「照規矩，蠟燭點起來了！——您要奇怪這是為什麼了，少爺！對嗎，這是為小艾姆麗。您明白嗎，小路上天黑以後不太亮，走路的高興不起來。到了這個時候，我如果在家，知道她要回家了，就把蠟燭放在窗口。這一來，您明白，」裴格悌大爺彎下腰來，十分高興地對我說，「有兩個目的：她說，艾姆麗說，『到家了！』她說。同樣，艾姆麗說，『我舅舅在家！』——因為我不在家，就看不見蠟燭。」

「你跟小娃娃一樣！」裴媽說，她因為她哥哥這一點，非常喜歡他，雖然當他娃娃。

「噢，」裴格悌大爺答，大叉兩腿站著，兩手在腿上搓上搓下，現出舒服滿意的老樣子，一面時而望望我們，時而望望爐火，「我不知道，不過你明白吧，不要看外表。」

「不全是，」裴媽說。

「不！」裴格悌大爺笑道，「看外表不像，可是——估量我這個人就像，你明白吧。我才不在乎呢，我的天！好啦，我告訴你，我去看望、看望我們艾姆麗的漂亮房子，那一刻，我呀——我呀就搞滅了②，」裴格悌大爺突然著力說，——「哪，我就覺得那裡的許多小東西差不多就是她，我再不能說什麼了。我拿起來又放下，摸摸那些東西，小心謹慎，好像件件是我們的艾姆麗。摸摸她的小帽子等等，也是一樣。這些東西一樣也不准人糟塌，不管作什麼用處——無論怎麼樣也不准。她才是個小娃子呢，樣子就像隻大豪豬！」裴格悌大爺說完哈哈大笑，鬆下了認真的心情。

裴媽跟我都笑了，不過不那麼大聲。

「這是我的意見，你們明白嗎，」裴格悌大爺滿臉高興，又搓了一陣大腿說，「因為我從前跟她一起玩了很多，假裝我們是土耳其人、法國人、沙魚、各種外國人——天哪，

②「搞滅」見第三回註⑨。

是的；假裝獅子、鯨魚，還有各種我不知道叫什麼的！——那時她還比不上我膝蓋高呢。我已經弄慣了，你明白嗎。啊，蠟燭放在這裡，好！」裴格悌大爺說，一面高高興興地把手向蠟燭伸了過去，「我就非常知道，等她結了婚，走了，我還要往那裡擺蠟燭，跟現在一樣。我非常清楚，只要我晚上在這裡（我還會住到什麼別的地方去呢，我的天，不管我發了什麼大財！），而她不在這裡，或者我不在那裡，我要把蠟燭放在窗子裡，坐在火爐面前，假裝在等她，就像我此刻一樣。她才真是個小娃子呢，」裴格悌大爺又哈哈大笑起來，「樣子就像隻豪豬！可不是，這一刻，我看見蠟燭爍爍亮了，就對自己說，『她望著蠟燭呢！艾姆麗來了！』她才真是小娃子呢，樣子就像隻豪豬！這些話說對了，」裴格悌大爺笑聲止住，兩手用力一合說，——「她回來了！」

只有罕姆。我回來以後，夜雨一定下得更大了，因為他戴了一頂大的暴風時用的雨帽，遮住了他的臉。

「艾姆麗呢？」裴格悌大爺問。

罕姆的頭動了一下，好像艾姆麗在外面。裴格悌大爺取了蠟燭，把燈心剪了，放在桌上，忙著撥爐子裡的火，罕姆一直沒有動，這時說，——

「小衛少爺，您出來一下好嗎，看艾姆麗跟我要給您看的東西？」

我們出去了。我在門口走過他面前的時候，一看，把我嚇壞了，原來他面如死灰。他匆匆把我推到外面——，隨手開了門，只有我們兩人在門外。

「罕姆！怎麼回事啊？」

「小衛少爺！——」唉，他傷心透了，哭得多悽慘啊！

我看了這樣悲哀的景象，驚得麻木了。我不知道自己想些什麼，怕些什麼。只能望著他。

「罕姆！可憐的好人！求求你告訴我怎麼回事？」

「我的心肝，小衛少爺——我心裡的寶貝和希望——我願意為她死，現在就願意死的人——她走了！」

「走了！」

「艾姆麗溜了！唉，小衛少爺，您怎麼也想不到她是怎麼走的啊！我求我慈悲的好仁慈上帝趁她沒有毀，沒有丟臉，就早點弄死她，她，比那一樣東西都寶貴的！」

那張掉過來朝著陰雲佈滿的天空的臉，他那雙發抖的握緊的手，他痛苦不堪的臉，跟那片孤寂的荒地合成一片，我到此刻都記得。記憶裡，那一幕永遠成了夜，他是裡面唯一的人物。

「您是有學問的人，」他急急說，「知道什麼對，什麼最好。我對門裡人說什麼呢？我怎麼把消息告訴他，小衛少爺？」

我看見門在動，本能地在外面把門栓握住，想耽擱一下，來不及了，裴格悌大爺臉已經露出來，我忘不了他見到我們時臉上的改變，就是活到五百歲也一樣。

我記得一聲號啕大哭慘叫，女眷都把他圍住了，我們全站在屋裡——我手上拿著一張紙，罕姆給我的。裴格悌大爺背心已經撕開，頭髮紛亂，臉和嘴唇全白了，滴滴鮮血淌在胸口（是嘴裡吐出來的，我想），盯著我望。

「您念出來，少爺，」他說，聲音低沈而抖顫。「請您慢慢念。我不知道能不能懂。」

室內死一般地靜默，我把這封墨水滲開了的信讀出來！——

你——你，愛我如此之深，我從來都不配，即使我心地純潔的時候也不配——等你看到這封信的時候，我已經走遠了。

「我已經走遠了，」裴格悌大爺慢慢照說了一句，「停一停！艾姆麗走遠了。唉！」

今天早上離開我親愛的家——我親愛的家——唉，我親愛的家！」——

信上的日期是前一晚——

我再也回不來了，除非我做了太太，他帶我回來。你發見的是這封信，不是我的時候，已經是夜晚，好多個鐘頭過去了。唉，但願你知道我的心碎得什麼樣子！但願你知道，為了我這樣對你不起，你永遠不寬恕我，我受的什麼罪！我太邪惡，不配多談自己。唉，你就想想我多壞安慰自己吧。唉，做做好事，告訴舅舅，我從來沒有像現在這樣一半愛過他。唉，不要記住你們大家對我多慈愛，多體貼——不要記住我們會結婚——要盡量想我小時候就死掉了，葬在什麼地方了。求求給我違背的天老爺可憐我舅舅吧！告訴他我從來沒有一半這樣愛他。你要安慰他。去愛個好女孩子，像我從前對舅舅那樣，對你忠心，配得上你的，除了我你不要再體驗羞辱了。求上帝保佑大家！我會替大家祈禱，常常祈禱，跪著祈禱。要是他不娶我帶我回來，我也不替自己祈禱，我還是替大家祈禱。臨別問候舅舅。我最後的眼淚為舅舅淌，最後感謝舅舅！

就這麼些。

我念完了好久，裴格悌大爺還站著，望著我。末了我冒昧握著他的手，盡我所能求他自制。他回說，「我謝謝您，少爺，我謝謝您！」一動也不動。

罕姆對他開口了。裴格悌大爺對罕姆的苦痛極其明白，所以猛扭他的手，不過除此以外，他保持原來的狀態，誰也不敢攪他。

慢慢地，到末末了，他眼睛不再盯著我，好像從夢幻中醒來，望望屋裡各處。然後低聲說，——

「男的是誰？我要知道他名字。」

罕姆瞥了我一眼，我突然感到一震，震得我退後。

「有個人有嫌疑，」裴格悌大爺說——「他是誰？」

「小衛少爺，」罕姆懇求道，「您出去一下，我好告訴他我不得不說的話。您不該聽的，少爺。」

我又感到一震。我倒在一張椅子上，想說句話，可是舌頭鎖住了，視力也不濟事。

「我要知道他名字！」我又聽到說。

「過去有一陣，」罕姆結結巴巴地說，「有個男聽差的有空就跑到此地來。還有位先生。兩個人是一夥。」

裴格悌大爺跟剛才一樣站著不動，不過此刻望著罕姆了。

「那個聽差的，」罕姆接著說，「有人看見他跟我們可憐的姑娘在一起——是昨天晚上。他一直躲在此地附近，這一個星期，或者還不止。別人以為他走了，可是他躲起來。——您別待在此地，小衛少爺，別待！」

我覺得裴媽的膀子摟著我頸項，不過，就是屋塌下來打在我身上，我也不會動一動。

「今天早上，天差不多還沒亮，一輛古怪的馬車跟兩匹馬停在鎮外面瑙銳基路上，」罕姆繼續說。「那個聽差的跑到車面前，又跑開，又跑去。他又跑去的時候，艾姆麗在他附近。另外一個人在車裡。他就是那男人。」

「我的天老爺，」裴格悌大爺往後倒退說，一手向外推，好像要把他害怕的消息擋住似地，「他的名字總不會是司棣福吧！」

「小衛少爺，」罕姆啞著嗓子叫道，「這不是您的錯——我絕不怪您——不過他的名字就是司棣福，他是真正該死的壞蛋！」

裴格悌大爺沒有喊叫，沒有流眼淚，也沒有動，後來好像又醒過來了，突然間，從屋角木釘上取下他粗穿的外衣。

「你們動動手幫我穿這件衣服！我嚇壞了，穿不上，」他不耐煩地說：「動動手幫我一下。行了！」有人幫他穿上了。「好，那頂帽子給我！」

罕姆問他上那裡去。

「我去找我外甥女兒。我去找我的艾姆麗。我去，要是我早曉得一點他仔的是什麼心，只要我還活著，我就要把他的船鑿個窟窿，在我要淹死他的地方，把船鑿沈！一想到他的心腸就不能饒他！就好像他就坐在我對面，」裴格悌大爺伸出緊握的右拳怒吼道，——「就好像他面對面坐在我面前，你們打死我好了，可是我要淹死他，活該！——我要去找我外甥女兒！」

「上那兒去？」罕姆叫道，一面擋住門口。

「那兒也去！我要找我外甥女兒，走遍全世界。我要找到我可憐的丟臉的外甥女兒，把她帶回來。誰也別攔我。告訴你們，我要去找我外甥女兒！」

「不行，不行！」艮密紀大媽叫道，她跑到他們中間，發急大叫。「不行，不行，丹，你現在這樣不能去。等一等去找她，無依無靠的我的丹，好歹等一等才去！你現在這樣子不行。你坐下來，原諒我一直都麻煩你，丹——比起這件事來，我那點不順心的事算得什麼！——我們就提一提舊事吧，艾姆麗第一個做了孤兒，罕姆也做了孤兒，我做了可憐的寡婦，你收容了我。想想你心裡會好過些，丹，」說時她把頭枕在裴格悌大爺肩膀上，「因為你知道那件許過的事情，你就更受得了傷心的事了，丹，『你們對我這些最小的兄弟裡面的一人所行所為，就等於對我。』③。這件許下的恩典在這個屋裡絕不會不應驗，我們住了幾十年了！」

裴格悌大爺此刻完全聽話了，我情不自禁，想跪下來求他們饒恕，因為這件慘禍是我

③見瑪竇（或譯「馬太」）福音二十五章四十節。

惹出來的，想咒罵司棣福，不過聽裴格悌大爺哭了，我另外有了好一點發洩情感的方法。我也哭了，我那顆不勝負擔的心得到同樣的紓解。

第三十二回　長征伊始

述奸謀矮娃動義憤
恨劣子寡母逞驕矜

我推斷，凡是我本性之所有，也是許多別人本性之所有，因此，過去把我跟司棣福拉在一起的聯繫斷了以後，我反而更加愛他，這一點寫出來，我並不怕。發現了他的邪惡，我痛苦難熬，卻也比最深愛他的時候更想到他所有出色的地方，更喜歡他的優點，更公平評斷可能使他做個本性高貴，大大有名的人物的那些品質。這個清白人家給他汙辱，我雖然深深感到自己無意惹了禍，可是和他面對面碰到，相信還是說不出一句責備他的話來。我還會十分愛他——雖然他不能再迷惑我了——往日對他的友愛我仍然會非常珍惜，我會跟個精神受了損傷的小孩一樣不中用，只差沒有想到我們還重新和好。這個想法，我從來未曾有過。就跟他覺得過的一樣，我覺得我們的一切關係已經完了。他對我有什麼回憶，我至今不曾知道——也許很淡，輕易就打發掉。可是我對他的回憶就像對死了的好朋友一樣。對，司棣福啊，從今以後這本寒傖的傳記的各個場合裡永遠沒有你的分了！將來在上帝的審判寶座面前，要我作證，對你不利，由不得我作主，這是我的悲傷；但是我對你永遠沒有忿怒或指責，我是知道的！

消息不久就傳遍了全鎮，因為第二天早上我上街，就聽到大家在門口談論這件事。許多人都大不以艾姆麗為然，少數人不以司棣福為然，可是對艾姆麗的第二父親和她未婚夫，看法一致。各種人看他們遭到不幸，普遍尊重，充滿親切和體貼。航海的人看到那兩個人一早在海灘上慢慢踱著的時候，都避開了，三三五成群站著，各夥兒心有戚戚地談論這件事。我是在海邊沙灘上發見他們的。他們整夜沒睡，很容易看得出來，即使裴媽沒有告訴我，到天大亮了，他們還跟我走的時候那個老樣子坐著，我也知道。兩人形容疲憊不堪。我想裴格悌大爺的頭一夜功夫比我認識他所有那麼多年都垂得厲害。不過他們兩人都跟海一樣嚴肅，安穩：這時的海在陰天之下，波濤不揚——海面卻又起伏有力，好像休息時候在呼吸——地平線上鑲了一道銀邊，看不見的日光透出來的。

「我們談了很多，少爺，」等我們三人一同走了一截路，裴格悌大爺對我說，「那些該做，那些不該做。不過此刻我們看出我們的路子了。」

我碰巧看了罕姆一眼，那時他正向海外對著遠處的光望去，可怕的一念泛上我的心頭——不是他臉上現出忿怒，因為不是的。別的不記得，只記得有嚴厲的決心表情——如果他遇到司棣福，他會要他的命。

「我在此地的責任，少爺，」裴格悌大爺說，「已經盡了。我要去找我的——」他頓住了，用更堅決的聲音說——「我去找她。這是我永遠的責任。」

我問他到那裡找她，他搖搖頭，問我是不是明天回倫敦？我告訴他，我今天沒有去，怕失掉幫他點什麼忙的機會，不過他幾時要去我都現成。

「我要跟您一塊兒去，少爺，」他答，「要是您贊成，明天去。」

我們又一齊走了一會兒，沈默著。

「罕姆，」他又說道，「他繼續做現在的事，去跟我妹妹住。那邊的舊船——」

「您會丟掉那條舊船嗎，裴格悌大爺？」我輕微插嘴道。

「我再待下去的地方，小衛少爺，」他答，「已經不是那兒了。自從海面上有了黑暗那時起①，如果有一條船沈掉的話，沈下的就是那條船了。不過不是的，少爺；我不是說，要丟掉這條船。絕不是。」

①參看聖經舊約〈創世紀〉一章二節首句。

我們又繼續走了一會兒，跟剛才一樣，後來他解釋道：

「我希望的是，少爺，這條船將來的樣子總跟它第一次有的一樣，不問日夜，冬夏。如果有一天她蕩回來了，我不要讓這個老地方好像擋她進來的樣子，您明白嗎，要它好像引她走近些，往裡張，也許像鬼魂一樣，打風雨裡出來，打舊窗口偷看一眼爐子旁邊的老座位。然後也許，小衛少爺，別人都看不見，只看到艮密紀大媽在那裡，她也許鼓起勇氣慢慢走進來，渾身直抖，也許躺在她的舊牀上，把頭枕在從前快快活活枕過的地方。」

我說不出答他的話來，雖然試過。

「每晚上，」裴格悌大爺說，「跟平常一樣，天黑下來，蠟燭一定要點在那塊老玻璃上，如果她看到，蠟燭好像說，『回來吧，我的孩子，回來！』如果天黑以後，你姑媽門上居然有人敲門，罕姆，（特別是輕輕敲的），你別挨近門口。讓你姑媽——不用你——去見我那墮落的孩子！」

他走在我們前面一點，好一陣子都在領先。這當兒我又瞥了一眼罕姆，看見他臉上還是那個表情，眼睛仍舊望著遠處的亮光。我碰碰他膀子。

我叫了他名字兩次，聲音好像要想喊醒睡覺的人，他才注意到我。我終於問他，想什麼事那樣全神貫注，他答，——

「想我眼前的事，小衛少爺，還有那邊的。」

「你眼前的生活，是這個意思嗎？」他剛才心思混亂地向海外指。

「唉，小衛少爺。我不確實懂怎麼一回事，不過我看那邊好像有個——結局會來似的，」他望著我，如夢方醒，不過臉上有同樣堅決的表情。

「什麼結局？」我問，這時剛才害怕的事鬼一樣纏住了我。

「我不知道，」他若有所思地道。「我剛才正想到，這件事一開頭全是在這裡發生的——然後結局來了。不過已經過去了！小衛少爺，」他看我還不明白的樣子，又補充答道，「您不用擔心我！不過，我腦子有點糊塗了。我覺得並沒有什麼要緊，」這話就等於說，他方寸已亂。

裴格悌大爺站下來等我們跟他一起，我們趕上了，大家再不說話。不過這個情形，還有我先前的念頭，不時纏著我的心，甚至這個無情的結局在注定的時刻發生之前都是如此。

我們不知不覺走近舊船，進去了。艮密紀大媽不像以前那樣沒精沒神在她待慣的屋角發呆，卻忙著在弄早飯。她接了裴格悌大爺的帽子，替他擺好座位，說話的腔調聽來愉快而溫和，我簡直不認識她了。

「丹，我的好好先生，」她說，「你總得吃、喝，維持體力才行呀，因為沒有體力，什麼也幹不出來呀。試試看，那才是聽話的人，要是我亂裡亂說，」——她是說她囉哩囉嗦——「攪你，你就跟我說，丹，我就不亂裡亂說了。」

等服伺我們大家完了，她就退到窗口，在那裡辛勤地忙著補裴格悌大爺的一些襯衫跟別的衣服，整整齊齊摺好，放在一隻舊油布手提包裡，水手攜帶的那種。同時她話說不停，態度跟剛才一樣安祥，——

「無論那一刻，那一季，你知道，丹，」艮密紀大媽說，「我總在這兒，樣樣都弄得跟你心裡要的一樣。我學問蹩腳，可是你不在家我會時不常寫信給你，信寄給小衛少爺。也許你也時不常寫信給我，丹，告訴我你無依無靠，旅行的情形。」

「你在此地要孤零零一個人了，恐怕！」裴格悌大爺說。

「不會，不會，丹，」她答，「我不會孤零零地。你不要煩我的神。替你管個窨子（艮密紀大媽是說家）也忙得很，等你回來——我好好管這窨子，等隨便那一個也許回來，丹。天晴，我就坐在門外，照老樣子。如果有什麼人居然走到附近，他們會遠遠看到老寡婦對他們很忠誠。」

這麼短時間，艮密紀大媽變得多厲害！成了另外一個人了。這樣一心為人，什麼話說了好，什麼話不說好，她都很快就能體會；她忘了自己，關心她身邊別人的悲哀，我很尊敬她。那天她做了多少事！好多東西要從海灘搬回家在外面小屋裡收好——槳啊、網啊、帆啊、繩索啊、圓木料啊、龍蝦簍子啊、壓艙沙包啊，諸如此類。雖然幫忙的人很多，因為在那整個海邊，所有能幹活的人沒有不願意替裴格悌大爺苦幹，請到了幫忙，也沒有不得到好好酬謝的，可是她整天硬要辛辛苦苦搬重得她吃不消的東西，來來去去當許多用不著她當的苦差。至於悲嘆她自己的不幸，她好像完全不知道自己有過什麼不幸。她的同情裡混合了始終如一的愉快，這是她改了脾氣的許多現象裡面，不算不驚人的一個。動不動就埋怨的脾氣已經不成問題了，整天我甚至沒有聽出她聲音發顫，或者看到她眼淚奪眶而出。到了傍晚，她跟我跟裴格悌大爺三個人在一起，裴格悌大爺累極不支，睡著了，她才一半抑制著啜泣起來，拉了我到門口說，「上帝永遠保佑你，小衛少爺，好好照顧他，可憐的好人！」然後她立刻跑出屋洗臉，好靜悄悄地坐在他旁邊，萬一他醒來，發覺她還在做活。簡單地說，到了夜晚我走的時候，就把支撐裴格悌大爺痛苦的責任交給她了。民密紀大媽給我體會到的教訓，和她表現的新作風，真令我玩味不盡。

那時已經是九、十點之間，我滿腹憂傷在鎮上閒逛，到了峨瑪老闆家門口站住。他女兒告訴我，峨瑪老闆為這件事非常傷心，所以整天不精神，身體不好，煙也沒抽就睡覺去了。

「欺騙人，壞心腸的丫頭，」米妮說。「她沒有一點好的地方，始終這樣！」

「不要這麼說，」我答。「你心裡並沒有這個意思。」

「有，我有，」米妮怒吼道。

「沒有，沒有，」我說。

米妮頭一抬，要表示非常嚴厲，暴躁。不過她本性溫和，控制不了，哭起來了。我的確年紀輕，不過，為了她這種同情心，我對她更加尊重，心裡想，她這樣賢妻良母，有這樣心腸非常配合。

「她將來怎麼辦呢？」米妮抽抽噎噎地說。「到什麼地方去呢？將來有什麼結局？唉，她怎麼可以對自己、對罕姆這樣殘忍！」

我記得米妮是年輕貌美女孩的時候；她也非常帶感情地記得，我覺得好極了。

「我的小米妮，」米妮說，「剛剛才睡覺。睡著的時候還為艾姆麗抽抽噎噎呢。小米妮整天哭著要她，一次又一次問我，艾姆麗是不是壞人？昨天晚上艾姆麗在此地還把她頸項上的絲帶繫在小米妮頸項上呢，把她的頭枕在小米妮頭旁邊，等她睡實在了才走，我能說她什麼呢？此刻絲帶還在小米妮頸項上呢。也許不該讓她帶著，可是我有什麼辦法？艾姆麗壞透了，不過她們兩個要好得很呢。孩子什麼也不懂的！」

米妮太傷心了，所以她丈夫跑來照顧她。我讓他們兩人在一起，自己回到裴媽家裡，我自己比先前更加憂鬱了，如果還能更憂鬱的話。

那個好人——我是說裴媽——最近焦急熬夜已經多天，仍舊不辭辛苦，去陪她哥哥，她要在那裡待到明天早上。有個老女人，早幾個星期因為裴媽不能照應家務，就雇了她來幫忙的，是除我以外，唯一另外住在那裡的人。我既然不用她服侍，就叫她去睡覺了，她絕不會不高興。我在廚房爐子面前坐了一會，細想這次事故的前後。

我心裡正在把這件事和去世的巴基斯臨終的情形併在一起想，跟潮水一同衝出去，到罕姆早上那麼特別望著的遠處，忽然敲門的聲音把我從胡思亂想中喚回。門上裝了門環的，不過聲音也不是這上面來。是手敲的聲音，在門的下面響，好像是小孩敲的。

這聲音嚇我一跳，就好像這是聽差的敲貴人的門的聲音。我開了門，先朝下望，驚奇的是什麼也看不見，只有一把大傘，好像自己會走路。不過馬上我就發現傘底下是莫洽小姐。

莫洽小姐把傘移開，用盡力氣也收不攏。要是這個小東西現出上次給我印象最深的輕浮的樣子，我大約不會好好接待她。不過她的臉仰起來朝我看的時候，神情非常認真，等我接過她雨傘（這把傘，就如出名的愛爾蘭巨人②也會當累贅），她扭那雙小手，苦不堪言的樣子，倒弄得我覺得她人很不錯了。

「莫洽小姐！」我說，當時把闃無人跡的街兩頭一望，也不清楚想看到什麼，「您怎麼找到這裡來的？有什麼麻煩嗎？」

她用短右臂向我做了個姿勢，要我把她的傘收攏。匆匆打我面前走過，進了廚房。我

---

②確有其人的愛爾蘭巨人。十八世紀末葉有**Murphy**者，身高八呎十吋，死於馬賽，狄更斯諒指其人。牛津大學出版社世界名著（*World Classics*）本註解指係**Charles Byrne**（1761-1783），其人身高八呎四吋，骨骼現存皇家外科學院。或非。

關了門，手上拿著傘跟她進去，發見她坐在爐欄角上——低鐵欄干，頂上有兩片扁橫的鐵，放碟子的——在鍋子附近，身體一前一後晃來晃去，手在膝蓋上擦熱，好像很疼痛似的。

她這次來非其時，我是唯一接待她的人，加上她舉止異常，我是唯一在一旁看著的人，想到這兩點，我十分驚駭，就又叫道，「請你告訴我，莫洽小姐，怎麼一回事，你病了嗎？」

「我的好少年，」莫洽小姐答，答時兩手壓在心口，一手搭在另一隻手上，「我這裡有病；病很重。想想看，要不是我這樣蠢，沒腦子，就不會有這個結局，我早該知道的，也許可以防患於未然！」

她的帽子大得跟她身材不稱，這時又一前一後晃起來了，因為她那個小身軀正在搖來搖去。牆上一頂最大的帽子也在晃，跟她的帽子動作完全配合。

「看您這麼苦惱，這麼認真，」我說，「我真詫異」——可是她打斷了我話頭。

「不錯，總是這樣！」她說。「這些不懂體貼的青年，長得漂亮，也充分成熟，看到像我這樣小的人居然也有凡人都有的感覺，就覺得詫異！拿我當玩物，用我取樂，厭倦了就扔掉，發覺我比玩具馬或木頭兵還多一點感覺，就奇怪起來。不錯，不錯，就是這樣——老樣子！」

「別人也許這樣，」我答，「可是我絕不是的。也許看你現在這樣，我真是不應該詫異，因為你的事我知道太少。我方才是想到什麼說什麼，並沒有細思。」

「我有什麼辦法？」這個小女人答，一面站起身，張開兩臂，表明自己。「您瞧！我是什麼樣子，我父親也是，我妹妹也是，我兄弟也是。我為了妹妹兄弟工作了這許多年——苦幹，考勃菲爾先生——整天。我得活下去。我不做壞事。要是有人非常不反省，非常殘忍，拿我開玩笑，我除了開我自己的玩笑，開他們的玩笑，開樣樣事情的玩笑，還有什麼別的辦法？我目前這樣消遣，是誰的不是呢？我的嗎？」

不是，不是莫洽小姐的，我若有所悟。

「要是我對您那個無信無義的朋友表現出自己是個敏感的矮子，」這個小女人繼續說，一面向我搖頭，表示認真責備，「您以為我到底會得到他多少幫助，或者友善呢？如果小莫洽（她長成這個樣子，小先生，不能怪她），因為倒楣跟你朋友講話，或者類似他的人講話，您想幾時她的小喉嚨有人聽呢？小莫洽即使是最痛苦、最笨的矮子，也跟別人一樣要活下去呀。可是她辦不到。不成，她也許吹口哨討麵包、討奶油，結果活活氣絕死掉。」

莫洽小姐又坐在爐欄上，掏出了手帕，抹抹眼淚。

「要是您心腸仁慈，我想您是這種人，替我感謝天老爺，」她說，「因為我雖然很清楚自己是什麼人，倒能高高興興，什麼都忍受下來。我也替自己感謝天老爺，不管怎樣，我有自己的小門道，闖世界，誰的情也不欠。在外面混，所有別人不是因為放蕩，就是因為虛榮心重，花給我的錢，我可以用空空洞洞的東西回敬他。要是我不把所有自己的需要放在心裡盤算，對我反有好處，無論對那個別人也不會有害。如果我是你們這些巨人的玩物，請你們對我輕柔些。」

莫洽小姐把她的手帕放回口袋裡，一直凝神望著我，這時繼續說，——

「剛才我在街上看見您。您也許以為我腿短，氣接不上來，走得沒有您快，趕不上您。不過我猜您那裡來的，所以隨後就來到。今天我已經來過了，不過那個好女人不在家。」

「您認識她嗎？」我追究道。

「我聽過人提起她，說到她的為人，」她答，「峨瑪・焦阮店裡聽到的。今天早上七點鐘在那裡。您記得上次我在旅館看見你們兩個人的時候，司棣福跟我說起這個不幸的女孩的話嗎？」

莫洽小姐問這個問題的時候，頭上大帽子跟牆上更大的帽子又一前一後晃起來。她提到的話我記得清楚，那天已經在我腦子裡記起了好多次了。我照樣告訴了他。

「但願萬惡之父搞垮你朋友，」小女人說，把食指在我和她發亮的眼睛當中舉起，「那個混帳聽差的比他垮得慘十倍。可是我相信，您才是那麼孩子氣地喜歡她的人呢！」

「我？」我照樣說了一句。

「孩子，孩子！這算什麼呀，」莫洽小姐叫道，這時她在爐欄上晃來晃去，不耐煩地扭她的手，「您為什麼那麼誇獎她，又臉紅，心神不寧的樣子？」

我也無法瞞住自己說沒有這回事，不過理由跟她說的不同罷了。

「我當時曉得什麼啊？」莫洽小姐說，她又掏出小手帕，每次用兩手拿了手帕去搗眼睛。腳就在地上跺一次。「他在妨礙您，甜言哄騙您，我看得出來。您在他手上就是軟蠟，我也知道。我離開了那間房一會兒，他聽差的就告訴我，『小天真』（他這樣叫您的，您一輩子可以叫他『老作孽』）心在她身上，她也輕浮，喜歡他。不過他東家決定不讓亂子鬧出來——是為您好，倒不是為她——說他們到此地來不就是為的這件事？我除了相信他還有什麼別的辦法？我看到司棣福稱讚她來安慰您，討您歡心！您是第一個提她名字的。您承認從前喜歡過她。我對您一提到她，馬上您臉上就一陣熱、一陣冷，一會兒紅、一會兒白的。我以為您樣樣事都放蕩，經驗又沒有，落在老奸巨猾手上，他們玩弄您，還虧他們想得出說為您的好處設想。我除了這樣，還有什麼別的想法呢？唉！唉！唉！他們怕我發覺真情，」莫洽小姐從爐欄上站起身，兩隻短膀子苦痛地舉起來叫道，「因為我是個乖巧的小人兒——我非乖巧不可，要在外面混呀！——他們全把我騙了，我給了那個倒楣的女孩一封信，我現在完全相信，她跟故意待下來不走的栗鐵沒說話，就是打收這封信開始的！」

聽了莫洽小姐透露這番奸謀，我站在那裡望著她在廚房裡走來走去，氣都透不過來了，驚愕萬分。後來她又坐在爐欄上，用手巾揩乾臉，頭搖了半天，別的動作全沒有，也不開口。

「我在鄉下來來去去，」末了她說，「前天晚上到了瑙瑞基，考勃菲爾先生，我在那裡碰巧發現他們鬼鬼祟祟來來去去，沒有您在內——這倒奇怪——引起我的疑心來了，總有什麼不對。昨晚我坐馬車離開倫敦，經過瑙瑞基，今天早上到了這裡。唉，唉，唉！太遲了！」

可憐的小莫洽哭了，煩惱了這一大陣子，身上寒冷非常，只得轉過面來，把一雙溼淥淥的小腳擱在灰裡了取暖，坐下望著火，像個大玩偶。我坐在爐子另一面椅子上，也望著火，有時望著她。

「我要走了，」她最後說，說時站了起身。「遲了。您不會不相信我吧？」

她問我話的時候，一雙眼睛跟以前一樣銳利，我看到那雙眼，她問的話又這樣咄咄逼人，不能十分坦白地回說不相信。

「好啦！」她接住我遞過去的手，讓我幫她跨過爐欄，好像含意深遠地望著我的臉說，「您知道，我要是個長足尺寸的女人，您就不會不相信我。」

我覺得她這話大有道理，也覺得相當難為情。

「您年紀輕，」她點頭說。「聽我一句話，別管我是個三呎高，不值一文的人。不要把身體的缺陷和頭腦的缺陷混為一談，您要是有充足的理由，自然又當別論。」

她此刻已經跨過爐圍，我也清除了對她的疑心。我告訴她，我相信她的交代是實在的，我們彼此都不幸做了惡人陰謀的工具。她謝了我，說我是個好人。

「好，聽著！」她往門口走轉身叫道，機警地望著我，食指又往上指。「照我聽到的話推測，我疑心大概不會錯——我耳朵總在聽的；不施展本領，我那裡混得下去——他們到外國去了。不過，只要有一天他們回來，有一天不論那個回來，只要我還活著，像我這樣四方跑腿兒，查究起來，比誰都快。我知道的，你都會知道。只要我能幫那個可憐的，被騙的女孩，不管什麼我都願意實心眼兒地替她出力，天可憐見。栗鐵沒有條最厲害的獵狗跟踪他，也比小莫洽跟著好些！」

最後這句話，我看了她表情，默默相信了。

「別太相信我，也別太不相信我，只要把我當個長足尺寸的女人來信就行。」小東西戳戳我手腕，懇求道。「假使您下次見到我，不像現在，倒像您第一次看見我那樣，注意我是跟什麼人在一起。記住，我是個沒辦法的，沒依仗的小東西。想想我幹完一天事回家一塊兒過日子的，是跟我一樣的兄弟，跟我一樣的妹妹。那麼，你也許不會對我那麼苛刻，要是發現我還會苦惱、認真，也許也不會奇怪了。再見！」

我伸手過去給莫洽小姐，對她一向的看法已經大為改變，隨即開門讓她出去。把那把大傘撐開，放在她手上拿穩，不是容易的事，不過我到底辦妥了。但見這把傘在雨裡搖搖晃晃沿街走去，一點不像底下有人，後來還是簷口瀉注的水力異常猛，把傘打歪到一邊，才看見莫洽小姐，她拚命掙扎，才把它撐正。有一兩次我衝出去幫她的忙，不過沒有用，因為一會兒傘又跳跳蹦蹦了，跟隻大鳥一樣，我搶救都來不及。後來我進了門，上牀一直睡到第二天早上。③

清早我跟裴格悌大爺和我的老保母好早就去馬車售票處。艮密紀大媽跟罕姆已經在那裡等著送我們。

「小衛少爺，」罕姆乘裴格悌大爺把手提包塞在行李堆裡的當兒，把我拉到一旁低聲說，「他的心傷透了。不曉得上那兒去。不曉得會碰到什麼。他這趟出門路有得走呢，找停停，不等他找到要找的，準把老命送掉為止，看我的話可會說錯。您一定會好好照應他吧，小衛少爺？」

「你放心，我一定，」我跟罕姆熱烈握手說。

「謝謝您。謝謝您一番好意，少爺。還有件事，我事做得不錯，您知道的，小衛少爺，我現在賺的錢沒有地方花。錢我用不著了，除了要活下去。要是您可以替他花，我做起工來就安心得多。雖然關於這一點，少爺，」他很定心，很溫和地說，「您別以為我那一刻

③狄更斯寫莫洽，當時確有個他認識的真人做藍本，那人看了以前的那一回，向他抗議，他才把她改成好人。儘管他妙筆生花，也難以自圓其說。好在小說家姑妄言之，讀者可以姑妄聽之。只是譯筆不免前後矛盾罷了。

都不跟別人一樣做工，樣樣事不盡力做！」

我告訴他，我相信他這話，並且暗示，甚至他現在很自然地立意要過的獨身生活，有一天也會告一段落。

「不會的，少爺，」他搖搖頭說，「這一切已經過去了，不會再有了，少爺。誰也填不了那個空檔。可是關於錢的事您會記在心上吧？我這兒隨時總有些攢著給他。」

我提醒他一下，裴格悌大爺得到他去世的妹夫一筆遺產，雖然不算多，卻也可靠，不過還是答應他我會記住。我們然後互相道別。即使此刻筆鋒由他身上轉開，一記起他當時那種謙抑的堅忍和沈重的憂傷，也不能不感到一陣心痛。

至於艮密紀大媽，她跟在馬車一旁奔走，強忍著淚，什麼也看不見，淚眼模糊，只看見車頂上的裴格悌大爺，自己和迎面來的人衝撞，假使我想把這幅景象描寫出來，等於做一件有點艱難的工作，因此我最好只提她坐在麵包店門口石階兒上，上氣不接下氣，帽子戴得一點樣子都沒有了，一隻鞋丟在一大截路以外的人行道上。

我們到了旅程終點，第一件事是為裴媽找個小下處，那裡她哥哥也好擱張床。我們運氣很好，找到了一處，又乾淨、又便宜的那種，在一家雜貨店上面，只跟我隔兩條街。定下了這個住處以後，我在一家餐館裡買些凍肉，帶了他們二位回家喝茶——這件事，克拉太太不以為然，正正相反，我提起來都難過。不過我要解釋這位太太的心境，得說一句，她看了裴媽到了家不到十分鐘，就把寡婦的孝服下襬塞到腰裡，動手做事，拭我臥室的塵，大不高興。這一點克拉太太認為是擅自行動。她說，她是不許人擅自行動的。

裴格悌大爺在往倫敦的路上告訴我一件事，我並不是沒有料到。就是他第一件事打算去看司棣福太太。我覺得，我總得幫助他辦這件事，而且要居間調停，以便盡量免得這位母親難受，所以那晚寫了封信給她，盡溫和地告訴她，裴格悌大爺受的什麼害，他的害我也有分。我說，他是個普通人，不過天性最仁慈正直，冒昧希望她不要不見他，他心情沈痛極了。還提到下午兩點到她家。一大早我親自把這封信交第一班馬車送去。

到了約定時間，我們站在那家門口——幾天前我在這家還是很愉快的；我年紀輕，對人的信任和熱心都曾慷慨地在這裡掏了出來；可是這一家從此把我關在外面。現在這裡成了荒野、廢墟。

栗鐵沒沒有出來。上次我在這裡代替他的那個討喜一點的臉來應了門，領我們進了客廳。司棣福太太坐在那裡。我們進去的時候，蘿洒·筸忒爾從客廳另一處偷偷走到司棣福太太椅子後面站著。

我從司棣福母親臉上立刻看出，司棣福已經把自己幹的事告訴了她。她臉色很蒼白，現出不是我那封信所能單獨引起的強烈激動，因為她愛子心切，必定懷疑而削弱讀信的激動。

以往我以為他像司棣福，現在我想更像了，我覺得，而不是看見，同來的裴格悌大爺也並不是沒看出這種相似之處。
她筆直坐在沙發椅上，派頭很大，神色堅定冷淡，好像無論什麼也不能打動她。裴格悌大爺站在她面前，她死盯著他瞧，裴格悌大爺也同樣瞧她。蘿洒・笪忒爾目光銳利，把我們全看在眼裡了。有一陣子誰也沒有出聲。司棣福太太做手勢請裴格悌大爺就坐。裴格悌大爺低聲說，「太太，在您府上我坐下來不自在。情願站著。」接著又是一陣沈默，還是司棣福太太開口了，——
「我知道你為什麼來，我非常抱歉。你跟我有什麼要求？要我怎麼樣？」
裴格悌大爺把帽子放在腋下，在懷裡摸艾姆麗的信，掏了出來遞給她。
「太太，請您看這封信。這是我外甥女親筆寫的！」
司棣福太太看了，還是那副大派頭，冷淡無情的樣子——照我所能看得出的，絲毫沒給信裡的話打動——然後把信還給裴格悌大爺。
「『除非我做了太太，他帶我回來，』」裴格悌大爺用手指找出那句話。「我來想知道，太太，您少爺會不會守信用。」
「不能，」她答。
「為什麼不能？」裴格悌大爺問。
「辦不到。這樣我兒子就要失身分了。你不能不知道，你外甥女太配不上他了。」

「您抬舉抬舉她呀！」裴格悌大爺說。

「她沒受教育，無知無識。」

「也許不是，也許是，」裴格悌大爺說。「我倒以為她並不是，太太。不過這些事我是外行。您教教她好了！」

「其實我並不願意把話說明白，既然你逼著我，就對你說了吧，她家的人那麼寒傖，這門親結不成，即使沒有別的阻礙。」

「您聽這一層，太太，」裴格悌大爺慢慢地低聲答。「您知道愛您的孩子是怎麼回事。我也知道。我這個外甥女兒就是比我自己親生的孩子還親一百倍，我也不會更愛她一分。您不懂丟掉孩子是什麼滋味。我懂。世界上所有的錢假使全是我的，我一個子兒也不留（只要買她回來！可是您這次救救她，別讓她丟臉，我們永遠不叫她被我們拖了丟臉。我們這夥人，這夥看著她長大，這麼多年跟她一塊過日子，當她是最要緊寶貝的人，一個也不再見她標致的臉，都行。她要做什麼樣人就做什麼樣人，我們肯甘心。想到她遠遠的，好像另外有天，另外有個太陽罩著她，我們肯甘心。把她交給她丈夫——也許交給她的小兒女，我們肯甘心——等我們在上帝面前大家全一樣的機會！」

他這類直率的雄辯並不是沒有半點效用。司棣福太太仍舊保持她傲慢的態度，可是答話的時候喉嚨也有些軟化了，——

「我什麼也不辯。不反過來怪人。不過對不起，再說一句，這件事辦不到。這樣的婚事妨礙我兒子的事業，毀掉他的前途，挽救都沒辦法。這門親事根本不該結，也永遠不許結，沒有比這一點更確定。如果有什麼別的賠償——」

「我一直在瞧這副臉很像，」裴格悌大爺插嘴道，當時他眼睛堅定，灼灼有光，「像那副在我家望著我的臉，在爐子旁邊，在我船上——還有那裡沒有？——笑嘻嘻的，很和氣，居然這麼奸，想到我都氣得差點發瘋。這副臉倒很像，以為拿錢給我就可以傷我的孩子，毀掉她，想到這種事都不發燒通紅，就一樣毒了。這副臉還是太太的，我只知道這樣比起那一副來更壞。」

司棣福太太這時忽然變了樣子。氣得滿臉通紅，手抓緊了椅子扶手，現出受不了的神情說，——

「你在我母子之間挖了這道深坑，你有什麼賠我嗎？你的愛比起我的來，算得什麼？你們拆散，比我們又算得什麼？」

笪忒爾小姐輕輕碰她，低下頭來跟她耳語，不過她一句也不聽。

「你別管，蘿洒，一句話也別講！讓這個人聽我說！我兒子，是我的命，我的心全用在他身上，從小時候起，他要什麼我都依，從他下地起我沒有跟他分開過——居然一下就跟個下作丫頭弄到一起，躲開我了！我倒相信他，可是他為了這個丫頭，倒有板有眼地騙我，丟掉我去就她！他這樣荒唐戀愛，把對他母親應該有的孝心、敬愛、感激全撇開了——這是他一輩子每天、每小時都該督促自己多盡些，什麼也打消不了的責任！這難道不是傷？」

蘿洒又想法安慰她，還是沒用。

「我說，蘿洒，你一句話也別說！要是我兒子為了不值一提的東西孤注一擲，我也能盡我所有，為更崇高的目標跟他賭一賭。他要到那裡，隨他去，反正我愛他，給了他錢！他以為長遠不見我，我就屈服嗎？有這個心思，他就錯看他母親了。什麼時候他把妄想丟開，就可以回來。他現在不肯丟開她，也隨他。只要我還能舉手表示不准，他不管死活，永遠休想走近我，除非把你外甥女永遠丟掉，乖乖求我饒。我有這個權利。這是我非要他承認不可的。這是我們拆散的原因！這難道，」她望著客人，一副驕傲，容不得別人的神氣，從開始就是這樣，「不是傷嗎？」

我聽她說這些話，看她樣子，彷彿就聽到她兒子公然違抗。所有以往我看到的司棣福的倔強、任性，她也有。此刻我懂得為什麼司棣福的精力要胡亂發洩，由這一點也懂得他母親的性格了。我知道，最激動的時候，他們就完全一樣。

司棣福太太現在恢復了先前的節制，大聲對我說，再聽下去，再講下去也沒有用了，她請求話就說到此地為止。她尊貴地站起來，要離開客廳，這時裴格悌大爺表示用不著。

「您不用怕我妨礙您，我沒有要說的話了，太太，」他說，一面往門口走。「我到這兒來，並沒有希望什麼，我走也不指望什麼。我只把想到該做的事做了。我可從來沒指望我此刻站的地方會有什麼好處給我。這家人太惡了，我受不了，我家裡的人受不了，惡得叫我精神正常不了，料不到。」

說完這話，我們就走了，丟下她還站在扶手椅子旁邊，好一幅高貴派頭，漂亮嘴臉。我們出去，要走過鋪了磚頭，玻璃牆壁和有屋頂的走廊，上面爬了葡萄，葉子和嫩枝都綠了，那天天色晴朗，通花園的兩扇玻璃門開著。我們快到門口的時候，蘿湎・笸忒爾不聲不響由那面進來，對我說：

「你把這個傢伙帶到這裡來！」她說；「真做的好事！」

這種強烈的怒氣和輕蔑把她的臉都罩陰沈了，也在她漆黑的眼睛裡閃出，我料不到甚至那樣的臉上也能擠得進去。鐵鎚擲出來的疤跟平常她緊張時一樣，又很明白地顯出來。我早就看過那疤痕上的跳動，這時我看著它，笸忒爾舉手全力狠狠地打了疤上一下。

「這傢伙，」她說，「值得擁護，值得帶到此地來，不是？你這個人真有道理！」

「笸忒爾小姐，」我答，「您總不至於太不講公道，連我也怪吧！」

「你為什麼弄得這兩個瘋子決裂？」她答。「你難道不曉得這兩個人都固執，都驕傲得發瘋嗎？」

「是我造成的嗎？」我答。

「是你造成的嗎！」她回嘴道。「你為什麼帶這個人到這裡來？」

「他傷心死了，笪忒爾小姐，」我答。「您也許還不知道。」

「我知道詹姆斯·司棣福，」她說，說時手按住心口，彷彿要把心裡猛烈的風暴壓住，不讓它出聲似的，「心地不老實，腐化了，是個沒良心的人。可是我何必知道，何必在乎這傢伙，跟他那個不希奇的外甥女兒怎麼樣？」

「笪忒爾小姐，」我答，「你把人家的傷口弄得更深。本來已經夠深的了。臨別我只想說，你太對不起裴格悌大爺了。」

「我沒有對不起他，」她答。「他們是批下流的，提不上嘴的東西。我還要他外甥女一頓鞭子！」

裴格悌大爺在她面前走過，一聲不響，出了門。

「呸，丟臉，笪忒爾小姐！丟臉！」我氣憤地說。「你怎麼忍心再踹他痛的地方，他根本是冤枉！」

「他們我全要踹，」她答。「我要推倒他的房子。把他外甥女臉上烙出疤來，把破布給她穿，把她扔在路上餓死。要是我有權力判她罪，一定這樣判。這樣判？我會動手！我恨透她了。要是有一天我能罵她不要臉，那裡我都趕去罵。要是我能把她追趕到墳墓裡，我也會辦到。不管一句什麼慰問的話，如果她臨死那一刻聽了會舒服，要我的命我也不說。」

她嗓子比平時還低，沒有提高，可是全身已經給忿怒控制，我覺得她嘴裡吐出的兇焰不足表示萬一。我怎樣形容她當時的神情，她怒不可遏的樣子，都達不到我記憶中的分量。我見過形形色色的忿怒，可從來沒見過她這種。

我趕上裘格悌大爺的時候，他正緩步下山，人在沈思。一等我和他在一起，他就對我說，既然打算在倫敦辦的事辦完了，放了心，他預備當晚就「出發旅行」。我問他預備到那裡去，他只回答，「少爺，我找我外甥女兒去。」

我們回到雜貨店樓上的下處，我找到機會把裘格悌大爺對我說的話告訴了裘媽。裘媽回說大爺早上就把這話對她說了。她也跟我一樣，不知道他要到那裡去，不過她想，裘格悌大爺心裡總有個主意。

我不願意在他目前這樣丟下他來，我們三個人都吃了一頓牛肉餅，這是裘媽的拿手的吃食之一，這次碰到樓下舖子裡不斷冒上來的茶葉、咖啡、奶油、鹹肉、乾酪、出爐麵包、柴、蠟燭、胡桃醬油等各種香氣，吃起來別有風味。飯後，我們在窗口坐了個把鐘頭，沒有多說話。然後裘格悌大爺起身，把他的油麻布包和粗手杖，放在桌上：

他妹妹手上有現款，他拿了他名下遺產一小筆錢，我想僅夠他一個月用的。說好不管碰到什麼事都會寫信給我。把包背上身，拿了帽子、手杖，跟我們倆說了「再會」！

「祝你事事順當，老妹子，」他摟了裘媽說。「您也是，小衛少爺！」說完跟我握手。

「我去找她，不管海闊天空。要是我不在家她回來了——唉，大概不會！——或者我領她回家了，我打算她跟我住在個沒有人能責備她的地方，也死在那兒。要是我出了岔兒，記著，我要跟她說的最後一句話是，『我愛我寶貝孩子，不改的，我原諒她！』」

他光著頭說這句話，神態莊嚴，然後才戴上帽子，下樓去了。我們跟到了門口。那晚暖和，灰很大，小路可通的大道上本來行人的足跡永遠不停，現在正是暫歇的時候，餘霞滿天。他在我們陰暗的街口獨自一人轉彎，走到燦爛的光輝裡，我們就看不見他了。

每逢黃昏來臨，每逢我半夜夢回，每逢我仰望星月，或者注視霖霖的雨，聽風聲呼嘯，很少不想到裴格悌大爺這位可憐的流浪漢，孑然一身，辛苦前進，並且記起他的話：

「我去找她，不管海闊天空。要是我出了岔兒，記著，我要跟她說的最後一句話是，『我愛我寶貝孩子，不改的，我原諒她！』」

第三十三回　多福

慶壽辰嬌妞抑赤髯
訴衷曲癡子獲青睞

全部這一段期間，我愛朵若愛得比以前更厲害了。我失望苦痛的時候，想到她就得到了庇護，甚至補償了我一些丟掉了朋友的損失。我越是可憐自己，或者可憐旁人的時候，就更想到她的影子，以為安慰。世上的欺詐、煩惱越多，朵若的星在世界之上亮得越燦爛、越純淨。朵若是從什麼地方降臨人間的，她比人類高，和天使的那一品有親戚關係①，我想我並沒有明確的觀念。可是現在我敢說，如果說她無非是人類而已，跟任何少女一樣、

①按天主教神學，天使有九品。

這個想法，我當時一定會生氣、看不起。

我已經泡在朵若裡了，要是這句話不過火的話。不單單是深陷愛河，無以自拔，而是五內都飽和了。打個譬喻說，從我心裡絞出來的愛也許淹得死人，可是我心裡渾身上下的愛還足以瀰漫我整個人。

我回去以後，為自己做的第一件事就是晚上步行到瑙倭去了一次，就像我童年印象很深的一個謎語裡的主人一樣，他「圍著屋兜圈子，兜圈子，從不碰屋一下」，我就在想念朵若。我相信這個不可解的謎底是月亮。不管它是什麼，我是朵若的月亮弄癲了的人②，在她家的花園四周轉來轉去，逛了兩個鐘頭，從柵欄縫裡窺探，拌命把下巴頦用力擱在頂上生銹的釘上，向窗裡的燈光飛吻，時時無限深情地請夜神保衛我的朵若——我也不知道她會有什麼災。我猜是火燭吧，也許是老鼠，她頂討厭老鼠。

我的心全放在愛上，所以有一晚發覺裴媽在我身邊，帶著那一套老針線工具，忙著縫補我的衣服，很自然地就向她吐露心腹，兜足圈子把我的大祕密告訴了她。裴媽聽得極為起勁，不過我完全沒有辦法使她跟我對這件事抱同樣的看法。她死心眼光只知道偏向我，

---

②羅馬人相信，人口精神受月的影響會發瘋，月亮月滿愈瘋狂，所以「瘋人」一字（lunatic）是由月（luna）字轉來。發瘋也叫中月（如中暑）。

完全不懂為什麼我要擔心，或者對這件事要意氣銷沈。「這位小姐看了這樣的人，」她說，「也許該稱心滿意了。至於說她爸爸，」她說，「我的天，他老先生還要什麼呀！」

不過我看得出，司本羅先生代訴人的袍子和硬領帶把裴媽的威勢壓下去了一點。這位在我眼睛裡一天比一天漸漸崇高起來的人在法庭上簿書鞅掌，坐得筆直，就像紙筆大海裡的燈塔，熠耀生光，裴媽看了，對他也要更加尊敬。我記得，漸漸地，我坐在庭上，想到那些胡裡胡塗的老法官和博士要是認識朵若，也不會喜歡她；想到如果有人對他們提議跟朵若結婚，他們也不會喜歡得失魂落魄；想到朵若可能唱歌，彈那奇妙的六弦琴，聽得我差點兒發癲，可是這些慢吞吞的人，絲毫也無動於衷；總覺得特別奇怪！

他們這些人，我一個也看不起。都是照管愛情花壇的凍僵了的老園丁，全叫我生氣。我看這些法官，無非是失去知覺的人，只會把事弄錯。法庭上的人情和詩意不會比酒店櫃台上的多。

我親手處理裴媽的事務，檢定了遺囑，跟遺產稅局辦好手續，帶她去銀行，很快把所有的事都辦得妥妥停停，不無得意。辦這些法律手續的時候，我們也調劑一下生活，去看灣街某流汗的蠟像③（我想，二十年來總融化了）；參觀林伍小姐的展覽會④，我記得是有皇陵氣派的刺繡，對反省、悔罪有益；到了倫敦塔⑤；上了聖保羅大教堂的頂。這些奇觀，看得裴媽非常快樂，這也是她目前處境最大的享受了。不過我想聖保羅大教堂是例外，因為她自己的針線盒她喜歡得太久了，盒蓋上的聖保羅教堂的畫跟真教堂有了比較，她認為畫上某些細節勝過真蹟。

裴媽的事，我們博士會館通常叫做「一般事務」，是既很省力、又賺錢的那些。辦好以後，有一天我帶她到事務所付費用。老提菲說，司本羅先生替一位先生辦理領結婚許可證宣誓的事去了。不過我知道他就要回來的了，我們的地方又靠近宗教法庭主教代表和大主教代理監督的事務所，所以就教裴媽等一下。

我們在博士會館裡辦關於遺囑的業務，有點像做殯儀館生意的人；跟穿喪服的客戶相處，照規矩總多少哭喪著臉。同理，為了表示周到，遇到客戶領結婚許可證，我們總歡歡喜喜、快快樂樂地。因此我對裴媽示意，她會發現，司本羅先生因為巴基斯去世所受的震動，他回來會輕很多。果然，他像新郎一樣走了進來。

不過，裴媽跟我誰也沒有眼看他，原來我們看到了跟他在一起的牟士冬。牟士冬的樣

---

③一說在水巷口，為十八世紀Salmon太太所塑蠟像展覽。另一註本疑指倫敦著名的涂棱太太（Tussaud）蠟像館。

④Linwood's Exhibition，仿名家畫所作刺繡品的展覽，場所屢遷，一八四五年收場。

⑤往日英國囚禁叛逆罪犯所在。

子沒改多少。頭髮還是那麼密，而且也的確跟從前一樣黑。眼光跟以往一樣不可信任。

「咦，考勃菲爾！」司本羅先生說，「你認識這位先生吧，我相信？」

我向我那位先生冷冷鞠了一躬，裴媽幾乎沒有睬他，他看見我倆在一起，先是有點倉皇失措，可是隨即打定主意怎樣應付了。他向我走來。

「我希望，」他說，「你很得意吧？」

「好歹你也不會當回事的，」我說。「很得意，要是你想知道。」

我們對望著，他隨即跟裴媽說話。

「你呢，」他說。「我看出你丈夫不在了，很難過。」

「這不是我這輩子丟第一個親人，牟士冬先生，」裴媽答，答話時從頭到腳都震顫。

「還好，我希望這回不用怪誰——沒有人該負責。」

「哈！」他說，「這樣想就舒服了。你盡了你的責了吧？」

「我沒有把誰的命折磨掉，」裴媽說，「想到這一層真舒坦！沒有，牟士冬先生，我沒有欺負那個，嚇唬那個，甜甜蜜蜜的人，不到時候就把那個人送進棺材！」

他陰鬱地望著裴媽——良心受責備的樣子，我想——有片刻工夫。然後掉過臉來對我說，可是眼望著我的腳，不是臉，——

「我們大約不會很快又碰面；這一定是雙方求之不得的，因為像這次這種聚會絕不會愉快的。我為你好，要你改過，管你是名正言順的，你總不服，諒你現在也不會對我有什麼好感。我們倆已經有反感了——」

「老早就有了吧，我相信？」我打斷他話頭說。

他笑了，那雙黑眼要多惡毒就有多惡毒地瞅了我一眼。

「這個反感在你小時候就咬你的心，」他說。「也害得你過了世的母親過苦日子。你的話對。我希望你混得還要好些。希望你作興改過。」

他的話打住了。我們在事務所外面的一間角落裡說話，聲音一直很低，這時他進了司本羅先生的辦公室，語調最溫和地高聲說，——

「司本羅先生這一行的各位，都很清楚人家家庭的爭執，懂得這種爭執總是非常複雜，非常難解決的！」說完就付了許可證的手續費。司本羅先生遞過折得好好的證書，伸了手跟他握了，客氣地祝賀他跟他太太，牟士冬就走出了事務所。

我聽了牟士冬的話本來按捺不住，要頂他一句，不過裴媽這個好心腸的人！為了我才大動肝火，我此刻先要勸她，好不容易說我們在那裡不便跟人鬥嘴，求她忍耐。她平常從沒有這樣生氣過，我樂於把她親親熱熱地一摟，免得我們往年所受的創傷這次又在她心裡重現。在司本羅先生和那些書記面前，我竭力收拾局面。

司本羅先生似乎不知道牟士冬跟我是什麼關係，這樣再好也沒有，因為即使在我心裡，我也不願意承認他是我的後父，我影響亡母的那段往事我總時時記得。司本羅先生好像以為，要是他對這件事還留心的話，姨婆是我家在朝黨領袖，還有個什麼人領導的叛黨——至少從他的話裡我有這個想法。這時我們在等提菲先生開裴媽手續費的單子。

「喬幄小姐是，」他說，「很堅決的，沒問題，別人反對她，她不會退讓。我佩服她這種性格。考勃菲爾，你站在對的一邊，好極了。親戚之間有爭執，很可惜。不過這種事太普遍了，要緊的是站在對的一邊」——我想他的意思是，在有錢的一邊。

「相當好的親事，這一門，我相信是吧？」司本羅先生說。

我說，我一點也不知道這門親事。

「真的！」他說。「照牟士冬先生漏出來的幾句話——人遇到這種時候，往往會漏出來——還有牟士冬小姐不當心透露的話，這門親事總相當好。」

「您意思是有錢吧，老師？」我問。

「對，」司本羅先生說。「聽說有錢。人也美，他們告訴我。」

「真的！他的新夫人年輕嗎？」

「剛成年，」司本羅先生說。「最近才夠年齡，我想他們一直在等。」

「上帝救救她吧！」裴媽說，她這話說得極其著力，突如其來，我們三個人都楞住了，直到提菲拿帳單進來。

不過老提菲不久就出現，把帳單給了司本羅先生查核。司本羅先生把下巴擱在領飾裡，輕輕撫摸著，臉上有大不以為然的神氣，看一條條項目——好像這全是焦金斯幹的——然後發還給提菲，無可奈何地嘆了口氣。

「對，」他說。「算對了——全對。我其實恨不得，考勃菲爾，只收墊出去的開銷，不過，幹我這一行有個免不了的麻煩，就是顧不得自己的心願。我還有個合夥的——焦金斯先生。」

他說這話，微露悲傷，這就等於一文不收，我替裴媽謝了他，用現鈔付了提菲。然後裴媽回到下處，司本羅先生和我就出庭，庭上我們有一件離婚案子，要照一條巧妙的小法令來審判的（這條法令，我相信現在已經廢止，不過，因為這條法令，我看過好幾宗婚姻宣告無效）。案子的是非是這樣的。丈夫名叫湯瑪斯・卞甲明，領取結婚許可證的時候只用了湯瑪斯的名字，藏去了卞甲明，以備日後不像預期的那麼稱心他好賴。果然不稱心，或者，對妻子有點生厭了，現在這個倒楣的傢伙婚後一兩年由一個朋友出面，宣佈他的名字是湯瑪斯・卞甲明，因此他根本沒有結婚。這一點，法庭認可了，他大為滿意。

我可要說一句，法庭這樣宣判是否絕對公正，我很懷疑，即使能化除一切反常的一斛小麥也不能嚇得我渙然疑釋⑥。

⑥見二十六回註⑥。

不過司本羅先生跟我辯論這件事。他說，看看這個世界，上面有好有壞。看看這個宗教法，裡面有好有壞。這全是一個制度裡的一部分。很好。你總明白了！

我還沒有膽子跟朵若的父親提出主張，說要是我們一大早起身，脫掉上衣去工作，甚至可能把世界改好一點。不過我還是表示，說我想我們可以把博士會館改良。司本羅先生回答說他要特別勸我把這個念頭從腦子裡打發掉，認為我這樣有身分的人不值得動那種主意。不過他倒願意聽聽博士會館有些什麼我想要改進的。

我們的那個人這時已經不算結婚的人了，我們已經出了庭，正走過遺囑案件法庭，我就不揣冒昧把博士會館最靠近我們的這一部分向他提出，我想遺囑法庭是個管理得相當怪的機關。司本羅先生問我那一方面。他是經驗豐富的人，我對他表示應有的恭敬（不過，恐怕因為他是朵若的父親，我更加恭敬他），答說，那個法庭的註冊所，收藏坎特伯里這個大教區整整三世紀所有留下遺產來的人的遺囑原本，居然是所隨便用來供這項用途的房屋，從來沒有專門為這種用途而設計，是註冊官為了私人的利益租下的，既不安全，甚至沒有查明是否耐火，塞滿重要文件，而且從屋頂到地下室，的確全是註冊官投機牟利的勾當，他們收公眾高昂的手續費，把公眾的遺囑亂七八糟東塞西塞，除了想不花多錢把遺囑撇開，別無打算，也許不大像話吧。這些註冊官每年賺八九千鎊（不必提副註冊官，其他官員的賺頭了），居然不花一點賺來的錢找個相當安全的地方，放那些各階各層的人願意也好，不願意也好，非交給他們不可的重要文件，也許有點不合理吧。這個大機關裡所有高級職員都拿極大的乾薪，而又冷又暗的樓上房間裡倒楣小職員幹的是重要的工作，反而是倫敦報酬最差、最沒有受到顧念的人，也許有點不公道吧。所有的人之中主任註冊官本來最該為不斷到這裡來求助的公眾找到一切急切需要的便利，反而靠這個位置大領乾薪（此外可以兼做牧師，兼俸，在大教堂有差使，等等），弄得人民極不方便，註冊所每天下午事忙的時候都看到這樣的情形，知道它簡直糟透，也許有點不像樣吧。簡單地說，也許坎特伯里教區這個遺囑案件法庭做的完全是對社會弊病百出的事，荒唐為害，若不是給人擠到很少人知道的聖保羅大教堂墳地這個角落裡，早就完全被人裡外翻覆，上下倒置了。

我話說得略微激昂，司本羅先生一直含笑聽著，然後就像跟我辯論另外一個問題一樣，跟我辯論這個問題。他說：這到底怎麼一回事呢？這是感覺的問題。如果民眾覺得他們的遺囑保管得很安全，認為這個法庭無需改善，誰會吃虧呢？誰也沒吃虧。誰占便宜呢？所有領乾薪的人。很好，好處占優勢了。這個制度也許不是十全十美——世上根本沒有一件事是十全十美的。不過他反對的是強行改革。照遺囑案件法庭的現狀，國家一向光榮：硬改革遺囑案件法庭，國家就不再光榮。他認為君子之道，隨遇而安，他相信遺囑案件法庭的情形，我們這輩子都不會改。我敬服他的意見，雖然很懷疑。不過我發現他說對了，因為到今天這個法庭不但維持下來，而且儘管十八年前國會不很情願編了個大報告，裡面把我提出的這些反對意見詳細列出，而且形容遺囑的儲存量只夠再放兩年半。從那時起，他們怎樣處理遺囑，是丟了很多呢，還是不時賣給奶油店鋪了⑦，我不知道。所幸我的遺囑不在那裡，我希望還有好一陣子用不著送去。

我把這類話全寫進我有造化的這一回裡，是因為順理成章。司本羅先生跟我談起這件事，我們逛來逛去一路談下去，後來換到一般的話題。所以到末了司本羅先生碰巧告訴我，下星期今天是朵若生日，要是我肯去，參加當天簡單的野餐就好了。我立刻失魂落魄。第二天收到一張花邊小便箋，上面寫著「敬煩爸爸轉交——特此提醒」。我變成了個糊塗蟲。當中幾天過得魂不守舍。

我想，我為了準備參加這件大喜事，什麼荒唐事都做了。現在回憶起我買的領飾，就面紅耳赤。靴子可以陳列在任何一堆非刑刑具裡。我買了一隻精緻的小籃子，籃子裡面放了餅乾，餅乾上澆了金錢買得到的最有情意的題詞，差不多等於一篇宣言。前一晚先差瑙倭的馬車送去。早上六點鐘，我就到了修院園市場，買了一束送朵若的鮮花。十點鐘，我騎了馬（為這次約會，我租了匹雄偉的灰馬），花放在我帽子裡，保持新鮮，快步走到瑙倭。

我推測，我看到朵若在花園裡的時候，故意裝作看不見她，騎馬經過她家，假裝找那

---

⑦文件用的羊皮紙張也許被用來包油膩東西。

房子，做了兩件小蠢事，處在我這個境況的別的年輕的先生也會做的蠢事，因為我做這兩件事都是自然而然的。可是，唉！我居然找到了她的家，居然在花園門口下了馬，拖著那雙鐵石心腸的靴子走過草地，到朵若面前的時候，看見她坐在丁香花下花園的椅子上，頭戴白刨花帽，身穿天藍色衣服，當時晨光明麗，蝴蝶環飛，多麼動人啊！

有位小姐跟她在一起——比較年長——差不多二十歲了，我想。她姓米爾司，朵若稱她菊利亞。是朵若的密友。米爾司小姐好有福氣！

吉勃在那裡，吉勃竟然又會對我叫。我獻花的時候，牠吃醋，對我咬牙切齒。也難怪牠！牠假使略微知道一點我多愛慕牠的主人，就更難怪牠了！

「啊，謝謝您，考勃菲爾先生！多好看的花啊！」朵若說。

我有意說（馬上三哩路都在研究最好的措詞），沒看到花靠她這麼近以前，花倒是很美的。可是我說不出口，我在她面前太神志不寧，看見她把花擱在她小凹槽的下巴頦下面，心就亂了，話也不會說了，因為神已經迷住了。我沒有說，「米爾司小姐，要是您有同情心，宰了我吧，我就死在此地好了！」真是一奇。

接著朵若把我的花遞給吉勃聞；吉勃咆哮有聲，不肯聞。朵若笑了，把花更遞近些，逼牠聞。吉勃咬住一點天竺葵，當它是假想的貓在嘴裡搖。然後朵若敲敲吉勃，噘起嘴來說，「我可憐的美麗的花啊！」那種體卹的情形，我想好像吉勃咬的是我一樣。我恨不得吉勃咬的是我呢！

「考勃菲爾先生，」朵若說，「你要聽說那位脾氣暴躁的牟士冬小姐現在不在此地，一定非常高興。她參加她兄弟的婚禮去了，至少要離開三個星期。這不是很愉快的事嗎？」

我說，她一定覺得愉快，所有她覺得愉快的，我也覺得愉快。米爾司小姐面帶超人的智慧跟仁慈，含笑望著我們。

「我看過的人裡面，她是最不討喜的了。」朵若說。「你沒法相信她脾氣有多壞，人有多可怕，菊利亞。」

「能，我能相信，我的好小姐！」菊利亞說。

「你呢，也許能，好姑娘，」朵若答，說時手放在菊利亞手上。「請你原諒我，一開始沒有先把你除開，我的好小姐。」

由這一點，我得悉米爾司小姐過去經過滄桑，受過磨練，她態度仁慈，我已經看出來，也許可以說是她的遭際促成的。這一天我發見，情形果然如此，米爾司小姐愛錯了人，很不幸，別人知道她因為苦頭吃夠，成了遁世的人，不過，對年輕人未受摧殘的希望和戀愛仍舊很穩重地熱心關注。

可是此刻司本羅先生由屋裡出來了，朵若跑上去迎他說，「您瞧瞧，爸爸，花多好看！」米爾司小姐深思地微笑，好像在說，「你們這些蜉蝣啊，在生命光明的清晨，享你們片刻的生存吧！」我們全從草地向準備好的馬車走去。

這樣的騎馬旅行我再也不會有了。再也沒有第二次這樣的一趟路。四輪馬車裡只有三個人，他們的籃子，我的籃子，六絃琴匣——當然，馬車是敞著的。我騎馬跟在後面，朵若坐在車裡，背朝著馬，臉望著我。她把那束花放在坐墊上靠近她的地方，簡直不准吉勃坐在她那一邊，怕牠把花弄壞。常常把花拿在手上，常常聞聞花香，爽快她的精神。那些時候，我們常常四目遇個正著，我最驚奇的是，我竟沒有穿過我那匹雄偉的灰馬的頭，趴進馬車。

有灰塵，我相信——有很多灰塵，我相信。我有個模糊的印象，就是司本羅先生勸我不要在灰裡騎馬，可是我一點灰也不覺得。只覺得朵若周圍是愛和美的霧，別的全不覺得。司本羅先生有時站起身來問我風景怎麼樣。我說，很宜人，大約也真是宜人，不過這全因為我看到的是朵若。太陽照著朵若，鳥叫的是朵若，南風吹的是朵若，籬笆裡的野花也全是朵若，連骨朵兒都是。我的慰藉是，米爾司小姐懂我的心情。只有米爾司小姐能完全看透我的心情。

我不知道我們走了多久，到今天我還是不知道我們到了何處。也許是靠近吉爾弗，也許是什麼天方夜譚裡的術士那天開放的地方，我們一離開就永遠關閉起來了。地方是一片青葱，在山上，柔軟的草鋪成了地毯。綠樹成蔭，還有石南，窮目所及，盡是美景。

發現這裡有人等著我們，是件痛苦的事。我的嫉妒沒有止境，連婦女在內。可是所有我們男性——特別是一個騙子，比我大三、四歲，生了紅鬍子，單憑這把鬍子，他就自以為了不起，叫人吃不消——都是我的死敵。

我們全打開自己的籃子，忙著把吃的弄好。紅鬍子冒充能做涼拌雜菜（我可不相信），事事硬要叫人注意。有幾位年輕的太太小姐替他洗萵苣，依他的指點切碎。朵若就是一位，我覺得命運把我安排了要跟這個人鬥，我們兩個人總有一個非死不可。

紅鬍子的雜菜拌好了，我不知道大家怎麼吃得下去。（怎麼騙我我也不去碰的！）他然後自己推舉自己管酒，在一棵空樹幹裡佈置了酒窖，倒虧這個畜生聰明。不久，我看見他碟子裡放了大半隻龍蝦，坐在朵若腳前面吃飯！

這個禍害映到我眼簾以後，一陣子發生了些什麼事，我只有不很清楚的印象。我很快活，我知道，不過快活得很空洞。我纏住一個穿粉紅衣服、小眼睛的少女拚命跟她調情。她也欣然逢迎。不過究竟完全是對我呢，還是對紅鬍子有什麼打算，我說不出來。這時大家向朵若敬酒。我敬的時候假裝為了這件事停止跟人講話，一敬完酒就又講起話來。我向朵若鞠躬的時候，碰到她的眼光，我想她眼睛裡有求我的意思。不過因為是從紅鬍子頭上望過來的，我毫不動容。

那個穿粉紅衣服的女子有個身穿綠衣的母親，我倒相信是她打主意用了權謀，把我們拆開了。話雖如此，大家也都散了，沒吃完的菜也正在拿開。我一個人走開，在樹林裡閒逛，心裡直冒火，也很悔恨。正在打算要不要假裝不適，騎上雄偉的灰馬溜掉——不知怎麼是好——就在這時，朵若跟米爾司小姐和我碰到一起了。

「考勃菲爾先生，」米爾司小姐說，「您不開心。」

我對她說，不懂她的意思。一點也沒有呀。

「還有朵若，」米爾司小姐說，「你也不開心。」

啊呀，沒有呀！一點也沒有呀。

「考勃菲爾先生跟朵若，」米爾司小姐神情簡直令人起敬地說，「這一套耍夠了。別讓芝麻大的誤會乾掉了春天的花，這些花一旦開了，枯萎了，就不能再開了。我說這話，」米爾司小姐說，「根據的是過去的經驗——很遠，拉不回來的過去。日光下閃耀的噴泉絕不可以任著性子把它塞住。撒哈拉大沙漠上的綠洲絕不可以隨便旱掉。」

我不曉得自己到底幹了什麼，因為渾身燒得非常厲害。不過我攙起了朵若的小手吻了——她由我吻！我也吻了米爾司小姐的手，我覺得我們都好像登上了七重天。

我們再沒有下凡，整晚都在上頭。起初我們在樹林裡閒逛，朵若的膀子含羞掛在我膀子上：天知道，雖然這一切愚蠢，不過，永遠有這些愚蠢的感受，永遠這樣在樹林裡閒逛，是很幸福的。

可是，太快我們就聽到別人在笑，在談，在問，「朵若上那裡去了？」所以我們回去了。他們要朵若唱歌。紅鬍子要到馬車裡拿六弦琴匣，不過朵若告訴他，除了我誰也不知道琴放在那裡。所以片刻間紅鬍子完蛋了。拿了琴匣來的是我，把它打開的是我，拿出了六弦琴的是我，坐在朵若旁邊的是我，拿著她手帕跟手套的是我，把她每一個甜美的旋律全吞下肚了的是我，而她是唱給我——愛她的人——聽的。所有別的人愛怎麼鼓掌都可以，可是沒有他們一點兒分！

我快樂得像飲醉了酒。太幸福了，反怕不是真的，忽然在勃金恩街一夢醒來，聽到克拉太太準備早餐，弄得茶杯玎玎璫璫響。不過，朵若唱歌，別人也唱，米爾司小姐也唱——唱關於記憶洞窟裡沈睡的回聲。好像她已經有一百歲了。天晚了，我們喝茶，水壺像吉卜賽人那種方法滾著⑧，我仍舊快樂！

等到客散，我比先前更加快樂，因為其餘的人，受挫的紅鬍子跟所有的別人，各自回家，我們也在傍晚的靜寂，漸暗的夕陽裡給四溢的芬芳裹著回去了。司本羅先生喝了香檳酒，有點醉（了不起的種葡萄的土，了不起的造酒的葡萄，了不起的曬熟葡萄的太陽，了不起的摻了假的酒商！）在車裡一角睡熟了，我就在朵若一邊，騎在馬上跟她聊天。她喜

---

⑧下用木柴火，懸掛著燒。

歡我的馬，拍拍牠，啊，在馬身上看來多可愛的一隻小手啊！她的圍巾總會鬆下來，我常常伸了膀子過去替她圍好。我甚至想像吉勃也漸漸明白是怎麼一回事，懂得牠得打定主意跟我做朋友了。

還有那位明智的米爾司小姐——那位和藹，雖然歷盡滄桑的遁世人——那位不到二十歲的小家長，已經跟世界斷絕關係了，無論怎樣也一定不肯讓記憶洞窟裡沈睡的回聲給人喚醒的人，多虧她做了多麼體貼的一件事啊！

「考勃菲爾先生，」米爾司小姐說，「請您到馬車這邊來一下——要是您騰得出這一刻工夫。我要跟您說句話。」

瞧我，騎在那匹雄偉的灰馬上，人朝米爾司小姐這邊傾，平放在馬車門上那樣子！

「朵若要到我家去住。後天跟我一起去。要是您喜歡來，我想爸爸會高興跟您見見。」

除了暗暗祈求上蒼降福給米爾司小姐，除了把她的地址記在我腦子裡最安全的角落裡，我還能做什麼呢！除了面露感激之情，用最熱烈的字眼告訴米爾司小姐，承她這番好意，我多麼領情，她的友誼，我多麼珍惜之外，我還能做什麼！

隨後米爾司小姐溫和地把我打發開了，說，「您回朵若那邊去吧！」我就過去了。朵若把頭伸出馬車窗外跟我說話，其餘一路上我們一直在說話。我騎那匹雄偉的灰馬太靠近車輪，馬靠車輪的前腿擦傷了，據馬主告訴我，「一塊皮刮掉了，要值三鎊七先令」——

這筆錢我付了，認為很便宜，因為換來的快樂有這麼多。米爾司小姐坐著望月，低聲念詩的當兒，我想她是在回憶以往她跟世俗還有點牽繫時候的日子。

回瑙倭去的路真嫌太近了好多哩，我們到家真嫌太快了好多個鐘頭。不過，差一點到家，司本羅先生就醒了，他說，「你一定要進來，考勃菲爾，休息休息！」我依了他，我們吃夾肉麵包，喝兌水的葡萄酒。在明亮的房裡，朵若面生紅暈非常可愛，我簡直無法把我自己扯開，卻坐在那裡望著她做夢。還是司本羅先生的鼾聲叫我充分明白，我該起身告辭。所以我們分別了：我騎馬回倫敦，一路上仍然感覺到朵若的手跟我握別時給我的溫柔，回味每件小事，每句話，上萬次。最後躺上了我自己的牀，就跟給愛情迷得失去五官感覺的小蠢瓜一樣的歡喜如狂。

第二天早上醒來，我決定把癡戀朵若的事對她說出來，好知道我的命運。幸福還是悲慘，決於此刻。世界上我不知道還有別的問題，只有朵若能給這個問題一個答覆。我過了三天以苦惱為快樂的日子，把朵若和我之間發生的一切用盡了可以想到的種種叫人灰心的推測，折磨我自己。最後，為了這件事花了一大筆錢，把自己打扮起來，抱著表白衷曲的心，到米爾司小姐家去。

我多少次在街上走來又走去，在廣場上兜圈子——痛苦地明白自己是老謎語的底，比原來的那個好很多——才想完了走上台階敲打，現在已經不重要了。即使到了那最後一刻，門已經敲了，在門口等人開門，我還有些慌張，想學可憐的巴基斯，問有沒有位布萊保先生，道個歉，然後掉頭走開。不過我沒有退縮。

米爾司先生不在家。我並沒有巴望他在家。他呀，誰也不要。米爾司小姐在家。米爾司小姐就行了。

用人帶我上樓，米爾司小姐和朵若在那裡。吉勃也在。米爾司小姐在抄樂譜（我記得是支新歌，叫做《愛的輓歌》，朵若在畫花卉。我發現正是我送的花——認出畫的是修院園市場買來的，多興奮啊！不能說很像，特別是我注意過的隨便那幾朵；不過，從畫得酷肖的包花紙看來，我知道構圖是什麼。

米爾司小姐見了我很喜歡，說她爸爸不在家，很過意不去，雖然我想，這一點我們都能毅然忍受。有幾分鐘工夫米爾司小姐話說得不少，接著把筆放在《愛的輓歌》上，起身出了房間。

我漸漸想把事情擱到明天再做。

「我希望那天晚上你那匹可憐的馬回家不太累吧，」朵若抬起一雙美目來說。「這段路馬走很長呢。」

我漸漸想，還是今天提。

「這段路馬走呢，算長的了，」我說，「因為一路上沒有什麼支撐牠。」

「沒有餵牠嗎，可憐的東西？」朵若問。

我漸漸想拖到明天再說。

「餵——餵了，」我說，「照顧得好好的。我是說馬沒有那種說不出的快樂，我那種接近你的快樂。」

朵若低頭對著畫，過了一下說——這當兒我坐著，渾身火燒一樣，兩腿僵硬——

「那天有一段時間，你自己好像並不感覺到那種快樂。」

我看，此刻該是提出來的時機，這件事要就地解決才行。

「你一點也沒有在乎那種快樂，」朵若說，說時眉頭有點往上揚，搖搖頭，「你坐在克伊小姐旁邊的時候。」

克伊，我這才知道，原來就是穿粉紅衣服、小眼睛的那個丫頭的名字。

「雖然我的確不知道你為什麼要那樣，」朵若說，「也不知道為什麼你居然說這是快樂。不過當然你說的並不是心裡的話。你高興幹什麼，隨你的便，誰也管不著。——吉勃，你這個淘氣孩子，上這兒來！」

我不知道怎麼做出來的，立時我做了這件事。我把吉勃攔住，摟住了朵若。口若懸河，沒有打一個字的頓。我告訴她我多愛她。我告訴她，沒有她我就只有死。我告訴她，我拿她當偶像，崇拜她。吉勃一直狂叫。

朵若低頭哭泣，直打抖，我的話更如泉湧。要是她喜歡我為她死掉，只要說一句就是了，我樂於從命。沒有朵若的日子，無論怎樣就都等於一無所有。我受不了，也不願意忍受。自從第一次見到她，我日日夜夜每分鐘都愛她。從那一分鐘起就愛她愛得發狂。永遠愛她，每分鐘都愛，愛得發狂。從前的人戀愛過，將來的人也會戀愛。不過誰也不至於、不能、不肯、不會，像我那樣愛朵若。我越這樣發狂似地講，吉勃就越叫的兇。我們人畜都一刻比一刻瘋，只是瘋法各別。

好啦，好啦！慢慢地，朵若跟我坐到沙發上了，安靜下來了，吉勃就躺在她大腿面上，乖乖望著我眨巴眼兒。我心上的石頭放下了，十足歡天喜地。朵若跟我訂了婚。

我猜想，我們當時早就有點結果會結婚的想法。一定有過一點，因為朵若跟我約法，不得到她爸爸贊成，我們是不能結婚的。但是我們年輕，當時心醉神迷，我想，並沒有真正瞻前顧後，或者，除了目前茫然過去，沒作任何指望。我們預備守住祕密，不讓司本羅先生知道。不過那時我確沒有想到這樣做法有什麼不名譽的地方。

朵若把米爾司小姐找來，她比平時更加愴然——我恐怕是認為剛才的事提起她記憶洞窟裡沈睡的回聲。不過她祝福我們，答應一定永遠做我們的朋友。大抵說來，她的聲音像完全看破紅塵的人。

那是多浪費的一段時期啊！多空幻、多快樂、多荒唐的一段時間啊！

那時候，我量了朵若的手指，打勿忘草色的寶石做的戒指，把尺寸交給珠寶商，他猜出我的用途，寫定貨單的時候笑了，他做那個好看的藍寶石小玩意，敲了我一筆竹槓——這隻戒指在我腦子裡跟朵若的手聯繫太深，昨天，無意中看到我自己女兒手指上另外一隻，心裡忽然一陣攪動，像絞痛吧！

那時候我到處逛，心裡藏著祕密，十分快樂，想的全是跟自己有關係的事，覺得這麼愛朵若，朵若這麼愛我，是有尊嚴的事。即使我能騰空飛行，比在地面蠕動的人高，也不會比那一刻這樣，更在他們之上。

那時候我們在廣場公園會了許多次面，坐在黯黯的涼亭裡，多麼快樂，因此我到現在都愛倫敦的麻雀，原因無他，而且在牠們煙灰灰的身上看到熱帶鳥類的鮮豔羽毛！

那時候我們第一次大口角（訂婚後一星期發生的），朵若把戒指退了回來，附了一張折成三角，帽形狀、叫人氣短的短柬，裡面的話很可怕，「我們的愛情以愚蠢開始，以瘋狂結束！」這些恐怖的字眼惹得我扯頭髮，叫聲一切完了！

我趁著夜晚飛跑到米爾司小姐那裡，在屋後廚房裡偷偷見她（那裡有一具軋布機），求米爾司小姐替我們調解，把瘋狂糾正。她擔當了這件事，跟朵若一齊回來了，憑她個人青年時痛苦的經驗，講道似地告誡我們，要互相讓步，免得情田成為薩哈拉大沙漠。

那時候我們都哭了，和好了，又非常幸福，屋後廚房、軋布機等一切，都變成了愛情本身的聖堂，我們在那裡定下由米爾司小姐轉信的計畫，每天一方至少寫一封信！

那是多浪費的一段時期啊！多空幻，多快樂，多荒唐的一段時間！我全部掌握在時間之神手上的時間，沒有一次回想起來，有一段能叫我露出有這一段一半的笑容，有這一段一半甜美的。

第三十四回　姨婆使我吃驚

義人計窮難贖故物
慈媼金盡猝探賢孫

一等朵若跟我訂了婚，我就寫信給娥妮絲。寫的是封長信，信裡沒法要她懂得我多麼幸福，朵若多麼可愛。我求娥妮絲不要當這一次是胡鬧的戀愛，我會見異思遷，這次絕不是我們平時嘲笑的那種孩子氣的幻想。我叫她放心，這次戀愛深不可測，我相信是前無古人的。

那晚天氣好，我坐在開著的窗口寫信給娥妮絲，她那明淨、寧謐的眼睛和親切的臉就在回憶中悄然到了我面前。我最近過的是匆忙、激動的生活，我的幸福多少也有點匆忙、激動，她的眼和臉卻像平安的甘露一樣，灑在我身上，不知什麼道理，我竟然舒服得流淚。記得信寫了一半，就把頭擱在手上休息，心裡有個籠統的想像，當它寶貝，好像娥妮絲天生就是我實在的家的要素之一。好像我回去有她在，家差不多就神聖了，朵若跟我比在那裡都更幸福。好像，不管是在戀愛、快樂、憂愁、希望、失望的時候，所有情緒激動的時候，我的心自然而然朝著她，發現她是庇護我的人、我最好的朋友。

關於司棣福，我一個字也沒說。只告訴她，雅茅斯出了悲慘的事，艾彌麗逃了。這件事和這件事附帶的情況害我受雙料的傷。我知道她推測真相總是非常快，也知道她絕不會是第一個提司棣福名字的人。

信寄出去，我下一班郵件就收到回信。我讀信的時候，好像聽她在對我說話。她真誠的聲音彷彿就在耳邊。我還能怎樣形容呢？

我最近出門，闞都斯來找過我兩三次。他發現裴媽在裡面，聽裴媽說她是我的老保母（她總是自動把這件事告訴人，隨便那一個，只要肯聽），跟她很投機，待了一會，談了一點關於我的事情。裴媽是這樣說的，不過我恐怕這次閒談是她一個人包辦，而且她的氣非常長，因為她談起我來很難住口（上帝保佑她！）。

這使我記起，不單單是某天下午闞都斯要來（他自己約定的，這一天就到了），而是克拉太太不等裴媽走掉，絕不管她分內的事，薪水卻要照拿。克拉太太在樓梯上高聲跟什麼無影無形的鬼魂（總是鬼魂了，因為拿形體來說，那幾次她完全是一個人在家）談了幾次關於裴媽的話以後，就寫了封信給我，透露了她的意見。開頭是一句普遍可以應用的話，適用於她這輩子一切事情——大致說她自己也是做人母親的。接下去告訴我，她經歷過很不同的日子，不過一生各時期向來反對密探、愛管閒事的、告密的人。她沒有提誰，她說——誰的頭合大小，誰就戴那頂帽子好了。不過，密探、愛管閒事的、告密的，特別是穿寡婦喪服的（這個短句底下畫了線），她向來就瞧不起。要是那位先生給密探、愛管閒事的、告密的人害了（還是不提姓名），這是他自己的事。他有權愛怎麼就怎麼，好了，隨他去。她克拉太太要求的唯一條件，是不能硬叫她跟這些人「接觸」。因此她請我原諒，從此不照管頂樓的事，等情形恢復原狀，合乎理想再說。還說，她要馬上結帳的時候，那本小帳簿每星期六早上都會放在早飯餐上，這是一番好意，免得麻煩，各方面都「不方便」。

之後，克拉太太專門在樓梯上佈置了許多陷阱，主要是用水壺，有意要裴嫣眼花，踊進去弄斷腿。我發覺給她這樣一包圍，日子過得很嘔氣，不過我太怕克拉太太了，想不出對付她的辦法。

「老考勃菲爾，」儘管有這些障礙物，闞都斯準約定的時間在我門口出現叫道，「你好嗎？」

「老闞都斯，」我說，「到底見到你了，好極了。對不起早些時我不在家。可是真忙——」

「對，對，我知道，」闞都斯說——「當然。你的人住在倫敦，我想是吧？」

「你說什麼？」

「她——對不起——朵小姐，你知道，」闕都斯說，他是個體貼別人的人，臉都紅了，「住在倫敦吧，我相信？」

「嗯，對。靠近倫敦。」

「我那位，也許你記得，」闕都斯一臉嚴肅地說，「住在得文郡——十姊妹之一。所以我不像你那樣忙——就那一點來說。」

「這麼久看她一次，」我答，「不知道你受不受得了。」

「嗯！」闕都斯深思道。「的確像是件不可思議的事。我想是的，考勃菲爾，因為也沒有辦法吧？」

「我想是的，」我笑答道，臉不免紅了。「因為你這樣忠貞，有耐性，闕都斯。」

「啊呀，」闕都斯說，細想這句話的道理，「你覺得我是這種人嗎，考勃菲爾？真的，我自己還不知道有這些美德呢。不過她可是了不起的可愛的女孩兒，作興把那些德性給了些給我。給你這一提，考勃菲爾，我倒不用覺得希奇了。告訴你，她總是忘掉自己，照應另外九個姊妹的。」

「她是老大嗎？」我問。

「我的天，不是的，」闕都斯說。「老大是個美人。」

他答這句話答得太老實，我忍不住笑，我猜他看出了我笑的意思。於是他天真爛漫的臉上也露出笑容，補充道——

「當然，我的瑣斐也美——很豔的名字吧，考勃菲爾，我總以為是？」

「非常豔！」我說。

「當然，我眼睛裡瑣斐也美，任何人眼睛裡（我想），也會覺得她是少有的可愛的女孩。不過我說老大是美人，我意思是，她真是」——她好像用兩手來描寫他周圍的雲霧一樣——「了不得，你懂吧，」闕都斯著力地說。

「一定的！」我說。

「哦，」闕都斯說，「他的情形的確很特別，真的！既然你知道，她生得這樣漂亮，本來應該有很多交際，受人愛慕的，不過因為她家進項有限，不能多享受這種樂趣，自然脾氣有點不大好，有時對人苛求。瑣斐總弄得她高興！」

「瑣斐是最小的嗎？」我大膽猜測道。

「啊呀！不是！」闕都斯摸摸下巴說。「最小的兩個才九歲、十歲。瑣斐教導她們。」

「是二小姐，也許？」大膽再猜。

「不是，」闕都斯說。「賽阿惹是老二。賽阿惹的脊椎有點毛病，可憐的女孩兒。這個病慢慢會好，醫生說的。不過今後她得躺十二個月。瑣斐照料她。瑣斐是老四。」

「母親還在嗎？」我問。

「嗯，在，」闕都斯說。「她還在。真是位超一等的太太。不過這個國家太潮濕，跟她的身體不合適，而且——事實上，她已經不能用四肢了。」

「糟了！」我說。

「很慘，不是嗎？」闕都斯答。「不過如果純粹由家庭的立場來看，這件事並不如想像的那麼糟，因為瑣斐頂了她。她簡直就是她母親的母親，就跟她是那九個姊妹的母親一樣。」

我覺得這位小姐的德性真可佩極了。老實說，為了不讓這位心地厚道的闕都斯受騙，以致妨害了他們倆的前途，我要盡力，就問他密考伯先生的情況如何。

「他很好，考勃菲爾，謝謝你，」闕都斯說。「我現在不跟他們住在一起了。」

「不住一起嗎？」

「不了。你知道，實在的情形是，」闕都斯低聲說，「他為了一時的麻煩，已經換了名字，叫冒提墨了，不等天黑不出門——出門也戴眼鏡。我們的房子欠租，已經給法院強制執行了。密考伯太太情況真可憐，我真忍不住讓他用我的名字，去簽我們在此地談到的第二張期票。你可以想像，考勃菲爾，有了期票，這件事就解決了，密考伯太太的精神也恢復，我看了我多喜歡。」

「哼！」我說。

「她也沒快樂多久，」闕都斯接下去說，「因為，不幸，一星期之內，另外又有了一次強制執行，這一來這一家就拆散了。從那時起，我就住進一個供家具的公寓裡，冒提墨這家人就真變成很祕密的了。我希望，考勃菲爾，如果你提起那個經紀拿走了我有大理石面的小圓桌，和瑣斐的花籃和架子，你不會認為密考伯家的人自私吧？」

「多叫人難受的事！」我憤然嚷道。

「這是——這等於硬拔掉牙齒，麻藥也沒上，」闞都斯說，還是那副閃縮的老樣子。「我提這件事，並沒有責備別人的意思，倒有個用意。事實上，考勃菲爾，強制執行的時候我沒有力量再買下來。第一，因為那個經紀曉得我要，把價錢抬得天高。其次，因為我——什麼錢也沒有。好啦，從那時起，我一直留神注意那個經紀的店鋪，」闞都斯肚子裡有文章，很得意地說，「店鋪開在托楞法庭路*高的一頭，今天我到底發現這些東西陳列出來預備賣了。我只從對街看見，因為如果經紀看見是我呀，我的天，他就亂要價錢了！現在我錢有了，心裡想到的是請你那位心好的保母跟我到那家鋪子去一下——我可以在另外一條街口指給她看一下——她替我買，好像她自己要的，盡量還價！你也許不反對。」

闞都斯向我提出這個主意，很得意，自以為異常巧妙，當時情景我記憶中最難忘記。我告訴他，我的老保母幫他的忙，會高興的，我們三個人一齊去，不過有個條件。條

*這裡是專賣舊貨的地方。

件是，他得鄭重立下決心，再不用他的名字，或隨便什麼別的東西，給密考伯先生去借錢。

「我的好考勃菲爾，」闞都斯說，「我已經下了決心了，因為我開始覺得，對瑣斐不但不體貼，也實在不公道。我自己發了誓，所以用不著怕了。不過我也極願意對你發誓。那第一次倒楣的債我已經還了。我相信要是密考伯先生還得出，他一定還的，只是他還不出。有件事我應該提一提，我很喜歡密考伯先生這一點，考勃菲爾。這跟沒到期的第二次債有關係。他沒有跟我說錢有著落，他說會有著落。好啦，我想他這句話有很公道又老實的地方。」

我不願意潑我好朋友信心的冷水，所以就以他為然了。又說了些話，我們就到雜貨店找裴媽幫忙。闞都斯不肯跟我一起過一晚，一者老怕還沒有買回他的東西先給別人買去了，擔心得什麼似地，其次夜晚他總要專門用來寫信給那個全世界最可愛的女孩。

我永遠忘不了，裴媽買那兩樣寶貴的東西，闞都斯在托楞法庭路口偷窺的神情。也忘不了，裴媽還價不成，慢慢向我們這邊走回來，那個不肯讓步的經紀叫她，她又回去，闞都斯激動的情形。交易的結果是，裴媽買下這些東西，價錢相當便宜，闞都斯歡喜若狂。

「真非常感激您，」闞都斯說。他聽說東西當晚就會送到他住的地方。「要是我再請你幫個忙，希望你不要以為我荒唐，考勃菲爾？」

我預先對他說，當然不會。

「那麼，要是真地您肯幫忙，」闕都斯對裴媽說，「現在先把花盆買回來，我想自己帶回家（花瓶是瑣斐的，考勃菲爾）。」

裴媽肯替他去買，他對她又千恩萬謝，花瓶用膀子箍著，走上托楞法庭路，我很少看過他臉上這麼高興。

我們隨後往我的套房去。沿途的店鋪把裴媽迷住了，我從來不知道有什麼別的人給這些店這樣迷過。既然如此，我就慢慢逛，看她盯著櫥窗看，很有趣，只要她喜歡看，我就等她。所以回到阿岱爾菲，花了很多時間。

我們上樓的時候，我叫她注意，克拉太太佈置的陷阱不見了，還有新的腳印。往上爬了些，發現我外面的門敞著（我走的時候關好的），裡面還有聲音，我們都非常詫異。

我們面面相覷，不懂是怎麼一回事，就進了座談室。發現來者全世界的人都不是，正是我姨婆，還有狄克先生，這一驚可真不小！姨婆坐在一堆行李上喝茶，面前是兩隻鳥，膝蓋上是隻貓，就像個女魯濱遜。狄克先生若有所思，人伏在一隻就像我們過去常常一塊兒出去放的大風箏上。他周圍堆的行李更多！

「好姨婆！」我叫道。「啊，想不到您來，我好開心！」

我們熱烈擁抱，狄克先生跟我熱烈握手。克拉太太忙著燒茶，再殷勤也沒有了，熱烈地說，她早就很清楚，考勃菲爾先生看見了他的好親戚，就要嚇壞了。

「喂！」姨婆對裴媽招呼道，「你好嗎？」裴媽看她那副威風凜凜的樣子，已經害怕了。

「你記得我姨婆嗎，裴媽？」我說。

「請你做做好事，孩子，」姨婆嚷道，「別用那個南海島的名字叫這個女人！她要是結了婚，把原來名字丟掉，再好也沒有，你為什麼不給她換個名字的好處呢？你現在叫什麼名字——裴？」姨婆說，這句話是對那個討厭的名字的讓步。

「我姓巴基斯，老姑媽，」裴媽屈膝行禮說。

「好，這才像人叫的，」姨婆說。「這名字聽起來，你才不像需要基督教的傳教士開導。你好嗎，巴基斯？我希望，你很好吧！」

巴基斯聽了姨婆幾句和藹的話，又看見她伸過手來，膽也壯了，就接過手來握，又屈膝行禮答謝。

「我看，我們都老了些，」姨婆說。「我們只會過一次面，你知道。那一次，我們彼此的印象好極了！——喬，寶貝，給我再倒一杯茶。」

我恭恭敬敬遞了茶給姨婆，她還是跟平時一樣，身子直挺。我大著膽勸她別坐在箱子上。

「我端張沙發或者圈椅過來，姨婆，」我說。「為什麼您要這樣不舒服？」

「謝謝你，喬，」姨婆答，「我情願坐在我的財產上。」這時，姨婆狠狠望著克拉太太說，「您不用伺候我們，太太。」

「要不要我在茶壺裡加上茶葉再走，太太？」
「不用了，謝謝您，太太，」姨婆答。
「您可要我另外拿塊奶油來，太太？」克拉太太說。「不然，您可要試試新生的蛋的味道？還是烤點薄鹹肉片？——我沒有可以為您好姨婆效勞的事嗎？考勃菲爾先生？」
「沒有了，太太，」姨婆答。「我很舒服，我謝謝您。」
克拉太太，滿臉堆笑沒有停過，表示她好性子，不停把頭斜在一邊，表示全身衰弱，不停搓手，表示凡是值得做的事，她都願意效勞，漸漸笑著笑著，側著身子，搓著手，出了房間。
「狄克！」姨婆說，「你知道我跟你說過趨炎附勢，拍有錢人馬屁的那些人麼？」
狄克先生——相當吃驚的樣子，好像他忘了似的——忙答說知道。
「克拉太太就是一個，」姨婆說。——「巴基斯，麻煩你照管一下茶，給我再倒一杯，因為我不喜歡那個女人倒！」
我懂得姨婆的脾氣，曉得她心裡有要緊的事，她這次來，心事比不認識她的人猜測的重大得多。我注意到，她以為我想別的事情的時候，眼睛會望著我，而且她雖然外表頑強鎮定如故，內心好像正在遲疑不決，很奇怪。我漸漸想到，可是自己做了什麼事得罪了她，覺得良心在對我嘰咕，關於朵若的事我還沒有告訴她。總而言之，會是這件事嗎，我納悶起來。

我知道，說話要等她自己選時間，所以就坐在她身邊，跟雀鳥說話，跟貓玩，竭力做出若無其事的樣子，不過差遠了，並不真若無其事。就是狄克先生沒有伏在姨婆背後的大風箏上，一碰到機會就祕密對我搖頭表示大事不好，指指姨婆，我也裝不成沒事樣。

「喬，」姨婆喝完茶，仔細把衣服拂平，抹抹嘴，終於說——「你不用走開，巴基斯——喬，你可站穩腳跟，靠得了自己了？」

「我希望可以了，姨婆。」

「你以為怎麼樣？」姨婆問。

「我以為可以了，姨婆。」

「那好，我的心肝，」姨婆認真地望著我說，「你想，我今兒晚上為什麼寧願坐在我這些財產上？」

我搖搖頭，猜不出來。

「因為，」姨婆說，「我的財產就只這些了。因為我完了，我的寶貝！」

就是房子，連我們一起，全倒到河裡，我也不會更吃驚。

「狄克知道這件事，」姨婆說，一面輕輕把手放在我肩膀上。「我完了，我的乖喬！我世上的財產全在這間房裡，除了小房子不算，我把房子留給戔涅去出租了。——巴基斯，今晚上我要給這位先生弄張床。——為了省錢，也許你可以替我想點辦法。隨便怎樣都行。

就是今兒一晚。明天我們再細談這件事。」

我驚詫，也為姨婆擔心——的確是為她——人都呆了，姨婆倒在我頸項上，才把我喚醒。她靠了一會，哭道，她是為了我才傷心。再過了一會兒，她抑住感傷，意氣揚而非失望地說，——

「我們要勇敢應付逆境，不要給逆境嚇倒，寶貝。一定要學著把戲唱完。我們要好好活下去，把倒運的事忘掉，喬！」

第三十五回　消沈

誠癡孫姨婆表卓見
欺恩主逆賊出狂言

我乍聽姨婆告訴我的消息，震駭難堪，一等能恢復鎮定，就向狄克先生提議，到雜貨店去睡裴格悌大爺最近空出來的那張牀。雜貨店在亨格弗市場，那時亨格弗市場是個非常不同的地方，門前有個矮木頭柱廊（跟老晴雨計裡住了小男女的房屋門前柱廊不無相似之處），狄克先生看了極為喜歡。住在這個建築上面的光榮，大約總可以補償他許多不方便的地方。不過，除了我以前說過的各種氣味混在一起，以及或許少一點活動地方之外，真也沒有什麼要他受罪的，所以他要住在這裡，完全入了迷。克拉太太憤然對他說，那裡準沒有地方弔起貓來擺動①。但是狄克先生抱著一條腿坐在牀腳對我說得對，「你知道，喬喔，我不要弔起貓來擺動。沒弔過貓，所以她那句話跟我有什麼關係呢？」

我想法兒跟狄克先生打聽，他是不是多少知道姨婆的產業突然出事的原因。他一無所知，我本來可以料到。他唯一說得出來的是我姨婆前天對他說，「我說，狄克，你真是我心目中的哲學家嗎？②」他說，是啊，他希望如此。然後姨婆說，「狄克，我完了。」他然後說，「唉，真的！」然後姨婆大大讚揚了他一番，他很高興。然後他們就到我這裡來了，路上喝了瓶子裝的黑啤酒跟夾心麵包。

狄克先生抱著一條腿坐在牀腳，把這些話告訴我，眼睜得很大，露出詫異的笑容，一副非常心滿意足的樣子。走筆至此，我心生歉意，因為我給他激得只有講給他聽，姨婆說「完了」，意思是苦惱、貧窮、饑餓，不過馬上我就痛責自己，不該對他這樣殘酷，因為看見他臉上變白，眼淚不住地淌下拉長的腮幫子上，眼睛盯著我望，那種難以形容的淒慘，就是心腸比我更硬的人，看了也要軟化。我花了無窮的氣力，比弄得他沮喪的還要多，才把他的興致重新提起。不久才知道（一開頭就該知道了），他一向把握十足，是因為信賴姨婆，當她是女中最聰明、最了不起的人物，也無限地依仗我，當我足智多謀。我相信，

①英國從前有種遊戲，吊起貓來擺動做靶子。這裡這句話指地方小。
②「哲學家」一詞，有個意思泛指能安處逆境、隨遇達觀的人。

他認為不管什麼災難，只要不是絕對致命的，我都能對付。

「我們怎麼辦呢，喬幄？」狄克先生說。「還有請願書——」

「請願書當然要寫，」我說。「不過我們現在辦得到的只有臉上歡歡喜喜的，不讓姨婆看出我們在想她完了。」

他認為我的話有道理，態度認真之至，求我道，要是他有一絲一毫離開了正道，好在我隨時會有妙策，就揀一條用一用，喚他回來。可是說來抱歉，我把他嚇得太厲害了，他想盡辦法也掩飾不了，整晚眼睛都瞟姨婆的臉，表現出最淒慘的恐懼，好像他眼見姨婆立刻瘦了下去一般。他也覺得這一點，所以約束他的頭，不過絲毫無濟於事，他雖然管住頭不動，坐在那裡眼睛卻像機器一樣轉個不停。吃晚飯的時候，我看到他望著麵包（碰巧是個小的），好像我們已經遭了饑荒。等到姨婆一定要他照平常一樣吃飯的時候，我發覺他把麵包和乾酪碎塊收進口袋——相信他的用意是萬一我們瘦得太厲害的時候，用這些儲糧來補充元氣。

另一方面，姨婆心情鎮定，可以做我們大家的模範——至少，對我是如此。她對裴媽極和藹，只有我不小心又叫她這個名字她就不喜歡了。此外，我知道她在倫敦老覺得不慣，這回她卻很自在的樣子。她睡我的牀，我就睡在起居室，替她守衛。她很認真，一定要緊靠近河，以防大火；我想，有這種情況，她真有點滿意了。

「喬，寶貝，」姨婆看我準備替她調夜晚喝的酒，對我說，「不用了！」

「不用嗎，姨婆？」

「不喝葡萄酒了，寶貝。喝淡色啤酒好了。」

「可是有葡萄酒呢，姨婆。您總是用葡萄酒調的嘛。」

「酒留著，以防病了要喝，」姨婆說。「我們可不能隨便用，喬，倒啤酒給我。半品脫。」

我想，狄克先生聽了這話都會倒下，不省人事。姨婆說一不二，我就出去，親自去買啤酒。時候不早，裴媽和狄克先生乘這個機會就一同到雜貨店去了。我跟這個可憐的人在街口分手，他背了大風箏，十足成了人類苦難的紀念碑。

我回來的時候，姨婆正在房裡踱來踱去，手指摺著睡帽的邊。我把啤酒熱了，照平常萬無一失的原則烤了麵包。等替她把吃的喝的弄好，她也準備好了，頭戴睡帽，裙子掀到膝蓋上面。

「寶貝，」姨婆喝了一茶匙酒說，「比葡萄酒好多了。引起膽汁病的危險，一半都不到。」

我猜我總現出了懷疑的樣子，因為她接著說，——

「算了，算了，孩子。沒碰到比喝啤酒更糟的事，我們就不錯了。」

「我也該這麼想的，姨婆，一點不錯，」我說。

「那麼，你為什麼不這麼想呢？」姨婆說。

「因為您跟我是很不同的人，」我答。
「胡說八道，喬！」姨婆答。
姨婆用茶匙喝熱啤酒，在酒裡蘸烤麵包條吃，繼續悄悄地享這福分，沒有做作，就是有，也極少。
「喬，」她說，「我總不大喜歡生臉兒，不過倒挺喜歡你那個巴基斯，你可曉得！」
「您說這句話，比給我一百鎊還好呢！」我說。
「世界上的事真不可思議，」姨婆擦擦鼻子說。「那個女人怎麼會有那麼個怪名字，我真不解。我們總以為，人生下來叫個傑克森或者那一類的名字，要容易得多。」
「也許她也有這樣的想法；這名字不是她的過失，」我說。
「我想也不是，」姨婆答，雖然承認，並不情願。「不過挺叫人難受的。不管怎樣，現在她是巴基斯了。總算舒服些。巴基斯把你疼得什麼似地，喬。」
「凡是可以證明這一點的事，她沒有一件肯放過不做，」我說。
「沒有一件，我相信，」姨婆答。「這個可憐的蠢東西一直在說好說歹求我，要把她的錢拿點給我——因為她手上的錢太多了！傻女人！」
姨婆感動歡喜的眼淚確確實實滴到熱啤酒裡。
「她真是個最莫名其妙的東西，從來沒見過的，」姨婆說。「第一次看到跟你那個娃娃似的寶貝好母親在一塊，我就知道，她是個最莫名其妙的人。不過巴基斯有許多優點！」

她假裝要笑，乘機用手抹眼睛。利用過這個機會，又吃烤麵包，邊吃邊說。

「唉！我的天！」姨婆嘆口氣道：「我全知道了，喬！你跟狄克出去，巴基斯跟我談了很多。我全知道了。我嘛，可不知道這些可憐的女孩子以為自己有什麼前途。她們沒有對著——對著壁爐砸出腦漿來，我真詫異，」姨婆說。這個念頭，可能由想到我的事情而起。

「可憐的艾爾麗！」我說。

「不要跟我說什麼可憐，」姨婆說。「她沒有惹出這麼多麻煩來之前，就該想到了。跟我親一親，喬。你這麼早就戀愛，真糟。」

我彎下腰去的時候，她把平底大玻璃杯放在我膝蓋上，把我留住，說，——

「唉喬啊，喬啊！你以為你戀愛了！是嗎？」

「哎呀，姨婆！」我叫道，臉漲得要多紅有多紅。「我愛慕她，愛得神魂脫落。」

「朵若，真的！」姨婆應道。「你的意思是這個小東西非常迷人，我猜？」

「好姨婆，」我答，「不管誰一點也想不到她是怎樣的人。」

「啊！不是沒腦子？」

「沒腦子，姨婆！」

說真的，我從來沒有一刻想過她有沒有腦子。當然我不喜歡這個想法。不過，因為完全是個新想法，所以有點楞住了。

「不輕率？」

「輕率，姨婆！」我只能帶著剛才重複那一句的感覺，重複了這個大膽的想法一句。

「好，好，」姨婆說，「我不過問問罷了。我沒有看輕她。可憐的小倆口兒！那麼，你以為你們是天作之合，將來過宴會式的生活，就像兩塊漂亮的糖果，是不是，喬？」

姨婆問我口氣非常慈祥、溫和，一半帶開玩笑，一半憂心忡忡，我大為感動。

「姨婆，我知道我們年紀輕，沒有經驗，」我答，「說的許多話，想的許多事，總相當愚蠢的。不過我們的確真地相愛。要是想到朵若居然會愛別人，不管誰，或者不愛我了，或者我居然會愛別人，不管誰，或者不愛她了，我不知道會怎麼樣——發瘋，我想。」

「嘿，喬！」姨婆搖搖頭，神情嚴肅地笑道，瞎了眼！瞎了眼！瞎了眼！」

「我認識某人，喬，」姨婆頓了頓接著說，「雖然性格很柔順，愛他的情卻很實在，使我想起那個去世的娃娃。實在，才是某人一定要找到的德性，這個德性可以撐住他，改進他，喬——深的、純粹的、可靠的實在！」

「您還不知道朵若有多實在呢，姨婆！」我嚷道。

「嘿喬！」姨婆又說，「盲目，盲目！」不知什麼道理，我覺得受到了含糊、不愉快的損失，或者某種缺陷，像烏雲一樣，籠罩住我。

時間還多著。」

「不過，」姨婆說，「我不想弄得兩個年輕人不滿意自己，或者叫他們不快樂。所以，雖然這是少年男女的戀愛，而少年男女的戀愛常常——注意！我說常常，不是總是——沒有結果的，不過，我們還是要認真，希望有一天來個幸福的結局。不管怎樣，總有結果，

整個說來，這番話讓狂戀中的人聽來並不很舒暢，不過我能跟姨婆一吐心腹，也很快樂，而且我沒有忘記她已經累了，所以熱烈謝了她對我這種慈愛的表現，和別的對我的恩惠。慇懃道了晚安，她就拿了睡帽，到我臥室裡去。

我躺下來的時候，心裡多悲慘。我想了又想，我現在在司本羅先生眼睛裡的寒酸；想到我已經不是向朵若求婚那時自己以為的那等人物；想到要做大丈夫，就該把我的經濟情況告訴朵若，假使她認為相宜，儘可以解除婚約；想到我一文也不賺，該怎麼設法度過訂了約的漫長學徒時期；想到要做點什麼事幫助姨婆，卻毫無辦法；想到自己淪落，囊中一錢不名，外套襤褸，不能買小禮物送朵若，騎雄偉的灰馬，打扮漂亮了見人！下作、自私，我知道這都是，雖然因為知道如此，我也來磨折自己，讓自己的心思跟自己的煩惱非常過不去，可是我對朵若太專情了，沒法不想這些事。不多想想姨婆，少想想自己，我知道是卑劣的。不過到現在為止，自私跟朵若分不開，我沒法把朵若撇在一旁，去想別人。那一晚我過得多麼傷心啊！

至於睡眠，我夢見各種情況的窮，不過，不是先行了睡著的儀式才有夢。時而衣衫破爛，想要把火柴賣給朵若，六捆賣半辨士；時而穿著睡衣靴子在事務所，司本羅先生規勸我不可這樣單衣薄裳就在客戶面前露面；時而在聖保祿大教堂的鐘敲一點的時候，饑餓地、難忍地拾老提菲撒下來的日常餅乾屑吃；時而毫無指望地想弄到跟朵若結婚的許可證，除了烏利亞·謝坡的一隻手套，別無可以拿出來交換的，這隻手套，全會館的人都認為不像話。雖然多少知道還在自己的房裡，卻總是出事的一條船似的在被單的海裡顛簸。

姨婆也心神不寧，因為我時常聽到她踱來踱去。這一夜有兩三次，她穿了長法蘭絨的睡衣，這件衣服一穿，她就好像有七呎高，如同心煩意亂的鬼魂一般，在我房裡出現，走到我躺的沙發旁。第一次我一驚坐起，聽她告訴我，照她憑天上特別的光彩推測，威斯敏斯特大教堂著火了，跟我商量，如果風轉了方向，會不會蔓燒到勃金恩街來。隨後我靜靜躺下，發現她坐在靠近我旁邊的地方，低聲自言自語，「可憐的孩子！」然後我才知道她顧我多麼不自私，我顧自己多麼自私，更覺得心中加二十倍悲慘。

我這樣長的一夜，任何別的人會短些，是很難相信的。這個念頭使我一再想像有個聚會，大家成幾個鐘頭地不停跳舞，末了，這個舞會也變成了夢，我聽到音樂不停地奏一隻曲調，看見朵若不停地跳一個舞，絲毫沒有注意我。那個整夜奏豎琴的人想用一頂普通大小的睡帽把琴遮起來，辦不到，就在這時，我醒了；或者應該說，我不再想法去睡了，看見紅日到底從窗子外面照了進來。

那時候，河濱馬路過去一條街底有一所舊的羅馬浴室——現在作興還在那裡——我在那裡洗過好多次冷水澡。我儘可能悄悄穿好衣服，把姨婆交給裴媽招呼，一頭衝進浴室，然後走到罕司迪散步。我希望這個振奮精神的治療可以把我頭腦弄得清爽點。我想，洗這個澡確實對頭腦有益，因為不久我就得到結論，第一步應該採取的行動是想法把我學徒的契約取消，看能不能把學費收回。我在石南叢吃了早點，就沿灑了水的道路走回博士會館，穿過夏季花園裡長的、小販的頭帶進城愉快的花香，一心一意要完成第一步，來應付我們改變了的環境。

不管怎樣，我很快就到了事務所，在博士會館閒逛了半個鐘頭，老提菲才帶了鑰匙出現。然後我在我那陰暗的一角坐下，抬頭望對面煙囪頂管上的日光，想起了朵若，末後司本羅先生來了，絡腮鬍子捲得很挺。

「你好嗎，考勃菲爾？」他說。「早上天氣真好！」

「早上很美，先生，」我說。「您出庭之前，我可以跟您說句話嗎？」

「當然可以，」他說。「到我辦公室來。」

我跟他進了房，他就穿袍子，在掛在小房間門裡的鏡子面前，把自己收拾一下。

「說來很難過，」我說，「我有點關於我姨婆的消息，相當糟。」

「怎麼可以！」他說。「我的天！不是中風吧，我希望？」

「跟她的健康沒關係，老師，」我答。「她受到些偌大的損失——事實上，她真是所賸無幾了。」

「你嚇壞我了，考勃菲爾！」司本羅先生嚷道。

我搖搖頭。「真的，先生，」我說，「她的景況變得太厲害了，我想請問您，能不能取消我的學業契約？」——看到他漠然的神情，我心生警覺，情急生智，補充一句——「當然，我們那筆學費要犧牲一點。」

我提出這個要求，受到什麼損失，誰也不知道。這就像請人判我充軍，離開朵若。

「取消你的契約嗎，考勃菲爾？取消嗎？」

我相當堅定地解釋，我真不知道今後生活所需打那裡來，除非我自己去賺。我並不怕將來，我說——這一點我說得很著力，好像暗指有一天我仍舊確確實實有資格做他女婿——不過在目前，我不得不靠自己想辦法。

「我聽你這話，難過極了，考勃菲爾，」司本羅先生說。「難過極了。不管為什麼理由，取消契約不是尋常的事情。這不是我們這一行的做法。絕不可以隨隨便便創這個先例。絕不可以，同時——」

「您心腸好，老師，」我嘰咕道，巴望他讓步。

「算不得什麼。別客氣，」司本羅先生說。「同時，我是要說，假使我命裡沒有注定縛手縛腳——假使我沒有個夥友——焦金斯先生——」

剎那間，我的希望粉碎了，不過我還要想法子。

「先生，您想，」我說，「我可不可以跟焦金斯先生提一提——」

司本羅先生搖搖頭，攔住我。「考勃菲爾，」他答，「我要是冤枉別人——尤其是焦金斯先生，天理不容。不過我懂得我這個夥友的為人，考勃菲爾。焦金斯先生對這種性質特別的提議絕不是會有反應的人。焦金斯先生是很難脫離常軌一步的。你也知道他是什麼樣的人！」

我清楚的是，我根本不知道他為人，只知道事務所本來是他獨自一個人的，現在獨自一人住在靠近孟塔格尤廣場一所見不得人、早該油漆的宅子裡，他辦公來得很遲，走得很早，好像從來沒有事跟他商量過，樓上有他一間又髒又小的黑洞，那裡從沒有辦過業務，他桌上有個黃色舊圖畫紙的拍紙簿，上面從沒有沾過墨水斑，據說放了二十年了。

「您會反對我跟他提一下嗎，老師？」我問。

「當然不反對，」司本羅先生說。「不過我跟焦金斯是有點經驗的，考勃菲爾。要不然就好了，因為不管什麼事我都樂意跟你見解一樣。如果你認為值得跟焦金斯先生提一提，我一點都不反對。」

他跟我熱烈握手答應了。既然准許，我就利用這個機會。我坐下來想朵若，望著煙囪頂管上的日光漸漸移下對面房屋的牆，望著望著，焦金斯先生進來了。我就上去，到他房裡。我在那裡露面，很明顯把焦金斯先生嚇了一跳。

「進來，考勃菲爾先生，」焦金斯先生說。「進來。」

我進去了，坐了下來，把我的情形跟焦金斯先生說了，跟對司本羅先生說的差不多一樣。焦金斯先生絕不是我們所想那麼可怕的人物，而是個塊頭很大、性格溫和、沒有鬍鬚、花甲之年的人，鼻煙吸得極多，身體裡再沒有餘地容納別的食物，因此博士院裡有個傳說，說他靠這個興奮劑為生。

「你這件事總跟司本羅先生提過了吧，我想？」焦金斯先生很不自在地聽完了我的話，這麼說。

我答，「提過了，」並且告訴他司本羅先生提起他名字。

「他說我會反對吧？」焦金斯先生說。

我不得不承認，司本羅先生認為大概會這樣。

「對不起，考勃菲爾先生，我不能替你的事出力，」焦金斯先生緊張地說。「實在的情形是——可是我銀行裡有個約會，對不起。」

說了這話，他非常匆忙起身，就要走出辦公室。這時我大膽說，這件事是不是恐怕沒法安排了？

「沒辦法！」焦金斯在門口站住搖頭說。「嗯，沒有！我反對，你知道！」——這句話他說得非常快，說完就出去了。「你得知道，考勃菲爾先生，」他補充道，一面很不安地又回頭向門裡望，「要是司本羅先生反對的話——」

「他個人並不反對，先生，」我說。

「噢！個人！」焦金斯先生不耐煩地重複說。「我向你擔保，有人反對，考勃菲爾先生。沒有希望的！你希望的事，辦不到。我——我真跟銀行有個約會。」說完這句話，他簡直是跑開的，據我知道，他過了三天才又在博士會館露面。

我急切要用盡手段，所以等到司本羅先生回來，把剛才碰到的事告訴了他，讓他知道，假使他肯，就能軟化鐵石心腸的焦金斯先生，我的事並不是沒有希望。

「考勃菲爾，」司本羅先生和藹地笑答，「你認識我的夥友焦金斯先生沒有我久。我絕不會認為焦金斯先生在玩什麼手段，不過焦金斯先生反對一件事的時候，他的說法往往讓人聽錯。不行的，考勃菲爾，」他搖搖頭，「焦金斯先生的心不是打得動的，你要相信我的話！」

司本羅先生跟焦金斯先生這兩個夥友究竟那個是真反對我的，我完全不清楚。不過我看得很清楚，這個事務所一定有些冷酷無情，想把姨婆的一千鎊要回來，是談也不用談的了。我絕望之餘，就離開事務所，回家了（現在想起我的失望來，我都極不愉快，因為那件失望為我自己的成分還是太多——雖然也總和朵若有關連）。

我正在揣摩最糟糕的情況，盡力設想如何應付未來的當兒，後面來了一輛出租馬車，就在我腳面前停下，我不由得抬頭一望。車窗裡一隻美麗的手向我伸來，露出一個面孔笑向著我，那張從第一次在裝了闊大欄杆的老橡木樓梯上掉過來，我把它柔和的美跟教堂彩色玻璃聯想在一起那一刻開始，我看了沒有一次不覺得安寧歡喜的面孔。

「娥妮絲！」我歡叫道。「啊，我的好娥妮絲，全世界所有人裡，見到你最快樂了！」

「真的嗎？」她說，她聲音總那麼真誠。

「我非常想跟你談談！」我說。「只要看到你，我的心就安了！要是我有魔術師的帽子③，我誰都不要，就要你！」

「什麼？」娥妮絲問。

「啊呀！也許先要朵若，」我認了錯，臉都紅了。

「當然，朵若第一，我希望，」娥妮絲笑道。

「可是，第二就是你了，」我說。「你上那兒去？」

③指中古傳說中的英雄Fortunatus的錢袋。

她是上我那兒去看我姨婆。那天天氣很好，她很高興下馬車，車裡有臭味（我頭一直在車裡），就像黃瓜架下的畜欄。我打發馬車夫，她挽了我的臂，我們並肩走。她就像是我希望的化身。娥妮絲在我身邊，頃刻間我的感覺變得多麼厲害！

姨婆寫給娥妮絲一封特別的、匆忙的短柬——比鈔票長不了多少——她寫信通常是這種長度。信裡說，她碰到不幸，要永遠離開多佛；精神上已經有了準備，人很好，誰也用不著為她難過。娥妮絲到倫敦來看我姨婆，這許多年來，她們倆很要好。的確，是從我住在威克菲先生家那時開始的。她說，她不是一個人來，她爸爸跟她一起——還有烏利亞・謝坡。

「現在他們合夥了，」我說。「這個狗頭！」

「合夥了，」娥妮絲說，「到這裡有點業務，我借這個機會來了。你切不要以為我這次來全是看朋友，沒有私心，喬幄，因為——我恐怕我偏見太厲害了——我不願意讓爸爸單獨跟烏利亞一塊出門。」

「他還照舊頤指氣使威克菲先生嗎，娥妮絲？」

娥妮絲搖搖頭。「家裡面目全非，」她說，「你恐怕都認不出可愛的老屋了。他們跟我們住在一起了。」

「誰他們？」我問。

「謝坡先生跟他母親。烏利亞睡你老早住的那間房，」娥妮絲望著我說。

「要是我能操縱他做的夢就好了，」我說。「他不會在那裡睡久的。」

「我還保留我自己過去學功課的小房間，」娥妮絲說。「時間過得真快！你記得通客廳的飾了嵌板的小房間嗎？」

「記得，娥妮絲？我第一次看見你，從那個門口出來站在那裡，身邊掛了你那出奇的、放鑰匙的小籃子，是嗎？」

「還是那樣，」娥妮絲笑道。「你想起來還那麼愉快，我很高興。那時我們非常快樂。」

「我們真是快樂，」我說。

「那間房我還保留。不過我不能老不理會謝坡的媽，你知道，所以，」娥妮絲安詳地說，「有時本喜歡單獨一個人的，覺得也不得不陪陪她。不過我也沒有什麼要埋怨她的。要是有時候她誇獎兒子，叫我發膩，這也是做母親的天性。烏利亞對她算是很好的兒子呢。」

娥妮絲說這些話的時候，我望著她，看不出她知道烏利亞的狼子野心。她的眼睛靜淑而真摯，含著本身美麗的爽直和我的接觸，臉上的溫柔沒有改變。

「他們在我們家主要的壞處是，」娥妮絲說，「我不能依我的心跟爸爸親近——烏利亞·謝坡總夾在我們中間——我不能照我要的那麼週到看護爸爸（要是這句話說得不算太冒失的話）。不過，假使有什麼欺詐或陰謀要傷害爸爸，我希望純潔的愛和真終歸更有力量。我希望真愛和真理末了比世界上什麼邪惡或災禍都有力量。」

她臉上的說不出的笑容，我以往從來沒有在任何別人臉上見過的笑容，這時漸漸消失了，儘管我還在想這個笑容多好，以往我多麼見慣。她很快改變了臉色問我（我們漸漸走到快到我家的街上了）是否知道我姨婆景況變糟的經過。我回說不知道，姨婆還沒告訴我，娥妮絲就沈思起來，我想，我感覺到她的膀子在我的膀子上打抖。

我們發現姨婆一個人在家，神情有點緊張。她跟克拉太太有了爭執，事端是關於一個抽象的問題：出租套房住女眷是否妥當。姨婆對克拉太太的痙攣絲毫沒有擺在心上，對那位太太說，她身上有我白蘭地的味道，麻煩她出去。就此結束了辯駁。這兩句話克拉太太認為都可以提出來控告姨婆，並表示要告上「不列顛玖迪」④——據推測，這個名字意思是民族特權的干城。

不過我姨婆乘裴媽帶了狄克先生出去看近衛騎兵的當兒，冷靜下來——而且，看到娥妮絲大為歡喜——除了以這件事相當自慶而外，沒有別的，高高興興，不打絲毫折扣，歡迎我們。娥妮絲把帽子放在桌上，坐在姨婆旁邊，我看她柔和的眼睛，容光煥發的額頭，不禁想有她在那裡似乎多自然；她年輕，沒有閱歷，姨婆對她卻多麼推心置腹；她懷著純潔的愛和真，多麼堅強。

---

④這個Judy是Jury（陪審團）的誤讀，克拉克當作有這個人。

我們漸漸談到姨婆的損失，我把早上想辦法的事告訴了她們。

「你真沒腦子，喬，」姨婆說，「不過用意很好。你是個心地厚道的孩子——我想現在我要說『青年』了——真叫我覺得有面子，心肝。一直都還不錯。好，喬，娥妮絲，我們正面來研究研究貝采．喬幄的情況，看看是怎麼一回事吧。」

我發現娥妮絲臉色變青，非常留神地望著我姨婆。姨婆拍拍帽子，也很注意地望著娥妮絲。

「貝采．喬幄，」她姨婆說錢上的事向來不跟人談，「我不是說你姊姊，喬，寶貝，我是說我自己——有過財產。多少沒有關係；夠生活了。還有得多；因為她省下了一點，加進去了。有一段時期貝采把錢拿去買公債，後來，聽她業務代理人的話，投資在用地產作抵押的貸款上。這方面生意很好，利益很多，末了，貝采獲到報償。我提到貝采，好像她是條戰艦⑤。好了！貝采要四下裡望望，找新投資的路子了。她想，她現在比她的業務代理聰明些了，代理這時已經不像以往那樣會做生意了——我是指你父親，娥妮絲——所以她就親自用心投資。所以她就把錢，」姨婆說，「投到外國市場上。結果這是個不好的市場。最初她在鑛業方面受了損失，接著又在潛水業方面——打撈沈寶，或者拾金銀⑥之

---

⑤上文講貝采得到了報償（paid off），英文也指將船首轉向下風，故有此語。

⑥原文為「湯姆．貼勒的胡鬧」，借用兒童遊戲中語：「我們到了湯姆．貼勒的地方，拾起金銀。」

類的荒唐玩意受損失，」姨婆揩揩鼻子解釋道。「她又在鑛業上吃了虧。最末了，為了把這件事全部挽救回來，她又在銀行業這方面虧損。我有一陣子不知道銀行的股票還值多少，」姨婆說——「我相信百分之百是最低的了——不過，銀行在世界另一端，據我知道，遁入虛無了。不管怎樣，倒了，再也不會付，也付不出六辨士了。貝采的六辨士可全在那裡，就這樣完了。真是越提越糟！」

姨婆盯著娥妮絲望，有得意的樣子，就這樣結束了她這番扼要的、帶有哲人風度的說明，娥妮絲臉色也漸漸恢復。

「好喬幄小姐，這就是全部經過嗎？」娥妮絲說。

「我希望說夠了，孩子，」姨婆說。「要是還有本可以虧的話，可以說就還沒有完。貝采會想法把那筆本錢跟其餘的一起扔掉，再來一章，我想一定是這樣。不過，沒有本錢了，故事也沒有了。」

娥妮絲一開始屏息傾聽，臉上一陣紅、一陣白，不過漸漸自在地呼吸了。我想我知道為什麼。我想，她有些害怕發生的事多少要怪她不幸的父親。姨婆把她的手握在自己的手上，笑起來了。

「全了嗎？」姨婆重複一次。「嗯，全了，全說了，只差『從此以後，她一直幸福』一句。也許不久有一天，我可以為貝采加上這一句。哪，娥妮絲，你頭腦聰明。喬，你也一樣，有些事情是，不過我不能恭維說你件件事都是，」姨婆說到這裡對我搖搖頭，那種用力搖法是她特有的作風。「怎麼辦？拿我那個鄉下小住宅來說，平均算起來，一年可以收七十鎊租。我想我們這樣估計，是可靠的。好啦——我們就只有這所房子了，」姨婆說；她說話就有這個特點，在好像要繼續講下去，有好久要講的當兒，忽然停了，跟有些像馬奔馳中忽然停蹄一樣。

「還有狄克，」姨婆歇了一會說。「他每年可以用一百鎊。不過這筆錢當然一定要由他自己用。要是跟我在一起，弄得他的錢花不到自己身上，那麼，雖然我知道我是唯一知道他真正價值的人，我還是寧願他走。靠我們的收入，喬跟我最好怎麼辦呢？你有什麼意見，娥妮絲？」

「我說姨婆，」我插嘴道，「我一定要做點什麼事！」

「當兵去，你是這個意思嗎？」姨婆吃了一驚說。「還是去做水手？我不要聽到這種事。你要做代訴人的。我們這家人的計畫可絕不能破壞，對不起，先生。」

我正要解釋，我並不想幹這個行業來維持家庭的生計，娥妮絲問我，房屋的租期是不是很長？

「你問到要點了，小姐，」姨婆說。「至少六個月之內不會滿期，除非轉租，不過我相信不會。上次的房客死在此地。六個人裡面總有五個一定會死——當然——給那個穿本色棉布袴、法蘭絨裙子的女人害死的。我有點現款。你的意思不錯，我們最好在此地住到滿期，在附近替狄克弄間臥室。」

我想，姨婆住在此地，要不停地跟克拉太太打遊擊戰，未免受罪，我想我有責任，於是出言暗示，不過她一句話就把我的反對打消了。她說，一旦撕破臉，她準備好好嚇克拉太太一下，叫她有生之年都不會忘記。

「我一直在想，喬幄，」娥妮絲遲疑地說：「要是你有時間——」

「我有好多時間，娥妮絲。四五點鐘之後，我經常沒事，早上也有時間。總抽得出來的，」我說，想到自己在城裡東奔西走，在瑙倭路上來來去去，花掉那麼多鐘點，覺得臉有點紅，「我時間很多。」

「我知道，」娥妮絲走到我面前，低聲說，口氣裡充滿了溫柔和抱著希望的顧念，到現在都在耳邊，「你不會介意做書記的事。」

「介意，我的好娥妮絲！」

「因為，」娥妮絲接著說，「司瓊博士已經照原來的心願退休，住到倫敦來了。我知道他問爸爸能不能推薦一個人。你想，他有個從前心愛的學生在跟前，不比誰都好嗎？」

「好娥妮絲！」我說，「沒有你，我怎麼辦？你總是我的天使。我對你說過的。我記起你，從來不作他想。」

娥妮絲愉快地笑答道，天使一位（她指朵若）就夠了，接著指點我說，司瓊博士早晚都在書房裡忙，我的空閒非常合乎他的需要。我眼看就能賺錢養活自己，固然歡喜，但是有指望替我往日老師做事賺錢，更為快樂。簡言之，我聽了娥妮絲的話，坐下來就寫了封信給博士，說明我的用意，約好第二天上午十點去看他。信寄到高門——因為他住在那個地方，我再不會忘記的——我親自跑去寄了，一分鐘也不耽擱。

娥妮絲不聲不響，人在那裡，那裡就留下點她叫人愉快的痕跡，分不開來，我回家的時候，發現姨婆的鳥籠掛起來了，像一直在鄉間小屋起坐間窗口掛著一樣。我的安樂椅，仿照姨婆放她那張更安樂的椅子的位置，傍著敞開的窗口。甚至姨婆帶來的那把綠色團扇，也用螺絲釘釘在窗台上了。我知道這些事是誰做的，只要看這些事不顯痕跡，好像自動做出來的，就可以明白。我忽略了的書照我往日求學時代的次序理好了，即使假定娥妮絲遠住好多哩之外，沒有看見，她笑這些書亂放得一塌糊塗，忙著整理，我也當下曉得是誰。

姨婆對泰晤士河的印象很不錯（雖然不像鄉間小屋前面的海，太陽照在河上倒很好看），不過，批評倫敦的煙霧毫不留情，她說，「什麼東西都撒了胡椒。」提起這個胡椒，我幾間房裡隻隻角落面目全變，裴媽挑了大樑。我正在四下打量，心想裴媽好像忙亂一大陣才做出一點事來，娥妮絲不慌不忙就成績斐然，有人敲門。

「我想，」娥妮絲臉色變青了說，「是爸爸。他說了會來的。」

我開了門，請進來的，不但是威克菲爾先生，還有烏利亞・謝坡。我有好些時沒見到威克菲爾先生了。聽了娥妮絲說的一番話，以為他一定大有變化了。不過他的樣子還是嚇壞了我。

倒不是他老了好多歲，雖然仍舊穿得跟從前一樣乾淨得挑不出毛病；也不是他臉上紅得像有病；或者眼睛紅腫，手發抖（發抖的原因我知道，從前看了好些年）。也不是他好看的容貌或者從前上流人士的派頭不見了——因為他並沒有失掉這些——最叫我怵目驚心的是，他天生超人一等的氣概依然保存，居然受制於那個諂媚的卑鄙化身，烏利亞・謝坡。這兩種性格的位置顛倒，烏利亞掌權，威克菲爾先生依賴人，我看了真痛心，難以言喻。就是看到猿控制人，我也不會覺得比眼前這個景象更可恥。

他自己似乎極明白這種情形，進來的時候，站著不動，低著頭，好像感覺到可恥。不過這只是一會兒功夫，因為娥妮絲柔和地對他說，「爸爸，喬嵋小姐在此地——喬嵋也在，您好久沒見他了！」他就走過來，很勉強地向姨婆伸手過去，比較熱烈地跟我握手。我說到的這片刻，看到烏利亞臉上露出最叫人討厭的笑容。我想娥妮絲也看到了，因為她避開了他。

我姨婆看到了什麼，或者沒有看到什麼，她自己如果不說出來，我管叫你用盡辦法都摸不著邊，她打好主意做出無動於衷的樣子，那種本領，誰也不如。在現在這個情形之下，她心裡想些什麼，臉上簡直跟一堵沒有窗的牆壁一樣，一絲也不透露出來。後來還是她跟平常那樣，突然打破沈寂。

「我說，威克菲爾！」姨婆說，這時威克菲爾先生才第一次抬頭望著她。「我在告訴你小姐，因為我看你做生意越來越不靈了，不肯把錢交給你，自己運用資金多高明。我們正在一塊兒商量，很有進展，件件事都考慮過了。照我看，娥妮絲值得整個事務所。」

「假使我可以說句卑位人說的話，」烏利亞．謝坡扭了扭身子說，「我完全贊成貝采．喬幄小姐的話，要是娥妮絲小姐做了合夥人，就頂好沒有了。」

「你自己是合夥人了，你知道。」姨婆答，「你差不多夠稱心了吧，我想。你好嗎，先生？」

這個問題問得特別不客氣，謝坡先生答覆的時候很不舒服地握緊手上拎著的藍提包，說他很不錯，謝謝我姨婆，希望她也如此。

「還有您，少爺——我該說考勃菲爾先生，」烏利亞接下去說，「我希望您身體好！看見您真開心，考勃菲爾先生，即使遇到目前這種情形。」我相信，他好像非常幸災樂禍似的。「目前的情形不是您的朋友會希望您碰到的，考勃菲爾先生。不過人的成功不靠錢，靠——我可真沒有本領表達，能力太卑位，」烏利亞猛然一扭，奉承地說。「不過可不靠錢！」

說到這裡，他跟我握手——不是一般的握法，而是站得離我遠遠地，把我的手提起又放下，當它是抽水機的把柄，有點害怕的樣子。

「您看我們現在氣色怎麼樣，考勃菲爾少爺？——我該稱呼您先生吧？」烏利亞巴結地說。「您不覺得威克菲爾先生少顏嗎，先生？我們事務所的人過多久都看不出什麼老來，考勃菲爾少爺，倒提高了卑位人，就是母親和本人，——另外，」彷彿補充一個事後想起的意見，「還把美人，也就是娥妮絲小姐，變得更美。」

他說完這句恭維話之後，又猛扭身體，樣子太叫人受不了，我姨婆一直坐在那裡盯著望他，這時忍無可忍。

「真見這傢伙的鬼！」姨婆聲色俱厲地說。「他搞什麼花樣啊？——別像觸了電似地，先生！」

「對不起，喬嵋小姐！」烏利亞答。「我知道，您容易發脾氣。」

「滾你的蛋，先生！」姨婆說，她絕沒有息怒。「別胡說八道！我才不是這種人。你如果是條鱔魚，先生，就扭你的吧。如果是人，把膀子跟腿管好，先生！老天爺！」姨婆不勝憤慨地說，「我可不要給蛇那麼扭呀扭地，螺獅錐那麼轉呀轉地，弄出神經病來！」

這頓脾氣，窘得謝坡先生滿臉通紅，大多數人可能也會。隨後姨婆怒氣未息，坐在椅子上挪動身子，搖頭擺腦，好像要向他猛咬、猛撲過去似地，格外助長了她言語的威風。不過烏利亞聲調溫順地對我說，——

「我很明白，考勃菲爾少爺，喬嵋小姐人極好，只是性子躁（的確，我想我運氣好，做了地位卑位的書記，在您之先就認識她了，考勃菲爾少爺）。她碰到現在這種情形，當然脾氣更躁些，也是極自然而然的，奇怪的倒是，沒有更壞些！我來拜訪，不過是說，碰到現在這種情形，有什麼我們可以幫忙的，母親或我本人，或者威克菲爾．謝坡事務所，我們真情願。我可以說到這種程度吧？」烏利亞望著他的合夥人令人作嘔地一笑。

「烏利亞．謝坡，」威克菲爾先生單調地，硬著頭皮說，「做業務很起勁，喬幄。他說的話，我完全同意。你知道，我老早就把你放在心裡了。除了這一點，烏利亞說的，我也完全同意！」

「啊，得到人信任是多大的報酬啊！」烏利亞說，說時縮回一條腿，冒了再給我姨婆臭罵一頓的險。「不過我希望我能做點事，免得他業務上太疲勞，考勃菲爾少爺！」

「有了烏利亞．謝坡，我大為輕鬆，」威克菲爾先生說，聲調仍然同樣呆板。「有這樣一個夥友，我精神上的重擔放下來了，喬幄。」

我知道，這些話全是紅狐狸擺弄他說的。有一晚他對我說過那番話，害得我沒有能休息，現在讓威克菲爾先生自己來證明他的話沒錯。我又看到他臉上同樣難以入目的笑容，也看到他多密切地注視我。

「您不走嗎，爸爸？」娥妮絲焦灼地說。「您不跟喬幄，跟我走回去嗎？」

我相信，要不是烏利亞那位大人物先有舉動，他會望望他，然後才回答。

「我預先有了約會，」烏利亞說，「是業務上的事。否則跟朋友在一起頂好也沒有了。可是我讓我的合夥人代表本事務所。娥妮絲小姐，我永遠是您的⑦！考勃菲爾少爺，再見。替我向貝采・喬幄小姐致卑位人的敬禮。」

說完這幾句話，他吻了自己的大手，像假面具一樣瞟了我們一眼，去了。

我們坐下，談了一兩個鐘頭在坎特布利愉快的往事。威克菲爾先生跟娥妮絲在一起不久，就漸漸恢復了往日的神態，雖然還是擺脫不了沮喪。儘管如此，他聽我們追憶往日生活的細節，許多他記得很清楚，也顯然喜歡，快活起來了。他說，當時又像單單只有娥妮絲跟我伴著他的時候，真希望老天爺保佑人事沒變。娥妮絲平靜的臉的確有影響力，她的手一碰到威克菲爾先生的膀子，對他就奏奇效。

這當兒我姨婆差不多一直跟裴媽在內房忙著，不預備陪我們到他們住的地方去，卻一定要我去，所以我就去了。我們一塊兒吃晚飯。飯後娥妮絲跟往日一樣，坐在威克菲爾先生身邊，替他倒酒。她倒多少，他喝多少，不再多喝——乖如小孩。暮色漸昏，我們三人一同坐在窗口。等到差不多黑了，威克菲爾先生躺在沙發上，娥妮絲把枕頭替他墊好，彎

⑦「我永遠是您的」（ever yours）是英文信末客套語，用於親密朋友，此處烏利亞是存了心用來告別的。

下腰來照顧了他一會兒。她回到窗口的時候，天還沒有太黑，我看見她眼裡淚光晶瑩。

我求上蒼，永遠不許我忘記這個好女孩在我一生那段光陰裡的愛和真。因為如果忘記，我就快完了，然後我就會巴不得最能記得她了！心裡充滿了她填進來的良好的決心，用她的榜樣把我的怯懦變為堅強，指點我——我不知道是怎麼指點的，她極謙遜、溫柔，不肯用許多話來規誡我——內心亂七八糟的熱情和打不定的主意，因此，我這輩子所行的一切小善，所自制而不為的一切禍害，我真誠相信，都是她的功勞。

看黑暗中她坐在窗口，對我說起朵若；聽我稱讚朵若；她又稱讚；她往這個小仙女周身上下灑了些她自己明淨的光輝，使得朵若在我眼中更加可貴，更加天真！唉，娥妮絲，我童年的姊妹啊，當時我如果知道後很久才知道的事就好了！——

我走下街，掉頭望窗口，想到娥妮絲安靜、天使般的眼睛的時候，街上有個乞丐咕噥著，好像他是早上發生的事的回聲，嚇了我一跳：——

「瞎了眼！瞎了眼！瞎了眼！」

第三十六回　熱誠

為報恩寧披荊斬棘
求發跡喜附鳳攀龍

第二天一開頭我又進羅馬浴室洗了澡，然後動身到高門去。現在我已經不氣餒了。不怕穿襤褸的衣服，也不想騎雄壯的灰馬了。對我們最近的不幸，我的想法已經完全改變。我要做的事情是讓姨婆看出，她過去對我的恩德，並沒有白白施給一個不懂事、不知恩的人。我要做的，是把我小時候受的痛苦的訓練，有決心，始終如一地用來工作。我要做的，是手執樵夫斧頭，在艱苦的樹林裡砍下一棵棵樹，開出我自己的路來，走到朵若面前。我腳步極快，好像走路就可以做成這件事。

我上了走熟了的往高門的路，從事的使命跟以往和歡樂有關的多麼不同，好像我整個人生都變了。不過我並沒有因此沮喪。過新生活就有新決心、新意向。辛苦是夠瞧的，報酬卻豐厚無比。朵若就是報酬，朵若一定要娶到。

我心動神馳，居然恨不得身上這套外衣已經襤褸破舊。我要在艱苦的森林裡狠砍那些樹木，在那種景況下證明我的實力。路上有位戴金屬絲眼鏡的老者在敲石子，我極想跟他借把鐵槌用一下，讓我在花崗岩上敲出條路，通到朵若家。我非常興奮，上氣不接下氣，覺得自己已經掙到了不知道多少了。心裡想著這些事，我走進一所召租的農舍，細細察看了一下，因為我覺得做人要切實。我和朵若住再好也沒有了——屋前的小花園正好給吉勃東跑西跳，從柵欄裡對著兜售貨物的人吠，樓上最好的一間房給姨婆。我走了出來，身上更熱，腳步更快，向高門街去，因為去得太快，早一個鐘頭就到了。即使沒有早到，也非散步一會兒不可，好冷冷身體，才起碼見得人。

我作好了必要的準備，心裡第一件事是找到博士的家。並不在司棣福住的高門那一帶，而是在這個小鎮的對面那邊。我發現了這一點，就抵不住一股吸引力，又走回去，走到司棣福母親住的巷子一旁，從花園牆角上向裡張了一下。司棣福的房門緊緊關著。植物的暖房門開著，薩洒．笪忒爾，光著頭，腳步快而急促，在草地一旁石子小徑上徘徊。她給我的印象就像是頭猛獸，在走慣的路上拖直了鍊子走來走去，把心力耗盡為止。

我悄悄從偷覷的地點走開，躲過那一帶地方，但願不曾走近那裡，踱來踱去，踱到十點鐘。現在小山頂上有細長尖塔的教堂那時還沒有砌了向我報時。那個位置原本是一所用來做學校的紅磚屋。現在回想起來，到那裡上學，老式的房子一定挺好的。

我走近博士的農舍——是所漂亮的老宅子，從最近才裝飾修理好的痕跡看來，他為它花了點錢——看見他在花園裡散步，連護腿套都穿上了，好像從我受業起他就沒有停過散步似的。他的許多老同伴也跟他在一起，因為附近有很多大樹，草地上有兩三隻白嘴鴉看著他，好像坎特布利的白嘴鴉寫信來給這些鳥，講起博士，所以鳥才這樣專心觀察他的。

我知道那麼遠要引起他注意是絕對辦不到的，所以就大膽推開門，跟在他後面走，這樣一來，他一回頭，我就會見他了。他掉過頭來，就朝我走過來，凝神望著我一會工夫，看得出他料不到是我。接著他慈祥的臉上露出非常高興的神色，兩手捧住了我。

「啊，好考勃菲爾，」博士說，「你長成大人了！你好嗎？看見你，叫我開心。好考勃菲爾，你多麼有進步啊！你真是非常——對——哎呀！」

我說，希望他健旺，希望司瓊太太也健旺。

「哎呀，很健旺！」博士說。「安妮很好，她看見你會高興。她總喜歡你。這是她說的，昨晚上我把你的信給她看的時候說的。說起來——對了，一定的——你記得傑克・毛爾頓吧，考勃菲爾？」

「清清楚楚，校長。」

「當然，」博士說。「一定記得。他也相當好。」

「他回國了嗎，校長？」我問。

「打印度回來嗎？」博士說。「回來了。傑克·毛爾頓先生受不了那裡的氣候，孩子。馬克倫太太——你總沒有忘記馬克倫太太吧？」

忘記了「老將」！這麼短的時間！

「馬克倫太太，」博士說，「為他的事煩死了，可憐的人。所以我們到底又把他弄回來，花錢替他謀到了某個申請專利機關領乾薪的差使，這個事使他歡喜多了。」

我懂得傑克·毛爾頓先生的為人，不會不知道，這種職位是工作不多，薪水卻相當好的。博士手搭在我肩膀上，走來走去，他慈祥的臉總帶著獎勵的神情望著我，接著說道，——

「喲，好考勃菲爾，說起你提的事來，我的確覺得非常滿意贊成的，不過你難道不覺得，你可以找個好些的事麼？你知道，你跟我們在一起的時候，已經有了出色的成就。打下了基礎，不管什麼大廈都可以往上建了。把你的青春拿來專替我做我只能請你做的這種寒傖事，不可惜嗎？」

我又變得很興奮了，竭力提出我的請求，恐怕表達得狂熱了點。我告訴博士，我已經有了專業。

「好了，好了，」博士答，「不錯。你的確有專業，而且也在學，這就不同了。不過，我的小兄弟，七十鎊一年怎麼樣？」

「有了這筆錢，我們的收入就加倍了，司瓊博士，」我說。

「哎呀！」博士答。「真想不到！我不是說一年限定七十鎊，因為我總也想送我請來幫忙的小朋友，不管是誰，一點禮物。不成問題的，」博士說，一面手搭在我肩膀上還在走來走去，「我總把每年送點禮的事放在心裡。」

「我的好校長，」我說（此刻真不是胡說），「我欠您的恩太多了，算都算不清——」

「沒有，沒有，」博士岔開我的話頭道。「沒有這回事！」

「我方便的時間是早晚，要是您可以用這段時間，而且認為這值得一年七十鎊，您就幫了我無法形容的大忙了。」

「哎呀！」博士老實地說。「想不到這點錢要換這麼多勞力！哎呀，哎呀！你要是另有更好的差事，就去做，好嗎？作數的，嗯？」博士說——他要我們學生守信用的時候，總說這回話。

「作數，校長！」我照我們學校的老樣子答話。

「那麼就這樣了，」博士拍拍我肩膀說，手還擱在那裡，我們還是走來走去。

「要是我做的工作，」我說，有一點——我希望是純潔的——奉承，「是關於那本字典的，我要加二十倍快樂。」

博士站定了，含笑又拍我的肩膀，得意的樣子叫人看了頂高興，好像我探到了人類智慧最深的底了，提高嗓子說，「我的好小朋友，你猜中了。就是幫字典的忙！」

怎麼會是別的事呢？他口袋裡塞滿了字典，跟他腦子裡一樣，從他身上四面八方冒出來。他告訴我，他從教書生涯退休以來，字典的工作推動得很順利，我提議的早晚工作，再合他的意也沒有了，因為他的習慣是在白天一面散步，一面思考。他的文稿有點亂，因為傑克．毛爾頓先生最近偶爾自動幫他筆錄，這種事不是他做得來的，不過我們不久就可以把搞糟的整頓好，然後做起事來就順手了。後來，當我們工作就緒，我發現傑克．毛爾頓夾在裡面出力，反礙我的手腳，真想不到，因為他不但錄錯很多，還在博士的稿紙上畫許多士兵和婦女頭的素描，常常叫我看不清楚正文。

博士這本了不起的鉅著，眼看我們要共同去編，他非常歡喜，我們約好明天早上七點鐘開始。每天早上工作兩個鐘頭，每晚兩三個鐘頭，星期六不做事，我休息。星期天當然我也休息。我覺得對我的這些要求很輕鬆。

我們的計畫就這樣定好，彼此都滿意，然後博士帶我進屋，引我見他太太。我們看見她在博士的書房裡，撣他書上的灰——這些書是博士神聖不可侵犯的寶貝，不許任何別人亂動的。

為了我，他們早飯吃遲了，我們就一起坐上了桌。坐下沒多久，聲音還沒有聽到，我就在司瓊太太臉上看到有人快來了。有位先生騎在馬上到了門口，他下了馬，膀子上掛著馬籠頭，牽馬走進小天井裡，好像完全跟在自己家裡一樣，把馬拴在空馬車房牆上一個鐵環上，手拿著馬鞭走進了早餐室。來者就是傑克．毛爾頓先生。我想印度之行根本沒有叫傑克．毛爾頓先生長進。不過，對於不在艱苦的樹林裡斫樹的青年，我是深惡痛絕的，所以我的印象要相當斟酌才能相信。

「傑克先生！」博士說。「考勃菲爾在這裡！」

傑克．毛爾頓先生跟我握手，不過我相信不很熱情，他無精打采擺出好像是我恩人的派頭，我私下覺得受了他輕侮。不過整個說來他無精打采的神氣是十足的奇觀——除了對他表妹安妮說話才不是這樣。

「你今天早上吃了早飯嗎，傑克先生？」博士說。

「我差不多從來不吃早飯，校長，」他答，說時把頭往後仰，靠在扶手椅背上。「我覺得早飯很討厭。」

「今天有什麼新聞嗎？」博士問。

「什麼也沒有，校長，」毛爾頓先生答。「有條新聞說，北方人挨餓，不滿意。不過，總是有什麼地方的人挨餓，不滿意的。」

博士神情嚴肅起來，好像要換個話題，「那麼就是沒有新聞了。常言道，沒有新聞就是好新聞。」

「報上有篇長的，關於謀殺的口供，校長，」毛爾頓先生說。「不過，總是有人給謀殺掉的，我沒有看。」

我想，對人類的行為和感情表示無動於衷，在當時並沒有像我後來才觀察到的那樣有人當它是出色的德性。我早知道這倒確實很時髦。我看過有人把這種態度表現得非常徹底，見識過一些上流男女，他們假使生來是貪婪掠奪之徒①，倒還好些。也許那時因為我還是初見，所以印象更深。不過我對於傑克．毛爾頓先生的看法一點沒有提高，對他的信心一點沒有加強。

「我是來問安妮今兒晚上想不想看歌劇，」毛爾頓先生朝著她說，「這是這一季最後一晚好戲，有個唱歌的，她真應該去聽。她唱得真好極了。此外，她醜得迷人，」說完，又重新無精打采了。

博士只要有事情能討好他年輕的太太，無不起勁，就朝著她說，——

「你一定要去，安妮。你一定要去。」

「我不想去，」安妮對博士說。「我情願在家。非常情願在家。」

①貪婪掠奪之徒，原文用**caterpillar**（毛蟲、蠋），是蝴蝶、蛾等的幼蟲，最能吃，於作物有害。

她望也不望她表哥，就跟我說話，問娥妮絲可好，可不可以看到她，那天她會不會來。她當時心緒紛亂，十分顯明。我不懂，博士在烤的麵包上塗奶油，何以竟會一無所見。

可是他什麼也沒有看出。他和和氣氣對安妮說，她年紀輕，應該有娛樂，切不可以給老而怕動的丈夫，影響得自己也怕動。他說，還有，他要聽她唱所有那個女歌手的歌，她不去怎麼唱得好？所以博士一定要替她把這件事安排好，晚上傑克・毛爾頓先生來吃晚飯。這件事講好，他就到他專利局去了，我猜；不過總之他騎馬去了，懶洋洋的樣子。

第二天早上，我急切想知道安妮去了沒有。她沒有，反而派人到倫敦推掉她表兄的約會，下午出去看娥妮絲去了，而且拉了博士跟她一起去。博士告訴我，他們從田野走回來，因為晚上非常可愛。我就想知道，要見娥妮絲不在城裡，安妮會不會去，是不是娥妮絲也是她的益友！

我想她的神情並不很快樂，不過她的臉是善良的，要不然就是偽裝。我常常看她一眼，因為我們全部工作的當兒，她都坐在窗口，替我們預備早飯，我們就一面工作，一面吃一兩口。九點鐘我走的時候，她在博士腳面前地上，替他穿鞋子和護腿套。綠葉罩著矮房敞著的窗外，有些柔和的葉蔭就投在她臉上。我到博士會館，一路上都在想我看到她望著博士讀書時的那一夜。

現在我相當忙了——早上五點鐘起來，晚上九十點鐘回家。不過這樣從早忙到晚，我有無窮的滿意，從不為了什麼原因慢慢走路，熱烈地覺得越疲勞，越配得上朵若。我景況轉變的事還沒有對朵若透露，因為她這幾天要來看米爾司小姐，我要等到那時才告訴她。只在信裡對她說（所有我們的信都祕密由米爾司小姐轉）我有很多話要跟她說。這期間，我只用極少的髮油，完全不用香肥皂，薰衣香草水，大虧血本賣掉了三件背心，因為我現在過節約的日子，這些都太奢侈了。

我採取了這一類處置，還不滿意，還要再出力的念頭在心裡像焚燒一樣，於是就去看闕都斯。他現在住在荷本城堡街一所房屋的低牆後面。狄克先生已經跟我一同到過高門兩次，跟博士又重新做起伴來，這次我帶了他一起。

我帶了狄克先生來，是因為姨婆背運，他痛苦不堪，真心相信，我現在做的工，划船的奴隸或囚犯也沒有這樣辛苦，他沒有辦法幫點忙，結果煩躁憂愁，精神不振，胃口全無。這一來，更不能把請願書寫成功了。越是加緊起稿，倒楣的查理一世國王的頭越搞了進去。我當真怕他的病會重起來，所以一定要存了好心哄他一下，讓他相信自己有用，或者弄得他真有用處（這就更好），所以決定想法，看闕都斯能不能幫我們的忙。在去之前，我寫了封信給闕都斯，說明事情發生全部的情形，闕都斯回了厚道的信，表示同情和友誼。

我們發現他在忙著跟墨水瓶、紙張為伍。斗室一角放的花盆架和小圓桌，他一看到就更有精神。他熱烈接待我們，跟狄克先生一見就投機。狄克先生一口咬定說以前跟他會過，我們都說，「大概是的。」

第一件要跟闕都斯商量的是這件事：——我聽說各行業許多出名的人一開始是在採訪國會辯論新聞的。闕都斯跟我提起過報紙，認為這一行是他的希望之一，我把這兩件事加在一起，信裡問闕都斯，我希望知道，怎麼樣就有資格幹這一行。闕都斯告訴我，據他打聽到的，要做得出色，除了難得的情形，光是學會刻板的技能——就是身懷速記和閱讀速記符的絕技——已經差不多跟精通六種語文一樣艱難了。這個本領靠恆心，也許幾年工夫可以學會。闕都斯認為要談的事這就解決了。他這麼想，也有道理。不過，我只覺得這的確是幾棵大樹，一定要砍下來的，立刻就下決心，手執大斧，要在叢莽裡開出一條路來，到朵若面前。

「非常多謝你，好闕都斯！」我說。「我明天就開始。」

闕都斯滿臉驚異，也不能怪他。不過他還不知道我當時多開心呢。

「我要買本書，」我說，「裡面有很好的教這樣技能的方法。我在會館裡學，因為那裡沒有多少事。在我們法庭裡錄人講的話當練習——闕都斯，老朋友，我要學精它！」

「哎呀，」闕都斯睜大了眼說，「我從來不曉得你是這樣有決心的人物，考勃菲爾！」

我不知道他怎麼會曉得，因為連我都是剛剛才知道的。這件事算做了，我就想出狄克先生的事來討論。

「你明白嗎，」狄克先生渴望地說，「我要是能出力，闞都斯先生——就是能打鼓，或者吹什麼東西都好！」

可憐的傢伙！我的確相信，他心裡喜歡這樣的行業，在所有別的行業之上。闞都斯是怎麼也不會譏笑別人的人，很從容地答，——

「可是您的書法很高明啊，先生。——你跟我說過的，考勃菲爾？」

「高明極了！」我說。的確是的。他的字寫得特別勻整。

「您可曾想過，」闞都斯說，「替人家抄寫嗎，先生，要是我可以替您弄到文件？」

狄克先生望著我，滿懷疑團。「你說怎麼樣，喬喔？」

我搖搖頭。狄克先生也搖頭，還嘆氣。「你把關於請願書的事告訴他吧，」狄克先生說。

我就對闞都斯講，叫狄克先生的稿子裡不寫查理一世皇帝是很難的。這時狄克先生望著闞都斯必恭必敬，神氣嚴肅，一面吮拇指。

「可是我說的這些文件，您知道，是已經起好稿，改好的，」闞都斯想了一下說。「狄克先生不用再起稿。這不是不同嗎？考勃菲爾？無論如何，試一試不好嗎？」

這話給了我們新希望。闞都斯跟我撇開狄克先生交頭接耳研究了一下，狄克先生就坐在椅子上很不放心地望著我們。我們商量好一個計畫。照這個計畫，第二天就讓狄克先生工作起來，非常成功。

在對著勃金恩街的窗口桌上，我們把闕都斯給他弄來的文件打開——是抄一分關於通行權的法律文件，抄多少分我忘記了。另外一張桌上，我們攤開最後的，還沒有完成的請願書鉅著原文。我們關照狄克先生照面前的文件抄寫，一字不改，如果他動了絲毫要提查理王一世的念頭，另外趕快去寫在請願書裡。我們切囑他，對這一點要堅決，請姨婆看住他。後來姨婆告訴我們，起初狄克先生像個打兩面銅鼓的人，不斷地兩邊分心，不過後來發見這樣一來很容易把心思搞亂，也容易疲倦，不久就把文件明明白白放在眼面前，坐下來按部就班認真抄起來，把請願書擱下，等方便再去寫了。總之，雖然我們極其小心，不讓他抄得太多，免得忙壞他身體，雖然他星期天還沒有動手，到了下一個星期六晚上，他已經賺了十先令九辨士了。我有生之日，永遠忘記不了，他跑到附近所有的店鋪，把這筆財產換成了六辨士的輔幣，拿回家來，在盤子裡擺出一個心的形狀，端給姨婆，眼睛裡又是淚、又是歡喜、又是得意。從他做有用的工作那一刻起，他就像有了一道護符給他發吉兆一樣。星期六那晚上，世界上要找個幸福人的話，就是這個當我姨婆是當今最了不起的婦女，當我是最了不起的少年的這個表示感激的人了。

「不會挨餓了，喬幄，」狄克先生在角落裡跟我握手說。「我來養活她，少爺！」說時十個手指在空中揮動，好像是十家銀行似的。

我不知道誰更開心，闕都斯呢，還是我。「真的，」闕都斯忽然從口袋裡掏出一封信來給我看說，「我把密考伯先生全忘記了！」

這封信（密考伯先生從來不錯過寫信的機會）是寫給我的，「敬煩法學院內院T.闕都斯先生轉交。」信上寫：

親愛的考勃菲爾：

你收到我運氣已經來了的通知，不會詫異吧。以前我很可能跟你提過，我在等這樣的事情。

我行將在我國天府之島的某鄉立足（此地的社會可以形容成農業和聖職兩界和睦相處、混合組成的），這一行跟博學的三業之一直接有關②。密考伯太太跟我們的孩子都要跟我在一起。我們的骨灰將來或許要在附屬於某個歷史悠久的火葬堆的公墓合葬，就憑這個火葬堆，我提的這個地方以此馳名，也許可以說從中國到祕魯都聞名吧③。

密考伯太太跟我在這個現代的巴比倫都經歷了許多浮沉（我相信不是不高尚的際

②指神學、法學、醫學。

③此句借用約翰生博士〈人類希望的虛幻〉一詩起首名句。

遇），現在要跟它告別了。我們心裡不能否認，此後也許好多年，也許永恆，要跟一位別離，這一位跟我們家庭生活的祭壇有堅牢的連繫。如果在此別離之夕，你可以跟我們雙方的朋友湯瑪斯·闕都斯先生一齊到現在的舍下來，彼此在這個特殊情況下互道應有的祝詞，將是施惠給

你永遠的朋友

威爾金斯·密考伯

我很高興，發見密考伯先生擺脫了噩運，終於真有了轉機。聽闕都斯說，信裡提到的邀請就在當晚，我表示願意去，我們就一同到密考伯先生的家裡，他現在用的姓是冒提墨，住處在格雷院路坡頂附近。

這個住所的設備太有限，我們發現那對雙胞胎已經八九歲了，在起坐間可以摺起來的牀架上睡著，密考伯先生在洗臉架上水罐裡調了他拿手的，他叫做「釀造物」的可口飲料。我這次跟密考伯少爺敘舊，很覺得有意思，他大約十二三歲。我發現他很有出息，手不停，腳不住，是他這個年齡的兒童不算希罕的現象。又跟他妹妹重新結識。據密考伯先生告訴我們，憑了密考伯小姐，「她母親恢復了青春，跟埃及神話裡的不死鳥一樣。」

「我的好考勃菲爾，」密考伯先生說，「你跟闕都斯先生碰到我們行將遷移，這種情

形免不了稍有不便，要請你們原諒。」

我四下一望，說了幾句得體的話，發現他們家行李已經打好，東西絕不太多。我向密考伯太太道賀，眼看情況轉好了。

「我的好考勃菲爾先生，」密考伯太太說，「我們家所有的事你都好意關心，我是完全相信的。我娘家居然當我們是充軍，不過我是結了婚生了兒女的人，絕不撇掉密考伯先生的。」

關都斯給密考伯太太的眼色感動，覺得她的話有道理。

「這句話，」密考伯太太說，「這句話至少表示我對責任的看法，我的好考勃菲爾先生，關都斯先生，我說過，『我，艾瑪，嫁給你，威爾金斯』④，」這是不能取消的，我負這個責。昨天晚上我在殘餘的蠟燭光下讀了婚禮儀式，得的結論是我絕不能撇掉密考伯先生。還有，」密考伯太太說，「雖然我對儀式的看法作興錯了，也永遠不撇開密考伯先生！」

「好人，」密考伯先生有點不耐煩地說，「我絕不會覺得你會做出這種事情來的。」

「我知道，好考勃菲爾先生，」密考伯太太說，「現在我要去跟生人相處碰碰運氣了。我也知道雖然密考伯先生寫了信給我娘家各個人，措詞是最有身分的，他們卻絲毫沒有理會

④婚禮儀式中語。

密考伯先生的消息。我作興真是迷信，」密考伯太太說，「不過密考伯先生不管寫了多少信，好像注定了什麼回信也收不到。我只要看我娘家一聲不響，就可以推測到，他們不贊成我們打的主意。不過，考勃菲爾先生，就是我爸爸媽媽在世，我也不能讓他們改變我要盡責任的心。」

我表示意見說，這是正路。

「鎖在有主教的鎮上，」密考伯太太說。「作興是犧牲，不過，考勃菲爾先生，我犧牲倒也罷了，像密考伯先生這樣有才幹的人也鎖住，犧牲更大。」

「啊！你們到有主教的鎮上去嗎？」我問。

密考伯先生一直在倒洗臉架上水罐的飲料給我們喝，這時答道，——

「到坎特布利去，其實，好考勃菲爾，我跟我們的朋友謝坡談妥了，照談的訂了合約，幫助他，替他做——做——機要書記。」

我直瞪著密考伯先生，他看我詫異，大為得意。

「我不得不告訴你，」他一本正經地說，「這件事有這個結果，密考伯太太做業務的習慣，深謀遠慮的建議大有功勞。上一次密考伯太太提到，用登廣告的方式向社會挑戰，現在已經由我的朋友謝坡應戰了，結果我們互相有了認識。關於我朋友謝坡，」密考伯先生說，「一個極端聰明的人，我提到他是要盡量尊重的。我朋友謝坡還沒有定下確實的數目太高的酬勞，不過已經在金錢困難解除壓力，視我效的勞價值而定的這方面，出了很多力。我的信心就繫於我效的那些勞的價值上。我碰巧有這種靈巧和才智，」密考伯先生神氣很自負地輕視自己道，還是那副高雅的老樣子，「就專門用來替我朋友謝坡效勞。我已經懂得一點法律了——因為做過民事訴訟裡的報告——馬上就要用功來讀英國最卓越、最出色的法學家之一的論著了。我相信用不著補充，我指的是布拉司東法官先生⑤。」

這些話，其實，那晚大部分說的話，都給密考伯太太打岔，她總是發現密考伯少爺蹲著，時而兩隻膀子夾住頭，好像覺得頭散了；要就偶然在桌子底下踢了闕都斯，要就把兩隻腳一上一下地換位置；要就伸得好遠，顯然太不成樣子；側面躺下，頭髮攤在酒杯叢裡，手舞足蹈，對在場的大家不利。密考伯少爺給母親發見了自己這些舉動，就發脾氣，也打斷話題。我始終坐著，聽密考伯先生透露那個消息大感駭異，不知道他用意何在。還是密考伯太太接著談起這個話題，引起我注意，我才把注意力轉移。

「我特別要密考伯先生小心的是，」密考伯太太說，「我的好考勃菲爾先生，他在法

---

⑤布拉司東（Sir William Blackstone, 1723-1780），英國法學名儒，著有四卷《英國法律評註》（*Commentaries on the Laws of England*，1765-69），為當時英國與北美法律學生的標準課本。

律界做下級的事，不可以限住自己，最後升不到這棵樹的頂上。我相信密考伯先生以他豐富的才智，流利的口才，從事這一行，十拿九穩能夠出類拔萃。哪，就譬如，闞都斯先生，」密考伯太太做出莫測高深的樣子說，「做法官，或者甚至於大法官。誰進了像密考伯先生答應去工作的這樣的事務所，會爬不到那些高位嗎？」

「好太太，」密考伯先生說——不過，也好奇地向闞都斯瞧瞧，「我們考慮那些問題的時間多得很呢。」

「密考伯，」密考伯太太答，「不多了！你做人的錯誤就在你的眼光不夠遠。為了對你的家庭公道，且不說對你自己，你就得盡你的才力往遠處看，往天邊最遠處望。」

密考伯先生在咳嗽，喝他調的酒，一臉心滿意足到極點的神氣——仍然瞟著闞都斯，好像要知道他的意見。

「嗯，這件事的實情是，密考伯太太，」闞都斯婉轉地把真相透露給她說——「我是指真正的，殺風景的情形，您明白——」

「就是的了，」密考伯太太說。「好闞都斯先生，碰到這樣要緊的事，我希望盡量殺風景好了。」

「情形是，」闞都斯說，「法律的這部門，即令密考伯先生是正式的事務律師——」

「他正是，」密考伯太太答。（「威爾金斯，你瞟眼睛呢，就要還不了原了。」）

「——也跟那方面，」闞都斯繼續說，「沒有開始。只有大律師才有資格升那種高位。密考伯先生不會是大律師，沒有在法學院讀滿五年書。」

「我可聽懂你的話？」密考伯太太說，態度和藹之至，十分認真。「是不是，好闞都斯先生，五年滿了，密考伯先生就有資格做法官或者大法官？」

「他就**有資格**了，」闞都斯答，「有資格」說得特別著力。

「謝謝你，」密考伯太太說。「這就很夠了。如果是這樣，密考伯先生做這些事並沒有失掉特權，我也不用擔心了。我總是女流說話，」密考伯太太說，「不過我以為，密考伯先生有我從前在家裡聽到我爸爸說過的，折獄才；我希望密考伯先生在他現在要入了這一行，他的長才自然而然會展開，替他掙到威風的地位。」

我完全相信密考伯先生憑他適合折獄長才的眼光，已經看到他自己高居大法官席位了。他得意地用手摸摸光頭，自負他能很看得開地說，——

「好太太，我們不要指望將來走什麼運，天命是爭不來的。要是我注定了要戴法官的假髮，最低限度外表上我已經準備好了。」他是指他的禿頂，「享這分榮耀。我可不懊惱沒有頭髮，」密考伯先生說，「可能為了某個特別的原因才掉光的。很難說。我的意思是，好考勃菲爾，我要教育我的兒子去做教會的事。我不否認，我憑他出名，也就很滿意了。」

「做教會的事？」我說，這當兒還在想烏利亞·謝坡的事。

「對了，」密考伯先生說。「他的頭聲很出色⑥，可以由加入合唱團發軔。憑我們住過坎特布利，本地有連絡，很有利，大教堂團裡一有空缺，補進去一定容易。」

我又看看密考伯少爺，發現他臉上有某種表情，好像他的嗓音就在他眉毛後面，他唱了「啄木鳥啄木歌」⑦（不唱就得去睡覺，聽他揀），馬上好像聲音就在那裡。我們恭維了他一大陣。又談起別的事來。我的景況今非昔比，拚命想不讓人知道，反而告訴了密考伯夫婦。他們知道了姨婆有困難，極其高興，覺得舒服，對我親切的程度，難以形容。

我們差不多把調的酒喝到最後一巡，這時我就和闕都斯說話，提醒他，分手之前，要祝我們的朋友健康、幸福、新境順利。我請密考伯先生把我們的酒杯斟滿，敬酒如儀——隔著桌子跟他握手，吻了密考伯太太，紀念這個不同尋常的際會，闕都斯依我的樣子做了第一件，可是覺得交情不夠深，沒有越分做第二件。

「好考勃菲爾，」密考伯先生起身，兩隻拇指插在背心口袋裡說「我少年時代的伴侶——容我用這個字眼——我尊重的朋友闕都斯——容我這樣稱呼他——承他們這番好意，我代表密考伯太太，我自己還有我們的苗裔，請他們二位准我向他們最熱烈、最堅決地致謝。

⑥頭聲（head voice），音樂名詞，由頭腔發生的共鳴，音域較高。

⑦"Wood-Pecker tapping"，愛爾蘭詩人Thomas Moore（1779-1852）作。

這次移居把我們委諸全新的生活，在此前夕，也許，」——密考伯先生說話的口氣好像要到五十萬哩外去似的——「我依常理所料，應該向我面前我正望著的兩位朋友致告別辭。不過，我在這種情形之下要說的話，我都已經說過了。不管將來我靠我就要成為不足道的一分子的那門博學職業在社會上得到什麼地位，我都將盡力不加玷辱，密考伯太太也大可放心加以美化。在一時金錢負債的壓力下（原本是要立即償還才借下的，但因種種情況影響，始終沒還），我實逼處此，披上我天性厭惡的裝束——我指眼鏡——又取個我不能合法說是我自己的姓氏。在那一點上，所有我要說的就是，烏雲已經離開了悲慘的場面，白晝之神再度登上山巔。下個星期一，下午四點鐘公共馬車一到坎特布利，我的腳就要踏上故鄉的荒地了——我姓密考伯！⑧」

密考伯先生這番話說到快完的時候，重新坐下，神情嚴肅地喝下兩杯酒。然後更加莊嚴地說，——

「這次分手完成之前，還有件事我要做，就是執行一件公道，我的朋友湯瑪斯・闕都斯有兩次為了幫我的忙，分別在匯票上『簽名擔保』，要是我可以用這個普通的說法。第

⑧此語仿Sir Walter Scott（1771-1832）Rob Roy小說第三十四章中一句：「我足踐我本鄉荒地，我姓麥格雷高」。

一次，湯瑪斯・闕都斯先生——我可以說，要而言之——給我臨危委棄了。第二次的匯票，還沒有到要付的時候。第一筆債務的數月，」——密考伯先生說到這裡，仔細查閱文件——「是，我相信，二十三鎊、四先令、九辨士半；第二筆，照我記的交易帳，是十八鎊、六先令、兩辨士。這些錢，加起來，總共是，要是我算得不錯，四十一鎊、十先令、十一辨士半。我的朋友考勃菲爾也許幫個忙替我核對一下總數好吧？」

我對了，發現無誤。

「我離開首都，」密考伯先生說，「離開我朋友，湯瑪斯・闕都斯先生，而不還清這部分金錢的債務，這件事會重重壓在我心頭，到叫我受不了的程度。因此，我替我朋友湯瑪斯・闕都斯先生擬好了一份文件，此刻拿在我手上，這文件完成這個希望完成的目的。我請求遞給我朋友湯瑪斯・闕都斯先生我四十一鎊、十先令、十一辨士半的借條。我能恢復我品格方面的尊嚴，知道我再度能在同胞面前昂然舉步，心裡很快樂！」

密考伯先生這類開場白說完（他自己大為感動），就把借條交在闕都斯手上，說他祝闕都斯終身事事幸福。我相信，不僅密考伯先生當此舉還了錢一樣，連闕都斯自己當時不及細想，也不知道有什麼不同。

密考伯先生憑他這件德行在同胞面前這樣昂然舉步，到用蠟燭照我們下樓的時候，胸脯看起來就只有剛才一半闊了。我們雙方告別都很熱誠，我把闕都斯送到他門口，自己獨自回家，心裡想，我沈思的別的怪異而矛盾的事裡面，有一件是密考伯先生雖然靠不住，卻從來沒有跟我借過錢，很可能多虧他記得。我在小童時代在他家寄宿，他多少總還同情吧。我斷乎沒有拒絕他的真勇氣，也可以斷定（這句公道話他是當之無愧的）他和我一樣清楚這一點。

第三十七回　一點冷水

透消息癡郎欠委婉
拒勤勉玉女縱嬌柔

我新生活過了一個多星期，應付當前變故的重大切實的決心比以往更加堅強。我繼續向前邁步極快，大致覺得我在前進。不管做什麼事，能出多少力都出盡了。我把自己完全犧牲。甚至想到吃素，糊裡糊塗覺得我要變成吃草的動物，當祭品獻給朵若。

雖然我有不顧死活的決心，可是小朵若還完全不知道呢，我給她的信裡只暗暗表出一點點。但又是星期六了，這個星期六晚上她要到米爾司小姐家裡，這天在米爾司先生去了他的紙牌俱樂部以後（客廳中央窗口掛一隻鳥籠，我在街上看到，就是信號），我就去喝茶。

到了這時候，我們在勃金恩街已經住停當了，狄克先生繼續抄寫，心滿意足。姨婆對付克拉太太已經打了一大勝仗，發清工錢把她解雇，把她第一次放在樓梯上的水壺扔出窗外，親自保護她在外面雇的臨時工人上樓下樓。這些毫不容情的舉動嚇得克拉太太魂都沒有，縮在她自家的廚房裡，總當姨婆發了瘋。姨婆對克拉太太和所有別人的意見壓根兒沒有理會，她不但不抑制，還很縱容她發了瘋的想法，克拉太太最近還很勇悍的，幾天之內於是怯懦下來，再不想在樓梯上碰到姨婆，只把她肥胖的身體躲在門後——卻露出法蘭絨裙子的闊邊在外面——或者縮到黑暗的角落裡。姨婆看了，有說不出的愉快，我相信她算準克拉太太會在樓梯上，就喜歡悄悄地踱上踱下，帽子瘋瘋癲癲戴在頭頂上。

我姨婆性好整潔，心思靈巧，超乎常人，把家裡的整理稍加改進，我就好像富足些，而不是窮些了。另外她把食品室改成我的化粧室；買了張牀架，裝飾起來給我睡，這張牀架白天看來就像書架，牀架能有多像書架就有多像。她不斷掛念我，我的亡母就是活著也不會比她更愛我了，也不會更用心研究怎樣叫我快樂。

裴媽獲准參加這些辛苦工作，認為是極體面的事。雖然她對姨婆還有些舊日敬畏的心，卻得到姨婆許多鼓勵和信任的表示，要她曉得她們是再好也沒有的朋友。不過，她必須回家的時候到了（我是說我要到米爾司小姐家喝茶的這個星期六），她要幫罕姆做事去了。「那麼，再會，巴基斯，」姨婆說，「你好好照顧自己！真的，我從來沒有想到，你走我會難過！」

我陪裘媽到公共馬車售票處，給她送行。分手的時候她哭了，跟罕姆一樣要我照應她哥哥。自從晴朗的那天下午他出門以後，我們沒有得過他半點信息。

「聽著，我的寶貝小衛，」裘媽說，「要是你做學徒的當兒需要錢用，或者你滿了師，寶寶，需要錢開業，（一定不是要用，就是要開業，或者兩樣都要，我的心肝），除了我好姑娘的自己人，老蠢貨，我，還有誰有十足權利借錢給你呢！」

我自立之心還不到不近人情的地步，除了說，如果我要跟人借錢，一定跟她借，還能怎麼說呢？我相信，這句話給她的快樂，比什麼都大，只比當場拿她一大筆錢稍遜一籌。

「還有，寶貝！」裘媽悄悄說，「你告訴那個標致的小天使，就說我早就非常想見她了，只見一分鐘也行！告訴她，跟我的孩子結婚之前，我會來，替你們把房屋收拾得漂漂亮亮，只要你們讓我動手！」

我說，第二個人不管是誰都不准碰，這句話她挺受用，高高興興走了。

我在博士會館整天想各種計畫，盡可能累自己，晚上在約定的時候到米爾司先生家那條街去。米爾司先生吃過晚飯睡著了是不容易醒的人，他沒有出去，當中的窗子上沒有掛鳥籠。

他害我等了很久，我真希望俱樂部要因為他遲到而罰他錢。末了他到底出來了，接著我看見我的朵若把鳥籠掛了出來，從露臺上往下找我，看到我在那裡，就跑了進去，吉勃在她後面，而街上一條屠戶的狗狂吠，那條狗大得可以把牠當藥丸子吞下去。

朵若跑到客廳門口來接我。吉勃當我是強盜，連嘷帶叫衝了出來。我們連狗一齊進去了，能有多歡喜相親就有多少。不久，我就把淒涼帶進了我們歡樂的心裡——不是我故意要，而是我一心都放在這件事上面——毫無準備就問朵若，能不能愛叫化子。

可憐，把我標致的小朵若嚇壞了！叫化子這個名詞，她的聯想只是面色土黃，戴頂睡帽，或者夾一副丁字架，或一條木頭腿，或者牽一隻嘴裡銜了圓酒瓶架的狗，或者諸如此類的東西。她瞪著我，詫異的神情非常討人喜歡。

「你怎麼可以問我這樣傻的話呢？」朵若賭著氣頂我。「愛叫化子！」

「朵若，我最疼的寶貝！」我說，「我現在就是個叫化子。」

「你怎麼會變成這樣蠢的東西呢，」朵若在我手上拍了一巴掌，「居然坐在那裡說這種胡話？我要叫吉勃咬你了！」

我覺得她這種孩子氣的作風是全世界最有味的，不過我非明說不可，所以就鄭重其事地重複說：

「朵若，我的命根子，你的大衛破產了！」

「我跟你老實說，」朵若搖搖她的鬈髮，「要是你這樣胡說，我要叫吉勃咬你了！」

不過，我一臉認真的樣子，朵若不搖鬈髮了，只把她發抖的小手放在我肩膀上，起初是嚇壞了，接著是焦急，之後哭了。這可糟了。我在沙發面前跪下，摟住她，求她不要撕碎我的心。可是有一會兒，可憐的小朵若只一味叫，唉，天哪！唉，天哪！唉，她嚇死了！菊利亞．米爾司在那裡呀？唉，帶她到菊利亞．米爾司那裡去，請你走吧！我差不多要瘋了。

經我苦苦哀求，再三聲明，朵若才望著我，臉上充滿驚怖，漸漸我才把她哄住，終於只有憐惜，她柔軟、美麗的臉蛋靠著我的臉。這時我就摟著她告訴她，我愛她多麼深，多麼深；多麼覺得應該解除婚約才對，因為現在我窮了；如果沒有了她，我多受不了，多不能復原；我多不怕窮，只要她不怕，因為我的膀子受了她的鼓勵，心受了她的感動；我現在已經怎樣勇敢地工作，戀愛著的人之外誰也不能懂的勇敢；我怎樣腳踏實地，一心注意前途；辛苦掙來的麵包屑比上代遺下的酒席味美多少；還有很多同樣意思的話。我滔滔不絕，充滿激動的情感，連我自己也詫異，雖然自從姨婆嚇了一記起，我這些話就日夜都在盤算。

「你還愛我嗎，朵若？」我狂喜地問，因為她摟得我那麼緊，我知道她愛我。

「嗯，還是愛你！」朵若哭道。「嗯，愛你，我的心裡只有你。唉，別那麼嚇壞人！」

我嚇壞人！嚇朵若！

「別提窮，別提苦幹！」朵若說，一面挨著我更緊。「唉，別提，別提！」

「我最親愛的人，」我說，「辛苦掙來的麵包皮——」

「嗯，對，不過我不要再聽麵包皮了！」朵若說。「吉勃每天十二點鐘一定要吃羊肉片的，不然會死！」

她這樣孩子氣，討喜的樣子，把我迷惑住了。於是溫柔地對她說，吉勃的羊肉照常有得吃。我把我們節儉的家向她形容了一下，靠我的勞力自立為生——描出我在高門看到的那座小房子，我姨婆要住在樓上。

「我現在沒有嚇壞人吧，朵若？」我溫和地說。

「嗯，沒有，沒有，」朵若哭道。「可是我希望，你姨婆大部分時間待在她房裡。希望她不是喜歡罵人的老太婆！」

要是我能比任何時候更愛朵若，我想一定就是那一刻了。可是我覺得她有點不切實。我新近對刻苦這麼起勁，很難把這股熱傳達給她，叫我氣餒。還要試一次。等她定下神來，吉勃躺在她大腿面上，她又弄吉勃耳朵上的鬈毛了，我就又認真地說，——

「我的寶貝，我可以跟你說句話嗎？」

「唉，請你不要再講實在的情形了，」朵若好言相勸道，「因為這個情形嚇死我了。」

「心肝，」我答，「我要說的沒什麼好怕的。我要你換一個想法，我要你振作起來，我要鼓舞你，朵若。」

「唉，可是這件事多怕人啊！」朵若哭道。

「我的愛，不可怕。只要不屈不撓，憑堅強的力量，我們應付得了更糟的情況。」

「可是我一點力量也沒有呀，」朵若搖搖她的鬈髮說。——「我有嗎，吉勃？——唉，你一定要吻一吻吉勃，叫人舒服些！」

朵若把吉勃捧起來給我吻，把她自己燦爛的小櫻唇做出親吻的形狀，叫我照著，而且一定要均勻地吻鼻子當中，這樣一來，要想不依是辦不到的。我照著吻了——後來為了這回服從，我得到了好處——她把我迷住了，我本來要講要緊事情的，結果不知忘記了多久。

「可是，朵若，我心愛的！」我終於恢復過來說。「我有話要跟你說。」

她兩隻小手拱著舉起，求我、請我不要再嚇人了，連遺囑法庭的法官看了也會著迷，墜入情網。

「我真不會了，我的寶貝！」我向她保證。「可是，朵若，我的愛，如果你有時想——不是失望地想，你明白吧，決不是的！——不過如果有時候你想一想——只是鼓勵你自己——你跟一個窮人訂了婚——」

「別再說了，別說了！請你別說了！」朵若叫道。「真可怕極了！」

「我的魂靈，一點也不呀！」我興沖沖地說。「如果你有時想到那一點，時不常地注意一下你爸爸的家務，想辦法養成一點習慣——關於記帳，比方說——」

可憐的小朵若一聽這個主張，忽然一半像是啜泣，一半像喊叫一聲。

「——對我們將來會有用處的，」我繼續說道。「要是答應我讀一點——一點烹調的書（我會送來給你），就對我們好極了。因為我們現在的路子，我的朵若，」這件事我講得起勁了，「石頭很多，崎嶇不平的，要靠我們把它剷平的。我們要向前奮鬥。我們要勇敢。障礙一定是有的，我們要迎上去，把它清除！」

我說得很快，緊握拳頭，眉飛色舞，不過實在用不著再說下去了。我已經說夠了。又說了一次。啊呀，她嚇壞了！啊呀，菊利亞・米爾司在那裡呢？唉，帶她到菊利亞・米爾司那裡去，請你走開！所以簡單地說，我心亂如麻了，在客廳裡亂叫亂嚷。

我總以為這一次我送了她的命。在她臉上灑水，跪了下來，搔頭髮。罵自己是殘忍的下流人、無情的畜生。央求她饒恕。請她抬起頭來望我。在米爾司小姐的針線盒裡找醒藥瓶，因為當時惶急，反而拿了象牙針盒出來，把所有的針都倒在朵若身上了。吉勃也跟我一樣發了狂，我對著牠揮拳。凡是做得出的亂七八糟的事我都做到，等米爾司小姐進了房，我早已不知所措了。

「這是誰搞出來的？」米爾司小姐嚷道，一面弄醒她的朋友。

我回答道，「是我，米爾司小姐！是我搞出來的！你看我這個害人的人！」——或者類似的表達那個意思的話——為了避開燈光，我把臉埋在墊子裡。

起初米爾司小姐以為我們吵了嘴，我們就要決裂了。不過不久她就發現真情了，因為我那親愛的小朵若摟住她，叫出我是個「可憐的工人」，接著又嚷著叫我過去，摟住了我，問我可要她把所有的錢都拿給我保管。隨後就把頭擱在米爾司小姐頸項上抽抽噎噎地哭泣，好像柔腸寸斷一般。

米爾司小姐一定是天生造福我們兩人的。她聽我幾句話講出怎麼一回事，就安慰朵若，漸漸說得她相信，我不是工人——如今，我相信，當時朵若看我說我情況的態度，就斷定我是挖運河的苦工，整天在厚板上推一輛單輪手車，上上下下，左搖右晃保持身體平衡——所以把我們好好拉到一起。等到我們都安靜下來，朵若就上樓在眼睛裡滴玫瑰香水，米爾司搖鈴要茶。這當兒，我告訴米爾司小姐，她永遠是我的朋友，要等我的心停止跳動，我才能忘記她的同情。

然後我就對米爾司小姐詳細說明我想盡方法要跟朵若說明，沒有說成功的事。米爾司小姐回說，依一般原則，住農舍而滿足，勝於住壯麗的宮殿而沈悶，只要有愛，就有一切。

我對米爾司小姐說，這話對極，我愛朵若的心是任何凡人從來不曾有過的，還有誰比我更知道這個道理呢？可是米爾司小姐沮喪地說，這句話如果靠得住的話，對某些人倒的確很好，我於是解釋道，對不起，我這句話只限於男性說的。

然後我要米爾司小姐說，她是不是覺得，我急急乎要學的記帳、家政、烹調，是不是有點用處？

米爾司小姐想了一下，就這樣答，——

「考勃菲爾先生，我要跟你直說。有些人受了精神上的痛苦和災難來，就等於多活了年紀。我對你直說吧，就當我是女修院長。不適當，你的意見對我們的朵若不適當。我們最可愛的朵若是大自然的寵兒。是光明、輕巧、歡樂做的。我坦白直說一句，如果辦得到，也許很好，不過——」米爾司小姐搖搖頭。

米爾司小姐末了承認的這一點給了我鼓勵，我就問她，為了朵若，如果她有機會引起朵若的注意，準備好過這種真實的生活，肯不肯利用？米爾司小姐馬上就回答，她肯。所以我又問她，是不是她負責找烹調的書，如果她能騙得朵若肯讀，而不嚇了她，就算幫了我最大的忙了。米爾司小姐受了我的託，但是並沒有自信。

朵若回來了，嬌小玲瓏，看得我真懷疑她是不是該為這種普通的事煩惱。她非常愛我，十分動人（特別是要吉勃用後腿站直討烤麵包吃，假裝因為吉勃不聽話，要捏住牠的鼻子往茶壺上靠，處罰牠的樣子），叫我想起自己嚇壞了她，弄得她哭起來，就是個闖進仙女閨房的怪物。

喝完了茶我們就拿了六絃琴出來，朵若唱那些好聽的法國老歌，歌意是不管怎樣，跳舞是不能停的，啦、葸、啦，啦葸啦，聽得比剛才更覺得自己是怪物了。

我們的歡愉只有一件掃興的事，就是我告辭之前，米爾司小姐偶然提起明天早上，我不湊巧透露因為現在要努力，所以五點鐘就起身。朵若是不是又以為我替哪家公館做更夫，我可說不出。不過她大為震動，不再彈琴唱歌了。

我跟她告別的時候她腦子裡這個印象還沒有消失，她當我是玩偶一般（我總這樣想），很叫人疼地用好話勸我說，——

「聽著，別五點鐘起身，你這個淘氣孩子。太荒唐了！」

「我的寶貝，」我說，「我有工作要做呢。」

「可是別做呀！」朵若答。「為什麼要做呢？」

對著這樣甜美、詫異的小臉，除了輕描淡寫、開玩笑地說，我們要工作才活得了，沒有辦法說別的。

「唉，多胡鬧！」朵若叫道。

「我們不工作怎麼活呢，朵若？」我說。

「怎麼活？隨便怎樣也好活呀！」朵若說。

她好像覺得已經把問題解決了，就得意地輕輕給了我從她天真的心腔掬出的一吻，這麼一來，雖然她答的話想入非非，就是有一筆大財可以發，我也不要發了戳穿她的幻想。

總之，我愛她，繼續愛她，專心致志，不折不扣，圓圓滿滿。不過我也繼續很辛苦地工作，忙著乘熱打現在所有的鐵，有時夜晚對著姨婆坐下來，會想那一次把朵若嚇壞，想我在艱難的樹林裡帶著六絃琴竭力披荊斬棘的情形，想得我總以為自己的頭正在變得差不多都白了。

第三十八回　拆夥

惡婦通風嚴親呵禁
嬌娃失怙愛侶傷情

我不許我到國會去記錄辯論的決心冷卻。這是我馬上要動手燒熱的鐵塊之一，也是我趁熱要打的鐵塊之一，這股毅力連我自己也可以心安理得地佩服。我花了十先令六辨士買了本標準速記這門高尚妙技的書，整個人都掉到了糊塗大海裡，幾個星期之內，變得如瘋似狂。點子在某個地位是一個意思，換了另外一個地位又是完全不同的意思，有許多變化；圓圈耍出了驚人的幻想；好些像蒼蠅腳的記號大有妙用；曲線放錯了地方就很成問題，不但白天使我苦惱，夢裡也在我腦子裡出現。我在盲目摸索這些難走的道路，弄熟了本身就是埃及神殿似的字母的時候，又碰到了一連串叫做隨意記號的新的恐怖——這是我所曉得的最不講理的傢伙，這批傢伙硬說，像蜘蛛網開頭的地方意思就是「期待」，用鋼筆畫的流星煙火就代表「不利」。等我把這批壞傢伙記在心裡了，又發現他們又把別的一切全擠走了。然後再開始，我又忘記了這些記號。等我再記住這些記號，這套速記法的別的零星部分又丟了；簡單說來，學這個技術差不多是件傷心的事。

要不是有朵若做我這條暴風雨顛簸小船的支索和錨，我很可能傷心欲絕。速記的每一筆都是我艱苦森林裡節瘤很多的橡樹，我都一一砍了下來，用力勤勉，三四個月工夫，我已經可以拿會館裡最出名的雄辯家之一來做試驗了。我還沒有記下一個字，他已經說別的了，可惱我那枝無用的鉛筆還在紙上鬼畫符，好像痙攣一樣的情形，我忘得了嗎！

這可不行，情形很顯明。我步子跨得太大，絕不應該這樣繼續下去。於是去找闞都斯討教，他主張念講演詞給我記，快慢照我的能力，偶爾停一停。我非常感激這位朋友的幫助，依他的辦法，好久，一晚一晚，差不多沒有虛夕，從我打司瓊博士家回家，我們就在勃金恩街舉行私人的國會之類的會議。

不管那裡，別處要有這樣的國會，我倒想看看呢！姨婆和狄克先生看情形代表執政黨或反對黨，闞都斯靠恩菲爾的《演說家》①的幫助，或者用一冊議會的演講詞，聲若洪鐘

---

①W. Enfield的*The Speaker*，當時流行的演說手冊。

地痛罵他們。他站在桌子旁，手指在書上記住地方，右臂在頭上揮舞，就像辟特先生、福克斯先生、謝利頓先生、柏克先生、卡梭雷勳爵、席德摩子爵、坎寧先生②這些人那樣，會慷慨激昂地對姨婆和狄克先生的浪費和腐敗，指責得體無完膚，我就坐在不遠的地方，膝上放了筆記簿，盡力之所能，辛辛苦苦搶著記錄他的話。闕都斯前後矛盾，輕率魯莽，即使和真正的政治家相比也不遑多讓。一星期之內，他贊成過各種不同的政綱，常常改變派別和政見。姨婆就像財政大臣一樣不動聲色，如果演說詞裡好像有這個需要，偶爾也插進一兩句像「好啊！」，「不對！」，「哦！」這樣的話。這些呼喊也總是給狄克先生的信號，叫他發出同樣有力的叫喚來（狄克先生是個典型代表某郡附和他領袖的下院議員）。不過狄克先生度國會生涯的過程中因為這些事而受責備，要他對這種可怕的後果負責，有時他心裡很不安。我相信，他的確漸漸害怕自己真做了要毀滅英國憲法和國家的什麼事。

我們舉行這種辯論，常常弄到鐘指半夜，蠟炬成灰。做了這麼多好的練習，結果是我

---

②英文名字依序為 William Pitt, the Younger（1759-1806），Charles James Fox（1749-1806），Philip Henry Sheridan（1831-1888），Edmund Burke（1729-1797），Viscount Castlereagh（1796-1822），Viscount Sidmouth（1757-1844），George Canning（1770-1827），都是英國出名的政治家。

漸漸可以相當跟得上闕都斯了，如果略微知道這一點我的筆記裡記的事情，我就早該十分成功了。不過記下以後拿來閱讀，覺得當時簡直好像抄的是許多中國茶葉箱子上的字，或者藥房裡所有大紅綠瓶子上的金字！

除了從頭再練，再沒有別的辦法。這是很難堪的，不過我還是再練了，雖然心情很沈重，辛苦而按部就班地蝸牛一樣慢地把這件叫人發膩的事幹下去，細細查究四面八方每個斑點，盡力做到無論在那裡一看就認得這些難以捉摸的記號。我總準時到事務所，到博士家裡；的確像俗語所說，真像拉車的馬一樣工作。

有一天，我照常到會館，看見司本羅先生在門口，臉上的神色嚴重之極，自言自語。他一向總抱怨頭疼——他天生喉嚨那部分短，我的確相信他的領漿得太硬了——我先想到他這方面很有毛病，吃了一驚，不過很快就放心了。

我向他請早安，他不像平時那樣和氣回答，態度冷淡而僵，冷冷地叫我跟他一起到一家咖啡館裡去，那時候，這家咖啡館有個門通會館，就在聖保羅教堂院子小拱道裡。我遵他的命，心裡很不自在，渾身熱氣四射，好像恐怖在發芽。走到狹的地方，我讓他領先一點，看出他頭昂著，神情特別不妙，我心裡疑慮他已經發覺我心肝朵若的事了。

就是在往咖啡館的路上我沒有猜到這一點，到了我跟他走進樓上一間房裡，發現牟士冬的妹妹在那裡，也絕不會不知道是為什麼事了。她靠在背後的餐具架上，架上放了幾個倒著放的裝檸檬的大玻璃杯，兩隻滿是稜角和凹槽，插刀叉用的，可怕的箱子，這些箱子已經陳舊，總算是人類之幸。

牟士冬妹妹伸冰冷的手指給我，死僵僵地坐著。司本羅先生拴了門，指一張椅子叫我坐下，在火爐面前爐邊地氈上站定。

「牟士冬小姐，費您心把您手提皮包裡的東西，」司本羅先生說，「給考勃菲爾先生看看。」

我相信這就是我小時候看到的那隻同樣的舊手袋，上有鋼釦，關起來的時候，就像一口咬緊似的。牟士冬的姊姊緊閉雙唇，配合那隻咬緊牙關的手包，打開了手包——同時口也開了一點——拿出了我最近給朵若的、充滿摯愛的那封信。

「我相信這是你寫的吧，考勃菲爾先生？」司本羅先生說。

我渾身發熱，聽到的聲音非常不像是我自己的，「是的，老師！」我說。

「要是我沒有弄錯，」司本羅先生說，這時牟士冬的妹妹從手包裡又拿出了用最珍貴的藍絲帶紮著的我給朵若的一包信，「這些也是你的筆寫出來的吧，考勃菲爾先生？」

我從她手上接過來，心裡有極大的淒涼之感，看到信上面寫的「我永遠最親愛的，我所有的朵若，」「我最心愛的天使，」「我永遠幸福的人，」之類的稱呼，滿臉通紅，低下了頭。

「不用了，謝謝您！」司本羅先生冷冷地說，因為我機械地把信退回了給他。「我不想搶走你這些信。——牟士冬小姐，請您說出來吧！」

那位溫和的人物，深謀遠慮地察看了地毯一會兒，說出了下面一番沒有情感的甜言蜜語：——

「我得承認，關於大衛·考勃菲爾我已經有一段時期在疑心司本羅小姐了。司本羅小姐跟大衛·考勃菲爾初次見面，我就注意了，那時我的印象就要不得。人的心墮落到這種程度——」

「小姐，請您，」司本羅先生打斷她話頭道，「要說的以事實為限。」

牟士冬的妹妹眼睛往下一望，搖搖頭好像抗議別人這樣無禮打岔似地，皺皺眉頭，一派尊嚴的樣子說下去道：

「既然要以事實為限，我就儘量說得枯燥吧。也許這件事是應該這樣說的。我已經說了，先生，關於大衛·考勃菲爾，我已經有一段時期疑心司本羅小姐了。我時常想法要找到確實的證據，總不成功。所以一直忍住，沒有跟司本羅先生提」——說時嚴厲地望望他——「我知道，做這種事存了好心盡職，往往是沒有多少人願意領情的。」

司本羅先生似乎給牟士冬的姊姊那副嚴厲的丈夫氣派鎮住了，就向她微微揮手，請她不要這樣兇。

「我弟弟結婚，離開了一段時期，打瑙倭回來之後，」牟士冬的妹妹撡著輕蔑地說，「等司本羅小姐看了她朋友米爾司小姐回來，我推測司本羅小姐的態度更叫我比以前起疑心了。因此看司本羅小姐看得很緊。」

親愛的、不懂世故的小朵若，一點兒還不知道這個嚴厲兇狠監護人在監視著她呢！

「可是，」牟士冬妹妹接著說道，「一直到昨晚上我才找到證據。我好像覺得，司本羅小姐收到她朋友米爾司小姐的信太多了，但是米爾司小姐完全是她父親准她父的朋友」——這又給了司本羅先生重重的一擊——「我用不著過問。不許我提人心的墮落也罷，至少我可以——一定要許我提相信錯了人的事情。」

司本羅先生咕噥了一句道歉的話，表示可以。

「昨晚上喝完茶，」牟士冬妹妹接著說，「我看到小狗在客廳四處直蹦直跳，打滾號叫，銜著什麼東西。我對司本羅小姐說，『朵若，狗嘴裡咬的什麼東西啊？是紙。』司本羅小姐馬上把手伸到上衣裡，突然叫了一聲，就去追狗。我就攔住了她說，『朵若，寶貝，你得讓我來。』」

唉，吉勃，可惡的畜生，那麼這個禍就是你闖的了！

「司本羅小姐用盡方法，」牟士冬妹妹說，「買囑我，吻我，送我針線盒，小首飾——當然我不理這些。我跑去捉小狗，狗跑到沙發底下，我費了好大的事才用火鉗把牠趕出來。

就是趕出來，牠嘴裡還咬著那封信，我要把信從牠嘴裡拿出來，冒馬上被牠咬的危險，牠還是死死地咬在牙齒裡，好像就是憑這個文件把牠拎起來，牠也不丟似的。我到底拿到了信。讀了之後，我就怪司本羅小姐，說她一定有很多這樣的信，最後由她那裡得到此刻大衛·考勃菲爾手上的這包信。」

說到這裡她停下來了，又拍地一下開了手包，嘴也閉起，擺出她寧折不彎的神氣。

「你已經聽到牟士冬小姐的話了，」司本羅先生掉過臉來對我說。「我請問你，考勃菲爾先生，你有什麼話回我嗎？」

我想像到美麗的小寶貝我心上的人整夜啼哭——想到她當時獨自一人，又害怕、又可憐——想到他要苦苦哀求這個鐵石心腸的女人原諒她——想到她吻這個女人那麼多次，拿出針箱盒、小首飾，毫無用處——想到她這樣悲慘可憐，全是為了我，——早把我能夠聚會起來的一點尊嚴掃蕩了許多。我恐怕，有一兩分鐘我在打抖，雖然我竭力不露出來。

「我沒有可以說的，先生，」我答，「只好說一切都怪我不好。朵若——」

「稱她司本羅小姐，對不起，」她父親氣派十足地說。

「——是我勸誘她、說動她，」我吞下了那個冰冷的稱呼接著說道，「她才答應把這件事瞞起來的，我極其後悔。」

「都怪你不好，先生，」司本羅先生說，一面在爐前地毯前上走來走去，著力表示他的意思不是用頭，而是用全身，因為他的領飾和脊椎骨太僵硬了。「你偷偷做了件不正當的事，考勃菲爾先生。我帶個有身分的男子漢到我家裡，不問他是十九歲、廿九歲，或是九十歲，我是信任他才帶他來的。如果他糟蹋我這番好意，他就幹了不光明的勾當了，考勃菲爾先生。」

「我也覺得，老師，真的，」我答。「不過我以前從來沒有這樣想過。的確，說真話，說誠實話，司本羅先生，我從來沒有這樣想過。我愛司本羅小姐，已經到了——」

「啐！胡說！」司本羅先生說，臉都紅了。「請你別當我的面說，你愛我女兒，考勃菲爾先生！」

「我不說還能替自己辯護嗎，先生？」我謙遜地答。

「你說了就能替自己辯護了嗎，先生？」司本羅先生說，這時突然在火爐地毯上站定了。「你可曾考慮過你年齡，我女兒的年齡嗎，考勃菲爾先生？你可曾考慮過，破壞了我女兒和我應有的信賴是怎麼一回事嗎？你可曾考慮過我女兒是什麼身分，我替她的進展會有什麼打算，遺囑裡要遺給她些什麼嗎？任何事你可曾考慮過沒有，考勃菲爾先生？」

「恐怕很少，先生，」我答，覺得對他的話說得又恭敬、又悔恨。「不過請您相信我的話，老師，我考慮過我自己世俗的地位。我跟您解釋的時候，我們已經訂了婚——」

「我真要求求你，」司本羅先生說，說時一隻手用力打在另一隻手上，比我看到的那一刻都更像傀儡戲裡的主人翁潘趣——即使我在失望的時候，也無法不看出這一點——「再也不要對我提訂婚了，考勃菲爾先生！」

牟士冬妹妹是什麼也打不動她心的，此刻發出了哧一聲輕蔑的短笑。

「我把我情況改變的消息告訴您的時候，老師，」我又換了一個新的方法表達他聽不進耳的意思道，「我不幸已經把司本羅小姐牽涉進這個隱瞞的舉動了。我的情況既然改變，已經出盡了全力去改善。我有把握，一到時候就會改善的。您可以給我時間嗎——不管多久？我們兩個人都年輕，老師——」

「你說得對，」司本羅先生打岔道，頭點了好多次，眉毛皺得緊緊的——「你們都很年輕。這全是荒唐。不許再荒唐下去了。把那些信拿回去，丟到火爐裡去。把司本羅小姐的信給我丟到火爐裡。雖然我們未來的來往，你明白，一定要限於會館這裡，大家講好，過去的事再也不提了。好了，考勃菲爾先生，你不是沒有頭腦的人，這是有頭腦的人的作風。」

不是這麼說。我沒有辦法贊同。我心裡難過得很，不過還有比頭腦更要緊的事情。愛情在一切世俗的理由之上，我愛朵若愛到盲目崇拜的程度，她也愛我。我沒有這樣明說——儘量把口氣緩和了——不過我暗暗表達了這個意思，主意拿得很定。我想，我並沒有丟醜，不過我知道，我主意很定。

「好極了，考勃菲爾先生，」司本羅先生說，「我一定要設法叫我女兒聽我的話了。」

牟士冬的妹妹透了長長一口氣，既不是嘆氣，也不是呻吟，而是兼而有之，這一聲表情十足，意思是司本羅先生一開始就該有此舉了。

「我一定要設法，」司本羅先生經她這樣附和就說，「叫我女兒聽我的話。你不把這些信拿去嗎，考勃菲爾先生？」因為我把信放在桌上。

對了。我告訴他，我希望他不要見怪，因為我不能從牟士冬小姐手上拿回這些信。

「也不能從我手上拿回嗎？」司本羅先生說。

不能，我畢恭畢敬地答——也不能從他手上拿回。

「好吧！」司本羅先生說。

接著大家都沈默了，我決不定該走，還是待下去。終於我悄悄朝門口走，打算說也許我應該考慮他的心情，最好是走開，這時司本羅先生手儘力伸進上衣口袋裡，用大體上我應該稱為十足虔誠的口氣說，——

「也許你明白，考勃菲爾先生，我並不是完全沒有財產的，我女兒是我最近、最親的親人？」

我急忙回答，大意是希望我犯了拚命追他女兒的錯誤，不致讓他以為我有貪財的動機。

「我提這一點並沒有那個意思，」司本羅先生說。「要是你果真有貪利的動機，對你自己、對我們大家，反更有好處，考勒菲爾先生——我的意思是，如果你顧慮更週到，不太受所有這種少年胡鬧的影響，就更好了。沒有。我僅僅是說，抱完全另外一種看法，你總以為我有點財產丟給我孩子吧？」

我當然以為如此。

「在會館裡，」司本羅先生說，「我們每天經驗到看見的事，看見大家立遺囑安排的種種作為，莫名其妙，粗心大意——人本來前後矛盾，我們碰到的所有的事情裡面，也許這件事是透露這一點最特別的了——你總以為我的遺囑已經立下了吧？」

我低下頭來表示同意。

「我替我孩子，」司本羅先生的情緒顯然更加虔誠，慢慢搖頭，輪流用腳趾和後跟站立著說，「已經有了妥當的安頓，我不准少年人胡來，像現在發生的事，影響我的計畫。這完全是愚蠢的行為——完全是瞎鬧。不多一會，就會比那一種羽毛都沒有分量了。不過我也作興——也作興——要是這種蠢事沒有完全打消，我一著急，不得已就會防衛她，四面八方保護她，不讓她在婚姻方面走錯一步。好啦，考勃菲爾先生，我希望你不至於叫我非打開生命之書已經合上了的那一頁不可（即使只打開一刻鐘），非攪亂早已布置好的大事不可（即使只攪亂一刻鐘）。」

這時他的神情寧謐安詳，如同日落那時的肅靜，很使我感動。他變得非常溫和，聽天由命——因為他的事都準備得十分妥當了，有條不紊地結束了，所以是那種考慮起這種事來自己也感動的人。我真以為看到眼淚在他眼睛裡湧上來，這是他對這件事全部深有所感而有的。

可是我有什麼辦法呢？不能放棄朵若，不顧自己的心願。他叫我最好花一個星期考慮他的話，我怎麼能說，我用不著花一個星期？可是我怎麼會不知道，不管多少星期也影響不了我這種愛情呢？

「這個期間，你去跟你姨婆，或者隨便什麼通點世故的人商量商量，」司本羅先生說，一面用兩手整一整領飾。「花一個星期，考勃菲爾先生。」

我依了他，儘我所能表現出我所受的懊喪和失望永不會改變的神情，走出了房間。牟士冬的妹妹的濃眉盯著我到門口——我說眉毛，不說眼睛，是因為眉毛在她臉上要緊得多——她跟在勃倫德司東我家起坐間，早上差不多那個時間，同一副樣子。我差不多可以想像，我的功課又做不出了，我心頭的重壓是那本可怕的老拼字課本，上面有好多橢圓的木刻，照我童年的幻想、形狀，就像眼鏡上取下的鏡片。

到事務所，用手遮得看不見老提菲跟其餘的人，坐在我自己一角桌子面前，細想這次地震一般的事，發生得多麼意外，我精神痛苦，就咒吉勃，想到朵若更是心憂如焚，不懂為什麼沒拿起帽子瘋狂地衝到瑙倭去的。想到他們嚇她，弄得她哭，我不能在那裡安慰她，就痛不欲生，逼得我寫了封莽撞的信給司本羅先生，央求他不要拿我噩運的後果來責罰他女兒，叫她受苦。哀懇他饒恕她，因為她稟性溫柔——不要摧殘一朵弱嫩的花——對她說話的一般口氣，儘我記得的，好像他不是她父親，倒像是個食人魔，或者是宛利的妖龍③。這封信我封了，在他未來之前放在他桌上。他來的時候，我從他辦公室半開著的門裡看到

整個上午他沒有說話，不過下午他走之前，把我叫了進去，對我說，我完全無須為他女兒的幸福不安。他已經切實關照了她，他說，這完全是胡鬧，他再沒有別的話要對她說了。他相信自己是個溺愛的父親（事實也正是如此），我大可不必為她求情。

「要是你又蠢，又頑強，考勃菲爾先生，」他說，「我就非把我女兒再送出國讀一學期書不可了。不過我想你不至於如此。希望你過幾天就不會這樣糊塗了。至於牟士冬小姐」，因為我信裡提到她，「我尊重這位小姐的警覺，很感激她。不過我嚴厲下令，不許她再提這件事了。考勃菲爾先生，我要求的，就只有忘記這件事。你要做到的，也只有忘記這件事。」

虧他說就只這件事！我寫給米爾司小姐的短柬裡，苦痛地引了這句話。我含著悲慘的譏刺口氣說，我只要忘記朵若就是了。就只這件事，這是什麼事啊？我央求米爾司小姐當晚讓我去看她。如果得不到米爾司先生的贊許，我哀懇她跟我在後廚房放軋布機的地方私下談一談。告訴她我方寸已亂，只有她，米爾司小姐，才能免得我迷罔。我署名自稱她的

③The Dragon of Wantley，民歌中約克郡的怪物，吞食兒童和家畜。

「心亂如麻的」。在交信差送出之前，重把這封信看過，不禁覺得風格倒有些像密考伯先生的。

不過，信我到底寄出了。晚上我走到米爾司小姐家的街上，踱來踱去，末了，還是米爾司小姐的貼身把我偷偷帶到她家，由地下室前凹下去的空地進了後廚房。從此我當然相信，若不是米爾司小姐喜歡離奇神秘，我絕不會不打正門進去，讓人引到客廳。

我在後廚房胡說亂道，這種舉動正適合我當時的情況。我想，我當時到那裡是去鬧出笑話來的，我十足相信，實情就是這樣。米爾司小姐接到了朵若匆促寫的便箋，告訴她事情全揭露了，信上說，「唉！請你到我這裡來，菊利亞，一定，一定！」不過米爾司小姐相信，她去大人未必歡迎，所以沒有去，我們全在撒哈拉大沙漠裡趕路趕到天黑了。

米爾司小姐的話連珠說出，也喜歡傾吐。我不得不感覺到，雖然她和我淚眼相看，我們的苦痛卻給她可怕的愉快。我可以說，她拿我們受的罪當心愛的畜生，儘量加以利用。說朵若和我兩人當中有了深淵，愛情只能靠它的彩虹跨過這道淵。這個世界冷酷，愛情只有受罪；過去如此，將來永遠如此。米爾司小姐說，不去管它。蛛網纏住的兩心終歸會脫網而出，那時愛的仇就報了。

米爾司小姐這話給我的安慰很少，不過，她不願意叫人空歡喜。弄得我比先前更苦惱，我覺得她真是朋友，也極其感激地告訴了她這一點。我們決定明天一早第一件事是她到朵若那裡，想辦法用眼色或言語，把我的忠心和慘狀轉達，叫她知道。我們分別時，悲不自勝，我想米爾司小姐滿心舒暢。

我回家以後，把詳情都告訴了姨婆，儘管她大加勸慰，我仍舊失望地去睡了。第二天失望地起牀，失望地出外。那天是星期六，上午我一腳到會館。

走到望見辦事處的時候，我詫異了，因為看到戴徽章的腳夫站在外面互相談論，半打左右過路的人往關上了的窗子裡張。我加緊腳步，人堆裡走過，看他們的神情想知道究竟，匆匆進了門。

書記都在那裡，不過誰也不做事。老提菲坐在別人凳子上，帽子沒有掛起來，我想這還是她生平第一次。

「不得了了，出了岔子了，考勃菲爾先生，」我進去的時候他說。

「什麼事？」我叫道。「出了什麼岔子？」

「你還不知道嗎？」提菲和其餘的人一齊叫道，都走攏了來。

「不知道！」我說，望望這個臉，又望望那個臉。

「司本羅先生呀，」提菲說。

「他怎麼了？」

「死了！」

一位書記把我抱住了，我想是辦事處在旋轉，不是我。他們把我放在一張椅子上，解開我的領結，倒了杯水給我。我不知道這個現象歷時多久。
「死了？」我說。
「昨天他在城裡吃晚飯，自己駕了四輪馬車回去，」提菲說，「因為已經打發馬夫搭公共馬車回家，有時他也這樣處置的，你知道……」
「後來呢？」
「馬車回了家，他不在車上。馬停在馬房門口。有人打了燈籠出去。車裡沒人。」
「馬亂奔了嗎？」
「馬並不熱騰騰的，」提菲戴上眼鏡說，「據我所知道，不比照平常速度走回來更熱些。韁繩斷了，不過在地上拖著。馬上一家人驚起來了，三個人出來沿路去找。一哩之外發現了他。」
「不止一哩之外，提菲先生，」年輕些的一個插嘴道。
「是嗎？我相信你對，」提菲說——「就是一哩多之外吧——離教堂不遠——一截身體躺在大路上，一截躺在小徑上，趴著。是不是病發作了，跌下了車，或者覺得不舒適，下了車，還沒發作——甚至於他那時是否完全死了，雖然的確已經完全失去知覺了——誰都好像不知道。如果還在呼吸，可一句話也沒有說。醫藥的救援馬上弄來，不過已經完全沒有用了。」

我聽了這個消息心情一下工夫變成什麼樣子，可形容不出。這件事發生得這樣突如其來，出事的是跟我意見沒有一點相合的人，給我的驚愕——他最近還用的房間空下來，他的椅子和桌子好像都在等他，他昨天的筆跡，就像鬼魂，這種種的可怕——他跟這個地方不分開，開門的時候，覺得他也許會進來的無法說明——辦事處大家偷懶的寂靜和休息，同事談這件事外人整天跑進跑出拼命打聽這件事的滋味無窮——這一切誰都容易明白。我描寫不出的是，在我內心最深的地方，我心裡怎麼竟會潛伏著對死亡的嫉妒。怎麼會覺得死亡的力氣很大，把我從朵若的心裡推開。怎麼竟會說不出的一肚子不高興、羨慕朵若的悲傷。怎麼會想到她對著別人哭，別人安慰她，我就坐立不安。怎麼會在那麼最不合時的當兒，貪婪地希望把她面前所有的人都趕走，只留下我一人，我就是她最心愛的人。

我心裡這樣苦惱——希望不完全是我一個人如此，別人也一樣——那晚我到了瑙倭。在門口打聽的時候，聽用人裡有個人說，米爾司小姐在家，於是我就寫了封信，找姨婆寫了信封。我哀悼司本羅先生死得太早，哀悼的時候流了淚。我求她告訴朵若，如果朵若還能聽我的話，她父親對我談話厚道、體貼極了，提到她除了慈祥，沒有別的，沒有一句責備的話。我知道此舉很自私，目的是借此把我名字向她提起。不過我想法叫自己相信，紀念司本羅先生，這是公道話。也許我真相信。

第二天，姨婆收到寫了幾行的回信；信封上寫給她，信是給我的。說朵若悲不能勝，她朋友問她，要不要問候我一聲，她只是哭，她總在哭，「唉，好爸爸！唉，可憐的爸爸！」不過她沒有說不用問候，我就儘量稱心滿意了。

焦金斯先生自從出事以來都在瑙倭，幾天之後到了事務所。他跟提菲密談了一陣，隨後提菲向門外一望，招呼我進去。

「唉！」焦金斯先生說，「考勃菲爾先生，提菲先生跟我就要來看看死者的書桌、抽屜、跟別的放東西的地方了，想把他私人的文件封起來，找他的遺囑。別處什麼影子都沒有。你要是肯，幫我們的忙也好。」

我急於要知道一點我朵若現在的處境——諸如，誰會做她的監護人，等等——這正是一助。我們馬上動手搜尋；焦金斯先生打開抽屜和書桌的鎖，我們一起把裡面的文件取出。事務所的放一邊，私人的（並不多）放另一邊。我們非常認真。碰到掉下來的墜飾、鉛筆盒、戒指、或任何我們認為是私人的小件東西，說話聲音都非常低。

我們已經封好了幾包，還在灰塵中靜靜地找，這時焦金斯先生對我們說，用的字眼正是他去世的夥友對他用的，——

「司本羅先生難得越雷池一步的。你們知道他的為人。也許他沒有立遺囑。」

「嗯，我知道他立了，」我說。

他們倆都住手望著我。

「我上次見他當天，」我說，「他告訴了我這件事，還說他的事早就安頓好了。」

焦金斯先生跟老提菲一致搖頭。

「那好像沒有希望了，」提菲說。

「非常無望，」焦金斯先生說。

「二位不會疑心說——」我剛開口。

「我的好考勃菲爾先生，」提菲一隻手抓住我膀子說，一面閉目搖頭，「你如果有我在會館這麼久，就會懂得，沒有一樁事更看得出人前後矛盾和靠不住了。」

「啊呀，我的天，司本羅先生就說過這句話！」我說了又說。

「我差不多可以斷定，」提菲說。「我的意見是——沒有遺囑。」

我覺得這真是怪事，不過結果真就沒有找到遺囑。根據司本羅先生的文件看來，他從來沒有想到立遺囑，因為什麼有立遺囑意思的線索、草稿、摘要都沒有。還有一點叫我大為駭異的是，他的事務簡直是一團糟。我聽說，他欠人什麼錢，付了什麼錢，死時手上有些什麼，極難查得清楚。大家認為，多年來連他自己對這幾點也弄不清楚。漸漸真相透露出來，照那時博士會館裡的人各方面極講究外表和派頭說來，他跟人爭勝，花錢太多，入不敷出，業務上賺的並不很多，本人的資財有多少本來是問題，這一來真更加不足了。有一張家具出賣的契約，瑙倭房屋的租約。提菲對我說，把死者所有該還的債一還，把他名下該負擔的別人欠事務所的倒帳和難以收到的帳一扣，剩下來的資產叫他拿一千鎊來換，他是不肯的（他說這話，一點沒有想到我對這件事多關切）。

這是過完六個星期左右的事。期間我受盡了苦楚，米爾司小姐告訴我，她提到了我，我那傷心的小朵若什麼也不講，只說「唉，可憐的爸爸！唉，好爸爸！」我聽了真想到非下自己的毒手不可。還有，她除了兩位未嫁的姑母，別無親人，她們住在帕尼，多年來跟司本羅先生除了偶通消息，已經不往來了。並不是他們吵過嘴（這是米爾司小姐告訴我的），而是朵若命名那天請她們來喝了茶，她們還以為有頓飯吃的禮遇呢。後來寫信來說，「為了大家都愉快一點，」她們以後不來了。從此她們我行我素，她們的兄弟也我行我素。

這兩位本來退休了的姑母現在出面了，提出主張，要帶朵若到帕尼去住。朵若摟住她們兩人哭，叫道，「好，我去，姑媽！請你們也帶菊利亞．米爾司跟我跟吉勃一起到帕尼去。」葬禮之後馬上她們一夥就都去了。

怎麼才有時間常常去帕尼，我可真不知道，不過我總想辦法，不是這樣，就是那樣，相當勤地悄悄到她們附近踱來踱去。為了盡好朋友的責任，米爾司小姐記了日記，她有時總跟我在會館會面，讀日記給我聽，或者（如果她沒有時間），就借給我讀。我把她記的事都銘記在心，且舉例如下：——

「星期一。我美麗的朵④仍極沮喪。頭痛。叫她注意吉，多光滑漂亮。朵撫弄吉。因此觸動，悲痛之閘打開。容納一陣哀傷。（淚是心的露珠嗎？菊・米。）

「星期二。朵弱而緊張。以蒼白而美。（我們不也拿這話形容月亮嗎？菊・米・）朵、菊・米、吉乘馬車去透空氣。吉望窗外，向掃垃圾工人狂吠，引得朵笑容滿面。（生命由這種小環連成的啊！菊・米・）

「星期三，朵稍歡。對她唱音調愉快的《晚鐘》歌⑤。效果並沒有慰藉，適得其及。朵感動難名。隨後發見在其房內哽咽。引有關自己和小羚羊的詩⑥。無用。又想到生在紀念碑上的忍耐之神⑦。（疑問：何以在紀念碑上？菊・米。）

「星期四。朵確有進步。眠較安，頰重見玫瑰微紅。決提大・考・名字。透空氣時小心提及。朵立即感傷。『唉，好，好菊利亞！唉，我過去一直是個淘氣、不孝順的女兒！』

---

④日記裡的人名全用簡稱。

⑤諒指Thomas Moore（1779-1852）所作National Airs. Those Evening Bells。

⑥疑狄更斯指Moore詩〈拜火者〉中所指小羚羊。他另一小說中曾引這一節，只改末句。原詩如下：我從未餵養過可愛的小羚羊／用牠柔和的黑眼叫我開心／但等牠跟我相熟／愛我了，牠一定死掉。（原詩有韻律，此處只譯意思）

⑦見莎士比亞《第十二夜》二幕四景一一七行，下有「向悲愁含笑」句。下段玫瑰色頰亦見同劇同幕同景一一五行。

予以安慰、愛撫。在墓碑邊緣畫把大・考理想化了的像。朵又感傷。『唉，我怎麼辦，我怎麼辦？帶我到別處去！』嚇壞了。朵暈過去了，酒館弄了杯水。（詩的祈似：門柱上棋盤花樣的招牌⑧；浮沈的人生。唉！菊・米・）

「星期五。出事日。廚房出現一人攜藍袋，口稱『修女靴後跟。』廚子答，『沒有人叫過。』那人理論。廚子去查，留下那人與吉・廚子回來，那人仍在理論，但終離去。吉失踪。朵惶亂。報警。憑大鼻子，像橋欄干的腿來認人。四處搜索。不見吉。朵痛哭，無法安慰。又提小羚羊。適當，但無用。傍晚，不認識的小童上門。帶進起坐間。大鼻子，但非欄干腿。說要一鎊，知道一條狗。多方逼迫亦不肯多說。朵拿出一鎊，帶廚子到小屋，只吉綁在桌腿上。朵大喜，吉吃晚飯，朵繞狗舞蹈。這一喜壯了膽，在樓上提起大・考。朵又哭，哀號，「唉，別提，別提，別提！不想去世的爸爸，想別的，不管什麼，都是非常罪過！」——摟住吉，哭著睡了。（大・考・不當把自己囿在時間的闊翼裡麼？菊・米・）」

這段期間，米爾司小姐和她的日記是我唯一的安慰。她一會兒工夫之前還見了朵若，我能見她——能在她富有同情的紙上找到朵若名字的簡稱——給她弄得我越來越悽慘——是我僅有的安慰。我覺得好像住在紙牌糊的宮殿裡，倒了，廢墟上只有米爾司小姐跟我；

⑧英國亨利諸王時代，酒店有黑白棋盤花樣招牌，表示持有執照，內可下跳棋。

好像有個殘忍的術士，畫了個魔圈，圍住我心裡天真無邪的仙女。除了同樣的強壯的翅膀，就是能帶許多人度過許多苦難的那一雙，再也沒有別的能帶我進這個圈子！

第三十九回　威克菲爾和謝坡

娥妮絲慰藉總角友
烏利亞折磨施恩人

照我猜測，姨婆看我長期沮喪，已經漸漸認真不安起來。她就推說不放心，要我到多佛去看一看她鄉下租出去的房子是否一切順當，並且跟同一房客再訂期限長一點的租約。戔涅給司瓊博士家找去做事了，他家我每天見到她。她離開多佛，本來決不定是否要嫁給一個領港員，結束她所受、男人都不是好東西的教育。不過她還是決定不冒這個險。我相信，並不是顧到原則，而是因為她碰巧不喜歡這個人。

要我離開米爾司小姐是吃力的事，雖然如此，我倒情願將就姨婆的託辭，好跟娥妮絲一同度幾個安寧的鐘點。我跟心地慈善博士商量，請三天假。博士希望我藉此散一散心——

他希望我多休息，不過我是精力旺的人，閒不了那麼久——於是我就決定去了。

至於會館，我用不著特別注重這裡的職務。說實話，我們事務所在頂兒尖兒的代訴人眼睛裡，名氣越來越不好了，地位很快地下降，很糟。司本羅先生未加入以前，焦金斯先生的業務本來就平常，雖然注入新血以後，有了起色，基礎仍舊不算很穩，現在突然失掉了得力的經理，就經不起這個打擊了。焦金斯先生，儘管在這家事務所裡有他的聲望，卻是個懶散、沒有用的那種人，不能抵算他對外的聲望能幫事務所的忙。現在我已經轉到他面前學業了，看到他吸鼻煙，生意撇開不管，真比那一刻都懊悔花姨婆那一千鎊。

不過這還不是最糟的地方。博士會館一帶有許多幫閑和外面的人，本身不是代訴人，卻涉足會館這行的外圍生意，找真代訴人替他們辦事，這些真代訴人就把他們的字號借給他們用，分一分劫掠所得；——這種代訴人為數也不少。我們的事務所現在不管條件如何，要做生意，所以也參加這一幫高貴的人物，放出餌去釣這些幫閑和外人，叫他們把拉到的生意給我們。結婚許可證和小遺囑檢驗是我們大家都想接的，也是最有錢賺的，大家競爭也的確最激烈。會館入口各要道都佈了綁架和誘騙的壞蛋，奉命截奪凡是掛孝的人，和面現靦腆的上流男子，把他騙到他們各人想做生意的雇主那裡。這些人奉命唯謹，在沒有認識我以前，兩次把我死拖活拉，擁到了我們頭號對手的事務所裡。這些搶生意的體面人物的利益衝突很容易引起惡感，所以彼此會有決裂。主要替我們做誘騙的那個人（本來是做葡萄酒生意的，後來改了宣誓不做騙人買賣而取得交易所會員資格的經紀，有好幾天一隻眼睛給打得又青又腫走來走去，連會館的臉都給他丟了。這些斥堠不管那個，從來沒想到要恭恭敬敬扶一位著喪服的老太太下車的，要是她問起那一位代訴人來，無不立即加害，而捧出自己的雇主，說是那個死者的合法繼承人、代表，把這位老太太帶到他雇主那裡（老太太有時候大為感動）。好多人就是這樣被擒到我面前的。至於婚姻許可證，競爭激烈達於極點，害羞的男子要請領一張，只有聽第一個誘騙的人擺布，別無他法，或者給許多人爭取，結果成了最強悍那人的活點心。我們有位書記就是個外面人，在競爭白熱化期間，經常戴著帽子坐著，好立即衝出去，把人帶到宗教法院發結婚許可證的代理推事面前宣誓，我相信這種誘騙的惡習到今天還在繼續。我最後一次在會館，有個謙恭、壯健的人，身穿白圍腰，從門口撲過來把我抓住，套住我耳朵低聲說「我給你弄結婚許可證」這幾個字，好不容易我才掙脫他，沒有被他一把抱起，拎到他的代訴人那裡。

話說得離題，我就講多佛的事吧。

我發現房子一切的情形都好，報告姨婆說，她房客繼承她的衣鉢，不斷跟驢子作戰，這一點使她極為滿意。我在那裡把小事辦好，睡了一夜，第二天一大早就走到坎特伯里。現在又是冬天了，天氣清新，寒冷有風，丘原一望無際，我的希望心又復燃了一點。

到了坎特伯里，我就在以前走熟的街上蹓躂，覺得安詳愉快，精神得到寧謐，心裡也舒服了。看熟招牌，店家的熟名稱，裡面是我認識的店員。想起我在那裡做學生的時候，好像很久以前了，我奇怪這個地方改變得這麼少，後來才想到我自己也改得很少。說來奇怪，跟我的心靈難解難分的娥妮絲的恬靜，也瀰漫著她所住的城市。大教堂的塔樓莊嚴肅穆，看熟了的穴鳥，大鴉（聲音飄眇，叫起來比完全沈默還要幽獨）；圮毀的入口（以往佈滿雕像，就像瞻仰過這些雕像的虔誠的香客）早就給推倒、粉碎了；許多世紀長出來的常春籐爬滿人字牆和頹壁的靜寂角落；古舊的房屋，野外田舍景色、果園、花園；到處——所有景物——我看了這些都感到同樣寧謐的氣味，同樣的安靜、深思、輕鬆之情。

到了威克菲爾先生家裡，我發現密考伯先生在過去烏利亞．謝坡坐慣的樓下矮些的房裡，抄寫得很辛勤。他穿的是法界派頭的黑色成套的衣服，在小辦公室裡顯得人又魁偉、又高大。

密考伯先生看見我大為快樂，不過也有一點慌亂。他本來要把我立刻帶去見烏利亞，我推卻了。

「從前我這裡很熟，你總記得，」我說，「會找路上樓的。密考伯先生，你喜歡法律嗎？」

「好考勃菲爾，」他答，「在天賦想像力強的人看來，研究法律有一點不好，就是牽涉太多細節。即使我們職業方面的函牘，」密考伯先生看一下他在寫的一些信說，「想把心思用到任何高超飄逸的辭藻上，也不能隨意。雖然如此，這仍然是偉大的活兒——偉大的活兒！」

接著告訴我，他已經做了烏利亞・謝坡舊宅子的房客，密考伯太太要是能在她自己的家裡再招待我一次，一定很快樂。

「地方很卑微，」密考伯先生說，「我且引我朋友謝坡得意的說法。不過這個住處也許是將來住更富麗堂皇崇閣層樓的接腳石呢。」

我問他，到那時為止，他可滿意謝坡對他的待遇。他站起來看門是否關緊了，然後才低聲答——

「我的好考勃菲爾，受經濟為難壓迫的人辛苦工作，就一般人來說是很吃虧的。這種虧，遇到壓力逼著你，還沒有到確實該領薪金待遇就非預支不可的時候，絕不會吃得少些。所有我可以說的就是，我朋友謝坡對於我那些不必加以詳述的請求，都有反應，他的態度是算好的了，對他頭腦、心腸同樣增光的。」

「我想，他的錢大約也不至於十分輕易撒出來吧，」我說。

「請你原諒我，」密考伯先生有些不自然地說，「我想到我朋友謝坡，是照我經驗的說的。」

「你經驗的這樣順利，我也高興，」我回他道。

「你很夠朋友，我的好考勃菲爾，」密考伯先生說，並且哼了一個調子。

「你常常看到威克菲爾先生嗎？」我換個話題問。

「不常看見，」密考伯先生怠慢地說。「威克菲爾先生，恐怕是一位用意極好的人；不過他——要而言之，退化了。」

「我恐怕他的夥友存心弄得他這樣的，」我說。

「我的好考勃菲爾，」密考伯先生在櫈子上不安地扭轉了幾下說，「請你讓我表示一點意見！我在此地是參與機要的。我在此地的地位是受人信賴的。我不得不考慮，有些題目就是和密考伯太太本人（跟我共浮沈這麼久的伴侶，智力明朗出眾的女子），來討論我擔當的任務，也有所不宜。因此我冒昧建議，在我們友好地談話的時候——我相信這種談話絕不能受到妨礙——我們定個界限。一邊是，」密考伯先生說，一面用事務所桌上的尺代表線，「人類整個智力的範圍，只有少許例外。另一邊確實就是這個例外——就是說，威克菲爾・謝坡事務所的事務，以及隸屬於這個事務所的一切。我相信，想出這個方案，請我少年時代的朋友冷靜地評斷，不會見怪吧？」

雖然我看出密考伯先生變得很不安，這個變化束縛住了他，好像他的新工作對他不適合，卻覺得沒有權利怪他。我把這話跟他一講，他好像放了心，就跟我握手。

「考勃菲爾，」密考伯先生說，「我的確覺得威克菲爾小姐真討喜。是位超人一等的少女，極其動人、優雅、有德行。你務必相信我的話，」密考伯先生說，一面用他的手不知道對誰飛吻，擺出他最高雅的派頭來鞠躬，「我向威克菲爾小姐表示敬意！哼！」

「你這樣說，我至少很高興，」我說。

「要不是上次我們有幸跟你一同度過那天愉快的下午，你早說得千真萬確，我的好考勃菲爾，說你愛的那個字是朵，」密考伯先生說，「我一定以為是娥了。」

我們都經驗到偶爾會有的某些感覺，說很久以前說過的話，做很久以前做過的事——記不清多久以前給同樣的好些面孔、東西、情況所圍繞——完全知道下面接著要說什麼話，好像我們驟然記起了一樣，在他說這些話以前，我長到那麼大，從來沒有過更強烈的這種神祕印象。

我暫時跟密考伯先生告別，請他替我好好問候他一家的人。我離開他的時候，他重新坐在欖子上，拿起了筆，頭在硬領裡轉動，好方便寫字，這時我清清楚楚感覺到，自從他新幹起這一行來，我們已經不像以往那樣彼此推心置腹，談話也大為變了質，我跟他已經有了隔閡。

古雅的客廳裡沒有人，不過謝坡太太的踪影卻留下了痕跡。我朝娥妮絲還住著的房間一望，看見她坐在爐邊好看的舊式書桌面前書寫。

我把光遮住，引得她抬頭一看。她一向周到，臉上立刻現出光彩，我成了她溫柔關注和歡迎的目標，多叫我愉快啊！

「啊，娥妮絲！」我叫道，我們並肩坐下。「看不到你，最近很覺得寂寞。」

「真的？」她答。「又寂寞了！這麼快？」

我搖搖頭。

「我不懂怎麼回事，娥妮絲。好像需要我頭腦應該有的什麼能力。從前在此地過得幸福的時候你總是替我思想慣了的，我自然而然來請教你，要你支持我，我真以為，現在得不到這些好處，就不慣了。」

「現在有什麼事呢？」娥妮絲高高興興地問。

「我不知道該叫它做什麼，」我答。「我想我很認真，有恆心。」

「一定是的，」娥妮絲說。

「也有耐性吧，娥妮絲？」我有點遲疑地問道。

「有，」娥妮絲笑答道。「相當有耐性。」

「可是，」我說，「我心情非常悲慘，也很煩，對於把事情弄清楚的能力也沒有把握，沒有決斷，知道自己一定缺少——可以叫做——某種依賴嗎？」

「你要是叫它做依賴，就這樣叫吧，」娥妮絲說。

「好，」我應道，「你聽我說！你到了倫敦，我倚賴你，馬上我就有了目標，有了宗旨。沒有了目標宗旨，到此地來，立時三刻就覺得自己換了一個人。我走進這間房，叫我受苦的環境並沒有變，可是就那麼短短片刻，我已經受到影響，心境改變了。哦，好得多麼多啊！這是什麼力量？你有什麼訣竅，娥妮絲？」

她低下頭，望著火。

「還是那老套，」我說。「我說，我碰到小事跟碰到大事一樣，別笑。我從前的麻煩是胡鬧，現在是真正嚴重。不過無論那一刻我離開了我的義妹——」

娥妮絲抬起頭來——好一副天使的面孔！——把手伸給我，我接來吻了。

「娥妮絲，無論那一刻一開始我沒有了你給我出主意，贊成我做的事，我就好像失去控制，惹出種種麻煩。到了你面前（我總是這樣的），就終於到了和平幸福面前。現在我就像疲勞的旅客回了家，得到這種安息的，享福的感覺！」

我說這番話，字字掬自肺腑，衷心感動不能成聲，我用手摀住了臉，哇地一聲哭了出來。我寫下了真情。不管我這個人跟許多人一樣，內心多矛盾，多不協調，不管什麼事也許會很不同，會好得多；不管我做了什麼違背我初衷的事；我一概不知道，只知道有娥妮絲在我一旁，我感覺安心、寧謐、極其認真。

她憑沈靜的姊妹一般的態度，晶瑩的眼睛，柔和的聲音，很久以前那種親切的鎮定（這種鎮定把這座容納她的房屋造成了我的聖地）很快消滅了我的脆弱，引得我把從上次分手以後發生的事都告訴了她。

「再沒有別的可以奉告了，娥妮絲，」我說，要說的心腹事已經說完。「好了，我要靠你了。」

「不過絕不能靠我，喬幄，」娥妮絲愉快地含笑答道。「要靠另外一個人。」

「靠朵若嗎？」我說。

「當然。」

「唉，我還沒有跟你提呢，娥妮絲，」我有點發窘地說，「朵若——很難——我絕不想說『靠』，因為她是純粹、真實的人——不過很難——我都不知道怎麼說，真的，娥妮絲。她是個膽小的小人兒，很容易不安、害怕。不久以前，她父親還沒有死，我想跟她提一提也對的——不過要是你我，我就把經過告訴你。」

所以我就把我透露窮下來了，要她看烹飪的書、記家用帳、和其餘的一切講給娥妮絲聽了。

「啊呀，喬幄！」她笑著責備我道。「就是你莽撞的老樣子！你不妨努力在世界上好好活下去，可也用不著跟這樣一個膽子小、忠實、沒有閱歷的女孩子這樣冒失嘍。朵若真可憐！」

她這樣回我的話，聲音非常溫柔，含著寬容的仁慈，我從來沒有聽到過。好像我看到她稱讚朵若，親切地摟起朵若，好心保護朵若，默默地怪我，不該那麼慌忙性急，把那顆小心兒攪亂。好像我看到朵若，完全一派迷人的天真神氣，摟住娥妮絲，謝她，假意說我不好，現出全副孩子氣的憨態愛我。

我覺得非常感激娥妮絲，非常愛慕她！我看到這兩個人在一起，現出一幅燦爛的透視畫，交情多麼深厚的朋友，多麼相得益彰！

「我怎麼辦呢，娥妮絲？」我望了一會兒爐火問。「怎樣才算對呢？」

「我想，」娥妮絲說，「正當的途徑是寫信給那兩位姑母。你不覺得鬼鬼祟祟的行動不值得採取嗎？」

「我覺得，只要你覺得這樣，」我說。

「這種事我沒有什麼資格來評判，」娥妮絲謙虛遲疑地答，「不過我的確覺得——總之，你那麼祕密，藏藏躲躲，不像你的為人。」

「像我的為人，恐怕是你太看得起我說的，娥妮絲，」我說。

「像你的為人，是照你本性坦誠說的，」她答。「所以依我就寫信給這兩位姑母，把所有經過儘量說得清楚、坦白，請她們准你幾時到她們家去拜訪她們。假定你年輕，還要在社會上掙個地位，我想我也可以說不管她們提出什麼條件，你都情願依。我會請她們不要不問朵若，就拒絕你的請求，在她們認為適當的時候，跟她商量一下。就說你不會太死乞白賴，」娥妮絲溫和地說，「或者提太多主張。只靠你的忠實和恆心——靠朵若。」

「不過要是她們跟朵若一說話，又嚇了朵若呢，娥妮絲，」我說。「要是朵若哭起來了，關於我的話她一句也不說呢！」

「會那樣嗎？」娥妮絲問，臉上還是同樣溫柔的關顧。

「求上帝保佑她！她跟鳥一樣容易吃驚，」我說。「也許會。如果兩位司本羅小姐（那種上了年紀的女人有時候是很怪的）不是適當的說這種話的人呢？」

「我想不會，喬幄，」娥妮絲答，一面抬起她柔和的眼望我的，「我來考慮一下這一點。也許最好只考慮做這件事是否對。對呢，就去做。」

關於這件事我已經沒有什麼主意不定了。我心一鬆，雖然覺得我的任務很重大，我整個下午的時間都用來起這封信的稿了，為了這件大事，娥妮絲把桌子讓了給我。不過首先我下樓去看威克菲爾先生和烏利亞．謝坡。

我發現烏利亞現在佔了新的，有灰泥味的辦公室，建得伸到花園裡，坐在許多書和文件堆裡，樣子特別卑鄙。他接待我還是那套巴巴結結的樣子，假裝沒有聽密考伯先生說起我來的消息——老實不客氣我就不相信他的鬼話。他陪我到威克菲爾先生的房裡，這間房比起從前的那間簡直不成樣子——為了新合夥人的便利，他的許多設備都被剝奪掉了——威克菲爾先生跟我互相問好的時候，他就站在火爐面前，烘脊背，用瘦筋巴骨的手刮下巴頦兒。

「你待在坎特布利的時候，喬幄，住我們這裡吧？」威克菲爾先生說，並不是沒有拿眼睛瞟烏利亞，要得他的認可。

「有我住的房嗎？」我說。

「當然有，考勃菲爾少爺——我該說先生，不過另外那個稱呼自然而然就叫出來了，」烏利亞說——「我把您以前那間房讓出來，非常高興，只要合您的意。」

「不可以，不可以，」威克菲爾先生說。「為什麼偏偏叫你不方便？還有間房呢，還有間房呢。」

「呀，可是您知道，」烏利亞笑嘻嘻地答，「我真是高興讓啊！」

總之，我說，我情願住另外那間房，不然就不住。於是就講定了我住另一間房，我向兩位合夥人告別，說吃晚飯的時候再見，然後就下樓去了。

我本希望除了娥妮絲沒有別人在場的。可是謝坡太太請求讓她帶了編織的東西也到這間房裡來靠近火爐，推說照那時風吹的情形，這裡比客廳和餐廳對她的風濕更有好處。我雖然幾乎要把她交給大教堂小尖塔最高處的風去發落，毫不容情，卻逼不得已，裝得高高興興，很客氣地問候她一聲。

「我卑位人感謝您，先生，」謝坡太太答謝我的問候說，「可是我只是過得去罷了。沒有許多可以自誇的。要是能看到我家烏利亞好好成家立業，我想就沒有別的指望了。您看我家小烏利相貌怎麼樣，先生？」

我想他跟以前一樣惡相，卻答說，我看他沒有變。

「唉，您不覺得他變了嗎？」謝坡太太說。「這一點我放肆對不起，要卑位地不贊成您的意見。您不覺得他瘦了嗎？」

「不比平常瘦些，」我答。

「您居然不覺得嗎？」謝坡太太說。「可是您不是用做母親的眼光看他的！」他母親的眼是世上所有別人看來邪惡的眼，我碰到那隻眼的時候在想，不管她對她兒子多慈愛。我相信她母子彼此十分相親。她看過我，又看娥妮絲。

「您難道看不出烏利亞瘦下去，衰弱嗎？威克菲爾小姐？」謝坡太太問。

「看不出，」娥妮絲說，說時繼續做她手上的工作。「您太擔心他了。他身體很好。」

謝坡太太深深吸了一口氣，又編織她的東西了。

她一直沒有停編，也沒有一刻離開我們。我到那裡時候還早，要過三四個鐘頭才吃晚飯，可是她坐在那裡，硬忙著編織，機械得就跟砂漏裡的砂往下漏一樣。她坐在爐子的一邊，我坐在爐前桌子面前，另一邊過去些，坐著娥妮絲。不管那一刻，我慢慢構思打信稿，抬頭看到娥妮絲親切的臉，看到她晶瑩的眼露出天使般的神情，向我鼓勵，就知道馬上有隻惡毒的眼望我，再望娥妮絲，又回過來望我，然後偷偷地重行編織。編織什麼東西我不知道，這樣手藝我沒有研究，不過好像是個網。她不停用中國筷子似的針編織，爐火照著，就像個樣子兇惡的妖婦，也為對面燦爛的美善所挫，不過她已經準備好不久要撒她的網了。

晚飯桌上她繼續監視，同樣目不轉睛。飯後，她兒子接班，等威克菲爾先生、他、我三個人在一起的時候，他惡意地瞟我，渾身扭個不停，真叫我吃不消。客廳裡那婦人又在編織、監視。娥妮絲唱歌彈琴全部期間，那婦人就坐在鋼琴旁邊。有一次，她還指定一隻民歌叫娥妮絲唱，說她家小烏利頂愛聽（這時烏利亞在一張大椅子上打哈息）。不時她拿眼看她兒子，告訴娥妮絲，她兒子聽音樂，樂不可支。不過這個婦人說起話來，難得——我相信從來沒有例外——不提她兒子的。很明顯地，這是派給她負的責任。

這種局面一直延長到臨睡的時候。這家母子就像兩隻大蝙蝠罩住整座屋，一副難看樣子遮得裡面陰沈沈，叫我不舒服到極點，情願待在樓下，儘管她編織等等都無所謂，也不要去睡覺。我差不多一點也沒有睡著。第二天，編織和監視又開始，整天沒有停。

我簡直沒有跟娥妮絲說十分鐘話的機會。想把我寫的信給她看也辦不到。我提議跟她出去走一走，可是謝坡太太一再說她病得更厲害了，娥妮絲心好，就待在家裡，跟她做伴。黃昏近了，我獨自一人走了出去，盤算應該怎麼辦，是不是要把烏利亞・謝坡在倫敦告訴我的話繼續壓下來不告訴娥妮絲，因為這番話又非常攪亂我的心曲了。

我還沒有走出鎮，在有條很好小徑的藍斯蓋路上，就聽到後面灰塵裡有人叫我。那種蹣跚的樣子、狹小的大外套，絕錯不了。我站住了，烏利亞・謝坡趕了上來。

「怎麼樣？」我說。

「您走得多快！」他說。「我的腿相當長，可給這趟路趕累了。」

「你上那裡去？」我說。

「我跟您一起，考勃菲爾少爺，只要您肯讓我跟老朋友走走，享這個樂趣。」他說完這話，身子一扭，這個動作可以說是向我討好，也可以說嘲弄我，他就到了我身邊，跟我步伐一致了。

「烏利亞！」我沈默了一陣，儘量客氣地叫他。

「考勃菲爾少爺！」烏利亞叫道。

「對你說實話吧（請你別見怪），我出來是要一個人走走的，因為給人陪得多了。」他斜著眼望我，牙齒齜得出了格地說，「您是說母親。」

「嗯，對，我是說她，」我說。

「啊！可是您知道我們是卑位的人，」他答。「曉得自己卑位，就真要小心，不要栽在不是卑位的人手上。戀愛的人用什麼策略都公道的，先生。」

他提起兩隻大手，一直到碰到下巴，輕輕摸摸，低聲咯咯地笑，就像個惡毒的狒狒，我想，再沒有人有他那麼像了。

「您明白嗎，」他還保持那副討厭的樣子，很得意地對我搖頭說，「您是個非常有危險性的情敵，考勃菲爾少爺。您一向就是，您知道。」

「因為我，你就派人看著威克菲爾小姐，弄得她的家不像家嗎？」我說。

「唉！考勃菲爾少爺！您這話說得好嚴告①啊，」他答。

「不管你喜歡用什麼字眼解釋我的意思，」我說。「你知道我是什麼意思，烏利亞，你跟我一樣明白。」

「噢，不！你得說出來，」他說。「唉，真的！我自己沒有辦法。」

「你以為，」為了娥妮絲，我按捺著性子，和和氣氣、安安靜靜地對他說，「我不當威克菲爾小姐是自己的親妹妹，當別的嗎？」

「呀，考勃菲爾少爺，」他答，「您知道，我不一定答覆這個問題。您不至於，您知道。可是話又說回來，您明白吧，您也作興！」

如果有什麼跟他那副樣尊容，跟他那對沒有睫毛、沒有遮掩的鬼眼同等奸險的東西，我可從來沒見過。

「那麼，好吧！」我說。「為了威克菲爾小姐——」

「我的娥妮絲！」他嚷道，一面把身子硬扭彎一下，樣子叫人作嘔。「可不可以請您

---

①原文是不學的人說少了一個輔音，譯文故意把「酷」字讀錯。以下別處也有故意用錯字的情形，如把「心腹」念成「心府」，不再一一註出。

做件好事，叫她娥妮絲，考勃菲爾少爺？」

「為了娥妮絲・威克菲爾——願上天保佑她！」——

「謝謝您的祝福，考勃菲爾少爺！」他打岔道。

「——如果情形不是這樣，我會把應該告訴你的告訴你，現在只想到告訴——傑克・寇七。②」

「告訴誰，先生？」烏利亞伸過頭來，用手擱在耳朵上招風問道。

「告訴絞刑吏，」我答。「我最不會想到的人，」——雖然他自己的臉叫人自然而然想到這個典故。「我已經跟另一位小姐訂了婚。我希望這個消息總叫你滿意了吧。」

「的的確確的嗎？」烏利亞說。

我正要憤懣地說他需要我說的這是實話，忽然他抓住我的手，緊緊捏了一下。

「呀，考勃菲爾少爺，」他說，「我上次那一晚睡在您起坐間火爐面前，把您害苦了，跟您吐露全部的心府，要是您賞臉，也跟我吐露心府，我再也不應該懷疑您。其實，我一

②**Jack Ketch**（死於一六八六年），**John Ketch**的別名，一六六三年被任為公設絞刑手，手下處死過多位名人，以行刑時拖沓、殘忍出名，於是成為英國民間用於所有劊子手的通稱。此處指最不可能的人而言。

定叫母親馬上走開，真一定高興。我知道您會原諒有情的人是很小心的，是不是？多可惜，您沒有賞臉，向我吐露！我的確給了您所有的機會。可是您從來沒有像我希望的那麼賞我的臉。我知道您從來沒有像我喜歡你那樣喜歡過我！」

全部這當兒他都用濕淥淥，跟魚一樣的手指揑住我的手，我想盡方法要不得罪人地掙脫開來。不過我完全沒有辦到。他把我的手拖到他深紫色大外套袖子底下，我往前走，差不多被迫要跟他挽臂而行。

「我們回去好吧？」烏利亞說，不一會兒把我向後一轉，對著鎮市，此刻初升的月正照著，遠處的窗映出銀色。

「我們撇開這件事不談之前，你應該明白，」我打破相當長的沈寂說，「我相信娥妮絲．威克菲爾小姐比起你閣下來啊，高多了，遠在你寶貝的指望之上，就跟月亮本身一樣！」

「溫和！她不是嗎？」烏利亞說。「非常溫和！好，您說老實話，考勃菲爾少爺，您從來沒有像我喜歡你那樣，喜歡過我。算了，您從頭到尾就當我卑位，我不該詫異嗎？」

「我不喜歡別人說自己卑微，」我答，「不管說自己是什麼我都不喜歡。」

「您瞧！」烏利亞說，渾身無力，月光下面如死灰。「我還不知道！可是我這種地位的人卑位是有道理的，這一點您想得太少了，考勃菲爾少爺！父親跟我都是慈善男童學校裡讀書的。母親她也是公立的，慈善之類的機關裡長大的。他們教我們全要曉得自己好卑位——從早到夜，我再不知道許多別的事了。我們對這位要自認卑位，對那位要自認卑位；在這裡要脫帽，在那裡要鞠躬。總要知道自己的身分，在比我們高級的人面前要低聲下氣。比我們高級的人可真多呀！父親做人卑位，得到級長獎章。我也得到。父親做人卑位，做到了禮拜堂的小職員。他跟上流人在一起，非常有禮貌，所以他們抬舉他。『你要放卑位些，烏利亞，』父親對我說，『這樣就會發達。這是學校裡總在千叮萬囑，逼你跟我記住的；這是將來最能記在心裡。要做卑位的人，』父親說，『就行了！』真的，的確不壞！」

這個討厭的虛偽的謙詞，原來竟是謝坡家傳的，我還是第一次想到。我只看到收穫，卻沒有見到種子。

「我還是年紀很小的時候，」烏利亞說，「就知道卑位是什麼意思了，也養成了卑位的習慣。有滋有味地吃卑位的餅③。我學問到了卑位的程度就停止，說，『別忙！』您上次要教我拉丁文，我才不那麼蠢呢。『人家要在你上頭，』父親說，『你就趴得低低的。』我現在非常卑位，考勃菲爾少爺，可是我已經有點勢力了！」

他說這些話——月光下看他的臉我知道——好讓我知道，他下了決心要運用他的勢力，補償他自己。他的卑劣、狡猾、惡毒，我早就認定，不過現在頭一次完全懂得，這個人自

---

③吃卑微的餅（to eat one's humble pie），俚語，指受屈辱。

幼長期禁抑，一定養成了多麼下作、冷酷、報復的心思。

他自己表白了一番以後，到現在為止，倒有個好處，就是他抽回了手，好再捏一捏下巴頦。一旦我脫離了他，就打定主意跟他離得開開地。我們就並排回去，一路上很少說話。是我告訴他的消息，還是他回想這個消息，他才高興的，我不知道，不過總有什麼道理他才那麼興奮的。吃晚飯的時候他的話比平常的多，問他娘（從我們重新進門起她就下班了）是否他年紀不小，不能再做單身漢了。還望了娥妮絲一眼，當時只要准我把他揍倒，我情願放棄一切。

晚飯後等到只剩我們三個男人的時候，他膽子更大起來。沒有喝多少酒，或者根本沒有喝，我猜鼓舞他的僅僅是得意忘了形，也許因為我在場，他就忍不住要露臉，臉才紅的。

昨天我已經看出，他在想法騙威克菲爾先生喝酒。我默察娥妮絲走出去之時給我的眼色，限定我自己只喝一杯，然後提議，我們跟她一起出去。今天也想如法炮製，可是烏利亞搶先一著。

「我們難得見到我們此刻這位客人，老先生，」他對坐在桌子末端和他有天壤之別的威克菲爾先生說，「要是您不反對的話，我提議再喝一兩杯酒表示歡迎他——考勃菲爾少爺，祝您精康，遇快！」

我只得隔著桌子握他伸過來的手，然後，握他合夥人，那位陷於絕望的君子的手，感情完全不同。

「喂，夥友，」烏利亞說，「要是我可以放肆的話——嗯，請您再給沾著考勃菲爾的那幾位乾杯好吧！」

威克菲爾先生提議給我姨婆、給狄克先生、給博士會館、給烏利亞乾杯，每人喝兩次；他覺得自己軟弱，想要克服又沒有辦法；烏利亞的舉止他引以為羞，又想討他的好，因此心裡有衝突；烏利亞扭扭揑揑，和在我面前叫威克菲爾先生丟臉而現出的露骨的得意，我都不提了。我看到這些情形簡直心裡作嘔，手寫不出來。

「喂，夥友！」末了烏利亞說，「我倒要恭賀另外一位乾杯呢，我卑位地請大家斟滿杯，因為我存心要把她變成女性裡最神聖的。」

她父親手上端著空杯。我看到他把杯子放下，望著那幅跟她像極了的畫像，手舉到額頭，倒在他扶手椅上。

「我是個卑位的人，不配恭賀她乾杯，」烏利亞繼續說，「可是我崇拜她——愛慕她。」

我想，她父親的白頭受得了的肉身之苦，絕沒有此刻我看到的他兩手壓榨的精神之苦，更叫我受不了。

「娥妮絲，」烏利亞不是不理他，就是不懂他這個動作的含意說，「娥妮絲・威克菲爾是，我大膽放心說，女性裡面最神聖的。我跟朋友可以明說嗎？做她的父親是光榮的名譽，不過做她的老公——」

饒了我，再不要聽到她父親在桌子面前站起來的一聲慘叫吧！

「怎麼回事？」烏利亞面色變得死灰一樣地說。「威克菲爾先生，說到臨了，你沒有瘋吧，我希望？我說，我有野心，要把你的娥妮絲變成我的娥妮絲，我跟另外一個人一樣有充分的理由。我比隨便那個別的人的權利都大！」

我攔腰抱住威克菲爾先生，想到的話全說出來求他，最說得多的是為了他對娥妮絲的愛，把他平靜下一點來。那一刻他發了瘋——揪頭髮、打頭、用力想掙脫我，推開我——一句話也不答覆，不看任何人，也看不見任何人——盲目拌命，不知為了什麼，他的眼直發怔，臉嘴歪曲——一副可怕的樣子。

我東扯西拉地懇求他，不過我的態度是最懇切的，叫他不要讓自己任性，要聽我的話。我求他為娥妮絲設想，把我和娥妮絲放在一起聯想一下，想想娥妮絲怎樣跟我一同長大，我怎樣尊敬她、愛護她，娥妮絲多替他掙氣，給他多少快樂！我用各種方式把娥妮絲的主意說給他聽。甚至責備他不堅定，不該這樣大鬧，該不讓娥妮絲知道，免得她受痛苦。也許我的話有點用處，也許他的性子過去了，漸漸他掙扎得好些了，看我了——起初神情還很怪，後來眼睛裡有了認識人的表情。終於說，「我知道，喬喔！我的心愛的孩子和你——我知道！可是你看他！」

他指著烏利亞，在角落裡面如土色，惡狠狠地瞪眼，顯然估計錯了，嚇了一跳。

「你瞧瞧磨折我的那個人，」他接著說。「我在他面前，一步一步放棄了名聲信譽、安寧平靜、房屋和家。」

「我替你保全了名聲信譽、安寧平靜，也保全了房屋和家，」烏利亞繃著臉，慌慌忙忙，一副受挫妥協的神氣說。「別糊塗，威克菲爾先生。要是你沒有料到我有那個打算，我可以收回，是嗎？沒有害到誰。」

「我總找每個人單純的動機，」威克菲爾先生說，「我收他做學徒是一番熱心，我很滿意。可是你看看他是個什麼樣的人——唉，你看看他是個什麼樣的人！」

「考勃菲爾，你最好攔住他，要是你能的話，」烏利亞嚷道，一面用長的食指指著我。「他馬上又有話要說了——你小心！——他說了會後悔的，你聽了也會後悔的！」

「我什麼話都要說！」威克菲爾先生不顧一切地叫道。「我既然落在你手上，為什麼不落在全世界的人手上？」

「小心，我告訴你！」烏利亞繼續警告我道：「你要是不搗住他的嘴，就不是他的朋友！——你為什麼要落在全世界的人手上，威克菲爾先生？因為你有個女兒。你跟我知道我們都知道的事，不是的嗎？別惹出事來——誰想惹是生非呢？我不想。你還不明白，我是盡量卑位的了？我告訴你，要是我放肆了，對不住。你還要怎麼樣，老先生？」

「唉，喬幄，喬幄啊！」威克菲爾先生猛擰他的手叫道：「自從我第一次在這個房子裡見到你，我已經倒楣到什麼樣子！那時我已經走下坡了，可是從那時起我走的這段路多悽慘、悽慘啊！都怪我太軟弱、放縱，把自己毀了。放縱自己回憶往事，放縱自己忘記事情。孩子的母親死了，我自然而然的悲傷變成了病；我對我孩子自然而然的愛也變成了病。凡是我碰過的東西都受到我的傳染。我弄得自己最心愛的人受罪，我知道，你也知道！我從前以為，我可以真正愛世界上的一個人，不愛其餘的人；我從前以為，我可以真正哀悼離開世界的一個人，所有別人的悲傷都跟我無關。就這樣把我人生的教訓顛倒了。我啃了自己有毛病的、孱弱的心，心就啃我。我的悲傷有毛病，慈愛有毛病，我要悲慘地逃避這兩種心境陰沈的一面，這也是有毛病的，唉，你要懂得我已經毀滅了，恨我吧，躲開我吧！」

他躺到了椅子上，無力地嗚咽起來。引得他發怒的那陣奮激正在離開他。烏利亞由他的角落走出。

「我不知道我昏庸的時候所做的一切，」威克菲爾先生說，同時伸出兩手，好像求我不要譴責他。「他才最知道呢」——指烏利亞．謝坡——「因為他總在我旁邊，悄悄地對我說話。你總明白，他是套在我頸項上的磨子。你發見他在我家，參加我的業務。剛才你還聽到他說話。我還用說什麼？」

「您用不著說這麼些，一半也用不著，根本什麼也不用說。」烏利亞說，一半狂妄，一半拍馬屁。「要不是喝了酒，您不會這樣怪人的。明天您重想一遍，就想通了，先生。如果我話說得太多，或者超出我本來的打算，又有什麼關係？我並不是非做到不可的！」

門開了，娥妮絲輕悄走進，臉上沒有絲毫血氣，摟住她父親頸項，沈著地說，「爸爸，您不舒服。跟我來！」威克菲爾先生好像給沈重的羞愧壓迫著一樣，頭枕在她肩膀上，跟她出去了。她的目光跟我的碰在一起一剎那，可是我已經看出，剛才發生的事她已經知道了多少。

「我沒有料到他會發這麼大的脾氣，考勃菲爾少爺，」烏利亞說。「不過沒有關係。明天我就跟他和好了。這是為他好的。我是卑位地巴著為他好的。」

我沒有答他，上了樓，走進那間從前我用功讀書的時候，娥妮絲常常坐在我旁邊的靜靜的房裡。到深夜都沒有人走近我。我拿起了一本書想讀。聽到鐘敲十二下，還在讀書，也不知道讀的什麼，這時娥妮絲進來，碰碰我。

「你明天一大早就走了，喬崌！我們就現在說再會吧。」

她哭了的，不過這時臉上非常平靜美麗！

「上天保佑你！」她說，伸手給我。

「最親愛的娥妮絲，」我答，「我明白你叫我不要提今晚上的事，可是就什麼辦法都不用想了嗎？」

「自然有上帝好信賴！」她答。

「我就連什麼忙都不能幫嗎——是我，本來是要你替我解決不幸的煩惱跑來的？」

「你已經把我的煩惱減輕了很多了，」她答。「好喬幄，不用你幫忙。」

「好娥妮絲，」我說，「你豐富的地方，正是我缺乏的——善良、決心、各種高貴的品質——要是疑心你的能力不濟，或是指點你，就狂妄了。不過你知道我多愛你，多欠你的情。你總不會因為打錯了要盡孝道的主意，就犧牲你自己吧？」

有片刻工夫她的方寸亂了，我從來沒有看到過她這樣過。她把手從我手裡縮回，向後退了一步。

「你要說，你沒有想到這種事，親愛的娥妮絲！——比姊妹更親的人！想想你那樣的心、你那樣的愛是多麼無價的天賦！」

唉，很久、很久以後，我還看見那張在我面前現出的臉上瞬息間不是驚異、不是指責、不是懊悔的神情！唉，很久、很久以後，我還看見那神情漸漸變成，就跟此刻一樣，可愛的笑容，她告訴我，她對自己的事不害怕——我也不用為她害怕——憑手足的名義跟我分手，走了！

早上天還黑，我就上了小客棧門口的公共馬車。東方才現白色，我們就要開車了。這時，我坐著正想到娥妮絲，就在晝夜混沌的當兒，馬車旁邊死趕活奔冒出了烏利亞的頭。

「考勃菲爾，」他攀著車頂鐵條哭喪著臉低聲說，「我想你走之前一定很高興聽到，我們彼此並沒有永久的不和。我已經到他房裡去過了，我們已經把一切都弄順當了。嗯，我雖然卑位，他還是用得著我的，您知道。他不喝酒的時候，是懂得自己的利害的，說到臨了，他這個人多會處人啊，考勃菲爾少爺！」

我不得不說，他道了歉我很高興。

「唉，當然啦！」烏利亞說。「卑位的人，您知道，道歉算什麼？這麼容易！啊呀！我想，」他急扭了一扭，「您有時摘過沒有熟的梨嗎，考勃菲爾少爺？」

「我想摘過，」我答。

「我昨晚就摘了，」烏利亞說。「不過總會熟的！只要照顧它就是了。我可以等！」

他說了一大堆送行的客氣話，車夫上了車，他又下去了。他早上空氣寒冷，他為了取暖，在吃什麼東西。不過嘴的動作好像表示梨已經熟了，他吃著咂著嘴呢。

第四十回　浪跡人

人影幢幢竊聽消息
風塵僕僕再踏征途

那晚我們在勃金恩街談到上一回我詳細說了威克菲爾家發生的事情，大家的心情非常嚴重。我的姨婆極其關心，兩臂相交，走來走去，走了兩個多鐘頭，不管幾時她心緒特別不寧，總要演這種徒步的技藝，不寧的程度總可以用步行的久暫來衡量。這一次她心神攪亂得太厲害，一定要把臥室的門打開，好從替她闢出一間臥室的牆這邊，走到另一間臥室的牆那邊全程。狄克先生和我默坐爐邊，她就在這條量過的跑道上走進走出，步伐不變，跟鐘擺一樣有規則。

等到狄克先生去睡覺了，賸下姨婆和我，我就寫信給那兩位老姑母。那時姨婆已經走夠了，坐在爐邊，又照平常一樣把衣服摺了上來。不過她沒有照老樣子坐下，端了玻璃杯擱在膝上，卻讓杯子放在壁爐的面飾上，不去理會，左肘枕在右臂上，左手托住下巴頦，若有深思地望著我。一等我停下手上的事，抬起頭來正跟她的眼睛望個正著。「我此刻的心情最充滿慈愛，寶貝，」她對我點頭叫我放心，「不過真不安，真難過！」

我忙得都沒有看出她還沒有嘗她的「夜眠混合藥」（她總這樣叫的），藥還放在壁爐的面飾上。我發現之後，敲她的門，告訴她，她走到房門口，現出的慈祥比平時更多，只說「我今晚上沒有這個心情喝，喬，」搖搖頭，又進去了。

第二天早上她讀了我寫給兩位老姑母的信，認為可以。我就寄了出去，除了盡量耐住性子等回信，一無可為。有一夜下雪，從博士家走回家，還是抱著期待的心，差不多一個星期了。

這一天一直很冷，東北風刺骨，已經吹了不少時候，日光暗了，風也息了，就飄起雪來。記得雪下得又猛又緊，大片大片的，堆得很厚。車輪和腳步聲都沒有了，好像街上鋪了很深的羽毛。

回家最近的路——這種晚上當然走最近的路——是走聖馬丁教堂巷。原來那時給這條巷子名稱的教堂的所在不很寬敞，前面沒有空地，巷子轉彎通到河濱馬路。我走過柱廊的台階，角落裡碰到一個婦女的臉。那個臉隨便望了我的臉一眼，就走過狹巷，不見了。我認識這個人。在那裡見過。可記不起什麼地方了。這個人我有點影子，立時想了起來；不過想起來的時候我正想的是別的事，所以就弄糊塗了。

教堂的台階上，有個彎著腰的男人，他在光滑的雪地上放下了背著的東西，好把它理好。我看到女子的臉和他這個人是同時的。我想，當時我心中詫異並沒有站定，不過不管怎樣，我往前走，這個男子伸直了身體，掉過臉來，朝我走下來。我跟裴格悌大爺面對面站著。

這時我記得那個女人了。她就是瑪撒，那晚艾彌麗在廚房裡給過他錢的——瑪撒·恩黛爾，罕姆告訴過我，就是把所有沈在海底的寶物給裴格悌大爺，他也不願意看到跟他外甥女並肩而坐那個女子。我們熱烈地握手。一開始誰也說不出一句話來。

「小衛少爺？」他抓牢我說，「看到您叫我心裡舒服，少爺。正記掛您，正記掛您！」

「正記掛您，我的好老朋友！」我說。

「我打算了今兒晚上要來問您好的，少爺，」他說，「可是知道您姨婆跟您住一塊兒——因為我去過那邊——打雅茅斯那條路上去的——此刻怕太遲了。少爺，我走之前，一大早會來的。」

「又要出門？」我說。

「是啊，少爺，」他有耐性地搖頭答，「我明天又出去。」

「那麼您本來要上那兒去的？」我問。

「我嘛，」他把長頭髮上的雪抖掉答，「就要到個什麼地去睡覺。」

那時候，有扇邊門通金十字客棧的馬圈，差不多正對著我們站的地方（因為裴格悌大爺的災難，這個客棧我特別難忘）。我指出那個入口，挽了他的臂，我們就一同走了過去。兩三間酒店房間在馬圈外面開著，我往其中一間裡面一望，發現是空的，一盆火燒得正旺，就帶他進去了。

我在燈光下看他，不但頭髮又長又亂，臉也給太陽晒黑了。鬢髮白多了，臉上、額頭上皺紋深多了，處處現出吃盡奔波之苦，歷盡風霜的樣子，不過我看他仍然很硬朗，像個宗旨堅定，無論什麼也累不壞的男子漢。他把帽子、衣服上的雪甩掉。臉上的雪抹掉，我心裡就默察這些情形。他背朝著他進來的門，在一張桌子對著我的面坐下，又伸出粗手，熱烈握我的手。

「我要告訴您，小衛少爺，」他說，「我這一向到了些什麼地方，我們大家聽到了些什麼消息。我去的地方很遠，聽到的很少，不過我會告訴您！」

我按鈴叫點熱的來喝。他最烈的只肯喝淡色啤酒。在拿酒、熱酒的時候，他坐在那裡沈思。臉上一副純粹、重大的嚴肅神情，我沒有想去打攪。

「艾姆麗小時候，」等只剩下我們兩人時，裴格悌大爺抬起頭來說，「常常跟我談很多關於海、關於海岸的事（岸邊的海一定是深藍的，太陽底下爍亮、爍亮的）。我偶爾想，她因為父親是淹死的，所以對海很多心思。我不知道您明白，可是也許她相信——或者希望——她父親已經漂到花總開著、總是晴朗的國家。」

「作興這是小孩子的幻想，」我答。

「她不見了——的時候，」裴格悌大爺說，「我心裡知道，男的會帶她到這些國家。我心裡知道，他會把這些國家了不起的地方講給她聽，講將來她怎樣在那些地方做闊太太，他怎樣先拿這種話弄得她依他。上次我們看見他媽，我就非常清楚，我猜對了。我過了海峽到法國，在那裡上了岸，就好像從天上掉下來一樣。」

我看見門一動，雪飄進來了。又動一動，有隻手悄悄插進，把門呀著。

「我找到了一位英國的先生，是個有地位的人，」裴格悌大爺說，「告訴他，我是找外甥女的。他替我弄了我通行要有的文件——我可不知道這些文件叫什麼——他要拿錢給我，可是我感謝他，用不著。我一定謝了他所有幫我的情意！『你動身前我已經寫了信給他們，』他對我說，『還要交代好了一路上你會碰到的人，你一個人出遠門，離此地很遠的好多人會認識你。』我告訴他，盡力說得頂客氣，我多麼感借①他，就到法國各處去了。」

---

①拼音文字比中文容易表達三教九流用字的省音、增音、連音等職業或地方口音。此處「感謝」的**gratitude**就說成**gratitoode**，所以譯文也用了別字。以後如有這類情形，不另註出。

「一個人去，步行，步行嗎？」我問。

「多半是步行，」他答。「有時搭人家上市場的小馬車，有時坐空馬車。一天走很多哩，常常跟窮兵士或別的什麼人，去看他的朋友。我不會說他們的話，」裴格悌大爺說，「他也不會說我的話。不過一路上灰蒙蒙的，我們也可以彼此做伴。」

我聽他津津樂道的語氣，這種情形可想而知。

「我每到一個鎮，」他繼續說，「找到小客棧，就在院子裡等個懂英國話的人出來（多半總有的）。然後我就告訴他我怎麼找我外甥女兒的，他們就告訴我，客棧裡有些什麼樣的上等人，我就等著看進來出去的人有那個似乎像她的。如果不是艾姆麗，我就再往前走。漸漸地，我每到生的村莊或什麼的，我發見窮人裡面，有人認識我。他們會在門口安頓我，不管什麼吃的喝的拿給我，指我看睡覺的地方；很多女太太，小衛少爺，好像有過艾姆麗那樣年紀女兒的，在村子外面，我們的救主十字架旁照顧我，給我同樣的好處！有的人女兒已經死了。只有上帝知道，這些母親待我多好！」

在門口的原來是瑪撒。我清清楚楚看到她憔悴的、留心諦聽的臉。我害怕的是裴格悌大爺掉過頭來也看到她。

「這些太太們常常把她們的孩子，特別是小女孩，」裴格悌大爺說，「放在我髁膝上。好多次快到夜裡了，您也許看到我坐在她們門口，差不多好像這些孩子是我心肝的孩子。

唉，我的心肝！」

他突然被悲傷所觸，不能自持，抽抽噎噎地哭起來了。我把我打抖的手覆在他掩面的那隻手上。「謝謝您，少爺，」他說。「別當它一回事。」

很快一會兒，他手放下了，擱在胸口，繼續講他的經過。

「早上他們常常跟我一塊兒走我的路，」他說，「也許一兩哩。分手的時候，我說，『我非常多謝各位！上帝保佑各位！』他們總好像懂得似地，答的話很高興。末了我到了海邊。你可以料得到，像我這樣海上過日子的人，要找點船上的工作搭船到義大利並不難。我到了那裡，就跟以前一樣，到處跑。那裡的人對我同樣地好，我本來要從這個鎮到那個鎮，作興走遍全國的，可是得到消息，有人看到她跟他們在瑞士山那邊。有個人認識他聽差的看見他們三個人全在那裡，告訴我他們旅行的情形，人在那裡。我就日夜往那邊山上去，小衛少爺。山真遠，我爬很多，山還好像在躲我。可是我到底趕上，也爬過了。等我快要到人家告訴我的地方，我心裡就想，「看到她怎麼辦？」

諦聽著的那人全不覺得夜寒，還垂頭喪氣在門口，兩手求我——請我不要把門推上。

「我從來沒有疑心過她，」裴格悌大爺說。「沒有！一點也沒有！只要讓她看一看我的臉——只要讓她聽聽我的聲音——只要讓我不聲不響站在她面前，叫她想到她逃走丟開的家，想到她自己做小孩子的時候——假使她已經做了高貴的太太，也會跪在我腳面前！

我非常清楚！好多次做夢聽到她叫，「舅舅！」然後看見她跟死了一樣，倒在我面前。好多次我做夢，我攙起她來，對她低聲說，「艾姆麗，我的寶貝，我老遠來是饒你的，帶你回家的！」

他停下來，搖搖頭，嘆口氣又說。

「我現在不去管那個什麼男的。心全在艾姆麗身上。買了一套鄉下衣服給她穿。知道一找到她，她就跟我並排在石頭鋪的路上走，我到那裡她到那裡，再也不會離開我了，再也不會了。把那套衣服給她穿上，把她身上穿的扔掉——再攙起她，流浪回家——有時在路上歇一歇，醫好她傷了的腳，傷得更糟的心——此刻我想到的就是這些。我相信，那個男的我正眼也不會一看。不過，小衛少爺，不成功——還沒有！我太遲了，他們已經走了。走到那裡，我不知道。有人說在此地，有人說在那裡。我到了此地，到了那裡，可是沒找到艾姆麗，就回家了。」

「多早晚以前？」我問。

「大約四天，」裴格悌大爺說。「天黑以後，我望見那條舊船，跟窗子裡亮著的燈。走近朝玻璃裡一望，看見老好人艮密紀大嫂獨自一人坐在火爐旁邊，這是我們約定的。我叫道，『別害怕！是丹爾！』就進去了。從來沒想到，這條舊船會變成這麼眼生！」

他從口袋裡小心掏出一小綑紙，裡面是兩三封信或小包，放在桌上。

「第一件是我出去以後一個禮拜收到的，」他從這些紙包裡揀了這件出來說「——一張五十鎊的鈔票，有張紙包著，寄給我的，夜晚從門底下塞進來的。她想瞞起筆跡來，可是萬萬瞞不了我！」

他又把紙包折起來，極有耐性而小心，摺得跟原來的一樣，放在一旁。

「這是給艮密紀大嫂的，」他打開另一包說，「兩三月之前到的。」他看了一會兒，就遞給我，低聲說，「勞您駕念一念，少爺。」

我照念如下：

「唉，您看到這封信，知道是我這隻壞人的手寫的，作何感想呢！可是請您勉勉強強——不是為了我，而是為了舅舅的厚道——勉強把您對我的心軟一軟，只軟短短，短短一刻工夫！請您勉強，對一個悲慘的女孩發點慈悲心，一定要請您答應，在張小紙上寫下，舅舅可好，你們各位再不提我以前，他說了我些什麼——到了晚上我照例要回家的時候，您有沒有看到他現在想到他從前愛得多深的那個人的樣子。唉，我想到這些心就碎了！我朝您跪下，懇求您別對我狠，本來狠我也活該——我非常、非常明白我活該——可是要請您對我非常寬，非常厚，肯把關於舅舅的情形寫下來，寄給我。您不用叫我「小」，不用叫給我汙辱了的我名字，只要，唉，聽我告訴您我的苦痛，可憐我，寫幾句關於我眼睛今生再也見不到、再也見不到的舅舅的話給我吧！

「好大媽，要是您的心對我狠的話——狠得對，我知道——可是，請您聽著，要是狠的話，好大媽，替我問那位給我害得最慘的人——從前我本來要做他妻子的——然後再完全決定不睬我可憐、可憐的請求！要是他捨得我，說您可以寫幾句話給我念——我想他會的，唉，我想他會的。只要您求他，因為他總是非常勇敢，非常肯饒人的——那麼就告訴他（不過別的不用說），每逢夜晚起風，我就覺得好像風看到他跟舅舅，就怒號起來，直衝到上帝面前告我。請您告訴他，如果明天我就死（唉，如果我配，我真情願死掉！）我願意用最後的話祝福他和舅舅，用最後一口氣祈禱他有幸福的家庭！」

這封信裡也有些錢——五鎊。錢沒有動，跟第一筆一樣，裴格悌大爺照樣把信摺起。關於怎樣寫回信地址，還有詳細的指示，雖然透露了幾個轉交人，她躲藏在那裡卻很難有把握地斷定，至少她寫這封信不會是在有人見到過她的地方。

「寄了什麼樣的回信給她呢？」我問裴格悌大爺。

「艮密紀大嫂，」他答，「是沒有墨水的人，少爺，罕姆好心起了稿，她照抄了。他們告訴她，我已經去找她了，和我臨走的時候講的什麼話。」

「你手上是另外一封信嗎？」我說。

「是錢，少爺，」裴格悌大爺說，一面揭開了一點。「十鎊，您瞧。裡面寫著，『真朋友敬贈，』跟第一筆一樣。不過第一張放在門縫底下，這一筆是前天匯來的。我要照郵戳去找。」

他給我看。是上萊因的一個鎮。他在雅芳斯找到幾個知道德國的外國商人，他們在紙上畫了幅簡略的地圖，他看得很清楚。他放在隔著我們的桌上，下巴頦擱在一隻手上，另一隻手在地圖上找路。

我問他罕姆可好，他搖搖頭。

「他幹活兒，」他說，「比那個男子漢的幹勁都不差。他在那裡到處名氣都好，跟世界上那兒，那一個人的一樣，不管那個隨時都肯幫他，您明白，他也隨時肯幫助別人。從來沒聽他嘰咕過。可是我妹妹相信（這話咱們說完就算了），他傷心透了。」

「可憐的傢伙，我相信！」

「他什麼也不在乎，小衛少爺，」裴格悌大爺嚴肅低聲說，「簡直有點毫不顧自己性命。風浪兇，有人要人幫忙，幹玩兒命的話，總有他。有危險的苦差要當，他總比自己一夥人上前得快。而他總跟小孩一樣溫和。雅茅斯沒有一個小孩兒不認識他。」

他細心地把信聚攏，用手拂平，放進小綑裡，輕輕揣在懷裡。門口那人不見了。我仍舊看見雪飛進來，不過別的什麼也沒有了。

「好啦！」裴格悌大爺望著他的行囊說，「今晚上見了您了，小衛少爺（會一會您我舒服了），我明兒早上準時出發。我這兒有的您已經看見了」——說時把手放在放小紙綑的地方。「我煩的只有，錢還沒有退回，我就出了什麼事。要是我要死，錢丟了，或是給偷了，或是有別的情形不見了，他永遠不會知道真情，一定以為我拿了。我相信另外那個世界②不會要我！我相信，我一定要回來！」

他起身，我也起身。我們出門以前又握手。

「我要走一萬哩，」他說——「要走到倒下來死掉算數——把錢當他的面放下來。我做這件事，找到了艾姆麗，也滿意了。找不到她，也許有一天她會聽說，她的寶貝她的舅舅找到自己送了命才不找她。如果我懂得她的為人沒有錯，她聽到這個消息到末了也會回來的！」

我們出門的時候，夜裡寒氣難當，我看到那個孤單的人影在我們面前掠過。我急忙找到藉口，把裴格悌大爺的注意移開，跟他搭訕，一直等人影不見才停。

裴格悌大爺提起多佛道上有家旅店，知道可以找到一間乾淨簡樸的房間過夜。我跟他一同走過威斯敏斯特橋，在薩里岸上跟他分手。大雪中他孑然重新踏上征途，我看了覺得，

②指天堂。

萬物都因為對他尊敬而變得肅靜了。

我回到客棧院子裡，那個女子臉的印象還在，我害怕地到處尋覓。不見了。雪把我們先前的腳印掩沒了，只有我方才的足跡還看得見。我回頭一看，甚至這些痕跡也慢慢消失了（雪下得好快啊）。

第四十一回　朵若的兩姑母

議論婚娶姑母約法
勉勵家務玉人撒嬌

終於兩位老司本羅小姐的回信來了。她們問候考勃菲爾先生，告訴他，他的信她們已經「為雙方的幸福為著想」好好研究過了。我想這句話說得相當可怕，不僅因為上面提過的門戶之異，而是因為我發見（我一生都發見），套語跟煙火之類的東西一樣，很容易爆發，變成跟原來的形狀完全不相同的樣子和顏色。兩位姑母又說，她們於考勃菲爾先生大函所提之事，敢請不以「書信」表示意見，若考勃菲爾先生某日惠然光臨（如他認為妥當，可請一親信友人陪同），她們極願一談此事。

考勃菲爾先生立刻回信說，他敬問她們安好，將尊囑於所示時間拜望兩位司本羅小姐，如蒙她們惠允，當由就讀內院法學院之友人湯瑪斯・闞都斯君陪同前來。考勃菲爾先生發信之後，神經就猛烈激動，一直到那天都是如此。

過去米爾斯小姐幫的忙，異常重要，在這個緊要關頭偏偏得不到，更加叫我著急。她父親本來不是做這，就是做那，總害得我苦惱的——或者我有此感，以為他如此，這也一樣——他狠人做到頂點，竟動了要往印度去的念頭。他為什麼要到印度，還不是跟我搗蛋？的確他跟世界別處沒有關係，跟那一部分倒有很多——做的全是印度生意，不管它是什麼生意吧（我自己就做過關於金絲線織的圍巾和象牙的幻夢），他少年時到過加爾各答，現在計畫再到那裡，擔任駐外合夥人。這可跟我沒關係。但是跟他的關係太大，所以他就要去了，菊利亞也跟他去。菊利亞已經下鄉跟她的親戚告別，他家的房子已經貼滿了告白，宣稱或租或賣，家具（軋布機等一切）估價出售。這又是一次地震，我做前一次那一震的嘲笑對象，還沒有復原呢！

這樣重要的日子應該怎樣穿著，害得我打了好多主意。又想外表出眾，又想兩位司本羅小姐以為我應該是個絕對切實的人，怕穿得破壞了她們這個想法。我的想法在這兩個極端之間採取中庸之道；姨婆贊成這個結論，狄克先生在我和闞都斯下樓的時候，扔出他自己一隻鞋子，祝我造化。①

我知道闞都斯是個再好也沒有的人，我也熱愛他，可是此行極要小心，免不了希望他從沒有養成把頭髮梳得那麼往上直豎的習慣。這一梳，他看來就一副吃了一驚的樣子——且不說像火爐刷子的那種表情——我心裡害怕在嘰咕，這個模樣也許會誤我們的事。

我們步行往帕尼途中，我冒昧對闞都斯提起說，他老先生可否把頭髮往下拂平一點——「我的好考勃菲爾，」闞都斯舉起帽子，把頭髮亂七八糟搓揉了一陣說，「再沒有別的事更可以叫我稱心了。可就是沒有辦法。」

「沒辦法拂平下來嗎？」我說。

「沒辦法，」闞都斯說。「無論怎樣，也壓它不下。就是我頂五六十磅的東西，一路走到帕尼，一拿下來它就又豎起來了。你還不知道我頭髮多不聽話呢，考勃菲爾。我是條十足性子躁的豪豬②。」

老實說，我有點失望，不過他的性格和藹，我也十分喜歡。告訴他，我多麼著重他的性格，說他的頭髮一定把所有的執拗都驅除了，因為他可一點沒有這個脾氣。

「哈！」闞都斯笑答，「我這個倒楣的頭髮可真說來話長。我嬸嬸就吃不消。她說，看了我動肝火。我愛上了瑣斐的時候，也很礙我的事。非常礙事！」

---

①英國舊俗，在婚禮後新婚夫婦離開新娘家或赴教堂時向新娘或新郎擲舊鞋，以資祝福。
②豪豬怒時刺皆豎起。莎士比亞《哈姆雷特》一幕五景二十行有「像惱怒的豪豬身上的刺」這麼一句。

「她討厭你頭髮嗎？」

「她倒不，」闕都斯答：「可是她大姊——那個美人兒——嘲笑我頭髮挺厲害，我知道。實在所有的姊妹都笑我頭髮。」

「挺有意思！」我說。

「對，」闕都斯一派天真地答，「這是我們大家開玩笑笑的對象。她們騙我說，瑣斐有我一束頭髮，收在桌子裡，要用一本合起來的書把它壓平。我們聽了都笑起來了。」

「順便問你一句，我的好闕都斯，」我說，「你的經驗作興可以給我參考一下。你跟剛才提到的這位小姐訂婚，可曾照規矩跟她家裡的人求婚？有沒有像——譬如，我們今天要去做的事？」我緊張地說。

「嗯，」闕都斯殷勤的臉上不覺現出深思的樣子答，「我的情形，考勃菲爾，是相當痛苦的。你明白，瑣斐在家裡用處太大，想到她出嫁，誰也受不了。的確，他們大家都打算好了，她終身不結婚，都叫她老處女。所以，我極謹慎地把這件事跟克茹勒太太提起的時候——」

「她們的媽媽嗎？」我問。

「她們的媽媽，」闕都斯答——「皓銳司．克茹勒牧師太太——我盡可能小心跟克茹勒太太提起這件事的時候，她嚇得太厲害，大叫一聲，暈過去了。好幾個月我都不能再提這件事。」

「末了你到底提了，」我說。

「唉，是皓銳司牧師提的，」闕都斯說。「他這個人真了不起，那一方面都最標準。他對他太太說，她是基督徒，不應該把犧牲放在心裡（何況是否犧牲還完全不能確定），切不可對我有不厚道的感覺。至於我自己，考勃菲爾，老實對你說，我覺得自己對這家人簡直就是一隻猛禽。」

「姊妹們都站在你一邊吧，我希望，闕都斯？」

「這一點呢，我不能說，」他答。「等到我們稍微說通了克茹勒太太，還得把消息告訴賽阿惹。你記得我提過賽阿惹，脊椎有毛病的嗎？」

「清清楚楚！」

「她緊握兩隻手，」闕都斯狼狽地望著我說，「閉了眼睛，面如土色，完全僵了，兩天工夫，除了用茶匙餵她烘麵包和水，什麼也沒吃。」

「這位小姐多不討喜啊，闕都斯！」我批評道。

「唉，話可不能這麼說，考勃菲爾！」闕都斯說。「她人很討喜，可多愁善感的。其實她們都這樣。後來瑣斐告訴我，她照料賽阿惹的時候內心受到的自疚，沒有字眼可以形容。我知道照我自己動物一般的感受來說，考勃菲爾，她這種痛苦一定很厲害。等賽阿惹精神恢復以後，我們還得把消息告訴其餘八個，各人的反應不同，無不叫人心疼。兩個瑣斐教育的小妹妹，最近才剛剛不討厭我。」

「不管三七二十一，現在她們總把這件事看開了吧，我希望？」我說。

「看——看開了，我想大概總隨它去了，」闕都斯疑信參半地說。「其實是我們不提這件事，我的前途沒有穩定，景況也在普通以下，倒是她們的一大安慰。不管幾時我們結婚，總會有悲慘的場面。那倒像葬禮，而不是婚禮。她們全會恨我把她帶走！」

他半認真、半開玩笑地搖搖頭望著我，一臉誠實，那個神情當時給我的印象還淺，現在回想起來倒更深，因為我這時候心慌意亂，什麼事都完全不能集中精神注意。快到兩位司本羅老小姐住的地方，我對自己的儀表和沈著極不放心，所以闕都斯提議，我們來喝一杯淡色啤酒，略微興奮一下。等這件事在附近一家酒店幹完，他就跌跌蹌蹌領我到了兩位司本羅老小姐家門口。

女僕開門，我模模糊糊彷彿覺得自己是供人展覽的，不知怎麼一來，搖搖晃晃走過一條掛著晴雨計的走廊，進了樓下靜悄悄的小客廳，廳外是乾淨的花園。也模模糊糊，覺得坐在那裡的沙發上，看見闕都斯此刻一脫帽，頭髮馬上就豎起來了，就像裝在假鼻煙盒裡彈簧做的冒失小人兒，蓋一開就彈出來一樣。也模模糊糊聽到老式的鐘在壁爐架上嘀嗒不停，自己在想法要心跳配合它的拍子——可總合不上。也模模糊糊看遍客廳，找朵若的影子，找不到。也模模糊糊想起，吉勃在遠遠的地方叫過，馬上就給什麼人捂住了嘴。最後我發現自己把闞都斯往後拖，拖到火爐裡，慌亂中向兩位冷淡、年長矮小的女子鞠躬。她們身穿黑色的衣服，都是用去世的司本羅先生的木屑或弄成粗粉的樹皮製成的。

「請坐，」兩位矮小的女子之一說。

我撞到闞都斯身上，坐在不是貓的什麼東西上——第一次坐的才是——這時恢復了視力，看出司本羅先生顯然是這家年紀最小的，他這兩位姊姊年齡也相差六歲到八歲，年紀輕些的那位好像是這次會談的主持人，因為我的信在她手上——信我看起來又十分眼熟，可是又十分特別！——她用單眼鏡看這封信。她們穿得一樣，不過這位妹妹比那位姊姊穿得氣派年輕一點，也許多點褶邊、領布、多根胸針、多隻手鐲，或者這類小東西，所以樣子要神氣些。她們的姿勢都筆直，態度拘謹，中規中矩，神色自若，舉止安詳。那位沒拿我的信的，兩手在胸口交叉，互相擱著，跟偶像一樣。

「您大約是考勃菲爾先生，我相信，」拿著我信的那位跟闞都斯招呼道。

這是個可怕的開端。闞都斯不得不指點，我才是考勃菲爾，我也不得不自認是本人，她們也不得不放棄以為闞都斯就是我的先入之見，我們全覺得有點窘。為了把氣氛和緩，我們都清清楚楚地聽到，吉勃又短短叫了兩聲，又給堵住了。

「考勃菲爾先生！」拿住信的那位說。

我有了點動作——鞠了躬吧，我猜——全神貫注，另外一位突然插嘴了。

「我妹妹剌末尼娥，」她說，「對這種事在行，會把我們考慮下來，認為促進雙方幸福最適當的辦法講出來。」

我後來發現，剌末尼娥姑媽在戀愛這方面是權威人士，因為過去有過一位匹珈先生，會打五點贏牌四個人玩的紙牌戲，據說對姑媽傾心過。我私人的意見是，這完全是子虛烏有的事，匹珈先生根本沒有這個心——我從來沒有聽到他這方面有過任何表示。不過剌末尼娥跟克勒瑞瑟兩人都有個迷信，認為他如果不是酒喝壞了身體，後來矯枉過正，喝巴斯的溫泉太多，少年（大約六十歲）就短命而死，會明白說出這段戀情的。她們甚至暗中疑心他是暗戀喪生。我雖然要說，她們家有他的畫像，從那上面的淡紅色鼻子看來，他似乎從來沒有為不敢示愛所苦③。

「這件事，」剌末尼娥小姐說，「以往的歷史我們不談。舍弟法蘭西斯一死，這段歷史已經抹掉了。」

「我們跟舍弟，」克勒瑞瑟小姐說，「沒有時常來往的習慣，不過我們彼此並沒有確

---

③暗用莎士比亞《第十二夜》二幕四景一一二、一一三兩行：「她從不宣示她的愛，但讓隱祕像蓓蕾裡的蟲，嚙她淡紅的腮為生。」

實的不和或者分裂。法蘭西斯我行我素，我們也我行我素。我們認為，這樣對大家都好，是應該的。也的確是好。」

她倆每一位說話，人都往前傾，說完搖頭，等沈默下來就又站得筆直。克勒瑞瑟小姐的膀子從未動過。她有時在膀子上彈曲子——我想是緩雅舞曲或進行曲，可是總不揮動。

「舍姪女的地位，或者假定的地位，因為舍弟去世，改變得很多，」剌未尼娥小姐說。「所以我們認為，舍弟對她地位的意見也改變了。考勃菲爾先生，您是有長處，品格高貴的人。愛舍姪女——或者充分相信愛她的，我們絲豪不疑心。」

我回說，誰也沒有愛任何人像我愛朵若愛得那個樣子，這是不管那一刻一有機會我就會說的。闞都斯幫我的忙，嘰咕了一句，證明我的話不錯。

剌未尼娥小姐正要答句什麼話，克勒瑞瑟小姐好像不停地給一心要提她兄弟法蘭西斯的念頭所擾，又插嘴了。

「要是朵若的媽媽，」她說，「跟舍弟結婚的時候就說，飯桌上坐不下全家的人，這就對大家都好了。」

「克勒瑞瑟姊姊，」剌未尼娥小姐說，「也許我們現在不用介意那件事了。」

「剌未尼娥妹妹，」克勒瑞瑟小姐說，「這是跟這件事一起的。這件事你那一部分只有你有資格說話，我不該想到插嘴。這一部分我有發言權，有意見。要是朵若的媽媽跟我們兄弟法蘭西斯結婚的時候，老實就把她的用意說出來，對大家都有好處。那樣的話，我們就知道情形是怎麼樣了。我們會說，『不管那一刻請你別請我們來，』所有的誤會就一定可以避免掉了。」

等克勒瑞瑟小姐搖過頭，剌未尼娥又接著說了，她又用單眼鏡讀我的信了。順便提一提，她們兩個人的眼睛都又小、又清瑩、又圓，眨巴眨巴的，跟鳥的一樣。一總來說，她們倒也不見得不像鳥——舉動機警、輕快、突如其來，像金絲雀一樣，整頓衣裝，有點敏捷、愛整齊的作風。

我說了的，剌未尼娥小姐接話道，——

「考勃菲爾先生，您要家姊克勒瑞瑟跟我承認您正式向舍姪女求了婚的，讓您上門。」

「要是我們兄弟佛蘭西斯，」克勒瑞瑟小姐突然叫道——「要是這樣平靜的講話我也可以稱做突然叫道的話——「希望他的周圍盡是博士會館的氣氛，只要博士會館的氣氛，我們還有什麼權利或願望來反對呢？沒有，一定的。我們一向都不希望硬管閒事，不管是那個的。不過何妨說出來呢？我們兄弟法蘭西斯和他的太太就跟他們的一夥人來往。我妹妹剌未尼娥和我就跟我們的一夥人來往吧。我們自己能找到我們的一夥人的，我希望！」

這番話好像是對闞都斯和我兩人說的，所以闞都斯和我都多少答了點話。闞都斯的話別人聽不出。我想我說的是，這樣一來，凡是有關係的人就都有面子了。我根本一點也不知道這話有什麼意思。

「剌未尼娥妹妹，」克勒瑞瑟小姐現在放了心說，「你可以說下去了，好妹妹。」

剌未尼娥接著說：

「考勃菲爾先生，我姊姊克勒瑞瑟和我把您這封信真很仔細地研究過了，而且並不是末了不拿給舍姪女看，不跟舍姪女商量，就算研究了的。您一定是以為您非常喜歡她。」

「是以為，姑媽，」我歡天喜地，開始說，「哦！——」

不過克勒瑞瑟小姐望了我一眼（就像伶俐的金絲雀一樣），好似要我不要打斷哲人的話一般。我請她原諒。

「愛情，」剌未尼娥說，說時看了她姊姊一眼，要她表示她的話不錯，她姊姊聽她每說一個短句都略微點點頭，「成熟的愛情、尊敬、忠誠，不容易表現出來。這些情感發出的聲音很低。不顯著，肯退讓。埋伏著，等待，等待。這才是成熟的果實。有時候人生命已經悄然逝去，發現愛情還在暗中滋長，趨向成熟。」

我那時當然不懂這是隱射她假定受了創的匹珈的事，不過我從克勒瑞瑟小姐點頭神情嚴重這一點來推測，就明白她這一席話是非常重要的了。

「那些非常年輕的人輕率的愛好——我稱做輕率，是跟成熟比較來說——等於沙塵比岩石。家姊克勒瑞瑟跟我不很能決定怎樣處理的是，這種愛好是不是能持久，有沒有真基礎，因為要弄清楚這兩點很不容易，考勃菲爾先生，還有這位先生——。」

「闕都斯，」我朋友看她對他望，就說。

「對不起。我相信，是內院的？」剌未尼娥又看了看我的信說。

闕都斯說，「一點不錯，」臉相當紅。

此刻我雖然沒有得到什麼明白的鼓勵，卻以為已經發現這兩位矮小的姊妹，特別是剌未尼娥小姐，碰到這件新發生、大有收穫的家事，感到特別的樂趣，打定主意要充分利用，算好當寵物來玩耍，這樣一來，就有一線極好的希望了。我想我感覺到剌未尼娥小姐監督一對像朵若跟我這樣的青年戀人，會有超乎尋常的快意，而克勒瑞瑟小姐看她妹妹監督我們，每遇到這事有她發表意見的地方，就按捺不住，插一句嘴，快意也不會少些。我既然看出這一點，膽子就壯了，於是死乞白賴地表示，我無法形容多麼愛朵若，誰也不會相信有那麼深；還說所有我的朋友都知道我多麼愛她；我姨婆，娥妮絲，闕都斯，凡是認識我的，個個都知道我多麼愛她，我的愛怎樣把我變成多認真。為了證明我的話可靠，我請闕都斯說話。闕都斯好像全神參加國會裡的辯論，果然挺身而出，著著實實說我的話可靠，他的態度直率，通情達理，顯然給人極好的印象。

「這些事我也有點經歷的，」闕都斯說，「因為我已經跟一位小姐——得文郡那裡一家十位之中的一位——定了婚，目前還看不出我們的婚約會結束，我就憑這一點來說話，要是我可以冒昧這樣說。」

「闕都斯先生，」刺末尼娥小姐突然覺得他不同尋常，形之於色道，「我剛才說，成熟的愛情不顯著，肯退讓，等待，等待，這話您也許能證明不錯吧？」

「完全能夠，」闕都斯說。

克勒瑞瑟小姐望著刺末尼娥小姐，神情嚴肅地搖搖頭。刺末尼娥小姐明白了，也望著克勒瑞瑟小姐，微微嘆了口氣。

「刺末尼娥妹妹，」克勒瑞瑟小姐說，「拿我的醒藥瓶去用好了。」

刺末尼娥小姐聞了一兩下香醋，精神也振作起來了——這當兒闕都斯跟我在一旁極關切地望著。然後她又開口了，聲音相當沒有氣力，——

「闕都斯先生，我姊姊跟我對於像您朋友跟我們姪女這樣年輕的人愛什麼，或者以為自己愛什麼，應該抱什麼樣的態度，很費疑猜。」

「我們兄弟法蘭西斯的孩子，」克勒瑞瑟小姐說，「要是我們兄弟法蘭西斯的太太活著的時候，覺得請家裡人吃飯是很方便的事（當然她認為怎麼樣最好就怎麼樣，這是她毫無問題的權利），我們現在就更了解我們兄弟法蘭西斯的孩子了。刺末尼娥妹妹，你說下去吧。」

刺末尼娥小姐把我的信翻過身來，姓名地址朝著她，靠單眼鏡幫忙，提出她在信那一部分整整齊齊記下的事情。

「我們好像覺得，」她說，「闕都斯先生，我們要把他們的愛情好好觀察一下，看看是否實在，才算妥當。我們一點都不知道，也無法斷言他們的愛情有多真實。所以考勃菲爾先生提議，要常常到此地來，目前為止我們打算答應他。」

「好姑媽，」我心裡放下了一塊大石頭，大叫道，「我永遠不會忘記你們二位的大德！」

「不過，」刺未尼娥小姐接著說，——「不過，闕都斯先生，我們在目前，只當考勃菲爾先生來看我們的。還不能就當他跟舍姪女已經定了婚，這一點要保留，等我們有機會再——」

「等你有機會，刺未尼娥妹妹，等你，」克勒瑞瑟小姐說。

「好，就這樣吧，」刺未尼娥小姐嘆口氣附和道——「等我有機會來觀察一下。」

「考勃菲爾，」闕都斯掉過臉來對我說，「我想，你一定覺得再沒有更合情理、顧慮更周到的安排了。」

「再沒有了！」我叫道。「我非常體會得到。」

「照這個情形，」刺未尼娥小姐又看看她記下的話說，「他只有依這個條件才能上這裡來，我們一定要請考勃菲爾先生清清楚楚答應我們，憑他的名譽來擔保，以後不管他跟舍姪女通什麼消息，絕不可以不讓我們知道；不管對舍姪女有什麼計畫，絕不可以不先跟我們提出來——」

「對你提出來，剌未尼娥妹妹，」克勒瑞瑟小姐插嘴道。

「好，就這樣吧，克勒瑞瑟！」剌未尼娥小姐無可奈何地附和道——「對我提出來——得到我們的同意再說。我們一定要訂這一條最明確、最當真的約定，不管爲什麼原因都不能破壞。我們希望考勃菲爾先生今天有位親信朋友陪著來——」說到這裡頭朝闞都斯一傾，闞都斯點頭表示明白——「爲的是不要讓這一點有疑惑，或是誤解。如果考勃菲爾先生，或者您，闞都斯先生，對守這個約定有絲毫遲疑，我請你們二位好好想一想。」

我當時得意忘了形，大叫片刻也用不著想了。我極熱烈地說願意守要找守的約，叫闞都斯作證，把自己貶成萬惡不赦的一人，如果有半點違背的話。

「請等一等！」剌未尼娥小姐舉起手來說。「兩位先生光臨之前，我們就商量好，讓兩位單獨在一起，把這一點考慮一刻鐘。對不起，我們走開一下。」

我說不用再考慮了，也沒有用，她們一定要走開說了的這麼久。因此，這兩隻小鳥莊嚴無比地跳出去了，丟下了我受闞都斯的祝賀，自覺身子移到極樂世界上去了。準一刻鐘過去，她們又出現，態度莊嚴，比去的時候不少分毫。去時小衣衫嘶嘶颯颯，跟秋葉一樣，來時也一樣。

這時我又誓言，守她們立的約。

「克勒瑞瑟姊姊，」剌未尼娥小姐說，「其餘的歸你了。」

克勒瑞瑟小姐第一次放下交叉著的膀子，拿起寫下的筆記，看了一看。

「要是方便的話，」克勒瑞瑟小姐說，「歡迎考勃菲爾先生每逢星期天都來吃飯。我們的時間是三點鐘。」

我鞠了一躬。

「星期當中，」克勒瑞瑟小姐說，「我們歡迎考勃菲爾先生來喝茶。我們的時間是六點半鐘。」

我又鞠躬。

「一星期兩次，」克勒瑞瑟小姐說，「不過，這是固定的，不能再多了。」

我又鞠躬。

「考勃菲爾先生信裡提到的喬帽姨婆，」克勒瑞瑟小姐說，「也許可以請過來。如果大家聚聚，各方面都覺得愉快，我們歡迎你們過來坐，也會回拜。如果不聚大家都覺得好些，就像我們兄弟法蘭西斯的情形，跟他的家那樣，情形就完全不同了。」

我說，我姨婆要是能跟她們結識，一定會覺得榮幸，歡喜，雖然她們將來是否十分投機，我可沒有把握，這一點我要聲明。條件都講好了，我極熟和她表示了感謝，先握了克勒瑞瑟小姐的手，然後又握了剌未尼娥小姐的手，都放在嘴唇上親了。

刺未尼娥小姐隨後起身，叫我跟她去，一面對闕都斯說聲對不起。我遵了她的命，渾身發抖，給她帶進另一間房。那裡我發現我的好寶貝在門後面，可愛的小臉朝著牆，摀著耳朵，吉勃頭上包著手巾，撫在烘碟子暖籃裡。

啊！她穿黑喪服多美，一開始哭得多兇，在門後面不肯出來！等到她終於出來，我們多麼相愛！

等到我們把吉勃從暖籃裡抱出來，讓它重新見到光，噴嚏打了許多，我們三個又團圓了，我多有福氣！

「我頂寶貝的朵若！啊呀！真永遠是我的了！」

「唉，別這樣說呀！」朵若懇求我道。「請你！」

「你不永遠是我的嗎，朵若？」

「嗯，是的，我當然是！」朵若叫道。「可是我嚇死了！」

「嚇死了，我的寶貝？」

「嗯，對了！我不喜歡他，」朵若說。「他為什麼不走？」

「誰呀，我的命？」

「你朋友咯，」朵若說。「這又根本不與他相干。他一定是個多蠢的人啊！」

「我的愛！」（再沒有比她這種孩子氣更迷人了。）「他是頂好的人！」

「嗯，可是我們用不著頂好的人呀！」朵若撅起嘴來說。

「我的寶貝，」我表示道，「不久你就跟他很熟，會特別喜歡他。不久我姨婆也會來，等你跟她熟了，也會特別喜歡她。」

「不要，請你別帶她來！」朵若說，一面驚惶地微微吻我一下，合起掌來。「別帶。我知道她是個壞人，挑撥離間的老東西！別讓她上這兒來，多迪！」多迪是叫錯了的大衛。

當時勸也無用，我就笑了，稱贊了她一番，極其愛她，心裡非常快樂。她把吉勃新學會在屋角像人一樣站直的花樣教牠做給我看。吉勃只站了大約閃電那麼一剎那，就又趴下來。要不是剌未尼娥小姐跑來把我帶走，我不知道會在那裡待多久，根本把闞都斯忘了。剌未尼娥小姐非常喜歡朵若（她告訴我，朵若完全跟她自己朵若那個年紀一樣——她一定變了很多），她把朵若就當玩具一樣看待。我想勸朵若出來見一見闞都斯，可是才提出這句，她就跑到自己房裡去，躲在裡面了。所以我回到闞都斯那裡，沒有帶她一起，兩人就歡天喜地走了。

「不能再滿意了，」闞都斯說，「這兩位老人家一定好極了。要是你在我之先幾年結婚，考勃菲爾，我一點也不會希奇。」

「你那位瑣斐可彈奏什麼樂器嗎，闞都斯？」我心裡得意地問。

「她會彈的鋼琴，夠教她的許多妹妹了，」闞都斯答。

「她也會唱點歌嗎？」

「嗯，有時候她們情緒不好，她就唱民歌，提提她們的精神，」闕都斯說。「說不上精。」

「她不會用六弦琴伴奏著唱吧？」我問。

「啊呀，不會！」闕都斯說。

「也會畫點畫嗎？」

「一點也不會，」闕都斯說。

我講好要闕都斯聽朵若唱歌，看她畫的某些花卉。他說，好極了，我們於是就興高采烈地挽著臂回去了。路上我慫恿著他把關於瑣斐的事講給我聽，他說到她口氣裡對她一往情深地信賴，我非常羨慕。我把她拿來和朵若比較，內心大為滿意，不過自己也坦白地承認，她配闕都斯，好像也算極了不起的女孩子了。

這次會晤情況完滿的消息和一切說的話和做的事當然馬上告訴姨婆。看我快樂，她也快樂，答應馬上就去拜看朵若的姑媽。不過那一晚我寫信給娥妮絲，姨婆在我們房間裡踱來踱去，我漸漸以為她存心要踱到天亮呢。

我給娥妮絲的信是熱烈的、感激的，把依了她的主意行事，結果圓滿的情形完全講給她聽。她回信充滿希望，措詞懇摯，歡天喜地，從此她總是歡天喜地的。

我現在比那一刻都忙了。把每天到高門算在裡面，帕尼是很遠的，我當然能去多勤就去多勤。定好喝茶的辦法並不很行得通，我就跟刺未尼娥小姐講安，准我每星期六下午去看她們，星期天的會晤特典照常不誤。所以每個週末是良辰佳日，一週其餘的時光都在巴望著它。

各方面說來，姨婆跟朵若的姑媽相處得比我預料的還好，我大為放心。我們會面後幾天，姨婆答應了去就去看了她們，又過了幾天，朵若的姑媽穿著整齊，來看了姨婆。此後同樣的往來三四個星期就有一次，大家更加要好了。姨婆完全不顧乘馬車的體面，總步行到帕尼，去的時間離奇，不是剛吃完早飯，就是剛要喝茶；她的帽子只顧自己的頭適意亂戴，完全不依文明社會在這方面的規矩，我知道她弄得朵若的姑媽很苦惱。不過朵若的姑媽很快就意見一致，認為我姨婆與眾不同，多少是個有點鬚眉氣概的女人，極其聰明。雖然我姨婆偶爾也對禮節表示過各點離經背道的見解，衝撞了朵若的姑媽，到底愛我太甚，不得不犧牲她一點小小古怪脾氣，好跟大家和諧相處。

我們這個小團體裡，唯一拿定主意不肯遷就環境的是吉勃。每次看到姨婆，馬上把牙齒全部露出，退到椅子座下，不停地咆哮，偶爾還哀嗥一聲，好像真受不了姨婆的刺激似地。什麼方法都對牠用過——哄牠、罵牠、拍牠，帶牠上勃金恩街（牠到了那裡就朝兩隻貓衝過去，把看的人全嚇壞了），始終不能弄得牠肯跟姨婆在一起。有時牠以為，牠已經克服了自己的反感，有幾分鐘很馴和，接著又翹起獅子鼻子來大嗥，嗥得厲害，大家毫無辦法，只好把牠眼睛蒙起來，放牠在暖籃裡。末了，不管幾時說是姨婆上門了，朵若經常用塊手巾把吉勃包起來，關在裡面。

自從我們過這種平穩日子以後，有件事叫我非常擔心。這就是好像一致公認朵若是件漂亮的玩具，好玩的東西。我姨婆漸漸跟她熟了，總叫她做「小花兒」。刺未尼娥小姐一生的樂趣就是伺候她，替她捲頭髮，做裝飾品，當她心肝一般疼她。刺未尼娥小姐怎樣對待，她姊姊也認為天經地義照做。我覺得很奇怪，可是她們照朵若的天性對待朵若，就像朵若照吉勃的本性對待吉勃一樣。

我打好主意跟朵若提起這一點。有一天，我們出去散步（因為過了些時，刺未尼娥小姐准我們單獨出去散步了），我對她說，希望她能改變她們對她的態度。

「因為你知道，我的心肝，」我勸她道，「你不是小孩子了。」

「你瞧！」朵若說。「你現在要發我脾氣了！」

「發脾氣，我的寶貝？」

「她們的確待我非常好，」朵若說，「我非常快樂。」

「有道理！可是，我的命根子，」我說，「要是她們照道理對待你，你還是可以非常快樂呀。」

朵若含嗔望了我一眼——最惹人憐了！——接著就一抽一噎地哭起來了，說要是我不愛她，為什麼死氣白賴要跟她訂婚。要是我容不得她，為什麼不就走開？

我除了吻乾她的眼淚，對她說，因為那一點，我多愛她，還有什麼別的辦法？

「我的確非常癡情，」朵若說，「你不該對我這樣狠心，多迪！」

「狠心，我寶貴的心肝！好像我不管怎樣，都會——都能夠——對你狠心似地！」

「那麼，你就不要跟我找碴兒了，」朵若把嘴噘成玫瑰花蕊的樣子說，「我會很賢慧的。」

她隨即自動要我把提起過的烹調全書給她，教她怎樣記帳，因為我說過要教她的，聽得我心花怒放。下一次去我就帶了那本書去（我先把它裝釘漂亮了，看起來比較不沉悶，更搶眼一些）。我們一起在博士會館附近散步的時候，我給了她姨婆的一本管理家務的舊書，一套寫字板，一隻漂亮的小鉛筆盒，一盒鉛筆心，用來學管家務。

不過朵若看了烹調全書頭痛，看了數目字哭了。她說，數目加不起來。所以在寫字板上抹掉，畫滿一小束、一小束的花，畫我和吉勃的像。

隨後有一天星期六下午，我們一同溜達，我又帶開玩笑地口頭教她家務。例如，有時候我們經過一家肉店，我會說：

「我的心兒，現在假定我們結婚了，你去買塊羊肩膀來做晚飯菜，你知道怎樣買嗎？」

我漂亮的小朵若臉會沈下來，嘴又噘成花朵兒，好像非常情願吻我的嘴，把它封住似地。

「你願意知道怎樣買嗎？親愛的？」也許我重提一下，好像非常不肯通融。

朵若會想一想，然後也許大為得意地回答道，——

「唉，賣肉的知道怎麼賣，還用著我知道？啊，你這個傻孩子！」

所以，有一次我眼睛望著烹調全書，問朵若如果我們結了婚，我說我要吃燉得很好的馬鈴薯洋葱羊肉，她怎麼辦。她回說，她會叫用人去燉，然後兩隻小手在我的膀子上對拍，笑得嬌媚異常，比那一刻都討喜。

因此烹調全書主要的用途是專門放在屋角，給吉勃站在上面。不過朵若訓練得吉勃站在上面不想法要下來，同時嘴裡銜著鉛筆盒，很開心，我買了這本書也高興。

我們又靠六絃琴匣、花卉畫、跳塔葰啦舞！唱個不停度日，一星期的時光有多長，我們就有多幸福。偶爾我希望有膽量向剌未尼娥小姐示意，怪她太把我心上的妙人兒當玩物了一點；有時一夢醒來，好像驚異地發現自己犯了通病，也把她當作了玩物——不過不常如此罷了。

第四十二回　中傷

憐麗質賢姝推誠意
快私嫌惡棍肆謗讒

我為了朵若和她姑母有責任感，學習這個極艱難的速記和所有和速記有關的附帶技能，備嘗辛苦，這部稿子寫辛苦的情形，即使原打算除了自己不給別人看的，我也覺得好像不是為了為我記錄的。我已經把生平這段時期的不屈不撓和那時已經開始在內心漸漸成熟的忍耐、無間斷的精力寫出，知道這是我為人的長處。我要補充的，就只有如果這一點到底也可以算得是力量的話，回首前塵，我發現它就是我成功的因素。俗事方面我很幸運——許多人比我吃更多苦，還沒有我一半得意——不過，如果沒有那時候養成的守時、條理、勤奮等習慣，以及不管第二件事多麼快接踵而來都一次只專心做一件事的決心，我絕走不到今天的地步。天知道，我寫下這一點並沒有自吹自播的意思。重新檢討自己生平的人，就像我在本書這樣逐頁翻下去，總得著著實實是個好人才行，否則他就免不了切膚地覺得許多才能沒有利用，許多機會浪費掉了，許多反常、邪惡的感情在他心裡鬥爭個不停，把他打敗。也許我的天賦沒有一種是沒有濫用過的。我的意思無非是，我一生不管試試那一樣，都全心要做好，不管專心做那一件事，都把整個人放了進去；目標不分鉅細，總徹底認真從事的。從來不相信任何天生或經過改進的能力不加上按部就班，老老實實、辛辛苦苦的努力，就能指望有成就。世界上沒有這種工程完滿的事情。有些出色的才能和幸運的機會可能是某些人上進梯子的兩旁直木，不過這架梯子還得用經得起磨損的料子做橫級才行；徹底、熱烈、實在的認真是沒有別的可以代替的。現在我發見，我的金箴是，能把任何整個身心放進去的事，絕不只放一隻手在上面；無論工作是什麼，絕不小看。

剛才我把自己的作為歸納出來的箴言，有多少應該算是娥妮絲的功勞，我在這裡不擬重提，我的故事就要講到娥妮絲，是心懷感激的敬愛來講的。

她來探望博士家的人，逗留兩個星期。威克菲爾先生是博士的老朋友，博士希望跟他談談，想對他有益。娥妮絲上次在城裡提到這件事，這次來探望就是提的結果。她跟她父親一起來的。她說，她到這裡來是要在附近替謝坡太太找個房子，因為她的風濕病需要易地療養，這裡的人跟她做伴她一定喜歡，我聽了並不很詫異。第二天烏利亞，跟孝順兒子一樣，就把她至高無上的母親帶來住進去了，我也不詫異。

「您明白。考勃菲爾少爺，」他說，一面硬要跟我在博士的花園裡散步一回，「在戀愛的人，就有點嫉妒——頂頂少，記掛著要釘住心裡愛的人。」

「現在你嫉妒誰呢？」我問。

「謝謝您，考勃菲爾少爺，」他答，「這陣子沒有特別的哪個——至少沒有男人。」

「你意思是，你有個女人嫉妒嗎？」

他那雙邪惡的紅眼斜睨了我一下，笑了。

「真的，考勃菲爾少爺，」他說——「我該稱呼先生，可是知道您會原諒我養成的習慣——您暗示的本領真大，能把我的話像瓶塞一樣拔出來！好，告訴您也無所謂」——說時把他魚也似的手放在我手上——「在司瓊太太面前，我總不是個喜歡討女太太好，跟她們鬼混的人，從來沒有做過這種人，少爺。」

此刻她眼睛盯著我望，卑鄙狡猾，露出嫉妒。

「你是什麼意思呢？」我問。

「唉，我雖然是律師，考勃菲爾少爺，」他冷笑答道，「我此刻，說什麼就是什麼意思。」

「那麼你擺出那副神情是什麼用意呢？」我沈靜地反過來問他。

「我的神情？我的天，考勃菲爾，那是欺詐！我這樣的神情是什麼意思？」

「對，」我說，「你擺出那副神情。」

他好像覺得非常有趣，他那種笑能笑得到多開心就笑得多開心。他用手把下巴頦搔了一陣之後，眼向下望——還在很慢地搔下巴頦——繼續說道：

「我僅僅乎是個卑位的小職員的時候，司瓊太太總是瞧不起我。永遠把我的娥妮絲弄到她家裡跑來跑去，她永遠跟你要好，考勃菲爾少爺。我可太比不上她了。我自己，她根本沒有把我放在眼睛裡。」

「好，」我說，「就算是這樣又怎麼樣？」

「比他也差，」烏利亞接著說，字字清楚，聲音露出沈思，一面在搔下巴。

「你難道不知道，」我說，「你不在博士面前，博士是不會覺得有你這個人的，你總不至於以為他會吧？」

他又斜著眼朝我望，為了便於搔撓，下巴拉得更長，一面答：

「啊唷唷，我不是說博士。唉，不是的，可憐的人！我是指毛爾頓先生！」

我的心在我胸腔裡死了，所有關於這件事，我往日疑心的、害怕的，所有博士的幸福、安寧，所有我不能解釋的純真和妥協混在一起的可能性，頃刻間我悟到完全在這個傢伙的掌握扭弄之中。

「他不進事務所則已，一進來就派給我差使，到這裡，到那裡，」烏利亞說：「他就是你們這種上流人物！我從前是非常做小服的卑位人——現在還是的。可是從前並不喜歡別人這樣對待我——現在還是不喜歡！」

他不搖下巴了，嘴吧吸了進去，到末了兩腮好像要在裡面碰到一起了，全部的時間睨著我。「她是你們一夥兒裡面的美人，是的，」他的臉慢慢恢復了原形繼續說道，「擺現成了不睬我們這種人的，我還不知道。她就是那種唆著我的娥妮絲看低我的那種人。喝，我可不是你們討女人喜歡的一幫，考勃菲爾少爺，可是老早以前我額頭上就長了眼睛。多體說來，我們，卑位人也有眼睛，我們也會朝外望的。」

我設法現出沒有覺察，方寸不亂的神情，可是看他的臉就知道，我的成績很糟。

「喝，我可不能讓人把我踩扁了，考勃菲爾，」他接著說，一面揚起臉上本該長紅眉毛的那部分（可惜他什麼眉毛也沒有），惡毒地，得意揚揚地說，「我要儘量攔阻，不能讓這對朋友繼續做下去。我可不答應。不妨對你實說了吧，我相當小氣，所有礙手礙腳的人都得趕走。不想冒被人謀算的險，只要給我曉得了，我就不客氣。」

「你一向就在謀算別人，誤會個個人都幹這一手，我想，」我說。

「也許，考勃菲爾少爺，」他答。「不過我是有動機的，就像跟我合夥的那位常常說的；我拚命下手。我們這種寒傖卑位人不能太給別人欺負。我可不許別人礙我的事。他們真得打馬車裡出來才行，考勃菲爾少爺！」

「我不懂你的意思，」我說。

「你還不懂？」他答，又照他老套抖了一下。「我真奇怪透了，考勃菲爾少爺，你一向頭腦很靈的呀！下回我把話說明些。馬上是毛爾頓先生嗎，在扯門鈴呢，先生？」

「看樣子像是他，」我竭力不當一回事地答。

烏利亞突然住了嘴，把兩手放在磕膝蓋大骨節中間，笑得哈下腰來——十足無聲的笑。沒有一點音響從他嘴鼻裡透露出來。他這樣德性的舉止，我看了實在吃不消，特別是末了這一下，只有什麼招呼也不打掉頭而去，把他撇下，讓他在花園中央彎著身子，像個失去了支撐的稻草人。

我帶娥妮絲去看朵若不是那一晚，而是，我記得很清楚，後一晚，那天是星期六。去看之先我就跟刺未尼娥姑媽約好了，她們要請娥妮絲喝茶。

我覺得又有面子，又擔心，忐忑不安——我的寶貝小未婚妻給我面子，娥妮絲是否喜歡她叫我擔心。到帕尼一路上，娥妮絲坐在馬車裡面，我在外面，我就把知道得十分清楚，朵若好看的樣子，一一在心裡映出——時而決定我應該喜歡她十足某一時刻的樣子，時而又疑心要不要歡喜她另一個時刻的樣子。這樣差不多愁得我發燒。

不管怎樣，她非常好看，我的確不用擔心，可是結果是我從來沒見過她氣色這樣好過。我把娥妮絲介紹給她小姑母的時候，她不在客廳，卻含羞避開了。我現在知道到那裡去找她了；果然找到了她，兩手又捣著耳朵，在那同一扇陰暗的舊門後面。

起初她根本不肯出來，然後又要照我的錶給她五分鐘寬限。末了她把膀子挽了我的膀子，讓我攙她到客廳，那副迷人的小臉通紅，從來沒有這樣標致過。不過等我們進了廳，又變蒼白了，還是萬倍的標致。

朵若本來怕娥妮絲的。她告訴過我，她知道娥妮絲「太聰明了」。可是等她見到她那麼高興、那麼懇切、那麼體貼又那麼親切的神情之後，就驚喜得低低歡呼」一聲，兩臂把娥妮絲的頸項熱烈地摟住，天真的下巴擱在她臉上。

看見這兩個人併肩坐在一起，我那小情人兒很自然地抬頭望娥妮絲那對真誠的眼睛，又看見娥妮絲溫柔美麗地注視著朵若，我從來沒有這樣開心過，從來沒有這樣高興過。

刺未尼娥和克勒瑞瑟兩位姑母也照她們的作風和我一道歡喜。這次大家一桌喝茶，是世界上最愉快的了。刺未尼娥姑媽坐在主人席上。我切開甜香餅，遞給大家——這對小姑媽跟雀子一樣，喜歡拾香菜子，啄糖屑。刺未尼娥姑媽長者的神態，慈祥地望著我們，好像我們幸福的愛全歸她照應的。大家對自己、對別人都完全心滿意足。

娥妮絲安祥的喜悅打進所有人的心。凡是朵若覺得有味的，她也沈靜地覺得有味。她跟吉勃打交道的方法巧妙，吉勃馬上有反應。朵若一向坐在我身邊，今天怕羞，不肯過來，娥妮絲看了覺得有趣。她謙遜溫雅，落落大方，引得朵若臉上現出一撮撮小紅斑點，信任的記號。凡此種種，好像有她在座，這個圈子就完美了。

「我很開心，」喝完茶朵若說，「你喜歡我，我還以為你不會呢。菊利亞·米爾斯走了，我比以前更需要人喜歡我了。」

想起來我漏提了。米爾斯小姐坐船走了，朵若跟我上了停在格雪夫散的東印度公司印度貿易船替她送行，中飯吃了蜜餞芽薑，番石榴，還有別的這類好吃的東西。分別的時候，米爾斯小姐在後甲板摺櫈上流眼淚，腕下夾了一大本新日記簿，預備把面對大洋沈思冥想得來的新奇意念記了進去，鎖好。

娥妮絲說，她怕我一定把她的為人說得不像話了；不過朵若馬上就糾正這一點。

「噯，不是的！」她向我搖她的鬈髮說。「他說的全是贊美的話。對你的意見那麼尊重，我都害怕了。」

「有些人他認識，他愛他們，我說他們好話，他不會更愛些，」娥妮絲笑道。「我說的好話，不值得他們看重。」

「可是請你說我一句好話，」朵若哄騙著說，「只要你肯！」

朵若要人喜歡她，我們就開她的玩笑朵若說我是笨蛋鵝，無論怎樣她也不喜歡我。那晚歡愉的光陰很短，像生了薄紗的翼一般飛掉了。馬車要叫我們走的時候就要到了。我獨自站在爐子面前，這時朵若躡手躡腳偷偷走來，給我平時我走之前總有的那寶貴的輕輕一吻。

「多迪，你想，要是我早就跟她做了朋友，」朵若說，晶瑩的眼閃耀得更晶瑩了，那隻纖細的右手閒著沒事，就玩弄我外衣上一個鈕釦不停，「我也許會聰明些不是？」

「我的寶貝！」我說，「簡直胡說！」

「你以為這是胡說嗎？」朵若不望著我答。「你的確以為是嗎？」

「當然我以為！」

「我忘了，」朵若說，還在反覆玩弄鈕釦，「娥妮絲跟你是什麼關係了，你這個寶貝壞孩子。」

「沒有親，」我答，「可是我們是一塊兒教養大的，跟兄妹一樣。」

「我不懂你為什麼會愛我的？」朵若說，一面玩弄我外衣上另外一個鈕釦。

「也許因為我見不得你，一見就不能不愛了，朵若！」

「假定你根本沒有看見我呢，」朵若說，又換了一個鈕釦。

「假定我們都沒有出世怎麼樣！」我高興地說。

我看著她那隻纖手沿我外衣那排鈕釦往上摸，那簇倚在我胸口的頭髮，俯視的睫毛，因為跟著閒著無事的手指微微抬頭，默默愛憐，不知道她想些什麼。末了她眼睛抬起來望著我的，用趾尖站立，比平時更周到地給我那寶貴的輕吻——一次、兩次、三次——走出了房。

此後，五分鐘之內他們全一同回來，這時朵若異乎尋常的周到完全沒有了。馬車沒來之前她打好主意笑著叫吉勃把所有牠會的把戲全表演出來。表演費了不少時候（倒不是因為吉勃的把戲多，而是牠不情願），等聽到馬車到了門口了，牠還沒有表演完。娥妮絲跟朵若匆匆告別，可是依依不捨。說好朵若要寫信給娥妮絲（她說，她信寫得傻，叫娥妮絲別介意）；娥妮絲也要寫信給朵若。在馬車門口她們第二次告別，後來朵若不顧剌末尼娥姑媽的告誡，又奔出來一次，在馬車門口叫娥妮絲記住寫信給她，我在馬車馭者座上她向我揮她的鬈髮，第三次告別。

公共馬車說好在靠近修院園的地方放我們下來，然後我們在那裡搭另外一輛馬車到高門。我急著在這個當兒走這短短一段路，娥妮絲也許會乘這時對我稱贊朵若一番。啊！多懇切的稱贊！她多麼親切、熱烈地叫我盡心盡力照顧芳心屬於我的那個標致的人兒啊！多周到地提醒我對那個孤兒應盡的責任！雖然如此，卻又不帶自命不凡的神氣。

我從沒有像那一晚那麼愛朵若愛得那麼深，那麼實在。等到我們又下馬車，星光下沿幽靜的走通博士家那條路，我對娥妮絲說，這是因為她的緣故。

「你坐在她身邊，」我說，「好像不僅僅是守護我的天使，也十足是守護她的天使。」

娥妮絲，連此刻都是。」

「蹩腳的守護天使，」她答，「不過忠心耿耿。」

她牙清齒白，說的話直達我心坎，我聽了自然而然地說：

「你總是歡歡喜喜的，娥妮絲，我從來沒有見過別人有這種性格，今天看出，你恢復了老樣子，我不得不希望你在家日子過得快樂些了。」

「我本身是快樂多了，」她說。「我很高興，很愉快。」

我看了她往上望的，安詳的面容，心裡想把她弄得看起來這樣高貴的，是星辰。

「家裡沒有變化，」過了一會兒娥妮絲說。

「沒有再提，」我說，「想到——我不想叫你難過，娥妮絲，可是我忍不住要問——想到上次我們分手的時候說起的事情嗎？」

「沒有，一句也沒有，」她答。

「這件事老在我腦子裡。」

「你一定要撇開一點。記住，我到底相信愛和真，不多不少。別為我擔心，喬幄，」她過了一會補充道。「你害怕我走的一步，我永遠不會走的。」

我雖然以為，無論那一刻冷靜沈思的時候，自己從來沒有真正怕過，可是經她親口可靠地跟我擔保了以後，也說不出地放了心。於是就認真地把這一點告訴了她。

「你這次看過了她，」我說——「以後我們作興再不會單獨在一塊兒了——要過多久你才會再到倫敦，好娥妮絲？」

「作興很久，」她答。「我想最好——為了爸爸設想——還是在家待著。有一段長時期我們大約不會常常見面，不過我會寫好多信給朵若，這樣彼此可以時常得到對方的消息。」

現在我們已經到了博士小別墅的小院子裡。時候不早了。司瓊太太臥室窗子上有光，娥妮絲指指那裡，跟我道了晚安。

「別為了我們，」她說，一面伸手給我握，「操心那些倒楣、煩神的事。你要是快快活活的，我就再快活也沒有了。要是你能幫我的忙，你放心，我會請你幫的。願上帝總保佑你！」

她容光煥發，面露笑容，最後這幾句話說的聲音愉快，我看了聽了好像覺得我的小朵若又跟她在一起了。我站了一會兒，從門廊望群星，心裡充滿了愛情和感激，然後慢慢向前走去。我在附近一家體面的酒店訂了房間，正要出門，無意回過頭來，看見博士書房裡還有燈光。想到我沒有幫他的忙，他獨自編字典，心裡不免很有些疚愧。想去看個究竟，而且不管怎樣，也得跟他道個晚安，也許他還坐著，面前堆滿了書籍，所以就掉轉身來，輕輕走過大廳，悄悄推開門，朝裡望去。

有罩的燈光微弱，第一個看見的人，嚇我一跳，原來是烏利亞。他站在靠燈的一旁，一隻骷髏手捂著嘴，另一隻放在博士桌上。博士坐在書房椅子上，兩手蒙著臉。威克菲爾先生，面現極度為難苦惱，身向前傾，拍拍博士的膀子，伸不是，縮不是。

我當時那一刻以為是博士病了。心裡有了這個印象，就大踏步上前，和烏利亞的眼撞個正著，馬上明白是怎麼回事了。本想退出，但是博士做手勢叫我別走，我就留下來了。「不管怎樣，」烏利亞扭捏他難看的身子說，「我們大可把門關起來。用不著叫全城的人呀，個個都知道這件事。」

說完這話，他躡著腳走到我推開的門口，小心翼翼地把門關好。然後走回來，又站到原來的地方。他的聲音態度含著憐憫的興奮，硬要對人透露出來，不管他裝得出什麼樣子來也沒有這樣討厭——至少我覺得如此。

「我覺得這是我職責所在，考勃菲爾少爺，」烏利亞說，「要把我們已經談過的事告訴司瓊博士。雖然你還沒有完全明白我的意思？」

我看了他一眼，可是沒有別的話答他。然後到我的恩師面前，說了幾句安慰他、鼓舞他的話。他把手放在我肩膀上，可是沒有抬起白頭來——我很小的時候，他慣常這樣放的。

「因為你沒有明白我的意思，考勃菲爾少爺，」烏利亞接著說，還是那副多管閒事的樣子，「我放肆卑位地叫司瓊博士注意司瓊太太幹的事情，大家是朋友，不妨卑位地提一提。你要曉得，考勃菲爾，我極不情願管這種非常倒胃口的事。可是其實我們真都牽涉到本來不該發生的事裡面。我說你沒有明白我的意思，少爺，這就是我的意思。」

現在回憶他那雙惡眼，我真不明白，為什麼當時沒有揪住他領口，出力把他的氣揉斷的。

「恐怕我沒有把話說清楚，」他接著說，「你也沒有。我們都自然而然地想避開這個話題。但是呀，末末了兒我決定明說，所以就對司瓊博士說——您說什麼，博士？」

這是問博士的，因為他剛才哼了一聲。我想這一聲可能打動了我的心，可是烏利亞聽了，無動於衷。

「——對司瓊博士提一提，」他繼續說，「誰都看得出毛爾頓先生，跟可愛討人喜歡的司瓊博士的太太，彼此太要好了。毛爾頓先生到印度去之前，大家眼睛裡這件事已經完全跟太陽一樣明顯了，我們因為現在都牽涉在不該發生的事裡面，所以一定要告訴司瓊博士，現在告訴的時候真到了。毛爾頓先生藉口回來，不是為別的；他總是在此地，也不是為別的。你進來的時候，少爺，我正在對跟我合夥的人說，」他臉朝威克菲爾先生，「叫他對司瓊博士發誓，是不是他早就有這個看法，還是沒有。——唶，威克菲爾先生，您老人家！可好請您告訴我們？有還是沒有，您老人家？唶，夥伴兒！」

「我求求你，我的好博士，」威克菲爾先生又把伸縮不定的手放在博士的膀子上說，「不管我有什麼疑心，請你別把它太當它一回事。」

「你瞧！」烏利亞搖頭叫道。「要你說句咬實的話，你說得多洩氣！不是嗎？他呀！還是老朋友呢！我的天，我那時不過是他事務所小職員的時候，考勃菲爾，總有二十次看他想到娥妮絲小姐牽涉在不應該發生的事裡面，著惱得不得了，欢欢如此——你知道，他非常為難（他是做父親的，本當如此，我可的確不能怪他）。」

「司瓊老兄，」威克菲爾先生聲音抖抖地說，「我的好友，找出各人心裡主要的動機，單憑一個有限的測驗來判斷他們所有的作為，是我的毛病，也不用對你提了。作興就是這樣誤會，也許我才有過這種疑心的。」

「你有疑心嗎，威克菲爾？」博士頭也不抬說。「你有疑心嗎？」

「儘管說啊，夥友，」烏利亞逼迫地說。

「我有一次，的確有，」威克菲爾先生說。「我——上帝饒恕我——我想你倒是有疑心。」

「沒有，沒有，沒有！」博士答，語調裡含了無限淒涼，叫人憐憫。

「有一陣我以為，」威克菲爾先生說，「你希望把毛爾頓打發到國外去，好拆散他們，求之不得。」

「沒有，沒有，沒有！」博士答。「不過是供給她小時候伴兒一點進項，讓安妮快樂。再沒有別的了。」

「我發現也是這樣，」威克菲爾先生說。「你告訴我這樣的情形，當時我不能懷疑你。可是我想——請你記住，我的老毛病就是斷章取義——講到年齡差這麼遠的情形呢——」

「這才把話說對了，你明白嗎，考勃菲爾少爺！」烏利亞插嘴道，一面做出討好的，叫人討厭的憐憫神情。

「——這樣年輕，這樣惹眼的太太，不管她對你的尊敬多真誠，大約只是為了名利才跟你結婚的。我沒有考慮到數不清的，可能是純正的情感和情況。這一點你可要著實記住！」

「他的話多忠厚呀！」烏利亞搖頭說。

「你總要從一個觀點來看她，」威克菲爾先生說——「可是老朋友，我求你拿凡是你珍惜的做根據，考慮當初的動機究竟是什麼——現在我不得不承認，沒有辦法——」

「沒有！一點辦法也沒有，威克菲爾先生，你老人家，」烏利亞說，「事情已經到了這個地步。」

「——我從前的確，」威克菲爾先生一籌莫展，心亂如麻地看了他夥友一眼說，「的確疑心過她，以為她對你沒有盡到責任。要是非把所有的話全說出來不可的話，有時候，也覺得不願意娥妮絲跟她太親近，結果要看到我看到過的，或者我荒謬的想法以為看到過的事。我從來沒有對誰提過這件事。從來沒有想讓誰知道這件事。你聽了雖然會難受，」威克菲爾先生氣力十分不支地說，「要是你知道我說這話心裡多難受，你會可憐我的！」

博士天性善良，此刻充分表現，伸出了手。威克菲爾先生把它握在自己的手上一會兒，頭低了下來。

「的確，」烏利亞把身子扭得像條海鰻，「這件事提起來大家都非常不愉快。可是我們既然已經談到這個程度，我就應該放肆說起，考勃菲爾也看出來了。」

我掉過頭來朝著他，問他怎麼敢把我扯上。

「嗯！你倒厚道，考勃菲爾，」烏利亞渾身擺動地答，「我們都知道你是個心腸多麼好的人。可是你知道那一晚我一跟你說話，你馬上就知道我什麼意思。你知道你那時候知道我什麼意思，考勃菲爾。你別否認！你否認的用意是極好。不過別否認，考勃菲爾。」

我看見慈祥的老博士溫厚的眼朝我望了一會，覺得往日我的疑惑和記憶，明明寫在自己臉上，萬無看不出的道理。發火也沒有用。我抹不掉它。不管我說什麼，也沒法說沒有說過。

我們又都不講話了，一直如此，後來博士起身，在房裡來去踱了兩三趟。不久他回到他椅子面前，靠在椅背上，偶爾把手帕揩揩眼睛，現出純粹真誠，我覺得比假裝出來的任何姿態都更加可敬。這時他說，——

「說起來大部分都怪我。我相信大部分都怪我。叫我心上人受熬煎，遭人誹謗——我說誹謗，甚至別人最祕密隱藏在心裡的念頭也是——假若不是因為我，她絕不會成為這種目標。」

烏利亞鼻子嗅了一聲似的——我想他是表同情。

「我的安妮，」博士說，「要不是因為我，絕不會碰到這種事情。各位，我已經老了，你們曉得的。今兒晚上我覺得，我活下並沒有多大的意義。不過剛才談的關於她的這話，我拿性命——我的性命——發誓，這位值得敬愛的太太是誠實、貞烈的人！」

我想，騎士精神的極致表現，歷來畫家想像中最俊美、最癡情的人物成了真人真事，也及不上樸質的老博士這席話更莊嚴感人。

「不過我並不準備，」他接著說，「否認——也許多少已經準備好要承認、自己還不知道——我可能無意之中已經把我太太坑了，結了不美滿的婚姻。我一向不十分習慣觀察，不能不相信，好幾位年齡、地位不同的人觀察比我高明，看法明顯趨於一致，而且很近情理。」

博士對年輕太太的仁善，以往我時常欽佩，別處已經講過了，但是這次他提到她，句句話裡都表現出尊重、憐惜。對她的人格絲毫的懷疑都袪除，差不多是崇敬的態度，我眼裡更見他人格之高，形容不出。

「我跟我太太結婚的時候，」博士說，「她年紀輕。她的性格幾乎還沒有鑄定，我就娶了她。照她性格的發展來說，我能把它陶鑄，也是我一向的樂趣。我很了解她父親的為人。很了解她的為人。我盡我所能教她，完全是為了她所有天性裡優美、貞潔的德性。要是有什麼對不起她的地方——我怕有，佔了她感激我、和對我鍾情的便宜（可是我從來沒有存這個心）——我衷心請求她原諒！」

他在房裡走到另一邊，又回到原來的地方，一把抓住椅子，因為太認真，手跟放低的嗓子一樣，直發抖。

「我當自己是她人生危難、無常的庇蔭。確實相信，我們年齡雖然不配，可是她跟我在一塊兒生活，會過得安逸滿足。我並不是沒有考慮到，我撒手丟下她，她自由了！那時候她還是年輕，還是貌美，不過更老成了——我不是沒有，各位，我發誓！」

他這樣忠誠、寬厚，原來不漂亮的外表好像都發出了光。說出的話句句有力，這種力量不是別的神恩所能賦予的。

「我跟我太太的生活一直過得很幸福。一直到今兒晚上，我都有理由從不間斷認為，大大虧負她的那一天是我的福氣。」

他說這句話的聲音越來越抖，停頓了一下，然後又接著說，——

「一旦夢醒過來——我一輩子怎樣說都不會做夢——就明白她對從前一塊玩的伴兒、跟她年齡相同的人有點歉意，是多合情理的事。她對他的確有點不妨事的抱歉，有點不該責備的思想（若不是因為我的關係，有也無妨），恐怕都是千真萬實的。我一向看到，不過沒有注意的很多部分，在剛才叫我受罪的一小時當中又映上了我心頭，有了新的意義。不過，除了這一點，各位，我可敬愛的太太的名字再不可以跟一個猜疑的字，猜疑的一口氣息連在一起。」

有片刻工夫，他的眼睛有了神，聲音很堅定。有片刻工夫，他又沈默了。一會兒，又跟先前一樣說道——

「我引起的不幸，只該由我儘量服服帖帖忍受知道了的苦。要責備人的是她，不是我。不讓別人冤枉她，無情地冤枉她（甚至我的朋友都不免），則成了我的責任。我們越是過退隱的生活，我越能盡這個責。等時間到了——希望快點，只要上帝慈悲，有這個意思！——我一死她就沒有牽制了，到那時我看她受尊重的臉一眼，對她有無限的信任和愛，然後可以瞑目；讓她過更幸福、更光明的日子，那時就沒有悲傷了。」

我看不見他了，因為他態度純樸得無以復加，益發表彰出他懇切、善良的美德來，這一表彰，感動得我淚盈兩眶。他移步到門口，又補充道：

「各位，我已經把心裡話對你們說了。你們一定尊重的。今兒晚上說的話再不要提了。威克菲爾，請你攙老朋友上樓！」

威克菲爾先生趕快走到他那裡。兩人不交一語，慢慢一同走出了書房，烏利亞的眼睛跟著他們。

「嗐，考勃菲爾少爺！」烏利亞恭順地掉過頭來對我說，「事情的發展跟預料的大不相同嘛，因為這位老學究——人可是聒聒叫！——跟磚頭片兒一樣瞎。可是這一家人呀，我看是完蛋的了！」

只要聽到他聲音我就氣得發瘋了，以前從來沒有，以後也再沒有，這樣生過氣。

「你這個混帳東西，」我說，「你用詭計把我拖進去是什麼意思？剛才你怎麼敢要我替你撐腰，好像我們在一塊兒商量過了似的，你這個不老實的壞蛋？」

我們面對面站著，他臉上露出暗中喜不自勝的神情，這本來是我早就知道的，此刻清清楚楚看出來了——我意思是他強迫我做他的心腹，特意叫我丟臉，布了羅網，把我正陷進這件事裡面——我受不了。他整個瘦長的嘴巴子在我眼前引誘著我，我就揸開五指打了過去，用力太猛，痛得個個指頭像灼傷了一樣。

他抓住了我的手，我們站著就那樣揪著，互相對望。這樣站了好久——足夠我看到我手指在他深紅色的嘴巴子上打下的白印兒消失，紅色變得更深。

「考勃菲爾，」末了他聲音透不過氣來說，「你不要理性了嗎？」

「我不要你了，」我說，一面把手甩脫。「你這個狗東西，我再不認得你了。」

「你不認得我了嗎？」他說，為了止住嘴巴子上的痛，把手摀在那裡。「也許你沒有辦法。喂，你這不是忘恩負義嗎？」

「我瞧你不起，」我說，「讓你知道的回數夠多了。現在再更明顯讓你知道，我瞧你不起。我為什麼怕你破壞所有跟你認識的人？你還會幹什麼別的事呢？」

他完全明瞭我此刻暗示的是我和他交往一直約束住我的那些顧慮。我倒以為，假如不是那一晚娥妮絲叫我放了心，我絕不會忍不住打他一巴掌，也不會忍不住給他那個暗示。現在不成問題了。

又僵了一大陣。他望我的時候，眼睛裡好像各種弄得眼睛難看的顏色都有過了。

「考勃菲爾，」他放下摀住嘴巴子的手來說，「你總跟我過不去。我知道你在威克菲爾先生家裡一向總是跟我過不去的。」

「你喜歡怎麼想就怎麼想好了，」我說，火氣還很大。「假使真正的情形不是這樣，你就高尚多了。」

「可是我一向喜歡你，考勃菲爾！」他答。

我不屑理他，拿起了帽子，預備去睡覺，這時他跑到我和門之間。

「考勃菲爾，」他說，「要有兩個人才吵得起嘴來。我可不做其中之一。」

「滾開！」我說。

「別說這樣的話！」他答。「我知道日後你要後悔。你怎麼可以發這樣壞的脾氣，不如我這麼多？可是我原諒你。」

「你原諒我！」我輕蔑地跟著說。

「我原諒你，你忍不住了，」烏利亞答。「居然跑來打我這個一向做你朋友的人！可是沒有兩個人吵不起嘴來，我可不湊一腳。我要做你朋友，你不願意我也不管。所以你現在總知道指望我將來對你怎麼樣了。」

這些話，他說得很慢，我說得很快，為了免得在深更半夜吵了人家，我們不得不壓低聲音，這平息不了我的忿怒，不過我的火氣已經漸漸冷下去了。我僅僅乎告訴他，我一向知道他會對我有什麼舉動，我指望些什麼，還從來沒有失望過，於是把門朝他那邊推開，好像他是個大胡桃，放在那裡等著砸碎似的，然後走出屋子。不過他也是住在外面的，在他母親家；我還沒有走到幾百碼，他就趕上來了。

「你知道，考勃菲爾，」他靠著我耳朵說，因為我沒有回頭，「你的態度大錯特錯。」我覺得他的話對，更生氣。「你做這種事不見得就勇敢，別人要原諒你，你也沒法子。我不打算告訴母親，誰也不告訴。我決定原諒你。可是你居然動手打一個你知道是非常卑位的人，我真不懂！」

我覺得自己只比他少一點卑鄙。他比我更了解我自己。要是他回手或者怒形於色，我反而舒服，覺得自己有理。可是他卻把我放在文火上，折磨了半夜。

早上我出來，教堂的晨鐘響著，他跟他母親正在踱來踱去。他若無其事地跟我招呼，我除了回答，別無他法。我打他那一下很重，夠他牙疼的，我猜。總之，他臉用黑綢手帕包起來了，帽子擱在手帕頂上，一點沒有美化他的容貌。聽說星期一上午他到倫敦一個牙醫那裡拔了一隻牙齒。我希望是槽牙。

博士傳出話來，說他不大舒服。這次探望往後一段期間每天大部分時光，他都獨自一人待著。娥妮絲跟她父親走了一星期，我們才重新工作如常。恢復之前一天，博士親手交了一封沒有封的摺著的短柬。三言兩語，是寫給我的，詞意親切，交代我切不可再提那晚談起的事情。我對姨婆吐露了，可沒有對別人講。這是不可以跟娥妮絲討論的，娥妮絲絕對沒有絲毫疑心到那個上面。

司瓔太太也沒有，我有把握。幾個星期過去了，我才看到她有極少的不同。發生得極慢，就像無風時候的片雲。起初她好像詫異，何以博士對她說話，口氣總帶溫和的憐憫，要她母親來陪她，免得她生活沉悶單調。常常，我們在工作，她坐在旁邊，我看見她發楞，望著博士，臉上的神情叫我難忘。後來，有時我看見她起身，眼睛裡含著淚，走出書房。漸漸地，她的美貌上罩了陰影，日深一日。這時馬克倫太太成了這裡的常客，不過她絮絮叨叨，什麼也看不出來。

安妮本來是博士家的陽光，這個變化襲擊她之後，博士外表看來老了些，更嚴肅了，對安妮仁愛的關切更加深了，如果還有什麼加深的餘地的話。有一次安妮生日那天大早，跑來坐在窗口（我們在工作，她總坐在那裡的，不過現在漸漸有害怕、沒有把握的神情，我想是非常動人的），我看到博士兩手捧了安妮的額頭，吻了，然後匆匆走開，太激動了，無法待下來。我看到安妮站在博士撇下她的地方，就像尊塑像。然後低下頭來，交叉著十指，哭了，我說不出她哭得多悲傷。

此後有時候我想像，單單是我們兩人在一起的時候，她想說話，甚至對我說話。博士總有些新主意，叫她跟她母親出去找點娛樂。馬克倫太太非常喜歡娛樂，別的事一概很容易厭倦，娛樂的事她參與起來卻興致勃勃，而且大聲稱讚。可是安妮提不起精神，悒悒寡歡，只是帶她到那裡她就去，好像什麼都引不起興趣。

我不知道怎麼一回事。姨婆也不知道。她為了不明白所以，就踱來踱去，前前後後，總踱了百哩之多。最奇怪的是，這家人倫常不幸，唯一打進這個隱秘境界，真有辦法安慰他們的卻是狄克先生這個人。

關於這件事他的想法如何，觀察到了什麼，就跟這件事他大概會幫我多少忙一樣，我都無法說出。不過，我講到過自己求學時期，他對博士敬重得無涯無岸的事。他真愛慕博士，自然有敏銳的領悟，即使是低等動物對人愛慕，也有這種領悟，最高的智力也及不上。狄克先生憑這種情感產生的智力（要是我可以這樣講的話）立刻看出了癥結。

他空下來花好多個鐘頭陪博士在花園裡散步，因為他在坎特伯里博士散步場踱來踱去步子的快慢已經弄熟了，現在重新享受這個特權，很以為榮。不過情形成為這樣不久，他就用全部閒暇來這樣散步了，而且起身更早，多些空閒。從前博士把他的傑作，那本字典讀給他聽，他樂不可支，現在只要博士不把字典從口袋裡掏出來讀，他就非常悲慘。博士跟我工作的時候，他就陪司璦太太散步，幫她修剪她喜歡的花，要不然就芟除苗牀的草，習以為常。他一個鐘頭之內大概很少會說十來個字的話。不過他對他們從容的關注渴想了解而不成功的臉色，直接在他們心裡引起反應。夫妻都知道對方喜歡他，而他也愛他們兩個人。他做到了誰也做不到的事——成了他們夫妻的連繫。

我每想到他滿臉是高深莫測的智慧，陪著博士踱來踱去，喜歡給字典裡的難字嚇倒，想到他拎著許多大噴水壺，跟在安妮後面，跪下來，戴著手套笨拙地在小葉叢裡，耐著性子做極細微的事情，做的事件件表現出他要做她朋友的微妙的願望，無論那個哲學家也表現不出；噴水壺每個孔都放射出同情、信任、情感——我每想到他遇到不幸，清醒的頭腦從來沒有迷惘，從沒有在花園裡想起運氣不好的查理皇帝，安慰他人，替人效勞，從不猶豫，一旦知道有什麼事出了毛病，從不掉頭不顧，從來不忘記把它扭轉過來的心意——我一直以為他神志不十分清醒，現在把我盡自己的神志所做的事情盤算一下，幾乎覺得慚愧。

「喬，除了我，誰也不了解這個人是什麼樣的為人！」我跟姨婆談起這件事的時候她說。「狄克的本事還沒有顯出來呢！」

這一回結束之前，我還要提起另一件事情。他們探望博士這家人期間，每天上午郵差都有兩三封信給烏利亞·謝坡，那時很空，烏利亞一直在高門待到別人都回去了才走。這些信都是密考伯先生寄來的，現在他總是公事稱呼，儼然是法界的齗輪老手。我憑這些末節推測得出，密考伯先生混得很不錯，因此大約在這時候收到他和藹可親的太太下面這封信，非常詫異：——

「考勃菲爾先生如晤：你收到這封信一定詫異。看了內容，更要如此。而且我求你絶對守祕密，約好非守不可，你尤其會詫異。可是我是做妻子、做母親的人，心情需要紓解；密考伯先生對我娘家已經有了惡感，因此我不想跟他們商量。我知道再沒有比我的朋友，舊房客更可以討教的人了。

「好考勃菲爾先生，我跟密考伯先生（我永遠也不會撇掉他）彼此一向總是推心置腹的，你大概也知道。密考伯先生偶爾作興，不跟我商量就借錢，還債的期限也故意讓我搞錯。這種事的確有過。可是大體上說，密考伯先生對愛情的心腹——我指他妻子而言——從來沒有保持過隱祕。每天忙完了休息，他總要把當天的事一一重敘。

「好考勃菲爾先生，我此刻告訴你密考伯先生完全變了，心裡多麼沈痛，你可以想像得出。他祕密變了。過什麼日子，跟他共患難歡樂的人——我又指他妻子——也全不明白。我跟你實說，除了他從早到晚在事務所工作以外，我完全不知道別的事情。無思無慮的兒童一再講一個沒根據的故事，裡面有關於吃冷李子粥的南方人的嘴①，我知道關於密考伯的事不見得比知道這個人的多些，我現在借這個流行的謬見來說明一件實事。

「不過還不止這些。密考伯先生脾氣壞了。很嚴厲。跟我們家大兒子、大女兒疏

①英國童謠，說月中人因吃冷李子粥烙了嘴云云（冷粥何以烙人，不可解）。

遠；不以雙胞胎自豪；甚至看起最後成為我們家庭一分子那個不惹人生氣的生臉兒，也冷冷地。家用少得分文不能再省，他給起錢來千艱萬難，甚至威脅說他要『解決』自己（一字不改），把人嚇壞。他把人頭腦搞亂，是何居心，死也不肯講出道理來。「這真吃不消。叫人心碎。你知道我生來能力薄弱，現在碰到這種特別的難關，應該怎樣發揮這點能力才好，你本來已經幫了我好多忙，要是你肯替我出主意，就又添一次了。孩子們問候你，不懂事倒有福氣的生臉兒也對你一笑。

受苦人

艾瑪·密考伯啟

星期一晚於坎特布利」

對於密考伯太太那樣經驗豐富為人妻的人，除了勸她捺住性子，親切對待密考伯先生（我知道不管怎樣她都肯的），使得他回頭以外，沒有道理再出什麼別的主意。不過這封信惹得我想起關於密考伯先生的一切，想了很久。

第四十三回　再度回顧

夢耶幻耶夙願償耶
瑟矣笙矣同心結矣

我再來談談我一生某段難忘的時期吧。我且站開來，看那些日子幻影一般，在陰暗的行列裡陪著我的影子，從我身邊走過。

一星期一星期，一個月一個月，一季一季，過去了。這些歲月好像只不過夏季一天，冬季一晚。我跟朵若一塊兒散步的會館對面花開滿了，空地上一片閃耀的金色；時而雪遮沒了一堆堆、一簇簇的石南。瞬息間，流過我們主日散步路徑的河給夏日照得閃爍，給冬風吹得興波，給一堆堆浮冰堆厚。比水流到海裡更快，沖瀉奔流，變為陰沈，滾滾而去。

那兩位小鳥一般姑母的家裡，一絲改變也沒有。壁爐上的鐘依然嘀嗒作響，晴雨表依然掛在大廳裡。鐘和晴雨計一向不準，不過我們都把這兩樣東西奉為神明，相信它可靠。

依法我已經成年。到了體面的二十一歲。不過這是一種可以硬加給人的體面。我還是想一下我有什麼成就吧。

我已經把要命的速記玄妙拆穿了。我靠它賺的錢很不錯。凡是和這個技藝有關的方面我的名氣都很大。我跟另外十一個人共同替一分晨報報導國會的辯論。夜復一夜，我記錄永遠不實現的預測，永遠不踐履的宣言，只為了叫人茫然的解釋。我在字句裡打滾。不列顛尼亞這個不幸的女子①，總像是隻用串肉針串起，用繩紮了翅膀的雞，在我眼前；用官府的筆串了又串，官僚作風綁了手腳。我因為深入內幕，當然知道宦海生涯的價值。根本不信仰這種生涯，也永遠不會改變初衷。

我的好朋友闞都斯試過這一行，可是這並不是他所擅長。他對失敗完全處之泰然，叫我不要忘記他一向當自己是遲鈍的。現在偶爾也替同一分報紙工作，把有關枯燥無味題材的事實編輯好，讓高手有聲有色地寫出來。他得到律師的資格，憑他令人欽佩的勤奮和克己，一點一點地另外一共節省下一百鎊，給了他習業所在律師事務所辦讓與證書的專家，作為學費，在他的辦公室讀書。他獲得律師資格那天，要了許多很熱的葡萄酒來大家喝了；

①不列顛尼亞（Britannia）：即英國，此係女性擬人化名稱。

算起這些錢來，我想法學院內院一定靠這件事大賺了一筆。

我又打了另一條出路。膽戰心驚地開始寫作起來了。暗中寫了點小文章，投給雜誌，在那雜誌上登出來了。從此我認真寫了許多不足道的作品。現在有了經常的進帳。總之，我手頭寬裕了。用左手算算我的收入，第三個指頭已經數完，第四個指頭都數到當中的一節了。

我們已經從勃金恩街搬到一所舒適的鄉下小屋裡，靠我當初起勁看到的那座很近。不過姨婆已經把多佛的房子賣了，價錢很合算，並不住在我那裡。打算搬到附近更小的一所屋裡。這預兆什麼？我要結婚了嗎？對了！

對，我要跟朵若結婚了！剌末尼娥姑媽跟克勒瑞瑟姑媽都答應了，她們興奮得忐忑不安，跟金絲雀一樣。剌末尼娥姑媽自動負責監督我寶貝的衣裳，不斷用牛皮紙剪出胸衣，跟個腋下挾了一長捆東西和碼尺的極體面的青年男子意見相左。有個女裁縫在家裡吃住，胸口總有根穿了線的針插著，我看她不論吃、喝、睡覺，好像頂針從來沒有取下來過。他們把我心肝弄成了人體木像。總喊她來試裝。晚上我們在一起溫存不到五分鐘，就有個不知趣的婦人敲門說，「喂，朵若小姐，可不可以請您上樓來一下！」

克勒瑞瑟姑媽跟我姨婆走遍倫敦，搜尋家具叫朵若和我去看。要是她們不這樣拘泥周到，說買就買，倒反而好些，因為我們去看廚房的爐欄和烤肉的火熱反射板，朵若看見一個吉勃可以住的，屋頂上有許多小鈴鐺的中國小屋，就喜歡了。我們買下以後，吉勃花了很久的工夫，才住慣新的房子；牠每次進出，所有的小鈴鐺都搖，嚇得牠要命。

裴媽跑來幫忙，馬上就動手做事。她活動的部分似乎是把所有東西一再弄乾淨。凡是可以擦的樣樣都要不停地擦，擦到跟她自己誠實的額頭一樣發亮為止。現在我開始見到她孑然一身的哥哥，夜裡在黑暗的街上走過，一面走，一面在熙來攘往的人群裡搜尋。這種時候我從來沒有跟他說過話。他經過我面前往前走，滿腹心事的樣子，他尋找什麼，害怕的是什麼，我太清楚了。

形式上，只要有空，偶爾我還到博士會館去習業。那天下午闞都斯到這裡來看我，神色為什麼那麼要緊？我童年的夢想就要實現了。我要去領結婚許可證。

這分小小文件卻大有作用。放在我桌上，闞都斯望著它出神，一半是羨慕，一半是敬重。許可證上有往日幻想甜美聯繫的姓名，大衛・考勃菲爾跟朵若・司本羅。一隻角上有印花局這個父母機關，凡是人的各種活動它都慈祥地關切，下顧我們的婚姻。還印著坎特布利大主教替我們祝福的話，此舉要多便宜就有多便宜。

儘管如此，我好像人在夢中——緊張、歡喜。匆促的夢。不能相信就會有這樣的事。可是又只得相信，街上碰到的人個個都一定有點覺得出後天我就結婚了。宗教法院主教代表認識我，所以我去宣誓的時候，他辦起我的事來很順當，好像我們彼此是同一祕密互濟會的會員②，聲氣相通似的。根本用不著闞都斯，不過他還是在場，做我的總支持人。

「我希望下一次就是你到這裡來了，老兄，」我對闞都斯說，「替你自己辦同樣的事。我希望這一天快了。」

「謝謝你一番好意，好老考勃菲爾，」他答。「我也希望如此。知道瑣斐肯等，不管多久，而且她真是最可愛的女孩，是很舒服的——」

「你那一刻去接她的馬車呢？」我問。

「七點鐘，」闞都斯看看他平常的舊銀錶說——就是他在學校裡的時候有一次打裡面拆了一個齒輪出來做水車的那隻。「這大約是威克菲爾小姐家的時間，對不對？」

「稍微早一點。她的時間是八點半。」

「說真話，好兄弟，」闞都斯說，「想到這件事有這樣好的結局，我差不多覺得跟自己就要結婚一樣開心。我們金石之交，承你的情要瑣斐參加快樂的婚禮，和威克菲爾小姐一同做儐相，我真非熱烈感謝不可。這一點我是極體會得到的。」

我聽他講，跟他握手，我們談心、散步、共餐等等，不過我都不相信。沒有一件是事實。瑣斐依時到了朵若姑媽家裡。她的臉最討人喜歡——不是絕對美麗，而是特別可愛——我很少見過這樣親切、自然、坦率、動人的人。闞都斯把她介紹給大家，極其自負，等我

---

②西方這個會，會員互助，有極複雜的祕密儀式。

在他揀的一隻角落向他道賀的時候，他直搓手，照那個鐘算起來，搓了十分鐘，頭上根根頭髮都站得筆直了。

娥妮絲從坎特伯里乘了馬車前來，是我去接她的。她歡樂、美麗的容貌大家已經第二次見到。她極喜歡闞都斯，看他們見面的情形，看闞都斯把全世界最可愛的姑娘介紹給她，臉上現出的光輝，叫人痛快。

我仍舊不相信是真事。那晚大家過得有趣，極其快樂，可是我還不相信是真的。我心定不下來。幸福臨頭，我不能當它真正貨色驗收。覺得如在雲霧之中，心神不定，好像在一兩個星期以前一大清早起身，一直沒有再睡過覺似的。不知道昨天是幾時。好像結婚證書放在口袋裡已經有了好多個月了。

第二天，我們成群去看房子——我們的房子——朵若和我的——我又完全不能當自己是房子的主人。好像是別人許了我才在那裡的。心裡一半期待真正的主人馬上回家，說他會見我很高興。像這樣美麗的小屋樣樣東西都很輝煌、很新；地毯上的花像剛採的，壁紙上的綠葉像初生的，細布窗帘潔白無暇，玫瑰色的家具發紅，朵若結了藍色花邊、花園裡戴的帽子已經掛在小木釘子上——我現在可確切記得，最初認識她的時候，多麼愛她戴另一頂同樣的帽子！六絃琴匣豎著放在一隻角落裡已經十分得所；個個人都被吉勃的寶塔絆倒，這座寶塔太大，我們家容納不下。

另一個快樂的晚上，跟所有其餘的晚上一樣，完全虛幻；我離開之前，悄悄進去平時常去的房間。朵若不在那裡。我猜想她們試衣裳還沒有試完。剌未尼娥姑媽伸個頭進來張了一下，神祕地告訴我，她不要多久就來。話雖如此，還是相當久，不過不一會兒，我聽到門口颯颯地響，有人輕輕敲門。

我說，「進來！」可是有人又敲門。

我走到門口，心想是誰呢。面前是晶瑩的一雙眼睛，緋紅的臉，朵若的眼和臉，剌未尼娥姑媽把明天的衣服給她穿上，連帽子等等，打扮齊全，送來給我看的。我把我嬌小的新人摟在懷裡，剌未尼娥姑媽低低尖銳叫了一聲，原來我把帽子碰歪了，朵若看我這樣開心，立刻又笑又哭，我更不信以為真了。

「你看漂亮嗎？多迪？」朵若問。

漂亮！我當然以為漂亮。

「你的確非常喜歡我嗎？」朵若說。

這些話對帽子的危險性太大，剌未尼娥姑媽又低低叫了一聲，懇求我明白，朵若是只許看，絕不許碰的。所以朵若站在那裡有一兩分鐘愉快得不知所措。然後脫下帽子——不戴樣子多自然——拿在手裡快跑掉了，又穿了她自己平時的衣裳跳跳蹦蹦下來了，問吉勃，我是不是娶了個美麗嬌小的妻子，問吉勃她結婚牠可肯原諒她，又跪下來叫吉勃站在烹調大全那本書上，這是她做女孩兒最後一次叫吉勃做這個把戲。

我回到附近我的住處，比先前更為狐疑。第二天一大早就起身，坐了馬車到高門路去接姨婆。

我從來沒有見過姨婆這個樣子。她身穿淡紫色綢衣，頭戴白色帽子，非常惹眼。戔涅替她打扮的，在那裡等著望我。裴媽她已經準備好上教堂去，預備在特別席看結婚儀式。狄克先生代表女方家長，把我寶貝攙到祭臺面前，他的頭髮也捲了起來。闕都斯約好跟我在納了稅才准通過的路口碰面，由我接他，他身穿淡黃、淺藍的服裝，顏色配合得叫人眼花撩亂。他和狄克先生給人的總印象是全副參加重要場合的派頭。

當然我看到了這一點，因為我知道如此，不過我可迷惑了，好像什麼也看不見，而且不管什麼也不相信。可是我們乘敞篷的馬車在路上走的時候，這個神話故事式的婚禮是千真萬確的了，我想到那些不幸的人，這件事沒有他們的分兒，卻要打掃店舖，做日常的行業，心裡彷彿充滿了憐憫他們的感覺。

一路上姨婆都握住我的手。離教堂一點點，馬車停下了，讓坐在車夫旁座的裴媽下車，她捏捏我的手，吻了我一下。

「上帝保佑你，喬！就是我自己生的也不會更親些。今天早上我想到了不在了的寶貝娃娃。」

「我也想到。也想到您所有的恩，好姨婆。」

「算了，孩子！」姨婆說，一面熱烈無比地伸手給闞都斯，然後闞都斯伸手給狄克先生，狄克先生又伸手給我，我又伸手給闞都斯，然後我們一同到教堂門口。

教堂的確夠靜的，不過論到它對我有什麼鎮靜作用的話，也許倒像一架開足的蒸氣織布機呢。我太昏頭昏腦了，鎮靜不了。

其餘多少全是不連貫的夢。

夢見他們帶著朵若來了。夢見教堂領座的就像練兵的中士一樣，指點我們在祭壇的圍欄前面就座。夢見甚至那時都想知道，為什麼教堂領座的一定總是最叫人討厭的女子，虧他們找的，是不是怕討人喜是會傳染的、宗教所忌的災禍，因此才非把那些愁眉苦臉的人安置在通天堂的道路上不可的呢。

又夢見牧師和書記出現了。幾個船夫和別人走了進來。我身後有個老船夫，酒氣替教堂添了強烈的香味。儀式開始，牧師聲音低沈，大家都全神貫注。

夢見剌末尼娥姑媽，她擔任一半儐相的職務，第一個哭下來的人，抽抽噎噎，我猜是對匹珈致敬呢。克勒瑞瑟姑媽聞醒藥的瓶子，娥妮絲在照顧朵若。姨婆想法要做出標準嚴厲的樣子，眼淚沿臉上流下。小朵若抖得厲害，答詞微弱，有如耳語。

夢見我們一同跪下，雙雙並排。朵若漸漸抖得好些了，不過總抓緊娥妮絲的手。儀式安靜、認真地舉行完畢。等到禮畢，我倆含著四月的笑和淚③互相凝視。我年輕的妻子在教堂的小禮拜堂裡非常傷感，哭著要她過世的爸爸，好爸爸。

夢見朵若不久又高興起來了，我們在結婚登記簿上到處簽了名。我到特別席去找裴媽，帶她也去簽名。她在角落裡緊緊摟了我，告訴我她看著我的好母親結婚的。婚禮完畢，我們走了。

夢見我挽著我甜蜜的妻子，很威風、很溫柔地走下過道，矇矓中只看見人、講道臺、紀念像、一排排座位、洗禮盆、風琴、教堂窗戶，凡此種種都引起多年前我兒童時代故鄉教堂的種種沖淡了的聯想。

夢見我們從人面前走過，他們嘰嘰咕咕，說我們是多年輕的一對，朵若是多嬌小的新娘。回去在馬車裡我們大家都非常快樂、話講不完的。瑣斐告訴我們，她看見別人跟闕都斯要我的結婚許可證（我拜託他保管的），她幾乎暈過去，因為她相信闕都斯偏偏會丟掉，或者會被扒手扒去。夢見娥妮絲高興地笑，朵若非常喜歡娥妮絲，不肯跟她分開，儘攙著她手。

夢見舉行婚宴有很多東西吃喝，又精緻，分量又多。這些飲食我吃喝起來毫不知味，無論在什麼夢裡，本來也是這樣的。我吃的喝的，可以說只有愛情和婚姻，沒有別的。這

③四月天氣，晴雨交替。

些食物跟其他一切一樣，全不能信以為真。

夢見我發表演說，也是夢魂顛倒地，不知道要說些什麼，也許只感覺到自己的的確確沒有說出什麼。我們在一起很快活，就只是快活，雖然總像在夢裡。吉勃吃了結婚餅，隨後覺得不舒服。

夢見租了兩匹馬，朵若走開去換衣服。姨婆跟克勒瑞瑟姑媽跟我們在一起。我們在花園裡散步。姨婆在吃早飯的時候發表了一大篇關於朵若的兩位姑媽的演說，她自己也極為開心，不過也有點得意。

夢見朵若已經準備好了啟程，刺未尼娥姑媽依依不捨，因為過去為她忙碌，得到許多樂趣，不願意讓這個可愛的寶貝離開。朵若忘記了帶走各式各樣的小東西，一連串的發見，都很詫異。大家都東奔西走，去拿這些東西。

夢見末了她要告別了，大家全穿得花枝招展，像一壇花似地圍住她。我的心肝差不多給這些花悶死了，人叢中走出來，又笑又哭投進我寶貝她的懷裡。

夢見我要抱吉勃（吉勃要跟我們一起去的），朵若說，不行，一定要她抱，否則吉勃要以為她結了婚，不愛牠了，會傷心的。我們臂挽著臂，朵若站下，又回顧說，「我以往要是脾氣不好，或者不知道感激，無論那一位，都請別記在心裡！」說完哇哇大哭起來。

夢見她揮小手，我們再度走了。她又站住，回頭看她們，不管別人，單單奔到娥妮絲面前，最後吻了一陣，道了珍重。

我們一同乘車走了，我的夢醒了。我終於相信是真的了。我身邊坐的的確是我寶貝、珍重的嬌妻，我多麼愛她啊！

「傻孩子，你現在總稱心了吧？」朵若說。「準不會後悔嗎？」

我站在一旁，看那些日子幻影一般，在面前過去。過完了，我重新講我往日的經過。

第四十四回　我們的家務

勸操持情海興悲浪
伴著述閨房喜添香

蜜月過去，女儐相回家去了，我發覺自己跟朵若坐在自家的小屋裡，因為兩情繾綣，是積古以來有滋有味的事情，可以說，我什麼工作也沒法去做，情形倒也希奇。

總有朵若在我面前，好像是十分蹊蹺的事。用不著非出去找她不可。用不著為了她有什麼磨折我自己，用不著非寫信給她不可，不用再挖空心思造機會跟她單獨在一塊，都是非常奇怪的。有時在晚上，我停下筆來抬頭一望，看見她坐在我對面，我會往後靠在椅背上，想想我們單獨在一起，成了當然之事——再也跟別人無關——我們訂婚階段的濃情蜜意已經束之高閣，讓它腐銹——除了彼此，再也不用討別人的歡心——只要彼此討一輩子的歡心：我覺得多麼奇怪。

遇到國會有辯論，我在外面要很遲才回家，我走回來，想起朵若在家，好像很特別！起初我吃晚飯，她輕輕走下來跟我說話，是多有意思的事情。確實知道她用紙把頭髮捲得鬈曲①，是件極了不起的事情。她居然做這種事，完全是非同小可的！

說到管理家務，兩隻小鳥會不會比我跟我標緻的朵若知道的還少些，我都懷疑。當然，我們有個用人。她替我們管家。一直到現在我都隱隱相信，她一定是化了裝的克拉太太的女兒。我們可受夠瑪利．安的罪了。

她姓琵拉根②。我們雇她的時候，據說這個姓還沒有十足表現出她的脾性。她有封推薦書，有布告那麼大，裡面說，她能做所有我聽到過的，和許許多多我聽都沒有聽過的家務事情。她正當壯年，容顏威猛，總是要發赤炭一般的疹子之類的疾病，兩隻膀子上尤其厲害。有個表兄在近衛騎兵旅裡，這個人腿真長，就像別人下午的影子。陸軍緊身常服穿在他身上嫌太小，就像他跑進我們的房子裡來人嫌太大了一樣。他弄得小屋更小（我們本來用不著有這個感覺），因為他跟房屋不成比例。此外，牆壁不很厚，無論幾時他到我

①現在女子捲髮用塑膠製的夾子，往日英國女子用紙。

②原文**Paragon**，義為卓越模範。

們家過夜，只要聽見廚房裡不停的喧吼，就準知道是他來了。

我們這位寶貝有人擔保她是不喝酒又誠實的。所以等發現她倒在熱水灶座邊，我願意相信她發了羊癲瘋，茶匙少了，我就認定要怪垃圾夫。

不過她啃我們的心可啃慘了。我們感覺到自己沒有經驗，不能自己做。我們全靠她對我們施點慈悲，要是她還有點慈悲的話；可是她是個殘忍的女人，沒有絲毫慈悲。我們第一次吵嘴就是她惹出來的。

「我的寶貝命根子，」一天我對朵若說，「你想瑪利・安可有什麼時間觀念嗎？」

「怎麼回事啊，多迪？」朵若放下繪畫，茫然抬起頭來問。

「心肝，因為已經五點鐘了，我們四點鐘就該吃晚飯的。」

朵若悽然望望鐘，表示她以為鐘太快了。

「正相反，心肝，」我指指我的錶說，「還慢了幾分鐘。」

我嬌小的妻子走來坐在我膝蓋上，哄我放安靜些，用鉛筆在我鼻樑上畫了一條線。這雖然很有趣，可是我當沒有飯吃。

「寶貝，你可以為，」我說，「你把瑪利・安說一說會好一點嗎？」

「唉，不行，請你不要再說了。我辦不到，多迪！」朵若說。

「為什麼不能呢，心肝？」我溫和地問。

「唉，因為我是個非常蠢的小蠢蛋，」朵若說，「她看穿了我是這種人！」

我想督飭瑪利·安要有一套辦法，這種態度可不行，就皺了一點眉頭。

「啊呀，我這個壞孩子額頭上的皺紋多麼難看啊！」朵若說。她還在我膝蓋上，用鉛筆畫皺紋，放在櫻唇上潤一潤，好畫得更黑些。假裝勤力的樣子，我忍不住覺得非常高興。

「這才是乖孩子，」朵若說，「笑一笑，臉好看多了。」

「可是，心肝，」我說。

「別說，別說，我請你！」朵若吻吻我叫道，「別做兇惡的藍髯公③！別認真！」

「我的好太太，」我說，「有時候我們得正經點兒。來，坐在這張椅子上，靠攏我！鉛筆拿給我！乖！好了，我們談正經事。你知道，寶貝」——小手握了多舒服，多好看的小結婚戒指！——「你知道，我的愛，沒有吃飯，非出去不可，是不太舒服的。你說對嗎？」

「對！」朵若拖長了無力地答。

「我的心肝，你抖得多厲害！」

「因為我確確實實知道，你呀，就要罵我了，」朵若喊道，聲音很悽慘。

「我的甜寶貝，我不過跟你講道理。」

---

③見第二十二回註⑰。

「唉，可是講道理比罵還糟呀！」朵若失望地叫道。「我不是為了人家跟我講道理才結婚的。要是你存心要跟我這樣一個可憐的小人兒講道理，早就該告訴我，你這個殘忍的孩子！」

我沒法讓朵若安靜下來，可是她別過臉去，把鬈髮從一邊甩到另一邊說，「殘忍，殘忍的孩子！」說了許多次，弄得我真不曉得怎麼是好。我猶豫不定，在房裡來回走了幾趟，又到她面前。

「朵若，我的寶貝！」

「不是的，我不是你的寶貝。因為你一定一定後悔跟我結婚，不然你不會跟我講道理了！」朵若答。

她這種胡扯的責備氣壞了我，壯了我跟她認真的膽。

「好了，我的寶貝朵若，」我說，「你太孩子氣了，胡說亂道了。你一定記得，昨天飯吃了一半我就要出去了，前天，匆匆忙忙非吃沒熱透的小牛肉不可，弄得我非常不舒服。今天，我簡直沒有飯吃——我都怕提，早飯等了多久——後來水居然沒有滾。我不是要怪你，心肝，不過這可不愜意。」

「唉，你這個殘忍，殘忍的孩子，說我是不討喜的太太！」朵若哭道。

「嘿，我的好朵若，你一定知道，我從來沒有說那句話！」

「你說了我這個人叫你不愜意！」朵若說。

「我是說，這個家務管得叫人不愜意。」

「這完全是一樣的！」朵若哭道。她當真以為如此，因為她哭得傷心極了。

我在房裡又來去踱了一回，心裡充滿了對嬌妻的憐愛，自責成狂，恨不得把頭撞在門上。我坐下說：

「我並不責備你，朵若。我們都有很多要學的。我不過是想法讓你明白，寶貝，你得——真得」（這件事我決定不丟手）「監督瑪利·安，弄得習慣了。也要為你自己，為我有點作為。」

「我不懂，真不懂，你居然跟我說這種沒有良心的話，」朵若抽噎著說，「你明知道，那一天你說你喜歡吃點魚，我親自去，走了好遠好遠，定了下來，好叫你喜出望外。」

「真虧你一番好意，我的好心肝，」我說。「我太感謝你了，所以無論怎樣也不願意說，你買了一條鮭魚——兩個人吃太多了。而且花掉一鎊六先令——我們也出不起。」

「你喜歡吃得不得了，」朵若抽噎著說。「你還說我是小姑娘呢。」

「我還要再說，寶貝，」我答，「說上千次！」

可是我傷了朵若的小嫩心，再也安慰不了她。她哭得十分可憐，悲痛，我覺得好像我真地說了不知道是什麼的話傷犯了她。因為非趕快走不可；在外面待得很遲，整晚悔痛萬分，苦不堪言。良心上有如做了刺客，彷彿始終覺得自己窮兇極惡。

我回家已經是下半夜兩三點鐘。發現姨婆在家等我的門。

「出了什麼岔子嗎，姨婆？」我嚇了一跳問。

「沒有事，喬，」姨婆答。「你坐下來，你坐下來。小花兒心裡怪彆扭，我在陪她——就是這麼回事。」

我坐下望著火爐，頭擱在手上，心裡想，最幸福的希望剛剛實現，這樣快就覺得懊惱、沮喪，真料不到。坐著沈思的時候，湊巧碰到姨婆的目光，她正望著我的臉。她眼睛裡露出擔心的神情，不過馬上就沒有了。

「姨婆，」我說，「想到朵若這樣，我的確整晚都非常難過。可是我除了跟朵若溫和地、親切地談家務，並沒有別的存心。」

姨婆點點頭給我支撐。

「你一定要有耐性，喬，」她說。

「當然。天知道我並沒有不講理的意思，姨婆！」

「你沒有，你沒有，」姨婆說。「不過小花是朵很柔弱的小花，風吹她也非和緩不可。」

我心裡感謝我的好姨婆對我太太這樣慈祥。她一定知道我感謝她。

「姨婆，您覺得，」我又看了一會兒火說，「為了我們共同的益處，您可不可以時常給朵若一點勸告嗎？」

「喬，」姨婆有點感動地答，「不可以。別叫我做這種事。」

她的聲音異常認真，我驚詫得仰起頭來望著她。

「孩子，我回顧往事，」姨婆說，「想到有些已經睡在棺材裡的人，本來可以跟他們處得好些的。我要是對別人婚姻方面鑄了錯，責備太苛，作興是因為我對自己這方面責備得太苛。這件事就隨它去吧。好多年來我一向是個脾氣壞、守舊邋遢、由著性兒的人。現在還是，將來也總是。可是你跟我互相給了對方些好處，喬——不管怎樣，你給了我好處，寶貝，我們這時候彼此切不可不和。」

「我們彼此還會不和！」我叫道。

「孩子、孩子！」姨婆拂平了衣裳說，「要是我多事，我們作興會不和，我作興弄得我們的小花兒多悲慘，先知也說不出。我要我們寵愛的人喜歡我，跟蝴蝶一樣的快活。你記住你家母親第二次結婚；你再不要使我、使朵若，受你略微提出來的主張的害！」

我立刻明白姨婆有理，也完全明白她對我愛妻慈愛的程度。

「這不過是早期，喬，」她接著說，「羅馬不是一天，也不是一年造成的。你已經自己作主選了，」——她臉上現出了一會兒陰影，我想：「你選了非常標致，非常有情的人。憑她有的優點衡量她，跟你選她一樣，不是憑她沒有的優點，是你的責任，也是你的快樂——

當然我知道這一點；我也不是要教訓你。她沒有的優點你要培養起來，要是辦得到的話。要是辦不到，孩子，」姨婆說到這裡抹抹鼻子，「你只有遷就算了。可是記著，寶貝，你們的將來就看你們彼此怎樣相處了。誰也幫不了你們的忙。你們得自己想法。這就是婚姻，喬。我求上天保佑你們這對樹林裡的小娃娃④！」

姨婆這番話說得有聲有色，吻了我一下，剛才的祝福就算著實了。

「好了，」她說，「替我把小提燈點起來，打花園的小路送我回紙盒子般的屋去。」因為經那條路我們兩所小屋可以互通。「你回家替姨婆問花兒好。不管你幹什麼，喬，千萬不可做夢把姨婆當稻草人豎起來嚇她，因為我自己即使如果萬一在鏡子裡見到這個本人，都會覺得她樣子夠可怕，夠憔悴的！」

說完這話，姨婆拿塊手帕紮起頭來，碰到這種場合，她總用手帕把頭髮束成一團。然後我送她回家。她站在花園裡，舉起了小提燈照我回去的時候，我想起她望著我又露出焦慮的神情，不過我太專心在想她一番話的意義，相信朵若跟我的確要自己來把前途開闢出來，誰也幫不了我們，——第一次真正這樣相信——太耿耿在心，所以竟沒有注意到許多。朵若穿著小拖鞋悄悄下來，迎接我，此刻就賸我一個人了，她伏在我肩膀上啼哭，說

---

④英國民歌中有吟二童樹林遇害一首；此處是詼諧語，指信人太甚、不疑心、易受欺騙者。

我剛才狠心，說她自己任性。我說的話也差不多，我相信。我們言歸於好，講好這第一次小口角就是最後一次了，就是活到一百歲，也再沒有下回了。

我們家務第二次的災患是「僕役熬煎」。瑪利・安的表兄開小差，逃進我們家地下煤窖，給他一小隊武裝同伙逮出來了，他們把他上了手銬列隊從門口花園帶走，使我們大為驚異，也使我們園子前面蒙羞。這件事壯了我的膽，把瑪利・安辭掉，她拿了工錢，乖乖走了，倒出乎我意外。後來才發見茶匙不見了，她還妄用了我名義，向好些店家借了小筆銀錢。過了些時，我們雇了凱嘉布利太太，我相信她是住在肯提希鎮年紀最大的人，出來做女工，可是身體太弱，做不動這一行她認為該怎樣做才算好的事。短短時期之後，我們又找到了另外一位寶貝，這位是女人當中少有的和氣的人，可是不管上樓下樓，總一定連人帶盤子跌倒，幾乎衝衝撞撞，像倒進澡盆一樣，倒在起坐間裡。這種倒霉的女人破壞太厲害，非解雇她不可。隨後來的是一長串沒用的人（凱嘉布利太太還墊了幾次空）。末了是個年紀輕的，外表稚氣十足，她到格林涅基定期市集，戴的是朵若的帽子。她以後除了總把事搞得差不多糟糕之外，別的我也記不起了。

所有我們碰到有點關係的人似乎都欺負我們。我們一在店鋪露面，就給了人家信號，馬上把損壞了的貨色拿出來。如果買一隻龍蝦，龍蝦裡一定全是水。所有我們買的肉都是嚼不爛的，麵包差不多都一點皮也沒有烤出來。我為了查一查大塊肉的烤法，正到火候，不要過頭，親自參考過烹飪大全，發現每磅規定該烤一刻鐘，就說一刻多鐘吧。不過照這種烤法，總碰到離奇的致命傷，我們從來沒有烤得既不留下鮮紅，也不烏焦，恰到好處。

我相信，我們這樣失著糟掉的錢，比接二連三都成了功所費去的，一定多很多。查查零售商的帳，我好像覺得，我們家消耗的黃油多到足夠鋪滿地下室的程度。我不知道國產稅務局這一期的報告裡胡椒的銷路是不是增加了，不過如果我們家的消耗沒有影響到市場，就一定有幾家人家停止用胡椒了。而所有的事情當中最奇異的是，我們家裡根本一點胡椒也沒有。

至於洗衣服女人當掉衣服，再醉酒前來悔罪道歉，那一個都有過幾次吧。還有烟囱失火、教堂區的救火機，教區小吏的謊報索償⑤。不過我領悟到，我們碰到了不幸，雇了一個喜歡喝甘露酒的用人，她在我們跟酒館開的黑啤酒往來帳戶裡添了許多費解的項目，諸如「四分之一品脫甘蔗果汁酒（考太太）」、「八分之一品脫丁香杜松子酒（考太太）」、一杯甘蔗薄荷酒（考太太）」——括弧裡總是指朵若，解釋起來好像就是朵若喝掉所有這些酒的人。

---

⑤英國各教堂區都備有救火機及設備，由教區小吏經管，遇火警即出動，即使未曾出力亦要求酬勞，一八六五年始廢止。

我們最初表現的家務能耐之一是請闕都斯來吃便飯。我在城裡碰到他，邀他那天下午跟我一起出來走走。他欣然答應，於是我就寫信給朵若，說我會帶他來家。那天天氣晴爽，一路上我們談家庭幸福這個話題。這方面闕都斯談起來話如泉湧，說他空中樓閣有個這樣的家，瑣斐在等他，替他準備，料想他的幸福已經十全，什麼也不缺了。

桌子對面一端嬌小的妻子我不想再換個更標致的了，可是等我們坐了下來，確實希望多點地方。不知怎麼回事，家裡只有我們兩個人，總是既覺得地方狹窄，可是又總覺得地方大得什麼東西放進去都會找不到。我猜也許是因為沒有一件東西有一定位置，只有吉勃的寶塔不然，這座塔總是把大家常走過的地方擋住。這一次，闕都斯給寶塔、六弦琴匣、朵若的花卉畫，我的書桌圍住，真怕他無法使用刀叉。不過他天性和易，卻竭力說，「地方寬大，海洋一樣，考勃菲爾！包你跟海洋一樣！」

我還有個願望，就是吃飯的時候從來沒有人慫恿吉勃在桌布上走來走去。儘管牠沒有把爪伸到鹽裡或融了的牛油裡，我漸漸認為只要牠在桌上，總有點亂糟糟的。這一次狗似乎以為，牠是給人找來特別的搞得闕都斯走投無路的，牠朝著我老朋友吠，在他碟子上短距離地跑來跑去，肆無忌憚，無了無休，可以說攪得別人沒法開口。

可是我知道我的寶貝朵若心腸柔軟，她的寵物不管受到什麼輕視，都會非常難過，所以絲毫沒有暗暗透露嫌惡的意思。我為了同樣的原因，也沒有婉轉提到地板上放著的盤子就像游勇散兵；或者提到全是亂七八糟的調味品瓶子，不成體統，好像吃醉了；或者提到把闕都斯封鎖起來的，流浪漢似的蔬菜碟、水罐。我望著面前的煮羊腿，切開以前心裡不免奇怪，何以我們家的大塊肉形狀這樣奇怪的—是不是賣肉給我們的包下了世界上所有畸形的羊；不過這些念頭我都悶在心裡。

「寶貝，」我對朵若說，「你那隻碟子裡是什麼啊？」

朵若跟我做討喜的鬼臉，好像要吻我，想不出是為什麼。

「是牡蠣，心肝，」朵若害怕地說。

「是虧得你想到的吧？」我覺得喜歡地說。

「嗯—嗯，多迪，」朵若說。

「再巧也沒有了！」我叫道，一面放下切肉大刀和叉。「闕都斯喜歡吃的，再沒有一樣比得上牡蠣了。」

「嗯—嗯，多迪，」朵若說，「所以我買了可愛的一小桶牡蠣，那個人說，東西很鮮。可是我—我恐怕它有點兒毛病呢。好像不對。」說到這裡朵若搖搖頭，眼睛裡閃著鑽光。

「一定要兩片殼都擘才打得開呢，」我說。「擘掉上面的一片，心肝。」

「可是擘不下來啊，」朵若說，一面竭力在扳，一臉非常苦惱的樣子。

「你知道，考勃菲爾，」闕都斯興興頭頭地說，一面在細看那碟牡蠣，「我認為這是因為—聒聒叫的牡蠣—我的確認為是因為，從來沒有擘開過。」

牡蠣是從來沒有擘開過。我們沒有擘開牡蠣的刀—就是有也不會用。所以只有望著它，去吃羊肉。至少把煮熟了的羊肉佐以鹽醃醋泡的續隨子的花芽吃光了。要是我由得闞都斯胡來，他會跟十足野蠻人一樣，吃完一碟生肉，表示珍饈當前，必須快啖的意思，我真滿意。但是我可不許朋友這樣為我犧牲，於是我們吃了鹹肉代替—幸而食品室裡剛好有冷鹹肉。

我可憐的嬌小玲瓏的妻子以為我一定著惱了，非常愁苦，後來發覺不然，又非常快樂，結果我的狼狽不安很快化為烏有，晚上我們玩得很愜意；闞都斯跟我喝葡萄酒聊天的當兒，朵若望著，膀子擱在我椅子上，一有機會就跟我耳語，說多虧我心腸好，沒有魔鬼似的對她兇暴，發她脾氣。不久就替我們燒茶，看她幹這件事真有趣，好像在忙著擺一套玩偶的茶具，弄得我反而不太講究茶味了。後來闞都斯跟我又打了一兩局紙牌⑥，這當兒朵若就奏起六弦琴來唱歌，我好像覺得，我們的求偶和結合是我的綺夢，初次聽到她鶯聲的那晚還沒有過完。

我送闞都斯走後，回來又進了起坐間，朵若把張椅子移近，坐在我一旁。

「我真糟，」她說，「你肯想法教我嗎，多迪？」

---

⑥玩法是每人先發六張牌，先湊足一百二十一分或六十一分者贏。

「我得先教教自己呢，朵若，」我說。「我跟你一樣不行，心肝。」
「唉！可是你學得會，」她答，「你是個聰明能幹人啊！」
「胡說，姑娘！」我說。
「要是我，」朵若沈默了好久說，「能下鄉，跟娥妮絲過一整年就好了！」
她兩手十指交叉，覆在我肩膀上，下巴頦擱在手上，藍眼睛恬靜地望著我眼睛。
「為什麼要這樣呢？」我問。
「我認為她會把我教能幹，認為跟她可以學，」朵若說。
「全是適逢其會，寶貝。這許多年來，娥妮絲一直在照應她父親，你要記得。甚至還是小孩的時候，她已經是我們今天認識的娥妮絲了，」我說。
「你可肯用我要你叫我的稱呼叫我嗎？」朵若毫無動作地問。
「什麼稱呼？」我含笑問。
「這個稱呼很傻氣，」她抖抖鬈髮說。「孩兒妻」。
我笑問我那位孩兒一般的妻子，她要求這我稱呼她有什麼用意。她因為我一隻膀子摟住她的腰，藍眼睛更靠近我一些，此外毫無別的動作，這時回說：
「我的意思，蠢傢伙，並不是你用這個稱呼，就不用朵若。我只是要你想起我來當我是這樣的人。跟我生氣的時候，你就對自己說，『她本來是個孩兒妻啊！』非常不中你意的時候，你就說，『我老早就知道了，她無非是個孩兒妻罷了！』我心有餘，力不足（我想永遠不會足的），叫你失望的時候，你就說，『說到臨了，我這個愚蠢的孩兒妻是愛我的！』因為我真愛你。」

我對她一向沒有認真；從來也沒有料到她是這樣認真的人，此刻才悟過來，不過她生性多情，聽我誠心實意對她說的一番話之後，含著晶瑩的淚眼還沒有乾，就笑容滿面了。不久她真成了我的孩兒妻了——坐在地上中國寶塔外面，所有小鈴鐺一個個都搖了，近來吉勃行為不好，她處罰了牠，吉勃卻在門口頭伸到外面眨眼睛，逗著牠玩也懶得理睬。

朵若的這個請求叫我深受感動。此刻回顧我寫的這段時期，我向我摯愛的那個天真的人物召喚，請她從往事的煙霧、陰影中現身，把她溫柔的頭再掉過來朝著我一次；我仍舊可以鄭重地說，她短短的這一席話我始終記在我心裡。我未必充分讓它發生了作用，因為我少不更事；不過她這種率真的懇求我從來沒有置若罔聞。

不久，朵若告訴我，她要做個出色的管家婆了。所以，她擦亮了寫字板，削尖了鉛筆，買了一本碩大的帳簿，把烹飪大全上所有吉勃撕破的地方都仔細用針線縫好，費盡了小心兒「學好」——這是她的說法。不過數目字犯了改不好的老毛病——任她怎麼樣加也加不對。她才辛辛苦苦記了兩三筆帳，吉勃就在帳簿上走過，搖著尾巴，把數目都弄糊塗了。她自己纖小的右手中指深浸在墨水裡，我想這就是她獲得的唯一確實的成績了。

有時候，晚上，我在家工作——因為現在我寫很多，身為作家漸漸有了小小的名氣——會放下筆，看我的孩兒妻學好。首先，她捧出那本碩大的帳簿，放在桌上，深深嘆口氣。然後打開昨晚給吉勃弄得看不清楚的地方，叫吉勃來看牠的劣跡。此舉結果是對吉勃有利的消遣，也許在吉勃鼻子上塗些墨水，算是懲罰。接著她會叫吉勃馬上躺在桌上，「跟獅子一樣」——這是牠會玩的把戲之一，其實我也不能說很像——要是吉勃有心聽話，牠就會聽。然後朵若拿起一管筆，動手寫字，發見有根鵝毛在筆上。於是又換管筆，動手寫字，發見墨水會濺開來。又換一管筆，動手寫字，低聲說，「唉，這是管會說話的筆，要攪多迪的！」然後會認為徒勞丟手，假裝要拿帳簿把獅子壓扁，把帳簿搬走。

心情平靜認真的時候，她會拿塊寫字板和一小籃帳單和別的文件坐下來（這些文件再像捲髮紙也沒有了），要做點事出來。她把一分文件跟另一分認真比較了一下，在寫字板上記下了事項，又抹掉，用左手的指頭前後順數、倒數之後，非常煩躁，沮喪，現出悲慘的樣子，眼看她嬌豔的臉上現出陰雲——而且是為了我！——叫我心疼，我會輕輕走到她面前說，——

「有什麼麻煩嗎，朵若？」

朵若會抬起頭來，一籌莫展地望著我答，「這堆數目總是算不對，算得我頭都疼死了。我要它怎麼它偏不聽話！」

我於是會說，「好，我們一起來做做看。我做給你看吧，朵若。」

我就會著手實地示範，朵若會用足了心注意，也許五分鐘吧，然後累得要命，就捲我的頭髮，或者把我襯衫領子翻下去，看對我的相貌會變成什麼影響，藉此緩和當時的情勢。要是我不開口抑制她這樣調皮，毫不放鬆，她就露出驚駭不歡的神色，越來越手足無措。我一想到第一次見到她，她流露的天性，想到她是我的孩兒妻，就自疚自責，只有放下鉛筆，叫她拿六絃琴來。

我本來有很多事要做，許多事要擔憂，可是因為有這些顧慮，只得隱藏在心裡。這樣處置法是不是對，我極沒有把握，不過我是為了我孩兒妻才如此這般的。我搜索五內，把內中的隱秘，只要是知道的，鉅細無遺地記在本書裡。我明白，自己心裡某處也覺得，往日有某種損失或缺陷，使我不樂；不過我並沒有當日子難過。天氣好，我踽踽獨行，想到夏天所有的空氣裡都塞滿了我男孩氣的著迷的時候，我發現我的夢雖然實現，卻少了些什麼，也真覺得悵然。不過這只是過去的光榮變黯淡了些，現在要想恢復，是再也辦不到的了。有時候，片刻間我的確覺得，自己會希望妻子是我的顧問，比我更剛毅、更堅決，替我撐腰，從旁使我上進，什麼地方我好像給空虛包圍，她的天賦能把空虛填實起來。不過我覺得好像我的幸福要想完滿實現，是人力達不到的，人間從來沒有打算過有，也永遠不曾有過。

就年齡來說，我是個孩子氣的丈夫。本書所記的悲愁或經歷有把我軟化的影響力，別的我當時就不知道了。要是我做了什麼錯事，作輿已經做了不少，那是因為我對愛情誤解，以及缺乏智慧所致。我寫的是全盤真相。現在如果巧為辯解，對我絲毫益處也沒有。

因此，我們生活所有的勞苦憂慮我都承當下來，沒有人分擔。說到安排得亂七八糟的家政，我們的日子過得和以前很相似，不過我也弄慣了，朵若現在也很少著惱，我發現這一點也喜歡。她活潑愉快，還是往日那付妞妞的神氣，深深地愛我，種種往日的瑣事她幹起來都很快樂。

國會辯論沉重的時候——我指的是量，不是質，因為質的方面常常是沒有差別的——我回家就晚了，朵若聽到我的腳步從不坐著不動，總是下樓來接我。晚上我不忙著做我千辛萬苦學得及了格會做的事的時候，就在家寫作，不管多遲，她都靜靜地坐在我附近，一聲不出，往往我以為她已經睡著了。不過通常我抬起頭來，就看到她的藍眼睛正望著我，靜靜地正注視，這一點我已經提起過了。

「唉，這孩子真累壞了！」一晚我合起書桌，眼睛跟她望個正著的時候，朵若說。

「這女孩子累壞了！」我說。「這話才合適。下次你得先去睡覺，心肝。等到這時候，太晚了。」

「不，你別打發我上牀！」朵若走到我身邊懇求我道。「求你別逼我。」

「朵若！」

她伏在我頸項上哭了，嚇了我一跳。

「不舒服嗎，寶貝？不快樂嗎？」

「不是的！很舒服，很快樂！」朵若說。「可是你要說，你讓我待下來，看你寫文章。」

「啊呀，半夜看到這雙爍亮的眼睛，多難得！」我答。

「眼睛還爍亮嗎？」朵若笑答，「爍亮就好極了。」

「小虛榮心作祟！」我說。

不過這不是虛榮心，這只是我的贊美引起的喜悅，不能說壞的。她沒有跟我說，我已經知道得很清楚了。

「要是你以為我眼睛漂亮，就說，我總可以待下來，看你寫文章！」朵若說。「你真以為漂亮嗎？」

「非常漂亮。」

「那麼就總讓我待下來，看你寫文章吧。」

「就怕這樣一來，眼睛不會更爍亮呢，朵若。」

「會，一定會的！因為，你這個聰明孩子，這樣的話，在你心裡充滿沉默的幻想的時候，不會忘記我。要是我說幾句非常、非常蠢的話，比平常的還要蠢，你會介意嗎？」朵若從我肩膀上朝我的臉看過來問。

「你要說的妙語是什麼呢？」

「請你讓我拿住那些筆，」朵若說。「你那麼忙著的那好多個鐘頭裡，我要有點事做，我可以拿筆嗎？」

我說可以，當時她高興可愛的樣子，我一想起來眼睛裡就有淚。下次我坐下來寫作，她就坐在老地方，手頭是一把備用的筆⑦，此後經常如此。她跟我的工作發生這樣的關係所得到的狂喜，我要換管新筆時她的高興——我常常假裝要換——這兩種情形使我想到一個討好我孩兒妻的新法。偶爾我託辭有一兩張稿要謄清。這一來朵若就滿面春風了。她為做這件偉業，準備起來，披上圍腰布，從廚房借來胸圍，免得墨水濺上身。大花時間，又不知多少次停下筆來，逗著吉勃笑一陣，好像狗居然也能識字似地。認定不把她名字簽在下面，工作就還沒有完成。抄好拿來給我的神情，就像是學生繳卷，然後我稱贊一番，她就摟住我頸項。這些情形回憶起來都是叫我感動的，雖然別人看來也許覺得平淡無奇。

此後不久，她就掌管鑰匙，整串放在小籃子裡，掛在纖腰上，叮叮噹噹，滿屋跑來跑去。我難得發見有鎖的地方上鎖的，這些鑰匙除了是吉勃的玩具之外，沒有什麼用處。可

---

⑦當時用翮製的筆，寫字後要時加修剪。

是朵若很開心，因此我也開心。她當這種假管家有很大成就，十分滿意，高興得好跟我們在管一個娃娃家當著玩一樣。

就這樣我們過下去。朵若對姨婆絕不比對我少些情愛，常常告訴她，從前害怕姨婆是個「脾氣暴躁的老東西」。無論對誰，我從來沒見過姨婆這樣始終一貫地隨便過。她跟吉勃套交情，吉勃可一睬也不睬。她一天又一天聽朵若的六絃琴，其實我恐怕她並不喜歡音樂。從來不痛罵沒用的僕人，雖然要罵人的衝動一定非常難忍。曉得朵若要什麼小東西，不管什麼，走好長的路去買來，讓她喜出望外。每次由花園來，看朵若不在房裡，總在樓梯腳下欣然大叫，聲徹全屋，——

「小花在那兒啊？」

第四十五回　狄克先生應驗姨婆預言

設妙策義翁除暗昧
傾私衷少婦表堅貞

我離開博士，已經有了一段時光。就住在他家附近，時常看見他。兩三次我們到他家吃飯，喝茶。「老將」已經在博士家住定下來了。完全是老樣子，帽子上還翱翔著死不掉的蝴蝶。

馬克倫太太跟我做人以來看到的別的一些母親一樣，比女兒更喜歡尋樂趣。要很多消遣，而且就像個心計深、老於行伍的人，只顧自己的本意，還假裝為盡了兒女。因此博士要她替安妮解悶散心，正配這位良母的胃口，對博士這方面顧慮周到，表示無限的贊成。我的確認為她刺了博士的創傷，自己還不知道呢。她用意無它，無非是某種放縱的愚蠢和自私，這未必是上了年紀總一定有的現象。我想博士本來怕自己委屈了年輕的太太，夫婦氣味不投，現在要減輕安妮生活沈悶的計畫經馬克倫太太這樣熱烈地贊許，他擔心的事倒成了實情。

「好姑爺，」有一天我在那裡，馬克倫太太對博士說，「你知道，安妮總關在這裡，的確有點氣悶啊。」

博士藹然點點頭。

「等她到了她媽年紀，」馬克倫太太把扇子一揮說，「情形就不同了。你就是把我呀，關在監牢裡，只要有上流人在一起，有牌打，我也不要出去。可是你知道，我不是安妮，安妮也不是她媽。」

「自然，自然，」博士說。

「你這個人再好也沒有了——不，對不起！」因為博士做了個手勢，求她不要再說下去，「我一定要當你面講，背後我總講的，你這個人再好也沒有了。不過當然你沒有——現在可曾有？——跟安妮一樣的消遣，嗜好。」

「沒有，」博士淒然說。

「沒有，當然沒有，」「老將」回嘴道，「就拿你那本字典舉個例說吧。字典多有用處啊！多用得著啊！字的意思多要緊！要是沒有約翰生博士①或者別的他那一類的人，現在我們也許把燙花邊的圓筒熨斗叫做牀架呢。可是我們總不能指望字典——特別是在編的字典——也引得安妮津津有味，能嗎？」

博士搖搖頭。

「所以我才十二萬分贊成，」馬克倫太太用扇子輕輕敲博士的肩膀說，「你這樣體貼她的。由此可見你沒指望年輕的人懂事，別的上了年紀的人可真指望呢。你研究過安妮的性格了，懂得她。這一點呀，就是我覺得非常之有趣的了！」

甚至本來寧靜而有耐性的司瓊博士的臉，給這番恭維的話磨折以後，我想也現出了一些苦感的神情。

「因此，我的好博士，」「老將」又親親熱熱敲了他幾下說，「不管那時那刻，你儘管關囑我就是了。好啦，你一定得明白，我是完全聽你吩咐的。陪安妮去聽歌劇、音樂演奏、展覽會、各種各樣的地方，隨時現成，你絕不會發現我厭倦。好博士，宇宙間，義務是在一切顧慮之上的！」

她言行一致，就是那種怎麼玩也玩不厭的人，主持大義，百折不回。每天坐在家裡最

---

①約翰生所編《字典》（*Dictionary*, 1755）極著名，規模宏大、字詞定義精確，超邁前人，在字典史上占有崇高地位。

柔軟的一張椅子上，用單眼鏡看兩個鐘點報紙，每次一打開報紙總發現她認定安妮喜歡看的什麼節目。儘管安妮發誓說這些她已經看厭，也不中用。她母親總是這樣怪她，「唉，安妮寶貝，你一定是更懂事的人。我得告訴你，心肝，司瓊博士的一番好意，你不能這樣辜負。」

我極熱烈地說，博士當得起我們至高的尊重，無上的恭敬，他聽了很開心。

「他美麗的太太是顆星，」狄先生說——「爍亮的星。我看到她發過光，少爺。可是，」他把椅子挪近了，一隻手放在我膝蓋上——「有麻煩，少爺——有麻煩。」

他臉上露出擔憂的神情，我現出同樣臉色，搖搖頭，藉此作答。

「什麼麻煩呢？」狄克先生說。

他望著我的臉，現出渴想了解的眼色，我吃力異常地慢慢答覆，字字清楚，好像對小孩解釋一件事情。

「不幸他們有某種隔閡，」我答。「某種不快樂的分裂的原因。是個祕密。也許跟他們年齡的差別分不開。也許根本沒有原因。」

狄克先生細心點一點頭打發掉每一句話，我說完以後，他頓了一頓，坐下來細想，眼望著我的臉，手放在我膝蓋上。

「博士不是跟太太生氣吧，喬嵎？」過了一會狄克先生問。

「不是。一心一意愛她。」

「那麼我明白了，兄弟！」狄克先生說。

他突然高興起來，拍了我膝蓋一下，往椅子背上一靠，眉毛揚得他不能再揚，我看了以為他神經從來沒有這樣錯亂過。他又同等突然地嚴肅起來，身子跟先前一樣往前傾，說——先必恭必敬地從口袋裡掏出了手帕，好像真代表我姨婆一樣：

「那位世界上最了不起的女子，喬幄。她到底為什麼一點辦法也不想，把形勢扭轉呢？」

「這件事太傷腦筋，太為難，不容別人插手，」我答。

「好有學問的人，」狄克先生說，用手指戳戳我。「他怎麼又一無舉動呢？」

「理由是一樣的，」我答。

「那麼我又明白了，兄弟！」狄克先生說。他站在我面前，要比先前高興，點點頭，不斷槌胸，到末了別人差不多當他頭點得、胸搥得斷了氣。

「少爺，可憐的瘋子，」狄克先生說，——「傻瓜，腦子鈍的人——你眼前的伴兒，你知道！」又搥胸，「可能幹出極了不起的人幹不出的事來。我要把他們拉攏到一起，兄弟。我要試一試。他們不會怪我這種人的。我就是做錯了，他們也不會管我這種人做什麼。我不過是狄克先生罷了。誰管狄克呢？狄克是無名小卒！呼！」他輕蔑地吹了一小口氣，好像連他自己都吹走了。

他的妙諦透露到這裡為止再好也沒有，因為我們聽到了花園小門口馬車停車聲，姨婆和朵若就是乘了這輛車回來的。

「一個字也不要講出來啊，兄弟！」他悄悄地接著說，「所有的責任交給狄克去負好了——拙狄克——瘋狄克。我一直在想，少爺，想了好久了，以為自己漸漸懂了，現在懂了。經你這麼一說，我相信我懂了。準沒錯！」

關於這件事狄克先生再也不提一字了，不過隨後半個鐘點之內，他把自己變成了發報機一般，揮臂責成我絕不可洩漏祕密，姨婆不知就裡，看了大為煩惱。

使我詫異的是，兩三個星期過去了，也沒有聽到下文，雖然我十分留意他舉動的成效；我看出他對自己的心得露出一線特殊的明智之光——我不提他對人的仁厚，因為他對人總顯出仁厚的。到末了，我漸漸相信，他當時受了空想支配，心情不定，已經忘記了要做什麼了，再不然是作罷了。

一天晚上，天氣晴爽，朵若不想出門，我就跟姨婆蹓躂了去博士精舍。時當清秋，晚上的空氣不受國會辯論的擾攘。我記得我們踋在腳下樹葉的氣味多像我們勃倫德司東園子裡的，往日的淒涼多像跟著蕭蕭的風聲重臨。

我們到了博士的精舍，天色已經矇朧。司瓊太太正從花園裡走出，狄克先生還在園裡留連，拿著刀幫園丁削尖木樁。博士書房裡有人，不過司瓊太太說，客人馬上就要走了，請我們待下來，跟他相會。我們跟她一起進了客廳，在越來越暗的窗口一齊坐下。我們是極熟的老鄰居，要來探望，從來不講什麼客套。

我們坐下來還沒多久，馬克倫太太就匆匆忙忙進來（不管什麼事，她總想法要小題大作），手捧報紙，上氣不接下氣地說，「我的天老爺，安妮，你怎麼不告訴我，書房裡有人？」

「好媽媽，」安妮從容答道，「我怎麼知道你要曉得這個消息？」

這話往往是當著博士的面說的，我看主要是勸安妮收回原意的，要是安妮表示什麼異議的話。可是她大約總聽母親的話，「老將」要到那裡，她就跟著去。

這一陣毛爾頓先生很少陪她們。有時我姨婆跟朵若會給請去做伴，也答應了去。有時只請朵若。朵若去我本來不放心，但想起在博士書房那晚發生的事情，我的疑心就改變了。相信博士的話對，我也就沒有更往壞裡猜疑。

有時姨婆跟我單獨在一起，會抹抹鼻子，說她不懂這件事情，希望博士夫婦更幸福些。她認為我們這位軍界的朋友（她總這樣叫「老將」）根本於事無補。姨婆又表示意見說，「要是我們這位軍界的朋友把那些蝴蝶剪掉，當五朔節②禮物送給掃煙囪的，她才多少會有個好像明理曉事的開端。」

---

②五月一日，是日由掃煙囪者領導跳舞，並燃篝火。

不過她始終依賴的卻是狄克先生。她說，這個人腦子裡明明有個主意，只要他一旦把這個主意拿定，就可以相當不凡地出名。

狄克先生並不知道這句預言，可是他對司瓊博士夫婦的立場繼續一成不變。好像既不前進，又不後退。似乎跟座建築一樣，在原有的基礎上立定。說實話，我不相信他有過動搖，就和我不相信他變成過建築物差不多。

可是我婚後幾個月有一晚獨自在寫作（朵若跟姨婆出外，跟兩位小鳥似的姑媽喝茶去了）狄克先生頭伸進我的坐談室，有用意地咳了一聲說，——

「我恐怕你跟我說話免不了不方便吧？」

「那裡會，狄克先生，」我說。「請進來！」

「喬幄，」狄克先生跟我握手之後，手指擱在鼻子一邊說，「我沒坐下之前，希望說句話。你知道你姨婆的為人嗎？」

「一點點，」我答。

「她是世上最了不起的女子，少爺！」

狄克先生迸出這句話，好像卸下重負，說完了才坐下來，態度比平日更加嚴肅，還望著我。

「我說，兄弟，」狄克先生說，「我來問你一個問題。」

「您要問多少都行，」我說。

「你當我是什麼樣的人，兄弟？」狄克先生兩臂相交地問。
「親密的長者，」我說。
「謝謝你，喬幄，」狄克先生笑道，一面極高興地伸過手來跟我握。「不過我的意思是，兄弟，」他又認真地接著說，「這方面你以為我如何？」說時點點額頭。
我不知道怎樣回答，他卻說出一句話來幫我的忙。
「有弱點是不是？」狄克先生說。
「嗯，」我遲疑地答，「一點點吧。」
「的的確確！」狄克先生嚷道，他聽了我的話好像非常喜歡。「那就是，喬幄，他們把你知道是誰的腦子裡的煩惱，拿來放在你知道在那兒的地方，今後就有——」狄克先生兩手互相繞著轉，非常快地轉了許多次，然後一拍，互相翻來轉去，表示混亂。「不知道什麼原故，我就有這種情形——嗯？」
我朝他點點頭，他也照樣點頭。
「長話短說，兄弟，」狄克先生說，聲音低得像耳語，「我是個拙人。」
他用這個字批評自己，我本來要打點折扣的，可是他攔住了我。
「對，我是的！你姨婆還硬說我不是。她不肯承認，不過我就是笨。我知道我拙。要不是她在我患難的時候幫我的忙，少爺，我就要給人關起來，這許多年來過悲慘的生活了。

不過我將來一定養她！我抄寫的錢從來沒用過。都放在盒子裡。我寫了遺囑。錢全歸她得。她要富裕了——體面了！」

狄克先生取出手帕揩了揩眼睛。然後小心在意地折好，兩手把它壓平整，又放回口袋，好像連姨婆都一齊放進去了。

「你現在是個學者了，喬幄，」狄克先生說。「優秀的學者，你知道博士是多有學問、多偉大的人。你知道他一向多給我面子。有智慧並不自負。謙虛、謙虛——甚至對像狄克這樣眇不是道的人，又拙、又一點知識也沒有，他也不擺架子。我把他名字寫在一張紙條上，貼在風箏上，用線放上天，跟雲雀在一起。風箏喜歡有這個名字，少爺，天上有他的名字也亮了。」

「要曉得這個消息！」馬克倫太太一屁股坐在沙發上說。「我一輩子也從來沒吃過這樣的驚！」

「那麼媽媽，您到過書房嗎？」安妮問。

「怎麼問起到過書房，我的寶貝！」馬克倫太太著力地回話。「我的確到過！碰到這位好好先生正在辦立遺囑這件事呢——喬幄小姐，大衛，你們想想看，我會有什麼感覺呢。」

她女兒飛快從窗子那邊望過來。

「安妮乖寶貝兒，」馬克倫太太把報紙像檯布一樣攤在大腿面上，手在那上面拍拍說，

「正在辦立遺囑這件事。好姑爺的遠見，情意多了不起！我要把怎麼回事告訴你們。真一定要告訴你們怎麼回事，才對得起這位好女婿——因為他真就是這樣的人——也許您知道，喬幄小姐，這屋裡從來不點蠟燭的，看起報來，眼睛拌命睜，簡直就要伸到眶子外面去了。屋裡一張椅子也沒有，可以坐下來像我說的，看張報紙。只書房裡有一張。所以我就到書房裡去了，裡面有燈。開了門。跟博士在一起的是兩位專家，看得出是法界的，三個人全站在桌子面前——博士寶貝手裡拿著筆。『那麼，這分遺囑無非是表示，』博士說——安妮，我的心肝，這話你用心聽著——『那麼，二位先生，這分遺囑無非是表示，我對我太太的信任，要把一切都無條件地給她嗎？』專家之一答，『一切都無條件地給她。』我一聽這話，做娘的自然而然會感動，就說，，『好上帝，求您饒恕我！』說完就跌倒在門口石階兒上，打後面食品室的小過道走了出來。」

司瓊太太打開窗子，走進游廊，倚著柱子站著。

「博士這把年紀，」馬可倫太太眼光死板地跟著女兒說，「剛才還有意志力做這種事，不是，喬幄小姐，不是，大衛，叫人起勁嗎？這件事只證明，我眼光多準。司瓊博士賞臉來看我，要娶她求婚，我就對安妮說，——我說，『乖寶貝，我認為，論到替你日後好好打算，司瓊博士要比他說好的還要多給呢，這是什麼問題也沒有的。』」

說到這裡，鈴響了，客人走了出來，我們聽到他們的腳步聲。

「一定全辦好了，」「老將」諦聽了一下說。「好好先生簽了字，蓋了火漆封印，依法由授與者正式遞交受讓人了，他安心了。也很有道理！多有腦筋！安妮寶貝，我要帶報紙去書房了，因為沒有消息我就慘了。喬喔小姐，大衛，請你們來，跟博士會會。」

我們陪她一齊進書房，我覺到狄克先生站在房裡暗處，正在把刀子收起來，姨婆用力揉鼻子，藉此不顯痕跡地發洩她對我們這位「軍界」朋友的不耐。可是誰首先進書房，馬克倫太太怎樣馬上就在沙發椅上就座，姨婆跟我終於給她撇下，一同站在靠門口的情形（要不是姨婆的眼睛比我的尖，把我攔住），我即使知道，也忘記了。不過這些是我記得的——我們先看見博士，隨後他才看見我們，他坐在桌子面前，四周圍見他心愛的對開本的書，頭安閒地托在手上。就在這時，司瓊太太悄然進來，面色蒼白，渾身發抖。狄克先生用膀子去撐持她。另一隻手放在博士膀子上，弄得博士出神仰望。博士抬頭的當兒，他太太一隻膝蓋跪在他腳下，兩手有所請求地舉起，凝視他的臉，感人的神情我永遠沒有忘記過。馬克倫太太一看這個情景，報紙掉下來了，直瞪眼睛，倒像一座預備裝飾名叫「驚愕」的船頭的人像，別的我可想不出了。

博士舉止溫和，現出驚詫，他太太懇求的態度混合著尊嚴，狄克先生表現出慈善的關切，姨婆自言自語，「那個人也能算瘋！」（得意表示出她救了狄克先生脫離苦海）——我現在記下的這些事都是我見到、聽到的，而不是憑記憶。

「博士！」狄克先生說，「有什麼事不妥當呢？您瞧瞧這個情形！」

「安妮，」博士叫道。「不要跪在我面前，寶貝！」

「我要！」她說。「我求求你們誰也不要離開這間房！唉，我的丈夫，我的父親，這麼久沒有言語，沒有開口。讓我們兩個人都知道彼此有什麼隔閡吧。」

這時馬克倫太太已經恢復，能說話了，好像家門的面子和做母親的憤慨填膺，這時嚷道，「安妮，你替我馬上就起身，不要這樣委屈你自己，把你親人的臉個個都丟了，你簡直要叫我當場發瘋！」

「媽媽！」安妮答，「別對我說廢話了，我現在是求我丈夫，就連您我也沒放在眼睛裡。」

「不放在眼睛裡！」馬克倫太太嚷起來了。「我，不放在眼睛裡！孩子你，瘋了。請那位給我杯水！」

我太注意博士夫婦，所以沒有留意她這個請求，別的人誰也沒有當它一回事。結果馬克倫太太氣咻咻地，眼睛瞪著，直搖扇子。

「安妮！」博士說，一面兩手溫柔地握住她。「我的寶貝！我們結婚以來，如果一天一天過去，有什麼免不了的變化，並不怪你。怪我不好，只怪我。我對你的情愛、佩服、尊重、沒有變。本來打算讓你過好日子的。真正愛你，敬你。你起來，安妮，我求求你！」

但是她沒有站起來。望了博士一會兒，更俯下身子來靠近他，一隻脖了擱在他磕膝蓋上，頭枕在上面說，——

「要是此地有那位朋友，能替或說句話，或者關於這件事替我先生說句話；要是此地有那位朋友能把我內心有時候低低告訴我的任何疑惑說出來；要是此地有那位朋友敬重我先生，關顧我，知道有什麼可以幫助我夫妻的，不管是什麼——我請這位朋友說出來！」

當場雅雀無聲。我痛苦地猶豫了一陣子，打破了沈寂。

「司瓊太太，」我說，「我知道一點，司瓊博士本來千叮萬囑，要我隱瞞起來，我一直到今天晚上都隱瞞著的。可是我相信，博士的禁令給您的請求解除了，我再瞞下去、守信用、保持審慎、反而是錯誤的時候，已經到了。」

她掉過臉來朝著我一會兒，我知道我做得對。本來她的請求我不能不理，她這一望卻叫我放心，雖然我的假定並不見得理由十足。

「我們夫婦未來的和美，」她說，「也許掌握在您手裡。我對您有信心，要靠您一點也不要隱瞞了。早就知道您，或者不管是誰，能夠告訴我的話，除了表明我先生心地光明之外，不會有別的。不管那些話您看起來好像多麼使我生氣，不要理會它。以後我會對他，對上帝，替自己解釋。」

給她這樣懇切地一請求，我不經過博士許可，就把那晚就在這間書房裡的經過平鋪直敘出來，把烏利亞、謝坡的一派胡言稍加沖淡以外，沒有省略絲毫真情。全部敘述過程當中，馬克倫太太張大了眼睛，時而尖銳刺耳地喊出一聲來，打我的岔，那種情景，筆墨形容不出。

我講完之後，安妮有一陣子沒出聲，垂著頭，上面我已經提過了。她然後拉了博士的手（他還是像我們進來的時候那樣坐著），緊貼在自己胸口親吻。狄克先生輕輕攙她起來。她站直了，靠在狄克先生身上，目不轉睛地望著她丈夫說話。

「自從我結了婚，所有我想到的，」她低聲柔順溫和地說，「我都對你和盤托出。既然知道了現在知道的情形，我要是還有一點保留，就不能活了。」

「不，安妮，」博士溫和地說，「我從來沒有懷疑過你，我的孩子。用不著——真用不著，我的寶貝。」

「極其用得著，」她同樣溫和地答。「既然你對我這樣厚道，有真正的情義，天知道我一年一年，一天一天，越來越愛慕，越來越敬重，就應該把整個心向你揭開！」

「真的嗎，」馬克倫太太插嘴了，「要是我還有一點腦子——」

（「你就沒有，你這個好管閒事，破壞別人計畫的人③，」姨婆憤慨悄默聲兒地說。

③原文為「馬勃洛」（Marplot），是演員劇作家（Susannah Centlivre, 1667-1723）劇作《好管閒事的人》（*The Busie Body*, 1709）中的角色，好管閒事，破壞別人計畫。

——「那就一定要讓我說，用不著講這些瑣碎。」

「除了我丈夫誰也不能提那件事的主張，媽媽，」安妮說，眼睛不離博士的臉，「他會聽我說的，要是我說了什麼叫您難過的話，媽媽，您原諒我。我自己已經先受了罪，時常受罪，也受了很久了。」

「有這種事！」馬克倫太太喘著氣說。

「我很小的時候，」安妮說，「還是很小的孩子，第一次和任何一類知識接觸，全靠那時一位有耐性的朋友，也是老師——我過世的父親的朋友——我總覺得他很可親。一想起我知道的事情，從來沒有不記起他的。他在我腦子裡儲下了最初的知識寶藏，這批寶藏上全打下了他人格的印子。我想，如果是從別人手上得來，不管是誰，我絕不會覺得這批寶藏有這樣可貴。」

「完全沒有當她母親一回事！」馬克倫太太叫道。

「並非如此，媽媽，」安妮說。「不過他是什麼樣的人我就當他是什麼樣的人。這一點一定要做到。我一路長大，他在我心裡仍舊占同樣的地位。他喜歡我，我覺得有面子，深深地，歡歡喜喜地，感激地愛他。我尊敬他，很難形容是怎麼樣一個情形——把他當父親、當導師；他對我的稱贊和所有別人的全不同，我就當他是這種人；如果我疑心全世界的人，只有他可以相信，我可以對他推心置腹，我就當他是這種人。您知道，媽媽，您把他突然當情人介紹給我的時候，我多麼年幼無知。」

「這個情形，我至少跟在座的人說了五十遍了！」馬克倫太太說。

（「那麼就請你做做好事，住嘴吧，別再說下去了！」姨婆咕噥道。）

「我起初覺得，變化太大——損失太大，」安妮說，仍然保持同樣的神態和口氣，「所以我很不安，很苦痛。我只不過是個女孩子。我很久那麼仰慕他，他身分忽然大變，我想我很難過。可是他再也不會還原了；而他居然這樣看重我，我真覺得體面，於是我們結婚了。」

「——在坎特布里聖阿爾法基教堂，」馬克倫太太說。

（「這個女人真不是東西！」姨婆說，「就是不肯閉嘴！」）

「我從沒想到，」安妮臉上泛起了紅暈接著說，「我丈夫會給我什麼富貴榮華。我年紀輕，頭腦裡充滿了尊敬，沒有地方容納下作思想。媽媽，說句話請您別多心，第一個叫我想到誰會用這種忍心害理的猜疑來冤枉我、冤枉他的，就是您。」

「我！」馬克倫太太叫起來了。

（「唉！當然是你！」姨婆說，「而且你也扇不掉，我的帶兵的朋友！」）

「這是我新生活的第一件不愉快，」安妮說。「這是我第一次嘗到的種種的不愉快。這些不愉快近來多得我數都數不清楚。不過並不是，我寬厚的先生！——並不是為了你假定的原因；因為我心裡所有的思想、回憶、或者指望，沒有任何力量可以把它跟你分開。」

她往上望，十指交叉扣著，我想，那樣子跟隨便什麼神靈同樣美麗，同樣真誠。從這時候起，博士望著她也跟她望著博士一樣，目不轉睛。

「媽媽過去，」她接著說，「從來沒有為她自己纏著你要這、要那的，她各方面的用意的確都是沒有過失的。可是等到我看到多少次用我的名義硬逼你，跟你強求，多少次用我的名義利用你，你多麼慷慨，威克菲爾先生（一直把你的福利放在心裡）對這一點多麼憎惡；我第一次才感覺到自己受到卑劣的懷疑，別人以為我對你的溫柔是你買來的——所有的人當中，不賣給別人，偏賣給你——這種懷疑就像受人冤枉的恥辱，我還要逼你分擔。我對你說不出總叫我心裡苦惱的這個恐怖是什麼——媽媽也想像不出是什麼——可是我自己心靈知道，我結婚那天，我一生的愛情和光榮已經登峰造極了！」

「照顧一家人，」馬克倫太太聲淚俱下嚷道，「就落得這麼一句好話，怪不怪！要是我像土耳其人一樣野蠻殘忍就好了！」

（「我真心誠意巴不得你就是呢——在你本國的土耳其人！」姨婆說。）

「媽媽替毛爾頓表哥求情，求得最厲害就在那時候。我以往喜歡過他」——她輕聲說，「不過一點不遲疑——「很喜歡。我們一度是小愛侶。要不是情形起了變化，我也許終於會勸自己真地愛他，也許跟他結了婚，過最悲慘的日子。再沒有比思想和志向不投對婚姻更不相宜了。」

我雖然很用心聽接著說的話，可是仍舊咀嚼這幾句話的意思，好像話裡有些我懂不了的特別的重大關係，或者有些我測不出的不可思議的意義。「再沒有比思想和志向不投對婚姻更不相宜了。」

「我們彼此，」安妮說，「沒有投合的地方。我早就發見沒有。我從前少不更事，第一次一時衝動，大錯就要鑄成，虧我先生救了我，我對他不要說是有這麼多事要感謝的，即使沒有（這當然不對），單單說這一件，我已經應該感謝他了。」

她站在博士面前，非常沈靜，說話的態度誠摯，我聽了非常激動，而她的聲音卻跟平時一樣安詳。

「你為了我，對我表哥慷慨，給大量的好處，他就等著受惠。我不得已背上唯利是圖的招牌，非常不痛快，心裡想他倒不如自己努力上進還合適些。我想要是我是他的話，我就會這樣的。差不多不管什麼苦也吃。可見本來我也並不以為他太糟，到他動身到印度那一晚就不同了。那天晚上我知道他存了虛詐的，沒有感激的心。隨後威克菲爾先生細細察看我，我體會到雙重的意思。頭一次我覺得別人對我疑心，我一生都因此黯淡了。」

「對你疑心，安妮！」博士說。「沒有，沒有，沒有！」

「你心裡沒有，我知道，我的先生！」安妮答。「那晚我到你面前，預備把我羞辱、悲愁的負擔統統卸下，知道一定要說，在你家裡，我有個自己親戚，你為了愛我，一直是這個人的恩人，這個人為了愛我，對我說了絕不該說的話，即使我是像他推測的那種意志薄弱、貪圖利益的小人，他也不應該說——他講的事本身就帶著齷齪味道，叫我作嘔。」那句話我從來沒有說出，從那一刻起從來沒有出過我的口。」

馬克倫太太短短呻吟了一聲，往沙發椅子上一靠，用扇子遮住臉，好像這樣一躲，再也不出來了似地。

「從那一刻起，除了在你面前，我從沒有再跟他說過一句話，只有為了避免把這件事解釋一番是例外。他由我這方面知道了他在這裡的情形之後，也有好多年了。你為了他的出頭暗中費的心，要叫我又驚又喜，後來對我透露，其實，你要相信，你這番好心，只有使我更難過，是我心裡祕密的負擔。」

她緩緩跪在博士腳面前，儘管博士竭力阻止她也不行。她滿面流淚仰起頭來望著博士的臉說：

「此刻你還別忙跟我說話！我還有點話講！對也好，錯也好，如果這件事再發生，我想我的舉動還是一樣。憑我們舊有的連繫，我對你忠實！發現竟然有人可以忍心假定我的真正愛情已經當貨物換了出去，而且周圍人的臉色都認為這種想法對：你永遠不能曉得，這種種是什麼滋味。我年紀非常輕，沒有人給我出主意。關於跟你有關係的事，媽媽和我彼此的意見參差得很厲害。我給別人輕視，其所以不講，悶在肚子裡，是為了非常尊敬你，非常希望你也尊敬我啊！」

「安妮，我純潔的心兒！」博士說，「我的寶貝妞妞！」

「還有句把話！再說極少的話！我總以為你有很多人可以娶，這些人不會引起別人對你有這種指摘，給你這麼多麻煩，也會把你家弄得更體面些。我總害怕，最好仍舊做你的學生，差不多是你女兒。總害怕自己配不上你的學問跟智慧。我要把這些話說出來，這些顧慮都使我退縮（的確有這個情形），其所以如此，是我非常尊敬你，希望有一天你也尊敬我。」

「那一天早已亮了很久了，安妮，」博士說，「只能有一個長夜了，寶貝。」

「還有句話！那個受盡你恩惠的人，原來不配，我知道了這一點心情好不沈重，後來我要——堅定地要，是自己決定的——把這副擔子我全部一個人挑。現在是最後一句了，各位最親密的，最好的朋友！為什麼近來你有了改變，我一直注意，非常痛苦，非常悲傷，有時候認為和從前害怕的事情有關——又有的時候想到一直縈迴在腦子裡的、接近真情的假設上去——今天晚上我明白了；碰巧今天晚上我又知道你即使有那種誤會，還是那麼信任我，真了不起。不管我怎樣用愛情、盡本分回報你，我並不指望就能當得起你對我無價的信任。不過我既然知道的這一切在腦子裡很新鮮，就可以昂起頭來望著你了，拿我敬愛的你的臉當父親的一樣地尊敬，當丈夫的一樣地愛，童年朋友的一樣當作神聖，我現在鄭重聲明，就是極隨便思想的時候，我心裡也沒有虧負你——欠你的愛情和忠貞，從來沒有絲毫動搖過！」

她兩臂摟住博士頸子，博士低頭俯就她，白髮和深褐色散開的長髮纏在一起。

「啊，把我摟在你懷裡吧，我的先生！千萬別趕我出去！再別說我們不配對兒，或者有這種想法，因為沒有這回事，除非我倒有許多不完美的地方。每過一年我就懂深一層，對你也越來越敬重。啊，把我摟在你懷裡，我的先生，因為我的愛建在磐石上④，站得久！」

我姨婆在大家接著都沈默的當兒莊嚴地走到狄克先生面前，一點沒有趕緊的樣子，摟起他來咋一聲親了一下。她此舉很合適，意思是稱讚狄克先生，因為我極相信自己已經看出，他那一刻打算一條腿站著，恰當地表示心裡愉快。

「你真是個了不起的人，狄克！」姨婆無限嘉許地說，「再不要假裝你是另外一種，不管那一種人了，因為我心裡有數！」

說完這話，姨婆扯扯他袖子，對我點點頭，我們三個人就悄悄走出書房，離開那裡了。

---

④借用耶穌山中聖訓所說「凡聽了我這話而實行的，就好像聰明人把自己的房屋建在磐石上」《(瑪竇(或譯「馬太」)福音》七章廿四節)。又十六章十八節：「我再給你說，你是伯多祿(或譯「彼得」)，在這磐石上，我要建立我的教會。」

「這是給我們帶兵朋友的一棍子，不管怎麼個說法，」回家的路上姨婆說。「這一來我覺都會睡好些的，即使沒有別的事叫人高興！」

「她可給整垮了，恐怕是，」狄克先生極表同情地說。

「什麼！你可曾見過鱷魚給整垮的？」姨婆問道。

「我想我從來沒有見過鱷魚，」狄克先生溫和地答。

「要不是那個老畜生，什麼麻煩也不會有，」姨婆非常著力地說。「女兒嫁了之後，要是有些做母親的隨女兒去，不要那麼死乞白賴地疼她，就非常之好了。她們好像以為，把不幸的姑娘往世上一塞——我的天，好像是她自己求人把她塞過來，或者她自己想來的——唯一的報答是充分自由來煩得這個女孩非再脫離苦海不可。你在想什麼呀，喬？」

我在想剛才發生的一切。心裡還在想有些安妮說過的話。「再沒有比思想和志向不投對婚姻更不相宜了。」「我從前不懂事，第一次衝動，大錯就要鑄成。」「我的愛建在磐石上。」不過我們已經到家了；人踩的樹葉鋪在腳下，秋風在吹。

第四十六回　消息

薄郎君忍棄逃亡女
慈舅父遄訪淪落人

我對日期的記憶，向來靠不住，要是能相信自己的話，我結婚總有一年上下了。一天晚上，我獨自散步，想著我當時在寫的書——我寫作孜孜不懈，聲譽也漸漸隆起，當時正忙著第一部小說。路上走過司棣福太太家。以前住在附近，也常常經過，能揀別的路我總不打那裡走的。可是有時不免大圈子，也不容找到另外一條路，所以我大概也時常經過那裡。

走過那裡，我加速腳步，最多瞟那屋子一眼。這座宅子一年到頭總是陰沈的。最好的房間沒有一間在路邊，老式的窗，框子又窄又厚，不管情況怎樣都提不起人的興致，一派淒涼景色，關得緊緊地，百葉窗總是下垂。有條有頂的路，通過地面鋪平的小院子，達到沒有人走的入口；有個圓形的樓梯間窗子，跟其餘的窗都不相稱，是唯一沒有百葉窗遮住的，同樣給人荒廢空虛之感。我記得整座屋沒見過有盞燈。倘若我是個偶然過路的人，可能就會當這裡是個沒有兒女的人死在裡面了。要是我對這個地方幸而一無所知，而且常常看到它是老樣子，大約就會想入非非，藉此消遣。

其實，我儘量不去想它。不過我的心不能像身體那樣打那裡走過就離開了，卻往往給勾起一長串沈思。我剛才提到的這一晚，心裡想起，跟我童年往事和隨後的幻想混在一起的，有很多事情：我的種種希望，只有一半實踐，這時就幽靈似地出現了；種種失望的陰影破碎不全，也隱約可見，並且不言而喻；我為工作一直盤算得很辛苦，這方面有關的經驗和想像這時也混合到了一起，所以這種種都比平常的情況更引起我的聯想。我一邊走，一邊陷入沈思，忽然一旁傳來人聲，嚇了我一跳。

而且是女人的聲音。不消多久，我就記起這是司棣福母親家客廳小用人，就是從前帽子上紮藍絲帶的那一個。現在取下來了，我想這是因為這家景況已經今非昔比，她為了配合，才改紮了一兩個叫人不快的、不顯眼的褐色蝴蝶結。

「對不起，少爺，可不可以請您進來，跟笪忒爾小姐談談？」

「是笪忒爾小姐教你叫我的嗎？」我問。

「不是今兒晚上，少爺；不過也是一樣的。笪忒爾小姐有一兩晚看見您打這兒走過，叫我坐在樓梯上做事，要是看到您又打這兒經過，就請您進來，跟她談談。」

我掉轉身來，跟領我路的一塊走的時候，順便問司棣福太太可好？她說，太太不大精神，老待在自己房裡。

我們進了屋，小用人告訴我笪忒爾小姐在花園裡，讓我自己走去，叫她知道我來了。她坐在露台一端的一張椅子上，可以俯瞰都城。那天下午陰沈，天空的光線可怖；我看見遠處景色漸漸險惡，這兒那兒有些大塊的物體突然在陰沈的閃光中出現，我當時覺得倒和這個兇獰的女人心裡的往事，不算不配合呢。

她看到了我走過去，站起身來片刻，好接待我。那時我想，她比我上次看到的面色還要蒼白，人還要瘦削——閃爍的眼更亮了，疤痕更顯著。

我們見面並不親熟。上次不歡而散，她還有倨傲的神情，也不費心去掩飾。

「笪忒爾小姐，我聽說您想跟我談談，」我說。我站在她面前，手扶著椅背，她做手勢請我坐下，我沒有依。

「對不起，」她說。「請問那個姑娘找到了嗎？」

「還沒有。」

「可是她溜了！」

她望著我，我看到她的薄嘴唇在絞扭，好像急於把責備的話「壓」到艾姆麗身上。

「溜了？」我跟著她的話講道。

「一點不錯！撇開他了，」她冷笑道。「要是找不到她，就永遠找不到了。作興已經送命了！」

我眼光接觸到的她那副得意揚揚的殘酷，一生從來沒有在別的人臉上看到過。

「巴她死掉，」我說，「也許是跟她同性的一位給她最慈悲的心願了。筥忒爾小姐，你長了歲數，人也溫和了許多，好極了。」

她擺足架子，倒也沒有頂我，可是又對我輕蔑地一笑說：「這位了不起，受了害的少女的些朋友，都是你的朋友。你是替他們撐腰的。可要知道關於她的消息？」

「要，」我說。

她面帶難看的笑容，站起身，朝附近把草地和菓園分開的一排冬青屬的灌木走去幾步，高聲叫道，「這兒來！」——好像叫什麼不潔淨的畜牲似的。

「考勃菲爾先生，您在此地當然會捺住性子，不採取什麼替別人撐腰，或者報仇的行動吧？」她掉過頭來，臉上是同樣的表情。

我低下頭，不知道她是什麼意思？她接著又說，「這兒來！」回頭的時候後面跟著體面的栗鐵沒。這位先生的體面不減當年，向我一鞠躬，在筥忒爾小姐身後站定。筥忒爾小姐露出刻毒的神情、得意洋洋，說來奇怪，還帶著說不出的女性的誘惑，往我們當中一張椅子上一靠，望著我，可以抵得上傳說裡提到的狠心的公主。

「嗯，」她也不看栗鐵沒一眼，大模大樣地說，「你把逃走的事講給考勃菲爾先生聽吧，」一面撫摩往日的傷口，好像那裡在顫動似地——也許這一次她感覺到的是快意而不是疼。

「少爺跟我，小姐——」

「別對著我說！」笪忒爾小姐眉頭一縐，打斷他的話頭。

「司棣福少爺跟我，先生——」

「也別對著我說，對不起，」我說。

栗鐵沒毫不失常，由他微微鞠躬可以看出，凡是我們認為最適意的，他都最適意，就又說道，——

「自從那個年輕的女的在司棣福少爺保護之下離開了雅茅斯以後，少爺跟我就帶著她一直都在外國。我們住過好些地方，看到相當的外國情形。住過法國、瑞士、義大利——差不多到處都的確住過了。」

他望著椅背，好像向那張椅子說話，兩手輕輕撫摩椅背，似乎在彈無聲鋼琴的弦。

「少爺非常喜歡那個年輕的女人，我替他當差，很久以來從來沒有這樣心神安定過。那個年輕的女人很可造就，學會了各國的話；誰也看不出她就是以往的那個鄉下人。我注意到，不管我們到那裡，都有人為她顛倒。」

笪甙爾小姐一隻手撐在腰上。我看到栗鐵沒偷覷了她一眼，暗中微微一笑。

「的確有人很為這個年輕的女人顛倒，憑她的服裝、空氣和陽光、大家又捧她——這個、那個、什麼的，她的長處真就引得大家都注意了。」

他稍微頓了一下。這時笪甙爾小姐的眼睛煩躁地向遠處東望望，西瞧瞧，一面咬住下嘴唇，免得那張愛管閒事的嘴多話。

栗鐵沒的兩手從椅背上拿下來，一隻手抱著另一隻，用一隻腿站穩身體，眼朝下望，體面的頭有點往前傾，斜向一邊，接著說道，——

「那個年輕的女的就這樣過了一陣子，有時候很不開心，末末了老是那麼不開心，發脾氣，把少爺搞膩了，大家就不愉快了。漸漸地少爺也煩躁了。他越煩躁，女的也更糟。老實說，我自己呢，夾在他們兩位中間，日子的確不好過。雖然如此，彼此不是這方面和解了，就是那方面補償了，這樣一次又一次；總維持住了，誰也沒有料到有那麼久。」

笪甙爾的目光由遠處收回，又望著我，神情和先前的一樣。栗鐵沒手遮住嘴，很體面地微微咳了一下，清清嗓子，腿換了個站法，繼續說道，——

「到末了，總而言之，話也多，指責也多，有一天早上，在那不勒斯附近，少爺走了。那個年輕女人非常喜歡海，所以少爺在那裡有個小屋。少爺假裝一兩天就回來，關照我對那年輕女人說，為了所有有關係的人都過好日子，他呢」——說到這裡，他又短促地咳了一聲——「就走了。可是我得說，少爺為人的確是極其光明正大的；因為他主張這個年輕的女的應該嫁個很體面的人，這個人對她過去不名譽的事準備好了不計較，而且至少比這個年輕女的通常高攀得上的那一個也不差些，她的出身不過如此。」

他又掉換兩條腿站的姿勢，舌頭潤潤嘴唇。我算準這個壞蛋就是說他自己，看得出笪忒爾小姐臉上也反映出我這個意思。

「我也奉命要傳遞這個消息。不管什麼，凡是可以減輕少爺麻煩，恢復他和老太太娘兒倆的和睦的事，不管什麼，我都願意做——老太太疼他，為了他也折騰得夠瞧的了。所以我辦了這件事。我把少爺走了的消息透露給她，她厥過去了，等到她蘇醒過來，大發脾氣，誰也料不到。完全發了瘋，要用力制住她。而且她要是弄不到一把刀或是跳不到海邊，頭也會撞在大理石地板上。」

笪忒爾小姐往椅子上一躺，臉上現出得意的神采，好像差點兒把這個傢伙發出來的聲音擁抱了起來。

「少爺吩咐我的第二件事，」栗鐵沒不自在地搓搓手說，「任何人不管怎麼樣都會假定這個年輕女的多承他一番好意，可是一等我提到，她就露出本來的面目了。我從來沒有見過更蠻橫的人了。她的行為壞得嚇人。一點感激、感覺、耐性、理智，都沒有了，就等於一塊木頭、石頭。要不是我當心，她一定要了我的命。」

「憑這一點，我反而更欽佩她，」我憤怒地說。

粟鐵沒低下頭來，好像在說，「是嗎，先生？可是您年紀輕著呢！」又接著說道。

「總而言之，有一陣子，所有她可以拿來傷她自己，或者別人的東西都非要拿得離她遠遠地不可，而且要把她關起來。儘管如此，夜裡她還是溜了。窗子我釘起來了，她把格子拆掉，沿下面長滿的藤攀了下去。從此以後，據我所曉得，再也沒有誰見過她，聽到過她的消息。」

「她死掉了，也許，」笪忒爾小姐笑道，好像可以踐踏這個沈淪了的女子的屍體似地。

「小姐，她也作興已經淹死了，」粟鐵沒答道，正好乘此捉住跟人說話的藉口。「很可能。要不然船夫，也許他們的老婆兒女幫了她忙。笪忒爾小姐，她喜歡跟下等人在一塊，在海邊跟這些人坐在他們的船旁邊聊天，已經成了很深的習慣。少爺出門的時候，我就知道她成天如此的。她有一次對那些小孩子說她是船家女，好久以前，她在本國的時候，也像他們一樣，在海灘上跑來跑去玩的，少爺發現了極不喜歡。」

唉，艾姆麗！苦命的美人兒啊！當年她還天真，坐在遙遠的海灘上，在跟她一樣的小孩子堆裡，聽類似叫她做母親的小兒的聲音，就像她是窮漢的妻子；聽海洋的呼嘯，永遠在叫「決不再！」這幅圖畫多栩栩如生啊！

「等到情況已經明顯，什麼辦法也沒有了，笪忒爾小姐——」

「我可曾關照過你不要對我說話嗎？」笪忒爾小姐聲色俱厲，表示蔑視地說。

「您吩咐過了的，小姐，」栗鐵沒應道。「對不起。而我的職務是服從。」

「盡你的職吧，」笪忒爾小姐答道。「把這件事說完，就滾！」

「等到情況已經明顯，」他體面十足，鞠躬表示服從地說，「那個女的再也找不到了，我就到少爺那裡——這是約好寫信給他的地方——告訴他出了的事情。結果我們有了口角，我覺得，為了我的人格，我辭職了。我能受少爺的氣，也受得不少了；可是他侮辱得我太過分。傷了我的心。我知道很不幸，少爺跟他老太太意見不對，老太太著急會到什麼程度，所以冒昧回國，報告——」

「因為我給了他錢的，」笪忒爾對我說。

「正是的呢，小姐——把我知道的報告一下。我不知道，」栗鐵沒想了一想說，「還有別的什麼沒有。我現在失業了，要是有什麼體面的事可以做，就好了。」

笪忒爾小姐向我瞟了一眼，好像問我有什麼想要問的。我倒想起了一件事，於是就答道：

「我倒想問這個——傢伙，」我再說不出更叫栗鐵沒聽了舒服的字眼來了，「他們有沒有截住一封艾姆麗家裡寫給她的信，他是不是可以假定，她已經收到了。」

栗鐵沒鎮定而沈默，眼睛釘在地上望，右手每一個指尖都跟左手每一個指尖靈巧地頂住。笪忒爾小姐掉過臉朝著他，一副看不起他的樣子。

「對不起，小姐，」栗鐵沒心不在焉，陡然警覺說，「可是無論多麼聽您吩咐，我有我的立場，儘管是底下人。考勃菲爾先生跟您小姐是不同的人。要是考勃菲爾先生有什麼要跟我打聽的，我放肆告訴考勃菲爾先生，他可以問我問題，我要維持我的人格。」

我把性子按捺了片刻，眼睛朝他望著說，「你聽到我問的話了。就請你當它是問你的吧。你有什麼話回答嗎？」

「先生，」他把兩手的手指尖時不常地分開了一下答，「我答的話有保留，沒有辦法。因為把少爺的事告訴老太太和告訴您是不同的兩回事。我認為，會叫人更加沮喪、不開心的信少爺不至於贊成收到的。可是再多的話，我就想免提了。」

「要問的全問了嗎？」笪忒爾小姐問我。

我表示，我沒有要問的了。「不過，」我看見他要走了，就補充道，「我既然知道這件惡事有個傢伙擔任的角色，就要把這件事告訴那位從艾彌麗小時候就做了她父親的正人，我要勸做惡事的人少公開露面。」

我一開口他就不動了，很鎮靜地聽我說話，他總是如此。

「謝謝您，先生。可是您得原諒我，先生，說的冒昧話，咱們英國既沒有奴隸，也沒有奴隸的老闆，人民也不許自己來執法。要是這樣的話，我相信，他們自己的危險比別人的還更大呢。所以我說，不論我要上那裡去，先生，我一點也不害怕。」

說完這話，他恭恭敬敬，鞠了一躬，又向笪忒爾小姐鞠一躬，打他進來的時候走過、牆上爬了冬青屬植物的拱門走了出去。笪忒爾小姐和我互相望了一會兒，沒有言語，她的態度和剛才叫栗鐵皮出來那時的一樣。

「他還說，」笪忒爾小姐慢慢翹起口脣說，「他聽說他少爺在西班牙海岸沿岸航行。等這次航行完了就要去過航海的癮，過足了才罷休呢。不過這件事你並不會關心的。他們母子二人都驕傲，現在的裂痕比以往更深了，沒有和解的指望。因為他們兩個人的本質是一樣的，日子越久彼此更加固執，更加專橫。這一方面也不是你關心的。不過我要拿來做要說的話的引子。你當天使的那個魔鬼——我是指那個下等丫頭，詹姆斯打海邊爛泥裡撿出來的」——說時一雙黑眼睛釘往我看。激動的手指向上指——「也許還活著，——因為我相信，有些沒身分的人是死不了的。要是活著，你總恨不得找到這麼貴重的寶貝，照顧她。我們也恨不得，恨不得詹姆斯再也不要碰巧做她的活點心。到目前為止，我們有一點大家是一致的，所以我派人去叫你來聽聽剛才你聽到的這番話——這種無知無識、不要臉的東西，我要是能傷她的心，什麼傷害她的事我都會做的。」

她臉上的表情變了，看得出我後面有人正在走過來。原來是司棣福的母親。她伸給我握的手比以往冷，從前高貴堂皇的氣派更增加了，不過也露出了還抹不掉她記得我舊日愛過她兒子的神情，我覺察得出，也很感動。她已經大非昔比了。苗條的身材欠挺得多，美麗的臉上縐紋已經深了，頭髮差不多白了。不過她一坐在椅子上，還是一位美婦；她高傲明亮的眼光我很熟悉，是我在上學時期夢裡的光明。

「件件事都告訴了考勃菲爾先生了嗎，蘿洒？」

「都告訴了。」

「他可是聽栗鐵沒親自說的？」

「是的。我已經告訴他您為什麼要告訴他。」

「好孩子，少爺，我跟你從前那位朋友通過一點信，」她對我說，「不過還沒有恢復他應盡的孝道和生來的義務來。所以關於這件事除了蘿洒說了的以外，我沒有別的用意了。上次你帶到這裡來的那一位人很端正（我真替他難過——也沒有別的話可說），如果有辦法可以使他的心放得下來，我兒子也不致再落進存心害他的仇人的陷阱，那就好了！」

她挺直身子，坐了下來，兩眼筆直向前茫然望去。

「伯母，」我恭恭敬敬地說，「我明白。您放心，我絕不會曲解您的意思。不過我得說，即連對您也得說，我和受害的這家人從小就認識，這個女孩給人遭塌得這麼厲害，要是您以為她還沒有被殘忍地欺騙，現在還肯打您少爺手上接一杯水過來，您就大錯特錯了。叫她死一百次她都更情願些。」

「好啦，蘿洒，好啦，」司棣福太太看出蘿洒就要插嘴，就說，「沒有關係。隨它去好了——聽說你結了婚了，少爺？」

我回答說，已經結婚了一些時候。

「你還得意嗎？我現在過這種冷靜的日子，消息極少，可是我知道，你已經漸漸有名氣了。」

「我運氣非常好罷了，」我說，「發見提到我名字的，有些人說好話。」

「你沒有母親是吧？」她的聲音柔和了下來。

「沒有。」

「可惜，」她答。「她要是在的話，會以你自豪了。再會。」

她尊嚴地、毫不改變初衷地伸出手來，我握了，她的手在我手裡很鎮定，就像她內心也平靜一樣。好似她憑高傲真就能把脈搏平下來，給臉戴起面紗，坐在那裡，透過面紗筆直向遙遠的地方望去。

我沿露台離開她們，這時不禁看出這兩個人坐在那裡眺望景色，目光多麼堅定，而暮靄又多麼陰暗下來，把她們圍住，城裡隨處有些燈點得早，遠遠閃爍可見，東面天空的霞光仍然在戀棧。不過一陣霧像海一樣，從大部分橫隔在中間的寬闊山谷裡升起，和暮色混而為一，使人看起來覺得漲起的海水會要把她們包圍起來似地。我記得這件事是有道理的，想到了都毛骨悚然，因為我還沒有來得及望她們一次，洶湧的海水已經漲到了她們腳底下了。

我回想聽到的這番話，覺得應該告訴裴格悌大爺才對。第二天晚上就到倫敦去找他。他總是這裡那裡流浪，唯一目的就是把他外甥女重新尋回來，可是在倫敦總比在別處的時候多些。我時常在深夜看見他在街上走，在少數幾個半夜三更，戶外閒逛的人裡面，尋找他害怕會找到的人。

他在亨格弗市我已經有事提過幾次的那家小雜貨店租了一個地方，他慈悲的差使第一次就是由那裡出發的。我就朝那一面走去。跟人問起他來，聽說他還沒有出門，上樓就可以找到他了。

他坐在窗口閱讀，窗子裡種了些花草。房間裡收拾得清潔而有條理，我立刻就看出，這裡時時總準備好接待艾姆麗的，他每次出外，總以為也許能帶艾姆麗回家。我敲門他沒聽到，我手放在他肩膀上，他才抬起頭來。

「小衛少爺！謝謝您，少爺！您這次來看我，我真打心底裡感謝。您請坐。非常歡迎，少爺！」

「裴格悌大爺，」我說，一面接過他搬給我的椅子，「您別存太大指望！我聽到了點兒消息。」

「關於艾姆麗的！」

他把手掩住嘴，神情緊張，面如土色，眼睛直盯著我。

「她在什麼地方還沒有線索，不過已經不跟那男的在一起了。」

他坐了下去，目不轉睛的望著我，屏氣傾聽我要說的一切。我覺得他的眼睛漸漸不望著我的眼睛，坐在那裡朝下望，一隻手托住額頭，這時我清清楚楚記得他臉上現出的堅韌的嚴肅，既有高貴感，甚至很美觀，使我非常感動。他一點沒有打岔，由頭到尾保持沈靜，好像憑了我的話在搜尋艾姆麗的影子，任何別的模糊人影都從面前放過，好像跟本沒有似的。

我說完之後，他搗住了臉，依然沈默。我向窗外望了一會兒，專心注意花草。

「小衛少爺，您認為怎麼樣？」末了他問道。

「我想艾姆麗還活著，」我答。

「我不知道。也許最初的打擊太厲害了，而且她心裡極混亂的時候——會想到過去她總想到的藍色的海水。可會是因為海水就是她的墳墓，多年前她才會想到海的！」

他說這話，一面在沈思，聲音很低，露出害怕，從小房間一邊走到另一邊。

「可是，」他補充道，「小衛少爺，我覺得她還活著，我有把握——一直都知道，不論醒著、睡著了，好像一定會找到她的——一直給這個想法引著繼續找下去，靠這個想法撐下去——所以不相信會上當。不會；艾姆麗還活著！」

他堅定地把手放在桌上，曬黑了的臉上露出果斷的神色。

「我的外甥女兒艾姆麗還活著呢，少爺！」他有把握地說。「我不曉得這個想法是那裡來的，怎麼回事，不過確覺得有人告訴我，她還活著呢！」

他說這話就像個受到神靈啟發的人似的。我等了一會兒，隨後他又能毫不分心地聽我說話了，才又來解釋，我們最好得小心防一件事，這是我昨天夜晚想到的。

「您聽著，我的好大爺——」我開口道。

「謝謝您，謝謝您，好少爺，」他兩手緊緊握住我一隻手說。

「要是她到倫敦來，這是很可能的——因為還有那裡更比這個大得要命的城市更容易不見了呢？除了她想不見了，躲起來，還有什麼別的打算呢？要是她不回家的話？——」

「她不會回家，」裴格悌大爺插嘴說，一面傷心地搖搖頭，「要是自己願意離開的，也許會回來；照實在情形，她不會了，少爺。」

「要是她到了這裡，」我說，「我相信此地有一個人，比全世界那一個都更會找到她。您記得嗎——放硬朗些聽我道來。記住您的大目標！——您可記得瑪撒嗎？」

「咱們鎮上的嗎？」

他臉色已經夠了，不用再有別的答覆了。

「您知道她在倫敦嗎？」

「我在街上見到過她，」他打了一個寒噤答。

「可是您不知道，」我說，「艾彌麗沒有打家裡溜走以前很久，靠罕姆幫忙，對她發過慈悲的。也不知道，有一晚我們碰面，在那邊房裡講話，她在門口聽的。」

「小衛少爺！」他吃了一驚地答。「是雪下得很厲害的那一晚嗎？」

「就是那一晚。此後我再也沒有見到她。我跟您分手之後，就回去找她說話，可是她走了，那時我不願意跟您提她，此刻還是不願意。不過她可就是我說起的人，我想我們應該跟她連絡。您明白嗎？」

「太明白了，少爺，」他答，我們把喉嚨壓低，幾乎在私底下說話，往下都是用這個音調在講。

「您說您看見過她，您想您可以找到她嗎？我只能盼望機會巧，辦得到。」

「我想，小衛少爺，我知道往那兒去找。」

「天黑了。此刻我們在一塊兒，要不要就出去，今兒晚上就找她一下？」

他贊成了，準備好了陪我去。我也不顯出注意他幹什麼的樣子，看見他小心在意地把小房間整理好。蠟燭和點蠟燭的東西放好，牀鋪好，最後在抽屜裡取出了她一套女服（我記得看見她穿過），跟別的一些衣裳折疊得整整齊齊地，又拿起一頂放在椅子上的女帽。他對於這些服裝一字也不提，我也不提。不消說，這些衣服一直在夜復一夜地等著她。

「有過一個時候，小衛少爺，」我們下樓的時候他說，「我差點兒把這丫頭當我丈姆麗腳底下的泥。老天爺饒了我吧，這現在可不同了！」

我們一路走去，一方面為了跟裴格悌大爺聊天，一方面也是為了我自己想打聽，我就問他罕姆的情形。他說，罕姆一切如常，說的話幾乎跟以前的一樣——「糟塌自己的性命，一點也不去愛惜；可從來不咕噥，個個人都喜歡他。」

我問他，他們碰到遭殃的事，他以為罕姆想到禍首，心情怎麼樣？他是不是相信很危險？譬如說，要是罕姆跟司悌福碰到了，他以為罕姆有什麼舉動？

「我不曉得，少爺，」他答。「我常常想到這件事，可是關於這件事我根本不懂。」

我提起艾彌麗走掉那天早上，我們三個人在海灘上的事，問他，「您可記得，」我說，「罕姆望著海，臉上現出說不出的心不在焉的神色，說到『結局』？」

「我當然記得！」他說。

「您猜他是什麼意思？」

「小衛少爺，」他答，「這個問題我問了自己好多次了，再也找不到話回答。有件怪事——就是呀，他儘管討人喜歡，我總覺得，猜他的用意我心裡頂不安，他對我說話，一向要多恭敬有多恭敬，現在也不會變樣子。不過他心裡可絕不是淺水，心思擱在水裡。很深呢，少爺，我看不到底。」

「您說得對，」我說。「這一點有時候叫我擔心。」

「也叫我擔心，小衛少爺，」他答。「說真話，還有比他不顧死活更叫我擔心的呢，其實這兩點都是他變了的地方。不管遇到什麼情形，我曉得他都不會動武的，可是我希望這兩個人最好別碰到一起。」

我們穿過廟柵，進了城。這時不再交談了，裘格悌大爺在我身旁走，一心在盤算他慈愛一輩子的唯一的目標，所有的官能全沈默地集中起來，在人堆裡走也顯得他是孑然一身。我們離開黑袍僧橋不遠的時候，他回頭指著街對面快步走著的獨行女子，馬上我就知道這就是我們要找的人了。

我們走過街，向她趕去，忽然我想到，如果我們跟她在僻靜些的地方說話，離開人群，很少人看到我們，她或許對於失踪的艾彌麗更會有女性的關懷。所以就勸裘格悌大爺，且不要招呼瑪撒，先跟著她，籌措這件事的時候，我還有個模糊的欲望，想知道她往那裡去。裘格悌大爺贊成，於是我們遠遠跟著，一點不放鬆，可也不太靠近，因為她時時都在四下顧盼。有一次她站下來聽樂隊奏樂，我們也站下來了。

她走了很久。我們還是跟。看她走那段路的神態，明明是有固定目的地的。憑這一點，還有她總在熱鬧的街道上走，再就是跟著人走，祕密而神祕，有奇異的迷人之處，這使我抱定最初的目的。終於她轉彎，進了一條蕭條陰暗的街道，嘈雜聲和人群都沒有了，我就說，「現在咱們可以跟她說話了，」隨即加快腳步，趕在她後面。

第四十七回　瑪撒

弱女子失救失蹤人
慈姨婆痛述傷心史

我們現在到了威斯敏斯特自治市。因為早一會兒瑪撒向我們迎面走來，我們為了要跟她，就掉過頭來走。威斯敏斯特大教堂是她避開了大街燈光和嘈雜的目標。她等到擺脫了橋那邊來去的兩條人潮，向前走得非常快，轉彎的時候，她本來在我們前面，這一來就把我們扔在密爾班狹隘水邊的街上，後來我們才趕上她。那時她走到路另外一邊，好像要避開後面她聽到的靠近的腳步。也不回顧，向前更快地走去。

我從幽暗的門口望到河，門裡停了幾輛運貨馬車過夜，好像腳步非停不可了。我沒出聲，輕輕碰一碰我的同伴，我們兩個人都沒有走到和她一同的路那一邊，兩個人都在她對面一邊路上跟著她；儘量靜悄悄地在房屋的陰暗處行走，但保持跟她靠得很近。

當時低窪的街盡頭有座要坍的小木屋，我此刻執筆，屋仍然在那裡，作興是廢置的舊候船室。位置正在街盡頭，路就在一排房屋和河之間。一等她到了這裡，看到了水，她就站住了，好像到了終點；不久慢慢沿河邊走，目不轉睛望著河。

一路到此地，我總以為她是到什麼人家的；的確，我隱約抱著這所屋和失踪女子有連繫的希望。不過由門口一看黑暗的河就自然而然知道，她不會再向前走了。

那時刻，附近冷冷清清；就像倫敦周圍任何一處地方夜晚那樣沈悶、淒涼、荒僻。靠近龐大、單調的監獄一帶，令人抑鬱、荒涼的路兩旁既沒有碼頭，也沒有房屋。一條水流不暢的壕溝裡的汙泥就淤積在監獄牆腳下。粗草和蔓延的野草在附近沼澤地帶四處長滿。這裡一個部分的房屋起初興造不吉利，從來沒有完工，就漸漸頹圮，只賸下骨架。另一個部分地面上給生銹的形狀古怪的蒸汽鍋爐、舵輪、曲柄、管子、熔爐、槳、錨、潛水鐘、風車的風輪，還有我不知道什麼的古怪東西的鐵器堆滿，這些東西都是投機的什麼人攢起來，在塵垢中棄置了的，在下雨天給本身的重量墮得沈到土裡，好像想躲藏到塵垢下面而沒有辦法。河邊各種火熱的工廠鏗鏘作響，光耀炫目，到了夜晚騷擾一切，只有從本身煙囪裡噴出來沈重而不斷的煙是例外。黏糊糊的窪地和堤道在舊木樁之間彎來繞去，經過淤泥汙水而達落潮之處。木樁上面則黏了叫人作嘔的東西，像綠色的茸毛，去年懸賞搜尋淹死男子多人的招貼已經破爛，在高水位標誌上飄揚。傳說附近好些挖出的坑有一個裡面埋的是大鼠疫①死了的人；從這裡發出的瘟氣似乎瀰漫了整個地區。再不然，這裡就像一溪汙水漫溢出來，漸漸分解，成了那種噩夢一般的情況。

這個我們跟蹤的女子就像是河裡排出廢料的一部分，任其朽腐，她彷徨到了河邊，站在這幅夜景的裡面，孤獨而悄然對著水瞧。

有幾條小船和駁船在爛泥裡擱淺，我們藉這些船遮住，可以走近這個女子，相距只有幾碼而不被她看見。我隨即對裴格悌大爺做手勢，叫他待在原處別動，我就從船的陰處去對這個女子說話。我向她孑然一身走去，心裡並不是沒有感到震顫；因為她毅然走到這個幽黯的末端，那種站法，幾乎在鐵橋橋洞的陰影裡面，當時潮水正湧，她望著水面反射的歪歪扭扭的光，凡此種種都叫我心裡驚懼。

我想她在自言自語。她雖然凝視河水出神，圍巾一定已經從肩上取下，用來包住手了，神色不定，不知所措，不像清醒的人，倒像害夢遊病的，我知道，也永遠忘記不了，她態度狂亂，預備當我的面，沈到水裡，等我捉住她膀子，我的心才放下來。

同時我叫了聲「瑪撒！」

---

①指一六六五年倫敦的淋巴腺鼠疫。

她恐怖地尖呼一聲，拚命掙扎，力大無比，我懷疑我單獨一人夠不夠力氣抓住他。不過一隻比我力大的手把她捉住；等她驚惶的眼抬起來看出是誰來，她又出力掙扎一次，就在我們兩人之間癱下來了。我們把她從河邊抱開，在有乾石頭的地方放下，她還在啼哭呻吟。過了一會兒，坐在石頭堆裡，兩手捧住蓬亂的頭。

「唉，河啊！」她激動地叫道。「唉，河啊！」

「別嚷呀，別嚷！」我說。「別這麼激動。」

可是她仍然一再說同樣的話，繼續大叫，「唉，河啊！」叫了一次又一次。

「我知道河就像我！」她叫道。「我知道河是我的老家。我知道河是我這種人天生的伴兒！河是打鄉下流出來的，在鄉下從前是對人沒有害處的—經過烏裡巴塗的大街，就髒了，糟塌了—再就淌走了，像我這條命，到了總是風狂浪大的大海裡—我覺得我一定要跟河一道走！」

我從不知道失望是什麼，聽了這些話的口氣才知道。

「我沒法避開河。也忘不了河。河日裡、夜裡掛在我心裡。全世界只有河我可以適合，或者河適合我。唉，可怕的河啊！」

我的夥伴望著瑪撒，不說話，也沒有動作，我心裡想，即使以前我不知道他外甥女兒的身世，這時看了他的臉也知道了。我從來沒有在畫上或在真人臉上看到過這樣感人的恐怖和憐憫混和在一起的神情。他震顫，好像要倒下去；手冷如冰——我手摸了他的手一下，因為他的神色嚇壞了我。

「她此刻發了狂，」我低聲對裴格悌大爺說。「再過一會兒，她說起話來就不同了。」我不知道他會拿什麼話回答我。他的嘴動了一下，好像以為他說了話；可是只用伸出的手來指她。

瑪撒又哇的一聲大哭起來了，一面又把臉在石頭裡面藏起來，在我們而前躺下，給我們的印象是蒙羞、墮落。我知道這是少不得要經過的階段，然後我們才能有希望跟她講話，所以就冒昧請裴格悌大爺耐住性子，先別扶她起來。我們不出聲站著，等她安靜一些再說。

「瑪撒，」然後我彎下腰來說，一面扶她起身——她好像也想起身，意思是要走開，不過身體無力，就靠在一條小船上。「您可認識他是誰嗎，就是跟我一起的那一位？」

她沒氣力地答，「認識。」

「你可知道我們今兒晚上跟了你很長一段路嗎？」

她搖搖頭。也不望著裴格悌大爺，也不望著我，卻態度恭順地站著，一隻手拿著帽子和圍巾，好像不知道有這兩件東西，另一隻手緊握著抵住額頭。

「您此刻定下神來了吧，」我說，「可以談談您關心得這麼厲害的事情嗎？——我希望上帝記得就好了！——就是下雪那一夜的。」

她重新又抽抽噎噎哭起來了，含糊不清地謝了我幾句，說我那夜沒有把她趕出門外。「我用不著替自己說話，」她停了一會兒說，「我不規矩、墮落。根本沒有救了。不過先生，請您告訴他，」她早就對裴格悌大爺畏縮了，「要是您對我還不太兇，能替我說句話，就告訴他，他這樣倒霉，不管那一方面都怪不得我。」

「從來也沒有人怪您，」我因為她話說得認真，也認真回答她。

「是您，要是我沒弄錯，」她說，聲音很微弱，「那晚艾姆麗可憐我，是您進廚房的，對我非常溫和，沒有像別人那樣離得我遠遠地，是您對我那麼好心幫我！是您嗎，先生？」

「是我，」我說。

「要是我以為是我害了她，」她說，一面瞥了河一眼，現出可怕的神情，「我早就跳河了。要是那件事我不是沒有分，冬天沒有一晚我能不在河裡。」

「艾姆麗溜了的原因大家太清楚了，」我說。「一點沒有您的關係，我們徹頭徹尾相信——我們知道。」

「唉，如果我心腸好些，我也許對她有好處！」這個女子嘆息，無限悔恨道；「因為她總是對我心好的！從來不說一句不愉快、沒有道理的話。我很清楚我的為人，還會弄得她像我一樣的人嗎？我把人生寶貴的一切都丟了的時候，想到了最痛苦的事是，我跟她就永遠分離了！」

裘格悌大爺空著的手捂住了臉，這時站著，一手扶著小船舷的上緣，眼朝下望。

「我聽我們鎮上有人說起，下雪那晚之前發生的事，」瑪撒哭著說，「當時心裡最難過的是，大家會記得艾姆麗跟我有過來往，會說，是我把她帶壞的！天曉得，其實要是能把她的名聲恢復過來，我死也情願的！」

她很久沒有絲毫自制的習慣，她受的悔恨、憂愁、痛徹心肺，看了叫人害怕。

「我死掉並沒有什麼了不起，我能說什麼？——我要活！」她哭道。「我要活到老，在悲慘的街上——到處流浪，別人離得我遠遠地，我在暗地下——看一排嚇人的房子照到了太陽，天亮了，記起同樣的太陽從前也照過我的房間，照醒過我——只要能救艾姆麗，即使過這種日子我也肯！」

她在石頭堆上蹲下來，每隻手拿起了幾塊，捏緊了，好像要碾碎了似地。她身體不停扭成各種不同的姿勢：把兩隻膀子伸得僵直，在臉前面扭彎，好像要把那裡的微光擋住，垂下頭來，好像回憶起來的舊事太重，支持不了。

「我以後到底該幹什麼！」她說，一面這樣和她的失望搏鬥。「我本身就是個孤零零的倒霉鬼，我接近的人個個都當我活丟臉的東西！」突然她朝著我的同伴。「您踹我，弄死我吧！她是您寶貝的時候，要是我在街上和她擦一擦肩膀，您就會以為我害了她。您絕不相信我嘴裡一個字的——您為什麼要相信呢？即使此刻，如果她此刻跟我說一句話，都會是您受不了的恥辱。我也沒有抱怨的。我並不說她和我一樣，我知道我們兩個人之間有一大截距離呢。我只想說，儘管我是有罪，倒霉的人，我對她從心底裡感激，愛她。唉，別以為我愛的力量已經耗光了，什麼也愛不了了！您跟全世界的人一樣把我趕走，好了為了我的為人，為了我和艾姆麗以前認識過，弄死我好了；可是別以為我是那種人！」

她這樣發狂地哀求裴格悌大爺，裴格悌大爺望著她；等她不說話了，就把她攙了起來。

「瑪撒，」裴格悌大爺說，「我絕不會說你好壞。不管誰算在裡面，我是最不會說的，孩子！你以為會有的情形，不會有了，我後來想法變了，你還不曉得呢。好啦！」他頓了一下，接著說下去。「你還不知道，這兒這位先生和我多麼想跟你說話。你不知道我們眼前打算的是什麼。現在聽著！」

他對瑪撒的感化已經充分發揮。瑪撒在他面前畏縮地站著，好像怕他的目光；不過激動的哀傷已經充分沈靜了，一聲不出。

「如果你聽到，」裴格悌大爺說，「下大雪那一夜小衛少爺和我談的話，你就知道我在找我寶貝的外甥女——還有那裡沒到的——」他口氣堅定地重說了一遍。「現在我比以往更當她寶貝了。」

瑪撒兩手摀住臉；不過別的方面全保持安靜。

「我聽她說，」裴格悌大爺說，「你好小就沒有了父母，也沒有朋友，即使是打魚的那種粗人去代替他們也好。也許你可以猜得出，要是你有這樣一個朋友，過了相當時候，你就會喜歡他，就像我外甥女有點像我女兒一樣。」

瑪撒不聲不響在打抖，裴格悌大爺就很小心地把圍巾替她圍上，這是為了這個用意才從地上撿起來的。

「所以，」他說，「我知道，不是她只要再看到我，肯跟我到世界頂遠的地方去；就是她逃到世界頂遠的地方，躲起來不見我。雖然她用不著疑心我不愛她，用不著——用不著，」他重複一句，安靜地認定自己這句話說得萬無一失，「可是她心裡平空覺得難為情，這個感覺梗著我們倆。」

他表達自己的意思，說得平平實實，卻很感動人。我聽他每句話，看他面部每個表情，已經覺察到他已經把這個話題的所有層面都想過了。

「照我們小衛少爺的，還有我的目前斷定，」他繼續說，「她有一天可憐會自己獨個兒上倫敦。我們相信——小衛少爺，我，我們大家——你和她碰到的事一點關係也沒有，和沒出世的嬰孩一樣清白。你提到她，認為她人好，對你厚道、溫和。謝天謝地，我知道她就是這種人！我知道她對所有的人總是這樣的。你感謝她，愛她。就請你盡你的全力，幫我們的忙找到她吧，求天酬報你！」

她匆忙望著裴格悌大爺，頭一次好像懷疑他說的話。

「您相信我嗎？」她低聲驚訝地問。

「十足，毫不勉強，」裴格悌大爺說。

「要是我居然找到她了，就拉住她談；要是我不論有個什麼樣風雨的地方可以跟她合住，就留她下來；再就不給她知道，上你們這兒來，帶你們去會她，是嗎？」她急促地問。

我們兩人同時都答，「對了！」

她眼朝上望，鄭重地說她會熱心忠誠地專門辦這件事。絕不猶豫，絕不改變初衷，只要有一線希望，絕不放棄。如果她辦這件事不忠心，那麼就讓她活著碰到的這件絲毫算不得邪惡的事打她手上滑掉，叫她比那晚在河邊更孤獨可憐；然後永遠得不到所有的幫助，人的神的！

她並沒有提高嗓子，或者對著我們說話，卻說，這是對幽暗夜間的天空發出的；然後肅靜無比地站著，望著陰暗的河水。

現在我們該把所有我們知道的告訴她了；由我細細說出，她凝神諦聽，神情常變，不過不管怎樣變法，宗旨相同。她眼睛偶爾噙著淚水，可是忍住了不流出來。好像她的精神已經大改，無法保持平靜。

等我說完，她問如果必要，她到什麼地方找我們連絡。我就著路旁陰暗的燈光，在我筆記簿上寫下我們的地址，撕下那一頁給了她，她放進了懷裡。我問她住在那裡。她頓了一下說，沒有一處她長住的。不知道反而好些。

裴格悌大爺悄悄向我提議我也已經想到的事。我掏出了錢包；不過我沒法勸得她收我的錢，也沒法逼得她答應以後肯收。我向她說明，裴格悌大爺照他目前的情況說來，不算窮；而請她幫著尋人要她花自己的錢，我們兩個人都覺得太不成話。她依然固執。裴格悌大爺為這件特別的事情對她說的話和我的一樣，毫無作用，她掬誠向我們致謝，卻絕不肯遷就。

「也許我可以找到工作，」她說。「我要想辦法。」

「最低限度讓我們幫點忙，」我回她說，「等你有了辦法再說。」

「錢的事情，我說了怎樣就要做到，」她答。「我不能拿，即使餓死也不能。你們給錢就等於不信任我，等於收回你們交給我辦的事，等於收回唯一免得我跳河的某件事。」

「你和我們所有的人，」我說，「終歸要在可敬畏的偉大裁判者上帝指定的一天，站在祂面前的，現在上帝在頭上，請你丟開那個可怕的想法吧！只要我們存了心，大家都可以做點好事。」

她發抖，嘴唇震動，面如土色，答說：

「也許你們心裡早就想救一個可憐的人，要她懺悔。這樣想我害怕；好像太大膽了。如果我還有什麼益處給人，我也作興存起希望心來；因為到現在為止，我所作所為除了害人，沒有別的。因為你們叫我出力去做的事，使我覺得我悲慘地活到今天很久才有第一次有人信任我。別的我不知道，別的也說不出來。」

她又抑制住漸漸流下的眼淚；伸出發抖的手碰了一下裴格悌大爺，好像他有什麼治療的能力，然後走上荒涼的大路。她有病，恐怕已經有很久了。我有機會靠近看了她，發現她形容憔悴消瘦，兩眼內陷，看得出日子過得窮困，受足了苦。

因為我們的路跟她一個方向，所以離她短短一截，在她後面跟著，跟到我們重回燈光明亮、人烟稠密的街上才放棄。我對她的話絕對相信，所以就對裴格悌大爺說，是不是再跟著她走下去，好像一開始就不信任似地。他也有同感，對她也一樣信賴，於是我們就讓她走自己的路，我們走我們的，朝高門去了。他又陪了我走了一大截；分手的時候，我們祈禱這次新近出的力成功，我不難看出，他有了新的體貼的憐憫。

我回到家已經是夜半時分。走到我自己門口，正在傾耳聽聖保羅深沈的鐘聲，我想這個聲音在跟大批時鐘敲出的聲音一同向我傳來，這時發現姨婆小房子的門還開著，入口處一線微光射到路上，相當詫異。

我以為姨婆或者恐慌的舊病發作，去查點什麼幻想中遠處的火燭燒得怎樣了，就跑去跟她說話。我看到有個男子站在她小花園裡，大吃一驚。

他手上端著一隻杯子和一個瓶子，正在喝著。我隨即在門外密葉裡站住，因為此刻月亮雖然朦朧，已經上升了。我認識這個人，就是以往我還以為是狄克先生的錯覺，有一次在倫敦街上看見他和姨婆一起的那個人。

他不但喝，還在吃，好像餓了，吃得有滋有味。也望著小房子好像覺得稀奇，第一次見到似地。彎下腰來把瓶子放在地上以後，就仰起頭來往窗口望，又四面張望；暗中不耐煩的神氣，好像急忙要走似地。

過道上的燈光暗淡了一下，姨婆出來了。她顯得不安，數了些錢在那個人手上。我聽到錢叮噹響。

「這一點夠什麼呀？」這個人發話道。

「我再也勻不出來了，」姨婆答。

「那麼我就不走，」他說。「哪！你拿回去好了！」

「你這個不上進的東西，」姨婆大動肝火地答。「你怎麼可以這樣對待我？可是我為什麼要問呢？是因為你知道我多心軟！要永遠免得你來找我，我有什麼辦法？除非隨你去，等你的孽作夠！」

「那麼你為什麼不隨我去作孽作夠呢？」他說。

「你還好意思問我為什麼！」姨婆答。「你這是什麼心肝哪！」

他站在那裡把錢弄得叮叮噹噹響，搖頭，到末了說：

「那麼，這就是你打算好了給我的嗎？」

「我共總能給你的全在這裡了，」姨婆說。「你曉得，我吃了倒帳了，比往年窮了。我早對你說過。你錢已經拿了，為什麼還要叫我受罪，多看你一眼，看你弄成現在這副樣子？」

「我已經破爛得夠不成樣子了，要是你指的是這一點，」他說。「我現在像隻貓頭鷹，只能過夜生活。」

「我以前有的，大部都給你弄光了，」姨婆說。「你害得我不想見人，年年一樣。你對我虛偽，沒有良心，殘忍。走開，懺悔你作的孽吧。你害我的事做得太多了，數數一大把，別再添新的了！」

「行！」他答。「好極了！——嗯！我一定要盡我的力想辦法，我是說目前，我想。」

姨婆憤極落淚，他看了身不由己，有羞愧的樣子，就垂頭喪氣走出花園。我快走二三步，好像是剛剛回來，在門口碰到了他，他出門我就進了門。我們交肩而過的時候，互相不滿地瞪了一眼，毫無好感。

「姨婆，」我匆匆忙忙地叫她。「這個人又嚇唬您了！等我去跟他講話。他是誰啊？」

「孩子，」姨婆挽了我的臂答。「你進來，等過了十分鐘再跟我說話。」

我們在她小起坐間坐下。姨婆退到往日的綠團扇後面，待了大約一刻鐘（團扇是釘在一張椅子背上的），有時抹抹眼睛。然後走了出來，在我旁邊坐下。

「喬，」姨婆平靜地說，「這個人是我丈夫。」

「您的丈夫，姨婆？我還以為他早已死了呢！」

「我心裡他已經死了，」姨婆說，「不過他其實還活著。」

我不出聲坐著，心裡驚異。

「貝采・喬幄看樣子不像是有情的人，」姨婆從容地說，「不過她也有過，喬，在她完全相信那個男人的時候。那時候她疼他，喬，疼得十足。那時候沒有她不願意給他的依戀和愛情。他回報她的是花光她的財產，差一點兒傷透了她的心。所以她把所有那種感情一次而且永遠通通葬下了墳墓，填滿，壓平。」

「我的好姨婆！」

「我留給他很多錢，」姨婆接著說，手仍舊放在我手背上，「很多錢。隔了這麼久，我可以說，我留給他很多錢。他過去待我太殘忍，我本來可以很輕易辦好跟他分手的手續；不過沒有。他不久把我給他的錢打水漂兒似地浪費完了，人越來越墮落。我相信，他又娶了女人變成了靠小聰明混日子，賭博，騙人的人。現在成了什麼樣子，你瞧見了。可是我跟他結婚的時候，他是個漂亮男子，」姨婆口氣裡透出往日光彩和傾慕的回聲說：「我那時——真是蠢蛋！——相信他是正人君子！」

她捏了我手一下，搖搖頭。

「我對他絕望了，喬，比絕望更糟。不過他每隔些時來一次，我總寧願給他錢叫他離開，比給得起的還多，也不願意看到他犯了法受處罰（因為他在本國鬼鬼祟祟蕩來蕩去，終歸逃不了的）。我跟他結婚是個蠢蛋；到現在在這方面還是不可救藥，因為為了往年一度相信他是那種人物，竟然不忍心我毫無理由要愛的人的影子受到嚴厲的待遇。我這個人心太癡了，喬，比那一個女人都癡。」

姨婆深深嘆了一口氣打發掉這件事，把衣服拂了拂平整。

「你瞧，我的寶貝！」她說。「現在你知道這件事的開頭，當中，結尾了。我們彼此不要再提它了；當然你也不要對任何人提起。這是我脾氣不好、情緒差的真情，喬！」

第四十八回　持家

約持家良人垂教訓
傷流產美眷病膏肓

我辛勤著書，報館的工作也如期完成，不容妨礙；書出版以後，很受歡迎。雖然對別人的贊揚感覺敏銳，卻覺得自己所寫的並不如別人所想的那樣好，對這一點很少懷疑，所以並沒有就目瞪口呆。我觀察人性，總覺得對自己十足有信心的人絕不在別人面前自我揄揚，以求別人對他相信。因此我為了自尊，總保持謙遜；獲得別人的贊揚越多，我更加想法要配得上。

這本書雖然在別的各方面寫的都是我的回憶，可是這段期間我自己寫小說的情形我卻不打算提起。小說本身已經是說明了，我就隨它去了。偶爾提到，也只當作我生涯進展的一部分而已。

到了這個時候，我已經有些基礎可以相信，憑我的秉賦和機遇，我已經成了作家，因此很有把握幹起這個行業來了。如果沒有這種自信，我一定放棄這一行，把精力用在別的方面。我先要想法弄清楚，我的秉賦和機遇真正把我造就成什麼樣的人物，然後就做這種人，不做別的。

我一直在替報紙雜誌寫稿，一帆風順，等到我有了新的成就，就考慮到採訪國會辯論的事很無聊，我大可脫身。所以有一晚人很高興，記下國會風笛式的辯論，作為最後一次，從此再也不曾聽過一次；雖然碰到會期無了無休，在報上看到辯論，仍然可以聽得出昔日的那種嗡嗡之聲，也許除了嗡嗡之聲更多之外，很少有重大的不同。

我想，我此刻寫到的時候是我結婚後一年半左右。我們的家務經過幾次不同的試驗，我們已經灰了心，認為理家這件事吃力不討好。我們聽其自然，雇了一個小聽差。這個聽差主要的任務是跟廚子吵嘴：他幹這件事十足就是尉廷吞①，沒有貓，也沒有絲毫希望成為倫敦市長罷了。

①**Dick Whittington**，歿於一四二三年。傳說他帶了心愛的貓從倫敦逃走，但是聽到了他日後有成就的預言，又回來，發跡而當了倫敦市長。他原是廚子下手，受其虐待而逃。

我好像覺得他在有柄小平底鍋蓋降冰雹般打擊下生活。他整個生存是一場混戰。會在最不適當的時候大叫救命，——就像我們正請了客人來吃便飯，或者晚間有幾個朋友，——他從廚房裡跌跌蹌蹌奔出，鐵器就在他背後對著他飛射過來。我們要辭掉他，但是他對我們很依戀，不肯走。他是個會哭的男孩，我們只要暗示打算停他的職，他就悽悽慘慘地悲哀痛哭起來，我們不得不把他留下。他沒有母親——沒有任何我們能找到像是親戚的人。除了有個姊姊，一旦把他交給了我們，她脫了手就逃到美國去了。他住在我們家就像個妖精，因為偷換人家孩子而留下的可怕的小妖。他對自己不幸的身分十分介意，總用上衣袖子揉自己的眼睛，或者彎下腰來用塊小手帕的角擤鼻子，而這塊手帕他從來不肯完全從口袋裡掏出來，總是很省儉用，又私下藏起來。

這個不幸的小聽差雇的時辰不吉利，講定每年工資六鎊十先令，永遠是我的煩惱之源。我看著他長大——就像紅花菜豆一樣快——害怕他要剃鬍的時候到了，甚至害怕他要禿頂或頭髮變白的時候，覺得痛苦。我簡直看不到那一天能把他打發掉；每每把將來放到眼前，常常想到等他老了不知道要給我什麼麻煩。

這個不幸的傢伙讓我脫離苦海的情況，是我從來沒有料到的。他偷了朵若的錶（這隻錶和我們所有別的一切東西一樣，沒有一定放置的地方）；換成了錢以後，他就花錢（這是個意志薄弱的男孩），不停搭乘倫敦和阿克司布立基之間的公共馬車外面的座位上，來來去去。我現在都記得他搭完第十五趟車的時候給抓到波街警察法庭去了；當時他身上搜出四先令六辨士，還有一管舊笛子，其實他並不會吹。

如果他不是悔罪成性的人，這件意外驚人的事和種種後果還不至於叫我太傷腦筋。可是他的確非常悔罪，而且方式特別——不是一口氣，而是分批。例如：那一天我得出庭和他對質，第二天他又說到我們地下室有蓋子的提籃，我們相信裡面裝滿了葡萄酒，可是裡面空空如也，只賸下瓶子和軟木塞。我們以為他把他知道的關於廚子做的最壞的事都說出來了，此刻心總平安了；可是一兩天之後，他的良心又有了新的內疚，他透露出廚子有個小女兒，每天早上把我們的麵包偷走；還有他給人收買，拿煤供給送牛奶的。又過了兩三天，警方告訴我，因為他的透露，廚房的下腳裡發見了牛腰肉，放破布的袋裡發見褥單。過了些時，他又有了嶄新的指示，承認有人存心到我們家盜竊，賊是送啤酒的服務員，他知情不舉；這個人立即就遭逮到。我做了這種受害的人，漸漸覺得很難為情，情願不管給他多少錢，也要他免開尊口，要不然就買通警方，讓他溜掉。他對這一點全沒有想到，真叫人生氣，而他倒以為每有新的揭露，都是對我的賠償，不用說是拿好處堆給我了。

終於我一見到警方派的人帶了新的消息來，自己就溜了；一直等到他受審，判處流刑，我才不過偷偷摸摸的日子。甚至到這個時候，他還不肯緘口，總寫信給我們；甚至在出境之前還要見一見朵若。朵若去探監，進了監牢就暈過去了。總之，他一天沒有給放逐，我一天沒有安逸日子過。他給流放到「內地」某處牧羊②，我也不知道在那兒。

碰到這一切，我不由得不認真反省一番，發見我們從來沒有這樣明白自己的錯誤；有一晚忍不住要跟朵若談一談，儘管我非常疼他。

「心肝，」我說，「我們家沒有條理，管得不像樣，不但我們自己受害，自己受害倒也受慣了，還牽連到別人，我想到這一點就很痛苦。」

「你沈默了好久了，現在又要發脾氣了吧！」朵若說。

「不是的，心肝，的確！你讓我說清楚我的意思。」

「我想我不要知道，」朵若說。

「可是我要你知道，心肝。把吉勃放下來。」

朵若把吉勃的鼻子向我鼻子塞過來說，「唷！」要把我認真的心思遣散。不過，看出不成功，就叫狗到牠的寶塔裡，坐下望著我，兩手抱在一起，一臉百般逆來順受的神情。

「心肝，」我開始說，「實情是我們有傳染病。周圍的人全給我們傳染了。」

我這種打譬喻的說法本來要接著說下去的，可是朵若臉上的表情提醒我，她在全神打算，既然我們有這種病，我要不要提議打任何新的預防針，或者有別的醫療，所以我只好

②按當時流放地是澳大利亞，這種流放是和監禁任選其一的刑罰。

按捺住自己，把我的意思明說。

「我的寶貝，」我說，「我們如果不學會當心，不僅僅乎我們損失金錢，日子過得不舒服，有時候甚至要發脾氣；而且還縱壞了凡是替我們做事的人，要負嚴重的責任。我漸漸害怕，錯不一定是在單獨一方面，而是因為人家發見我們自己沒做十分對，他們才做壞事的。」

「啊呀，說你居然看見我偷金錶，」朵若高聲叫道，眼睜得挺大；「這是多兇的指責啊！啊呀呀！」

「我最甜的寶貝，」我抗辯說，「別這麼胡說！誰提到一丁點兒金錶的？」

「你啦，」朵若答。「你知道你提了。你說我不十分對，拿我跟他比。」

「跟誰呀？」我問。

「跟小聽差的啦，」朵若哭著說。「唉，你這個殘忍的傢伙，把愛你的妻子跟充軍的小聽差比！你為什麼不在我們結婚前告訴我你當我是什麼人呢？你為什麼不說，你這個狠心腸的東西，你認定我比充軍的小聽差還壞呢？唉，你把我當成這種人多麼可怕！唉，我的天！」

「哪，心肝，」我答，溫和地把她捂在眼睛上的手帕移開，「你說這話不但好笑，而且大錯特錯。首先，這些話不合真情。」

「你總說他是說謊的，」朵若抽噎著說，「現在你又說我是這種人了！唉，叫我怎麼辦呢！叫我怎麼辦呢！」

「我親愛的姑娘，」我頂她道，「我真要求求你放講理一點，你聽要聽我說了什麼，要說的什麼。我的好朵若，要是我們不學會盡我們對那些佣人的責，他們永遠不肯盡他們對我們的責。我恐怕我們給了別人做錯事的機會，本來絕對不該給的。所有的家務即使我們照現在這樣馬馬虎虎料理，是出於自己選擇的——我們其實不是馬虎——即使我們喜歡這樣，覺得這樣才舒服——我們其實並不舒服——我相信我們並沒有權利繼續這樣馬虎下去。我們的確是叫別人墮落的人。非承認這一點不可。我想不承認也不行，朵若。這種反省我不能打發掉，有時候想到了心理很不安。聽著，心肝，就這麼多了。喂，聽我的話，別傻裡傻氣的！」

朵若很久不讓我拿開手帕。坐著哭，手帕捂住嘴咕噥道，如果我心裡不安，從前為什麼居然結婚？即使我們到教堂的前一天，我為什麼不說我知道我心裡會不安，情願不結婚？如果我吃她不消，為什麼不把她送給帕尼她兩位姑媽，或者送到印度菊利亞．米爾司那裡？菊利亞看見她會喜歡，絕不會叫她充軍的小聽差；菊利亞從來不會對她用這種稱呼。總之，朵若傷心透了，傷心得這種樣子，也傷透我的心，結果我覺得再費這種心，即使把話說得再婉轉也是徒然，我一定要另外想辦法。

還有什麼別的辦法可以採用的呢？「訓練她的思想」嗎？這句話的字眼是普通人常用的，中聽、有用，我決定訓練她的思想。

立刻著手。遇到朵若鬧孩子氣的時候，我本來會無限縱著她的，現在想法道貌岸然起來——弄得她倉皇失措，也弄得我倉皇失措。我和她討論我心裡盤算的事；讀莎士比亞給她聽——把她搞得筋疲力盡。我養成習慣給她，好像不經心地，零星有用的知識，或者正確的見解——她呢，我一開口，就大吃一驚，好像我說的話是爆竹一般。不管我怎樣用心不當一回事，或者順其自然地訓練我妻子的思想，不免看得出她總直覺地知道我的用意所在，惴惴不安到極點。我尤其看得明白，她以為莎士比亞是個可怕的傢伙。教育的工作進展極慢。

我沒讓闞都斯知道，就逼著他替我做這件事。不管他幾時來看我們，我就為了間接要他來教育朵若，埋下的地雷向他爆炸。我這樣教給闞都斯的常識分量很多，而且是最有價值的；可是除了弄得朵若更沮喪之外，什麼用處也沒有，她總是害怕得緊張，以為下一個就要訓到她了。我發覺我自己就像個教員、陷阱、圈套；總扮演蜘蛛捉朵若這隻蒼蠅，總由我的洞裡撲出去，把她的心思大為攪亂。

我仍然盼望，經過這個中間的階段，有一天朵若和我會心心相印，我訓練她的思想完全滿了我的意。我持之以恆，甚至有好多個月。不過到臨了發見，雖然全部這段期間我十足是隻豪豬或刺蝟，抱定決心渾身的刺都倒豎起來，卻一無成就，漸漸明白，也許朵若的思想早已經定形了。

我再考慮一下，這點發見似乎有理，於是就放棄我說起來很有希望卻行不通的計畫，決定從此以後對我的孩兒妻滿意，不再用任何方法去改造她。我自己精明周到，眼看我的寶貝備受拘束，由心底裡感到厭倦。所以有一天買了一副耳環給她，一條項圈給吉勃，回家做個討喜的人。

朵若收到這兩件小禮物很快樂，歡歡喜喜吻了我；不過我們之間有陰影，不管多麼微小；我已經打定主意不許有這個陰影。如果任何地方必須有陰影，往後我願意把它放在我自己心裡。

我靠近我妻子一旁坐在沙發上，把耳環戴上她耳朵；然後對她說，恐怕近來我們沒有像往日那樣相處歡愉，而罪過在我。我真心誠意這樣感覺，這的確也是我的罪過。

「真相是，朵若，我的命，」我說，「我一直想法要聰明。」

「也把我變聰明，」朵若提心吊膽地說。「你沒有嗎，多迪？」

我點頭對這一個吃驚的、揚起眉毛的一問表示同意，吻了她張開的兩唇。

「你用的心一點用也沒有，」朵若搖搖頭說，搖得耳環都叮噹響。「你知道我是個什麼樣的小東西，知道我一開始要你叫我什麼的了。你要是辦不到，恐怕你永遠不會喜歡我。

你的確沒有有時候以為，要是……就好些嗎？」

「要是什麼呀，心肝？」因為她並沒有想把話講完全。

「沒有什麼！」朵若說。

「沒有什麼？」我照著說。

她兩臂摟住我頸項發笑，叫她自己是傻蛋，這是她喜歡叫自己的名字，臉藏在披在我肩膀上濃密的鬈髮裡，要費很大的事才能拂開頭髮，看得到。

「是說我以為要是一無作為，比費力訓練我小孩兒妻的思想還好些嗎？」我對自己發笑說。「這是你的問題嗎？對，的確，我以為如此。」

「這就是你一直在想法要做到的嗎？」朵若笑道。「唉，多嚇壞人的孩子！」

「不過我再也不了，」我說。「因為我深深地愛她的本色。」

「不說謊——真的嗎？」朵若挪近我問。

「我為什麼要費心，」我說，「把這麼久我當寶貝的人改變？我甜蜜的朵若，你再沒有比你天生的本色表現更美了。我們再也不要想法做自以為了不起的試驗了，還是回頭過以往快樂的日子吧。」

「過快樂日子！」朵若答。「對！整天！有時候，出點小紕漏，你不會介意嗎？」

「不會，不會，」我說。「我們一定要盡力而為。」

「你再不會對我說，我們把別人帶壞了，」朵若用好話騙我說；「你會嗎？因為你知道為那件事發起脾氣來就怕人了。」

「不會了，不會了，」我說。

「我愚蠢總比不舒服好些，是不是？」朵若說。

「朵若的本色比世界上任何的什麼好。」

「世界上！啊，多迪，世界是很大的地方啊！」

她搖頭，討喜的明眸向上朝我的眼瞧，吻我一下，歡歡喜喜地大笑，一躍跑開，去替吉勃繫上新項圈了。

我最後一次想叫朵若有任何改變，就這樣結束了。我出力做這件事很不快樂；我自己的智慧煢然孤立，叫我忍受不了；我此舉和她以往要我當她是孩兒妻的請求不相調和。我決意盡我所能，自己不聲不響改進我們的家務；不過我看穿我能盡的全力很有限，不然又得退化成蜘蛛，永遠埋伏著預備出擊。

我提到過的陰影不會再在我們之間存在了，卻全部歇在我心裡。是怎樣落下來的呢？往日不快樂的感覺滲透我的生活。如果說終於有了變化，那是更加深了。仍舊無法加以說明，就像夜晚聽到、悲慘模糊的一段音樂。我深愛我的妻子，我很幸福；但是我一度隱約期待的幸福並不是我享受到的幸福，總有點什麼缺陷。

為了實踐我和自己訂立的合約，在本文裡反映我的思想，我又仔細查究一下，把我思想的祕密揭露出來。我仍然認為——總認為——我覺得缺憾的，是我少年特有幻想的某種夢境；是不能實現的；現在發現它如此，有些自然會有痛苦，正如所有的人一樣。可是如果我的妻子能多幫助我一些，分我許多別人和我共有的想法，我的景況會好些。這也作興是會有的情形，我知道。

這兩個不能調和的結論之間：一個是我所感到的是一般的，無可避免的；另一個是我特別有的，作興和別人的不同：我好奇心重，並不分明感到這兩個結論互相對立而加以平衡。我想到少年人空中樓閣的夢想不能實現，我就想到我成人前因為年齡長大而脫離的比較好的一個階段。然後和娥妮絲在一起住在可愛的老式屋裡過的滿足的那段日子就像死者的陰魂在眼前出現，這段日子也許可以在另外一個世界重新開始，可是再也不能在這個世界上復生了。

有時候，我會想到，如果朵若和我從來不曾相識。也許發生什麼樣的情形，會發生什麼情形？不過她已經和我合為一體，共同生存，這個幻想是最無稽的，就如同空中的游絲一樣，很快就逝去，我捉摸不著，也看不見了。

我始終愛她。剛才所記述的，在我內心最深、最幽隱處微睡、半醒、又睡著了。並沒有這個想法在我言行裡顯露出來；我不知道這個想法對我的言行有絲毫影響。我背著家裡所有細微操心、所有我的計畫的擔子，朵若管替我換筆；我們倆都覺得，我們的負擔已經照實況的需要安排妥當了。她真正的愛我，以我為榮；娥妮絲給朵若的信裡有幾句懇切的話，說起我的老朋友聽到我的聲譽日隆，覺得以我為貴，非常關心，他們讀我的書就像聽到我親自念出書的內容一般，朵若讀給我聽，歡喜得明眸盈淚，說我是可愛、親密、聰明、出了名的孩子。

「我從前少不更事，第一次一時衝動，大錯就要鑄成。」司瓊太太的這句話這時不停向我來來去去出現，幾乎總在我心裡。我甚至常常在夜裡念這句話醒來；記得夢裡見到房屋牆上寫了這一句，讀到了。因為現在我知道，我最初愛朵若那時，自己少不更事；不然的話就絕不會在我們結婚的時候有那時我心裡隱祕之處的感覺。

「再沒有比思想和志向不投對婚姻更不相宜了。」這句話我也記得。我出過力要把朵若改造得適合我，發見這件事辦不到。結果只好把我改造得適合朵若；盡我所能的和她同享，過幸福的日子；我自己兩肩承擔我必須挑起的擔子，而仍然覺得幸福。這是我開始想的時候要自己設法培養的紀律。這樣一來，我們第二年比第一年幸福得多；尤其好的是，朵若過的日子就全是陽光普照的了。

不過那一年寒來暑往，朵若身體不很結實。我希望有比我的更輕柔的手來幫著塑造她的性格，她懷裡嬰兒的笑容可以把我的孩兒妻變成成熟的人。並沒有成功。在小牢房門口拍了一會兒翅膀的那個小精靈，還沒有覺察到被囚，就飛走了。

「姨婆，等我像以往那樣，又能到處奔跑的時候，」朵若說，「我要逼吉勃快跑。牠動作越來越慢，也越變越懶了。」

「寶貝，」姨婆在她身邊靜悄悄地做個活說，「我懷疑牠的毛病比那些還糟呢。上了歲數了，朵若。」

「您以為牠老了嗎？」朵若吃驚地說。「唉，吉勃都會老，這件事看起來多怪！」

「這是我們我們上了年紀個個都急不了的病啊，小寶貝兒，」姨婆高高興興地說；「跟你說句心裡的話，我已經不像以往那樣能夠全不把它放在心上了。」

「可是吉勃，」朵若說，一面捨不得地望著狗「連吉勃也不免！唉，可憐的東西！」

「牠③大約還有好久可以活呢，小花兒，」姨婆輕拍朵若的嘴巴說。這時朵若從躺椅上往外傾，望著吉勃，吉勃也用後腿站起身來，對她響應，好幾次喘著氣費力要用頭和肩爬上去都不成功。「今年冬天一定要在牠房子裡墊一塊法蘭絨，等到春天花開，牠一定又養得有精神了。求上帝保佑這隻小狗！」姨婆叫道：「如果牠跟貓一樣有那麼多條命，在條條都要丟掉的那一刻會用牠最後一口氣對我叫的，我相信。」④

③按吉勃是牡狗，原文用「他」，以下同。

朵若幫狗爬上了沙發；狗在上面對姨婆公然反抗，十分兇暴，簡直不安本分，狂吠得身子都斜了。越是姨婆望著牠，牠越對著姨婆發脾氣；因為姨婆最近戴了眼鏡，為了誰也不懂的理由，吉勃當眼鏡是攻擊牠的。

朵若費了很多唇舌，才弄得狗在自己一旁躺下。等牠安靜下來，把牠的一隻長耳朵用手撚了又撚，一再沈思說，「連吉勃也不免！唉，可憐的東西！」

「牠的肺很強，」姨婆高高興興地說，「牠有反感叫起來一點也不弱。一定還有好多年好活呢。不過你如果要有條狗和你賽跑，小花，牠過的日子太舒服了，不能再幹這件事了，我送你一條。」

「謝謝您，姨婆，」朵若說。「不過請您別送！」

「別送？」姨婆說，說時取下了眼鏡。

「我除了吉勃，不能有別的狗，」朵若說。「有別的狗就對吉勃太不厚道了！還有，我除了吉勃，不能跟別的狗做這樣好的伴；因為在我結婚之前，別的狗不曾已經認識我，多迪第一次上我家門也不曾向他叫過。恐怕我除了吉勃不能愛任何別的狗，姨婆。」

「當然啦！」姨婆說，又輕輕拍她的嘴巴。「你對。」

④英人因貓跌下不傷，堅強、兇猛等等緣故，有貓有九命的說法。

「我得罪您了吧，」朵若說，「得罪了吧？」

「啊喲，多細心的寶貝兒！」姨婆叫道，說著就彎腰親熱地朝著她。「竟然想到會得罪我！」

「不是的，不是的，我並沒有真正這樣想，」朵若答。「不過我有點累了，有一會兒人很不中用——我總是個不中用的小東西，您知道：不過——談吉勃，我就更不中用了。所有我碰到的事牠一直全知道，是不是，吉勃？如果因為牠有了一點改變就怠慢牠，我可受不了——我受得了嗎，吉勃？」

吉勃跟牠的女主人偎依得又近了些，無精打彩地舔她的手。

「吉勃，你還沒有老到就要把你主人撇下來了吧？」朵若說。「我們彼此還可以再做一陣子伴兒呢！」

我標致的朵若！下一個星期她下樓吃晚飯，看見闞都斯非常高興（闞都斯星期天總來跟我們一塊兒吃晚飯），我們以為她過不了幾天就「像以往那樣，到處奔跑」了。可是他們說，還得等多幾天，接著，還得等多幾天；她還是既不能跑，又不能行走。她樣子非常標致，也很快樂；就是那雙小腳本來圍著吉勃跳躍，動作非常靈活的，現在又遲鈍、又不大能動了。

漸漸地我每天早上抱她下樓，每晚抱她上樓，她總摟住我頸項著笑，當時好像我做這件事是為了爭獎，這當兒吉勃會在我們周圍吠跳，又走到我們前面，喘息著在樓梯平臺回頭看著我們走去。我姨婆是看護裡最周到、最歡天喜地的，會在我們後面吃力地跟著，看起來她就是大堆圍巾和枕頭在移動。狄克先生掌燭的職守絕不讓給任何有口氣的人。闞都斯會在樓梯最下一級看著，負責把朵若開玩笑的口信帶給那位全世界最可愛的小姐。我們這支隊伍非常高興，而其中以我的孩兒妻為最快樂。

不過有時候，我抱起她來，覺得她在我膀子裡變輕了，心裡感到一片死亡一般的空虛，好像自己走近還沒有見到的某個冰寒地區，我的生命凍得麻木。我不願意用任何名稱來承認有這種感覺，也絲毫不願意在這方面多想。直到隨後有一晚，這個感覺叫我十分難受，那時姨婆離開朵若，叫了一聲「明兒見，小花兒，」我獨自在書桌面前坐下，哭著想，唉這個名稱多不吉利啊，這朵花在樹上開著就這樣萎謝了啊！

第四十九回　我捲入神秘

覺乖異賢妻求救援
遭欺凌貧漢泣悲憤

一天早上，我收到郵局寄來下面這封信，由坎特布利寄出，寄到博士會館給我的；我讀了很有些詫異：

逕啟者：

超出鄙人控制的情況致令親密之情切斷，歷時甚久；此情在鄙人執行職業職務，回憶具有絢爛記憶色彩的往日情景及事件所獲有限的機會之際，始終予鄙人迥異尋常的愉快之情，今後亦必繼續如此。先生，這項實況及台端大才抬舉台端所達出色的高等身分，使鄙人不敢擅自渴望冒昧用親密的稱呼「考勃菲爾」，以稱呼鄙人少年時代的友人！鄙人給自己面子，提到的這個名字將永遠在寒家契據中受到鄙人親自尊敬，等於熱愛的珍視（所謂契據係指內子保管、與舍下以前房客所訂合約有關的卷宗）；台端只須知此一端，就已經夠了。

以其人本身原有錯誤，加之不吉利的諸事偶然蝟集，處境乃如小舟沈沒之人（倘使此人獲許用一海事名稱）不該執筆寫信上達台端——鄙人再說一句，有此種情況的人，不該採用致候或致賀的話寫信與台端。此信其人留給更能幹、更完美的人去寫了。

倘台端於副業百忙中撥冗閱讀這封信竟然到達此處——或許如此，或許不然，看情形如何而定——則台端必自然而然要問，鄙人究竟受何驅策而撰寫此書函？請容鄙人一陳，即台端疑問完全有理，鄙人充分服從，並加以擴衍：茲保證絕非為金錢性質的事項。

鄙人不更直接提到任何鄙人所有震雷掣電、潛藏的能力，或指揮吞噬任何一方的火焰，或為其復仇，請准許鄙人順便陳述，鄙人最光明的美景已遭驅散——鄙人的安寧已經粉碎，鄙人享樂的能力亦受摧毀——鄙人的心已不復在其原處——鄙人在同胞面前已不能昂首而行了。尺蠖已在花中。杯中苦酒已經滿溢①。蠕虫在蠹蝕，

①聖經中常用語，指苦難。

不久即將吃光其活點心。愈快愈好。但是鄙人不要再岔遠了。

鄙人置身於精神特別痛苦的狀態，甚至越出內子慰藉的影響力可及的範圍，雖內子以婦女、妻子、母親的三重身分發揮，亦無濟於事。故有意在短期內逃出本身樊籠，以四十八小時專心休憩，重溫過去在京都行樂所在。在其他家庭寧謐、心境平安的若干隱庇所中，鄙人之足將自然而然踏向高等法院監獄。如上帝允許，鄙人將於後日晚間七時正，在民事訴訟監禁之地南牆外，鄙人作此聲明後，則此書信通訊的目的即已完成。

鄙人請求舊友考勃菲爾先生，或舊友法學院內院湯瑪斯．闕都斯先生（倘使這位先生仍在人間，並即將出現）紆尊與鄙人相會，儘可能重修以往舊誼，鄙人並不覺得此舉理由正當。現在本人僅發出一言，即在鄙人所述時間、地點，先生仍可見到如此瓦解而仍

殘存

頹塔

之遺跡，

威爾金斯．密考伯

上述之外，再附一語，或亦可行，即內子並不獲參與鄙人用意的機密。　又及。

這封信我讀了幾遍。密伯考先生巍峨的文體，坐下來為可能有，或不可能有的原因寫長信，滋味無窮，我心裡是十分有數的，卻仍然相信這封轉彎抹角的信背後一定隱藏了什麼重大的事情。放下信，揣摩揣摩；又拿起來，讀一遍；還在思索，就在這時，闞都斯在我面前發現，我困惑到頂點。

「好老兄，」我說，「我再沒有比此刻看見你更開心了。你的見解冷靜，可以給我好處，你來再湊巧也沒有了。闞都斯，我收到密考伯先生一封非常奇特的信。」

「不至於吧？」闞都斯叫道。「真的？我倒收到密考伯太太一封信！」

闞都斯說了這話，就拿出了他的信和我的交換。本來路走得滿臉通紅，頭髮因為運動，加上興奮，更加豎得筆直了，好像他看到了高興的鬼一樣。我看見他心鑽到密考伯先生信的中心，眉飛色舞說「『震雷掣電，或指揮吞噬任何一方面的火焰，或為其復仇！』我的天，考勃菲爾！」——然後我就開始讀密考伯太太的信。

信上這樣說：

「我問候湯瑪斯．闞都斯先生，倘使他還記得以往有幸和他極熟的那個人，那麼請他撥冗片刻。我向湯．闞先生保證，我如果不是因為瀕於發狂，絕不會強求他的恩惠。

「我雖然難於啟齒，密考伯先生（以往非常以家庭為重）和他妻子、家庭的疏遠是我把不幸的請求向闞都斯先生提出，請他寬恕的原因。密考伯先生的行為改變，古怪、強暴，絕不是闞先生所能完全想像的。這一切是漸漸增加的，末了達到智力失常的程度。我確實告訴闞都斯先生，沒有一天沒有突然的病的發作。等我告訴了闞先生密考伯先生一口咬定，他已經把自己賣給了魔鬼，我已經聽慣了，闞先生就不會要我描述我的感覺了。密考伯先生很久以來的特點就是神祕而祕密，這個特點代替了以往對我無限的信任。極少一點觸犯，甚至像問他晚飯有無特別喜歡吃的東西，他就表示希望分居。昨晚雙生弟兄稚氣地要兩辨士買「絕妙檸檬」——本地糖果——密考伯先生竟拔出撬蠔刀來相向！

「我把這些瑣碎奉告，求闞都斯先生對我海涵。不說出來，闞先生難以知道我傷心欲絕的狀況於萬一。

「我現在可以冒昧把我信裡的細節對闞都斯先生吐露嗎？他現在可許我完全依賴他友善的照顧嗎？噢，可以的，因為我知道他的心腸！

「愛情的眼很尖，不易矇混，尤其是女性的。密考伯先生將往倫敦。今天早上早餐前，他寫寄發地址片，繫在以往幸福時期用的小棕色手提包上。雖然煞費苦心隱藏他的筆跡，但夫妻懸念，急切一瞥，已看出倫敦地名裡面後三個字母d.o.n.清晰可辨。公共馬車西區終點在金十字。我可敢懇求闞先生和我誤入歧途的外子一晤，跟他理論？我可敢請闕先生設法在密考伯先生和他苦難的一家之間出面調停？唉，不可以，因為這個請求太過分了！

「如果考勃菲爾先生還記得一個沒有名望的人，可以請闕都斯先生代為向他致始終不變的敬意，並轉達同樣的請求嗎？闕先生天性仁厚，遇到任何情形，都請他對這封信絕對保守祕密，無論如何當密考伯先生面絕不提到這封信，不管多麼隱約，亦絕不提。如果闕先生竟然回信（我不得不覺得這是最最不會的），信上寫明寄交坎特布利郵局留交M.E.②，這樣痛苦後果可以減少，比較直接寄給下面簽名、極端煩惱之人。

「向湯瑪斯・闕都斯先生致敬的朋友和懇求者，

艾瑪・密考伯・」

「你對那封信作何感想？」闕都斯說，眼望著我，這時候我已經把這封信讀了兩遍。

「你對另外那封信作何感想呢？」我說。因為他還在皺眉頭念信呢。

「我想考勃菲爾，這兩封信一起的意思，」闕都斯答，「比密考伯先生和太太平常通

---

②這是顛倒寫的密考伯太太姓名為首字母。

信的用意更多——不過我可不知道是什麼意思。他們一定都真心誠意寫的，沒有任何串通的舉動。可憐的信！」他此刻是指密考伯太太的那一封信，我們並排站著，比較這兩封信說：「無論如何，寫封信給密考伯太太，告訴她我們不會不見密考伯先生一面，總是合乎仁愛的道理的。」

我對於這個主張更加贊同，因為上次她來信，我相當不當回事，自己很責備自己。那時候我接到那封信，想了很多，我已經在前面提起過了；不過我正在全神貫注，忙自己的事，我對這家人的種種的經歷，又沒有再聽到她家的消息，漸漸把這件事撇開了。我常常想到密考伯一家人，不過主要是想知道他們在坎特布利又有了什麼「錢債」，回想起密考伯先生自從做了烏利亞．謝坡的書記，見了我多麼畏縮。

不管怎樣，我們兩個人此刻聯名寫了封安慰密考伯太太的信。都簽了名。進城寄信的時候，闞都斯和我討論了很久，作了種種推測，我也不必重提。下午我們跟姨婆請教；不過我們唯一斷然的結論是，我們跟密考伯先生的會晤必須完全準時。

我們雖然比指明的時間早一刻鐘就到了約定的地方，發現密考伯先生已經在那裡了。他兩臂抱攏，正在牆對面站著，望著牆頭上豎著的長釘，面帶感傷的表情，好像這些長釘是他少年時代替他遮陽交錯的樹枝似的。

我們和他招呼之後，他的態度更加有點手足無措了，更加有點不像往日的文雅。他為了這次短途旅行已經脫下黑色的律師裝，穿的是舊外套和緊身衣，不過不十分像以往的樣子。我們跟他談話，他逐漸恢復舊日的神情；不過連他的單眼鏡好像都掛得不很自在，襯衫領子雖然尺寸仍舊威武，卻相當挺不起來。

「兩位先生，」寒暄之後密考伯先生說，「你們是患難朋友，也是真朋友。請准許我問當今的考勃菲爾太太身體可好，未來的闕都斯太太身體可好，——我假定，就是說，我的朋友闕都斯先生還沒有和他的情之所鍾（無論環境順逆③）結合吧。」

我們謝了他的情義，答了適當的話。然後他叫我們注意牆，開始說，「我向兩位先生保證，」這時我冒昧反對他對我們用這種客套的稱呼，求他照舊日那樣跟我們說話。

「我的好考勃菲爾，」他按按我的手答，「你的熱誠我衷心銘感。一度稱做『人』，如今淪為『神殿』的粉碎斷片——如果我獲准這樣表達自己的意思——得這種待遇，就可見你這種心腸在我們一般人看來，是光榮了。我正要說，我重睹我一生中飛逝而去的某些最幸福時光的明朗點了。」

「有這些幸福一定是密考伯太太的功勞，」我說。「我希望她很好吧？」

「謝謝你，」密考伯先生答，提到這一點他的臉上現出愁容，「她只不過還過得去。」

③西方行婚禮時男女雙方誓詞中語。

密考伯先生接著悲傷地點頭說，「這就是高等法院！在這個地方，許多輪流的歲月中第一次，錢債勢不可當的壓力沒有日復一日由不願意撤出過道的強求的呼聲公佈出來；在這個地方門上沒有門環可供任何債權人敲來討債；在這個地方用不著直接把傳票送達當事人，繼續拘留指令就在門口遞送！兩位先生，」密考伯先生說，「磚砌建築物頂上那個鐵製部分的影子投射在散步場碎石子上，我看見過我的孩子們穿過錯綜花樣的迷魂陣，遇到暗的地方就避開。那個地方塊塊石頭我都熟悉。如果我不知不覺露出念舊之情，兩位會知道怎樣原諒我的。」

「我們從那個時候起，大家都出頭了，密考伯先生，」我說。

「考勃菲爾先生，」密考伯先生悲憤地答，「我在那個收容所裡的時候，都可以正視我的同胞，要是他得罪了我，我就用拳頭打他的頭。現在我的同胞和我自己經不再像以往那樣關係極其愉快的了！」

密考伯先生垂頭喪氣地從那座建築轉身，肯讓我伸過去的一隻膀子挽他一邊，闕都斯伸過去的一隻膀子挽他另一邊，他在我們之間前行。

「有些界標，」密考伯先生掉過頭往身子後面不勝依戀地瞧著說，「在通墳墓的路上，倘若不是為了那種渴想缺少虔敬④的，人總希望永遠不要經過。我浮沈生涯碰到的高等法院就是這一種。」

「唉，您今天很銷沈呢，密考伯先生，」闕都斯說。
「我是很銷沉，先生，」密考伯先生插嘴道。
「我希望，」闕都斯說，「不是因為您憎惡法律的原故吧——因為我自己是律師，您知道。」
密考伯先生一句話也不答。
「我們的朋友希坡好嗎，密考伯先生？」我在沉默了一會兒之後說。
「我的好考勃菲爾，」密考伯先生突然面無人色，激昂地答，「如果你提到我的老闆，而當他是**你的**朋友，我心裡很難過。你如果當他是**我的**朋友問候他，我只好冷笑，不管用什麼身分你問候我的老闆，我對不起，並不是要得罪你，答的話只限於——不管他的身體的情況如何，他的外貌是隻狐狸；且不說是魔鬼。請你准許我，以我私人的身分，不再提這個把我鞭打，趕到我專業地位絕望邊緣的人。」
我為了無意提到這個話題，引得他這樣憤怒，表示歉意。「我可以請問，」我說，「我的老朋友，威克菲爾先生和他小姐可好，要是沒有冒犯同樣錯誤的險？」
「威克菲爾小姐，」密考伯先生說，此刻面色轉紅了，「是個典範，輝煌的榜樣，永

---

④此指自殺的願望。根據基督教的神學，生命是天主所賦，人不能自裁，故以下有缺少虔誠一語。

遠是的。我的好考勃菲爾，她是悲慘人生唯一有星光的地方。我對這位青年閨秀的尊敬，對她性格的愛慕，因為她仁愛、真實、善良對她的忠誠！——」密考伯先這句話沒完，接著說，「帶我到個轉彎的角落去吧，因為我的心境此刻的確吃不消講這些話！」

我們把他推推擁擁，帶到一條狹街上，他掏出了口袋裡的手帕，背朝牆站著。闕都斯神情嚴肅地望著他，我如果用同樣的神情看他，他一定覺得我們這種夥伴絕不會叫他振奮起來。

「我也是命該如此，」密考伯先生說，說著自己已經嗚嗚咽咽，哭起來了，毫不掩飾。不過即使如此，也還略微保持往日做高雅的什麼事的派頭；「兩位先生，我們內心的感情已經成了對我的指責⑤，我也是命該如此。我對威克菲爾小姐的尊敬是我穿進心頭的萬箭。對不起，請你們最好聽我鬼魂出現一樣，做個流浪的人吧。蠕蟲⑥會飛快結果我的性命。」

我們不理會他的請求，仍然站在他一旁，末了他收起手帕，把襯衫領子拎高，帽子歪戴在一邊，哼個小調，以混過附近作興在注意他的人。然後我提起，如果他讓我介紹他會一會我姨婆，我就很高興了，他如果乘馬車到高門去，那裡有供他用的牀鋪——我心裡害怕倘使我們沒看住他，會有什麼差誤。

---

⑤他因為替烏利亞．謝坡工作，已經查出謝坡對威克菲爾的叛逆，詳情隨後透露。

⑥西方人以為人死後是蠕蟲的食物。此回密考伯一心想到自殺身死。考勃菲爾也有此疑懼，見下文。

「密考伯先生，你得替我們調和你的那種加料果汁酒，」我說，「不管心裡有什麼事都忘記掉，儘想愉快些的情事。」

「或者，如果把心裡的話跟朋友談談，作興心裡可以更寬舒些，您就得把話跟我們說出來，」闞都斯很慎重地說。

「兩位先生，」密考伯先生答，「你們要怎麼樣對待我，就怎樣對待我好了！我是大洋上的一根草，由風向朝四面八方顛簸——對不起；我本該說由風浪的⑦。」

我們又繼續向前走，臂挽著臂；發現公車馬車正要啟程；搭上去一路上絲毫沒有碰到麻煩就到了高門。我心裡不知道該說什麼，沒有什麼舉動才最好，所以很不安，也很沒有把握——闞都斯顯然也是如此。密考伯先生大部分時間都沉在憂鬱的深淵裡。偶爾也想表示輕鬆，哼一隻曲子的末截。不過他把帽子戴得極歪，偏向一邊，襯衫領拎上來；高與眼齊，來開玩笑，結果他深沉的悲哀故態一再復萌，反而更加顯眼。

因為朵若不適，我們就往姨婆家，而不去我家。請了姨婆出來，她就熱烈慇懃歡迎密考伯先生。密考伯先生吻了她的手，退到窗口，又掏出了口袋裡的手帕，內心的情緒有掙扎。

狄克先生在家。他天性極其同情任何好像有絲毫不安的人，也很快找出這種人，所以

⑦英文elements（風浪）和elephants（象）容易混淆，中文無相同巧合之詞。

就和密考伯先生握手，至少握了五回或七回。在密考伯先生心事重重時這樣熱烈待他，對方而且是個生人，這就極其可感了，每接著握一次，他只能說，「我的好先生，你叫我感激難言！」這句話狄克先生聽了非常受用，就再握一次，比上次握得更有力。

「這位先生的友愛，」密考伯先生對我姨婆說，「如果您准我借用動粗的國家運動⑧的詞藻，喬幄小姐——可把我打倒在地上了。對一個正在跟彷徨無策，心亂如麻，不勝這種千頭萬緒的負擔掙扎的人，這樣的招待的確不容易受呢。」

「我的朋友狄克，」姨婆答，「不是普通人。」

「對於這一點我相信，」密考伯先生說：「我的好先生，」因為狄克先生又跟他握手了，「您的熱忱我深深體會！」

「貴體怎麼樣？」狄克先生面帶不能放心的神氣問。

「湊合，我的好先生，」密考伯先生嘆口氣答。

「您得打起精神來，」狄克先生說，「儘量弄得自己舒服。」

這兩句友情隆重的話聽得密考伯先生十分難當，發現狄克先生的手又在他手裡握著。

「在人類生存錯綜迷離的全景上，我偶爾能碰到綠洲，不過從來沒有碰到過此刻的一個這

---

⑧指拳擊。

樣綠，這樣葱蘢，這樣泉湧的，這也是我命中註定！」

我下次如果看了這樣的情景，會覺得有意思；不過此刻卻覺得我們都不舒服、都憂慮，我留心觀察密考伯先生猶豫不決，一方面明明要透露些什麼，另方面又有相反的意思什麼都不透露出來，觀察得我過於焦灼，所以發很厲害的燒。闞都斯坐在椅子邊上，眼睛睜得很大，頭髮比平常豎得更毫不容情地筆直，時而對地面，時而對密考伯先生瞪著瞧。我雖然看得出姨婆最銳利的觀察力集中用在她新認識的客人身上，卻比我們兩個人誰都更能運用才智；因為她跟密考伯先生交談，叫他不管情願不情願都非說話不可。

「您是我姨姪孫很老的朋友，密考伯先生，」姨婆說。「我要是早有幸跟您會面就好了。」

「喬幄小姐，」密考伯先生答，「我要是早有榮幸認識您就好了。過去我不都是您此刻看見的這樣落魄的。」

「我希望密考伯太太跟您家裡人都好，先生，」姨婆說。

密考伯先生斜了頭。「喬幄小姐，他們都，」他頓了頓說，「和外國人、無家可歸的人所能盼望的一樣好。」

「上帝降福你們，先生！」姨婆有特色地猝然叫道。「你說這句話是什麼意思啊？」

「我家的生計，喬幄小姐，」密考伯先生答，「朝不保夕，我的老闆——」

密考伯先生說到此地戛然而止，叫人著惱；卻動手去削檸檬皮了，這本來是歸我支配的、和所有其他他調加料果汁酒用的器具一同放在他面前的。

您剛才提到您的老闆，您知道，」狄克先生說：一面客客氣氣輕輕推他的膀子提醒他。「我的好先生，」密考伯先生答，「您提醒了我。我感激您。」他們又握手。「喬幄小姐我老闆——希坡先生——一度承他的情告訴我，如果我不是他賞飯吃，有薪水領，大約就會在國內各地走江湖，吞劍、吃火。據我所理會的，我的孩子很作興淪落，要靠軟體表演混碗飯吃；而內子就要奏手搖風琴，替他們表演這種違背自然的技術捧場。」

密考伯先生把他的刀隨意一揮，表情卻很動人，意思是他死了以後，這些表演也許是勢在必行的；然後又拚命去削檸檬皮了。

姨婆把肘擱在她平常放在身邊的小圓桌上，全神貫注瞧他。我雖然極不喜歡設下圈套把密考伯先生不打算自動透露的話套出來這個主意，本來要在這個當兒問他的話的。可是不行，我看到他的舉止失常；他把檸檬皮倒在水壺裡，糖倒在放燭花剪子的盤子裡，烈酒倒在空壺裡，自信心十足地要把燭臺倒出滾水來。這些是最引人注意之中的幾個舉動。我看到禍已臨頭，果然不錯。他把這些工具、器皿嘩啦一把，聚成一堆，從椅子上站起，掏出口袋裡的手帕，突然哇一聲哭起來了。

「我的好友考勃菲爾，」密考伯先生說，手帕摀住臉，「這個行業，是一切行業之中，需要無憂無慮的頭腦和有自尊的心人去幹的。我幹不了。根本不能。」

「密考伯先生，」我說，「究竟出了什麼毛病？請您痛快說出來吧。在座都是自己人。」

「都是自己人，先生！」密考伯先生重複說；這時他原先一直憋在肚子裡的全迸出來了。「天哪，主要是因為我的確在自己人堆裡，心情才會成為現在這個樣子的。有什麼毛病嗎，諸位先生？怎麼才真正沒有毛病呢？毛病是卑鄙惡毒；毛病是下流；毛病是欺騙、舞弊、陰謀；整個兇殘一堆的那個人名字就是——希坡！」

姨婆拍手，我們大家全站起來了，好像鬼附上了身。

「我硬撐的時期已經過去了！」密考伯先生說，說時猛烈用手帕打手勢，不時兩臂完全揮出，好像他在游泳，遭到的困難人力無法克服。「我再不要過這種日子了。我是可憐蟲，凡是叫人日子勉強過得去的福全等不到了。替那個地獄裡的惡棍當差，我一直是個倒霉鬼。把我的太太還給我，把我的家庭還給我。把現在腳上上了刑具到處走的小可憐蟲換成密考伯，叫我明天去吞刀吞劍，我都幹，幹得津津有味！」

我一生從來沒有見過這樣大動肝火的人。想法要他安靜下來，我們好恢復理性。可是他火氣越來越大，別人一句話他也聽不進。

「我絕不把我的手放在任何人的掌心裡，」密考伯先生上氣不接下氣，直喘、抽抽噎噎地說，就像個跟冷水搏鬥一樣的人，「先讓我把——把那條——呃——極可惡的——毒蛇——希坡——炸成碎片再說！我不要領任何人招待我的情。先讓我把——呃——維蘇威火山——弄得爆炸——炸死——呃——那個無恥的——希坡——這個屋裡的——點心——呃——特別是加料酒——會——呃——卡住——⑨——除非——我已經——先——把一生欺騙人說謊的——希坡——的眼睛——打他頭上——呃——掐出來！我——呃——我誰也認識——什麼話——呃——也不說——而且——呃——那兒也不住——先要打垮——天字第一號——死不了的虛偽的混帳東西——造假證件的——希坡——打成看不出來的粉末再說！」

我真害怕密考伯先生會當場身死。他拼命說出這些口齒不清的話那副樣子，不管那一刻快要說到希坡這個姓的時候，總掙扎著說下去，憤激得要昏倒的樣子，差不多是不可思議地衝口說出，叫人看了心驚。不過此刻他累極了往椅子上坐下，身上冒熱氣，望著我們，臉上凡是會有，而並用不著有的顏色都齊了，喉嚨哽住，好像有無了無休長列的團塊一個緊跟一個塞了進來；又由喉嚨裡衝進額頭裡，他的樣子就像到了窮途末路。我本來要去照應他一下，不過他揮手叫我走開，不肯聽我說一句話。

「用不著，考勃菲爾！——先別通信息——呃——等——威克菲爾小姐——呃——受惡到頂點的無賴——希坡的損害擺脫了再說！」（我十足相信，他一口氣說不了三個字⑩，

---

⑨「卡住」原文choke與下文「掐」原文相同。

不過遇到要說到「希坡」這個姓，他的力量就受到刺激，變得驚人了。）「絕不可洩露的祕密——呃——全世界都要守——呃——沒有例外——下星期今天——呃——早飯時間——呃——這裡每一位——連姨婆——呃——這位友好之極的先生——在內——在坎特布利旅館——呃——在那裡——內子和我——同唱「昔日」歌——並且——呃——會暴露——萬萬受不了的——兇漢——希坡！我沒有要說的了——呃——也不聽人勸——馬上走——吃不消——呃——跟人在一起——要釘住死心眼兒，數已經盡了的小人——希坡！」

這個姓有魔力，靠這個姓他的話到底才能講得下去，他這次說出這個姓費的力比以前歷次費的都多；密考伯先生最後重說了一次，就衝出室外；把我們弄得很興奮，抱了希望，心裡驚異，當時的心情比他自己的好不了多少。不過即使那時，他寫信的熱情仍舊很高昂，自己抑制不了，原來我們還正在興奮、希望、驚異的高潮，下面這封牧函⑪就已經由鄰近的小旅館遞來給我，信他是到那裡去寫的：——

⑩原文如此。譯文的字要多些，也難確定最少幾個字。姑從原文。

⑪凡由主教寫給信眾的信，稱牧函。此柬之所以稱為牧柬，是因為末了口氣與聖保祿（或譯「羅書信」致《第茂德（或譯「提摩太」後書》第四章六至七節所說相似。

「最祕密機要。

「逕啟者，

鄙人頃間情緒激動，謹煩台端向令卓越的姨婆道歉。悶燃的火山受抑已久，爆發是內部鬥爭的結果，情形易於想出，而不易描寫。

「鄙人相信鄙人已將下星期今日，在坎特布利旅館的約會勉強表達明白。內子與鄙人一度在彼處，與台端有同聲的榮幸合詠特威得河那邊不朽消費稅徵收官著名的歌⑫。

「鄙人職務已盡，補償之舉已完成，只有如此，才能注視人類同胞，然後再也無人認識鄙人。鄙人只求葬在全人類皆去之處，其地

「『村中不學諸父老

「『永埋斗室各長眠⑬』

---

⑫指本斯（Robert Burns, 1759-96），曾為稅收官，出生地在特威得河（Tweed）西的亞爾自治市。歌指〈昔日〉。

「——題銘簡樸，僅

「威爾金斯・密考伯。」

---

⑬詩引自格雷（Thomas Gray, 1716-71）《教堂墓畔輓歌》（*Elegy Written in a Country Churchyard*）十五、十六行。

第五十回　如願以償

肆毒虐怨女快私忿
冒風塵慈舅惜明珠

到了這時，自從我們在河邊和瑪撒會談之後，幾個月過去了。我從那次起，一直沒見過她，不過她有幾次跟裴格悌大爺通過信息。她熱心要來幫忙，還沒有見效；根據她對我說的話，我也推測不出關於眼前艾姆麗的命運她得到什麼線索。承認我對於找到她這件事已經開始絕望，漸漸相信她已經死了的心越沈越下。

裴格悌大爺的信心卻始終不變。據我所知——我相信他的心腸正直，顯而易見——他確實清醒地相信可以找到艾彌麗，從來沒有再動搖。耐性從來沒有消滅。而且，雖然我想到也許有一天他受到打擊，堅強的把握會震撼，就害怕，他卻有一股說不出的虔誠，由他優美天性最純淨的深處表現出來，叫人感動，所以我對他的尊敬與日俱長。

他並不抱著懶散的信心，存著希望，別無作為。他終生是個剛毅有為的人，知道不管什麼事如果要別人幫忙，自己必須認真盡自己一分的力，幫助自己。我知道，他為了不放心，怕雅茅斯船屋窗口的蠟燭偶然沒點，夜裡親自走去查看。我知道，他報上讀到作興跟艾姆麗有關的新聞，就拿了手杖登程，跋涉六十八哩。他聽了篁忒爾小姐幫我得到的消息之後，就乘船往那不勒斯，去了又回來。所有這些旅程都因為省錢而吃盡辛苦；因為他總為了艾姆麗的原故，抱定宗旨儲蓄金錢，一旦找到了她好拿出來用。他這麼長時間尋覓，我從來沒有聽到過他埋怨；也從來沒有聽他說累，或者打不起精神。

自從我和朵若結婚，朵若常常見到裴格悌大爺，非常喜歡他。我現在還想得起他在我面前的形狀，站在靠近朵若的沙發一旁，手拿著難看的便帽，我孩子妻的藍眼睛抬起來，帶著難為情的驚異望著他的臉。有時候，晚上朦朧時分，他來和我談心，我會勸他在花園裡抽煙斗，一面我們一同慢步踱來踱去；然後一幅他撇下的家的畫圖，在我童稚眼中看到的晚上爐火正在燃燒，總是很舒服的空氣，風在周圍呼嘯；這些景象全在我腦子裡最逼真地顯出。

有一晚，在這個時候，他告訴我前一夜他出門的時候發現瑪撒在他寄宿地方的附近等他，請他在再看見她之前，不管有什麼事，都別離開倫敦。

「她可曾告訴您為什麼嗎？」我問。

「我問了她，小衛少爺，」他答，「不過她說起話來，總只有三言兩語，一等我答應了，就走了。」

「她可曾說您幾時再可以打算再見到她呢？」我追究道。

「沒有，小衛少爺，」他答，若有所思地用手從上到下抹他的臉。「我也問了那句話；可是她說，她也答不出。」

我已經很久克制自己，不鼓勵他抱不著實的希望了，所以聽到這個消息就沒有再說什麼，只表示我假定他不久會再見到她。我心裡的這種推測我沒有說出，因為這些推測根據不夠充分。

大約兩星期後，有一晚，我獨自在花園裡散步。那晚記得很清楚。是密考伯先生把別人懸著的第二個星期。那天整天下雨，空氣叫人覺得潮濕。樹上葉子很密，沾了雨水很重；雨倒停了，雖然天還是很晴；望晴的雀鳥歡欣地啁啾。我在花園裡來去徘徊的當兒，暗晦漸向我逼近。鳥聲已歇；這時到處充滿這種晚間鄉下特有的肅靜，最細的樹都寂然無聲，除了偶然有樹枝落下。

我們小屋旁邊有格子棚和常春籐的小小一片青綠景色，從這裡我看得到屋前的路上。我心裡正想著許多事情，碰巧眼睛朝路上一望，看見那邊有個人影，穿了件素淨的斗篷。

這個人影正急切切向我這邊轉過來，並且招手。

「瑪撒，」我叫了一聲，向她走去。

「您能跟我一塊去嗎？」她問，聲音低而激動。「裴格悌大爺那裡我去過了，他不在家。我寫下地方，叫他去，親手放在他桌上。他們說他出去不會久。我有消息給他。您能馬上就來嗎？」

我的回答是立即走出大門。她用手急打手勢，好像求我要有忍耐，也別出聲，就朝倫敦那邊走去。從她的衣服看得出，她是從倫敦迅速趕來的。

我問她倫敦是不是我們的目的地？她跟剛才一樣做了個匆忙的手勢，表示是的。我攔住了一輛經過面前空着的公共馬車，我們就進去了。我問他馬車夫該從此地往那裡駛，她答，「靠金廣場隨你那兒！要快！」——說完縮到一角，一隻抖顫的手摀住臉，另一隻手做了先前的手勢，好像什麼人聲她都受不了。

我心裡希望的光和恐懼交錯，頭昏眼花，思想紛亂，這種時候望著她想得到點解釋。可是發覺她極想保持靜默，也覺得這也是我自己天然的傾向，就不再想打破沈寂了。我們前進，一句話也不說。有時候她看窗外一眼，好像以為我們走得慢，其實走得很快；除此以外別的一切和起初一樣。

到了她說的廣場入口，我們下了車，我叫車夫等著，怕我們或許用得著。瑪撒手擱在我膀子上，忽忙領我走上一條幽暗的街，那一帶這種街有好幾條，街上的住宅一度很有樣子，是單門獨戶的，不過久已淪為分房出租的簡陋公寓了。進了其中一座屋開著的門，瑪撒就放了我的膀子，做手勢叫我跟她走上公用的樓梯，這個樓梯就像條涌大街的支流。

屋裡住滿了人。我們上樓的時候，各房的門都打開了，裡面的人伸出頭來。我們在樓梯上也碰到別的人下樓。我們進去之前，從外面往上望，我看見婦女兒童靠著窗，下面是花盆。我們好像引起了他們的好奇心，因為從門裡望我們的人主要是這些人。這是座廣大嵌了板子的樓梯，用某種暗色木料做了欄杆；門上有楣，用雕刻的水果和花卉做裝飾；窗子裡裝了些寬闊的窗口座位。不過所有這些過去壯觀的標記都腐爛汙穢不堪，朽壞、潮濕，年深月久，地板都鬆散了，好多地方都不結實，甚至不安全。我注意到這裡、那裡舊而貴的木工用普通的松材修補過，把新血注入這裡日見損毀的框架，費過一番心的。不過此舉好像式微的老貴族和平民乞丐結婚，因為所偶不倫，彼此互相退避。樓梯背後幾扇窗已經遮暗，或者全堵塞了。至於還保留著的，差不多什麼玻璃也沒有；汙濁的空氣好像總從破爛的窗口吹進來，再也不出去了。我由其他沒有玻璃的窗看見別的屋裡而有同樣的情況，往下看則是個不堪入目的院子，是大廈裡的人公共垃圾堆，望得人頭要發暈。

我們繼續走上這所屋的頂樓。路上有兩三回我想朦朧中看到一個女人的袍子下襬，在我們前面朝上走。到了我們轉彎登上我們和屋頂之間最後一段樓梯的時候，就完全看到這個人的全身，她在一個門口站了一會兒。然後扭門上的把手，進去了。

「這是怎麼回事！」瑪撒低聲說。「她進了我的房。我都不認得她！」

我倒認識她呢。我認出她是笪忒爾小姐來，好不驚異。

我對替我帶路的人說了幾句話，大意是這是位小姐，我以前見過。話才說完，就聽到房裡有她的聲音，雖然從我們站的地方聽不出她說的什麼。瑪撒面現驚詫之色，又恢復她原先的行動，輕輕悄悄領我上樓。然後，打後面小門領我進了一間小的空閣樓。小門上好像沒有鎖，她一推就開了。閣樓斜屋頂，比碗櫃好不了多少。閣樓和她稱做自己的房間之間有個小門可通，半開著。我們就在門口站住，因為上樓，氣都透不過來了。瑪撒的手輕輕掩住我的嘴。我只看得見那邊一間房相當大，裡面有張牀，壁上有幾幅普普通通的畫，上面畫的是汽船。我看不見笪忒爾，或者我們聽到她對著說話的那個人。我的同伴的確不能，因為我的位置最好。

有一會兒鴉雀無聲。瑪撒一隻手仍舊摀著我的嘴，另一隻舉起，姿勢是在諦聽。

「她不在家對我沒有多大關係，」蘿洒，笪忒爾倨傲地說。「關於她我什麼也不知道。我來是找你的。」

「找我？」誰的低聲答。

我一聽這個聲音，渾身戰慄。原來是艾彌麗的！

「對，」笪忒爾答，「我來瞧瞧你。怎麼！你幹了這麼些醜事，還有臉見人？」

她的聲音裡充滿堅決和絕對無情的憎恨，冷酷、嚴厲、刻薄，壓制著的狂怒，全在我面前出現了，好像我看見她站在光天化日之下。我看到那雙爍爍發亮的黑眼，給忿怒熬乾的身體；看到疤，割過嘴唇的白色傷痕，說話時嘴唇的顫抖、搏動。

「我來看，」她說，「詹姆斯・司棣福心愛的人；跟他一起溜的女人；她老家本地最粗的粗人街談巷議的人；跟像詹姆斯・司棣福那種人做伴的大膽、招搖的人，我要知道這樣的東西是什麼樣子。」

裡面有陣颯颯響聲，好像這個不幸受到這些辱罵的女孩朝門口奔，說話的人迅速在門口攔住了。接著是一會兒停頓。

笪忒爾再開口的時候，話是咬牙切齒說出來的，還在地上跺腳。

「你待在那裡！」笪忒爾說，「否則我把你幹的好事全抖出來，讓滿屋、滿街的人都知道！你要是想躲開我呀，我會擋住你，揪住你頭頭，連石頭我也舉起來攔你！」

我耳朵唯一聽到的是受了驚的嘟囔聲。接著又是沈默。我不知道怎麼辦。極想結束這場究詰，卻覺得我無權出面；只有裝裴格悌大爺一個人可以見她，恢復她的地位。他會老不來嗎？我很不耐煩地想。

「原來如此！」薩洒，笪忒爾鄙夷大笑說，「我到底看到她了！唷，給這樣一個柔弱、假端莊、垂頭喪氣的人迷住，他也就是個可憐的東西了！」

「唉，求求你再別罵我了！」艾彌麗叫道。「不管你是誰，你知道我的遭遇真悲慘，求求你再別罵我了，你也不喜歡挨罵的！」

「虧你說我也不喜歡人罵！」……另一個惡狠狠地答：「你居然以為我們這兩個人還有什麼可以比的？」

「沒有，不過都是女人，」艾彌麗哇一聲哭出來說。

「就憑這一點，」蘿洒·笪忒爾說，「這樣不要臉的人就當十足的理由求我了，我心裡除了瞧你不起，厭惡你，再沒有別的了，如果有，也凍結了。都是女人！你真替女人增光啊！」

「我這也是活該，」艾彌麗說，「不過我的命運多可怕！好，好小姐，你想想我受了什麼罪，我沈淪得多慘！唉，瑪撒，你快回來！唉，家啊，家啊！」

笪忒爾小姐在門口看得見的一張椅子上坐下，往下望，好像艾彌麗在她面前地板上縮著。她位於我和光線當中，所以我看得見她輕蔑翹起的嘴唇，殘毒的眼，死盯著一家，一副貪婪得意的樣子。

「我說的你聽著！」她說：「把你狐狸精的本領留著對付你別的冤大頭吧。你還希望你的眼淚就能打動我小姐的心嗎？這跟你對我擺笑臉一樣沒用，你這個賣身的奴隸。」

「唉，可憐我一點吧！」艾彌麗叫道，「對我有點憐憫心吧，不然我就要發瘋死了！」

「你犯的罪死了也算不得大補贖。你知道你幹了什麼嗎？你從來可曾想到你破壞的那個家庭嗎？」

「唉，還有那一晚，那一天我不想到家嗎！」艾彌麗叫道。此刻我正好看得到她，跪著，頭往後仰，沒有人色的臉向上望，兩手十指交叉抱緊伸出，頭髮四面披著。「可有單單一分鐘，醒著也好，睡著也好，家不在我眼前，正像以往在我墮落的時期我永遠永遠背棄了家，家總在眼前一樣！唉，家啊，家啊！唉，好舅舅，好舅舅啊，要是您竟然早知道，您的愛在我墮落不學好的時候給我多少痛苦，您再也不會對我愛得這樣一點也不改變，要多愛就有多愛；就會對我發脾氣，我一生至少發一次，好讓我舒服些！我在世上已經一點安慰都沒有了，一點都沒有了，因為他們全總是喜歡我！」她在椅子上這位專橫的人物面前臉趴下去，要去握住她長袍的下襬求情。

薩洒．笪忒爾坐著往下望艾彌麗，跟銅像一樣沒有人情好講。嘴脣緊閉，好像她一定要強制自己——我照自己相信的直率地寫——否則就會忍不住要毆打腳面前這個美麗的人了。我清清楚楚看見她，她臉上和她的性格全部的力量好像都逼出她那個表情。——裴格悌大爺再也不來嗎？

「這些蛐蟮的該死的虛榮心！」她說，到此刻為止控制住了胸部因為怒火的上升，才相信自己能說話。「你的什麼家！你以為我會賞你的臉為你的家費一點心，或者以為你糟塌了那個下作地方，不能出筆錢賠補，補得十足嗎？你的什麼家！你是你家那一個行業的貨色，跟任何別的你們這種人買賣的貨色一樣，可以買賣的。」

「嗨，我們不是這種人！」艾彌麗叫道。「隨便什麼事你可以說我；可是別把我受的侮辱和羞恥加倍，去損傷跟你一樣高尚的人！請你對他們有些尊敬，你是有身分的人，即使你對我毫無慈悲。」

「我說的是，」筥忒爾一絲不屑理會這個請求地說，一面把她的衣服扯回去，怕給艾彌麗碰髒：「我說的是司棣福，他的家呀——我就住在那裡。就憑你」，她輕蔑地大笑說：一面伸出一隻手，低下頭來瞧趴在地上的女子，「居然把上流人家的母親和有身分的兒子拆散了；就憑你，做這家廚房裡的丫頭都不夠格，居然弄得人家傷心，發怒，煩惱，互相責備。這麼個爛污貨，水邊揀來的，一時三刻有人當她寶貝，隨後就給扔回她老家的！」

「不是的！不是的！」艾彌麗兩手十指交叉抱緊叫道。「他第一次碰見我——要是那一天天從來沒亮，要是他碰見我那時別人抬我去下葬就好了！——我是跟你、跟任何有身分的女子一樣三貞九烈的人，會嫁給你或者任何有身分的小姐嫁得到的男子做妻子的。要是你住在他家，認識他，也許就知道，他引誘意志薄弱，有虛榮心的人的本領多厲害了。我並不替自己辯護，不過我知道得很清楚，他也知道得很清楚，要不然他等要死，心裡想到難受的時候就知道，他用盡了全力來欺騙我，騙得我相信他，當他靠得住，愛他！」

蘿洒・笪忒爾從座位上跳了起來；倒退回去，就在退的時候向艾彌麗打了過去，臉上因為忿怒充滿惡毒，險沈，變得不成人形，我幾乎要挺身而出，站在她們中間。這一下沒有目標，所以落了空。她這時候站著喘氣，望著艾彌麗儘她所能，露出極度的憎惡之情，生氣、鄙夷得從頭到腳都在發抖。我想我從來沒看見過這種樣子，也再看不到另外一個。

「你也配愛他？」她嚷道：拳頭握得死緊，直顫動，好像只差用一件兵器來刺穿她憤怒的對象。

艾彌麗退縮到我看不見的地方。沒有回話。

「你居然敢，」笪忒爾又說：「張開你不要臉的嘴告訴我？他們為什麼不用鞭子抽這些東西？要是我能下命令叫人抽，我會把這個丫頭抽到死為止。」

我絲毫不懷疑她會。只要她那副憤怒的樣子還在臉上，我絕不肯把拉散人四肢的刑架交給她使用。

她突然慢慢地，非常慢地大笑起來，用手指艾彌麗，好像她是人神共鑒的羞恥奇觀。

「她也配愛！」她說。「那個腐屍！她會告訴我，詹姆斯竟然喜歡過她；哈，哈！這些做買賣的真會說謊！」

她的挖苦比露骨的狂怒更可惡。這兩樣之中，我情願做她發頓脾氣的目標。不過她盡情挖苦，只有一會兒。就又約束住了，不管這種心思多麼折磨她的五內，她還是抑制下去了。

「我來這兒，你這個愛情的純潔之泉，」她說，「為了看看——一開頭就告訴你了——像你這樣的東西究竟是個什麼樣兒。我好奇。現在滿足了。也告訴你，你最好回你家，趕快，在等著你的那批寶貝人堆裡搗起你的臉來，你的錢可以安慰他們。等錢全花光了，你可以再相信人，當人靠得住，愛人，你懂得的！我早先以為你是個破爛了的玩具，給人玩的時期已經過去了；沒有價值的，失掉光澤的發亮的東西，已經給人扔掉了。不過，我發現你是塊真金，真有身分的女子，受人糟塌的無辜的人，心裡充滿新鮮的愛情和誠實——從你樣子看得出，聽你講的經過頭尾也很一致！——我還有些話要說。你留心聽；我說得到做得到。你聽見嗎，你這個仙女似的妖精？我說了的，我一定做到——」

她的憤怒又發作了一陣，不過像痙攣一樣在她臉上一顯即逝，她現出微笑。

「你躲起來，」她接著說：「如果不躲在家裡，就躲到別處去。到個別人找不到的地方；過沒沒無聞的日子，最好沒沒無聞死掉。我覺得奇怪，要是你熱愛的心不會碎，你會想不到辦法幫它平靜！我有時聽到有這些辦法。我相信這些辦法很容易找到。」

艾彌麗那方面發出低聲啼笑，把笪忒爾的話打斷。笪忒爾不開口，聽她哭好像這是音樂。

「或許我生性古怪，」蘿洒・笪忒爾繼續說。「不過在你呼吸的空氣裡，我不能暢快呼吸。我覺得不舒服。所以，我要把它弄乾淨；把空氣裡的你除掉。如果明天你還住在這裡，我會把你的醜史和你的品格在公共樓梯上抖出來。我聽說，這屋裡有周止婦女；你這種出色人物夾在她們裡面隱藏起來，就可惜了。如果你離開這裡，用任何別的身分在本鎮找到任何藏身之地，而不用你自己的，只要聽到你住在那裡，我也會同樣對付你。（你儘管用自己的身分，我不會干涉你。）有位有身分的先生幫過我的忙，不久以前他有意思要你肯跟他結婚，我對這件事認為很有前途。」

裴格悌大爺永遠不來，永遠不會來嗎？這個罪我還要受多久呢？我又能忍多久呢？

「啊喲，啊喲！」可憐的艾彌麗呼號道，我以為她的聲音可以感動最硬的心腸；可是蘿洒・笪忒爾的笑容裡沒有絲毫憐憫。「叫我怎麼辦，怎麼辦呢？」

「怎麼辦？」另一人答。「在你自己沈思中快快活活下去好了！你一生一世就專門用來回想詹姆斯・司棣福的溫柔吧——他願意把你做成他底下人的妻子，不會嗎？——或者專門感激肯把你當禮物收下來的那位正直、有價值的人。或者，如果這些光榮的回憶和對自己貞操的自知之明，這些人把你在所有人樣子的東西眼睛裡抬高的光榮地位，都不能支撐你，你就嫁給那個好人，他降低身分娶你，你就過快活日子吧。如果這也不行，就死吧！有很多門路、很多垃圾堆供這種死這種失望的人去投奔——你去找一處，逃上天去吧！」

我聽到樓梯遠處有腳步聲。我聽得出是誰的。有把握。是裴格悌大爺的，謝謝天！

笪忒爾說完這句話就慢慢從門口走開，從我眼前消失。

「可是你得注意！」她補充道，說得又慢、又嚴厲，隨手打開另一扇門準備走開。「除非你退出，我根本夠不著你，或者拿掉你的假面具，為了我有的理由和心裡懷的恨，我決計要把你趕掉。這是我非說出不可的；我說了的，我一定做到！」

樓梯上的腳步近了——又近了——箟忒爾下樓，那個腳步掠過她——衝進了房！

「舅舅！」

叫完了這一聲接著是涕淚交流的高呼。我頓了片刻，往裡瞧，見他膀子撐著艾彌麗麻木不仁的身子。他注視艾彌麗的臉幾秒鐘；然後低下頭吻她——啊，多慈愛啊！——接著在艾彌麗臉面前掏出了手帕。

「小衛少爺，」他蒙好了艾彌麗的臉，低聲顫抖著說，「我的夢成了真，多謝我的天父！我打心底裡多謝他照他自己的法子指點我，找到我的寶貝！」

說完這幾句話，他兩臂捧起艾彌麗；艾彌麗蒙了手帕的臉靠在他懷裡，朝著他的臉，他抱著她這個一動不動，無知無覺的人，走下了樓。

第五十一回　長征之始

失足女幸逢俠義女
傷心人甘恕移情人

第二天一大早，我和姨婆在花園裡散步（姨婆現在很少別的運動，因為她照應我親愛的朵若太忙），用人來說裴格悌大爺要跟我說話。我朝門口走去，他在花園半路上碰見了我；他脫下帽子，他見了姨婆照例總這樣有禮，因為對姨婆非常尊敬。我已經告訴了姨婆前一晚全部發生的事情，姨婆沒有說一句話，滿面熱誠走上去跟他握手，拍拍他膀子。這些舉動非常感人，她用不著說一句話，裴格悌大爺全懂她的意思，跟她說了上千句話一樣。

「我現在要進去了，喬，」姨婆說：「去照應小花兒，她就要起身了。」

「我希望不是因為我在這兒吧，喬幄小姐？」裴格悌大爺說「除非今兒早上去了娘瓦是我腦子——裴格悌大爺說的是「鳥窩」①——，一定是因為我來了，您才要離開我們的吧？」

「您有話要說，我的好朋友，」姨婆答：「我不在場更方便些。」

「請您原諒，喬幄小姐，」裴格悌大爺答，「只要您不討厭我嚕囌，您待在此地，我倒覺得更承您賞臉。」

「真的？」姨婆極溫柔地說，「那麼我就一定待下來了。」

所以她就拿膀子挽了裴格悌大爺的膀子，一同走到花園盡頭濃陰覆蔽的涼亭裡，她坐在長櫈上，我就在她一旁。裴格悌大爺也有座位，不過他寧願站著，手按在粗面的小桌子上。他站著，沒說話之前，望了他的便帽一會兒，這時候我忍不住看了他一眼，他肌肉發達的手表現的性格多麼有魄力和力量，他誠實的神情和灰白頭髮，表現他做別人的朋友多麼善良、可靠。

「昨天夜晚我把我寶貝孩子帶走，」裴格悌大爺眼望著我們開言道，「到了我住的公寓，這是很早就為她準備好等著她的。過了好幾個鐘頭她才認出是我。認出之後，就在我腳面前跪下，有點像念禱文一樣，對我說了全部經過的情形。兩位可以相信我，我聽到她聲音，就像我在家聽到的，多麼愉快——發見她恨自己做錯事，好像救世主用他的寶手在

---

①原文為鳥巢bird's-nesting給說成了方音bahd's neezing。

灰上寫了字②一樣——我感謝的當兒，心也戳傷了。」

他用袖子抹眼睛，絲毫不掩藏為了什麼；然後清一清嗓子。

「我傷心也不太久，因為到底找到她了。我只要想，她找到了，痛就沒有了。我真不知道幹什麼此刻還要提這件事。說句關於我自己的話，一分鐘之前我都沒有想到；不過很自然，我自己還不知道，就又提了。」

「您是總犧牲自己的人，」姨婆說，「總會有好報的。」

裴格悌大爺臉上有樹葉的影子橫斜搖曳，頭吃了一驚地向姨婆一傾，算是答謝她一番好意，然後重提停下沒講完的話。

「我艾姆麗，」他一時憤怒，神情嚴厲說，「被條斑點毒蛇關起來，小衛少爺看見這條蛇的——蛇的來歷是真的，願上帝罰他下地獄！——她從那屋裡逃出來的時候是在夜裡。黑洞洞的夜，天上好多星一閃一閃地。她像瘋像狂、沿海邊走，相信那條舊船就在那裡；叫我們把臉掉過去，因為她要經過。她聽到自己在大叫，好像是另外一個人在叫。在大水尖石頭上渾身割得破破爛爛，覺得自己就是石頭。她跑了很遠，眼睛前面看見火光，耳朵裡聽到轟轟隆隆的聲音。突然——或者她以為這樣，你們懂的——天亮了，又下雨，又起

②見《若望（或譯「約翰」）福音》八章三至十一節記耶穌赦淫婦事。

風，她躺在岸邊石頭堆下面，有個女人跟她說話，講那個國家的話說，問她怎麼搞得這麼糟的？」

裴格悌大爺說的，他全等於看到。他說著，往事就在他面前發生，因為他把對我描述的話說得認真緊張，栩栩如生，比我此刻所能表達的要清楚得多。事情發生已經很久了我在此刻追記，除了以為我當時確實在場，幾乎不能相信別的；這些景象給我的印象逼真得驚人。

「艾姆麗眼睛——那時候乏了，要睡覺——看見這個女人就清醒些了，」裴格悌大爺接下去說，「她認出，這就是她以前在海灘跟她說過話的那些人裡面的一位。艾姆麗雖然已經跑了很遠（我已經說了的），夜裡跑了好遠，以往她常常來來往往，經過很長的路，一部分步行，一部分坐船，坐馬車，沿海邊好多哩的鄉下人全認識。這位堂客自己沒有兒女，是位年輕太太，不過不久就要生孩子了。我替她祈禱，求上帝給她生個好孩子，一輩子是她福氣，給她安慰，給她面子！在她老年愛她，孝順她；一直到末了都對她有用；她活著是她的天使，她死後也是！」

「但願如此！」姨婆說。

「以往這位太太有些害怕，垂頭喪氣，」裴格悌大爺說，「艾姆麗跟小孩子們說話的時候，她起初坐在稍微遠些的地方，紡紗，或者幹這一類的活，就像她手上所做的。不過艾姆麗已經看到她了，就跑去跟她說話；因為她自己也喜歡小孩，她們倆很快就投機了。

交情好得每逢艾姆麗經過那裡，她總送艾姆麗花，問艾姆麗出了什麼事情弄得這樣糟的就見她。艾姆麗把經過告訴了她，她就把艾姆麗帶回家了。她真帶了。她帶艾姆麗回家，」裴格悌大爺說，又摀起了他的臉。

這番照顧更使他感動，自從那夜艾姆麗出走，我從來沒有看見過他為任何事更受感動。姨婆和我都不想打攪他。

「是所鄉下房子，你們可以猜得出，」他馬上說，「不過她還是找到地方安頓艾姆麗了，——她丈夫出海去了，——她把這件事保守祕密，也說通鄰居（附近沒有幾家）保守祕密。艾姆麗發燒好厲害，我覺得非常奇怪的是，——也許有學問的人不覺得奇怪——那一國的話她都忘了，她只會說她自己的話，誰也聽不懂。她現在回想，好像當時在做夢，她躺在那兒，總在講她自己的話，總相信老船屋就在海灣下一個小岬那兒，哀求他們到那裡去一趟，說她要沒命了；再帶個饒了她的口信回來，那怕只有一句話都可以。全部這段時期，她想，——這陣子那個我剛才正提到的那個人偷偷在她窗子底下；那個跟他一樣壞弄得她這樣慘的男人，就在房裡，——她苦苦求那位好心的年輕太太不要把她交出去，同時也知道，這位太太不懂她的話，害怕她一定會給人帶走。她眼睛前面照樣看見火光，耳朵裡照樣聽到轟轟隆隆的聲音。不覺得有今天，也不覺得有昨天，不覺得有明天。可是她一生碰到的件件有過的，或者總會有的事，件件像從來沒有有過，也永遠再不會有的事，一齊全堆到她心裡來了，沒有一件是清清楚楚的，叫他愉快的；不過關於這些事她又唱又笑！這種情形維持了多久，我也不知道；不過之後她就睡著了；睡裡夢裡，她本來比自己平常強許多倍的，反而垮了，變衰弱了，成了個最小的小孩。」

他說到這裡就頓住了，似乎自己形容得太可怕，要擺脫掉才好。緘默了一會兒，又繼續陳述。

「她醒過來那天下午天氣很爽快；非常靜，那岸邊波浪很小，沒有漲潮，碧綠的海一點聲音也沒有。她起初相信自己星期天早上在家，不過窗口她看到的蔓草葉子，和遠處的山，不是家，叫她知道自己弄錯了。然後她朋友進來了，到牀邊看她，這時候她才知道，老船屋不在海灣下一個小岬，還遠得很呢。知道自己在那裡，為什麼在那裡了。就在那個心腸好、年輕的太太懷裡哭起來了。我希望那位太太的奶娃娃現在躺在那裡了，一雙標致眼睛叫她看了開心。」

他一提到艾姆麗這位好朋友就沒有法子不淌眼淚。想不淌都辦不到。他又控制不住了，還竭力替她祝福。

「哭哭對我艾姆麗有好處，」他這樣大動感情之後繼續說，我看了他的情形也沒法不感動得掉淚，至於姨婆，她簡直就由衷大哭了一頓。「哭一哭對我艾姆麗有好處，她漸漸身子好起來了。不過那一國語她完全不會說了，她不得不做手勢。就這樣下去，她一天一天身體好起來，好得慢，但是著實，想法學會普通東西的名堂——她長到那麼大從來沒聽到過的名堂——後來有一天晚上，她坐在窗口，望著一個小女孩在海灘上玩耍。突然這個小孩伸出手來，說了句等於英國話裡的「漁家女，您瞧貝殼！」的話——您得知道，他們起初總叫她「漂亮小姐」這是那一國一般的稱呼，是她教他們改稱她「漁家女」的。這孩子突然之間說「漁家女，你瞧見貝殼！」當然艾姆麗懂了她的話，就答了話，哇一聲哭起來了，現在全記得那種話了！

「艾姆麗身體又結實了，」裴格悌大爺沈默了短短一會兒說，「於是就打算離開那位心腸好年輕的人，回國。這時候，那個人的丈夫回家了。夫妻兩個把她送上一條開去義大利來亨的小商船，從那裡再去法國。她有點錢，不過他們幫了她那麼多忙，一點點錢也不肯要。他們做的好事存在沒有蛾子蛀、也沒有銹腐蝕的地方，也沒有賊挖洞偷竊③。小衛少爺，這種好事，比世上所有的財寶都更持久。

「艾姆麗到了法國，就做了伺候港口小旅館裡出門旅行的太太小姐的事。在那兒，就在那兒，有一天，那條蛇來了。——永遠別讓他走近我。我見了他不知道會怎樣治他！——艾姆麗一看到他，還沒有給他看見，就又害怕、又瘋了，不等他透口氣就溜了。到了英國，

---

③參看《瑪竇（或譯「馬太」）福音》六章十九節。

在多佛上了岸。

「我不知道，」裴格悌大爺說：「確確實實她幾時開始洩掉氣的。其實回英國一路上她都打算回她心愛的家。到英國不久，她就朝家走。可是因為怕人不原諒，怕人指指戳戳，怕我們有誰因為她的原故已經死了，怕許多事情，有點用蠻力把自己掉轉了身。『舅舅，舅舅，』她對我說，『我傷透了的、流血的心想做件事，覺得自己不配做的恐怖，是一切之上，最可怕的恐怖！我的心裡充滿了祈禱，希望我也許夜裡能慢慢走到老家門階，親它一下，把我罪惡的臉放在上面，第二天早上別人發見我死在那裡，想到這一點我就掉頭走了。』

「她到了倫敦！」裴格悌大爺說，聲音抑低到害怕的耳語，「一生從沒有見過這個地方——孤零零的——一個辨士也沒有——年紀輕輕的——這樣漂亮——到了倫敦。幾乎一到這裡，完全淒淒慘慘，就遇到了一個朋友果然像她相信的一樣。正派女子，跟她談起針線，艾姆麗學過會做的，談起我很多這種活給她做，談起過夜住的地方。第二天私下打聽關於我和家裡各個人。「這時候，」他高聲說，用的表示感激的力把他從頭到腳都搖動了，「我的孩子站在我說不出、想不出的什麼邊邊兒上——瑪撒，說得到，做得到，救了她。」

我高興得忍不住大叫一聲。

「小衛少爺！」他用那隻力氣大的手握住我手說，「一開始跟我提到瑪撒的是您。我謝謝您，少爺！瑪撒真熱心。她吃過苦，知道那裡要注意，該做些什麼。她注意了，做了。

上帝在一切之上呢！她面色蒼白，匆匆忙忙碰到艾姆麗，艾彌麗睡著了。對她說，『起來，你的處境比死掉還糟，跟我來！』那些屋裡的人要攔她，可是他們攔大海還容易些呢。『離我遠些，』瑪撒說，『我是鬼，把她從她敞開的墳墓邊叫上來的！』她告訴艾姆麗，她見過我，知道我愛她，饒恕了她。急急忙忙，用自己的衣服把艾姆麗裹了起來。艾姆麗暈過去了，又打抖，她一隻膀子把她摟住。也不理會別人說些什麼，好像沒有耳朵似的，帶了我孩子在人叢中走過，一心只照顧她；在深夜，從只有毀滅的黑坑裡把她平安地救了出來！

「她服侍艾姆麗，」裴格悌大爺說，這時放下了我的手，一手按住他喘息起伏的胸口，「照顧我疲倦極了躺在牀上，不時精神錯亂的艾姆麗，一直等到第二天才去找我。再去找您，小衛少爺。她沒有告訴艾姆麗出來幹什麼，怕她緊張吃不消，又要躲起來了。那個毒辣的女的怎麼知道艾姆麗在那裡的，我說不出。是不是我提起很多次的那個男的，碰巧看到她們兩個人到那裡去，或者是不是（照我想更作興）他打那個女人那裡聽到，我也不大問我自己。我外甥女找到了就行了。

「一整夜，」裴格悌大爺說，「我倆都在一起，艾姆麗和我。按時間來說，她說的話很少，說的時候，傷心得哭。我看她的臉也很少，在我家壁爐旁邊的那個臉已經長成大人了。不過，整夜，她都膀子摟住我頸項，頭枕在這兒。我們都十足知道，彼此可以互相永遠信賴。」

他不再說話了，一隻手放在桌上充份休息，手上的剛毅可以征服許多隻獅子。

「我下了決心，」姨婆抹抹眼淚說，「做你姊姊貝樂・喬幄的教母的時候，喬，那是我的一線光明。後來她叫我失望了。不過，其次，再沒有比做那個年輕傢伙嬰孩的教母更叫我開心了！」

裴格悌大爺對姨婆的情緒點頭表示領會，不過對於姨婆稱贊的對象不能讓自己用任何言語來提，怕把話說錯。我們都沈默了，各人忙著自己思想（姨婆拭乾眼淚，時而抽噎地哭，時而大笑，叫自己是個蠢東西），後來還是我說話了。

「關於將來，」我對裴格悌大爺說：「您可曾完全打好主意，好朋友④？我本來不用請問您的。」

「全打好了，小衛少爺，」他答，「也告訴了艾姆麗。大地方，離這裡很遠，我們將來的日子在海那邊過！」

「他們要一起出國，姨婆，」我說。

「對！」裴格悌大爺抱了希望含笑說：「在澳洲，誰也不能怪我心肝寶貝不好。我們到了那邊要過新生活！」

---

④西人「朋友」（good friend）也可以用以稱長幼。

我問他是否已經定下了動身的日子。

「少爺，我今兒早上一大早到過碼頭，」他答，「打聽搭船的消息。大約從現在算起，六個星期或者兩個月，就有條船開出——今兒早上我看見這條船了——到外國——我們要搭這條船。」

「沒有伴嗎？」我問。

「呀！小衛少爺！」他答。「我妹妹，您知道，她很喜歡你跟你家的人，總是只想她自己的國家，叫她也去不大公道。還有呢，還有個人她得照顧，小衛少爺，我們不能忘記他。」

「可憐的罕姆！」我說。

「我好妹妹照顧他的家，喬幄小姐，您知道，罕姆對她也親熱，」裴格悌大爺解釋，好讓姨婆多曉得些情形。「罕姆跟別人說不出的話，倒可以坐下來跟她安安靜靜地談。可憐這孩子！」裴格悌大爺搖搖頭說，「他所賸沒多少了，現在手上的一點點再拿出去也無所謂！」

「那麼艮密紀大媽呢？」我問。

「啊呀，關艮密紀太太，我有很多要考慮的，告訴您吧，」裴格悌大爺答，面現為難之色，不過他一接下去說就漸漸明朗了，您知道，艮密紀太太一想到那個老頭子，她就不是你們說的好伴兒了。跟您說句體己話，小衛少爺——還有您，喬幄小姐——艮密紀太太如果嗚咪起來」——這是我們鄉下老話，是說哭——「不認識那個老頭子的人會認為她喜歡鬧彆扭似的。我可的確認識那個老頭子，」裴格悌大爺說，「知道他的好處，所以懂得艮密紀太太，不過別人可完全不是這樣了——自然不能原諒她！」

姨婆和我都以為然。

「因此，」裴格悌大爺說，「我妹妹或許——我不是說她會，而且說或許——發覺艮密紀太太時而給她一點兒麻煩。所以我不要艮密紀太太跟他們綑在一起，要找個窰坑去讓他有根兒。」（他方言窰坑是說家，有根兒是說有著落）「為了那一點，」裴格悌大爺說，「我的意思是在我去之前給她一筆津貼，讓她日子過得舒服點，她這個人再忠實也沒有了。當然到她這把歲數，又無依無靠，不能再叫這個老好母親上船，受風浪顛簸，在遠方外國樹林裡、荒野地方過日子了。所以這就是我打算安頓她老太太的辦法。」

他誰也沒有忘。個個人的需要和心願他都顧到，就是不顧自己。

「艾姆麗呢，」她繼續說，「會跟著我——可憐的孩子，極其需要安靜和休息！——一直跟到我們上了水路這種時候。她要製縫衣服，這總得做的。我希望等她又重新到了她舅舅身邊（舅舅人是粗人，愛就愛她），她的苦惱就會漸漸好像是老早有的事情了，而不是剛剛有的。」

姨婆點點頭，對他抱的希望表示有道理，此舉裴格悌大爺看了極為滿意。

「還有件事，小衛少爺，」裴格悌大爺說，一面手伸進胸口口袋裡，鄭重地掏出一小疊我先前看到過的紙張，他在桌上攤開了。「這兒是疊鈔票——五十鎊，十先令。我還要補上艾姆麗走的時候身上帶的。這個數目我問過她（不過沒說為什麼要問），已經加進去了。我是沒有念過書的。您可肯幫忙，看一看數目對不對？」

他交給我一張紙，為了自己沒有念書很不好意思，我在看這張紙的時候他也注視我。我看算得全對。

「謝謝您，少爺，」他拿回了紙說。「這筆錢，要是您不反對，小衛少爺，我要在臨動身之前，裝在封套裡，寫明交給他；又把它放進另一個封套，寫明交給他母親。我要告訴她，說的話就跟告訴您的一樣多，裡面多少錢；告訴她我走了，再不會收回這筆錢了。」

我告訴他，我認為這樣處置是對的——既然他覺得這樣對，我也徹底相信這樣是對的。

「我說，另外只還有一件事，」他認真含笑接著說，一面把那疊小紙捲好，放進口袋；「不過有兩件事呢。今兒早上出門，我心裡拿不定主意，是不是把感謝上帝發生的事，由我當面去告訴罕姆。所以我出去的時候寫了一封信，送去郵政局，告訴他們所有的事怎樣發生的，說明天我要回去，在那裡把些小事辦掉，我心裡就沒有累贅了，而且最作興會跟雅茅斯辭行。」

「您要我陪您一塊回去嗎？」我問，當時覺得他還有些沒有說出的。

「小衛少爺，要是您能給這個面子。」他答，「我知道，他們見到您一定高興些的。」

我的小朵若興致很好，極希望我去——這是我和她商量了發見的——所以我就欣然依他的心願答應陪他前去了。因此第二天早上，我們上了往雅茅斯的公共馬車，舊地重旅。晚上經過熟悉的街道——裴格悌大爺不顧我再三的反對，拎著我的手提皮包——我看了一眼峨碼．焦阮的鋪子，看見老朋友峨碼老闆在那兒抽煙斗。裴格悌大爺和他妹妹，和罕姆別後初會，我覺得不願意在場，就以探望峨碼老闆為由，滯留在後面。

「峨碼老闆，這麼久不見，您好嗎？」我進去說。

他把煙斗冒出的煙扇掉，好更看清楚我一點，立刻認出是我來了，非常高興。

「承您這麼看得起光臨，我該起身的，先生，」他說，「可惜我的四肢都有毛病了，我只能坐輪椅活動。不過除了四肢和呼吸，我可以說人有多健康我就有多健康了，感謝上帝。」

我發見他心滿意足，興興頭頭，我向他道喜；這時看出他的圈椅上裝了輪子。

「這種東西很精巧，不是嗎？」他順著我注目的方向問道，隨即用肐膊肘兒擦擦扶手。「走起來跟羽毛一樣輕巧，順著路線和郵件馬車一樣能筆直地走。天哪，小米妮——我的外孫女，您知道，米妮的女兒——用她的小力氣在椅背上一推，我們就行動自如了，跟你任何一刻見到的任何東西一樣靈巧、輕快。而且我要肯定說的是——坐在這張椅子上抽煙斗是最不平常的。

我從來沒見過像峨碼老板那樣一位儘量利用一樣東西，找出它快樂的老好人。他滿面春風，彷彿他的椅子、哮喘、四肢不仁是偉大發明的各種擴充，專門增加他一斗在手的樂趣的。

「我坐在這張椅子上，」峨碼老板說，「看到的世界，我可以跟您說句心腹話，比離開這張椅子看的多。白天總有那麼多人順便來看我，跟我聊天，您知道了會詫異。您真會的！自從我非坐輪椅不可，報紙的內容比往日多了一倍。至於一般讀的書，我的天，我讀完的多麼多啊！我覺得很行的就是這一點，您知道！如果不濟事的是我的眼睛，我還能幹出什麼來嗎？如果是我的耳朵，我又能幹出什麼來？不濟的是我的四肢，又有什麼要緊？好啦，我的四肢無非也在我用到的時候，叫我呼吸急促些。現在如果我要上街，或者到沙灘，只要叫焦阮最年紀輕的學徒狄克來，我就坐自己的車去就是了，像倫敦市長一樣。」

他講到這裡笑得一半要窒息了。

「天哪！」峨碼老板重抽煙斗說。「人甜的、苦的總都得吃；這也是人一生必須下決心做到的一點。焦阮生意很好。生意很興旺！」

「我聽這話很高興，」我說。

「我知道您會，」峨碼老板說，「焦阮和米妮仍然就像一對戀人。人還要巴望什麼別的呢。他的四肢對生意又算得什麼！」

他坐著抽煙斗，對自己的四肢看不起到極點，是我很少碰到的有趣的怪事。

「自從我喜歡讀一般的書以來，您已經專心寫一般的文章了，是嗎，先生？」峨碼老板露出欽佩的眼光打量我說。「您的工作多有意思啊！文章裡的措詞多了不起啊！我個個字都讀了——個個字。說到要覺得渴睡！一點兒也不啊！」

我大笑表示喜歡，不過我得承認，我想這兩個念頭聯在一起是有用意的。

「我用名譽擔保，先生，」峨碼老板說，「我把那本書放在桌上，看它的外面；一、二、三，三卷分開，裝釘得很緊密。我想到我和您家裡的人有交情，就和龐齊一樣得意了⑤。我的天，現在算起來是好久以前的事了，不是嗎？在勃倫德司東那邊。一個可愛的小人兒埋在另一個旁邊。您那時候還是個小人兒呢，您自己，先生！」

我換了話題，談到艾彌麗。先力言沒忘記峨碼老板總對她關心，對待她總是厚道，接著說明靠瑪撒幫忙，把她找回來交給了她舅舅大概的情形。我知道這個消息會叫這位老人家高興的。他全神貫注傾聽，等我說完，就充滿同情地說：

「這個消息我聽了高興極了，先生！這麼多天來，這是我聽到的最好的消息了。啊呀呀，啊呀呀，啊呀呀！現在那位不幸的年輕女子瑪撒我們又怎樣照顧呢？」

---

⑤Punch英國木偶戲中奇形怪狀、駝背人物。曾勝過無聊、疾病、死亡、魔鬼，故英文裡有「和龐齊一樣高興、一樣得意」（proud as Punch）的短句。

「您提起了從昨天起，我一直在動腦筋的事情，」我說，「不過關於這一點，我還沒有消息可以奉告，峨碼老板，裴格悌大爺還沒有講起，而我又有些不便提。他一定沒有忘記這件事。大凡是公道的好事，沒有一件他忘記的。」

「因為您知道，」峨瑪老闆把擱下的話重新接著說，「不管有什麼舉動，我希望有了就有我的分。您認為我出多少合適，我都認捐，讓我知道就是了。我從來沒有當這個女孩子一無可取，發現她果然不如此，我真開心。我女兒米妮也會開心。年輕女子有些事情是矛盾的——她母親和她一樣——不過她們的心腸軟，厚道。米妮關於瑪撒的舉動全是詐。她為什麼認為一定要裝假我也不想告訴您。不過全是詐，我的天。米妮私底下什麼忙都願意幫她的。所以不論多少您認為合適的數目，寫下來就是，您肯嗎？請您寫個字條兒告訴我錢送到那裡。我的天！」峨瑪老闆說，「人活到了一生兩頭要碰到的時候，不管自己多精神，第二次讓人用嬰兒車之類的東西推來推去如果能做好事，應該高興。他需要做很多。我也不是特別說到自己，」峨瑪先生說，「因為，先生，這件事我的看法是，我們人不管什麼年紀，都要挨近山腳的，因為時間從來沒有一刻站著不動。所以請您總讓我做件好事，大為開心吧。一定的！」

他把煙斗裡的灰彈掉，放在椅子後面伸出來，特別製來放這樣東西的擱板上。

「還有艾姆麗的表哥，這個人本來說好是跟艾姆麗結婚的，」峨瑪先生兩隻手柔弱地互搓說，「雅茅斯再沒有比他更好的人了！他晚上會跑來跟我聊天，讀書給我聽，有時候成個鐘頭我們在一起。這是他的好意，我該叫做好意。他一輩子對人都是好意。」

「我就要去見他了，」我說。

「是嗎？」峨瑪老闆說：「請您告訴他，我精神很好，還請您替我問候他。米妮和焦阮在參加跳舞會。要是在家，他們跟我一樣，看見您會高興。您知道，米妮根本很少出去，『為了父親的原故』，她說，所以我今兒晚上硬說，要是她不去，我六點鐘就上牀睡覺。因為這句話，」峨瑪老闆計策生效，笑得身體和他坐的椅子直搖，「她跟焦阮才去跳舞的。」

我跟他握手，祝他晚安。

「請您等半分鐘再走，先生，」峨碼老闆說。「如果您不看一看我的小象，就錯過了最好看的東西了。你再也看不到這樣好看的東西的！米妮！」

樓上什麼地方傳出答應的小聲音，音樂一般悅耳，「我來了，外公！」很快一個標致的、淡黃色長鬈髮的小女孩奔到店裡來了。

「先生，這就是我的小象，」峨瑪先生說，一面撫弄這孩子。「暹羅種，先生。來吧，小象！」

小象打開廳門，讓我看這裡最近已經改為峨碼先生的臥室了，因為抬他上樓不容易。然後把她好看的額頭躲在峨碼老闆椅子背後，抖散了她的長頭髮。

「您知道，象朝一樣東西撲過去的時候，」峨碼老闆做個眼色說，「總是用頭頂撞的。象啊，一次。兩次。三次！」

小象聽到這個信號，突然把椅子推走，椅子裡面坐著峨碼先生，拿這樣小的動物來說，此舉靈巧得近乎不可思議，然後呼啦、呼啦，不顧一切推進了廳裡，絲毫沒有碰到門柱。峨碼先生享這個表演的福，無法形容，一路上望著我，好像這是他一生努力凱旋的成績。

我在鎮上兜了一陣，就到了罕姆家裡。現在裴媽已經搬到這裡，不走了，把她自己的房子租給了巴基斯叔叔運輸生意接手的人了。這個人買下招牌、運貨馬車、馬匹，出的價錢很不少。我相信巴基斯叔叔趕的那匹慢騰騰的馬還在幹活呢。

我看到他們都在乾淨的廚房裡，由艮密紀大媽陪著，她是裴格悌大爺親自打老船屋接來的。我確定不了，還有旁人能說通她，撇下她的崗位。裴格悌大爺明明已經把一切經過告訴了他們。裴格悌和艮密紀大媽都用圍裙抹眼睛。罕姆剛出去「到海灘上散步」。他不久就回來了，看見我非常高興。我希望我在那裡他們心裡都舒服一些。我們談到裴格悌大爺到了新國家會發財，信裡會講那裡的不可思議的情景，就漸漸高興起來。從沒有提到艾彌麗的名字，不過不止一次隱約講到她。罕姆是一群人之中最沈靜的。

不過裴媽點蠟燭帶我到桌上放著鱷魚故事書等我去讀的小間去的時候告訴我，罕姆還是那老樣兒。哭著告訴我，相信罕姆雖然跟以往一樣勇氣十足，溫柔十足，做起事來，比那一帶那一家造船廠所有造船工人都更勤奮而到家，可是傷心透了。說有時候，晚上跟裴媽談起船屋裡往事，只提到艾彌麗小女孩。可從不提艾彌麗這個婦女。

我想我在罕姆臉上看得出，他有話要單獨跟我講。所以打算好第二天晚上等他工作完畢回家，在路上會他。主意已定，就睡著了。那一夜，這裡這麼多夜來，第一次把窗台上的蠟燭拿走，裴格悌大爺在老船屋的老弔牀上搖擺，門外的風依舊在他頭四周颯颯有聲。

第二天整天裴格悌大爺忙著賣他的漁船和家具、滑車等等，把認為有用的小件家用物件，打好行李，交運貨馬車送往倫敦。把其餘的丟掉，或者送給艮密紀大媽。艮密紀大媽整天跟他在一起。我因為傷感得很，想在這個老地方上鎖之前再看一眼，約好晚上和他們會面。不過安排了和罕姆先碰頭。

我知道他在那裡工作，所以在路上等他很容易。在人跡罕到的海灘某處，撞到了他，這是我知道他要經過的。和他一同回頭，要是他真有話想和我說，就有充分時間。我沒有會錯他面部表達的意。我們一同才走了一點路，他沒望我就說：

「小衛少爺，您看見艾姆麗了嗎？」

「只看見一會兒，她暈過去的那一刻，」我低聲答。

我們又走了幾步，他說：

「小衛少爺，您還會再看見她嗎，您想？」

「見了面會太叫她痛苦，也許，」我說。
「這一點我想到，」他答。「會的，少爺，會的。」
「可是，罕姆，」我輕聲說，「要是有什麼話我不能說，我可以替您寫信告訴她，有什麼話您希望由我讓她知道，我會當神聖的責任去辦這件事。」
「我知道您一定會的，多謝您頂好的心！我想有句把話我希望能說出來，或者寫出來。」
「什麼話呢？」
我們沈默又走了點路，然後他說話了。
「不是說我原諒她。沒有那麼多要說的。更要說的是我求她原諒我，因為我不該硬愛她。空的時候我想，假使不是我逼著她答應嫁給我，她會把心裡左右為難的事告訴我，跟我商量，我也許能保住她。」
我緊握了他的手一下。「就只有這麼多嗎？」
「如果我能說出來，小衞少爺，」他答，「還有些別的。」
我們繼續向前走，比已經走的更遠些，然後又說話了。下面我用劃隔開的頓並不是他在哭泣。只表示他要把話說明白，在集中自己的思想。
「過去我愛艾姆麗——現在愛的是關於她的從前的舊事——太深了——沒法叫她相信現在我這個人是個幸福的人。只有忘記她——我才能幸福——恐怕如果告訴她我已經忘記了她，我也吃不消。不過如果您是很有學問的人，小衛少爺，想得到話說得她相信我沒有太傷心：仍舊愛她，我為她傷心：想得到話也許能說得她相信，我並沒有不想活，還在希望看到，她不遭人怪，在惡人停止作亂，勞悴者得享安寧⑥的地方——說任何叫她悲傷的心安逸的話，可不要叫她以為我有一天會結婚，或者我心理另外有誰居然能占像她一樣的地位——我為她祈禱——要請您說——我心裡有過她多寶貴。」

我又緊握他的手，告訴他我會負責盡我所能辦這件事。

「謝謝您，少爺，」他答。「難得您來跟我會面。難得您陪我伯伯來。小衛少爺，我很明白，雖然我姑媽在他們動身之前會去倫敦，他們要再聚會一次，我就不會再見到他們了。這一點我有把握。我們並沒有說出來，不過會這樣的，這樣也最好。您最後一次見到我伯伯——真正最後的一次——您可肯替我這個孤兒向總是比親生父親對我還要慈愛的那一位致最熱愛的敬意和感謝嗎？」

這件事我也切實地答應了。

「我謝謝您，少爺，」他說，熱烈和我握手。「我知道您要往那兒去。再見！」他微微揮手，好像向我解釋他不能到老地方去，然後就轉身走了。月光下我望著他的

---

⑥聖經《約伯》傳（或譯「記」）三章十七節，意指更好的世界。

背影走過荒野，看見他掉過臉朝海上一條銀色的光線，繼續前進，向光線望，末了他只賸下遠處一個影子。

我走進船屋的時候門開著。進去之後，發見家具全沒有了，賸下的只有那隻小舊櫃，艮密從大媽正坐在上面，膝蓋上放著一隻籃子，望著裴格悌大爺。大爺的胳膊肘子擱在粗糙的壁爐架上，正對著爐柵上的幾根快燒完的餘燼凝視。不過他看見我進來，就抱著希望，抬起了頭，高高興興地說話了。

「您是照答應了的話來跟此地辭行的，是吧，小衛少爺？」他端起了蠟燭說。「現在空蕩蕩的了，不是嗎？」

「您的確會利用時間，」我說。

「是啊，少爺，我們沒偷懶。艮密紀大媽忙得就像——我說不出來艮密紀大媽沒忙得像——，」裴格悌大爺說，一面望著她，想不起充分稱贊的直喻來。

艮密紀大媽趴在籃子上，沒講話。

「您從前跟艾姆麗並排坐的就是這隻櫃子，」裴格悌大爺低聲說，「最後我要帶走。這是您的老小臥房，您明白嗎，小衛少爺？今兒晚上差不多要多荒涼就有多荒涼了！」

風雖然颳得不疾，卻真很有分量，在行將棄置的船屋四周潛移低嘯，如泣如訴，聲音淒然。什麼都搬走了，甚至牡蠣殼做框的小鏡子都不見了。我想到自己躺在此地的時候，第一次家庭發生空前巨變。想到迷住我的藍眼小女孩。想到司棣福：給可怕的幻想所襲，以為他就在附近，隨便那一刻都會和他相逢。

「船屋找到新房客，」裴格悌大爺低聲說，「作興要很久，現在他們都當它是不順序的了！」

「這個房子有屋主嗎？」我問。

「屋主是個造桅竿的，住在鎮裡，」裴格悌大爺說。「今兒晚上我要拿鑰匙給他。」

我們望了另外一間小房，又回到坐在櫃子上的艮密紀大媽面前。裴格悌大爺把蠟燭放在壁爐架上，一面請她起身，好在熄掉蠟燭之前把櫃子搬到門外。

「丹爾，」艮密紀大媽突然撇下籃子，弔住裴格悌大爺的膀子說，「我的好丹爾，在這個房子裡我臨別的一句話就是，別把我丟下。你想把我丟下來嗎，丹爾！千萬不可以！」

裴格悌大爺嚇了一跳，望了艮密紀大媽又望我，望了我又望艮密紀大媽，好像他一覺醒來。

「你不可以，最好的丹爾，你不可以！」艮密紀大媽認真叫道。「帶我跟你們一起去，丹爾，帶我跟你、跟艾姆麗一起！我替你們做用人，忠忠實實。要是你們去的地方那裡有奴隸，算我是寫了賣身契的一個，我也心甘情願，不過千萬不要丟下我，丹爾，那才是親親熱熱的人呢。」

「我的好人，」裴格悌大爺搖頭說，「你還不知道這段水路多長，去過什麼苦日子呢！」

「呀，我知道，丹爾！我猜得到！」艮密紀大媽認真嚷道。「不過我在這個屋頂之下臨別的話是，要是沒有人帶我一塊走，我就到屋裡去死掉。我能挖，丹爾。我能幹活。我能過苦日子。我現在能體貼別人，有耐性——比你想像的強。丹爾，你只要試我一下就是了。我不會碰那筆津貼，即使窮死了也不碰，丹爾，裴格悌。不過我要跟你跟艾姆麗一起，只要你讓我去，天涯海角我都去！我知道是什麼情形。知道你以為我無依無靠。不過親密的好人，我現在不是的了！我坐在此地這麼久，不光是看著，想著你受罪，而沒有得到點益處。小衛少爺，替我跟他說句好話！我懂得他一貫的作風，艾姆麗一貫的作風，懂得他們的傷心，有空的時候能安慰他們，總替他們出力！丹爾，好丹爾，讓我跟你們一塊兒去！」

艮密紀大媽握住裴格悌大爺的手，毫不做作地叫人可憐她，也富有感情，還表示出毫不做作的狂喜和裴格悌大爺當之無愧的感激。

我們把櫥櫃搬到外面，熄了蠟燭，從外面鎖上門，把關閉著的老船屋撇下，在烏雲蔽天的夜裡只是一個黑點罷了。第二天，我們在公共馬車外面回倫敦，艮密紀大媽和她的籃子在車的後座，艮密紀大媽很快樂。

第五十二回　我參加大爆炸

密考伯仗義揭罪戾
烏利亞失計遺證憑

密考伯先生跟神祕約好的時間，二十四小時之內就要到了，姨婆和我商量，我們該怎樣辦才好，因為姨婆很不願意讓朵若一個人在家待著。唉！現在我抱她上樓、下樓多麼容易啊！

我們不理密考伯先生約定要姨婆到場的辦法，決定留她在家，由狄克先生和我做她的代表。總之，我們決定這樣辦了，可是計畫給朵若打消。她硬說要是姨婆不去，她絕不能饒恕她自己，絕不能饒恕她的壞孩子。

「我不跟您說話，」朵若對姨婆搖她的鬈髮說。「我會叫人討厭！弄得吉勃整天對著您叫。要是您不去，我就準知道您是個脾氣壞透的老東西！」

「別胡說，小花兒！」姨婆大笑道。「你知道，沒有我照應你不行！」

「行，我行，」朵若叫道。「我一點也用不著您。您整天從來不為我上樓下樓。您從來不坐下來講關於多迪的鞋穿壞了、他身上落了灰塵的事情。——哦多小得可憐的傢伙！您從來不做任何對我歡喜的事，您做嗎，好姨婆？我不過說笑話罷了！」——怕姨婆以為她說的是真話呢。

「可是姨婆，」朵若好言哄騙地說，「您聽著。您一定要去。要等您這件事依了我，我才不跟您調皮。要是我淘氣的孩子不逼您去，我就要叫他也過這一種日子。我會叫人非常討厭我——吉勃也會討厭！要是您不去，您會後悔早沒有去，去就做了件很好的事了，永遠悔很久。還有，」朵若把頭髮掠回去，滿面現出驚奇說，「為什麼你們兩個人不一起去？我真沒有病得很重啊。是嗎？」

「啊呀，真虧你問這種話呢！」姨婆叫道。

「真虧你想得起來呢！」我說。

「不錯的！我知道我是個小傻東西！」朵若慢慢望望我們這個，又望望那個說，然後用她美麗的唇親了我們，再躺在長沙發椅上。「好啦，那麼你們兩個人都得去，否則我不相信你們的話，要哭了！」

我看姨婆臉上，漸漸有依她的神情，朵若又高興起來，因為她也看出來了。

「你們回來有很多事告訴我，至少要花我一個星期才能全懂呢！」朵若說。「因為我的確知道，要是有什麼事務夾在裡面，有一段時間我都懂不了。一定有些事務的！再還有，要是有什麼數目要加起來，我不知道幾時我才能算好。這個當兒全部時間，我這個壞孩子都一臉倒霉的樣子。好啦！現在您去吧，去不去？您只有一晚不在家，你們去了，吉勃會照應我。您走之前多迪抱我上樓，你們沒回家我不下樓。你們帶封信給娥妮絲，信裡我要紮紮實實罵她一頓，因為她從來沒來看我們！」

我們也不商量就答應兩個人都去，也一致認為朵若是小騙子，假裝不很舒服，因為她要人疼愛她。她大為欣喜，也很快活。於是我們四個人，就是姨婆、狄克先生、闕都斯、我，就乘當晚多佛出發的郵車往坎特布利去了。

半夜裡我們費了點事才進了密考伯先生要我們去等他的旅館，旅館裡我看到一封信，裡面說他要依時在早上九點半露面。看了信之後，在那個不舒服的時刻，我們各自打著抖上了各人的牀。去的時候一路上走過各個關閉著的過道，過道裡一股味道，好像年深日久，浸在濃湯和牛廝廄的溶液裡一樣①。

一大早，我在叫人喜歡、安靜的古老街道上閒逛，又在看了會肅然起敬的門口和教堂

①濃湯與牛廄何能並浸在溶液裡？疑狄氏有時遺詞欠妥。

影子裡穿插。白嘴鴉在大教堂塔頂上翱翔，而這些塔俯瞰無數里景色如故、豐饒的鄉野和賞心的溪流屹立在早晨清新的微風中，好像世間絕沒有變化這件事似的。而鐘聲響時，彷佛哀傷地告訴我事事都有變化，告訴我鐘本身已經鑄了多久，和我標致的朵若多麼年少；告訴我許多人從來不老，活了一輩子，愛過人、死人，而鐘聲的迴音響徹懸掛在裡面，黑王子②生銹的鎧甲，有如時間深處的塵屑和水面的圓圈一樣，在空中消失。

我從大街拐角看那座老屋，可是沒有更走近些，怕被人看見，無意中破壞了我到此地來出力的計畫。晨曦斜照在三角牆和格子窗上，染了金；若干往日寧謐的光線好像感動我的五內。

我走到鄉下，大約蹓了一個鐘頭，然後回到大街，當中這段時間大街把昨夜的睡意全抖掉了。好些店家走動的人之中，我看到我往日的那個屠戶，他現在闊些了，穿了馬靴，還有個奶娃娃，有自己的生意。在餵娃娃奶。看樣子也是社會上的良民了。

我們坐下吃早飯的時候都很心焦不耐。眼看九點半鐘越來越快到了，因為盼望密考伯先生，益發坐立不寧起來。末了，我們再不假裝還有心思飲食。除了狄克先生，所謂吃早

②英國威爾斯親王（1330-1376），為愛德華三世的長子，傳說喜著黑鎧甲，故有黑王子之稱。其甲今仍懸於坎特伯利大教堂內。

餐一開始只不過是形式而已。姨婆在房裡踱來踱去；闞都斯坐在沙發上，假裝看報紙，眼睛卻望著天花板；我則望著窗外，好等一看見密考伯先生就早點通知大家。我也沒有看多久，半點鐘鐘聲一響，他就在街上出現了。

「他來了，」我說，「身上穿的不是法界的服裝！」

姨婆把他軟帽的帶子繫起（她下樓吃早飯帶了帽子下來），圍上圍巾，好像她隨時可以應付任何堅決、不妥協的事情。闞都斯把外套的鈕釦扣好，一副毅然決然的神情。狄克先生受到這些外表可畏的震撼，不過覺得必須摹倣才對，就兩手把帽子往下拉，盡他所能在耳朵上戴緊；馬上又脫了下來，歡迎密考伯先生。

「各位先生，小姐，」密考伯先生說，「早！我的好先生，」他對狄克先生說，狄克先生和他握手，力大無比，「您人好極了。」

「您吃了早飯嗎？」狄克先生說，「來一塊肋肉！」

「我的好先生，無論怎麼樣吃不下！」密考伯先生叫道，一面連忙攔住狄克先生，不讓他去扯鈴。「狄克森先生，食慾和我，好久成了路人了。」

狄克森先生聽到這個新的姓大為高興，認為密考伯先生把這個姓頒贈給他，似乎覺得他情誼深厚，就又和他握手，笑得很帶些孩子氣。

「他姓狄克，」姨婆說，「請您注意！」

狄克先生紅著臉恢復了平靜。

「好啦，先生，」姨婆戴上手套，對密考伯先生說，「我們上維蘇威火山或者什麼的，已經現成了。只等您閣下打發了。」

「喬幄小姐，」密考伯先生答，「我相信您一會兒會目擊火山噴發的景象。闞都斯先生，承您許可，我相信，准我在這兒提一提，我們互相連絡了的吧？」

「考勃菲爾，確實有這回事，」闞都斯因為我聽了這話，望著他現出驚異之色才說。「密考伯先生跟我商量過，是關於他盤算要做的事；我已經盡我所能考慮到的，給他提了意見。」

「除非我自己騙自己，闞都斯先生，」密考伯先生接著說：「我盤算要做的：是揭發關係重大的事情。」

「極其重大，」闞都斯說。

「也許在這些情況之下，喬幄小姐，各位先生，」密考伯先生說，「各位可否賞臉，受一個人指揮一會兒，不管他在人海岸邊只好當作無家可歸的人而非其他，多不足取；雖然因為個人一誤再誤，命途多舛，各種壓力把他摧殘得非復故我，仍然是各位的同胞呢！」

「我們對您完全信任，密考伯先生，」我說，「您怎麼說都依。」

「考勃菲爾先生，」密考伯先生答，「在這個時候您的信任並非明珠暗投。我請求比各位先走五分鐘；然後在座各位以探望威克菲爾小姐為名，前往威克菲爾．謝坡事務所，鄙人身為該事務所雇員，恭迎各位。」

姨婆和我望著闕都斯，闕都斯點頭表示贊成。

「此刻，」密考伯先生說，「我沒有別的要說的了。」

說完這句話，他對我們總鞠一躬，人人包括在內，就不見了，叫我詫異莫名；他的態度極其冷淡，面色極其蒼白。

我望著闕都斯，想要他說明所以，他只面露微笑，把頭一搖（頭髮翹在頭頂）。所以我最後的權宜之計只有掏出錶來，數那五分鐘，姨婆手上拿著她自己的錶，做同樣的事。五分鐘過去了，闕都斯伸了膀子過去給姨婆，我們一道出門，前往老宅子，一路上也不出一言。

我們發現密考伯先生在樓下角樓的辦公室裡，坐在桌子面前，不是在寫，就是假裝在寫，很是辛苦。大型辦公室界尺插在他背心裡，並沒有藏好，倒有一呎或者還不止從胸口伸出來，像新流行的襯衫摺邊。

似乎大家有意思要我開口，我就出聲說：

「密考伯先生，您好嗎？」

「考勃菲爾先生，」密考伯先生鄭重地說，「我希望，我看到您好？」

「威克菲爾小姐在家嗎？」我說。

「威克菲爾先生不舒服，躺在牀上，先生，患的是急性關節風濕病，」他答。「可是威克菲爾小姐跟老朋友會面，一定會高興。您請進來好嗎，先生？」

他領我們進餐廳——我當年到這屋進的第一間房——猛打開威克菲爾先生以前辦公室的門用響亮的聲音報道：

「喬幄小姐，大衛、考勃菲爾先生、湯瑪斯・闕都斯先生，狄克森先生來了！」

我自從重打了烏利亞・謝坡一下之後，一直沒有見過他。他看見我們來，明顯地大吃一驚，我們來也吃一驚，不過他並不因為我們如此而驚得少些。他並沒有把眉毛皺起來，因為並沒有值得一提的眉毛。不過他仍然皺起長眉毛的那塊肌肉，皺得太厲害，那對鼠目差不多都瞑起來了，當時他一隻軟骨頭的手匆忙提到下巴頦兒上，這個舉動就洩漏出他有些戰慄或者吃驚了。這只是我們走進他房間，我從姨婆肩膊後面看了他一眼發見的情形。隨後一會兒，他又和以往一樣巴結，一樣卑微了。

「啊，真的，」他說。「這的確是沒料到的愉快！看到你們這麼多人③一起，是沒有盼望就得到優待！考勃菲爾先生，我希望我看到您好，並且——如果我可以這樣卑位地表示我自己的意思——你對那些總是你朋友的人，無論如何都友好。先生，我希望考勃菲爾

③原文為「在聖保羅大教堂周圍所有的朋友」。該教堂在其附近。

太太身體很好。我們聽到關於她不健康的消息非常不放心，您得相信我。」
我讓他握我的手覺得慚愧，不過也不知道除了如此，還有什麼別的可為。
「自從我做了卑位的書記，替您牽矮種馬起，這個事務所情形改變了，喬幄小姐；不是的嗎？」烏利亞笑得最叫人作惡心地說。「不過我呀，可沒改，喬幄小姐。」
「嗯，先生，」姨婆答，「說老實話，我想您小時候就有出息，相當有長性。這您總滿意了吧。」
「謝謝您，喬幄小姐，」烏利亞身子扭捏得難看地說，「承您看得起！密考伯，你叫他們告訴娥妮絲小姐——也告訴母親。母親要是看見此刻各位，會非常興奮的。」烏利亞說，順便搬好椅子。
「您不忙吧，謝坡先生？」闞都斯說，那時他的眼睛恰巧和那雙狡猾的紅眼碰到——就是又細看我們，又避開我們的那雙眼。
「不忙，闞都斯先生，」烏利亞答；說完重新坐上他辦公的位置上，他的骨頭手，掌心放在掌心上，在骨頭膝蓋之間互相抵著。「不太像我巴望的那麼忙。可是律師、鯊魚、螞蝗，都不是容易滿足的，您知道！不忙，不過一般說來，我跟密考伯手上事務都相當多，因為威克菲爾先生幾乎什麼事都不能做，先生。可是替他老先生做事不但是責任，也是愉快，一定的。您跟威克菲爾先生不熟吧，我想，闞都斯先生？我相信，我只有一次跟您幸會吧？」

「對了，我跟威克菲爾先生不熟，」闞都斯答，「否則我作興老早就伺候您了，謝坡先生。」

他這句答話裡有點什麼含意，烏利亞聽了就又對著說的人望了，露出非常陰險、懷疑的神色。不過看到的只是闞都斯，面貌和善，態度天真，頭髮豎著，他也就不以為意，整個身子，特別是喉嚨猛扭一下答：

「這太可惜了，闞都斯先生。您會像我們所有的人一樣，欽佩他的。他細微的缺點反而只會叫您覺得他更加可親。不過要是您喜歡聽別人對我的合夥人更滔滔不絕的稱讚，我就請您問考勃菲爾好了。這家人是他談起來比誰都強的話題，只怕您從來沒有聽他提起過。」

我正要否認他恭維的話（無論怎樣，我都會否認的），這時候娥妮絲進來了，我無法說出。密考伯先生帶她來的。她不像平常那樣沈著，我當時想；明明受了焦灼、疲憊的影響。不過她的熱誠，靜美加上天賦的溫柔，益形輝映。

她跟我問訊的當兒，我看出烏利亞就監視著她；他此舉讓我想到醜陋、叛逆的妖精監視善靈。這時候，密考伯先生和闞都斯交換了個不顯眼的手勢，闞都斯神不知、鬼不覺地走了出去，只沒有逃過我的眼睛。

「別儘懈怠嘛，密考伯，」烏利亞說。

密考伯先生手放在懷裡的界尺上，在門口站得筆直，明若觀火地注視他的同胞之一，而那個人就是他的雇主。

「你幹什麼儘懈怠呢？」烏利亞說。「密考伯！你聽見我叫你別懈怠嗎？」

「聽見！」密考伯先生不屈不撓地答。

「那麼到底你為什麼還是懈怠？」烏利亞說。

「因為我——簡言之，高興，」密考伯先生突然動了肝火答。

烏利亞的兩頰褪了色，依然隱約染著他普遍的紅，可是像病人的慘白，掩了過來。他全神貫注望著密考伯先生，整個面部處處現出呼吸急促的樣子。

「你本來是個敗家子，全世界都知道的，」他說，還硬要做出笑臉，「我恐怕你要逼我叫你滾蛋吧。你走開！待一會兒我再跟你算帳。」

「世界上如果有個混帳東西，」密考伯先生又突然動了肝火，怒不可遏地說：「這個混帳東西的名字就叫做——謝坡！我跟他談的話已經太多了。」

烏利亞往後倒退，好像挨了揍或者給毒蟲叮了一口。慢慢回顧我們這些人，臉上露出盡他所能表現，最陰沈、最惡毒的神色，低聲說：

「哦嗬！原來大家串好了的！你們是約齊了上這兒來的！跟我的書記勾結起來對付我，你是的嗎，考勃菲爾？吶，小心點兒。你搞不出名堂來的。我們彼此都有數，你跟我。我們從來沒有有過好感。你總是個狂妄自大的小夥子，從第一次上這兒來就是這樣的。嫉妒我抖了，是嗎？你整我的陰謀沒有用的；我要用對抗的策略來整你！密考伯，你走開。我就來對你講。」

「密考伯先生，」我說，「這個傢伙突然變了個人，特別是道出真情這一點，還有好些別的，因此我看準他已經走投無路了。他活該受什麼招兒，請您就施出來吧！」

「你們是群活寶，不是嗎？」烏利亞說，聲調同樣低，他用又長又瘦的手揩掉額頭上迸出的冰冷粘濕的汗，「買通我的書記，這個真正的社會渣滓——跟你在任何人對你大發慈悲以前一樣，考勃菲爾，你知道的——利用他說的謊來破壞我的名譽？喬幄小姐，你最好攔阻他們這樣胡搞，否則我會更厲害對付你丈夫，叫你不好受。我幹這一行，知道了你的過去不會沒有好處的，老太婆！威克菲爾小姐，要是你還有點愛你父親，你最好別參加他們這一幫。我會把你父親整垮，只要你參加。好啦，來吧！你們有幾個人把柄抓在我手上。你們多想一下，別等到後悔不及。密考伯，你，多想一下，要是你不想送死。我勸你走開，待會兒我有話對你說，你這個蠢材！來得及退就要退！媽在那裡啊？」他這時似乎忽然驚惶發見，闞都斯不見了才說的，叫人鈴的繩子給他拉掉下來了。「自己家裡出的好事！」

「謝坡太太來了，先生，」闞都斯說，他回來了，帶了那個寶貝兒子的寶貝母親一起。「我放肆向她自我介紹了。」

「你算那棵葱，自我介紹？」烏利亞反詰道。「你在此地打算幹什麼？」

「我是威克菲爾先生的代理人和朋友，先生，」闕都斯從容自若地說，一副公事公辦的樣子。「我口袋裡有他的授權書，替他處理所有的事務。」

「老蠢蛋喝酒喝糊塗了，」烏利亞說，態度醜惡空前，「授權書是打他手上騙來的！」

「有些東西是打他手上騙去的，我知道，」闕都斯安靜地說，「謝坡先生，您也知道。我們要把這個問題交給密考伯先生答覆，對不起。」

「烏利——！」謝坡太太開口了，並作出焦灼的手勢。

「您別講話，媽，」烏利亞答；「話越少說，糾正越快。」

「可是，我的烏利——」

「請您別講話，媽，這件事交給我對付好嗎？」

我雖然早就知道烏利亞的卑躬屈節是虛偽，所有他的虛裝門面都是騙人的、空洞的，可是在他假面具拿掉以前。對他虛偽的程度卻從來沒有充分的概念。他一旦覺得假面具已經無用，就很突然取下了。他表露出來的惡意、傲慢、仇恨，他狂喜的橫目相向，甚至在此刻，他作的惡——全部這段時間他想找出辦法來占我們的上風，已經悲觀失望，才盡智窮了——凡此種種，雖然跟我和他相處所獲的經驗前後一致，一開始就連我這個認識他這麼久，這樣由衷厭惡他為人的人，見了也大為駭異。

他站著瞧我們，一個瞧了又換另一個，對著我的神情，我不去說，因為我向來知道他恨我，記得他嘴巴上我打的疤痕。不過他眼睛朝娥妮絲望的時候，我看得出他覺得他控制娥妮絲的力量已經逝去，怒形於色，還有他對娥妮絲的美德從來不知道珍重、也不關心，在失望中表現的只是對她渴望的醜惡的情慾，叫我一想到娥妮絲在這樣一個人看得見的地方生活，那怕就只有一小時，我也憤慨。

烏利亞把臉的下半部摸了一陣，那雙賊眼從討人厭的手指上面望了我們一陣之後，又對我說了一席話；一半發牢騷，一半漫罵。

「考勃菲爾，你，你這種自以為光明正大等等而非常驕傲的人；偷偷跑來我這裡跟我的書記私下打聽，你以為對嗎？如果是我呀，做這種事，我不會大驚小怪，因為我沒有說我是上流人（雖然我也從來沒有據密考伯講的像你那樣在街上流浪），可是你呀！——你居然也不怕做這種事？你完全不想我會幹什麼報復嗎？或者告你共謀等等，叫你惹禍上身？好吧，我們走著瞧！姓什麼的先生，你有什麼問題要問密考伯。他是撐你們腰的。為什麼不叫他說話呢？我看得出，他得到了教訓了。」

他發見他說的話對我，對我們任何一個人都不生效，就坐在桌子邊上，手放在口袋裡，一雙八字腳的一隻在另一隻腿上鈎住；頑強地等有什麼下文。

密考伯先生性子急躁，我好不容易把他按捺住到此刻，三番五次插嘴說惡棍的第一個字，沒有說到第二個，這時候發作了，從懷裡拔出界尺（明明是當作防衛的武器）；從口袋裡掏出一大頁寫字紙的文件，摺成一大函件模樣。照他老套神氣十足地打開這個文件，匆匆一看內容，好像對文件的文章風格心裡存著藝術家的佩服之情，開口誦如下：

「『喬幄小姐及諸位先生——』」

「啊呀天哪！」姨婆低聲叫道。「如果犯的是死刑的罪，他要用成令的紙寫信呢！」

密考伯先生不聽姨婆講的，繼續念下去。

「『鄙人今當諸位之面，聲討有史以來多半是最大奸佞，』」密考伯先生眼睛不離開信，用宗教權杖一般的界尺直指烏利亞・謝坡：「『並非為鄙人要求補償。自從孩提之日起，鄙人即無力償還銀錢債務；成為犧牲品，因處境日趨沈淪而始終遭人嘲笑、戲弄。鄙人一生不斷為恥辱、貧乏、絕望、瘋狂所困，或一時並受諸苦，或先後煎熬。』」

密考伯先生敘述化身為這些悲慘災禍的犧牲品，津津有味，只有讀這封信著力的情形可以一比；在讀到以為自己語氣非常加強的句子的時候他搖頭擺腦，表示對這句子的那種得意。

「『鄙人備受恥辱、貧乏、絕望、瘋狂諸苦，進了這家事務所的辦公室——或者，照我國活躍的鄰國高盧④所用的名詞Bureau——名義上事務所稱做威克菲爾．——**謝坡**，而其實，由**謝坡**獨攬大權。**謝坡**，唯有**謝坡**，是偽造文書的人，騙子。』」

烏利亞一聽這話，面色鐵青，不復是灰白了，一下撲去搶信，像要把它撕得粉碎。密考伯先生動作靈活，或者鴻運當頭，如有神助，界尺正打中撲來的指關節上，把烏利亞的右手打得不中用了。右手齊腕關節下垂；好像折斷一般。這一擊的聲音就像敲在木頭上。「你這個不得好死的東西！」烏利亞痛得迥異尋常地扭捏著說。「我要跟你把帳算清。」

「你下次再來我面前，你——你——你不要臉的**謝坡**；密考伯先生氣呼呼地說，「如果你的頭是人的，我要打爛它。過來，過來呀！」

密考伯先生把界尺當大砍刀擺出種種防衛姿勢，大叫，「過來！」而闞都斯和我就把他推回到屋角，才回到那裡，他總是又衝出來，我想我從來沒有見過更好笑的景象——即使在那個時候，我都覺得。

他的對頭口出怨言，把傷了的手揉了些時，慢慢解下頸巾，把手紮起；然後用另一隻手托著，坐在自己桌上，綳著的臉朝下望。

密考伯先生等自己完全冷靜下來，繼續念他的信。

「『鄙人替——**謝坡**』」他念到這個姓之前總頓一頓，念到的時候用的氣力驚人，「『服務，除每週只領微薄的二十二先令六辨士外並未訂明雇員薪酬。其餘視鄙人從業效勞的價值而定；換句更能達意的話，視鄙人地位卑下，動機貪婪，家庭窮困，鄙人與——**謝坡**雙方一般道德的（或倒不如說不道德的）相似的程度而定。鄙人為維持密考伯太太及希望破滅、人數增加的家庭生計，必須向——**謝坡**——借支，此事還用提嗎？此種必須為——**謝坡**——預先料到，還用提嗎？那些預支是用借據及其他本國法律機構所知道的類似的收條換得，還用提嗎？如此這般，鄙人遂身陷此人所佈下的羅網，還用提嗎？』」

密考伯先生形容這種不幸的情況，以自己寫信的才能自賞，真好像真正遭遇引起的痛苦和憂愁都無足重輕了。他繼續念道：

「『然後——**謝坡**——為幹其惡魔勾當，須假手於鄙人，漸委以不得不委的腹心。而鄙人倘用莎士比亞的話以表自己的情況，則逐漸萎縮、憔悴⑤。鄙人發現本身工作不斷奉命將業務作偽，將鄙人稱之為威先生的某人愚弄。這位威先生受惡棍利用蒙蔽，欺騙；而全部期間，惡棍——**謝坡**——一直對那位受盡欺騙的先生表示無盡量的感激；無盡量的友誼。這已經夠邪惡的了；不過正如那位哲理明徹的丹麥人⑥說了的；更邪惡的還在後面呢！

---

④指法國：下面**Bureau**法文的意思即辦公室。

⑤見《馬克白》一幕三景廿三句。

⑥指王子哈姆雷特，語見莎士比亞悲劇《哈姆雷特》一幕四景一七九行。

（他這句話普天下適用，使伊利沙伯時代出色的那位人物⑦出人頭地。）』」

密考伯先生引這句詩把這句話結束得恰當，非常感動，就假裝不知道讀到什麼地方，縱情重讀一次，也厚待了我們。

「『我沒有意思，』」他繼續讀道：「『在這封信裡開列詳細清單（雖然別處已經有了），把無關緊要的、涉及我方纔命名為威先生的各項我也默認參與的違法行為舉出。我的目標是在我內心有薪水和沒有薪水，有麵包和沒有麵包；有生存和沒有生存之間的掙扎停止之後，把我幸而能發見的——**謝坡**——已犯的重大違法行為揭發出來。我內受良心驅策，外受令人感動、令人同情的訓導人激發——此人我要簡稱為威小姐——我就我所知、所悉、所信，歷時超出十二個曆月，進行了一項不可謂不辛苦的秘密調查。』」

他讀這一段好像是議會法案裡的文字，各個字的聲音似乎莊嚴地把他振作得精神爽快。

「『我指控——**謝坡**——的，』」他瞥了謝坡一眼，繼續往下讀，拔出界尺，挾在左臂下，方便之處，以備需要，「『各條如下：』」

我想我們全屏息諦聽。烏利亞諒必如此。

「『第一條，』」密考伯先生說，「『威先生因鄙人無須或不便說明的原由，其執業

⑦指莎士比亞。

官能及記憶衰弱，昏亂，此際——**謝坡**——乃蓄意將全部事務所事務簡單化為複雜，輕易化為錯綜。威先生最不宜辦事，此際——**謝坡**——總從旁逼迫他辦事。在此種情況下，詭稱重要文件為其他無關緊要文件，獲得威先生的簽字。用此手法勸誘威先生授權與他，盜用一筆信託基金，數達一萬二千六百四十鎊、二先令、九辨士，用以付假冒的業務費及已有儲備、或根本子虛烏有的虧空。自始至終作成安排，使他人以為此種不法行為係威先生本人意圖欺詐，由威先生親自完成者，從此並利用此舉，折磨威先生，予以脅迫。』」

「你，考勃菲爾，這件事得有證據才行！」烏利亞搖頭恐嚇道。「你先別忙！」

「您問一問——**謝坡**——闞都斯先生，他之後誰住他房子的，」密考伯先生停下信來不讀說。「好嗎？」

「你這個蠢東西自己啦——現在還住在那裡呢，」烏利亞輕蔑地答。

「您問一問——**謝坡**——他是不是在那房子裡有過一本筆記簿的，」密考伯先生說。「好嗎？」

我看得出烏利亞細長的疲手身不由己地搔下巴了。

「或者請您問他，」密考伯先生說，「是不是他在那裡燒過一本，如果他說燒過，問您灰在何處，叫他問威爾金斯．密考伯好了，他就會聽到對他不完全有利的話了！」

密考伯先生發表這幾句話得意得手舞足蹈的動作把烏利亞的母親震動得很厲害。她心焦如焚地叫道：

「烏利，烏利！放卑位一點，跟他們有話好商量，寶貝！」

「媽！」烏利亞頂她道，「您別開口行不行？您給他嚇壞了，自己說什麼，話裡有什麼意思都不知道。卑位！」她望著我咆哮著重說了一次。「我長久以來就治得他們卑位了，儘管我卑位！」

密考伯先生態度高雅地把下巴縮在領帶上位置移正，立刻繼續念他的大作。

「『第二條。就鄙人所知、所悉、所信，謝坡有幾次——』」

「可是就憑這一點也作不得數，」烏利亞放了心，咕噥道，「媽，您別開口。」

「我們一會兒就會拿出作得數的東西來的，而且要整垮你，叫你再也休想抵賴，」密考伯先生答。

「『第二條。就鄙人所知、所悉、所信，謝坡有幾次有計畫地偽造威先生的簽字、用於若干記載、帳冊、文件上；某次他明確偽造，鄙人可以提出證明。就是，照下述情況，亦即謂：』」

密考伯先生這樣拘泥形式、堆砌字眼又大為自賞，儘管遇到這種情形，說廢話多麼可笑，我得說這也不是他一個人特有的作風。我平生看到好多人有這種脾氣。好像覺得這是通則。例如宣誓作證的人因為法律事項宣誓的時候，說一連串幾個漂亮字表達一個意思，而大感快慰；就像他們說：他們完全嫌惡、憎厭、發誓棄絕，等等的話；老式逐出教會的詛咒詞也是根據同樣的原則讀來有味的。我們談到文字的艱難近於殘酷，其實我們也喜歡對文字橫行霸道。愛有好多字供我們遇到盛大場面運用。以為這樣才夠威風，聽起來像樣。就像我們對於隆重場面從僕的制服的意義並不重視，只要這些制服漂亮，只求穿的人多，我們對於字義或字是否必須要用的考慮還在其次，只要有大批字用來炫耀就行了。正像個人賣弄僕從的制服會惹出麻煩，或者正像奴隸太多會起來反抗主人，我想我可以提起一個國家⑧，如果用的字像僕從如雲，就會有很多困難，還要惹出更多困難。

密考伯先生繼續讀下去，幾乎砸嘴有聲：

「『就是，照下述情況，亦即謂，因威先生帶病，在可能範圍之內，他的死亡可能發見——**謝坡**——對威家具有控制力，並摧毀此種力量，——如鄙人下端署名人威爾金斯，密考伯所設想者——除非他女兒的孝思能暗中受到影響，絕不許調查此項合夥事宜，該——**謝坡**——認為必須由彼擬出契約，由威先生簽署，言明上述一萬二千六百十四鎊二先令九辨士之款連同利息，係由——**謝坡**——貸與威先生，以免威先生拒付票據；其實該款從未由彼貸出，且久已償還。此項文件的簽字，聲稱為威先生所署，並由威爾金斯・密考伯證

⑧指英國。

明，實則由——**謝坡**——偽造。鄙人手上現有數個此人親筆同樣摹倣威先生的簽名寫在筆記簿上，若干部分被火焚毀，但任何一個皆可清楚看出。鄙人從來未曾為此類文件作證。現該文件為鄙人所獲。』」

烏利亞・謝坡聽了一驚，在口袋裡掏出一串鑰匙，打開某個抽屜；然後突然想起他在幹什麼來，臉又朝著我們，不往抽屜裡望了。

「『鄙人手上有這個文件——』」密考伯先生又讀下去，四處望望，好像那是篇講道詞的正文，「也就是說，今天早上，寫好這封信的時候，還在我手上，不過隨後就給闕都斯先生了。」

「一點也不錯，」闕都斯附和道。

「烏利，烏利！」烏利亞的母親嚷道，「放卑位點，跟他們有話好商量。我知道我兒子會卑位的，諸位先生，只要你們給他時間想一想。考勃菲爾先生，您一直知道他總是很卑位的，先生！」

兒子早就當作沒用的老套騙術，母親還拿它當寶貝，叫人看了覺得很特別。

「媽，」烏利亞說，說時不耐煩地咬裹住他手的頸巾⑨，「您拿把上了子彈的鎗，對

---

⑨原文為「手帕」，惟上文裹手所用，明係「頸巾」，當中並未提到更換。諸本皆如此。

我開一鎗還好一點。」

「可是我寶貝你，烏利，」謝坡太太叫道。我也確實相信她愛兒子，或者兒子也愛娘，儘管看起來多奇怪。說實話，這家母子倒的確是沆瀣一氣的一對。「聽你激得別人發脾氣，自己更加有危險，我受不了。我一開頭就對在樓上告訴我事情已經戳穿了的這位先生說，我會負責叫你，卑位，賠出來。唉，各位先生，各位先生，你們瞧，我呀，是多麼卑位，你們別理會他！」

「什麼，媽，小心考勃菲爾，」烏利亞發怒回嘴道，說時瘦手指著我，他所有的敵意全對我瞄準，當我是發見他作弊的主謀。我也並沒有把真情向他透露。「小心考勃菲爾，比您不小心說的少，他都肯出您一百鎊了。」

「我沒法兒，烏利，」他母親叫道。「我不能眼看你頭抬得很高，碰到危險，最好卑位些，你一向就是這樣的嘛。」

烏利亞有一會兒維持著他老樣子，咬他的頸巾，然後繃著臉對我說：

「還有什麼你要抖出來的嗎？要是有，不管什麼，說下去吧。你為什麼望著我？」

密考伯先生立即繼續念信，重新表演他十分得意的本領，非常開心。

「『第三條。最後一條。鄙人現在能揭露，根據——**謝坡**——偽造的帳冊，以及——**謝坡**——真正的記錄，首先根據部分銷毀的筆記簿（密考伯太太在舍下遷入現今住宅，裝載已煨成灰的垃圾箱內無意發見該筆記簿，當時鄙人並不能了解其為何物），若干年來不幸的威先生的弱點、過失、真正的德性、父愛、名譽心、一直為——謝坡——所利用，並加歪曲，以遂其卑劣意圖。若干年來，貪婪、詭詐、豪奪的——謝坡——欺騙威先生，盜用其款項，層出不窮，以飽其私囊。——謝坡——除貪得利益外，全神貫注的目標為逼迫威先生、威小姐完全受其宰制（至其對威小姐不可告人的意圖，鄙人姑置不論）。其最後一著僅在數月前完成，為誘騙威先生放棄合夥股分，甚至將其房屋內家具籤署賣據，以換取某種年金，每年由——謝坡——在四季結帳日⑩四日照付不誤。凡此羅網——先是偽造驚人的帳目，詭稱威先生在其受託管理人期間，將他人財產輕率、決斷失當投機失敗，以致無款償還道義、法律兩方面應行負責的債務，繼之詭稱以高利貸款，其實為——謝坡——捏造或以此種投機或其他事項為藉口由——謝坡——向威先生騙到，或將威先生的錢扣留；用各式花樣肆無顧忌的詐騙把這些債務弄得永遠無法清償——羅網愈密，終於使威先生覺得已經全無指望。他相信，所有其他希望、名譽，和他的處境一樣，皆已破產，唯一的依靠是披了人衣的惡魔，』」——密考伯先生這句話說得神氣活現，認為這是新鮮的說法，——「『這個惡魔造成局勢，叫威先生非他不可，害人終於成功。凡此種種，鄙人負責揭露。

⑩英國為三月廿五、六月廿四、九月廿九、十二月廿五日。

或者還要更進一步！』」

我對娥妮絲低聲說了幾句話，她在我一旁淌眼淚，一半因為高興，一半因為悲傷。我們有人移動，好像密考伯先生話已經說完了。他極其嚴重地說，「對不起，」就又繼續把信的結尾念完，神情既極其消極，也感到最強列的快感。

「『鄙人工作結束。只須將指控各點加以證實，就算了事。然後即與苦命的舍下各人一同在內地風景上消失，因我等在此風景上似乎是他人的累贅。此事即將施行。依照情理推測，寒家嬰兒將因虛弱首先斷氣，因為此兒為全家最孱弱一人。繼之而死者為寒家孿生子二人。但願如此！講到鄙人本人，鄙人為前來坎特布利朝聖，頗受痛苦；因民事訴訟程序而監禁，貧乏、不久將受更多痛苦。鄙人調查所費勞力，所冒危險皆在備受業餘辛勤的壓力，貧窮熬煎的憂慮情況下，在晨曦乍明，夕露初潤，夜色闇暝之際，在稱之為惡鬼都嫌多餘的人嚴密監視之下，加上身為人父的貧窮而獲得成就，最小的結果都已經湊合而成為有用的資料；相信這番勞力、冒險可以當作幾滴甘泉，洒在火葬鄙人的柴堆上。鄙人別無他求。但望世人提到鄙人，像提到那位英勇、偉大的、鄙人絕不足比擬的海軍英雄一樣，說鄙人已經做了的和做了的，儘管為了金錢，也為了自利；仍然是，

「為英國，為家庭，為美麗。」⑪

「『威爾金斯：密考伯謹啟』」

密考伯先生不勝感觸，仍然極其自賞。摺起了信，鞠躬交給了姨婆，好像這是她喜歡保留的東西。

房間裡有個保險櫃，我很久以前第一次上這兒來就看到了。鑰匙還插在上面。烏利亞似乎忽然起了疑心；他看了密考伯先生一眼，就向櫃子跑去，克郎一聲打了開櫃門。裡面是空的。

「帳簿到那裡去了？」他嚷道，臉上露出驚惶之色。「什麼賊把帳簿偷去了！」

密考伯先生用界尺輕輕敲敲他。「是我偷的，我照平常老樣子拿了你的鑰匙——不過比平常早一點——今兒早上打開櫃子的。」

「您別著急，」闞都斯說。「帳簿全在我手上。我說了，我有權，我會照管。」

「你接贓，不是嗎！」烏利亞嚷道。

「照現在這種情況來說，」闞都斯答，「是贓。」

姨婆一直沈默無比，凝神諦聽，我此刻看到她突然向烏利亞、謝坡猛衝過去，兩手揪

---

⑪引自〈納爾遜之死〉歌曲。上文「海軍英雄」，即指此人。

住他領子，多麼驚詫啊！

「你知道我究竟要什麼嗎？」姨婆說。

「捆瘋子的緊身衣，」烏利亞說。

「不是的。是我的財產！」姨婆答。「娥妮絲，寶貝，只要我相信真是你爸爸倒掉的，我一個字兒也不會說出來，我的錢是放在這裡投資的——寶貝，真沒有說出來，就連喬也沒告訴，他知道。可是現在我知道這個傢伙應該還我的錢，就要追回來了！喬，來跟他把這筆錢拿來！」

當時姨婆是不是以為烏利亞把姨婆的錢藏在他頸巾裡，我的確不知道；不過她真地拉他的頸巾，好像以為錢在裡面。我趕緊跑到他們兩人當中，請她放心，說凡是他非法弄到手的錢我們會叫他完全賠償的。她聽了這一說，想了一下，才安靜下來。不過她一點沒有為做了這件事就失去常態（雖然我對她的軟帽不能說同樣的話），所以又從容就座了。

最後幾分鐘當中，謝坡太太不停大嚷大喊叫她兒子「放卑位」些，輪流向我們各人下跪，想都想不到的事都保證辦到。她兒子卻坐在椅子上；然後站在她身邊，一臉怒氣，手抓住他母親膀子，神情兇惡，話倒不太無禮地對我說：

「你要我幹什麼呢？」

「我會告訴您什麼是必須辦到的，」闞都斯說。

「考勃菲爾沒有舌頭嗎？」烏利亞嘰咕道。「要是你告訴我，不扯謊，那個人割掉了他舌頭，我會幫你很多忙呢。」

「我家烏利亞心裡是肯卑位的！」他母親叫道。「別理會他說什麼，各位仁人善士先生！」

「必須辦到的，」闞都斯說，「是這些。首先，我們聽到的放棄合夥股分的契約現在得給我——就在此地給。」

「假定我手上沒有這個契約呢？」烏利亞打斷他話頭道。

「可是你有的，」闞都斯說，「所以，你知道，我們不會假定的。」我不得不承認，這是我對我老同學清楚的頭腦，純正、有耐性、確實、健全的見解，第一次有真正的認識。「那麼，」闞都斯說，「你必須準備把你貪婪侵吞強占的財產吐出來，連最後的一枚銅幣都得歸還。所有合夥的帳冊、文件；所有你的帳冊和文件；所有這兩類的銀錢帳目及證券，必須由我們掌管。總之，凡是事務所有的都歸我們掌管。」

「非交不可嗎？這我不懂，」烏利亞說。「我得有時間想想這件事。」

「當然，」闞都斯答。「可是，在這個期間，在件件事都辦得我們滿意之前，這些東西都歸我們占有。請您——總之，我們強迫您——待在自己房裡，不得跟任何人連絡。」

「我絕不答應！」烏利亞咬定牙關說。

「美德斯吞監獄關起人來更加萬無一失，」闞都斯說；「雖然我們要得到賠償，經過法律程序花的時間作興久些，而且也許不能照您所能，完全賠償我們，可是法律要懲罰您閣下，是毫無疑問的。啊呀，您跟我一樣明白呀！考勃菲爾，你去一趟市政廳，叫兩三個法警來好嗎？」

到了這個地步，謝坡太太又忍不住了，她跪在娥妮絲面前，高聲求她出面替他母子求情，大叫說她兒子是非常卑位的，揭發出來的事全是真的，要是叫烏利亞不做的事他不做，她會做，還說很多同樣有關的話。因為她為她心肝害怕，已經半瘋半狂了。問烏利亞要是他還有絲毫勇氣，能幹出什麼事來，就等於問隻雜種狗要是牠有老虎的膽，能幹出什麼事來一樣。烏利亞徹頭徹尾是個孱漢，只要看他對人懷恨、自以為受人輕視，就可以知道本性卑劣，和他過下賤日子那一刻都一樣。

「你別去！」他對我咆哮道，一面用手抹他發熱的臉。「媽，您別吵了。好吧！讓他們拿那張轉讓契去。您去拿來！」

「狄老先生，您去幫她的忙吧，」闞都斯說，「對不起。」

狄克先生得到這個差使，很引以為榮，也懂得它的用意，就做了謝坡太太的伴，好像牧羊狗伴著一隻羊。不過謝坡太太沒有給他麻煩，因為她不但帶了契約回來，還帶了裝契約的盒子，裡面我們發見有銀行存摺和一些其他文件，日後有用的。

「好！」東西拿來，闞都斯說。「謝坡先生，現在你可以離開，去想一下：特別勞您駕注意，我代表所有在場各位，向您宣佈，只有一件事要做；那就是我剛才講的；這件事必須就做，不得躭擱。」

烏利亞眼看地面，並不抬起來，一手摸著下巴頦，腳在地板上拖著走過房間，在門口站下來說：

「考勃菲爾，我一向就恨你。你總是個傲慢無禮的人，你總反對我。」

「我想，我有一次告訴過你了，」我說，「你這個人貪婪、狡猾，一直反對全世界的，是你。世界上貪婪、狡猾，從來沒有止境，從來沒有不因為過了分而自食其果，你想一想，將來會對你有益。這跟人總要死，一樣靠得住。」

「或者跟他們常常在學校裡教的（我自然而然學會了這麼些卑位的同一家學校）由九點到十一點鐘，辛苦是災難；從十一點到一點，辛苦是福，是愉快，是尊嚴，還有我也不知道別的一些什麼同樣靠得住，嗯？」他冷笑道。「你講道德，說仁義，差不多跟他們一樣抱一套原則不改。低聲下氣會行不通嗎？我想，我要不是這樣，就騙不到我有身分的夥友了。——密考伯，你這個仗勢欺人的老傢伙，我會跟你你呀，把帳算清的！」

密考伯先生根本沒把他和他指著他的手指放在眼睛裡，大挺他的胸脯，等烏利亞鬼鬼祟祟溜出了房才放平下來，要給我「目擊他和密考伯太太重新互相信賴」的快慰。隨後請大家一同靜觀那感人的景況。

「插入密考伯太太和我之間的障礙現在撤除了，」密考伯先生說；「我的子女和那個創造他們生存的人又再度能平等接觸了。」

只要當時忙亂的心情定得下來，我們一定全要去的，因為我們全非常感激他，全極希望對他有這個表示。不過娥妮絲必須回去照顧她父親，這位老者除了希望的曙光，別的都受不了。還得有個人看守烏利亞。所以闕都斯待下來管這件事，一會兒再由狄克先生來換班。狄克先生，姨婆，我就和密考伯先生一齊回家。我匆忙和我敬愛的女子告別，這個人我欠她很多情分，想到她陷落在多麼危險的深坑裡，那天上午總算逃了出來——儘管她自己早有明智的決心，危險依然——我虔誠地感謝上蒼，叫我少年時代受到苦難，才認識密考伯先生的。

密考伯先生的家就在不遠的地方。對著街的門通起坐間，他向來性急，一下就衝了進去，我們立刻就和這家人團聚在一起了。密考伯先生大叫，「艾瑪！我的命！」闖到密考伯太太懷裡。密考伯太太尖聲叫，把密考伯先生摟了起來。密考伯大小姐照顧著密考伯太太最後一封給我的信裡提到的那個懵懂的新來的人，也大為感動。孿生的兩個有了幾個笨拙而天真的舉動，以表示喜悅。密考伯大少爺早期嘗過失望的滋味，所以性情乖僻，一臉不高興樣子，此刻不勝歡樂之情，就哇哇大哭起來。

「艾瑪！」密考伯先生說。「我滿心烏雲散了。我們彼此多年來都肝膽相照，現在又恢復了，不會再中斷了。現在窮就窮吧！」密考伯先生流淚高聲叫道，「苦就苦吧，就無家可歸吧，饑餓吧、襤褸吧，大風暴來吧，討飯吧！都歡迎，我們只要肝膽相照，就能支持到底！」

密考伯先生說著這一番話，就把密考伯太太放在椅子上，然後把當場家裡人個個都摟了；歡迎了各種淒涼的景況（這些景況盡我所能看來，都是他們極不歡迎的）；叫他們都出來，到坎特伯利去賣藝合唱，因為他們再沒有別的可以賴以度日的了。

不過密考伯太太受不了感情激動；暈過去了，這時候第一件急務是把她甦醒過來，甚至合唱隊也只得暫不考慮組成。這件事由姨婆和狄克先生去辦。然後把姨婆介紹給她，密考伯太太也認出了我。

「對不起，好考勃菲爾先生，」可憐的密考伯太太說，一面遞手給我，「我可不太結實；密考伯先生和我的誤會冰釋，乍一來太叫我感動了。」

「您府上的人全在這兒了吧，太太？」姨婆問。

「目前再沒有別人了，」密考伯太太答。

「我的天，我不是那個意思，太太，」姨婆說。「我意思是，這些全是你們的寶貝嗎？」

「喬喔小姐，」密考伯太太答，「這是張正確的名單。」

「我說，那位最大的小先生，」姨婆沈思著說，「他受的教育將來到底打算幹那一行呀？」

「我到這裡來的時候，我的希望是，」密考伯先生說，「把威爾金弄進教會；或者我要把話說得更精密些，就說進合唱隊。不過本城靠它出名的大教堂裡沒有男高音的缺，所以他——簡言之，染了個惡習慣，在酒吧而不在聖堂唱歌。」

「不過他的用意很好，」密考伯太太溫和地說。

「心肝，」密考伯回答說，「他用意可以說特別好，不過我還沒發現他的用意不管在那一個確定的方面見諸實行呢。」

密考伯大少爺又現出了一臉不高興的樣子，有點發脾氣地問，他將來幹什麼？他生來總不會是隻鳥，那麼是不是生來是個木匠，或者是油漆馬車的？是不是他能在隔壁一條街，開家藥房？是不是他可以趕到巡迴裁判法庭，宣稱自己是律師？是不是硬去參加歌劇演出，憑蠻幹成功？是不是他不受某一行訓練，就能做任何別的事？

姨婆沈思了一會兒，然後說：

「密考伯先生，我覺得奇怪，您從來沒有動過移居到外國的念頭。」

「喬幄小姐，」密考伯先生說，「我年輕的時候就有這個夢想了，年紀大些也是我渺茫的抱負。」順便說一句，我徹底相信，他一輩子也沒有想到過這件事。

「是嗎？」姨婆向我一瞥說。「嗯，要是你們現在出國，密考伯先生，太太，對你們自己跟一家，多麼好。」

「得有資金啊，喬幄小姐，資金，」密考伯先生悽然力言。

「那是主要的，我可以說是唯一的，困難，我的好考勃菲爾先生，」他太太附和道。

「資金？」姨婆叫道。「可是您幫我們大忙——已經幫了我們大忙了，我可以說，因為爐火裡的確有很有價值的東西找出來——我們還能替您做比籌出這筆資金更好的事情嗎？」

「我不能當禮收之下下，」密考伯先生充滿熱情興奮說，「可是如果能借足一筆錢，假定說利率是年息五釐吧，我個人負責償還——假定開期票吧，十二個、十八個、二十四個月期的，分開來開，給點寬限，等我走了運——」

「能借足嗎？當然能，也非借足不可，照您的條件，」姨婆答「只要您一句話。現在就考慮一下，你們兩位。這兒大衛認識的幾個人，馬上就要到澳大利亞去了。要是你們決定去，為什麼你們不乘同一條船呢？你們彼此可以互相照應。現在就考慮一下，密考伯先生，密考伯太太。不急，好好衡量一下。」

「只有一個問題，我的好喬幄小姐，我希望問一下。」密考伯太太說。「天氣，我相信，對健康有益吧？」

「是全世界最好的！」姨婆說。

「正正像您說的就好，」密考伯太太答。「我又有個問題了。好啦，在那個國家，像密考伯先生那樣有才能的人是不是的的確確有公平的機會，能夠青雲直上？在目前，我不願意說，他能做到總督，或者任何那一類的位置，不過是不是會有過得去的，給他發揮天才的機會——要有那就很夠了——然後再自然而然擴展下去。」

「對於任何有修養，勤奮有為的人，」姨婆說，「再沒有別的什麼地方有更好的機會了。」

「對於任何有修養，」密考伯太太依樣當真說了一句，絲毫不含糊，「勤奮有為的人。一點不錯。我看澳大利亞明明是適合密考伯先生大展鴻圖的地方！」

「我接受這個信念，我的好喬幄小姐，」密考伯先生說，「就是說，在現有情況下，這就是我和家裡人的國家，唯一的國家；那邊岸上行將有性質非常的什麼時運出現。比較說來，時運並不遠；雖然我們要考慮的是您的建議用心好極了，其實考慮要不要去，包您只不過是形式而已。」

頃刻間，他成了全人類最樂觀的人，眼看鴻運當頭，那個情形我今生還會忘記！密考伯太太立刻談到袋鼠的習性，那個情形我今生還會忘記！我今生想起定期集市日坎特布利的大街而不想起他和我們一同走回去嗎？他那天表現出耐苦、漂泊的神情，在異國臨時寄居，還沒有安定下來的舉止，望著面前走過的閹牛，眼神就是澳大利亞農民的！

第五十三回　另一回顧

追曩昔癡婿斷肝腸
迫彌留嬌妻述心腹

我此刻必須話分兩頭。唉，我的孩兒妻啊，我記得移動的人群中有個影子，安靜地憑純真的愛和孩童的美說，丟下別的事來想想我吧——掉過頭來看小花兒，顫巍巍落到地上了！

我的確想的。其他一切都變得朦朧，漸漸消失了。我又跟朵若在我們的小房子裡一起了。不知道她病了多久，她生病我已經習以為常，算不清時間，並不真地太久，算起來有幾個星期，幾個月；不過照我的感覺和經歷看來，這段日子過得我心煩意困。

他們已經不再對我說，「再等幾天」了。我漸漸隱約害怕，讓我看得到我孩兒妻在日光下跟她的老朋友吉勃一塊兒奔跑的那一天可能永遠不會亮了。

吉勃似乎突然老了許多。作興是因為牠失掉女主人給牠精神鼓舞，保持牠少壯的什麼吧。牠提不起精神，目力衰微，四肢無力。姨婆看吉勃不再討厭她，躺在朵若牀上的時候，卻偷偷靠近她，心裡更難過。她坐在牀邊——吉勃乖乖地舔她的手。

朵若躺著，含笑望著我們，她還是美麗，一句急躁、埋怨的話都沒有。她說，我們待她非常好；她知道，她親密而小心週到的老孩子把自己累壞了；姨婆沒有覺睡，卻總是警醒著，忙個不停，心腸慈愛。有時候，兩位小鳥般的姑母來看她，然後我們談我們的婚禮，所有那段歡樂時光。

我的生活好像有了多不可思議的休息和停頓啊！——門裡門外所有的生活都如此——這是我坐在安靜而有遮陽，整潔的房裡，我的孩兒妻一雙藍眼睛望著我，她的小手指圈住我頭的時候，我想到的。我這樣坐很多個時辰，不過，全部這些時辰裡，三個在我心頭記憶最新。

早上這個時辰：這時朵若給姨婆親手打扮得風姿嫣然，讓我看她美麗的頭髮在枕頭上真地仍然能捲曲，多麼長，多麼有光澤，她多麼喜歡把它鬆開攏在她戴的髮網裡。

「喂，並不是我以為自己的頭髮了不起，你這個愛笑人的孩子，」她看見我笑了說。「而是因為你總說，你以為我頭髮很美，因為我第一次把你放在心裡想的時候，我總在鏡子裡偷看，想知道是不是你很歡喜手上有一綹我頭髮。後來我給了你一綹，唉，你是個多傻的傢伙啊，多迪！」

「是你畫我送你的花那天，朵若，那天我告訴你我陷入情網，多麼不能自拔。」

「啊！可是倒是我不想告訴你，」朵若說，「甚至在那個時候，我捧著花哭得多兇，因為我相信你真喜歡我呢！等我能像以往一樣，又能到處跑了，多迪，我們就去看看從前都是這樣蠢的一對待過的那些老地方，好嗎？照老樣子散幾次步，可好？也不要忘記去世的爸爸，好嗎？」

「好，我們要去，過幾天快樂日子，所以你得快些身體好起來，心肝。」

「嗯，我會很快好的！我覺得好多了，你不知道！」

晚上這個時辰：我坐在同樣的椅子上，在同樣牀旁邊，同樣的臉朝我望。我們一直都沈默，她臉上含笑。我不再抱我身輕的人上下樓了。她整天在這裡躺著。

「多迪！」

「我寶貝朵若！」

「剛才一會兒，你告訴我威克菲爾先生不舒服，我就要告訴你一句話，你不會以為不講道理吧？我要見一見娥妮絲。非常、非常想見她。」

「我就寫信給她，心肝。」

「你肯嗎？」

「馬上就寫。」

「多好、多知道疼人的孩子！多迪，攙我的膀子。的確，寶貝，這不是一時的興致。不是愚蠢的幻想。我要見她，真非常之想！」

「這一點我清楚。我只要照實告訴她，她一定來的。」

「現在你下樓很孤單寂寞了吧？」朵若低聲說，膀子摟住我頸項。

「看見你椅子空著，我怎麼會不呢，我的心肝？」

「我空著的椅子！」她無言摟住我一會兒。「你真想念我嗎，多迪？」抬頭望我，笑容欣然。「即使像我這樣沒精沒神、輕浮、愚蠢的人也想念？」

「我的心肝，世界上還有誰我會想念得這樣厲害？」

「唉，我的先生！我非常高興，可是又非常傷心！」靠得我更近，兩隻膀子把我摟住。她又出聲笑，又哭，然後定下神來，十分快樂。

「正是這樣！」她說。「只要替我好好問候娥妮絲，告訴她我非常、非常想見她，我就沒有別的想要的了。」

「除了想身體又好起來，朵若。」

「啊，多迪！有時候我想——你知道我總是個小蠢東西！——身體是永遠不會好的了！」

「別說這話，朵若！最親的心肝，別這麼想！」

「要是我能，多迪，我絕不。可是雖然我心肝孩子在我空下來的椅子面前孤單寂寞，我倒非常快樂！」

夜裡這個時辰：我還跟她在一起。娥妮絲來了，跟我們一起一整天、一晚。她，姨婆，我，從早在一起坐到晚。我們講的話不多，不過朵若一直完全心滿意足，高高興興。此刻我倆單獨在一起了。

當時我可知道，我的孩兒妻就要撇下我了？她們告訴我會；她們告訴我的事，我早已想到；不過我完全沒有把這個真情當回事。我不能把這個念頭克服。今天我幾次躲起來哭。我記起了那位①為了生者和死者的永別而哭。我想到整個那段仁愛、慈悲的故事。想法要看破，安慰自己。這件事我希望，我也能做到一點。不過我心裡不能確定的是，大限一定會來臨。我把她的手握在自己手裡，她的心放在自己心裡，發覺她愛我，愛的力量全洋溢出來。我心裡仍然有個朦朧不散的信心影象，以為她可以起死回生，我不肯絕望。

「我有話對你說，多迪。我要說最近常常想到要說的話。你不介意嗎？」她的神色溫柔。

---

①指耶穌。見〈若望（或譯「約翰」）福音〉十一章卅五節。

「介意，我的寶貝？」

「因為我不知道你作何感想，或者你有時也會想過。也許你常常想到同樣的事情。多迪，心肝，我恐怕，我太年輕了。」

我把臉擱在靠近她的枕頭上，她對著我的眼望，很低聲說話。漸漸地，她說著話，我覺得，心如刀割，她說到過去的自己。

「我恐怕，心肝，我以往太年輕了。我並不光指年紀，也指經驗、思想、一切。我當時就是這種小蠢東西！我恐怕，要是我們互相戀愛，只是小男孩、小女孩那樣，隨後就忘記了，倒好些。我已經漸漸想到，我不適宜做人的妻子。」

我竭力忍住眼淚答，「唉，朵若，心肝，你跟我做丈夫一樣適宜！」

「我不知道，」她照老樣子擺動鬈髮。「也許是的！不過我如果更適宜結婚，也許能弄得你也更適宜做丈夫。還有，你非常聰明，而我從來沒有聰明過。」

「我們一直非常幸福，我的親朵若。」

「我很幸福，幸福得很。可是，一年年過去，我心愛的孩子會吃不消他的孩兒妻。這個妻子越來越不能做他的伴了。他越來越覺得家裡缺少了什麼了。這個妻子又沒法兒進步。現在這樣倒好了。」

「唉，朵若，最親愛、最親愛的心肝，千萬不要對我說這樣的話。個個字都好像責備我！」

「不是的，一個字也不是！」她答，還吻我。「唉，我的心肝，你絕不應該受這個罪，我太愛你了，真心誠意一個責備你的字也說不出來——我所有的長處就是這一點了，——除了還漂亮——或者你以為我漂亮。樓下很孤單寂寞吧，多迪？」

「非常！非常孤單寂寞！」

「你別哭啊！。我椅子在樓下嗎？」

「在老地方。」

「唉，我可憐的孩子哭得多傷心啊！別哭呀，別哭！好啦，答應我一件事。我要跟娥妮絲說句話。你下樓去的時候，把這話告訴她，叫她上到我這裡來！我跟她說話，誰也不要來——連姨婆也在內。我要親自對娥妮絲說。我要跟娥妮絲說話，單獨。」

我立刻答應她讓她獨自一人。不過我離不開她，因為我太傷心了。

「我說了，現在這樣倒好了！」她摟著我低聲說。「唉，多迪，再多幾年，你愛你孩兒妻也愛不了比現在愛的更多；再多幾年，你孩兒妻還是叫你受累，失望，你也許沒有辦法像現在這樣一半愛她這麼多了！我知道，我以往太年輕、太蠢。現在這樣倒好！」

我到廳裡的時候娥妮絲在樓下，就給了她這個口信。她不見了，把我單獨和吉勃留下。吉勃的中國狗屋放在靠火爐的地方，牠就躺在裡面法蘭絨墊子上，想睡覺，在咕噥。

明月高懸，清暉如鏡。我往外面望望夜景，淚如雨下，我沒經過鍛鍊的心腸受到嚴厲的——嚴厲的譴責。

我靠火爐坐下，想起自從結婚以來，心裡有過的所有那些隱祕感覺，不顧一切地痛悔。想起我和朵若之間件件細微的事情，覺得人生本來是瑣事的總和，真情就是如此。我的回憶像海，每一個浪頭湧起都現出我最初認識的心肝孩子的影象，經過我少年的愛情和她自己的愛情培養而美上加美，這種愛情在每次神魂顛倒之後都是豐富的。如果我們像小男孩、小女孩那樣互相戀愛，隨後就忘了，真會好些嗎？你沒經過鍛鍊的心腸，回出話來！

時間怎樣過去地，我不知道。終於我孩兒妻的老伴叫我了。吉勃比往常更煩躁，從窩裡爬了出來，望著我又踱門口，吠著要上樓。

「今兒晚上不行，吉勃！今兒晚上不行！」

牠慢慢走回到我面前，舔舔我的手，舉起無光的眼望我的臉。

「唉，吉勃！也許，永遠上不去了！」

吉勃躺在我腳下，四肢一伸，好像要睡覺，一聲哀號，死了。

「噯，娥妮絲！你來看，看這裡！」

——那副充滿憐憫，充滿悲哀的臉，那把像雨直流的眼淚，那個可怕的對我無言的懇求，那隻向天舉起莊嚴的手！

「娥妮絲你？」
完了。我眼前一片黑。有一陣子，所有我記得的事全抹光了。

第五十四回　密考伯先生的事務

闞都斯賢才理機務
密考伯急難獲聲援

我的心給沈重的悲哀所壓，這種情況，現在還不是描述的時候。我終於認為，我的前途已經堵塞，我生存的力量已經耗盡，行動已經終止，除了墳墓再也找不到任何隱庇之所了。我說，我可並不是乍受悲傷的震擊，才終於認為如此的。這是慢慢得到的結論。如果我行將敘述的事件沒有把我弄糊塗，在開始的時候讓我的苦痛攪亂我，末了使它增加，我卻會立時陷於上面說的那種情況（雖然我想還不至於）。實在的情形是，在我充分了解自己的苦惱之前，中間有了一段間隔，這段期間之內我甚至以為最劇烈的苦楚已經成為過去；我的心也可以依靠一切純真、美麗的事，和永遠結束了的親切的往事，平定一下。

他們最初是幾時提議我該出國，或者我們怎樣商量定了我該換個環境，出外旅行，以恢復寧靜，甚至到現在我都不很清楚。在那段悲哀期間，凡是我們所思、所言、所行，都受娥妮絲的影響，所以我假定可以把這個主意當作是她促成的。不過她的影響力很收斂，我也沒有體驗到。

現在我真漸漸想起，往日我想到她就想到教堂的染色玻璃，這是個預兆，顯示日後時候到了，我遇到災禍的時候，她對我的作用，這個預兆此刻映上了我的心頭。從她舉起手站在我面前那一刻起，我全部悲傷期間，她就像我孤寂的家裡神聖的人物，我永遠忘不了。等到死亡的天使下降到那裡，我的孩兒妻在娥妮絲懷裡含笑而逝。——他們等我吃得消才告訴我的。我昏厥之後，首先感到的是她同情的淚，說的鼓勵和安慰的話，她溫柔的臉好像從靠近天堂更乾淨的地區垂顧我未經鍛鍊的心，把心裡的痛苦減輕。

我還是講下去吧。

我本說好出國的。這好像打一開頭大家就商量定了的。既然凡是我亡妻所有會朽腐的都已經埋入黃土，我就只等密考伯先生所說的「最後把謝坡碾為粉末」，然後就和移居國外的人一同動身了。

我們應闞都斯之請，回到坎特布利——他是我最熱情、最忠誠的患難之交。我們是指姨婆、娥妮絲、我。約好一腳就到密考先生家裡。自從我們上次大爆炸的集會以後，我朋友一直在密考伯先生和威克菲爾先生家辛苦工作。可憐的密考伯太太看見我穿了黑色喪服進來，顯著地很傷感。她是個心裡有很多慈善的人，這麼多年所有的煩惱沒有耗光它。

「呃，密考伯先生，太太，」姨婆等我們大家坐下來之後先致意說。「請問二位可曾考慮過我建議的移居外國的事情？」

「我的好喬幄小姐，」密考伯先生答，「也許我要表達密考伯太太，我，還想加上我們的兒女，聯合一致，也是各自獲得的結論來答覆您，非得借一位出色的詩人的話不可，就是「我們的船已在岸，我們的舟已在海上①」」

「這就對了，」姨婆說，「你們打的主意聰明，我預料會得到種種好處。」

「喬幄小姐，您太賞臉了，」密考伯先生答。然後他請姨婆注意一件紀錄。「關於經濟協助我等將單薄小艇向事業大洋啟航事，鄙人已再度考慮該項重要事務；並請求開出期票——無須訂明，分別照議會各適用於此種證券法案貼足各項金額應貼的印花——計十八、二十四、三十個月期三張。鄙人原先提出建議為十二、十八、二十四個月期，但鄙人恐如此安排，籌足必需金額的時間不充——運氣——來了。我們也許，」密考伯先生向房間裡周圍一望說，好像這間房就是幾百畝肥沃的耕地，「在第一筆期票到期之日，收成不豐，

---

①改用拜侖（George Gorden, Lord Byron）"To Thomas Moore"詩句。

或者尚未收割。鄙人相信，在我國殖民地該部分，工人有時難以顧到，而我們的命運就是和該地多產的土壤鬥爭。」

「先生，隨您的意思安排就是了，」姨婆說。

「喬幄小姐，」他答，「我們的朋友和恩人對我們體貼的美意，密考伯太太跟我深為銘感。我希望的是，這件事要完全公事公辦，完全不誤期限。我們要重新做人，就要開始的了：退後一步，正在作此舉動，好向前非同尋常地一躍。這件事關係我的自尊心很大，也是我兒子的榜樣，所以要像人與人之間的那樣安排好。」

我不知道密考伯先生末了說那句話「像人與人之間的那樣」是什麼意思。不知道還有誰知道，或者過去有誰知道。不過他好像異乎尋常地覺得有味，引人注意地咳嗽一聲，重複了一句，「就像人與人之間的那樣」。

「我建議出期票——，」密考伯先生說，「這是商界的便利，我相信飲水思源，我們要感激猶太人，不過猶太人似乎期票用得太過分了——因為這種票據是可以轉讓的。不過如果您喜歡我出借據，或者任何其他種類的證券，我都極其願意。就像人與人之間的那樣。」

姨婆說，如果遇到雙方願意對任何事採取一致的意見，她假定這一點不會有困難。密考伯先生以她的意見為然。

「關於舍下為應付我們現在已經了解；要獻身的命運所作的準備；喬幄小姐，」密考伯先生有些自負地說，「我請求報告一下。我最大的女兒每天早上五點鐘就去鄰近一家牛欄學擠牛奶的工作程序——如果可以叫做工作程序的話。我關照了小的兒女在本城比較貧窮的地區儘情況許可，密切觀察豬和家禽的行為：幹這個工作有兩次幾乎給車輾過，給人送回家的。我自己在上星期，費了些神研究烤麵包的手藝，我兒子威爾金斯拿了手杖衝了出去，只要獲得管牛的粗魯的傭工許可，就去趕牛，這是在這方面自願效勞的——可是說來痛心，為了人天性的光榮，他也不常幹這件事，因為他總受到警告，連咒帶罵，叫他別趕。」

「這一切的確好極了，」姨婆鼓勵他答，「密考伯太太一定也很忙吧。」

「我的好喬幄小姐，」密考伯太太認真地答，「我承認也不怕難為情，我還沒有當它一回事地去從事和耕作、牲畜直接有關的研究呢。我也明知我上了外國的岸精神會花在這兩方面的。我管家務能抽得出來的時間，都專門用來和我娘家人寫長信了。因為我承認，好像，我的好考勃菲爾先生，」密考伯太太說，「把過去統統忘記光的時候已經到了：」——她不管跟誰說話，一開始總要向我求助，我猜這是以往養成功的習慣，「我娘家人應該跟密考伯先生握手，密考伯先生應該跟我娘家人握手；獅子應該和綿羊一同躺下，我娘家也應該跟密考伯先生有往來，都是時候了。」

我說我也以為如此。

「至少，我的好考勃菲爾先生——」密考伯太太接著說，「這是我這個人對這件事的觀點。我跟我爸爸、媽媽一起，在娘家的時候，爸爸遇到我們少數幾個人討論到的事，不管什麼總問，「我家艾瑪對這件事的觀點是什麼呀？」我知道，爸爸太偏心，可是，講到密考伯先生和我娘家彼此的關係冰冷這一點，我當然有意見的，儘管我的意見不一定靠得住。」

「作興會。當然您有您的意見，密考伯太太，」姨婆說。

「就是的了，」密考伯太太認為有理道。「好啦，我的結論也許會錯，很作興是錯的，不過我個人的印象是，我娘家和密考伯先生彼此有隔閡，追本窮源，可以說是我娘家的人害怕密考伯先生需要通融一下金錢。我不免想，」密考伯太太現出智慧高深的氣派說，「我娘家有人一直害怕密考伯先要借他們的名字，——我不是說我們的子女領洗的時候要照用，而是寫在匯票上，拿到金融市場上流通。」

密考伯太太說出這個發現，態度的洞察力十足，好像誰也從來沒有想到過，姨婆聽了似乎相當驚異，猝然答道，「嗯，密考伯太太，總而言之，我想您的想法對！」

「密考伯先生就要甩掉多年來逼他做奴隸的桎梏了，」密考伯太太說，「開始在有充分天地發揮他才能的國家，有新的生涯，——這一點在我看極其重要。密考伯先生的才能特別需要空間，——我似乎覺得，我娘家人應該出來，給這個機會增光一下。我所能希望的是，密考伯先生和我娘家人會一次面，由我娘家出錢，大家喝酒作樂，由我娘家當家的人舉杯，祝賀密考伯先生健康、走運，密考伯先生也許有機會透露透露他的意見。」

「寶貝，」密考伯先生有些動肝火說，「最好讓我馬上說清楚，如果我對那一幫人透露我的意見，他們作興發見我的意見要得罪人的。我的印象是你娘家人全體都是傲慢的勢利小人；個別看起來，是不折不扣的惡棍。」

「密考伯，」密考伯太太搖頭說，「不是的！你始終沒有了解他們的為人，他們也始終沒有了解你的為人。」

密考伯先生咳嗽了一聲。

「他們從來沒有了解你的為人，密考伯，」他太太說。「作興他們沒有這個能力。要是能，就是他們的運氣了。我可憐他們的不幸。」

「我的好艾瑪，」密考伯先生口氣也緩和下來說，「要是我受了刺激，說的話似乎火氣大，即使略微有一點，我也很對不起。我要說的只不過是，我出國，沒有你娘家出來幫忙也行，——要而言之，靠他們臨別的時候冷淡地推我一下。總之，我情願靠我自己有的力量離開英國，也不要從那一方面獲得推動。同時，心肝，要是他們低下身分來回答你的信——照我們兩個人聯合的經歷看來，這是不會的——我絕不是阻礙你願望的人。」

這件事就這樣和和氣氣解決了，密考伯先生伸了膀子過去給密考伯太太，看了放在闕都斯桌子上的一堆書和文件，說他們要撇下我們先走，真就行禮如儀走了。

「我的好考勃菲爾，」闕都斯等他們走了往椅子背上一靠說，說時動了真情地望著我，眼睛都紅了，頭髮是各式形狀都有，「我打算麻煩你辦事，也不必找藉口，因為我知道，你非常關心，這件事會把你的心思岔開。我的好老友，你沒有筋疲力盡吧？」

「我已經一切如常了，」我頓了一下說。「我們替我姨婆設想的理由比為誰的都多。你知道她對我的恩多深。」

「當然，當然，」闞都斯答。「誰忘記得掉呢！」

「不過麻煩還不僅僅乎這一點，」我說。「過去兩星期，她又有了新的苦惱。每天在倫敦出出入入。好幾次她一大早出去，晚上才回來。昨天夜晚，闞都斯，她出這趟門，差不多半夜才回家。你知道她多麼體諒別人。她都不肯告訴我，折磨她的是什麼事情。」

姨婆，面色非常蒼白，臉上的皺紋深陷，坐著一動也不動，聽我說完話，兩頰上露出了幾行闌干淚來，手放在我手上。

「沒有事，喬。沒有事。以後再沒有麻煩了。你慢慢會知道。這會兒，娥妮絲，我的寶貝，我們來辦這些事吧。」

「我得說句對密考伯先生公道的話，」闞都斯開言道，「他替自己做事好像沒有什麼成就，替別人做事可費盡了精神。我從來沒有碰見過這樣的人。要是他老這樣幹下去，現在他實際上一定差不多已經有兩百歲了。他不停辛苦工作，日夜鑽在文件、帳簿裡心煩意亂、急躁不寧的態度，且不提他在這個房子和威克菲爾先生家之間寫了多少封信給我，他常常坐在我桌子對面，對我說出來倒更容易些呢；凡此種種，都是十分卓絕的。」

「一封封的信！」姨婆叫了出來。「我相信他在信裡做夢！」

「還有狄克先生，」闞都斯說，「也做了了不起的事！他看住烏利亞．謝坡，照我看起來，要多嚴密就有多嚴密，一等交了差，就去專心一志照顧威克菲爾先生。我們調查這件事，他真急急乎要出力，做摘錄、抄寫、把東西拿來、送去，諸如此類，真幫了忙，給我們很多鼓勵。」

「狄克是非常出色的人，」姨婆歎道，「我一向說他是這種人。喬，你知道的。」

「威克菲爾小姐，」闞都斯接著說，口氣既極周到，也極認真，「您不在家這段時期，您老太爺身體大有好轉，我很高興告訴您。他長期心頭沈重的負擔拿掉了，不用再過恐怖憂愁的日子，差不多換了一個人。有時候，甚至集中記憶和注意某件事的要點，也恢復了很多過去受了損害的能力。能幫著我們把某些事情弄清楚了，倘若不是他；我們雖然不至於辦不到，也會真有很大的困難。不過我必須做的事是只談結果，三言兩語就說完了，不絮叨所有我觀察到的，充滿希望的情況，否則我就再也說不完了。」

他態度自然，誠實，叫人舒服，明明要我們振奮；讓娥妮絲能聽到別人提到她父親，深具信心；不過雖然有這個用意，並不叫人覺得美中不足。

「好啦，我想想看，」闞都斯翻看桌上的文件說「我們算過了我們的資金，首先已經把大堆無心造成的混亂，清出頭緒來，其次把蓄意搞出來的混亂和偽造也清出頭緒來，我們已經明白，威克菲爾先生可以結束業務和信託代理，絲毫沒有任何欠帳或虧空。」

「啊，感謝上帝！」娥妮絲熱烈地說。

「不過，」闞都斯說，「多下來供威克菲爾先生當生活費用的錢不多——我說這句話甚至是估計連房子也賣掉的——錢也很少，多半不超過幾百鎊。也許，威克菲爾小姐，最好考慮一下，是否保留他一直在擔任著的財產管理人的代理業務。朋友可以替他出主意，您知道；他現在無牽無掛了。您本人，威克菲爾小姐——考勃菲爾——我——」

「喬幄，我考慮過了，」娥妮絲望著我說，「覺得不應該這樣，一定不可以這樣，即使是我非常感激，也欠他很多情分的朋友勸我們這樣辦，也不應該。」

「我不願意說勸，」闞都斯說。「我以為這樣建議是對的。如此而已。」

「我聽您這樣說，覺得好極了，」娥妮絲從容地說，「因為有您這句話我就可以希望，差不多有把握我們的想法相同了。好闞都斯先生，好喬幄，只要爸爸一旦能光榮地無牽無掛，我還有什麼想要的呢！我總指望，要是我能免得他吃糾纏住他的辛苦，就要用寸草報答他的春暉，把我的一生都貢獻給他。多年來，這一直是我最大的希望。我們父女的未來由我負責；是我其次最大的幸福——首先是解除他所有信託的業務和所負的責任——我知道的幸福就是這些。」

「你可曾想到怎樣負責嗎？娥妮絲？」

「常常想到！好喬幄，我不怕，我有把握辦得到。這裡認識我的人這麼多，對我心這麼好，我才有把握的。你別對我沒有信心。我們父女的需要並不多。要是我把心愛的老屋出租，再辦個學校，我這個人就有用處，也快樂了。」

她聲音愉快所表現的安詳熱情，首先喚起我對可愛的老屋的回憶，接著是我孤獨的家，如在目前，我心裡充滿了要說的話。闞都斯有一會兒假裝忙著在一批文件裡找東西。

「其次，喬幄姨婆，」闞都斯說，「輪到您的財產了。」

「好啦，闞都斯先生，」姨婆嘆口氣說。「關於這件事我所有要說的只是，要是已經完了，我也吃得消；要是沒有完，拿回來我也很高興。」

「我想原來是八千鎊，統一公債嗎？」闞都斯說。

「對了！」姨婆答。

「我算過了，不超過五數，」闞都斯說，現出搞糊塗了的樣子。

「——千嗎，您是說？」姨婆異常鎮定地問，「還是鎊？」

「是五千鎊，」闞都斯說。

「全在這裡了，」姨婆說。「我自己賣掉了三千。一千：我用來付你學法律的學徒費，喬，我的寶貝。其他兩千，在我自己手上。等到其餘的都損失了，我想聰明一點還是不提這筆錢，秘密留著以防萬一。我要看看你應付患難的能力怎麼樣，喬。你應付得了不起——有始有終，自力更生，克己為人！狄克也是一樣。你們現在別跟我說話，因為我心神有點紛亂！」

看她坐得筆直，兩臂合攏，誰也沒料到這個情形，不過她鎮定自若，本領高強。

「那麼我很高興，可以說，」闞都斯歡歡喜喜，眉開眼笑嚷道，「全部的錢我們都找回來了！」

「別跟我道喜，不管是誰！」姨婆叫道。「怎麼會找回來的，闞都斯先生？」

「你相信錢是威克菲先生挪用了吧？」闞都斯說。

「當然我相信，」姨婆說，「所以很容易就給堵住了嘴。娥妮絲，你一句話也不要說！」

「公債真賣掉了，」闞都斯說：「憑您給他的委託經理狀賣的。不過我不用提，誰賣掉的，或者誰真正簽字賣的。隨後那個惡棍騙威克菲爾先生說——並且用數字證明——錢他拿去了（照總指示的辦法，他居然說），用來對付別人的虧空和經濟困難，免得張揚出去。威克菲爾先生落在他手上軟弱無用，一籌莫展，惡棍後來說謊，說照本錢付了您幾筆利息，他明知道本錢已經沒有了。不幸：這樣一來，威克菲爾先生倒變成欺詐的共犯了。」

「末末了他自己承擔罪過，」姨婆補充道；「寫了封發瘋的信給我，責備他自己做了強盜，和聽都沒聽說過的壞事。因此一天大早我去看他，要了蠟燭來，把這封信燒了，對他說，如果他有一天能還我的錢，補他的過失，照辦就是了。要是不能，為了他小姐的原故，就不要對別人說起。不管是誰要是此刻對我說話，我就離開這幢房子！」

我們全不開口；娥妮絲搗住臉。

「好了，我的好朋友，」姨婆頓了一下說，「您真逼他把錢吐出來了嗎？」

「嗯，實情是，」闕都司答，「密考伯先生把他完全圍住了，已經想好了許多新主意，防舊的不中用，務必叫他逃不出我們的掌握。最值得注意的情形是，我認為他奪去這筆錢與其說是為了滿足他的貪婪（他這個人的確貪得無饜），還不如說是為了對考勃菲爾懷恨。他對我老實這樣說過。他說，他甚至願意花掉這麼多錢，來挫折考勃菲爾或者傷害他。」

「哼……」姨婆說，說時深鎖雙眉，陷入沈思，並望著娥妮絲。「他現在怎麼樣了？」

「我不知道。他離開了此地，」闕都斯說，「跟他母親一起去的。全部期間他母親叫叫嚷嚷，跟人求情，揭瘡疤。她母子搭倫敦夜裡的公共馬車，我知道他的事就只有這一點了。還有就是他臨走的時候對我表示的惡毒，大膽極了。好像認為他恨我幾乎不下於密考伯先生。我認為他太恭維我了，也對他明說了。」

「你想他有什麼錢嗎？闕都斯？」我問。

「啊呀，有，我想有的，」他認真搖搖頭答。「我該說他一定不擇手段搞了很多錢上腰。不過我想，考勃菲爾，你會發見，如果你有機會弄清楚他的路線，他就是有了錢也不會不做惡事的。是那種虛偽的化身，不管存心做一件什麼事，一定走歪斜的路，他表面上抑制自己，唯一的補償是作惡。總在地上爬，找什麼小目標或別的，總把沿途碰到的每一件東西放大，因此凡是走到他和這些東西之間的人，即使對他最沒有害處的他也一樣恨，一樣猜疑。所以歪斜的路線越來越歪斜，不論那一刻，為了芝蔴大的原故，或者根本什麼也沒有，也是一樣。只要拿他在這裡的過去來研究一下，」闞都斯說，「就知道這個情形了。」

「他是個卑鄙的惡棍！」姨婆說。

「關於這一點我真不知道，」闞都斯若有所思地說。「很多人如果一心專想卑鄙的舉動，就會非常卑鄙。」

「好啦，我們談密考伯先生的事吧，」姨婆說。

「嗯，真地，」闞都斯高高興興地說。「我還要再大贊密考伯先生一次。要不是他這麼久以來耐住性子，始終如一地苦幹，無論什麼值得一提的事情我們也絕沒有指望做得出。我想，我們應該注意密考伯先生為了正義而做該做的事，想一想要是他一聲不響，他和烏利亞·謝坡會談妥些什麼。」

「我也這樣想，」我說。

「那麼，你會給他多少錢呢？」姨婆問。

「啊！您沒想這件事以前，」闞都斯有點心煩意亂地說，「我恐怕我以為做不合法的賠償損失的清算這件難事，省略掉兩點是慎重的（我也不能把所有各點都顧到）——這次的事從頭到尾都完全不合法，密考伯先生借了錢，出給謝坡的那些借據，等等——」

「啊呀！借的錢一定要還，」姨婆說。

「是啊，不過我不知道謝坡幾時提出控訴追討，借據現在那裡，」闞都斯睜大了眼答。「照我推測，從現在起到他離開為止，密考伯先生會不停遭到逮捕，或者財產遭到扣押。」

「這樣一來，他就不斷又給釋放出來，財產獲得發還了，」姨婆說。「一共欠多少錢啊？」

「嗯，密考伯先生把這些交易——他叫借錢做交易——都興致很好地記在一本簿子上，」闞都斯笑答道。「他加的總數是一百零三鎊五先令。」

「那麼，連那筆數目在內我們該給他多少錢呢？」姨婆說。「娥妮絲，寶貝，你跟我隨後可以討論錢怎樣一個分法。該給他多少錢？五百鎊怎麼樣？」

闞都斯和我一聽這話，立刻插嘴。我們都主張給他一小筆現錢，欠烏利亞的等他來討，就替他付，不跟他訂什麼要他還的約。我們提議出他一家的船費和旅行用品的費用，再給一百鎊。密考伯先生打算的償還貸款辦法要認真訂明，因為讓他覺得他是負了責任的，也許對他有益。關於這方面，我又補充建議，由我向裴格悌大爺把密考伯先生的為人和過去加以說明，我知道裴格悌大爺是個靠得住的人，我們還可以悄悄地交一百鎊給他，託他看情形借給密考伯先生。我另外提議，由我酌量把認為該提到的，或者覺得適當的、裴格悌大爺的經歷告訴密考伯先生，好讓他也對裴格悌大爺關心，想法要他們互相照料，對他們彼此都有好處。我們大家都熱烈贊成這些主張，我可以馬上提一提，不久以後，這兩位主要有關係的人都互相關照，充分推誠，融融洽洽。

我發現闕都斯又望了姨婆一眼，像有心事似地，就提醒他，還有他談到的第二點也是最後一點呢。

「考勃菲爾，要是我提到一個令人痛心的問題，你跟你姨婆得原諒我，我極其害怕非提不可，」闕都斯遲疑地說。「可是我想，這件事我一定要你們記得。那一天密考伯先生揭發烏利亞．謝坡的罪行，教人難忘，謝坡當時提出恐嚇的時候，是關於你姨婆的——丈夫。」

姨婆坐得筆直的姿勢照舊，顯得鎮定，點頭表示記得。

「也許，」闕都斯說，「他這話無非是無的放矢，胡說亂道吧？」

「不是的，」姨婆答。

「對不起——真有這樣的一個人，而且烏利亞．謝坡居然控制得到？」

「對了，我的好朋友，」姨婆說。

我們看得出闕都斯把臉拉長，說他還沒有能處理這件事。這跟密考伯先生的借款一樣，沒有包括在和烏利亞．謝坡講好的條件裡面；而我們現在已經沒有任何可以制得住烏利亞．謝坡的了。我們無論是誰，如果他害得到，或者可以騷擾，他一定幹的。

姨婆始終不出聲，末了她頰上又露出幾行闌干淚來。

「您非常有道理，」姨婆說。「您提這件事，思考很周到。」

「我——或是考勃菲爾——能出點什麼力嗎？」闞都斯溫和地問。

「沒有要出力的了，」姨婆說。「我謝謝您要謝好多次。喬，我的心肝，謝坡恐嚇落空了！我們去找密考伯先生、太太來。你們誰也別跟我說話！」說完了這話她把衣服拂平整，坐了下來，腰桿子筆直，眼望著門。

「啊呀，密考伯先生，太太！」他們進來的時候姨婆說。「我們正在討論你們出國的事情，叫你們在外面等好久，對不起得很。我要告訴你們我們有些什麼建議。」

姨婆一一說了，這家人覺得無限滿意，——兩夫妻連兒女都在場——密考伯先生在所有票據交易開始的階段向來有從不誤點的習慣，姨婆的話提醒了他，立刻興高彩烈，衝出去買印花貼期票，叫他別急也沒用。不過他的快樂突然碰到打擊；因為五分鐘之內，有個法警把他押了回來，他告訴我們，什麼都完了，說著話淚如泉湧。我們對這件事當然是烏利亞・謝坡告的狀早有準備，馬上付了錢。再過了五分鐘密考伯先生坐在桌子面前借據上的印花上簽字劃橫線，十足表現心裡歡暢，只有幹調加味香料酒那件賞心樂事才可以把全部的快樂像這樣在他輝煌的臉上透露出來。看他在印花上做工夫，像藝術家一樣幹得津津有味，當畫圖一樣作畫，斜過來看看，在他筆記簿上記下日期、金額這些重要的事項，填寫之後，細心注視，深深感覺到這些印花寶貴的價值，凡此種種，的確是難得看到的情景。「喂，先生，要是您讓我給您出主意，」姨婆不聲不響觀察了他之後說，「您最好辦得到的就是永遠別再幹這種事了。」

「喬幄小姐，」密考伯先生答，「我的意圖是把這樣一個關於未來的誓願在沒有玷汙的紙張上記錄下來。密考伯太太會替這個意圖作證。我相信，」密考伯先生莊嚴地說，「我兒子威爾金斯要永遠記住，他把手放到火裡，也比用來撫弄在他不幸的父親命脈裡放了毒的毒蛇好得多，無限多！」密考伯先生深受感動，立刻變成失望的化身，用陰鬱的恐怖眼光注視這些「毒蛇」（他剛才對這些「毒蛇」的嘉許還沒有十分消逝呢），把它摺起，放進了口袋。

這一晚的事算是做完了。我們傷心、疲憊夠了，姨婆和我第二天早上要回倫敦。大家安排好，密考伯先生等把他們的東西賣給了經紀之後就跟我們去。威克菲爾先生的事務要儘方便地快、由闞都斯主持清理。娥妮絲在這些事務清理期間也到倫敦來。我們在老屋裡過夜。謝坡母子不在屋裡面，好像瘟疫已經清除了似的。我睡在我老房間裡，像船隻失事的流浪漢回了家。

第二天我們回到姨婆家裡——沒回我家。姨婆和我單獨像往日坐了下來，就寢前她對我說：

「喬，你真想知道我最近心裡有的是什麼事嗎？」

「我真想，姨婆，如果有個時候，我覺得因為您有悲傷或者焦灼而我又不能分擔，因為這個原故心裡不情願，現在就是這個時候了。」

「孩子，」姨婆慈愛地說，「即使不加上我的那點兒苦痛，你自己已經夠傷心的了。喬，我無論把什麼事瞞著你，都沒有別的用意。」

「這一點我很清楚，」我說。「可是現在您就對我說了吧。」

「明天早上你跟我坐一趟車好嗎？」姨婆問。

「當然好。」

「九點鐘，」她說。「到時候我會告訴你，心肝。」

所以到了九點我們就坐了一輛四輪輕便馬車出發，前往倫敦。在街上駛了很長一段路，末了到了一所大醫院。就在大廈旁邊是一輛沒有點綴的柩車。車夫認識姨婆，他遵照姨婆在窗口做的手勢指示，慢慢駛開，我們跟著。

「你現在懂了吧，喬，」姨婆說。「他去世了！」

「是在醫院裡死的嗎？」

「對。」

姨婆坐在我旁邊不動，不過我又看到她臉上露出了幾行闌干的眼淚。

「以前他去過那裡一次，」姨婆隨即說。「病了很久了——這麼多年來，都是毀掉了的人，身體壞透了。等到曉得病已經熬不過去了，就打發人叫我去。這時候他非常悔恨。非常悔恨。」

「您去了，我知道，姨婆。」

「我去了。後來我跟他在一塊兒好久。」

「他死在我們到坎特布利前一晚吧？」我說。

姨婆點點頭。「現在誰也傷不到他了，」姨婆說。「恐嚇落空了。」

我們的馬車出了城，駛到了豪恩賽的墳地。「躺在此地比在街上游蕩好，」姨婆說。「他是在這裡出世的。」

我們下了車，跟著那具普普通通的棺柩，到了我記得很清楚的角落。殯葬儀式就在這些舉行。

「三十六年前，今天，我的心肝，」姨婆說，這時我們走回去上車，「我結了婚。上帝饒恕我們大家吧！」

我們無言就了座，姨婆坐在我旁邊好一陣子，握住我手。末了她忽然哭了說：

「我跟他結婚的時候，他樣子挺英俊的，喬——後來變得很慘——」

沒哭多久。姨婆流了眼淚，人舒服些了，很快就又鎮靜下來，甚至高高興興。她說，她神經受了點震動，否則不會忍不住哭出來。上帝饒恕我們大家吧！」

我們就這樣乘車回到高門的精舍，發見下面這封短柬，是那天早上郵局那一班密考伯先生寫來的信：

喬幄小姐，考勃菲爾共鑒，

近來在地平線上朦朧出現的美麗福地又給難以貫穿的雲霧所籠罩，永遠在注定命厄、流浪的可憐人眼前消失矣！

根據謝坡對密考伯另一訴訟案件，威斯敏斯特行政區高等法院發出另一拘票，該案被告已成為具有執行官職權範圍內有司法權的行政司法長官的捕獲物。

此刻是日子，此刻是時辰，
看交戰的前線顯得陰沈，
看驕傲愛德華大軍壓境——
鐐銬和奴役！②

鄙人的歷程是付之鐐銬和奴役和迅速來臨的末日（因為心靈的拷打超過某限度就

---

②Robert Burns（1759-1796）詩Bruce's Address to His Army at Bannockburn。按Robert Bruce為蘇格蘭大將，在Bannockburn擊潰愛德華二世的軍隊後加冕為王。

受不了）。天啊，天啊！將來過路的人為好奇心驅策，我們且希望他並非全無同情，探視本城負債人囚禁之所，細察其牆壁，或將默想（鄙人相信他會）用生□的釘子寫著的，

朦朧的姓名大寫字母

威．密．③

鄙人重啟此函，謹白者，吾等共有的朋友，湯瑪斯．闞都斯（尚未離開我等，彼氣色極佳）已以喬幄小姐崇高名義，償還此債及訟費，鄙人及麾下諸人皆享最高世福矣。又及。

星期五於坎特布利

---

③即密考伯姓名字頭W.M.。

第五十五回　暴風雨

義勇漁夫救人捨命
浮薄惡少逐浪喪生

我現在就要說起我平生一件事，萬難忘記，可怕到極點，和本書前面提到的所有的事都有許多種密切的關聯，從敘述的一開頭，我一路下去都看見這件事像平原上的一座高塔，愈現愈大，甚至我童年的好些小事件都蒙上這件事預兆的陰影。

事件發生以後，我常常夢見它。給它驚醒；印象栩栩如生，好像那種狂暴更深人靜，在我悄無聲息的房裡仍然在肆虐。一直到如今，有時我仍然夢見這個景象，雖然隔的時間很久，長短也不一定。遇到起暴風，或者有人略微提到海岸，我就想到這件事，和我心裡覺得的任何暴風雨一樣強烈。我會竭力照發生的情形平鋪直敘寫出來。我不是憑記憶，而且親眼看見，因為暴風雨又在我眼面前出現了。

移居出國的船行期迅速就要到了，我的好老保姆上倫敦來（我們乍一會面，她為了我喪偶，心差不多都碎了）。我始終跟她、她哥哥，還有密考伯一家人在一塊兒（密考伯家的人總在一起）。可是艾姆麗我從沒見過。

一天晚上，動身期已在眉睫，我和裴媽跟她哥哥單獨在一處。我們談到了罕姆。裴媽講到罕姆送她走的時候多麼親切，自己多麼英勇、安靜地生活。尤其是近來，裴媽相信，他受的折磨最厲害。這個話題是她這個慈愛為懷的人從來提不厭的，而我們聽她說的這許多非說不可的例子（她跟罕姆一起的時候很多），也和她要說一樣，聽不厭。

那時候姨婆和我正把高門兩處小房子騰出來①，我打算出國，姨婆回到她多佛的家裡。我們暫時住修院園。回去路上，今晚上談了話之後，我就把上次在雅茅斯罕姆和我說的話思索了一番。我原來有個主意打算寫封信，在替艾彌麗舊父上船送行的時候，交給艾彌麗的，現在猶豫了，想到最好此刻就寫給她。我當時想，她收到我的信之後，也許想託我替她帶個臨別的信給她那位不幸的戀人。我應該給她這個機會。

因此我上牀之前，在房裡坐下來，寫了封信給她。告訴她，我會過了罕姆，罕姆請我

①狄更斯忘了，在四十三回裡，貝采姨婆已經賣掉了這所屋。各本皆未更正。

告訴她我這本書裡先前已經提到的話。我註：

照實重述出來。我用不著踵事增華，雖然也有這個權。罕姆的話極其忠誠、寬大，不容我或隨便什麼人再加潤色。信放在外面，等早上遞送，附了一行給裴格悌大爺，請他轉交給艾彌麗。拂曉時光我才去睡覺。

我身體弱了，當時還不知道，到太陽出來，很遲還在牀上，第二天精神並沒有好起來。姨婆一聲不響，在我牀邊把我叫醒。我在夢中就覺得了，我想大家都有這種感覺的。

「喬，寶貝，」姨婆看我睜開了眼說，「我拿不定主意要不要攪你。裴格悌大爺在這兒；要請他上來嗎？」

我回答要，一會兒他就在我面前了。

「小衛少爺，」我們握了手他說，「你的信我給了艾姆麗，少爺。她寫了這封信在這兒。求我請您讀一讀，要是您看信裡沒有叫人難受的話，就費您的心轉交一下吧。」

「您讀了嗎？」我說。

他傷心地點點頭。我打開信，照讀如下：

我接到你的口信了。唉！我能寫什麼，來謝謝你對我可貴和超凡的厚道呢？

你的話我已經記在心裡。一直保留到我死的一天。你的話是尖銳的刑棘，不過也是非常的安慰。我記住這些話祈禱過了，唉，我祈禱了好多。我知道了你的為人，舅父的為人之後，就想到上帝一定多麼仁慈，可以向他呼號了。

永別了。就這樣啦，我的親愛的，我的朋友，在這個世界上永別了。等到另外那個世界上，如果我的罪得到赦免，我醒來的時候也許成了個小孩，再到你面前。一切多謝，求上帝降福你。你永遠珍重。

這就是那封淚滴斑斑的信。

「我可以告訴她，您看了信裡沒有叫人難受的話，您肯費心轉交嗎，小衛少爺？」我念完了，裴格悌大爺說。

「沒有問題，」我說——「可是我想——」

「您想什麼，小衛少爺？」

「我在想，」我說，「我還要再去一趟雅茅斯。在開船之前，我去了再回來，還騰得出時間。我心裡總關切他和他的孤獨。這個時候把艾彌麗這封信交到他手上，讓您能告訴艾彌麗，在別離的時候，他收到信，對他們兩個人都是好事。我故意接下他這位親密的、好心腸人的差使，辦得再周到也不嫌過分。出一趟門我算不了一回事。我心定不下來，行動行動反而好。今天晚上就去。」

裴格悌大爺雖然焦灼地要勸我打消這個意思，我看得出他跟我用心一樣。如果我的用意要找到理由，他這種態度就有作用了。他應我的請求，跑去公共馬車售票處，替我買了郵車的馭者座。晚上我動身，乘那種車上了我多次浮沈中走過的路。

「你想，」我在離開倫敦第一站路上問馬車夫，「天色不是真特別嗎？我記不起看到過像這樣的天。」

「我也沒有——沒有見過像這樣的。」他答。「這個風，先生。我猜不久海裡會造反的。」

天上這裡、那裡染了柴噴出的煙色，大堆飛雲翻騰成奇形怪狀，昏黑縱橫，叫人看了以為照地面最深的洞坑底算起來，比實際要高很多。裝瘋的月亮似乎因為自然律受到可怖的騷亂，在雲端橫衝直撞，好像迷失路途，受到驚嚇一樣。整天有風，當時風力增加，呼嘯聲響異尋常。再過一小時風力更猛，天空更加陰沈，颳得更兇了。

可是夜色漸深的時候，濃雲迫近，密佈整個天空，接著變得極暗。風越颳越狂。威勢還在增加，末了我們的馬差不多頂不住了。好多次，在夜的暗處（那時候是九月下旬，夜還不短），先導馬都回頭，或者站下來不動。我們每每非常害怕馬車要給吹翻。大風暴之前，橫掃過來的雨已經打下，就像落鋼鐵的陣雨。這些時候，要是有大樹或背風的牆壁可以躲避，不管什麼，我們都願意停下來，因為繼續往前掙扎，根本辦不到。

等到天亮，風勢更猛。以往我在雅茅斯，水手說，風颳起來兇得像轟砲，我可從來沒有領略過像這樣的，或者近乎這樣的狂風。我們到了伊布斯威奇——很遲了，因為自從我們出了倫敦十哩，就寸土必須掙扎才能前進。到了以後，發見大群人眾在市場，都是夜裡怕煙囪倒下來，從牀上起身跑來的。我們換馬的時候，有些人在客棧院子裡三五成群，告訴我們，教堂高塔上成大張的鉛皮颳了下來，拋在背街上，把街都堵塞了。另外有些人說到附近村子裡面鄉下人看到好些大樹連根拔起，倒了下來，整座禾堆吹散，亂鋪在道路和田裡。暴風仍然沒有減退，卻吹得更猛烈了。

我們苦撐前進，越走越靠近海，狂風從海上正對著岸上吹，力量越來越大得可怕。我們看到海以前，海水的泡沫已經颳上我們的唇，鹹雨淋上我們的身。水滿出來了，和雅茅斯毗連無盡的平坦地區都已經淹沒；片片汪洋的水域和水坑裡的水都沖擊岸邊，小的碎浪花朝我們猛打過來。等我們可以望到海的時候，滾滾翻翻的無底海、地平線上，處處看到大浪，就像另一個海岸上林立的高塔、崇樓。終於我們進了鎮，鎮上的人全都斜著身體，頭髮飄動，到門口張望覺得這樣的夜晚，居然有郵車駛來，好不奇怪。

我在住過的客棧辦好歇宿的手續，就到外面看海。在沙和海草鋪滿、海水泡沫飛濺的街上搖搖晃晃地走，擔心石板、磚瓦打下來，在風勢兇猛的街口會抓住，碰到的人。走近海邊的時候，不但看到船夫，還有鎮上一半的人，偷偷在房屋後面活動，有些人不時冒著風狂雨暴，出去看海，結果給風吹得走之字形的路回來，完全走不成該走的路。

我跟這些人一起，發現有些婦女傷心悲哭，因為她們的丈夫乘了捕鯡魚或牡蠣的船出海了，她們害怕丈夫那兒也找不到安全的地方，船早就給浪打沈，理由太充分了。人堆裡有些斑白的老水手望望海又望望天，直搖頭，互相咕噥。船主都緊張不安。兒童擁在一起，盯著大人臉上瞧。就連壯健的水手都擔心焦灼，在掩護物後面用望遠鏡對準大海，好像他們在偵察敵人。

等我分得出充分的神來望海，吹得人眼都睜不開的大風和飛沙走石，喧聲驚人，本身就可怕的大海看得我驚惶失措。海水壁立，再滾翻過來，最高的浪頭摔下來就成了拍岸的碎浪，座座水壁連最小的也好像可以把全鎮吞沒。後退的波浪狂掃過去，聲如悶雷，好像要在海灘上舀出深洞，又像目的是在沖蝕地球一樣。有些白頭的巨浪咆哮撲來，沒到陸地就已經碎裂，每一碎片都好像挾了這股浪未碎之前全部狂怒的威力，衝過去拼成另外一個大怪物。起伏的小山變成了河谷，起伏的河谷（偶爾有隻孤零零的海燕掠過）又升起成為小山。巨濤震撼海灘，轟轟隆隆。形形式式，滾滾翻翻，洶湧而來，一日上了海灘，就又變了形狀，換了位置，把另一個形狀和位置改變掉。地平線上想像中的海岸連帶岸上的高塔崇樓，湧起又倒塌；黑雲疾垂而濃密。我好像看見萬物都在開裂、隆起。

我在這場難忘的大風聚攏來的人堆裡找不到罕姆——那裡的人至今記得這是吹到那個海岸他們經歷過的最大的風——就到罕姆的家去。門關著，敲門也沒有人應，我就打背街僻巷前往他工作所在的船廠。廠裡人說，他到羅司托夫特去了，因為那裡突然有緊急修船的事，需要他的技能應付，不過明天早上會按時回來。

我回到客棧，洗了手，換了衣服，想睡一覺，卻睡不著，已經是下午五點鐘了。我靠近咖啡室火爐還沒有坐到五分鐘，茶房就跑來撥火爐裡的火，借機會跟我說話。他告訴我，兩條煤船連船上所有的人員都在幾哩外沈沒了。有些別的船在海裡停泊的地方拚命想法，不讓船靠岸，處境非常危殆。他說，要是再有像昨夜那樣的一夜，只有求上帝垂憐這兩條船和所有可憐的水手了！

我精神非常沮喪，非常孤單，罕姆不在那裡，我很不放心，即使當時的情況叫人不安，也不至於如此。近來發生的事使我大受震動，也不知道有多震動。長時期狂風吹得我顛顛倒倒。我思想和回憶都混亂，已經無法分清時間的先後和距離的遠近了。所以如果我到鎮上去，碰到了我知道一定是在倫敦的某人，我想我也不會覺得詫異的。我的腦子在這幾方面可以說是疏忽得出奇。卻也很忙，所有這個地方的往事很自然地會想起來，而又特別清楚，如在目前。

我有這種心情，所以聽到茶房說起關於船隻凶多吉少的消息，用不著運用意志，就想到罕姆而大為不安。我相信，我怕他經海上打羅司托夫特回來，喪了生。這個念頭在我心裡越來越理由充足，我決定在吃晚飯之前再去船廠一次，問問造船的人，是不是以為，罕姆設法經海上回來到底成不成？他如果有起碼的理由以為會這樣，我就到羅司托夫特去攔他，帶他和我一起回來。

我匆匆點了晚飯菜，就回船廠。我去得並不太早，因為造船的人正提著燈，把廠門上鎖。我問他這個問題，他大笑起來，說不用害怕；不管是頭腦清楚的人或者是頭腦糊塗的人，誰都絕不會在起這種大風的時候離岸的，罕姆生下來就航海，尤其不會。

我早也想到這一點了，所以為了依然做了迫不得已去做的事，真覺得難為情。我又回到客棧。風勢如果這樣大，居然還能更強，我想真就在增強了。怒吼呼嘯，吹得門窗格格吱吱，煙囪咕嚕咕嚕，這座掩護我的房子明顯在搖擺，大海在喧囂，這一切到了早上都更可怕起來。除此而外，當時天色更加陰暗，替暴風雨添了真的和幻想的新恐怖。

我吃不下，坐不安，不管什麼事都不能定下心來去做。心裡有些說不出的什麼模糊地響應，外面的暴風雨，把我的記憶深處一一揭開，攪得一塌糊塗。可是儘管我心頭的千端萬緒跟雷鳴的海一起發狂，——暴風雨和我不放心罕姆這兩件事卻總是放在心裡最前頭。

晚飯幾乎沒有嘗就端走了，我喝了一兩杯葡萄酒想藉此提一提精神。沒有用，在爐子面前微微睡去，並沒有失去知覺，既聽到門外風雨的呼嘯，也明白身在那裡。這兩樣感覺卻給新添的，說不出的恐怖弄麻木了。等我醒來——或者倒不如說把綑我在椅子上生病似的昏昏欲睡感驅除了——就給無緣無故的害怕所襲，貫徹全身。

我踱來踱去，想要查一本舊地名詞典，聽可怕的喧鬧聲，看火爐裡彷彿現出的人臉、風景、圖形。終於牆上泰然自若的鐘一板一眼，嘀嗒嘀嗒的聲音磨折我過了分，我決定去睡覺。

這樣的夜晚我聽說客棧有些用人肯守夜到天亮，為之心安。上牀，又疲勞，又渴睡，不過一躺下，所有這些感覺都好像著了魔術，全消失了，我完全清醒，所有的感官都靈了。

躺在那裡好多個鐘頭，聽風聲和水聲。想像時而聽到海上有人呼號；時而清清楚楚聽到信號砲聲；時而聽到鎮上房屋倒塌聲。站起來幾次，向外張望；不過，除了窗玻璃上反映的、我還讓它點著的蠟燭和我自己憔悴的面孔從黑黝黝的空處向裡面望著我之外，什麼也看不見。

終於我坐立不安之極，只好匆忙穿好衣服下樓。大廚房裡，我隱約見到梁上掛著鹹肉，和成串的洋葱。守夜的人圍在桌子四周，聚在一起，姿勢各異。這張桌子他們故意從大煙囪那裡移開的，搬來放在靠門口的地方。一個標致的女用人用圍裙捂著耳朵，眼睛望著門，我進來的時候她大叫起來，以為我是鬼怪。不過別人比較沈著，多個人加入他們一夥也好，有個男子，講起他們討論的事情，問我是否以為運煤船沈沒，淹死水手的魂靈會在暴風雨中出現。

我在那裡恐怕待了兩個鐘頭。有一次打開院子的門，向空蕩蕩的街上望去。沙、海草、泡沫花，正在狂吹而過，我不得不請人幫忙，才把門重新關緊，頂得住風。

終於回到我孤寂的房裡，裡面陰暗，不過此刻疲倦了，又上了牀，跌進——像由高塔失足，墜下懸崖——睡鄉深處。有個印象，就是很久，雖然夢見在別的地方，景色繁多，夢中風卻總在狂嘯。終於我脫離把握得有限的現實，去和兩個親密的朋友共同圍攻某個城鎮，也不知道他們是誰，只聽到隆隆的砲聲。

砲聲太響，不絕於耳，我想聽的什麼反而聽不到，末了我出了大力才弄醒自己。已經是大白天——八九點了，猖獗的暴風雨，代替了砲火。有人敲門在叫。

「什麼事啊？」我高聲問。

「有隻船失事了！很近！」

我一跳下牀，問什麼船失事？

「一條縱帆船，從西班牙或葡萄牙來的，裝了水果和葡萄酒。先生，您要想看一看，快點去！大家以為，在海灘那邊，分分鐘都會給風浪打得粉碎。」

緊張的聲音沿樓梯大嚷大叫，我就儘快穿好衣服，奔到街上。

在我之先已經有些人全朝海灘一個方向奔去。我也跑同樣的路，趕過了很多人，不久就面朝著波濤洶湧的海了。

此刻風也許已經靜了一點，其實靜得極其有限，不見得比我夢中聽到，數以百計轟擊的砲少了半打不響更容易覺察。不過海面這一整夜添了波撼浪攪，比我上次看到的更加可怕得不知多少。每次現出的外貌都表示它十足膨脹了。看了打在暗礁或岸上的碎浪花高聳，數不盡成群的浪頭互相比高，互相壓倒對方，滾滾翻翻，最叫人心驚膽怕。

除了風浪，任何別的聲音都很難聽到，人又多，情況有說不出的混亂，我首先氣都透不過來費力要做到的，是迎著狂風暴雨站穩。非常狼狽，向海外望去要找到失事的船隻，可是除了巨浪泡沫四濺的浪頭，什麼也不見。有個打赤膊的船夫站在我一旁，用赤著的膀子向左首指去（膀子上刺了箭頭，指著同樣的方向）。這時，啊呀，我的天，我看見那隻船了，正向我們靠攏來！

一條桅桿已經在離甲板六八呎的地方折斷，倒在舷側上，跟亂七八糟的帆和索具糾纏在一起。船在水裡起伏翻騰，無一刻停頓，猛烈得不可思議；斷了的那截桅桿就跟著船打擊舷側，好像要把它打得癟進去。船上的人即使在這個時候還在想點辦法，要把失事船的這一部分砍掉，因為舷側還看得見，船在起伏中方向掉得朝著我們，我清楚看見船上好些人在揮動斧頭，特別是個有長鬈髮的人動得最活躍，比誰都顯眼。可是這一刻岸上發出一聲高呼，聲音蓋過了風浪；原來海裡掀起一股大浪打上了起伏中的失事船，把許多人、桅、桁、桶、厚板、舷牆，成堆這種玩具樣的東西，統統沖到洶湧的波濤裡去了。

二號桅還豎著，檣桿上纏著破帆的碎布，斷了的繩索來回鞭打。同一船夫沙啞著對著我耳朵說，船觸了一次灘，然後乘浪升高，又觸了一次。我懂他補充的一句話，說船已經中裂，我很容易想得到情形的確如此，因為起伏翻騰太兇，不管什麼人造的東西也撐不了多久。他說著話的當兒，海灘上又有了一聲表示憐憫的高呼。四個人跟失事船一同從海裡冒了上來，抓牢剩下的桅桿上的索具；最上面的是長著鬈髮的，活躍的那個人。

船上有口鐘，船起伏猛撞，就像個不顧死活、激瘋了的傢伙，時而船身朝岸這邊傾覆讓我們看到整個甲板的全面；時而朝海底一個大翻身，鐘聲直響，只露出龍骨；響得等於敲那些人的喪鐘，隨風向我們傳來。我們又看不見船了，船又冒出水面。兩個人不見了。岸上的人憂苦增加。男人呻吟，絕望得兩手十指交叉；婦女尖呼，掉過臉去不看。有人沿海灘瘋狂地跑來跑去，請大家救人，而其實誰也無能為力。我發覺我就是其中一人，緊張萬分地懇求我認識的一小群水手，不要讓那兩個掉下海的傢伙當我們的面喪生。

他們很激動地讓我明白，一小時以前有人已經英勇地上了救生艇，可是一籌莫展——我聽得到的只是一點點，我心神紛亂，也不很懂他們的話，所以不知道怎麼能明白的。既然誰也不肯不顧死活，帶根粗索，涉水過去，讓船上和岸上有連絡，什麼辦法也就沒有可以一試的了。就在這時，我發覺海灘上人群中有了什麼新騷動，大家分開，罕姆擠了出來，到了人前面。

我向他奔去——我知道的就只這麼多——好再提出我請求的，要他出力。不過我雖然給完全沒見過而可怕的光景攪亂了心思，看了罕姆臉上現出的決心，對著海的表情——和我記得艾彌麗出奔之後那天早上的表情完全一樣——我才領悟到他的危險。我兩臂摟住他，拖他回來，求跟我說話的人不要依他，不要明知他去送死也不阻止，不要讓他離開沙灘，動都不許他動。

岸上又是一聲高呼。我們朝失事船一望，看見那塊無情的帆撲擊了又撲擊，把兩個人之中下面的一個打落下海，而繞在桅桿上，耀武揚威地飄動飛舞——有個活躍的人物，孤單地給撇在桅桿上。

此景當前，這個安詳而不顧死活的人又下了這樣的決心，而當場的人一半都聽慣他指揮，我倒不如求求風留情還更有希望些。「小衛少爺，」罕姆兩手愉快地握緊了我說，「要是我該怎麼的時辰到了，就是到了。如果沒有，我會等。天上的主保佑你，保佑大家，弟兄們，幫我準備準備！我就去！」

我給拉開——並不是毫不留情地——到稍微遠些的地方，身邊的一些人把我拖住，對我懇切地說，不管有沒有人幫忙，罕姆是下了決心要去的，還說我如果再麻煩那些他們仰仗來替他的安全作預防措施的人，反而害他，我心煩意亂，也懂得這兩點。我不知道答覆的是什麼，他們又再答了什麼；不過我看到海灘上人忙起來了，有些人牽了那裡絞盤上的粗索奔出去，送進把他圍起來擋得我看不見他的一圈人裡面。接著我看見他身穿船員的毛絨衛生衣和長褲，獨自一人站著，一根索握在他手上，或者吊在他腕關節上，另一根粗索繞在他身上：好幾個最身強力壯的人站在離開他一點的地方握著繞在他身上的那一根，他那一頭鬆弛著放在岸上他腳面前。

即使我沒有經驗，也看得出失事船正在破裂，從當中分開，桅桿上那個孤單人的性命千鈞一髮。雖然如此，他還緊抱住不放。他頭戴一頂特別的紅線帽——不像水手的那種，不過顏色更好看。替他把死亡擋住的少數幾塊抵不住波浪的厚板在起伏，鼓出，船上的鐘撞出預兆他死亡響聲的當兒，我們全看見他在揮他的帽子。現在我看見他有這個舉動，以為我就要精神錯亂，因為他的動作使我心裡回憶起一度是我密友的人。

罕姆注視海，獨自站著，背後大家屏息靜默，面前是暴風雨狂吼，等到一股大浪倒退，他向後面那些握緊繫在他身體上巨索的人瞥了一眼，就跟著浪衝出了海，一瞬間已經和海水搏鬥了；和海水的小山同升，低谷同降，在泡沫裡不見了；然後又給浪捲回陸地。他們慌忙把他拖上了岸。

他受了傷，我從站著的地方看到他臉上有血。不過他一點也沒有介意。好像匆匆給了他們一些指示，要他們多給他些活動餘地——或者我看他膀子揮動的情形，猜測以為如此——然後又像剛才一樣，衝出了海。

這次他朝失事船游去，和海水的小山同升，低谷同降，在崎嶇的泡沫下不見了，又給浪擁回岸邊，再向船擁去，出盡氣力，英勇無比。距離並不是問題，不過風浪太大，他這類努力要拿命來拼。到末了，他已經靠近失事船了。近到只要他再划一下神勇的一臂，就可以搭住船了，——就在這個時候，一個綠色、高大、山坡似的浪濤從船外邊朝著岸打來，他好像力大無比地跳進了浪，而船就不見了！

我奔到他們把他拖回來的地方，看到海裡有些打漩渦的破片，好像砸碎了的不過是隻桶。人人臉上現出驚慌。他們把他拽來，正放在我的腳跟前——毫無知覺——死了。他給抬到最近的一所房子裡；現在誰也不攔我了。我在他身邊，忙著，大家用盡了方法，想救他的命。不過他給大浪打死了，他那顆仁義的心永遠靜止了。

我坐在牀邊，大家已經絕望，辦得到的都辦了，這個時候有個我和艾彌麗孩童時候起就一直認識的漁夫在門口低聲叫我的名字。

「先生，」他說，說時眼淚流在他風吹雨打、蒼白的臉上，口唇發抖，「您可以過那邊來一下嗎？」

我剛才想起我往日的密友，這個回憶也現在他臉上。我受到恐怖的襲擊，不能支持，只得靠在他伸出來支撐我的膀子上，問他：

「有個屍體漂上岸了嗎？」

他說，「有。」

「我認識這個人嗎？」我問他。

他沒有答話。

他領我到岸邊。在艾彌麗和我，兩個小孩，找貝殼的那個地方——就在那裡，散布著些——昨夜狂風吹來、舊船輕些的破片——在他損害了的那個人家的廢址上——我看到了他躺著，頭枕在膀子上，他在學校裡我就常常看見他這樣躺著的。

第五十六回　新創舊恨

總角交含悲傳噩耗
癡心女抱恨責慈親

唉，司棣福啊，你用不著早說，我們最後在一起談心，那時候我絲毫沒有想到就是我們永別的一刻——用不著早說，「你想到我一定要想我最好的地方！」我從那天起就始終如此，現在看到這個情景，還能改嗎？

他們找來用手抬的屍架，把他放上去，用幅旗掩蓋了他，抬了起來，送往有房屋的地方。抬他的人都認得他，跟他一起駛過船，看過他歡樂、果敢的樣子。他們在風雨狂嘯中抬著，在所有的喧囂中只有他們靜默，把他抬到罕姆的屍體已經躺著的小房子裡。

不過等他們在門口放下屍架，大家就互相望著，也望著我，低聲說話。我知道為什麼。

他們覺得，把他停在同一間靜寂的房裡，好像不合適。

我們進了鎮，把我們的擔子帶到客棧。我一等能集中思想，就叫人去請焦阮來，求他給我準備車輛，好在夜裡把屍體運往倫敦。我知道運送屍體，安排他母親收屍這件艱難的職務，只得由我承擔；我也極想竭盡全力把這項職務辦好。

我選夜裡走這一程，無非想離鎮的時候少引起一些別人的好奇。可是雖然差不多已經是半夜了，我乘了二輪輕便馬車駛出院子，後面跟著我要負責運送的屍體，已經有許多人在等著了。沿鎮甚至出鎮上了路有一段路了，還不時又看到人；不過終於只有寒夜和曠野在我和我童年友人遺骸的周圍了。

我在豐美的秋日中午前後到達高門，地上落葉飄香，樹上還掛著的更多，美麗的黃、紅、赭，經日光射過，諸色燦然，最後一哩我步行前往，一路上盤算我該做的事情，把整夜跟隨我的馬車留下，等我吩咐再來。

我到達的那座房屋面目依舊。百葉窗沒有一扇是打起的；沈悶的、鋪了磚石的院子裡，通往不再打開的門、有屋頂的小徑上，毫無生命的痕跡。風已經全停了，萬物俱息。

一開始，我沒有勇氣扯門鈴。等我扯了，我的任務似乎已經正由鈴聲表達了。矮小的客廳女僕出來，鑰匙拿在手上打開門上的鎖，很真誠地望著我說：

「對不起，先生您病了嗎？」

「我碰到了很麻煩的事，很累。」

「出了什麼事，先生？——詹姆斯少爺，怎麼了？——」

「快別則聲！」我說。「對，出了事了，我得把消息透露給司棣福太太。她在家嗎？」

女僕焦灼地答，太太現在很難得出去，即使坐馬車出去的情形都很少。總在她自己房裡。不見人，可是當然會見我。她太太起身了，她說，笪忒爾小姐跟她在一起。有什麼口信要她帶上樓嗎？

我認真交代她，態度要小心，只要把我的名片遞上去，說我在等著，之後就坐在客廳（我們已經到了這裡），等她回來。客廳以往待客的歡樂氣氛不見了，百葉窗也半閉著。豎琴很多、很多天沒有人彈奏。司棣福童年的照片還放在那裡。她母親收藏他所寫的信件的櫃子還在那裡。我不知道她現在到底還讀不讀這些信；將來到底會不會再讀！

屋裡非常靜，樓上這個女僕輕悄的腳步也聽得見，她回來的時候，帶了口信，意思是司棣福太太有病，不能下樓。不過如果我肯原諒她讓她仍舊待在房裡，她喜歡見見我。一會兒工夫，我就站在她面前了。

她待在司棣福的房裡，不在自己的那一間。當然我覺得她住進去，是為了想念她兒子，司棣福許多往事運動和成就的紀念品都還在那裡，把她團團圍住，一如司棣福為了同樣原因，放在那裡。不過即使在招待我她也咕噥著說，她因為自己的房間對病體不宜，才搬出來的；堂皇的氣派，叫人絲毫不會疑心到真情。

她椅子一旁，一如尋常，站著蘿洒。從她的黑眼睛第一刻望著我，看得出她就知道我是報噩耗的人。臉上的疤痕立刻變色，顯得刺眼。她退了一步，站到椅子後面，免得臉上的神色給司棣福太太看到。端詳我，兩眼死盯，深入我的五內，毫不逡巡，從不畏縮。

「你戴了孝，叫我看了心裡難過，少爺，」司棣福的母親說。

「很不幸內子去世了，」我說。

「你這麼年輕，就碰到這樣大的打擊，」她答：「聽這話我真悲傷。聽這話我真悲傷。希望日子久了，你會好受些。」

「我希望日子久了，」我望著她說，「我們大家都好受些，好司棣福大媽，我們都得靠這一點，如果碰到了最大的不幸的話。」

我說話態度認真，淚已盈眶，她看了驚慌起來。她的思路好像完全斷了，改變了。

我竭力要控制自己的嗓音，輕輕說出她兒子的名字，可是仍然發抖。她自言自語，把這個名字重複了兩三次，聲音很低。然後：力持鎮靜對我說：

「我兒子病了。」

「病得很重。」

「你見到他嗎？」

「見到。」

「你們和好了嗎？」

我說不出和好了，也說不出沒有。她微微把頭掉到剛才薩洒站著她肘側所在，就在那一刻憑嘴唇的動作，我對薩洒說：「死了！」

也許不想引得司棣福的母親往後瞧，看出明明白白寫在薩洒臉上，她還沒有準備好知道的事，我很快望著她的臉，不過我已經看到薩洒、笪忒爾兩手往上空一舉，失望、恐怖如狂，然後緊緊捧住臉。

這位漂亮的老太太——多麼像，啊，多麼像！——目不轉睛地望著我，把一隻手放在額頭上。我求她鎮靜，準備好聽我要告訴她的話；不過我還不如請她痛哭，因為她坐著像座石像。

「我上次在這裡，」我結結巴巴地說，「笪忒爾小姐告訴我，詹姆斯各處航海去了。前一晚海裡的風浪可怕之極。要是他那一夜在海上，靠近危險的岸邊，據說他是在岸邊的；要是大家看見的那條船真是——」

「薩洒！」司棣福的母親說，「上我這兒來！」

薩洒來了，不過絲毫不帶憐憫或溫柔。她對著司棣福母親眼睛裡冒出火也似的光芒，發出可怕的笑聲。

「好啦，」她說，「你自大總稱心了吧，你這個瘋老太婆？千真萬確，他替你做了補償——拌了他的命！你聽見嗎？——他的命！」

司棣福的母親死僵僵地躺在椅子上，一言不發，只是呻吟，張大眼直瞪蘿洒。

「唉！」蘿洒氣憤地捶胸呼號道，「你瞧我！你呻吟，你哼吧，瞧我呀！瞧這兒！」她打擊自己的疤，「瞧你死鬼兒子親手幹的事吧。」

司棣福母親不時發出的呻吟，直刺進我的心。總是一樣，總是不清楚，憋著的。總是做個無力的手勢，臉上卻總不變樣子。呻吟總是從僵硬的唇，咬緊的牙發出，好像顎給鎖住了，臉給痛苦凍僵了。

「你可記得他幾時幹這件事的嗎？」蘿洒繼續說。「你記得幾時他做這件事，他繼承你的性格，你縱容他驕傲、任性，把我終身弄得難看的？你瞧我，他一時大發脾氣，給我留下一直到死都有的疤來。你就呻吟吧，哼吧，是你把他造就成這樣的！」

「笪忒爾小姐，」我央求她道，「千萬——」

「話我總要說出來！」她掉轉怒氣衝人的眼朝著我說。「你住嘴！我說，你瞧我，有驕傲的母親，就有驕傲、騙人的兒子！為了教出這種兒子來，你呻吟吧！為了你縱壞了他，呻吟吧！為了喪失了他，你呻吟吧，也為我喪失了他，你呻吟吧！」

她握緊拳頭，整個瘦削的身體都在打抖，好像激動的情緒一點一點要了她的命。

「是你，憎惡他任性的！」她嚷道。「是你，給他傲慢的脾氣刺傷了心！是你，頭髮白了，才反對他這兩樣毛病，其實都是你生他下來就培養出來的！是你，從他在搖籃裡就教養他成為日後的為人，阻礙了他應有的發展！好啦，你多年的辛苦可得到了報酬？」

「唉，笪忒爾小姐，您真豈有此理！唉，太叫人難受了！」

「我告訴你，」她答，「我非對她說個明白不可。我站在這兒，世界上不管什麼有力的人也不該攔我。這麼多年來我都沒有則聲，現在還不說話嗎？我愛他比你那一刻兒愛他都強！」她殘忍地對著司棣福母親說。「我本來可以愛他，不要他還報。如果我是他妻子，就會做他反復無常的奴隸，一年只要他說一句愛我就夠了。我做得到的。誰比我更明白呢？你苛求，驕傲、拘泥細節，自私自利。我的愛情會專一——會把你沒有道理的抱怨踹在腳底下！」

她眼冒火光，在地上跺腳，好像真正在踹。

「瞧這兒！」她說，又毫不留情地用手打那個疤。「等他漸漸懂得自己幹的是什麼了，就有了數目，對這件事後悔了！我可以唱歌給他聽，跟他聊天，對他所有的作為表現熱心，用心學到他最注重的知識；也引得他對我著迷。他精神最振作，心地最真實的時候，愛的的確是我。對，他愛我！好多次他三言兩語就把你擺脫掉了，卻把我放在心裡！」

她說到往事，狂亂中口氣帶了嘲弄自大——說她狂亂並不過火——可是又熱切地回憶往事，柔情慢燃的餘燼暫時又著火了。

「我降低身分—我本來早該知道會降低的，不過我給他男孩的慇懃惑住了—做了他的玩偶，他閒的一陣子就供他一點消遣，無非又給他撇掉，再拿起來玩弄，看他反復無常，當時的心情而定。等到他厭倦了，我也厭倦。既然他已經無情，我不管有什麼動人之處，也不想再去施展，和我不想要他被迫娶我為妻，跟他結婚一樣。我們一句話沒有說，就彼此疏遠了。也許你知道這個情形，並不為它惋惜。從那個時候起，我只不過是你們兩個人之間的一件有破相的家具而已，沒有眼睛，沒有耳朵，沒有感覺，沒有記憶。你呻吟吧？就為了你把他造就成現在這個樣子呻吟吧，不是為了你的愛。我告訴你，過去有過那個時期，我愛他比你那一刻愛他都強！」

她站著，憤怒的眼閃閃有光，正對著睜得很大、凝視的眼和一動也不動的臉。等到司棣福的母親又呻吟了，蘿洒也沒有軟化，好像她的面孔是幅照片。

「笪忒爾小姐，」我說，「如果您能這樣冷酷，居然不同情這位受痛苦的母親——」

「誰同情我的啊？」她嚴厲地反駁我道。「禍根是她種的。今天自食其果就讓她呻吟吧！」

「如果司棣福的過錯——」我才開始說。

「過錯！」她尖呼道，隨即突然大哭起來。「誰敢誹謗他？他的靈魂比起他降低身分去結交的朋友的來，要高千萬倍！」

「誰也比不上我愛他，誰也比不上我紀念他那麼親，」我答。「我剛才要說的是，如果您不憐憫他母親，或者如果他的過錯—你對這些過錯向來懷恨——」

「恨是假的，」她高聲道，一面扯自己的黑頭髮。「我愛他！」

「——如果在這樣的時候，」我繼續說，「你還忘不了他的過錯，您看看這一位吧，即使是您從來沒有見過的人，幫她一點忙吧！」

全部這段時期當中，司棣福的母親一點沒有改變，樣子也不像會有改變。一動也不動，僵硬，張大眼睛瞪著；不時一式一樣不說話而呻吟，頭一式一樣沒有人幫助不能動，可是除此之外，再也沒有別的、她人還活著的形跡。笪忒爾小姐突然在她面前跪下，動手解開她的衣服。

「你這個倒霉鬼！」她說，並且仔細看我，現出惱怒混了悲哀的樣子。「你總在不吉利的時候到這裡來！你這個倒霉鬼！滾出去！」

我走出房外，匆匆回頭扯鈴，好早一點把用人都驚動起來。薩洒就把這位不能動的人抱在懷裡，還在跪著，對著她大哭，吻她，喊她，當她是小孩在懷裡搖來晃去，用盡溫柔的方法要喚醒她休止的感覺。我已經不怕離開她了，就不聲不響又掉頭，在出去的時候，把全屋的人都驚動了。

當天下午，我又回去，大家把司棣福的屍首放在他母親房裡。他們告訴我，他母親還是那樣子；笪忒爾小姐一刻也沒離開過她。幾個醫生在診視，試了好多治療的法子；可是她還是跟塑像一樣，不時只發出低聲的呻吟。

我到這所淒涼的房子各處走了一趟，把窗帘放下。放司棣福屍體那一間的窗帘我最後放下。提起他僵得鉛似的手，擱在我心口；這時全世界的人好像都死了，靜默無聲，只有他母親的呻吟打破岑寂。

第五十七回　移居海外人

寄厚望貧家投異域
避流言少女託仁人

還有件事我得辦一辦，然後才能遇到在這一連串傷心事之後，任情思痛。這就是，把發生的事瞞住就要移居國外的人，讓他們不知不覺，興沖沖踏上航程。這是件不容延宕的事。當晚我就把密考伯先生找到一旁，託他別把最近發生的大禍的消息，讓裴格悌大爺知道。他熱心答應做這件事，會把任何發出這段新聞的報紙都截住，不致不小心落到裴格悌大爺手上。

「如果這個消息傳到他那兒，先生，」密考伯先生拍拍他胸脯說，「先得透過這個身體。」

我得說，密考伯先生為了要適應新社會環境，已經有了大膽、無所顧忌、冒險家的氣派，並非絕對無法無天，而是防禦心重，處事敏捷。我們也許會假定他是個曠野的孩子，長久在文明界限以外生活慣了，就要回他出生所在的荒野去了。

他已經替自己廣為備置，其中有全套油布雨衣，一頂頂很低的草帽，外面塗了瀝青或用麻絮填繼，腋下還夾了普通水手的望遠鏡，又學會機敏地抬頭觀看天色，以測惡劣天氣的技術，照他的派頭看起來，他比裴格悌大爺更像個老於航海的人。他全家都準備好了在甲板上作戰了，如果我可以這樣形容。我發見密考伯太太頭帶最合尺寸而不能撐鬆的帽子，帶子在下巴緊緊縛住。一條大披肩把她包成了一個包袱（好像姨婆最初收留我的時候，把我包起來的那樣），打了個緊緊的結，束在腰後面。我發見密考伯大小姐已經裝扮得很緊湊，能應付暴風雨天氣，情形相同；全身沒有多餘的東西。密考伯大少爺穿了黑色厚毛線襯衫，外披我從來沒見過那麼多粗毛的罩衣，人都幾乎不見了。小的幾個孩子都像醃肉一樣裹在什麼也透不進去的料子裡。密考伯先生和他大少爺都把袖子的腕部鬆鬆捲起，這樣頃刻之間不管那方面就都可以出力，匆忙跑上甲板，或者哼出「唷——唏嗚——唷①了。」

就這樣闞都斯和我在黃昏時分看到他們，在木台階上聚在一起（這種台階那時候叫做亭格福階梯），看一條裝了他們一些財產的小船開出。我已經把那件禍事告訴了闞都斯，

①英國水手起錨等重物時的呼聲。

他聽了大為震駭。不過保守祕密的用意極好，不成問題，他來是幫我末了這件事的忙的。我把密考伯先生找到一旁，得到他的保證，地點就在這裡。

密考伯一家人住在一家骯髒而破爛的小客棧裡，當年客棧位於木台階附近，木頭房間從岸上伸了出去，就造在河上。這家人因為就要出國，成了亨格福當地和附近的人相當注意的對象，引來很多要一瞻風采的人，我們也就樂得躲到他們房裡去了。那一間是樓上的木頭臥室之一，底下潮水流過。姨婆和娥妮絲也在那裡，忙著替這家小的孩子在衣著方面額外添點穿了舒服的小東西。裴媽不聲不響在幫忙，面前放著小得不容易覺察的舊針線盒、碼尺、小蠟燭頭，這些東西比好些人的壽都長很多。

答裴媽問的話不容易，等到密考伯先生帶了裴格悌大爺進來，我跟裴格悌大爺低聲說，已經把信交了，一切都順當，更不容易，不過兩方面我都對付過去了，他們聽了我的話都開心。倘使我露出絲毫自己感覺的跡象，我的悲傷就夠說明所以然了。

「請問船幾時開啊，密考伯先生？」姨婆問。

密考伯先生認為關於這個消息一定要逐漸讓姨婆或他太太有個準備，所以說，船期比他昨天預料的早。

「小船帶給您的消息吧，照我推測？」姨婆說。

「是的，喬喔小姐，」他答。

上船。」

「是嗎？」姨婆說。「那麼船開出的日期是——」

「喬幄小姐，」他答，「我接到的通知是說，我們一定要確實在明天早上七點鐘之前上船。」

「啊呀！」姨婆說，「那就快了。航行遠洋就是這樣的嗎，裴格悌先生？」

「是這樣的，喬幄小姐。船要跟潮水一齊沿河往下航。要是明天下午小衛少爺跟我妹妹在格雷夫散上船，他們最後可以看到我們。」

「那麼我們會上船的，」我說，「一定！」

「等到了那時候，等我們到了海上，」密考伯先生說，說時眼睛向我示意；「裴格悌先生跟我會不斷共同加倍提防，看住我們的家具什物。艾瑪，我的心肝，」密考伯先生清清嗓子、氣派十足地說；「我朋友湯瑪斯·闕都斯先生非常慇懃，悄悄對我說，要給他面子，讓他去定調酒非用不可的材料——材料的分量要適度。這種酒在我們心裡和古代英國的烤牛肉有特別聯繫。我是指——要而言之，加料酒。在通常情況之下，我遲疑不敢貿然請喬幄小姐，威克菲爾小姐賞光，不過——」

「我只能替我自己說話，」姨婆說，「我高興之極，祝你們幸福無疆，全有成就，密考伯先生。」

「我也一樣！」娥妮絲含笑說。

密考伯先生立即下樓到酒吧，到了那裡他顯得十分自在，時候一到，他帶了冒著熱氣的酒壺回來。我看得出，他用自己的折疊式刀削檸檬皮的，這把刀約有一呎長，適合講實效、移居他國的人應用，他用自己的上衣袖子來揩抹，並不是完全沒有自負的神氣。我現在發見密考伯太太和這家人兩個大的家庭分子都配備了同樣叫人膽寒的器械，而小的孩子個個身上都有自己的木調羹用根結實的繩子繫著密考伯先生預期要過飄洋和未開墾的叢林地帶生活，所以不用酒杯倒加料酒給他太太、大少爺、大小姐喝，這種酒杯房間裡滿架子上都是，很容易拿來；他用的是許多壞透了的錫製深杯。我從來沒有看見過他用他自己特備的、容得下一品脫酒的深杯喝酒，夜闌人散喝完酒把它放進口袋那樣津津有味的。

「我們撇下故國的豪奢，」密考伯先生提到放棄這種享受，無限滿意地說。「叢林裡的居民不能指望享自由之國的種種高尚優雅福分。」

說到這裡，有個茶房進來，說樓下有人請密考伯先生去。

「我有預感，」密考伯太太放下她的錫製深杯說，「是我娘家來的人！」

「如果是的，心肝，」密考伯先生提到這件事從馬上肝火就上來了，「你娘家的——不管是男、是女，或者畜生，作興會——害得我們這家人呀，等好長一截時間，也許讓這個娘家的現在也等一等我老先生，等我為便吧。」

「密考伯，」他太太低聲說，「現在這種時候——」

「『不應該，』」密考伯先生起身說，「『對椿椿無關緊要的罪過，都有批評②！』」艾瑪，我該受譴責。」

「密考伯，」他太太說，「損失是我娘家的，不是你的。如果我娘家到末了也覺得他們本身過去所作所為惹得自己有了喪失，現在渴望伸手過來，表示親切，你也不要拒人於千里之外。」

「寶貝，」他答道，「就這樣吧！」

「即使不為他們，也為了我吧，密考伯，」他太太說。

「艾瑪，」他答，「在這種時候，對問題也非有那種看法不可。甚至到現在，我還是不能明明白白保證和你娘家人摟住頸項親熱，不過你娘家這個人現在這樣熱和來了，我也不能冷冰冰地對待他。」

密考伯先生退出，有一會兒不見回來。這當兒密考伯太太不能完全放下心來，生怕他跟娘家來的那位言語上衝突起來。末了同一茶房又來了，拿了張鉛筆寫的字條給我，標題照法律文件的格式寫著：「謝坡對密考伯案」。我讀了這個文件，知道密考伯先生又給逮捕了，失望突然發作最後的，求我把他的刀和品脫罐交送信人拿給他，因為這兩樣東西他

②莎士比亞悲劇《朱利阿斯・凱撒》四幕三景七八兩行。

在牢裡短短逗留期間也許用得著。他還請我幫朋友最後一次忙，把他家裡人送到教堂區貧民習藝所去，忘記世上活過他這樣的一個人。

我當然跟這個茶房下去，付了欠債，算回了他字條的信。發見密考伯先生坐在屋角，悲慘地望著來提他的法警。他一經釋放，就熱烈無比地擁抱住我，在他筆記簿上記下這筆帳項——我記得，我不小心，總數裡漏提的大約半個辨士，他倒頂真，補了出來。

這本重要的筆記簿及時提醒他另一筆欠款。我們回到樓上房裡（到了那裡，他說碰到了身不由己的情況，用以解釋去了許久的原因），他拿出摺得很小的一大張紙，上面寫滿了仔細算出來的多位數字的金額。我瞥了一眼，該說從來沒有在學校算術簿上見過這樣多位數字的金額。這些金額好像他稱為的「四十一鎊、十先令、十一辨士半本金」不同時期的複利計算出來的。他仔細結算了這些金額，把自己的資源用心估計之後，決定選出包括從那天算起，兩年、十五曆月、十四天的複利連本的一筆數目。他清清楚楚開了一張那個數目的期票，就地交給了闕都斯，還清了所有的欠債（像在人與人之間的），並且一再多謝。

「我仍舊有個預感，」密考伯太太沈思搖頭說，「就是我娘家人會在我們最後動身之前，上船來送行。」

密考伯先生對這件事也有預感，不過他不是把它放進他那隻錫製深杯，就是吞下肚去了。

「要是您一路上有機會寄信回國，密考伯太太，」姨婆說，「一定要寫信給我們，您知道。」

「我的好喬幄小姐，」密考伯太太答，「想起不管誰還想收到我們的信，我太高興了。我不會不寫信的。考勃菲爾先生，我相信，是我們的老朋友，大家挺親熱的，他也不會反對偶爾得到我們一點消息吧。雙胞胎還在懷裡吃奶我們就認識他了。」

我說我希望收到信，不管幾時她有機會寫。

「如果運氣好的話，這種機會多得很，」密考伯先生說。「現在海洋十足就是一個船隊，我們不至於碰不到許多回頭的船。海洋不過是個交叉點而已，」密考伯先生說，一面盤弄他望遠鏡裡的目鏡，「不過是個交叉點而已。距離可以說是人想像出來的。」

我現在想，密考伯先生從倫敦到坎特布利的時候，說起話來好像是要到天涯海角，而等他要從倫敦到澳大利亞的時候，又好像渡過海峽那麼一點點路程，這種想法多麼奇特，又多麼符合他一貫的作風，叫人驚異啊！

「一路上，我偶爾要想法講個故事給他們聽，」密考伯先生說。「我兒子威爾金唱的歌，我相信，在船上廚房爐邊的人會認為可以聽。密考伯太太在船上不暈船，她的水手腿能照常走路③，這句話我希望大家沒有認為說得不雅——她大約會唱「水塔夫林」④給他

---

③當時人很古板，提到女子的大腿會認為言語欠雅。

④見二十八回注⑤。

們聽，我相信，我們會常常看到鼠海豚和海豚在船頭遊過，有趣的東西也會在右舷或左舷船尾部分不斷出現。要而言之，」密考伯先生說，舊日有教養的風度依然，「十之八九，上上下下，樣樣東西都會叫人興奮，等到大桅樓上守望的人高叫『有陸地啦！』我們就要大為驚訝了！」

說完這句話，他把小錫深杯裡的酒一揮杯喝光，好像他已經走完了航程，而且當著最高海軍當局的面，最高等考試已經及格了。

「要是拿我主要希望的來說，我的好考勃菲爾先生，」密考伯太太說，「那就是我們家有些人能再回英國生活。別皺眉頭，密考伯！我現在不是說我娘家，是說我家兒女的兒女。不管樹苗長得旺，」密考伯太太搖頭說，「我忘記不了母樹。等我們的子孫名成利就，我承認自己希望，財富要流到不列顛的國庫裡才行。」

「我的心肝，」密考伯先生說，「不列顛得碰機會。我不得不說，不列顛從來沒有給我多大好處，所以我在這方面也沒有特別的心願。」

「密考伯，」密考伯太太答，「你這就錯了。密考伯，你出國，到這個遠方的地域，是為了加強你和阿爾畢恩⑤的聯繫，不是要把它削弱。」

---

⑤Albion，不列顛舊稱。

「我的寶貝，你提到的聯繫，」密考伯先生再回答說，「並沒有給過我很大的恩惠，所以我才會十分容易向往另外有個聯繫。」

「密考伯，」密考伯太太答，「我再說一句，你這話又錯了。你不知道你的能力，密考伯。加強你跟阿爾畢恩之間聯繫的就是你的能力，即令就你就要採取的這一步驟來說，也是如此。」

密考伯先生坐在扶手椅子上，眉毛往上揚，聽他太太陳述意見，一半認為她有理，一半加以駁斥，不過很覺得她有先見。

「我的好考勃菲爾先生，」密考伯太太說，「我希望密考伯先生要知道自己的尺寸。我覺得密考伯先生應該從一上船起就該知道自己的尺寸，這是極其重要的。我的好考勃菲爾先生，你是早就了解我為人的人，會告訴我，我從來沒有過密考伯先生的樂觀的性格。我的性格是，如果我可以這樣說，極其切實。我知道，這次航海路長，知道要吃很多苦，有很多不便。不能閉了眼睛不理這些實在的情形。不過我也知道密考伯先生的為人。知道他有潛力。所以認為他該知道自己的尺寸，這是至關緊要的。」

「我的心肝，」密考伯先生說，「也許你准許我說，在目前這一刻，我差不多不能真正知道自己的尺寸。」

「你這話我不以為然，密考伯，」她太太再答。「不完全以為然。我的好考勃菲爾先生，密考伯先生的情況，不是普普通通的。密考伯先生要到遠方一個國家，特地指望頭一次有人充分了解他，賞識他的才能。，我希望密考伯先生在那條船的船頭站好，堅毅地說，『這個國家我是跑來征服的！你們有高的位置嗎？有財富嗎？有就送來。都是我的！』」

密考伯先生把我們大家一望，好像以為這個見解大有道理。

「我希望密考伯先生，如果大家明白我的意思，」密考伯太太帶了爭辯的口氣說，「做他自己命運的君王。我的好考勃菲爾先生，那在我看來，才像是他真正的處境呢。從這次航程一開始，我就希望密考伯先生在船頭站好說，『耽擱得夠了：失望得夠了：貧窮得夠了。那是在故國的情形。這是新國家。把你們的賠償拿出來吧。送過來！』」

密考伯先生兩臂相抱，態度堅決，好像他當時是座安置在船頭的雕像。

「做到這一點，」密考伯太太說，「——知道他自己的尺寸——我說密考伯先生會加強，而不是削弱他和不列顛的聯繫，不對嗎？在那個半球出了個重要的名人，還會有人告訴我，本國不感覺到他的影響嗎？密考伯先生在澳大利亞發揮他的天才和能力，我還能不中用到想像他在英國是個微不足道的人嗎？我只是個女流，不過我如果不中用到這種荒謬的程度，也太辜負我自己，也辜負我爸爸了。」

密考伯太太信心十足，她的一番議論無須答覆。她有這種信心，語氣裡就含了崇高的精神，我還從來沒有聽到過呢。

「因為這一點，」密考伯太太說，「我更希望，將來有一天，我們作興再回本土來。密考伯先生作興——我不能騙自己，說密考伯先生會——成為史書上有一頁記載的人，應該充當給他出生，卻竟然不給他職業的國家的化身！」

「我心肝，」密考伯先生說，「你的情意這樣深，我沒法兒不感動。我向來就願意尊重你高明的見識。將來會怎麼樣——就會怎麼樣的了。但願我再不要吝惜我們後代聚積的財富，不管多少都不肯拿給我的本國！」

「那就好，」姨婆向密考伯先生點頭說，「我給你們各位敬酒，祝你們福星高照，百舉百捷！」

裴格悌大爺本來帶著兩個小的孩子，這時一隻膝上放一個，參加密考伯夫婦向我們輪流敬酒。他和密考伯家人熱烈握手，伙伴一般，這時紫銅色的臉含笑生輝，我覺得他不管到那裡，都會發跡，出名，受人愛慕。

甚至密考伯家小的孩子都給交代了，用木匙在密考伯先生的缽裡舀酒，跟我們乾杯。之後，姨婆和娥妮絲起身，和出國的人告辭。別離是黯然銷魂的。大家都哭了，小的孩子纏著娥妮絲，到最後才放。我們撇下非常可憐的密考伯太太，她又嗚咽，又哭泣，微弱的燭光照得這間房從河上望去，就像座悲慘的燈塔。

第二天早上，我又去看看他們走了沒有。他們在五點鐘那麼一大早，乘了小船動身了。

雖然我和他們只是昨晚還共同在破爛的客棧和木台階一起的，現在他們走了，兩處地方都好像景色淒涼，遭人棄置，這種別離把情況大改，我心裡有說不出的感覺。

第二天下午，我的老保母和我一同到格雷夫散。我們發見大船停在河裡，四周有許多小船圍著，順風在吹，桅頂上掛起啟航的信號。我立刻雇了條小船，乘了向大船划去。大船是許多小漩渦的中心，一片翻騰，我們從中駛過，上了大船。

裴格悌大爺在甲板上等我們。他告訴我密考伯先生又給逮去了（這是最後一次），是謝坡控告的。他照我託了他的，已經償了欠款。我馬上還了他。然後他帶我們下去，到甲板間。我一直在擔心裴格悌大爺會聽到謠言，講已經發生的禍事，這時看到密考伯先生從朦朧中跑出來，一隻膀子挽了裴格悌大爺，表現出友好和衛護，告訴我從昨晚起他們很少有一刻分開的，這才叫我放下心來。

甲板間又狹窄，又陰暗，起初我幾乎什麼也看不見，情景很古怪；不過漸漸我眼睛已經習慣那種幽冥，看得清楚了。我好像站在奧斯塔德⑥的畫面前。船上的大樑、散裝的貨物、帶環螺栓，移民的臥鋪、衣箱、包裹、大琵琶桶、成堆各式各樣行李當中——零零落落掛著點了的燈盞；別處由帆布通風筒或艙口漏下的黃色日光照著——擠了一群群的人，

⑥荷蘭風俗畫家（Adrian van Ostade, 1610-1685），以畫鄉村生活室內景物擅長。

結起新朋友，互相告別，談心、笑出聲來、號哭、吃喝；有些人已經佔好幾呎空間，少數家裡人都安置停當了，小的子女在櫈子或者小扶手椅子上坐好了。別的人還沒有找到安身的地方，很失望，一肚子不高興東闖西走。從出世只有一兩個星期的嬰兒，到彎腰駝背、好像只有一兩個星期就要去世的老年男女；從靴子上帶了英國泥土出來的莊稼漢，到皮膚上帶走染了英國油煙、塵垢樣品的金漆工匠；老老少少，各行各業好像都擠進了狹窄的甲板間。

就在我眼睛把這個地方四處一瞥的時候，我想我看見一個像艾彌麗的人影，坐在敞開的艙門一旁，有個密考伯家小孩靠近她。首先引起我注意的是另一個人影吻了她一下走開了。這個人影安祥悄然在混亂中走開，叫我想起了就是——娥妮絲！不過當時熙熙攘攘，我自己心也定不下來，我又找不到這個人；只知道，船上警告，所有送行的人都得離船的時候已到，我的保姆坐在我身旁的櫃子上哭，艮密紀大媽正由某個年輕、彎下腰來、穿黑衣服的女子幫忙，忙著替裴格悌大爺理東西。

「您還有最後的話要吩咐嗎，少衛少爺？」裴格悌大爺說。「我們分手之前，還有一件什麼事忘記了的嗎？」

「有一件！」我說：「瑪撒！」

他輕輕推一推我剛才提到的那個年輕女子的肩膀，瑪撒赫然站在我面前。

「謝天謝地，您這位好心腸的人！」我叫道。「您帶她跟您一塊兒去！」

瑪撤替他答話，眼淚奪眶而出。那一會兒我感動得再也說不出話來了，不過卻熱烈握他的手。如果我一生愛過，敬重過任何一人，這個人就是我從心底裡愛的，敬重的了。

船上送行的人很快都下船了。我最大的磨難還沒完，我把那位已經去世的仁義之士和我分手時候、交代了要我說的話告訴了他。他大為感動。輪到他交代我好多熱愛、悔恨的口信，要我傳給那雙再不能聽話的耳朵，我感動得比他還兇。

時候到了。我擁抱了他，擦了我流著眼淚鼻涕的保姆，匆匆走開。甲板上，我和可憐的密考伯太太告別。甚至此刻，她還在心煩意亂地找她娘家人。她最後對我說的話是，她永遠也不撇掉密考伯先生。

我們越過大船船舷，上了小船，在稍微離開的地方，好看大船在它航線上駛行。那時風平浪靜，落日輝煌。大船就在我們和紅霞當中。對著光輝，所有漸漸細上去的繩索和桅桁等圓材都清晰可見。景色既美麗、悲涼、又充滿希望。這條光輝的船，在夕陽照得耀眼的海上安靜地躺著，所有船上的人都擠在舷牆邊，片刻間光著頭，不言不語，此情此景，我從沒有見過。

沈默只有一會兒。等到帆向風揚起，船漸漸移動，各條船上的人爆出響亮的三聲歡呼，大船上的人聽了也歡呼答謝，發出回聲又有回聲。我聽到聲音心情激動，看到人揮動帽子和手帕——這時候我看到了她！

這時候我看到了她，在她舅父身邊，伏在他背膀上震顫。她舅父熱情的手指著我們，她也看到了我們，向我揮最後告別的手。唉，艾彌麗，你美麗而憔悴，依靠你舅父吧，傷透了的心全部信任他吧，因為舅父偉大的慈愛全力守護著你呢！

他們給玫瑰色的光輝籠罩著，只有他們倆在一起，高高站在甲板上，艾姆麗摟著她舅父，她舅父摟著她，他們兩人莊嚴地消失了。我們小船搖上岸的時候，夜色降臨在肯特郡小山上——也朦朧降在我身上。

第五十八回　暫時他去

遣悲懷孤萍浪蹤跡
感淑女遺恨失機緣

長夜闇暝，四面八方向我靠攏，許多希望、許多寶貴的舊事，許多錯誤，許多無益的傷心事、悔恨、陰魂一般都纏在我心頭。

我離開了英國，即使在那時，也不知道我不得不受的震撼有多沈重。我撇下所有跟我親密的人，走開了；相信我苦難也受夠，已經過去了。就像男兒在戰場上受了致命傷，還不知道自己挨了一擊，所以我等到孑然一身的時候，心腸未經磨鍊，對於怎麼樣對付自己受的創傷，還毫無概念。

概念不是很快，而是點點滴滴在我心裡形成的。我出國心裡的淒涼的感覺與時俱深，與時俱長。最初的是沈重的喪失、悲傷感，別的我很少辨別得出。漸漸地，不知不覺，我絕望中發見我喪失的一切——愛情、友誼、興趣；一切都給粉碎了——我最早的信賴，最早的情愛，生命全部虛無縹緲的樓閣；發見賸下的一切—遭到破壞的一片空白和荒涼，遍佈在我四周，綿延不絕，直達幽暗的天涯。

如果我的悲傷是出於自私，我也不知道確是如此。我悲悼我孩兒妻，她這樣年輕，正當妙齡就夭折了。悲悼那個多年前贏得我敬愛、本來可以贏得千萬人敬愛的人。悲悼那個傷心欲絕的人，在風波險惡的海裡找到安憩。悲悼純樸的那家人，如今幸存的幾個正浪跡天涯，我幼年在他們家聽過夜間風聲的哮吼。

我的悲哀有增無已，我身子陷在裡面，到末了覺得再沒有希望能夠自拔。我從一地漫遊到另一地，到處都帶了自己的負擔。現在覺得出全部的分量了，重壓之下，意氣銷沈，心裡在對自己說，這個負擔再也輕不了了。

這種銷沈最糟的時候，我相信自己只有死路一條。有時候想，最好死在本國，的確已經往回頭路上走了，好早些抵達。另外有些時候，又繼續向前，從一個城到另一個城，搜尋什麼，我也不知道，丟下什麼，也不知道。

我經歷過的悲痛心情有種種難堪，也無法完全回憶。有些夢現在只能零碎模糊地記敘出來，遇到逼著自己回顧我一生這段時期，就好像回憶這種夢。夢見自己去過外國城市、宮殿、大教堂、會堂、風景如繪之處、城堡、陵墓、奇特的街道——歷史和想像留下不朽的古跡——在那些地方也許像做夢的人那樣留連；背了我苦痛的重擔從所有這些地方經過，景物在眼前消逝，差不多不知不覺。樣樣東西都引不起我的興趣，我心裡只有沈鬱的悲哀，只有夜降臨在我沒受磨鍊的心裡。我就抬起頭來望一望吧——終於做到了，謝謝上帝，——我做完漫長、悲慘、可憐的夢，黎明已經到了。

好多個月我心頭給始終陰暗的雲籠罩著旅行。有些難解的，不回國的理由——那時在我心裡掙扎，要替這些理由找到清楚的解釋，徒勞無功——所以就繼續旅行。有時候，我心神不寧地由一處到另一處，一處也不停留。有時候，在一處耽擱好久。無論在那兒心裡也沒有目的，沒有支撐自己的精神。

到過瑞士。離開義大利，越過阿爾卑斯山主要隘口之一，從此就跟了嚮導在山間小道上漫遊。如果那些叫人敬畏的幽靜的地方對我的心靈有過啟示，我也不知道。看了可怕的巍峨高峰和懸崖，喧豗的急湍，冰天雪地，我也感到雄偉、驚異，可是到現在這些自然景物什麼也沒有教給我。

有一晚日落前下臨山谷，預備在那裡安歇。一路上沿山邊彎彎曲曲的小徑下山，看到山谷在下面遠處閃閃發亮，我想某些很久不常有的美麗和安寧，某些這類景色喚起的減輕苦痛的影響力，在我心裡微微浮動起來。我記得有一次心裡的悲傷並非完全難堪，並非十分絕望，躊躇了一下。記得我的心情幾乎有轉好的希望。

到了山谷，當時夕陽照得遠山高處的積雪閃耀，那些高山像永遠停在那裡的白雲，把山谷圍住。小村就位於青葱一片的山腳夾成的峽谷裡。高高在這片耕種出來的草木之上長的是蒼翠的冷杉林，斧頭似的把冬天的積雪劈成許多堆，堵住了雪崩。冷杉上嵯峨的陡坡，灰白的岩石，晶瑩的堅冰，點點青綠的牧場，層層相疊，全部和頂部的積雪揉成一片。山邊這裡那裡點綴著孤單的木屋，崇山高聳，相形之下，這種小點一般的人家都好像連做玩具也嫌太小。甚至山谷裡人煙稠密的村莊也是如此。這裡木橋跨過溪流，溪水在樹叢澎湃流過破碎岩石的村莊，也是如此。肅靜的空中響起遠處的歌聲——牧人的聲音，不過，這時一縷晚雲正飄過山腰，我幾乎相信歌聲是雲裡傳來的，不是人間的音樂。突然間，大自然在這樣寧靜的氣氛裡對我說話了，撫慰我，叫我把困乏的頭枕在草地上，叫我哭泣，自從朵若死後，我還沒有笑過！

不過幾分鐘之前，我發見有一捆信等著我，在客棧裡的人準備我晚飯的當兒，我就走出村外去看信。別的幾捆信錯過了，我好久沒收到信了。自從我離開家，除掉一兩行報告我身體很好，抵達某地以外，我沒有毅力或恆心寫信。

這捆信在我手上。我打開了，看得出是娥妮絲的筆跡。

她很快樂，很有貢獻。她告訴我關於她自己的話就只這些。其餘全是關於我的話。

她沒有給我出主意，沒有叫我辦什麼事，只照她通常熱心的口氣告訴我，她相信我的是什麼。說她知道，像我這樣性格的人受到痛苦會得到益處。知道磨難和傷感會激發我的性格，使它堅強。認為我受到這次打擊，以後所有的宗旨一定更趨穩定，目標更高。她因為我出名，非常高興，非常希望我更進一步，深知道我會勤勉不懈。知道像我這樣的人有了悲傷不會頹廢，只會奮發。因為我小時候受夠了苦，把我磨鍊成今日的樣子。所以遇到更大的災禍，會振作起來，比眼前更有作為。既然如此，災禍給了我教育，我也能教育別人。她把我交給那位把我純真的心肝叫到他懷裡安憩的上帝照顧。她和我情同手足，總愛護我的，不論我到那裡，她總在我跟前。以我的成就為榮，可是對我保留著還沒有完成的成就，更加要無限地引以為榮。

我把這封信放在胸口，心裡想一小時以前我是什麼樣的人！這時候我聽到聲音消失了，看見晚間的滯雲陰暗下來，山谷裡萬物的顏色都褪盡了，山頂上金黃色的雪成了夜間灰色天空遼遠的部分，我卻覺得，我心頭的黑夜已經過去了，所有的陰影都清除了，我對娥妮絲的愛無以命名，從此她和我一直到如今比以往都更加親密。

我把她的信讀了好多遍。在就寢以前寫了回信給她。告訴她我極其需要她的幫助，沒有她我做不成她心目中的我，也從來沒有過那個我；是她激勵，我才有今日，以後會照她的意思努力。

我的確努力了。從我悼亡起再過三個月，就是一年了。我決定等這三個月過去再下決心，不過是照她的意思努力。全部時間，我都住在那個山谷裡及其附近一帶。

三個月過去了，我決定再離家一些時候，在瑞士住下，就是因為那一晚值得紀念，這個國家漸漸叫我喜歡起來。我重新執筆，重新工作。

我謙遜地依照娥妮絲建議的去努力，要找到造物主的照顧，此舉從來沒有落空。最近我本來避開跟人打交道，此刻又容人和我接近了。並不很久，我在山谷裡已經交了差不多和在雅茅斯一樣多的朋友。等到冬天還沒到，我離開那裡，前往日內瓦，春天才回來，他們熱烈的問候詞我聽來聲音親切，出乎至誠，雖然說的不是英語。

我早晚都工作，有耐性，吃辛苦。寫了有用意的一部小說，取材我親身的經歷，不是和我親身經歷相去懸殊的。寫好寄給闕都斯，他替我接洽出版，條件對我有利。我的名氣越來越大，漸漸從我偶然碰到的旅客口中聽到這方面的消息。我休息了一陣，改換了環境，又工作起來，還是照我從前那種勤奮的樣子。這次是本新的構想，我全心全意都放在這個構想上。這件辛苦的工作進展過程中，我越來越起勁，要發揮全部的精力，把書寫好。這是我第三部小說。沒寫到一半，我在休息的當兒，想到了回國。

很長一段時期，我雖然耐性很好，研究、工作，已經做慣了吃力的運動。離開英國的時候我的身體受了嚴重的傷害，現在健康已經大為恢復了。我長了很多見識。到過很多國家，希望知識也大有增加。

關於出國這段期間我現在把所有以為用得著回憶的都想起來記在這回書裡——只有一點保留。到這裡為止，沒有存心把我的思想按下不表，因為正像我在別處說了的，本書是我回憶的筆錄，我極想把心裡最秘密的思潮撇開，保留到最後再說，現在寫它出來。

我不能完全看透自己內心的隱祕，所以不知道幾時才漸漸想到，我可以把心裡最早、最燦爛的希望寄託在娥妮絲身上。說不出我悲哀到那一個階段才首先想起，在我童年任性的時候，把她可貴的愛情置諸腦後。相信往日遇到我感覺到的不幸的損失或者缺少永遠不能得到的什麼，那時心裡也許聽到那個隱約念頭的一些風聲。不過等到我在世界上淪落到這樣悲慘、孤獨的處境的時候，這個念頭就像新的指責、新的悔恨，湧上了我的心頭。

那時候，如果我跟她相處的時間長些，我因為淒涼難堪，一時軟弱，會洩漏出這個念頭來。我最初不得不離開英國，心裡隱約害怕的就是這件事。她對我姊妹般的愛即使最小的部分喪失，我也受不了。可是如果我洩漏那念頭，我們兩人之間就會有向所未有的拘束。

我忘不了她現在對我的情感是因為我自己的自由選擇和經歷而產生的。如果她以往愛我有過另一種愛——我有時想到她也許有過這樣的時候——我已經把這種愛拋諸腦後了。我們都只不過是兒童的時候，我自己是個耽於妄想的傢伙，想到她，總當她高高在上，非我所能配。我把自己的癡情用於另外一個人；本來作興給的，卻並沒有給；我和她高尚的情操造成了今天我心目中的娥妮絲。

我心裡漸漸有的變化一開始，我就設法要多了解自己一點，做個好一點的人，當時經過一段確定不了多久的見習階段，的確匆匆設想，我作與有希望彌補過去錯誤，居然有福氣跟她結婚的可能。

不過，日居月諸，這個朦朧的希望漸漸消失，離開了我。如果她當真愛過我，那麼，我就更當她神聖，記住我對她的信賴，她對我定不下來的性格的了解，記住她為了做我的朋友，做我的姊妹必須有的犧牲，記住她已經贏得的勝利。如果她以往從來沒有愛過我，我能相信，她現在會愛我嗎？

我總覺得，比起她的恆毅和堅忍來，我多脆弱。現在更加有這個感覺。不管她一向當我是什麼，或者我當她是什麼，要是我很久以前就配得上她，我現在也不會是這個樣子，她現在也不會是這個樣子。時機已逝。我只有隨它去，失掉了她也該當如此。

我這樣反覆思維，受許多罪；這些思想叫我滿心苦惱、悔恨；而我又始終覺得，既然早先希望蓬勃旺盛的時候，我愚蠢地忽略了她，現在希望破滅了，才紅著臉去投奔這個可敬可愛的少女，為了顧全公正和道義，這個念頭我絕不可以有——關於她，每一念歸根結蒂我都有這個考慮——以上這些情形同樣真實。現在我對自己不再費力否認愛她，對她情有獨鍾，不過也深深明瞭現在的確已經太遲了，我們長久保持的關係，絕不可以攪亂。

我想過很多，也常常想到，朵若在我們還沒注定要受磨難的歲月當中對我約略表示，也許會發生的事情。我那時考慮過，從不發生的事效果常常叫我覺得和完成的事一樣真實。就是她提到的那些歲月現在都成為真實了，可以供我改正之用；雖然在我們最少不更事的時候我們就已經分開了，也許遲些時才有一天會成為真實。我盡力要改變我和娥妮絲之間也許會有的情況，好拿來利用，使我更能克己、更有決心，更明白自己的為人，更明白自己的缺點和錯誤。就這樣，靠想到會發生的情形，我獲得自信，這個情形永遠不會有。

我心裡這些流沙似的思想，紛亂而自相矛盾，從我出國到回國，算起來三年了。自從移民的船開出以後，三年過去了。在同一日落時間，同一地點，我站在乘滿搭客、載我回國船的甲板上，望著玫瑰色，往年我看見那條船的影子反映著的海水。

三年了，總計算起來很長，過去了卻想起來很短。我總覺得英國是甜蜜的，娥妮絲也是——不過她不是我的——永遠不是。本來她會的，不過我已經錯過時機了！

第五十九回　歸國

姊妹情真郎君義重
夫婿性忍妻子創深

寒冷如冬的秋天某晚，我在倫敦登陸。又陰暗，又下雨，一分鐘之內我看到的霧和爛泥，比過去一年看到的還多。從海關走到大火紀念塔①，才找到轎式馬車。雖然間間屋朝著漲了水明溝的正面像我的老朋友，我只好承認這些朋友都是非常骯髒的。

我常常說——我想人人都說過——我們如果離開熟悉的地方，好像就是給這個地方信號，要它有變化。我望馬車窗戶外面，看到魚街山有所老屋，在我離開期間拆掉了。這所

①為紀念一六六六年倫敦的大火所建。

屋一百年來油漆工、木匠、瓦匠全沒碰過它。附近一條歷來不衛生、交通不便的街建了下水道，改闊了；我一半料到會發見聖保羅大教堂看上去破舊些。

朋友的命運有些改變，我也早有了準備。姨婆早已在多佛重新安身。我動身之後，第一開庭期闕都斯已經做起律師來，有少許業務了。現在他在格雷法學院有了辦公室，在最近的一封信裡告訴我，他和全世界最可愛的女郎不久結合，並非沒有希望。

他們希望我在聖誕節前回國，想不到我回來這麼快。我故意哄他們，好冷不防嚇他們一跳，讓我高興。可是沒有人接我，我獨自一人，不聲不響，馬車在大霧瀰漫的街上急駛，我又不講情理，覺得寒心、失望。

不過出名的店鋪燈燭輝煌，叫人高興，給了我些好處；我在格雷法學院咖啡館門口下了馬車，情緒已經恢復了。我看了這個地方首先想起住在金十字架的那段和現在大不相同的時期，想起自從那時起到現在的種種變易。不過這也理所當然。

「您知道闕都斯先生住在法學院那兒嗎？」我在咖啡館火爐旁邊焐一焐，就問茶房。

「他住荷爾本苑，先生。二號。」

「闕都斯先生做了律師，這一行裡頭他的名聲越來越大了吧，我相信？」我說。

「嗯，先生，」茶房答，「總是的吧，先生。不過我還不知道呢。」

這個中年瘦削的茶房，去找另一位更有地位的茶房幫忙——那個人粗大而有威風，上了些年紀，雙下巴須兒，身穿黑馬褲，腳著長統襪，從咖啡館的盡頭，就像教堂執事席一樣的地方走出來，他掌管錢櫃，姓名地址錄，法界名人錄，以及其他簿冊文件。

「闞都斯先生，」瘦茶房說，「住法學院二號的。」

有威風的茶房揮手叫他走開，鄭重其事地轉過身朝我走來。

「我在打聽，」我說，「是不是住法學院二號的闞都斯先生，做了律師，在這一行裡頭他的名聲越來越大了？」

「我從來沒聽過他名字，」茶房說，聲音低沈而乾啞。

我真替闞都斯覺得遺憾，認為他不濟。

「他年紀還輕吧，一定的了？」這位令人生畏的茶房說，說時一雙眼嚴厲地望著我。「在法學院多久啦？」

「不超過三年，」我說。

我猜這個茶房在教堂執事席過日子總有四十年，所以不能再繼續討論這件瑣事了。他問我要吃點什麼當晚飯？

我覺得自己又在英國了，為了闞都斯真非常沮喪。好像他已經沒有希望。我低聲下氣點了一小塊魚和一客牛排，站在火爐面前，細想他抬不起頭來的處境。

我眼看茶房頭子走開，不禁想，要在闞都斯這枝花漸漸開放的花園裡面出頭，多麼艱辛。這裡有種規矩嚴格，頑固傲慢，根深蒂固，一本正經，儀式隆重的氣派。我環顧室內，地板用砂紙擦，準和茶房頭子還是兒童時候一式一樣用砂紙擦的——如果他也做過兒童，我看好像不會——陳年發亮、毫不起皺的紅木桌面正當中，我看到我自己反映在上面。燈心剪得沒有一絲毛病，燈也擦得纖塵不汙。綠色窗帘用純黃銅的桿撐著，溫暖而舒適地包著窗框，兩個大煤爐，火燒得熊熊生輝。成排有玻璃塞的圓酒瓶，大而結實，好像有管子通著下面陳年昂貴的葡萄牙葡萄酒。我看了這些東西，就覺得英國和法界的確很難襲取。我進房換掉了濕的衣服，這間裝了護壁板的一套舊房間地方寬大（我記得它位於拱道上面，通往法學院），四柱牀架巨大無比而鎮靜，五抽櫃嚴肅而不屈不撓，一切都好像聯合一致，向闞都斯或任何他那樣敢作敢為的青年的命運皺眉頭。我又下樓，去吃晚飯。即使這頓飯吃得舒暢愉快，地方又安逸寧靜——當時沒有別的顧客，法庭夏季休假還沒有過去——我仍然好像聽到有人滔滔不絕，批評闞都斯不自量力，說他要維持今後二十年的生計，希望渺渺。

我自從出國以來，從來沒有看到過這樣的情形，這個情形粉碎了我對這位朋友的希望。茶房頭子對我已經厭煩了，再不走到我跟前來了，卻專門去伺候一位上了年紀，穿高幫長統靴，有身分的男子去了。他替他送上一品脫特製葡萄牙的葡萄酒，並不是客人點的，所以好像酒是從地下酒窖自動跑出來的。另一個茶房悄悄告訴我，這位老先生是退休了的不動產讓與經辦人，住在廣場，手上有大筆資財，大家推測將來會留給替他洗衣服婦人的女兒。同樣謠傳，他有一套餐具，藏在辦公桌裡，放得太久全變色了，雖然無論什麼人在他辦公室裡看見過的匙子和叉子，從來沒有超過一把。到了這個時候，我認為闕都斯完全完了，心裡已經有了定見，他是沒有希望的了。

雖然如此，我仍舊急急乎要會會這位親密的老朋友。晚飯吃完，趕緊打後門出去了，我那種忙法，並不打算提高茶房頭子對我的估量。法學院二號不久就到了，看門柱上住戶人名牌子上所寫，知道闕都斯先生在頂樓租了一套辦公室，我就上了樓梯，發見它搖晃不穩而又破舊。每一梯台上在地牢似的小汙濁玻璃罩裡都點了棒狀的小油蠟燭心，微微有光。

我跌跌蹌蹌上樓，一路上彷彿聽到愉快的笑聲，不是事務律師或出席高級法庭的大律師的笑，或者事務律師、大律師書記的笑，而是兩三個快活女孩的。可是我站下來傾聽的時候，恰巧一腳踏在了不起的格雷法學院地板上壞了沒補上厚板的洞裡，跌倒了，有了響聲，等我站起身來，一切都歸於沈寂。

其餘的一段路我摸索著走，更加小心了，發見漆了「闕都斯先生」名牌的大門正開著，心就大跳起來了。我敲門。接著是一大陣混亂急促的腳步聲，再沒有下文了。於是我又敲門。

一個身材矮小，面耳伶俐，一半是當跑腿，一半當書記的後生出現，上氣不接下氣地，望著我彷彿我既然敲門就非有法律上的證明不可。

「闕都斯先生在家嗎？」我說。

「在家，先生，可是有事呢。」

「我要見他。」

這個面目伶俐的後生把我端詳了一番，決定讓我進去。因此把門開大了一點，給我走進來，首先到一小間內室一般的門廳，然後到了一間小起坐間。這兒我就站在我老朋友的面前，他也上氣不接下氣，伏案在看文件。

「我的天！」闕都斯抬頭一望，大叫道，「考勃菲爾！」說著就奔過來撲到我懷裡，我摟得他緊緊地。

「都好吧，我的好闕都斯？」

「都好，我的好，好考勃菲爾，全是好消息，別的沒有！」

我們歡喜得直哭，我們倆。

「我的好老兄，」闕都斯興奮得把頭髮都弄亂了（這實在是最用不著的動作）說，「我最好的考勃菲爾，好久找不著的、最叫人快樂的朋友，看到你我多開心！你曬得多黑！我多開心！千真萬確，我從來沒有這樣高興過，我親愛的考勃菲爾，從來沒有！」

我也同樣表達不出當時的激動。起初，簡直說不出話來。

「我的好老兄！」闕都斯說。「你現在出大名了！我的有體面的考勃菲爾！天哪，到底你幾時回來的，打那兒來的，究竟你辦些什麼來著？」

闕都斯問了這些問題，也不等我回答，就急忙把我捺在火爐旁邊一張圈椅上，全部時間急躁地一隻手撥爐火，另一隻手拉我的圍巾，不知道什麼原因弄錯了，當它是大衣，要幫我脫下來呢。撥火棒也不放下來，又摟起我來，我也摟起他來，兩個人大笑，也揩眼淚，都坐下來，越過壁爐地面握手。

「想想看，」闕都斯說，「我的好同學，你回來和你必須回來的時期隔得這樣近，居然沒有參加到儀式！」

「什麼儀式呀！我的好闕都斯？」

「我的天！」闕都斯叫道，照他老樣子睜大了眼睛。「我最後一封信你沒收到嗎？」

「一定沒有，如果信裡提到任何儀式。」

「啊呀，我的好考勃菲爾，」闕都斯說，當時兩隻手把頭髮往上托得豎了起來，然後把手擱在我膝蓋上，「我結了婚！」

「你結了婚！」我高興得叫起來。

「謝天謝地，我結了婚！」闕都斯說——「皓銳司牧師主婚——跟瑣斐結婚——就在德文郡。喂，我的好同學，瑣斐就在窗帘後面！你瞧這兒！」

叫我驚異的是，就在同一刻，全世界最可愛的女孩從她隱藏著的地方走出來了，咯咯地笑著，滿臉紅光。我相信（當場我沒法不說）世界上再也沒有更高興、更和藹、更誠實、更快樂，更光可鑑人的新娘了。我按老早就認識她的本分吻了她，全心掬誠祝他們幸福。「啊呀，」閟都斯說，「重新聚會多開心啊！你曬得極黑，我的好考勃菲爾！謝天謝地，我多快樂！」

「我也一樣！」我說。

「我也真快樂！」瑣斐滿臉通紅，大笑著說。

「我們全要多快樂就有多快樂！」閟都斯說。「連姑娘們也都快樂。啊喲，啊唷，真不成話，我居然把她們忘了！」

「忘了誰？」我說。

「姑娘們呀，」閟都斯說。「瑣斐的幾個姊妹。她們跟我們一起住。來看一看倫敦。實情是，就在——上樓跌了一交的是你嗎，考勃菲爾？」

「是我，」我笑說。

「好了，就在你跌交的時候，」閟都斯說，「我正在跟姑娘們蹦來跳去地鬧著玩呢。實在玩的是「搶牆角遊戲」②。不過這種遊戲不能在威斯敏斯特廳③玩，因為如果當事人

②玩法：四角各一人，更換位置時當中另一人試占其一。
③大法院、高等法院、高等民事法院、稅務法庭之案件在此處審問，迄一八八二年的法庭啟用止。

看到，就很不成體統，所以她們散了。他們現在——聽著呢，一定，」闕都斯說，眼向另一間房的門一瞥。

「對不起，」我重笑道，「我來害得他們散夥。」

「你敲了門以後，」闕都斯大為高興地說，「如果你看到她們跑開，又跑回來，撿起她們頭髮上掉下的梳子，瘋狂到極點的樣子繼續走下去，你一定不會說這句話。寶貝，你去把姑娘她們找來好嗎？」

瑣斐輕快地走開了，我們聽到隔壁房裡歡迎她的一陣哄笑聲。

「真像音樂，不是的嗎，我的好考勃菲爾！」闕都斯說。「聽起來挺舒服。把這些舊房間都弄得喜氣洋洋了。讓不幸一生都孤零零生活的單身漢那樣的人聽了，你知道，這的確是美妙的。討人喜歡。可憐的這些傢伙，瑣斐走了她們可吃不消——考勃菲爾，瑣斐真正是，永遠是，最可愛的女孩！——現在發見她們這樣高興，我也開心得形容不出。跟許多女孩在一起是非常愉快的事情，考勃菲爾。這不是和行業有關係的，但是這是愉快。」

我看得出他有點支吾其詞，懂得他心腸太好，怕他說的話引起我的悲痛，所以我就熱烈表示贊同他的意見，這才明顯地寬了他的心，也叫他大為高興。

「可是另一方面，」闕都斯說，「說實話，我們管家務也不完全內行，我的好考勃菲爾。即使有瑣斐在此地，也不內行。我們也沒有別的住的地方。上了小艇就飄進了海，不過也充分準備好沒有福享也過日子。瑣斐是個超乎尋常的當家的！這些姑娘能在這裡擠著過得下去，你知道真會詫異。我可的確不知道怎麼辦得到的！」

「姑娘好多個跟你們住嗎？」我問。

「老大，『美人兒，』在這裡，」闕都斯說，聲音低而親密，「她名字是卡羅蘭。賽阿蕊在此地——就是我跟你提過脊椎有點問題的那一個，你知道。現在好多了！還有兩個最小的，瑣斐教過的，跟我們在一起。露伊莎在這裡。」

「真的！」我叫道。

「真的，」闕都斯說。「現在全套——我指辦公室——只有三間房，可是瑣斐把姊妹們安頓得好極了，她們睡得要多舒服就有多舒服。三個住那間房，」闕都斯說，用手指一指。「兩個住這間。」

我不免四面一瞥，找安頓闕都斯先生夫婦的地方。闕都斯懂我的意思。

「哪！」闕都斯說，「我們準備好了沒有福享也過日子，我剛才已經說了，上星期的確臨時在地板上鋪了一張牀。不過屋頂上有間小房——很好的房間，你住在上面就會覺得——瑣斐親自糊了牆紙，叫我驚喜，那就是我們現在的房間了。這是吉卜賽式人住的頭等小地方呢。看出去風景好極了。」

「你到底結婚享福了，我的好闕都斯！」我說。「我多高興！」

「謝謝你，我的好考勃菲爾，」闞都斯說，我們又握了一次手，「對，我現在享福，享能享的最大的福。你的老朋友在那裡，你瞧，」闞都斯得意地對花盆和架子點頭說。「還有大理石桌面的桌子！所有別的家具都是普普通通的，充得用就算了，你明白。至於餐具，我的老天爺，我們連一把茶匙都沒有。」

「都還要掙得嗎？」我高高興興地說。

「一點不錯，」闞都斯答，「都要掙得。當然我們有樣子像茶匙的東西，因為我們的茶也要攪的。不過這些東西是便宜的錫合金做的罷了。」

「將來銀的買來的時候就會因此更燦爛了，」我說。

「我們也這麼說呢！」闞都斯叫道。「你瞧，我的好考勃菲爾，」又放低了親密的聲音說，「我發表了賈勃斯控威格塞爾④這件案子的辯論以後，就去得文郡，跟皓銳司・克蘇勒牧師私下懇切地談了一番話。我長談的事是瑣斐——這個人，考勃菲爾，是最可愛的女孩！——」

「我認為她的確是的！」我說。

④這是關於地產權的訟案，闞都斯可運用其財產轉讓業務知識者。原文內有個法律虛擬人名John Doe作為本案被逐出的租戶。

「她是的，的確！」闞都斯答。「不過我恐怕話說得離了題。我可曾提到皓銳司牧師？」

「你說，你長談的事是——」

「真的！長談的是瑣斐和我已經定了婚很久了，瑣斐只要父母親許可，十二萬分情願跟我結婚——總之，」闞都斯說，說時老套直率地笑出聲來，「過這種用便宜錫合金茶匙的日子。好吧。我接著就跟皓銳司牧師提議——他是位最了不起的神職人員，考勃菲爾，該當主教的，或者至少該過豐裕的日子；用不著苦得要命——要是我能有轉機，假定說，一年可以賺二百五十鎊，相當有把握辦得到這一點，明年或者情況還更好，此外，還能住得起像這樣一個小地方；那麼，照這種情形，瑣斐跟我就可以結合了。我放肆表示，我們已經很有耐性等了好多年了；瑣斐在家超乎尋常地有用，不過不應該因為這一點她慈愛的雙親就不顧到她的歸宿——你明不明白？」

「的確不應該，」我說。

「你也這樣想，好極了，考勃菲爾，」闞都斯答，「因為我絲毫不想毀謗皓銳司牧師，認為雙親、弟兄，等等遇到這種情形，有時候的確相當自私。啊！我還指出，我最真誠的願望是，對這家人有幫助；如果我在社會上有發展，如果他出了什麼事，不管什麼——我是說皓銳司牧師——」

「我懂，」我說。

「——或者克茹勒太太出了什麼事——如果我能做這些姑娘的家長，就最稱我的心願了。皓銳司牧師答的話說得最叫人佩服，極其恭維了我一頓，說我的用意好，他負責去說通他太太，叫她肯贊成這樣安排。他們跟她談這件事可碰到最可怕的情形。先由她的兩條腿衝上她的胸口，再衝上她的頭——」

「什麼東西往上衝啊？」我問。

「她的憂愁啦，」闞都斯神情認真地答。「她大體上的感覺啦。以往我就提過，她是個沒有教養的人，可是四肢不聽指揮了。她不管碰到什麼麻煩，首先是滯在兩條腿上，不過這一次衝上了胸口，再上頭。總之是瀰漫了全身，把人嚇壞了。可是他們不遺餘力，親親熱熱地安慰她，到底幫她撐過來了。到昨天我們已經結婚六個星期。你絕想不到，考勃菲爾，我看到他們全家人大哭，向四面八方暈了過去，當自己是多可怕的煞神啊！我們離開那裡克茹勒太太見不得我——那時候不肯原諒我，就只為了我搶走了她孩子——不過她人好，後來也肯了。就在今天早上我接到她一封叫我高興的信。」

「總之，我的好朋友，」我說，「你總算該多享福就有多享福了。」

「啊！這是你偏心才說這話的！」闞都斯笑道。「不過我的處境的確最叫人羨慕。我苦幹，用功讀法律的書。每天早上五點鐘起身，絲毫無所謂。白天叫姑娘們躲起來，晚上逗她們樂。米迦勒節⑤前一天禮拜二她們回家，對你實說了吧，我還很不自在呢。不過喂，」

闞都斯私下跟我談的話中斷了，卻大聲說，「小姐們來了！考勃菲爾生生克茹勒小姐——賽阿蕊小姐——露伊莎小姐——瑪格蕊特跟露西！」

她們真是一簇完美的玫瑰，樣子又健康，又活潑。全都漂亮，卡羅蘭小姐非常美麗，可是瑣斐光鮮的容貌有一種溫柔、愉快、親切之處，比美麗還好，由這一點足見我朋友選對了人。我們會圍著火爐坐下，而那個伶俐的後生忙著把文件拿出，此刻我覺察出他上氣不接下氣，又把文件搬走，端出了茶具。之後，他就睡覺去了，頂著我們砰一聲關上外面的門。闞都斯太太興致十足，泰然自若，眼睛裡露出樸實的光輝，燒了茶，然後坐在爐旁烤麵包片。

她烤麵包的當兒告訴我，她見過娥妮絲。「湯姆」帶她到肯特蜜月旅行，在肯特也見到我姨婆。姨婆和娥妮絲都好，她們全都除了我什麼別的事都不談，我出門以後全部期間「湯姆」從來沒有一刻不想念我，她真相信。「湯姆」樣樣事都是權威。「湯姆」很明顯是她一輩子做人的偶像；她對他的崇拜絕不會受到任何騷擾而動搖；不管遇到什麼情形，總可以信賴，全心全意尊敬他。

她和闞都斯兩人對「美人兒」所表現的敬意，叫我看了非常歡喜。我不知道我以為這

---

⑤九月末開始的法院開庭期。

個敬意很有道理，不過以為很叫人愉快，主要是他們倆生性使然。如果闕都斯居然有片刻覺得要掙到的茶匙不就手，一定只是在他把茶端給「美人兒」的那一刻。如果他性情溫柔的太太能對任何人堅持己見，我相信只是因為她是「美人兒」的妹妹，才會如此的。我發現「美人兒」有幾次略微表現出相當有脾氣而任性，闕都斯和他太太明顯地認為這是她與生俱來的權利，也是天賦。如果她是蜂王，他們就是工蜂；他們再也不需要什麼證據。

不過他們忘我的精神把我迷住了。對這些姑娘的滿意，所有姑娘們一時的興致他們全都肯俯就，是我早就想看到最愉快的他們夫妻價值的小小證據。如果那一晚闕都斯給叫聲「寶貝」，要他去拿什麼到這裡來，或者送什麼東西到那裡去，或者拿起什麼，或者放下什麼，或者找到什麼，或者去拿什麼，他給一個或其他大小姨這樣稱呼，一小時之內至少有二十次。她們也沒有一件事做起來不需要瑣斐幫忙。有人頭髮披下來了，除了瑣斐誰也梳不上去。有人忘記某個調子怎麼唱的了，除了瑣斐誰也哼不對。誰要想起得文郡某個地方的名稱，只有瑣斐知道。某件事要寫信告訴家裡，獨獨瑣斐可靠，在吃早飯之前把信寫好。有人結毛線出了錯，除了瑣斐，誰也不能把錯了的糾正過來。她們是這個地方的女主人，瑣斐和闕都斯伺候她們。瑣斐一生能照顧多少個小孩子，我不能想像，不過她好像會唱英文裡各種唱給兒童聽的歌曲，已經出了名；別人可以成打點出來要她唱，她的小嗓子是全世界最嘹亮的，唱了一隻又一隻（每個姊妹吩咐要唱不同的歌，「美人兒」總是最後插嘴）。我看了這些情形，非常入迷。最好就是所有的姊妹這樣強求，對瑣斐和關都斯都存了極大的親切尊敬的心。我告辭的時候，關都斯出來和我走到咖啡館，我想一定從來沒有看見過這一頭不聽話的頭髮，或者不管誰的一頭頭髮在這麼多吻裡打滾的。

總而言之，一直到我回去，和關都斯道了晚安之後很久，我都不得不細想這個景象，覺得有趣。如果我看到一千朵玫瑰在那個破舊的格雷法學院頂層套房，這些花也不會一半有這樣鮮豔。想到這些得文郡姑娘們夾在枯燥無味的法律文件謄清人和事務律師事務所裡面，忙著喝茶、吃烤麵包片，唱兒歌，在吸墨粉、羊皮紙、紮文件的紅帶，堆滿灰的膠紙，巨型墨水瓶，訴訟事實摘要和草稿紙，法律報告，公文，原告的申訴，訟費清單等等令人生厭的氣氛裡，我就幾乎好像和夢見土耳其皇帝蘇丹皇家的人列入事務律師的名字裡面，把能言鳥，歌吟樹，金色水⑥帶到了格雷法學院大廳一樣地有趣，非人間所有。不知道什麼緣故，我發覺那晚跟關都斯告別，回到咖啡館以後，我對他的失望大有改變。我開始認為，他有辦法，儘管全英國許多等級的茶房頭子都沒有把他當一回事。

我拖了一張椅子到咖啡館一個火爐面前，空閒下來就想關於關都斯的事，漸漸從估量他的幸福移到查究燃燒著的炭的景色。炭在破裂，變形，我就想到我一生碰到的主要變遷

⑥見《天方夜譚》，嫉妒妹妹的姊姊故事。

和生離死別。自從三年前離開英國，我沒有看見過一塊燒著的煤炭，雖然注視過許多木柴燒的火，看著它塌下去，成了灰白的灰，混和在爐邊上輕軟的堆裡，說它象徵我意志的消沈，本身絕望的情況，不能以為不恰當。

現在我可以認真追憶過去了，不過並不感到悲慘。也能毅然為未來打算了。家，照這個字最好的意義來說，我已經沒有了。那位我本來可以指望更相親相愛的伊人，我卻把她教育成了我的妹妹。她會結婚，會有新的人要求她鍾愛：這一來，永遠不會知道我心裡對她已經成熟的愛情了。我輕率的熱戀要受處罰，也是應該。我自作自受。

我在想。如果我的心胸對於這件事已經受到真正的磨鍊，能果敢地忍受磨鍊，平靜地在她的家裡保持像她平靜地在我家保持的地位，——這時候我目光忽然停留在一個人臉上，這副臉和我幼年的回憶有聯繫，我看起來也許是從火裡冒出來的。

在對面角落暗處坐著看報紙的是矮小的契理醫生，我在這本傳記第一回就提到感謝他為我出了力的那位。他到今天已經上了相當年紀，不過望來是個溫和、謙遜、沈靜矮小的人，所以不很顯老，所以我想，他那一刻兒的相貌正和他坐在我家廳裡，等著接我出生的時候一樣。

契理醫生六七年前就已經離開勃倫德司東了，此後我再沒有見到他。他安詳地坐著讀報，小頭斜在一邊，肘側放了一杯叫做尼格斯的熱白葡萄檸檬香料甜酒。態度極其謙和，連看報都好像要道歉，怪自己放肆似地。

我走到他坐著的地方說，「您好，契理醫生？」

他給生人這樣出乎意外地一稱呼，馬上大為不安起來，就照他慢條斯理的老樣子答，「我謝謝您，先生，您人好極了。謝謝您，先生。我希望您哪，身體好。」

「您不記得我了吧？」我說。

「嗯，先生，」契理醫生非常謙遜地含笑說，一面審度我，一面和我握手。「我有個印象就是看您有點面善，先生。可是您尊姓大名可記不起了，真的。」

「可是您知道我的姓名，我自己還不知道很久以前您就已經知道了，」我答。

「我真這麼早就知道了嗎，先生？」契理醫生說。「我能有這個榮幸，先生，替您——？」

「就是的了，」我說。

「我的天哪！」契理醫生叫道。「可是從那一刻兒起，您大為改了樣子了是吧，先生？」

「總會的了，」我說。

「好啦，先生，」契理醫生說，「要是我非請教您尊姓大名不可，希望您原諒我好嗎？」

我告訴了他我的姓名，他真感動非常。大握我的手——照他的作風說起來，他用那麼大力就算很莽撞的行動了，因為他平常的動作是用他分魚用的刀那樣、不冷不熱的手，從髖部伸出一二寸，輕輕滑動一下就算了。如果有人，不管是誰捉牢他的手，他就會現出大為不安的樣子來了。即使此刻，他一等能夠鬆手，就儘快縮到外衣口袋裡，好像這隻手安然抽回，放下了心。

「我的天哪，先生，」契理醫生頭斜在一邊審度我道，「原來是考勃菲爾先生，是嗎？啊呀，先生，我想我要是放肆靠近些看您，會認出您來的。您跟您去世的老太爺很像。」

「我沒有福氣，從來沒見過先父，」我說。

「的確是的，先生，」契理醫生用安慰我的聲調說。「不管怎樣，這總是很大的憾事！我們在英國那一部分的人，先生，」契理醫生又慢慢搖他的小頭說，「可並不是不知道您的名氣。您這兒，」契理醫生用他食指輕戳他的腦袋說，「一定有很大的興奮，先生。您一定發覺幹這個行業很辛苦，先生！」

「您現在住在英國什麼地方？」我靠他身邊坐下問。

「我在離柏立聖愛德曼玆幾哩的地方住定下來，先生，」契理醫生說。「契理太太根據她父親的遺囑，繼承到那裡一點小產業。我在那裡買下了一家診所的業務，醫務還不錯，您聽了一定高興。我女兒現在長成相當高的女孩了，先生，」契理醫生說，說時小頭又略微搖了一下。「上星期她母親把她長衫的兩個橫褶都放下來了。您瞧，時間就是這樣，先生。」

這位矮小的人說這句話的時候把此刻已經空了的杯放到唇邊，我就向他提議把酒再斟滿了，我也陪他喝一杯。「啊，先生，」他照老樣子慢慢地答，「再喝就超過我的量了，不過我不能不給自己跟您聊天的快樂。我有幸替您看痲疹，好像不過是昨天的事情。您出得順極了，先生！」

我謝了他的恭維，叫了尼格斯酒，很快就端來了。「這是難得的放縱呢！」契理醫生調著酒說：「不過我碰到這樣特殊的場合，也顧不了了。您還沒有家吧，先生？」

我搖搖頭。

「我知道早些時您受過悼亡的痛苦，先生，」契理醫生說。「是聽您後父的妹妹說的。性格剛強的人物啊，不是嗎，先生？」

「嗯，是的，」我說，「夠剛強的了，您在那裡見到她的，契理醫生？」

「您不知道嗎，先生，」契理醫生笑得溫和極了答：「您後父又做了我的鄰居了？」

「不知道，」我說。

「他真做了，先生！」契理醫生說。「娶了那裡一位年輕的、很有點產業的上流女眷，可憐的人。——請問做這種用腦筋的工作，先生？您不覺得疲倦嗎？」契理醫生說，望著我就像帶了羨慕眼光的知更鳥一樣。

我沒有理會這個問題，重提牟士冬家的人。「我聽說牟士冬先生又結了婚。你替這家人醫病嗎？」我問。

「不經常看。給他們請去過，」他答。「從顱骨的長相看起來，牟士冬先生和他妹妹的個性很強呢。先生。」

我答他的話，情見乎詞，壯了契理醫生的膽，尼格斯酒又下了肚，他的頭又微微搖了幾下，若有所思地叫道，「啊，我的天哪！以往的事我們總記得的，考勃菲爾先生。」

「這兄弟跟妹妹兩個人做人還是照老樣子吧，是嗎？」我說。

「嗯，先生，」契理醫生答，「行醫的人總在人家出入，除了跟他這行有關係的，別的事都不該看，也不該聽。雖然如此，我得說，他們倆都很嚴厲，先生，對今生如此，對來生也如此。」

「來生怎樣安排，恐怕他們也管不了多少了，」我答：「他們對今生幹些什麼呢？」

契理醫生搖搖頭，調調酒，啜了一口。

「這位太太是討人喜的人，先生！」他痛苦地說。

「您是說現在的牟士冬太太？」

「的確是位討人喜的人，先生，」契理醫生說。「的確要多和氣就有多和氣！契理太太的意思是，自從結婚以後，她的精神就完全給整垮了，現在憂鬱得差不多跟瘋了一樣。太太們冷眼旁觀，」契理醫生提心吊膽地說，「著實高明呢，先生。」

「我猜想她總得給他們姊弟倆可惡的性格制得服服貼貼，要依定了他們吧，求上帝救救她吧！」我說。「她已經完了。」

「唉，先生，起初吵得很兇呢，我敢跟您擔保，」契理醫生說，「不過現在她成了鬼魂了。自從這個姊姊來幫忙以後，姊弟倆連起手來就把這位太太搞得成了個蠢蛋了，我跟您說句機密話算得是冒失嗎？」

我告訴他，我很容易相信這個情形。

「您別對別人說，」契理醫生又喝了口酒振作一下自己的精神說，「牟士冬太太的母親因為女兒嫁錯了人，送了命——牟士冬太太本人受了虐待，日子過得悲慘，心裡憂愁，人差不多變得無用了，我說這話，一點不用躊躇。結婚之前，她是個活潑潑的少女，先生，牟士冬這對姊弟的陰沈、嚴厲把她毀了。現在他們跟她到東到西，不像是她的丈夫跟小姑，倒像是她的看守。這是就在上星期，契理太太對我說的話。我敢跟您擔保，先生、太太冷眼旁觀，著實高明呢，契理太太本人就是極其善於旁觀的人！」

「牟士冬還陰沈地表白自己的宗教信仰嗎（這個宗教詞用在這種場合，我真害羞）？」我問。

「契理太太最感人的話當中的一句，」契理醫生說，「給您料到了，先生。」他因為多喝點酒，不習慣這種刺激，眼瞼都紅了。「契理太太指出，」他繼續說，態度又最平靜，說得又最慢，「牟士冬先生替自己標榜，把自己說成『神性』。契理太太這樣說，先生，您可以用鵝毛管筆的羽毛把我打倒，躺在地上。太太們冷眼旁觀著實高明呢，先生！」

「這是她們的直覺？」我說，這話說得他極其高興。

「我這個看法有您這樣的附和，我很開心，」他答。「我不大發表和醫藥無關的意見，您可以相信我這句話。聽說牟士冬先生有時發表公開演說，——總之，先生，契理太太說——他近來專制暴虐越變越陰沈，主張就越野蠻。」

「我相信契理太太的見解完全有理，」我說。

「契理太太的確說過，」這位最謙遜的矮小的人給我這樣一附和甚至說，「這些人混說宗教，其實是發洩他們自己的壞脾氣和狂妄自大。先生，我一定要說，」他悠然把頭往一邊一倒，接著說，「我在『新約』裡可找不到牟士冬小姐、牟士冬先生神性的根據，你可知道嗎？」

「我也從來沒有找到過！」我說。

「在這個期間，先生，」契理醫生說，「大家都很不喜歡他們。他們動不動就指定不喜歡他們的人下地獄，因此我們左鄰右舍就有很多人要下地獄了！不過，照契理太太說，先生，他們要不停受到處罰，因為他們總要反過來想想自己，就要拿自己的心當糧食了，而他們自己的心是非常不可口的伙食呢。好啦，先生，關於您的腦子，要是您原諒我又提到這個話題。您不讓它有許多興奮嗎，先生？」

我發現，契理醫生自己的腦子因為喝了尼格斯酒興奮了，把這個話題轉到他自己事情的那方面去並不難。此後半小時，他談起這方面來滔滔不絕。讓我知道好多消息，其中一件是他這次到格雷法學院咖啡館來，是為了在研究精神錯亂委員會席上，關於某飲酒過度以致得了狂亂病人的精神狀態，提出醫學證據。

「遇到這種場合，」他說，「跟您實說了吧，先生，我極其緊張。受不了別人所謂的威脅，先生。這種場合完全把我整垮。您可知道您出世那一晚，考勃菲爾先生，那位太太的舉動把我嚇死，多久我才恢復過來嗎？」

我告訴他，我就要去看我姨婆了，就是他心目中那晚的兇暴的人。告訴他，姨婆是少有那樣心腸最仁慈，了不起的女子。要是他多清楚一些她的底細，他就會完全知道了。僅僅乎想到作興會再見到姨婆，似乎就叫他吃驚了。他面露微弱的笑容答：「她的確是這樣的人嗎，先生？真的？」差不多立刻就叫茶房上蠟燭，去睡覺了，好像不管那裡都不太安全似的。並沒有因為喝多了尼格斯酒就跌跌蹌蹌，不過我猜他平靜的小脈搏比起非常的那一晚，姨婆大失所望、用軟帽打了他一下那一刻來，一分鐘一定多跳一兩下了。

午夜時分，我疲憊不堪，也去睡覺了。第二天整天坐到多佛去的公共馬車。在姨婆喝茶的時候安抵她的舊起坐間（她現在戴眼鏡了）。她，狄克先生，好老保姆裴媽，都來接我（裴媽現在做了管家），個個摟起我來，歡喜得涕淚交流。我們安祥地談起話來，我提到遇到契理醫生，契理醫生想到姨婆還有餘悸，聽得姨婆大樂。

姨婆和裴媽對我去世母親的第二個丈夫和「那個謀殺人的那個妹妹」都有好多話說——這個人我想不論什麼痛苦或處罰，也不能嚇得姨婆用任何教名或姓氏，或任何名稱去稱呼她。

第六十回　娥妮絲

探究竟偏不獲究竟
感恩情絕難酬恩情

等到只賸下姨婆和我，我們倆一直談到深夜。談的話題很多，其中有：移民出國的人寫信回來從來沒有提別的，只說高高興興充滿希望的話；密考伯先生確實匯了許多筆小款回來，還那些「銀錢債務」，就見他認真說的「人與人之間」的往來；戔涅在姨婆回到多佛以後，又來伺候姨婆，終於貫徹她棄絕男人的主張，和一個生意興隆開酒店的結了婚；而姨婆也終於同意這條同一偉大的原則，煽動新娘；親自出席婚禮，替婚禮增光，等等的情形——本來這些事我在歷次收到的信裡已經多少都知道了。狄克先生照常不會給我們忘記。姨婆告訴我，他總不停抄寫，只要落到他手上，所有的東西他都抄，憑這種貌似工作的活動他就有禮貌地離著一點查理一世皇帝；狄克先生現在自由了，幸福了用不着再受單調的監禁之罪，憔悴下去，這是姨婆一生主要的快樂和酬報之一；除了姨婆再沒有誰能充分了解狄克先生是怎樣的人（這是新的總結論），等等的情形。

「喬，你幾時，」我們照老樣子坐在火爐面前，姨婆拍拍我手背說，「你幾時到坎特布利去呢？」

「姨婆，要是明天早上您不跟我一起去，我就雇匹馬騎了去。」

「我不去！」姨婆急促地說。「我的主意是，在原處不動。」

那麼，我就要騎馬去了，我說。要是我來看的不是姨婆；不管是誰，今天經過坎特布利也不會不停的。

姨婆聽了很滿意，不過答道，「好啦，喬，這樣我兩根老骨頭啊，會保存到明天早上！」說完又輕輕拍拍我的手，我就坐著望火爐沈思。

我說沈思，因為我人在此地，離娥妮絲這麼近，沒法兒不重新想起這麼久都在盤算的那些悔恨。這也許是些已經減輕了的悔恨，教訓我當初正當少壯英挺的時候沒有學到的，不過悔恨並不少減。「唉，喬，」我好像聽到姨婆又說一次：「瞎了眼，瞎了眼，瞎了眼！」我現在更懂得她的意思了。

我們倆好些時都沒說話。我眼睛抬起來的時候，發見姨婆正在一死兒地端詳著我。也許她已經摸清楚了我的思路，因為我好像覺得，我的思路以往雖然捉摸不定，現在並不難追踪。

「你會發見她父親頭髮都白了，老了，」姨婆說，「雖然別的各方面都比以前好——他也算是重新做人了。你再也不會發見他現在還用鷘腳的，一吋長的小尺衡量人生各種利害，喜樂、憂愁了。你要相信我的話，孩子，這些事情能用他那種特別的方法來衡量之前，一定已經縮小了好多了。」

「的確是的，」我說。

「你會發見娥妮絲，」姨婆繼續說，「還是像她一向那麼賢惠，那麼美麗，那麼真摯，那麼沒有私心。要是我知道還有更好的稱讚的話，喬，我都會用來稱讚她。」

稱讚她沒有話嫌更好的；責備我也沒有話嫌更嚴厲的，唉，我走錯了路，岔得多遠啊！

「要是她把自己手上的年輕女孩子，訓練得將來跟她一樣，」姨婆認真得好像甚至眼睛裡噙了淚說，「天知道，她一輩子也過得挺有貢獻的了！做個有用，快樂的人，像她那天說的一樣！她除了有用，快樂，還能做別種別樣的人嗎？」

「娥妮絲可有什麼——」我不是在說話，卻是在自言自語。

「嗯？嘿？有什麼？」姨婆隨即就問。

「有什麼情人，」我說。

「有二十個，」姨婆嚷道，口氣帶幾分憤慨的得意。「自從你出門之後，她可以已經結了二十次婚，寶貝！」

「不成問題·」我說。「不成問題。不過她可有什麼配得上她的情人？娥妮絲不能愛配不上她的人。」

姨婆坐著沈思了短短一會兒，手托著下巴頦。慢慢地她抬起眼睛望我說：

「我猜她有個心上人，喬。」

「運氣好的人吧？」我說。

「喬，」姨婆認真地說，「我不能說。甚至告訴你這麼多。我都沒有權。她從來沒有跟我談這方面的心腹事，我不過是猜測而已。」

她望著我全神貫注，也很著急（我甚至看出她在發抖），所以此刻我比那一刻都覺得她已經摸到我的思路。我提醒自己，要記住所有這許多日夜下的決心，和所有心裡的許多衝突。

「如果有這樣的事，」我開始說，「我希望這件事是——」

「我不知道有沒有這樣的事，」姨婆簡略地說。「你絕不可以憑我的猜測下結論。得守秘密。也許我的猜測根據很薄弱。我沒有權說話。」

「如果有這樣的事，」我重說了一句，「娥妮絲到了她認為適當的時候會告訴我的。她等於是我的妹妹，我對她講過許多心腹話，姨婆，她也不會不願意對我講心腹話的。」

姨婆的眼睛像剛才注視我那樣慢移開了，不再注視我，用手蒙住，若有所思。漸漸地用另一隻手放在我肩膀上，所以我們都坐下了，大家回想從前，不說一句話。末了我們各自去睡覺了。

一清早我騎馬離開家，前往我往日上學的地點。我克服自己，已經抱了希望，甚至馬上就再見到娥妮絲的面也是意中事，雖然如此，還不能說心裡已經很快樂了。

我記得很清楚的舊地很快就走過了，上了靜寂的街道，這裡塊塊石頭在我看來都是男孩子的書。我步行到老屋，心裡的舊事太多，進不去，走開了。重回頭，經過的時候，從先是烏利亞，後來是密考伯一向在裡面辦公的圓形小房的矮窗往裡面張望，發見現在是間小起坐間了，這裡已經沒有事務所了。此外這所沈靜的老屋清潔、整齊，和我第一次見到的依然一樣。我請我不認識的，讓我進來的女用人通知威克菲爾小姐，有位先生，從外國回來的，她的朋友，來拜訪她。她領我走上莊嚴的舊樓梯（叫我當心我熟悉透了的踏板），進了沒有改樣子的客廳。娥妮絲和我共同讀過的書還在架子上；我許多夜晚用功做功課的書桌還放在餐檯一角旁邊老地方。謝坡母子來了以後擅自私下改動了少許，這些改動現在又還原了。一切恢復了快樂當年的舊觀。

我站在窗口，從古老的街道望對面房屋，想起我第一次上這兒來，無論那一天下午下雨總注視這些房屋，總推測任何一扇窗口出現的人，眼睛跟著他們上樓下樓，而婦女則穿了木套鞋沿人行道卡嗒、卡嗒地走過，絲絲陰雨斜飄下來，從遠處的水落管湧瀉而出，流到路上的種種情形。流浪漢在陰雨天晚上，黃昏時分進城，一瘸一拐地走過，肩上棍子一頭挑著行李捲；當時潮濕泥土、、雨淋了的樹葉和荊棘的氣味，我自身征塵碌碌，甚至於風吹在我身上的知覺，這些情景都栩栩如生地映上我的心頭。

我聽到裝了嵌板的牆壁上開的小門開了，吃了一驚，轉過身來。娥妮絲朝我走過來，美麗沈靜的眼睛和我的碰到。站住了，手捧住胸口，我擁抱住她。

「娥妮絲！我的好妹妹！我來看你，太意想不到了。」

「沒有，沒有！看到你我多麼開心，喬幄！」

「好娥妮絲，快樂是我的，又看到你了！」

我把她摟緊，有一陣子我們都說不出話來。不久我們並排坐下來，她天使般的臉朝我露出符合幾年來我醒著、睡著，魂牽夢縈的歡迎。

她非常真誠、非常美麗、非常賢淑，——我感激她，欠她這麼多情分，她對我這樣親，我簡直找不到話來表達我的心意。我竭力稱贊她，向她致謝，告訴她，她對我的影響（我信裡常常講這些話的），不過我用盡了心也是枉然。我的愛和快樂都是說不出來的。

她憑溫柔的鎮定把我的激動平靜下來。重提我們分手的那段時光。講到她秘密去看了好多次艾彌麗；無限體貼地提到朵若的墳。她人格高尚，天生不會做錯事情，溫柔和諧地觸動我記憶的心弦，沒有一根在我五內發出刺耳的聲音。我可以傾聽悲哀、遙遠的音樂，凡是音樂所喚醒的，沒有一樣是我想避開的。混和了一切的是她貴重的本人，護守我的天神，我怎麼能避開呢？

「你呀，娥妮絲，」我不久說，「講點關於你自己的事吧。過去這麼久，你幾乎從來不對我講你自己生活的！」

「我該講什麼呢？」她滿面春風含笑答道。「爸爸身體很好。你看我們在此地，安安靜靜過自家的日子。我們擔心的事全解決了，我們的家又歸還我們了。好喬幄，你知道了這些，就什麼都知道了。」

「什麼都知道了嗎，娥妮絲？」我說。

她望著我，臉上現出了一些不安的驚異。

「沒有別的了麼，妹妹？」我說。

她臉上剛才褪了的紅色，又泛上了，泛上又褪了。微微一笑，現出沈靜的愴楚，我想。她搖搖頭。

我已經設法引她談起姨婆略微透露的那件事情了；因為我知道談這件事她一定對我吐露實情，我聽了會傷心欲絕，我要約束自己，對她盡我的本分。不過我看得出，她很不安，所以就隨它去了。

「你有很多事要做吧，好娥妮絲？」

「是為我學校的事嗎？」她又抬頭望我，顯出向來全副歡喜的顏色而又安靜。

「對了。這件事辛苦得很，不是的嗎？」

「辛苦得非常愉快，」她答，「要是我說辛苦，就未免不知道感激了。」

「凡是好事，你做起來從來不覺得難的，」我說。

她臉又紅了，之後又褪了。低下頭來，我又看到同樣愴楚的笑容。

「你會等一等見見爸爸，」娥妮絲歡歡喜喜地說，「跟我們一塊兒待一天嗎？也許你睡你自己的房間好吧？我們總叫那間房你的。」

我不能待下來，因為已經跟姨婆說好騎馬晚上回家。不過我可以在那兒高高興興地待一天。

「我得做一會兒囚犯，」娥妮絲說，「不過此地有舊書，喬幄，有舊樂譜。」

「甚至從前的花還在此地，」我四面一望說。「或者是老的種類。」

「我找到了一件樂事，」娥妮絲笑道，「就是你不在國內的時期，把樣樣東西都保持從前我們都是兒童時候的樣子。因為我們那時候非常快樂，我想。」

「天知道我們的確快樂！」我說。

「件件東西都叫我記得我哥哥，」娥妮絲說，真心誠意的眼愉快地望著我，「是叫人快樂的伴兒。甚至這個，」她指給我看那個盛雜物、裡面放滿了鑰匙的小籃子，還掛在她身邊，「好像還跟從前一樣叮叮噹噹響那個老調子呢！」

她又露出笑容，從她進來的那扇門出去了。

我要用虔敬的心維持這個手足之情。這是我歷劫之餘僅有的一切，是寶藏。憑娥妮絲對我神聖的信賴，我們一向做慣了兄妹，如果我一旦把這個基礎動搖，手足之情就會失掉，永遠不能恢復。我把這一點牢記在心。越愛她，越不應該忘記。

我到街上蹓躂，又看到我的老敵手，那個屠夫——現在當了警察，警棍掛在他鋪子裡——跑去看我跟他打架的地方。在那兒默想了一陣協珮小姐和喇金司大小姐以及那段時期所有虛妄的癡戀和愛情。除了娥妮絲再沒有別的賸下的了；而娥妮絲，向來是我頭上的星，現在更燦爛，更高高在上了。

我回來的時候，威克菲爾先生已經到家了。他去了離城兩三哩路的地方自己的花園，差不多每天都去幹活兒。我發現他和姨婆描述的一樣。我們坐下吃晚飯，一起吃的還有六七個小女孩。威克菲爾先生比起牆上掛的俊美的畫像來，現在憔悴了。

這個安靜的地方依然充滿我記得的往日有的那種寧謐。晚飯後，威克菲爾先生不再喝葡萄酒了，我也不想喝，我們就上樓去了。娥妮絲和歸她照顧的小姑娘在唱歌、遊戲、上課。喝完茶，孩子們走了，我們三個人坐在一塊兒，談起了往日。

「說起往日我的作為來，」威克菲爾先生白頭搖搖說，「我有很多遺憾——很深的遺憾，很深的悔恨。喬屋，你知道得很清楚的。不過我也不願意抹殺它，我也辦不到。」

我望著他身邊那副臉，很容易相信這話。

「我要是抹殺，」他繼續說，「也會抹殺我絕不可以忘記我女兒的耐性、專誠、忠實、孝敬，絕不！即使忘記我自己也不可以。」

「我明白您的意思，老伯，」我輕聲說。「我尊敬您的意思——我總是尊敬的。」

「不過誰也不知道，連你也不知道，」他答，「我女兒功勞多大，受了多少罪，費了多大的力去爭取。娥妮絲心肝啊！」

娥妮絲手放在她父親膀子上，求他別說下去了，面色非常、非常蒼白。

「啊呀，啊呀！」威克菲爾先生嘆口氣說，我當時看得出，他要消除娥妮絲已經受了的，或者還得受的，姨婆告訴過我的苦難。「啊呀！我從來沒有告訴過你，喬幄，關於她母親的事。可有誰告訴過嗎？」

「從來沒有，老伯。」

「也沒有什麼——雖然罪就受很多。她母親不顧她父親反對，跟我結了婚，他父親就不認她做女兒了。她求父親寬恕她，那時娥妮絲還沒有出世。她父親是個非常難對付的人，她母親早就不在了。他父親不理她的請求。傷透了她的心。」

娥妮絲頭枕在她父親肩膀上，膀子悄然摟住他頸項。

「她母親的心厚道柔和，」威克菲先生說。「可是全碎了。我非常清楚她容易傷心。

要是我不清楚，就沒有人清楚了。她非常愛我，不過從來沒有快樂過。她私底下總為這件事受苦。本來身體就單弱，最後一次遭她父親拒絕——這不是第一次，好多次了——她太失望，就此憔悴，死了。給我丟下才兩星期大的娥妮絲，還有你記得的第一次來我就有的白頭髮。」

他吻娥妮絲的嘴巴。

「我對我心肝女兒的愛是病態的愛，不過那時我的精神已經全不健全。那件事我再不提了。也不提我自己，喬幄，不過要提她母親和她。關於我現在或者向來的為人，只要我給你一點什麼線索，你就會弄清楚來龍去脈，我知道。娥妮絲的為人如何，我不用說。我看她的性格總發見一些她去世的母親的遭遇。經過這些重大的變遷，今兒晚上我們三個人又到了一起，所以我就把這件事告訴你了。所有的話我都說了。」

他低下頭，娥妮絲天使般的臉，孝順的心，因為提到這件事更顯出叫人感動的從來未曾有過的意義。這一晚我們重聚，如果有什麼事我要特別當真記住的話，這件事就是的了。

不久，娥妮絲從她父親身邊起身，慢慢走到鋼琴面前，彈了幾隻我們常常在那裡聽的舊調子。

「你還打算再出門嗎？」娥妮絲問我，那時我站在她一旁。

「我妹妹對這件事有什麼意見呢？」

「我希望不要了。」

「那麼我就沒有這個打算了，娥妮絲。」

「我想你不該再多走動了，喬幄，因為你問我，我才說這話的，」她溫和地說。「你的名氣越來越大了，越來越有成就，這一來你貢獻的力量就更大了。即使我，放我哥哥過去，」她眼望著我，「也許形勢也不肯吧。」

「我有今天，是你造就的，娥妮絲。你應該最清楚。」

「我，造就你，喬幄，你沒有弄錯吧？」

「我沒錯！娥妮絲，我的寶貝妹妹！」我說，頭向她傾過去。「我們今天會面，我想過法子要告訴你，自從朵若去世以後，我心裡想到的事情。你記得，你下樓到我們的小房間來的時候——手向上指著嗎，娥妮絲？」

「唉，喬幄！」她熱淚盈眶地答。「她多麼多情，多麼肯信任人，多麼年輕啊！我還有一天會忘記？」

「我的妹妹，我自從那時起就想，你當時，和你以往一向，就是這樣。永遠向上指。娥妮絲，你總引導我做更有價值的事，總指示我向更崇高的目標努力！」

她只搖搖頭，我看她含了淚的眼，發覺她淒然恬靜的笑容。

「我所以非常感激你，娥妮絲，對你有責任，我心裡的感情找不到字眼來形容。我要你知道，我一生要向你請教，由你指導，過去我過苦難日子，已經有這個經歷了，可是卻不知道怎麼樣告訴你。不管有什麼事發生，不管你也許會有什麼新的聯繫，不管我們之間有什麼變化，我總要向你請教，愛你，跟現在一樣，跟過去一直一樣。你總會給我安慰，向來你就是這樣的。我一直到死，我最好的妹妹，都要看你總在我面前，手向上指！」

她把手放在我手心，告訴我她以我為榮，以我說的話為榮，雖然我過獎了。接著她又繼續輕輕彈琴，不過視線一刻沒有離開我。

「你可知道，我今兒晚上聽到的話，娥妮絲，」我說，「很奇怪，就好像有我第一次見到你的時候，對你關心的感覺的一部分——我艱苦的學生時期坐在你旁邊的感覺？」

「你知道我沒有母親，」她含笑答，「所以對我慈悲為懷。」

「不僅僅乎如此，娥妮絲，我知道，差不多好像我早已知道過去這個情節了。你有一種說不出的溫柔，圍繞著你，如果別人有了你的遭遇，表現出來的也許是悲慘（我現在懂得這是悲慘了），不過你表現的不是。」

她繼續輕輕彈琴，仍然望著我。

「我有這些幻想，你會笑我嗎，娥妮絲？」

「才不呢！」

有一會兒，她臉上現出痛苦的陰影，不過即使剛給我這個印象，陰影就立刻消逝了。

她又繼續彈琴，用她那種安靜的笑容望著我。

我在幽寂的夜裡騎馬回去，風吹過來，就像不停提起的往事，我想到娥妮絲剛才的表情，害怕她不快樂。我其實也不快樂。不過到此刻為止，我已經切實地把「過去」封起，打了火漆印了，想到她，手向上指，想到她向我們頭上的天空指，在未來神祕的天上，我也許還可以用世上的人從不知道的愛愛她，告訴她我在塵世內心的鬥爭是個什麼情形。

第六十一回　巧遇二悔罪人

狡黠為非難逃法網
虛偽悔罪妄發誨言

有一陣子，我住在多佛姨婆家裡，靜靜地寫我這本書。無論如何在那裡總要住到這本書寫完，這要花幾個月時光。記得最初這所房屋給我庇護的時候，我從窗口看過海上的明月。照我的打算，只有在我小說的經過碰巧和我這本書的進展有關，我才提到它，所以凡是我創作的抱負、愉快、焦灼、得意，我一概不講。我真正專心致志，熱誠無比，出盡精力從事於這一點，我已經說過了。我已經寫的那些書如果有什麼價值，其餘的價值也會由這些書補充出來。不然我寫的就全是徒勞，其餘沒有寫的也沒有人要看了。

偶爾我也去倫敦，溷跡鬭集的人群，和闞都斯商量些業務方面的問題。我不在倫敦，我的著作由他經理，他的眼光極其高明。我名利都大有成就。因為出了臭名，所以收到無數素昧生平的人來信——主要是不相干，而且極難回答的——我贊成把我的名字漆在他門上，送那個地帶信件的忠實的郵差就把成筐寄給我的信投到那裡。我偶爾也去辛苦地翻一翻信，就像是不拿薪水的內務大臣。

寄來的信裡面，不時有封無數在博士會館附近鬼鬼祟祟活動的外行之一寫來的，懇切提出主張，要用我的名義來做律師行業的幌子（只要我採取必須步驟，繼續保持代訴人的身分），他會付一個成頭的利潤給我。不過這些建議我一概謝絕，因為早知道有很多這種祕密的勾當，認為博士會館的人已經夠壞，用不著我再來幫人作惡了。

闞都斯的大小姨都回家去了，我的名字則漆在門上，像花蕾綻開一樣鮮明。伶俐的後生的樣子好似整天沒有聽過有瑣斐這個人。瑣斐關在後面房裡，做她的活，匆匆往下一看，只見一窄條烏黑的花園，裡面還有個抽水機。不過我總在那裡發見她，同樣活潑的家庭主婦，只要沒有生人的腳步上樓，常哼她得文郡民歌，甜美的音樂把小辦公室裡的那個伶俐後生聽得人都鈍了。

最初我不明白，為什麼瑣斐常常用習字帖練字，等我來了，她總是把寫的字搗起來，趕快收進桌子抽屜。不過這個祕密不久就揭露了。有一天，闞都斯從他桌子裡拿出了一張紙，問我覺得紙上寫的字怎麼樣（他剛從法庭回家，那天下著毛毛雨雪）？

「喂，絕對不可以，湯姆！」瑣斐叫道，她此刻正在火爐面前烘他的拖鞋。

「心肝，」湯姆很高興地答，「為什麼不呢？你說字寫得怎麼樣，考勃菲爾？」

「寫得特別像法界的字，也很規矩，」我說。「我想我從來沒見過寫得這樣板的字。」

「不像女子寫的吧，像嗎？」闞都斯說。

「女子寫的！」我照樣說了一句。「這樣說起來，磚頭和灰泥倒更像女子的字跡呢！」

闞都斯突然大笑起來，告訴我，這是瑣斐寫的，瑣斐指天發誓地說，闞都斯不久就需要抄寫的人了，她願意做這種職員。她已經照模樣學會寫這種字了，能一氣寫——我不記得一個鐘頭能寫多少頁了。瑣斐聽他把這一切告訴了我，非常狼狽，說等「湯姆」做了法官，就不會這麼隨便就說出來了。「湯姆」否認這件事，斷言不論有什麼情形，他都總是以她這個本領為榮的。

「瑣斐這位太太多麼不折不扣地賢惠，討喜啊，我的好闞都斯！」我說，這時她笑得咯咯地走開了。

「我的好考勃菲爾，」闞都斯答，「她的確是，沒有任何例外，最可愛的女孩！她管理這個地方的方法，她的準時，家務的知識，節儉、條理，她的歡樂，多了不起！考勃菲爾！」

「的確，你誇贊她有理！」我答。「你是個有福氣的人。我相信你們把自己互相造就成了全世界最幸福的一對了。」

「我的確覺得我們真是兩個最幸福的人，」闞都斯答。「我承認，無論如何，天哪，早上天還沒有亮，我看她點了蠟燭起身，忙一天的家務，書記還沒有來法學院辦公，不管天氣怎樣，她就上菜市了。想出主意來用最普通的材料弄最好吃的小小一桌菜來，做布丁，做餅，樣樣東西放一定的地方，她自己總這樣整齊、打扮得好看，要是晚上我工作到深夜，她總不睡陪我，總是性情溫柔，給我鼓舞，一切都為我。我的確有時候不能相信，考勃菲爾！」

他小心翼翼穿上就是瑣斐替他烘了的拖鞋，兩腳伸在火爐圍欄上，享那舒服的福。

「我的確有時候不能相信，」闞都斯說。「還有，我們的享受！啊呀，都是便宜的，不過都很了不起！我們晚上在此地家裡！就把外面的門關起來，那些窗帘放下——窗帘都是她做的——還能更舒服嗎？天晴的時候，晚上我們出去散步，街上就有我們很多好玩的東西了。我們往首飾店裡燦爛的櫥窗裡張；我會叫瑣斐看著我出得起錢預備替她買的，鑽石做眼睛的一條條大蛇，盤在白緞子、翹起來的底子上。瑣斐就叫我看著她也出得起錢預備替我買的金錶、裝了錶壳，寶石鑲嵌，壳上有機繪花紋，還裝了水平式槓桿擒縱機構，等等等等。我們也選了等兩個人出得起錢喜歡添置的匙羹、叉子、分魚刀、塗黃油刀、方糖箝子。走開的時候真覺得已經買了這些東西一樣！還有，我們走到廣場和大街的時候，看到房屋出租，有時去看看，就說，如果我做了法官，住那所房子行不行啊？我們就分派一下，這樣的一間房我們住，那樣的一間房給姑娘們住，諸如此類。末了我們分派得滿意，認為照這個情形這所房子行，或者不行。有時候，我們出半價，坐戲院的正廳後座——依我看，照我們出的錢來說，甚至連那裡的氣味聞起來都是便宜的——我們在那裡充分欣賞戲劇，戲裡的話瑣斐句句都相信是真的，我也相信。走回家路上，我們也許在菜館買點什麼，或者在魚販子那裡買隻小龍蝦，帶回來，煮頓很好吃的晚飯，談我們看到的東西。你知道，考勃菲爾，如果我是大法官，我就辦不到這一點了。」

「你做點什麼，不管什麼事，我的好闕都斯，」我心裡想，「總是叫人愉快的，親切的。順便說一句，」我出聲說，「我猜你現在不再畫骷髏了吧？」

「真的，」闕都斯笑答，臉都紅了，「我不能完全否認我還在畫，我的好考勃菲爾。因為有一天我在高等法院後排，手上拿著鋼筆，忽然有了奇想，要試一試我是不是還有這個技能。恐怕在桌子支出來的板上畫了一個骷髏——還戴了假髮。」

我們都盡情大笑了一陣之後，闕都斯望著爐子，面帶笑容，結束這個話題說，「畫的是咯鋭刻爾那個老傢伙！」還是他那副不究既往的神氣。

「我這裡有那個老——惡棍來的一封信，」我說。想到他從前怎樣毒打闕都斯，看闕都斯那樣容易就饒恕他，我更不肯饒了。

「咯鋭刻爾校長寫來的嗎？」闕都斯叫道。「不會吧！」

「因為我名聲大了些，錢也多了些，」我查點了一下一批信說「注意我，發見他們總很注意我的人之中，那個不折不扣的喀銳刻爾是一個。他現在不做校長了，闞都斯。退休了。做了彌得爾塞克斯的行政司法長官了。」

我想闞都斯聽了也許會奇怪，不過他一點也不。

「你猜他怎麼做起彌得爾塞克斯的行政長官的？」我說。

「啊呀天哪！」闞都斯答，「這個問題答起來不容易。也許他報過什麼人的案，或者借過錢給什麼人，不然就買過什麼人的什麼東西，再就是給過什麼人好處，或者替什麼人做了事，這些人認識人，找到副郡長任命他這個差使。」

「不管怎樣，他現在在任上了，」我說。「他寫信到此地來給我，極希望讓我參觀唯一真正現行的監獄紀律制度，唯一無懈可擊，使囚徒誠心長久悔過、改邪歸正的辦法——你知道，就是用單獨監禁的辦法。你有什麼意見嗎？」

「是對這個制度？」闞都斯問，態度很認真。

「不是。是我要不要應他的邀請，你是不是跟我一起去？」

「我不反對，」闞都斯說。

「那麼我就寫信把這話告訴他了。你記得（別提他對我們怎麼樣了），這個喀銳刻爾把兒子趕出門外，我猜想，叫他太太和女兒過多受罪的日子吧？」

「清清楚楚，」闞都斯說。

「可是，如果你讀過這封信，你就會發現，他是對證明已經犯了所有重罪的囚犯最慈悲的人了，」我說，「雖然我找不出他對造物主選出來的別的任何人這種慈悲來。」

闕都斯聳聳肩，絲毫不以為奇。我並沒有以為他會奇怪，我自己也不以為奇。要是以為奇怪，就一定是我觀察到的實際有的同樣諷刺太少了。我們把去參觀的時間安排好了，當晚我就寫信給喀銳刻爾先生。

到了約好的日子——我想就是第二天，不過這不要緊——闕都斯和我就到了喀銳刻爾先生唯他獨尊的監獄。這所監獄的建築高大堅實，花了好多錢蓋起來的。我們走到靠近大門的時候，我不免想，如果有個受了騙的人，不管是誰，提議花這所監獄費的一半的錢，造一所改造頑劣青年的教養學校或者值得人照顧的老人收容所，會引起全國多大的鼓噪①。

我們給人引去見老校長的辦公室，造得真大，就是算作巴貝耳塔②的底層也可以的。他是一群人中的一位。這一群由兩三個總在找事做的那類行政長官，還有些他們帶來參觀的人組成。喀銳刻爾接見我那種態度，就像過去我的智能都是他培育成功，而他又是一向愛護我得無微不至似地。我把闕都斯介紹給他的時候，他也用同樣態度表示，不過程度差

---

①當時此種機構辦理不善，為人所詬病，故有此說。

②見聖經舊約〈創世紀〉十一章一至九節。亦泛指大樓。

些，就像他一向是闕都斯的導師、哲人、朋友。我們可敬的教員老多了，外表並沒有改善。臉上紅色依舊，眼睛照樣很小，凹得更深了。那頭稀疏、濕綠綠的白髮（憑這一頭白髮我記得他）差不多全沒有了。光頭上的粗筋並沒有好看些。

在這群上流人士堆裡講了些話之後，我們就開始視察。（聽過談的話我可以假定，除了囚犯最高的舒適，無論花費多少，世界上再沒有別的事，不管什麼，須要合法研究的了；而且獄門以外天南地北再沒有別的須要做的事情了。）這時正是正餐時間，我們先到大廚房裡，囚犯的飯菜正在分別擺出，預備送到各人的單人牢房裡，整齊準確，有如鐘錶的工件。我別過臉來對闕都斯說，我想知道，是不是不管誰都會想到，這些食物豐富而品質精良，和別人吃的正餐，不用說乞丐的了，即使士兵、水手、勞工、大多數誠實、辛苦工作的人的，比較起來，顯著有別；那些人五百個之中沒有一個吃得一半這樣好的。不過我聽說，這個「制度」要求囚犯過水準高的生活，總之，要施行這種「制度」，我發現在這一點以及所有其他各點上，這個「制度」一舉袪除了一切懷疑，消滅了一切反常現象。誰都好像絲毫沒有認為，除了這個制度之外再還有任何其他的制度值得考慮。

我們一路經過若干堂皇過道的時候，我就問喀銳刻爾先生和他的朋友，假定這個支配一切、普遍制服的制度主要的優點是些什麼？我發現優點是囚犯完全隔離——這樣一來，給囚禁起來的人沒有一個知道另一個的任何情形；這就促成囚犯的精神健全，引導他們誠心痛悔、懊恨。

我們去參觀個別囚房裡的囚犯，經過囚房所在過道的時候，他們把囚犯前往小教堂等等解釋給我們聽的時候，我忽然想到，囚犯多半會互相知道彼此很多的情形，有相當完備的交際方法。我寫本文的當兒相信這一點已經證明屬實。不過這樣一說，暗示我對這個制度懷疑，就很不敬了，因此我就竭盡全力去找悔罪的證據。

關於這件事我又有很大的疑惑。發見悔罪的人有一套流行的款式，和我在裁縫店櫥窗裡看到的外衣、背心一樣。發見大量表白的特徵不同之處極少，甚至說的話也是如此（這一點我以為極其可疑）。發見很多狐狸吃不到葡萄，就說得整座葡萄園不值一文，可是發見我相信夠得著一串葡萄的狐狸很少。尤其發見最表白得厲害的人是值得注意的對象。他們的自大、虛榮心、要求刺激、愛欺詐（照他們的經歷看來，他們裡面很多人這個毛病大得差不多叫人不能相信），全慫恿他們把自己的罪表白出來，表白了也全舒服了。

不過我們跑來跑去，我聽到一再有人提到二十七號，這是大家寵信的，真就像個模範囚徒，我要等看到了這個二十七號，才下論斷。我聽說，二十八號也是個特別出色的明星，不過他很倒霉，光彩給特別燦爛的二十七號射得朦朧些了。我聽他們說了很多二十七號的事，他對四周圍的人總是苦口婆心地訓誡，不停寫情詞懇切的信給他母親（好像他母親情形很不好），所以我急急乎想見見他。

我得捺好一會兒性子，因為二十七號是當寶貝要留到最末了才獻出來的呢。不過終於我們到了他的牢房，喀銳刻爾先生由牆上小洞往裡張望，神氣極端佩服地對我們說，這個囚徒在讀贊美詩集呢。

立刻人頭一窩蜂擁擠過去，要看二十七號讀贊美詩集，小洞都堵塞住了，有六七個頭疊著。為了補救這個不便，讓我們大家有機會不折不扣地和二十七號本人交談，喀銳刻爾先生下令打開牢門上的鎖，把二十七號請出來。鎖打開了，闞都斯和我當時看到這個悔了罪的二十七號，大感驚異，原來除了烏利亞・謝坡，還有誰！

他立刻就認出了我們，走出來的時候——老樣子身子一扭捏說，——

「您好，考勃菲爾先生？您好，闞都斯先生？」

他認識我們，引得大家都羨慕我們倆，我倒以為個個人都覺得他還認出我們來，可見得他不驕傲，很為他所感動。

「我說，二十七號，」喀銳刻爾先生痛心地對他嘉獎說。「你今天好嗎？」

「我是很卑位的人，長官！」烏利亞，謝坡答。

「你總是謙遜的，二十七號，」喀銳刻爾先生說。

這時候，另一位有身分的人極其關切地問道：「你很舒服嗎？」

「很舒服，我謝謝您哪，先生！」烏利亞・謝坡朝那個方向說。「此地比我在外面舒服得太多了。我已經悟到我以往的愚蠢了，先生。那就是我覺得舒服的緣因。」

好幾位有身分的人大為感動。第三位發問的人，擠到別人前面，極其情見乎詞地問：

「你覺得牛排怎麼樣？」

「謝謝您，先生，」烏利亞，朝著這位的方向瞟了一眼答「昨天的比我想吃的老了一點；不過我受點罪是應該的，我做了蠢事，各位先生，」烏利亞向四面卑躬屈節地一笑說，「我應該忍受，是自己作的孽，不該埋怨。」

人群裡發出一陣嘟噥聲，一部分是看了二十七號這種神聖的心境而大感滿意，另一部分是對承辦伙食的商人憤慨，他惹得囚犯埋怨了（喀銳刻爾先生立即記下了這件事）。等這陣聲音平靜了，二十七號站在我們當中就好像他自以為是第一流博物館裡的第一精品。為了要突然間讓我們這些外行大長見識，監獄當局下令，叫把二十八號也放出來。

到此刻為止我已經不勝驚詫了，所以栗鐵沒讀著一本正經書走出來的時候，我只覺得自己命該如此地訝異。

「二十八號，」一位從沒有開口戴眼鏡的先生說，「上星期，老兄，你抱怨可可茶不好，後來怎麼樣了？」

「我謝謝您，長官，」栗鐵沒說，「煮得好些了。如果我可以放肆說一句，長官，我認為跟可可粉一塊煮的牛奶，不是十分真正的貨色。可是我知道，先生，倫敦摻了假的牛奶很多，要買到純淨的牛奶很難。」

我好像看出，戴眼鏡的那位先生撐二十八號的腰，當他自己的人，來對抗喀鋭刻爾先生的二十七號，各自照料自己的那個人的事情。

「你的心境怎麼樣，二十八號？」戴眼鏡的發問人說。

我謝謝您，長官，」栗鐵沒答。「我現在知道自己的愚蠢了，長官。想到我以前夥犯的罪惡。我非常苦惱，長官。不過我相信，他們可以得到寬恕。」

「你自己很快樂嗎？」發問人說，一面點頭表示鼓勵。

「我非常感激您，長官，」栗鐵沒答。「快樂極了。」

「現在你到底心裡還想些什麼，不管什麼？」發問人說。「如果有，你就說出來，二十八號。」

「長官，」栗鐵沒頭也不抬地說，「如果我眼睛沒看錯，這兒有位先生，我過從前那段生涯的時候和他認識。長官，他要是知道我從前的愚蠢，也許對他有益。完全怪我從前服侍年輕的人，過的是不用思想的日子，由得自己聽他們引誘，有了好些缺點，沒有力量抵抗，才做錯事的。我希望那位先生會聽我警告，長官，不要怪我放肆。我的話是為他好的。我現在明白自己過去的愚蠢了。希望他懺悔他也有分的所有的邪惡和罪過。」

我看見好幾位上流人士各用一隻手遮住眼睛，好像剛走進教堂一樣③。

「你說這話也算不錯的了，二十八號，」發問人答。「我就料到你是說這種話的人。還有什麼別的話嗎？」

「長官，」栗鐵沒微微揚眉而不舉目說，「有個年輕女人，走上墮落的路，我想法要救她，先生，可是不成功，我求那位先生，要是他能辦得到，就替我帶個信給這個年輕女人，就說她對我所作所為壞透了，我原諒她；就說我要她懺悔——如果這位先生肯幫忙。」

「我想，二十八號，」發問人答，「你提到的那位先生聽你說了這類正當的話，一定非常感動——就跟我們大家一樣。我們也不儘耽擱你啦。」

「我謝謝您，長官，」栗鐵沒說。「各位先生，我祝你們日安，希望你們和你們家裡個個人都明白自己的邪惡，改掉吧！」

二十八號說完這句話，就回牢房去了，之前和烏利亞互投一瞥，意思彷彿是他們利用某種通訊的方法，彼此並不是完全陌生。他進去門關上了，人群又有了嘟噥聲，說他是個最體面的了不起的人。

「好啦，二十七號，」喀銳刻爾先生說，片刻就只他和他當寶貝的人在沒有別人的舞台上了，「還有什麼別人可以幫你忙的嗎？要是有，說出來。」

---

③此指人因有內疚而畏神明。

「我要卑位地請求，長官，」烏利亞抖一抖他惡毒的手答，「准我再寫封信給我母親。」

「當然准，」喀銳刻爾先生說。

「謝謝您，長官！我不放心我母親。怕她不安全。」

有人不小心問，怕那方面不安全呢？不過就另外有人大起反感，低低噓了一聲「別響！」

「永生方面的安全，先生，」烏利亞朝聲音的方向扭一扭身子答。「我希望我母親有我的心境。我如果不是到這裡，絕不會有這種心境。希望母親也到這裡來。這個地方對誰都有益，如果他們給逮住，送到這裡來的話。」

這個想法給在場的人無限的滿意——比剛才發生的任何一件事說的任何一句話都更叫人滿意，我想。

「我來這兒之前，」烏利亞偷偷望了我們一眼說，好像他要把屬我們所有的世界摧毀，要是他能的話，「我喜歡幹愚蠢的事，可是現在我明白自己的愚蠢了。世界上罪惡很多。母親有很多罪。到處沒有別的，只有罪——除了這個地方乾淨。」

「你大改特改了吧？」喀銳刻爾先生說。

「天哪，改了，長官！」這個充滿希望的悔罪人叫道。

「你如果出了監牢，不會故態復萌嗎？」另外有個人問。

「哦，我的天，不會，先生！」

「好啦！」喀銳刻爾先生說，「你這話太叫人滿意了。你已經跟考勃菲爾先生招呼過了，二十七號。你還有什麼別的話要再跟他說嗎？」

「您在我沒上這兒來，改過之前，老早就認識我了，考勃菲爾先生，」烏利亞望著我說。我從來沒有，就連在他的臉上也沒有見過更奸惡的神情。「儘管我愚蠢，跟驕傲的人一起的時候，我總是很卑位的，跟兇惡的人一起的時候，我總是能忍耐的，您認識我的——您自己就跟我兇過，考勃菲爾先生。有一回，您在我臉上打了一巴掌，您知道的。」

大家都同情他。好幾個人用義憤的眼光朝我望。

「不過我寬恕您，考勃菲爾先生，」烏利亞說，一面把他寬恕人的本性作了個最褻瀆、最可怕的對比④做題目，這一點我不能記下來。「個個人我都寬恕。記別人的恨不是我這種人幹的事情。我慷慨大方地寬恕您，希望您將來管住您的脾氣。希望威先生會懺悔，威小姐以及所有那批罪犯得重的，都懺悔。你已經遭到了傷心的事情了，我希望這件事對你有益。不過你最好關到這裡來，威先生最好關到這裡來，威小姐也關進來。我可以給您的，考勃菲爾先生，給各位先生的最好的希望就是，你們都給逮住，送到這裡來。我想起我以往的愚蠢和現在的心境來，這的確是最對你們有益的。我可憐所有沒給關到這裡來的人！」

④按這是拿來和基督對比，下文說不能記下來，說「褻瀆」即以此。

在大家異口同聲嘉獎中他偷偷跑進他的牢房。等到他們把他門鎖了起來，闕都斯和我覺到身心大為舒暢。

我極想打聽，這兩個人到底幹了什麼，才給關到這裡來的，看到這種悔罪，總不免的。而這又似乎是他們最不願意洩露隻字的事情。有兩個看守的臉上隱隱透露，他們相當明瞭這套把戲的實情，我就跟其中一個打了招呼。

「您可知道，」我們沿過道走的時候我問，「二十七號的最後一件蠢事犯的是什麼『重罪』？」

答案是一樁有關銀行的案子。

「是詐騙英倫銀行的案子嗎？」

「是的，先生。詐騙，偽造文件，共謀。他跟些別的人一起。他嗾使別人去幹。計畫騙一宗鉅款，深謀遠慮。卻給判了刑，終身流放。二十七號是這夥人裡最狡猾的傢伙，差不多不擔一點兒風險，不過他聰明還不到家。銀行方面設計引誘他，捉到了他——差一點兒他就逍遙法外了。」

「您可知道二十八號的罪嗎？」

「二十八號呀，」供給我消息的那一位答，他從頭到尾都低聲說話，我們一路沿過道走著，他都回過頭去望望。防被喀銳刻爾和其餘的人聽到他講關於這二位無瑕無疵的大聖人不法的事。「二十八號（也處了流放）找到分差事，搶了年輕的主人兩百五十鎊現款和值錢的東西，事情發生在他們預備動身出國的前一晚。我特別記得這件案子，因為他是給個矮子逮住的。」

「什麼？」

「一個女的，我忘了她名字。」

「不是莫洽嗎？」

「就是的了，二十八號避了追他的人耳目，戴了淺黃色的假髮，預備逃到美洲去的，假裝得好極了，您活一輩子也不會再看到同樣的了；這個小女人剛好在南安普敦⑤，碰到了二十八號在街上走——她眼尖，一下就認出他來了——鑽到他袴襠下面，把他絆倒——揪住了他，死也不放。」

「莫洽小姐了不起！」我叫道。

「您要是像我一樣，在審判的時候看到她站在證人席的椅子上，就會說這句話，」我這位朋友說，「她逮住二十八號的時候，二十八號把她的臉都撕開了，窮兇極惡地毒打她。可是她抓得他太緊，結果警察只有把他們兩個人都關起來。莫洽小姐作證，生龍活虎，法

⑤港市。

官大加讚揚，回家一路上都有人喝采。她在法庭上說，照她知道的二十八號的作為，即使二十八號是力士參孫⑥，他也要隻手把他逮住。我相信她會！」

我也相信，為了這一點，我極其尊敬莫洽小姐。

現在我們可以參觀的都參觀了。對於像咯銳刻爾先生這位官老爺說，二十七、二十八號始終如一，怙惡不悛，說他們當時什麼樣子，過去一向不折不扣就是如此；說偽善的惡棍在這種地方正是作那種悔罪自白的人物；說他們知道在把他們流放國外的時候，這種悔罪立即有用，他們知道它的市價，至少跟我們知道的一樣多；這些話說了諒也無用。總之，整個這件事是腐敗、虛偽、痛苦地叫人想到別的方面。我們讓他們去採用這個制度，也隨他們去，回家時一路上都在嗟嘆。

「有匹不結實的馬⑦，」我說，「拚命去騎，也許是件好事，因為這樣可以早點把馬騎死。」

「但願如此，」闞都斯說。

---

⑥聖經〈舊約・民約記〉（或譯「士師」記）人物（天主教譯名為三松）十三至十六章。

⑦指愚蠢而無用的主意。此處意謂，咯銳刻爾等人以為其監獄制度良好，無法理喻，譬如人之嗜好太深，不能自拔；俟其受愚，悔已莫及。早日證明無用為佳。

第六十二回　我途中一盞燈亮了

聞消息決心訪妹妹
歷折磨如願嫁哥哥

這一年到了聖誕節期，我在本國已經有兩個多月了。常常見到娥妮絲。不管一般人獎勵我的聲音多響亮，不管這種獎勵引起我多強烈的感動，多督促我盡力，我一聽到娥妮絲最輕微的稱讚，別的也就一概聽不見了。

我一星期至少一次，有時次數多些，騎馬上她那兒，談一晚，通常夜裡騎馬回家，因為現在積年的悲慘之感總在我腦際縈迴——我離開了她就最覺得傷心——情願起身出去，也不要在乏味的警醒或在可憐的夢寐中徬徨。我就這樣把許多狂亂悽慘之夜最長的部分在馬上度過，一路上重溫長時期去國在心頭盤踞的念頭。

或者，我如果確切地說，我傾聽那些念頭的回聲，就更道出了真情。這些思想從遠處向我傳話。我早已將它置之度外，甘心受無可奈何的處置。我把我的著作讀給娥妮絲聽，看她諦聽的臉，感動得她或笑或涕，聽她熱誠的聲音認真評論我生活所在、幻想世界上的虛幻事件，我就想到命運也許會有什麼不同——不過只是想到而已，就像我想到我和朵若結了婚以後，我能希望我的妻子成為什麼樣的人物一樣。

娥妮絲對我的愛如果給我擾亂，我就犯了最自私、最下賤的損害的罪，永遠不能恢復；我奠定了自己的命運，把自己一心激動想做的事做了，就沒有權利埋怨，只有忍受；在我成熟之後，已經確實相信了，我對娥妮絲的責任包括我感覺到和我已經懂得了的一切。不過我愛她，隱隱約約想到很遠有一天我也許會自己說出這件事來，並不算錯；這件事成為過去了，我可以說「娥妮絲，我回國的時候就愛你，現在我老了，從那時起我再沒有戀愛過！」想到這些，甚至覺得安慰。

她從來沒有現出過一點變化。過去對我怎樣，現在仍然一樣。完全沒有改。

自從我回來以後，姨婆和我之間，關於這方面我們總有點我不能叫做拘束，或者避開這個話題的情形，無非是彼此心照不宣，共同想到，卻沒有把想到的用詞句表白出來。照老規矩，晚上我們在火爐面前坐了下來，往往會有這種情形，就是自然而然，互相覺得對方心裡的意思，好像我們並沒有隱瞞就這樣說了出來。不過我們卻保持住繼續不斷的沈默。

我相信那一晚姨婆看出我心事，或者一部分心事，完全懂得我沒有更清清楚楚說出來的原因。

這一年聖誕節期到了，娥妮絲已經不再跟我說心腹話了，好幾次我心裡有了疑惑——是不是她體會到我真正的心情，說了怕叫我痛苦，才抑住自己的——這個疑惑漸漸苦惱得我好難受。果真如此，我白白犧牲了；我對她最簡單的義務都沒有執行；我一直不想採取的不利她的行動，我每小時都在幹著。我決定要把這件事弄妥當，毫無疑問——如果我們之間真有這個障礙，我要毅然絕然把它立刻打破。

那天時值嚴冬，寒氣凜厲——我得記住這一天多長久啊！幾個鐘頭之前下了雪，雖然不深，在地面凍得挺硬。我窗外，海上有北面吹來的勁風。我想到在瑞士橫掃過那些大山無盡的積雪，那時誰也不能攀登。在想到底是那一處更孤寂，那些僻處的地區呢，還是全無人蹤的海洋。

「今天要騎馬嗎，喬？」姨婆頭靠在門上說。

「騎，」我說。「我要去坎特布利。這種天騎馬很相宜。」

「我希望你那匹馬也以為如此，」姨婆說。「不過此刻馬頭、馬耳朵都掛著，站在那邊門口，好像覺得還是在馬棚裡舒服呢。」

我可以說，姨婆肯讓馬待在她的禁區，可是對驢子卻毫不留情。

「馬上馬就精神十足了！」我說。

「無論怎樣，騎馬對馬主有益，」姨婆看桌上我的稿件一眼說。「啊，孩子，你在此地寫這本書花了不少時間了！我以往讀書，從來沒想過，寫書是辛苦的工作。」

「有時候，讀書也夠辛苦的，」我答。「至於寫作，也有寫作的樂趣呢，姨婆。」

「啊，原來如此！」姨婆說。「稱自己的雄心，愛別人稱讚和同感，還有很多，我猜是吧？好啦，你繼續寫吧！」

「關於娥妮絲有沒有人跟她相戀這方面，」我站在姨婆面前沈靜地說——她拍拍我肩膀，坐在我椅子上——「您還知道什麼別的消息？」

她抬頭望了我一會兒，然後才答：

「我想我知道，喬。」

「您的印象靠得住嗎？」我問。

「我想靠得住，喬。」

她盯著我望，目不轉眼，有點疑惑，或者是憐憫，因為慈愛而擔心；弄得我只好立下更大的決心，向她露出十足高興的笑容。

「還有呢，喬——」姨婆說。

「您說出來噻！」

「我想娥妮絲就要結婚了。」

「求上帝降福給她！」我高高興興地說。

「求上帝降福給她！」姨婆說，「也降福給她丈夫！」

我也照說了一句，跟姨婆告別，輕輕下樓，上了馬，騎著走了。我決心要做的事更有理由去做了。

這次冬天乘騎我記得多麼清楚！風吹起的草上冰屑撲在我臉上；馬蹄刺耳的得得聲在地上打出了一個調子；腳下是含了冰磧物的硬土；涼風吹起白堊坑裡微微打旋的雪；載了乾草牛車的牲口熱氣騰騰，在山頂上站下來透口氣，身上的鈴鐺震動得樂聲悅耳；白雪鋪滿的山地牧場斜坡、連緜起伏地帶和陰暗的天空對照，好像是畫在巨大無比石板上的！

我發現娥妮絲一個人在家。此刻小女孩都回家了，她獨自在火爐一旁閱讀。看見我進來，就放下了書。照平常一樣歡迎我，拿起她的針線筐，在老套窗口之一坐下。

我在窗口的座位娥妮絲身旁坐下，我們談到我在幹些什麼，幾時做完，我從來過之後我工作的進展。娥妮絲興致非常好，笑著預測，不久我的名氣會太大，這類的話不能再談了。

「所以我儘量利用此刻，你明白吧，」娥妮絲說，「跟你談，趁我還可以。」

我望著她美麗的面孔，觀察她做的活，這當兒她抬頭一雙晶瑩的秀目望我，看出我在望她。

「你今天一腦門都是事情呢，喬喔！」

「娥妮絲，我可以把我想的事告訴你嗎？我來是要告訴你的。」

她和往日一樣遇到認真討論事情，不管什麼，總放下活兒，對我全神貫注。

「我的好娥妮絲，我對你忠誠，你會懷疑嗎？」

「不會！」她面露驚駭地答。

「你可記得，我回國的時候，想法要告訴過你，我欠你情分，感激你，最親愛的娥妮絲，我多麼熱烈地傾向你？」

「我記得，」她溫柔地說，「記得很清楚。」

「你有個秘密，」我說。「讓我也知道吧，娥妮絲。」

她眼往下看，在發抖。

「我從別人嘴裡，不是你的——娥妮絲，這好像很奇怪——你已經把你的芳心許給了誰。這件事即使我沒有聽到，也恐怕不會不知道。關係你幸福的事，不要把我瞞得萬樣緊呀！如果照你說的，你能相信我（我知道你可以），那麼把所有的事都算在裡面，關於這件事就讓我做你的朋友，你的哥哥吧！」

娥妮絲向我露出請求的，幾乎是責備的一瞥，從窗口的座位上站了起來，匆忙走到房的另一邊，好像不知道身在那裡去，兩手捧住臉，突然傷心大哭起來，哭得叫我心疼。

可是她的眼淚使我悟到了一點什麼，給了我指望。我也不知道什麼緣故，那些眼淚和我記得的她寧靜的悽然一笑是有關聯的，震撼我的是希望，不是害怕或悲傷。

「娥妮絲！妹妹！最親愛的！我有什麼不對嗎？」

「讓我走開，喬峒。我很難過。我此刻方寸已經亂了。等一等再跟你說——改一天。會寫信給你。現在你別跟我說話。別說！別說！」

我回憶前一晚我和她對談她所說的話，說到她的愛情不需要人報答。這好像就是我馬上要徹底去搜尋的宇宙。

「娥妮絲，你這樣痛苦我受不了，以為是我闖的禍。我最好的妹妹，比什麼都更寶貴的人，要是你不快樂，讓我也有你一分不快樂。要是你要人幫忙，或者替你出主意，讓我替你來出力。要是你心裡真有副擔子，讓我來把它減輕。娥妮絲，我如果不為你活著，還為誰呢？」

「唉，隨我去！我方寸已經亂了！改一天！」我聽得清楚的全在這裡了。是自私作祟，我才一意孤行的？或者是一旦有一線希望，才以為有了我想都不敢想的網開一面的局面？

「我還有話要說。我不能就這樣隨你去！娥妮絲，經過這麼多年，我們千萬不能再互相有誤會了，一切都跟著這些歲月來，跟著這些歲月去了！我得坦白說出來。如果你還絲毫以為，我嫉妒你把福氣拿給別人享；我不肯把你讓給另外一個更好的保護你的人，你自己挑的；我不能置身局外，心滿意足看你過幸福日子；那你就打消這些念頭吧，因為我不配這樣想！我並沒有完全白白受了痛苦。你沒有完全白白教導了我。我對你的愛沒有自私的雜質摻在裡面。」

她此刻安靜下來了。過了片刻，把蒼白的臉朝著我，低聲說話，時有斷續，但是很清楚：

「你對我的友誼純粹——這一點我絲毫沒有疑惑——我欠你的情，喬幄，所以要告訴你，你搞錯了。我再沒有別的話說了。過去這些年如果有時候，需要人幫忙，出主意，總可以得到的。有時候不快樂，這種感覺會消失。如果心裡居然有擔子，擔子也會變輕。如果有祕密，這個祕密——也不是新有的；也不是——你所假定的。我不能透露，也不能跟你分。我有這個祕密已經很久了，一定要始終保留給自己。」

「娥妮絲！別走！只要一會兒工夫！」

她要走，我留住她。一隻膀子摟著她的腰。「過去這些年！」「不是新有的！」我心裡新念頭、新希望七上八落，我生命的各種顏色都在變了。

「最好的娥妮絲！讓我會這樣尊敬，重視——讓我會這樣深地愛啊！今天我來，我想再沒有顧慮能攔住我不表白這個意思了。我想，我能把這個意思在我們心裡放一輩子，一直到老。不過，娥妮絲，如果我真有任何新希望，認為我可以永久稱呼你，不只是妹妹，跟妹妹大不相同！——」

她淚如雨下，不過這次和她剛才灑的不同，我看出，我的希望給這些淚掀起來了。

「娥妮絲！你總指導我的，是最支持我的人！我們一塊兒長大的時候，如果你更為自己打算，少為我，我想，我就不會放縱有天沒日的幻想，丟下你來到處亂闖了。可是你比我好得太多了，所以我所有男孩碰到的希望和失望，私下都非對你說了不可，樣樣事依賴你，這成了我的第二天性，一時竟然把愛你（我本來就愛你）的第一天性，也是更大的天性取而代之了。」

她還在哭，不過不是悲哭——是歡喜！她從來沒有這樣摟在我懷裡，我也從來沒有想到會這樣！

「我愛朵若的時候——愛得失魂落魄，你知道——」

「我知道！」她當真哭道。「現在知道了也很好！」

「我愛她的時候——甚至在那時候，要是你不贊成，我的愛也不會完成的。我愛成功了，也十全十美了。等我沒有她了，娥妮絲，仍然沒有你我又怎麼得了啊！」

她更貼緊在我懷裡，更挨近我的心，發抖的手擱在我肩膀上，她含著淚，晶瑩的眼正望著我的眼！

「我出國了，好娥妮絲，愛你。在外國待著，愛你。回國了，愛你！」

此刻我就竭力去告訴她我掙扎的經過和自己下的決心。把心裡的事全說給她聽，句句是實，鉅細無遺。竭力告訴她，我希望自己更了解自己，更了解她；更了解以後得到了認識，叫自己聽話；甚至那天當天，我為了貫徹這個決心才到她那裡來的，種種情形都說了出來。如果她非常愛我（我說），可以拿我當她的丈夫，她就可以辦到，此舉不是因為我配，而是因為我愛她是實，和這個愛成熟到現在這個階段的艱難，所以我要透露出來。唉，娥妮絲啊，即使在我透露的那一刻你真摯的眼睛裡我都看到我孩兒妻的靈魂望著我，說這件事應該實現；你引起我對盛開著的那朵花最溫柔的悼念！

「我非常幸運，喬幄——我心裡太快樂了——不過有一件事我得說出來。」

「最親愛的，什麼事？」

她把一雙柔軟的手擱在我肩膀上，沈靜地望著我的臉。

「你已經曉得，是什麼嗎？」

「我不敢胡猜是什麼事。你告訴我吧，心肝。」

「我一生都是愛你的！」

噢，我們真快樂，真快樂！我們的眼淚不是為受了我們有今天情況的折磨而流的（娥妮絲受的折磨大得多），而是為這種情況的狂喜，我們再不會分開了！

在那個冬夜，我們一同在田野散步，內心幸運的寧靜似乎有嚴寒的空氣參加。我們徘徊的當兒，最早出現的星辰漸漸閃耀，仰觀這些星辰，我們感謝上帝指引我們，才有今天的安寧。

夜晚，月色皎然，我們並立在同樣老式窗子裡；娥妮絲舉起沈靜的眼望月，我也跟著去望。這時我們心裡想到的未來長途展開，我看到一個衣衫襤褸、旅途勞乏的男孩，遭人遺棄，付諸等閒，在辛苦跋涉，竟然把現在緊靠在我心旁的那顆心叫做他自己的。

第二天差不多到了吃晚飯的時候，我們在姨婆面前出現了。裴媽說，她在我書房裡。現在裴媽替我把這間房收拾得整整齊齊，這是她的面子。我們發見，姨婆戴了眼鏡，坐在火爐旁邊。

「我的天！」薄暮幽暗中姨婆仔細瞧著說，「你帶誰回家來了？」

「娥妮絲，」我說。

我們講好先什麼也不提，所以姨婆著實有點不知所措。我說「娥妮絲」的時候她瞥了我一眼，很抱著希望，可是看我神情一如平日，就失望地取下眼鏡，用眼鏡擦她的鼻子。

儘管如此，她仍然熱和地歡迎娥妮絲。我們不久就到樓下點了蠟燭的廳裡吃晚飯了。姨婆兩三次戴上眼鏡，再細瞧我一次，不過馬上又取下來了，失望的樣子，用眼鏡擦鼻子。這個舉動看得狄克先生很不安，因為他知道，這是個壞徵兆。

「順便說一句，姨婆，」飯後我說，「我已經跟娥妮絲談過了您跟我說的事情。」

「那麼，喬，」姨婆臉紅了說，「你這就不對了，答應我的話不算數。」

「您不生氣吧，姨婆，我相信？我有把握您不會，要是您知道娥妮絲有了情人，她並不見得不開心。」

「別胡扯！」姨婆說。

姨婆果然現出著惱的樣子，我想最好的辦法是把她的惱打斷。我摟著娥妮絲走到姨婆的椅子背後，我們兩人都在她頭上彎下腰來。姨婆兩手一拍，透過眼鏡望了一眼，立時興奮得無法自制，自從我認識她以來，這是第一次，也是唯一的一次。

發這陣狂引了裴媽出來。姨婆一平靜下來就撲到裴媽身上，叫她做又蠢又老的東西，用足力氣摟她。之後，又摟狄克先生（他覺得極有面子，不過大為詫異），之後，姨婆才告訴他們原因。然後，我們大家都快樂到一堆了。

我弄不清楚，上次姨婆和我短短談心，是存了一番好意騙我呢，還是真誤會我的心情。她說，只要告訴我娥妮絲就要結婚，就夠了，現在我比誰都知道，這個消息多確實了。

兩星期之內，我們結了婚。闕都斯和瑣斐，司瓊博士和他太太，是唯一我們毫不鋪張婚禮的來賓。我們在大家一團高興的時候動身，兩人一同趕了馬車走了。我懷裡摟住的是我一向當一切珍貴的指望泉源的人，我整個人的中心，生命的冠冕，我的所有，我的妻子……

我愛情建築在磐石上的愛人！

「最親愛的丈夫！」娥妮絲說，「既然現在我可以用這個稱呼叫你，還有件事要告訴你呢。」

「讓我聽一聽，心肝。」

「朵若去世那一晚發生的。她打發你把我喊去。」

「對。」

「她告訴我，她留給我某樣東西。你想得出是什麼東西嗎？」

我相信我能。就把愛了我這麼久的妻子拉了過來，靠在我身邊。

「她告訴我，她對我提出最後一個要求，交給我最後一件工作。」

「這件工作就是——」

「只有我才補得了這個缺。」

娥妮絲說完這話，頭枕在我懷裡，哭了；我也和她一起哭，然而我們非常快樂。

第六十三回　來客

快心事盡替傷心事
失意人都成得意人

我打算記下的差不多記完了，不過還有一件事在我記憶裡十分顯著，想到了常常覺得愉快，如果不記下來，我織的這個網就有一根絲一端還糾纏著沒理好呢。

我現在名成利就，家庭的歡樂十足，幸福地結婚已經十年了。春天一晚，娥妮絲和我在我們倫敦家裡坐在爐邊，我們的三個孩子在房裡玩耍，這時候用人來說，有個生人要見我。

用人問他來是不是有事，他回說，沒有，他是打老遠地方來的，打算和我歡聚一下。用人說，客人是位上了年紀的人，樣子像種田的。孩子們聽了覺得好神祕，況且像娥妮絲一向講給他們愛聽的故事開頭，介紹穿了大氅、兇惡的老妖怪來了，什麼人他都恨，因此引起了一陣騷動。男孩子裡有一個把頭埋在母親肚子和大腿當中，免得受害，小娥妮絲（我們最大的孩子）把玩具娃娃放在椅子上做她的代表，小小一頭金鬈髮塞到窗帘縫裡，等著看下回分解。

「請他來這兒吧！」我說。

不久，在黑暗的門口停頓了一下，就出現了一位精神矍鑠的白髮老人。小娥妮絲看中他的樣子，跑去攙了他進來，我還沒有看清他的臉，我太太就一驚起身，又歡喜、又興奮對我叫道，是裴格悌大爺！

正是裴格悌大爺。現在老了，可是血色仍舊好，精神飽滿，年紀雖然大，卻很強壯。我們一開頭那陣感情激動過去之後，他在火爐面前坐下，孩子們抱到了他膝上，他臉上閃著熠熠的光輝，我看起他來，和一向看到的精力充沛，強壯有力，而且形貌美觀的老人家，初無二致。

「小衛少爺，」他說。老稱呼，老腔調，我聽來多順耳啊！「小衛少爺，您跟您賢惠太太在一塊兒，我多看一回，這會兒多開心啊！」

「這會兒的確是開心，老大爺！」我高聲道。

「這幾位標致的小寶貝呀，」裴格悌大爺說。「瞧這些小花兒多舒服呀！唉，小衛少爺，我頭一次看見您，您只有他們頂小的一位那麼高！艾姆麗也不高些，我們不在了的小伙子也不過是小伙子罷了！」

「自從那個時候起時光把我改變了很多，把您改變得少，」我說。「不過先讓這些小寶貝搗亂去睡覺。既然全英國除了這裡沒有別一家必須招待您，請您告訴我，那裡去提您的行李（裡面有那隻不知道走了多少路的黑手提包吧！），然後，我們喝杯雅茅斯摻水的烈酒，談一下十年之中的消息吧！」

「您一個人來嗎？」娥妮絲問。

「一個人，少奶奶，」他吻了娥妮絲的手說，「單單就是一個人。」

我夫妻把他坐在我們當中，不知道怎樣才能表示歡迎他歡迎得夠熱烈。我聽到他往日親切的聲音，可以想像得到，他還在長途跋涉尋找他心愛的外甥女兒呢。

「過這個大洋，」裴格悌大爺說，「好長一截水路啊，只待幾個禮拜。不過水路（尤其是鹹的水路）我已經走慣了。朋友有情意，我人到此地。——這是詩，」裴格悌大爺說，他也詫異地發覺了，「其實我並沒有存這個心做詩。」

「幾千哩那麼遠跑來這麼快就回去嗎？」娥妮絲問。

「是的，少奶奶，」裴格悌大爺答。「我動身之前答應了艾姆麗的。您明白嗎，一年年來了，我再不會更年輕了，再不像這次坐船，大約就再也回不來了。我心裡老記著，一定回來看看小衛少爺跟您自個兒溫柔，花枝兒一般的人，過快樂的結了婚的日子，不要等我太老，看不成了。」

他望著我夫妻，好像怎麼看都看不夠。娥妮絲呵呵笑著把他披在臉上的一些白髮掠到後面，好讓他看個清楚。

「你現在告訴我們，」我說，「所有關於你們運氣的消息。」

「我們的運氣呀，小衛少爺，」他答，「一下功夫就講完了，我們沒有碰到麻煩，倒過得興旺起來。總是興旺的。該多辛苦就多辛苦幹活兒，也許一開頭或者差不多時候辛苦一點，不過總很興旺。我們一方面牧羊、一方面又畜牧、一方面幹這樣、一方面又幹那樣，過的日子要多好有多好。我們碰到的運氣真不錯，」裴格悌大爺頭向前低表示感謝地說，「不管幹什麼都興旺。我是說，歸根結底來說是這樣。要是昨天還不興旺，那麼今天就興旺了。今天不興旺，那麼明天就興旺了。」

「艾姆麗怎麼樣了？」娥妮絲和我同時說。

「艾姆麗呀，」裴格悌大爺說，「少奶奶，您離開她之後——我們在澳大利亞叢林裡住定下來，她晚晚在帆布幔子另一邊祈禱，我從來沒有聽到過她不提您名字的——那天亮堂堂的太陽下去了，她跟我看不見小衛少爺了——起初她非常提不起精神，小衛少爺一番好心，想得週到，瞞住我們的消息如果那時候讓她知道，照我看，她就要不停地憔悴下去了。不過船上有些可憐的人病了，她照顧他們，個個有分；我們一群人裡面有小孩子，她也照顧他們，個個都照顧，所以她很忙，做好事，這樣對她有益。」

「幾時她第一次聽到消息的？」我問。

「我聽到以後還是瞞住她的，」裴格悌大爺說，「瞞了差不多一年。我們那時候住在荒涼的地方，可是周圍全是頂頂好看的樹，玫瑰花把我們人都蓋起來了，一直爬上了屋頂。有一天，我在田裡做活，來了個出門的人，是打我們英國諾福克或塞福克來的（我不大管它那一處是對的），我們當然留他住宿，請他吃、喝，招待他。全澳洲殖民地，大家都是這樣待客人的。有帶了分舊報紙，跟些其他印出來講那次風暴的文章。艾姆麗就是這樣知道的。晚上我回家，發見她知道這件事了。」

他說這幾句話聲音低下來了，一臉全是嚴重的神情，我記得非常清楚。

「這個消息可曾把她改變了很多？」我夫妻問。

「唉，好長一段時期她變了，」裴格悌大爺搖搖頭說。「不過沒有一直變到現在。可是我想想那個地方不見人煙，對她有益。她養家禽等等夠忙的，這樣就對付過去了，他陷入沈思說。「你要是現在看得到我的艾姆麗，小衛少爺，你未必認得出她來！」

「她樣子變了這麼多嗎？」我問。

「我也不知道。我天天看見她，不知道！不過偶爾以為她變了，身裁瘦瘦的，」裴格悌大爺望著火爐說。「有點兒乾了瘦了；一雙藍眼睛水汪汪的，有許多傷心；臉蛋兒挺秀氣；頭很好看，有點往前傾，聲音和動作都安安靜靜的——差不多是怕難為情，艾姆麗就是這個樣子！」

我夫妻不出聲看他坐著講，他眼睛仍舊望著火爐。

「有的人以為，」他說，「總是她愛錯了人；有的人以為她結過婚，死了男人。誰也不知道是怎麼回事。多少回她本來可以再結婚，過好日子，『可是舅舅，』她對我說，『這件事我再也不想了。』跟我在一起總高高興興地。有別人來了就避開。為了教個小孩、照顧個病人，什麼女孩要結婚，去幫她一點忙（幫過好多個，不過從來沒參加過結婚禮）。天真地愛她的舅舅。耐性好；無論老少，都歡喜她。誰有了麻煩，總找她。艾姆麗就是這個樣子！」

他用手把臉一抹，一半控制著嘆了口氣，抬起頭來，不再望火爐。

「瑪撒還跟你們在一起嗎？」我問。

「瑪撒呢？」他答，「第二年就結婚了，小衛少爺。嫁了個青年，替人家種田的。趕他東家的大車往市集，經過我們這裡——這趟路來回總有五百哩——要她做他堂客（那裡堂客很希罕的），然後他們兩口子就在沒開墾的叢林裡成家立業了。她對我說，要我把她的真正的情形告訴那個男的。我告訴了。他們結了婚，住的地方幾百哩之內除了自己的和鳥叫的聲音，聽不到人聲。」

「艮密紀大媽呢？」我想到這個問題。

這是一彈就叫人高興的琴鍵，因為裴格悌大爺一聽這話，立刻放聲大笑，兩隻手在腿上搓上搓下起來。他從前住在沈了長久的船改裝的屋裡的時候，高興起來總有這個動作。

「您會相信嗎，」他說。「真的，有人甚至想要跟她老太太求婚呢！有個船上做過廚子的，在澳大利亞住定下來了，跟她求婚，要是沒有這件事，我就給搞滅①——我想再說得好聽些，就辦不到了！」

我從來沒見過娥妮絲笑得這樣厲害。裴格悌大爺這個人突然這樣狂喜她看了非常高興，笑得停不下來；她越笑也越惹得我笑，裴格悌大爺也越喜歡，更搓他兩條腿。

「艮密紀太太說什麼呢？」我等完全不笑了說。

「要是你們相信我，」裴格悌大爺答，「艮密紀大媽並沒有說，『謝謝您，承您看得起，到了我這個年紀，我不想結婚了。』那刻兒剛巧有隻水桶放在旁邊，她就舉起來擱在那個船上的廚子頭上，那個人大叫救命，還是我出去，救了他。」

裴格悌大爺又放聲大笑，娥妮絲和我全陪他笑了。

「可是我得說這位太太一句好話，」他接著說，一面抹抹臉，我們都笑得筋疲力盡了。

---

①見第三回註⑨。

「她跟我們說的話全作得數，還不止做到。是個最肯出力、最認真，最誠實的女幫手。小衛少爺，再沒有有口氣的人及得上她。她再也不埋怨無依無靠了，一分鐘也不，甚至我們新到那裡，除了殖民地，什麼也不見，她也不怨。她那個老的她再也不想了。我敢保，自從離開英國，她再沒有想過！」

「好啦，最後，也不是最不重要的，密考伯先生怎麼樣啦，」我說。「他在此地欠下的錢筆筆都還清了——連用闕都斯名義出的期票在內，你記得的，我的心肝娥妮斯——所以我們可以假定，他混得挺不錯。可是他最近有什麼消息嗎？」

裴格悌大爺微微一笑，手掏進胸口的口袋裡，拿出一隻摺得平平整整的紙袋，小心翼翼從裡面掏出一張形狀特別的報紙來。

「您得知道，小衛少爺，」他說，「我們現在混好了，已經離開『叢林』了，搬到彌得爾貝港附近去住，這是我們叫做市鎮的地方。」

「密考伯先生在『叢林』裡靠你們近嗎？」我說。

「啊呀，靠我們近，」裴格悌大爺說，「做起事來著實勤奮呢。再也沒有像他這樣有身分的人工作更勤奮的了。我看見他禿腦袋在太陽底下汗直出，小衛少爺，末了我想，再晒就要融了。現在他做了地方行政司法長官了。」

「行政司法長官，真的？」我說。

裴格悌大爺指指報紙上某一段，是彌得爾貝港時報上刊登的，我讀了出來如下：

「昨日在旅館大廳內公宴卓越殖民地同儕兼同鎮人彌得爾貝港行政區行政司法長官，威爾金斯・密考伯先生，參加者踴躍，人人有窒息之感。據估計蒞場者一次筵開，足有四十七人，走廊及樓梯上人士尚不計算在內。彌得爾貝港佳麗名媛、時髦人物，上流社會，齊集一堂，以向此望重才高，名聞遐邇之人致敬。彌得爾貝港殖民地賽冷中學校長梅爾博士擔任主席，其右首為貴賓之席。餐桌收拾後，唱「上主，光榮勿歸我等」②（歌聲極為悅耳，天才業餘歌唱家威爾金斯・密考伯少爺，聲若洪鐘，吾人不難辨出），通常表示效忠王室及愛國祝飲分別舉行，日經熱烈響應。梅爾博士致語，情見乎詞。隨後謂：「我等貴賓為本鎮之光。願其永遠勿棄我等而處境愈甘，並願其與我等相處，日臻發達，其處境已無由更甘！」在場之人對於祝飲詞響應熱烈之情，筆難罄述。歡呼之聲一再起落，有如海濤。終於全場肅靜，威爾金斯・密考伯先生乃起立答詞致謝。此位我等同鎮卓越人士措辭流動綺麗，纖穠典雅，遠非我輩不才無學所能記錄於萬一！一言以蔽之，斯篇乃演講辭之傑作也。

②〈舊約・聖詠〉第一一五首，用於餐前，以表感上主所賜慈悲者。

其中尤著重追溯貴賓本人事業成功之由，力誡聽眾中少年之輩，不可負無力償還之銀錢債務，情辭懇切，在場最剛毅之人亦為之淚垂。其餘祝飲則致邁爾博士，密考伯夫人（夫人從側門鞠躬答謝，儀態雍容，門前諸美畢集，光彩照人，憑椅高眺，以觀此喜樂光景，亦斯會之盛飾也），瑞賈·貝格斯夫人（原為密考伯小姐），梅爾夫人，密考伯少爺（少爺戲謂不能致詞答謝，惟如獲在場之人許可，將出以歌詠，四座為之絕倒）密考伯夫人母家（為祖國名門，自不須說），等等人士。宴畢餐桌撤去，迅如幻術，以資跳舞。泰勃息考③信徒中以密考伯先生，少爺，梅爾博士之第四女，美麗多才之海倫娜小姐，為佼佼者。各人盡歡直至灼爾④示警，始行散去。」

我往回頭看到梅爾博士的名字，發現這就是以前可憐貧困的梅爾先生，替我彌得爾塞克斯地區行政司法長官當助理教員，現在情況這樣好，我真喜歡。這時候裴格悌大爺把報紙上另一處指給我看，我的眼睛正看到我自己的名字，我就這樣照讀下去：

---

③泰勃息考（Terpsichore），希臘舞蹈女神。

④灼爾（Sol），羅馬日神。

致著名作家，

大衛・考勃菲爾先生

「考勃菲爾先生台鑒：

「鄙人有幸得瞻豐標，已歷有年所，而今則文明世界大部分人士皆已仰慕台端，台端之名亦家喻戶曉矣。

「然而考勃菲爾先生，鄙人雖由於無法控制情況之力，致與少年時代之良朋兼夥伴遠隔，不獲親接清儀，然對其翱翔高舉，並未漫不經心。誠如伯恩斯所云：

澎湃重洋雖阻⑤

「鄙人對其臚陳於吾人眼前才藝之盛筵未必不獲列席也。

「因此，鄙人在吾人共同敬佩，尊重之某君離開此地之際，考勃菲爾先生，不得不借此公開機會為鄙人自身，亦為彌得爾貝港全體居民，為台端以言悅供應，向台

⑤伯恩斯，見五十四章註②。按原詩首字為But，此處改用Though。

端致謝。

考勃菲爾先生，請繼續向前！台端在此並非無名，並非無人鑑賞。我等雖「遠適異國」，既非「無友」，「悲愁」，亦非（鄙人可以補充）「生氣全無」⑥，請台端繼續鷹揚於著述之途！彌得爾貝港居民至少可仰望台端賜以喜悅，賜以娛樂，賜以教導！

由地球此處仰望眾目中，恆有未盲之目，

其所有人為：

行政司法長官

威爾金斯・密考伯。」

我把報紙其餘的內容匆匆一看，發現密考伯先生是這分報紙通訊極勤、受人尊重的人。同一報紙上還有他另一封信，討論一座橋樑的事，還有個廣告，說他這一類的信不久將重新輯成專書，印製精美，「內容大有增補」，如果我沒有弄錯，報上的社論也是他寫的。

⑥加引號四詞見英國作家Oliver Goldsmith（1730-1774）詩〈旅行者〉首行。

裴格悌大爺跟我們在一起的時候，很多其他的晚上我們談到密考伯先生不少。他回來整個期間——我想大約不到一個月——大部分時候都住在我們家裡。他妹妹和我姨婆到倫敦來看了他。他動身的時候，娥妮絲和我都上船送行。我們在世界上以後再也不曾送他的行了。

不過在他離開之前，他跟我一塊兒到了一次雅茅斯，看看我在教堂墳場為罕姆寫立的碑銘。我應他的請在抄下內容的時候，看到他彎下腰來，在墳上拔了一束草，挖了一撮泥。

「帶去給艾姆麗，」他把草和泥揣到懷裡說。「這是我說了的，小衛少爺。」

第六十四回　最後回顧

閱親故悟善興惡敗
歷滄桑喜業就家成

我寫的回憶錄現在完了。回顧一次——這是最後一次了——再把這本書合起來。我看到自己，娥妮絲在身邊，在人生的路上行旅。看見周圍有我們的兒女跟朋友，聽到許多聲音喧嚷，在我向前走的時候並沒有置若罔聞。

在飛逝的人群之中，那些面目我看得最清楚呢？您瞧，是這些：我問心裡想的事這個問題的時候，全朝著我望！

先說我姨婆，戴了度數更深的眼鏡，八十多歲的老太太，腰板兒還挺直，冬天一氣可以走六哩，腳步還很穩實呢。

總跟姨婆在一起，再說裴媽，我的好老保姆，也戴了眼鏡，夜晚靠著燈很近做針線也做慣了，不過每次坐下總帶著有個有聖保羅像在蓋子上的小盒子，裡面放了一點蠟燭和碼尺。

裴媽的嘴巴和膀子在我兒童時期又實在、又紅潤，我總奇怪，何以飛鳥不來啄她，倒去啄蘋果，可是現在乾癟了。她的眼睛以往總把她臉上整個靠它近的地方都帶黑了，現在也再弱些了（雖然還閃閃發光），不過她堅強的食指以前我把它比作磨碎肉豆蔻的銼子，現在還是一樣。我看到我最小的孩子從姨婆面前跌跌蹌蹌向她走去，要抓住她食指的時候，我就想到我還不大會走路時候我家的小起坐間了。姨婆往日的失望現在得到補償了。她做了真正的，活鮮鮮的貝采。喬幄的教母，而且朵若（排行老二的那個）說，姨婆縱壞了這個孩子。

裴媽的口袋裡總有件鼓鼓囊囊的東西。不是別的，是那本小鱷魚書，這本書到了現在這個時候已經破爛了，好多頁撕破，釘起來了，可是裴媽卻當寶貝古董，給孩子們看。我發見我看到我嬰孩時代的臉從這本鱷魚故事裡望著我。也叫我記起，我和舊相識雪非爾的布魯克司，覺得很奇怪。

這一年暑假到了，我兒子看到一位年高的人，做了大風箏，看風箏放在天上，快樂得沒有話形容。他歡天喜地地歡迎我，嘴裡低聲說話，點許多次頭，使許多眼色，「喬幄，我沒有別的事要做，我的請願書就要寫成功了，你姨婆是世界上最了不起的女子，少爺，你知道了會很快樂。」

這一位駝背的太太是誰？她拄著一根手杖，臉上還留著往日驕傲、美麗的若干痕跡，柔弱地在和愛抱怨、愚笨、煩惱的心靈錯亂鬥爭。她在園子裡，身邊站著一個機警、皮膚帶黑色、形容憔悴的女人，唇上有條白色的疤痕。我們且聽聽她們說什麼吧。

「蘿洒，我忘了這位先生的姓名了。」

蘿洒朝她彎下腰來，對她高聲說，「是考勃菲爾先生。」

「看到你我很高興，先生。你戴了孝，叫我看了心裡很難過。我希望日子久了，你會好受些。」

伺候她的那一位不耐煩了，責備她道，我沒有戴孝，叫她再看一眼，想法要弄清楚她的頭腦。

「你見到我兒子嗎，先生，」年長的太太說。「你們和好了嗎？」

她盯著望我，一隻手放在她額頭上，呻吟起來。突然，她哭了，聲音可怕地叫道，「蘿洒，上我這兒來。他已經死了！」蘿洒跪在她腳跟前，時而撫摩她，時而跟她爭執，時而很兇地告訴她，「我愛他，比你那一刻都更愛他！」——時而把她抱在懷裡，當生病的小孩一樣撫慰她——要她睡覺。我這樣離開了她們，我發見她們總是這樣，年復一年，她們就這樣打發掉時間。

什麼船從印度開回來，這位英國太太是誰，跟個咆哮大耳朵的蘇格蘭的大富豪結了婚？會是菊利亞・米爾司嗎？

真就是菊利亞・米爾司，愛發脾氣，講究得厲害，有個黑人用金托盤盛了明信片和信端上來給她，又有個穿了亞麻布衣服，古銅色的婦女，頭上包了爍亮的頭巾，在她化妝室服侍她吃午飯。不過菊利亞現在不記日記了；再不唱「愛的輓歌」了。永遠跟老蘇格蘭大富豪吵嘴，那個人彷彿就是隻晒黑了的黃熊。菊利亞人浸在錢裡，一直到喉嚨口，所談、所想，沒有別的，她要是在撒哈拉沙漠我會更喜歡她些。

或者這裡真就是大沙漠！因為菊利亞雖然有堂皇壯麗的宅邸，往來的都是有財有勢的人物，每天吃的是珍饈美味，我看不見她家附近有青青綠綠的生意，沒有可以結果開花的東西。我看菊利亞所說的「社交界」裡面有從服務所在專利局來的傑克・毛爾頓先生，他總譏笑那位給他謀到這分差事的人，對我說博士「已經是個迷人的老古董」了。如果社交界指的盡是這些胸無點墨的上流男女，如果這些人的教養自以為和人類的前進和退後毫無關係，菊利亞啊，我想我們一定在那個同樣的撒哈拉大沙漠迷途，最好還是找到出路。

您瞧博士，總是我的好朋友，辛辛苦苦編他的字典（差不多到了D這個字母），有幸福的家庭和妻子。還有「老將」現在的立腳點大不如前，也絕不像以往那樣氣焰囂張了！

近來我碰到我親密的老闕都斯，他在法學院自己的事務所執業，景況很旺，他的頭髮

（在沒有禿的地方）因為戴律師假髮，不斷弄亂，現在翹得更無法壓制了。書桌上堆了厚堆的文件，我四面一看說：

「如果瑣斐是你的書記，那麼，闞都斯，就夠她忙的了！」

「你可以這麼說，我的好考勃菲爾！不過在郝爾本法庭那些日子也是了不起的！不是的嗎？」

「那時候瑣斐對你說，你會當法官，是嗎？不過那時候這件事還真正不是街談巷議呢！」

「不管怎樣，」闞都斯說，「如果有一天我做了法官——」

「嗯，你知道，你會做到的。」

「好吧，我的好考勃菲爾，我真正做到了，我要把經過說出來，我說過我會的。」我們臂挽臂走開了。我和闞都斯去吃個家庭俱餐。是瑣斐生日。路上闞都斯談到他走的好運，他享福。「我的好考勃菲爾，我真能做我心裡最想做的事了。皓銳司牧師已經升了職，一年進帳四百五十鎊。我們的兩個孩子受的是最好的教育，學業優異，品行良好，非常出色。姑娘裡頭有三個結了婚，生活舒服；還有三個跟我們住一起。自從克茹勒太太去世，還有三個替皓銳司牧師管家，他們會很快樂。」

「除掉——」我提醒他說。

「除掉『美人兒』，」闞都斯說。「對。很不幸她居然嫁了個漂泊無定的人。不過這個人有股子衝勁，搶眼的地方，打動了她的心。無論如何，我們現在把她弄到我們家裡來了，她安全了，把那個男的打發掉了。我們一定要重新弄得她高興起來。」

闕都斯的家就是他和瑣斐當年散步的時候看到，打算分派的那些房子之一——或者很容易就是的。是所大房子。不過闕都斯把他的文件放在化妝室裡，他的靴子跟文件放在一起，他和瑣斐給擠到樓上的房裡；最好的房間留給「美人兒」和妹妹。房子裡再騰不出房間來了，因為遇到某些事故什麼的，「姑娘們」越來越多，總在這裡，我也不知道怎麼個算法。在這裡，我們進去，裡面就擠滿了姑娘們，大家跑到門口，把闕都斯拉過來和他接吻，又給別的拉去，末了弄得他上氣不接下氣。在這裡，可憐的沒有丈夫的「美人兒」帶了個小女孩，永久就住定下來了。在這裡，瑣斐生日宴席上，是三個結了婚的妹妹跟三個妹夫，一個妹夫的弟兄，另一個妹夫的表弟兄，另一個妹夫的姊妹，她好像和那個表兄弟訂了婚。闕都斯老樣子天真，不造作，永遠不改，坐在椅子一頭，就像個家長；瑣斐坐在另一端，望著闕都斯，眉開眼笑，閃過歡樂空間發光的，的確不再是便宜的銀白色合金餐具了。

現在我結束這件工作，要壓下我的願望，不再延宕，這些人的面孔都消逝了。不過有一個面孔，向我照耀，如同天體的光，憑這個光我看到所有別的一切，在這一切之上，超過一切。那個面孔還在那裡。

我掉過頭，看到了這個光，美得沈靜，就在我身邊。我的燈光暗了，我已經寫到深夜，不過這個親愛的人陪著我，沒有她我就是個廢物。

啊，娥尼絲啊，我的心靈，等我的生命真正結束，願你的臉靠著我。等到現在我打發掉的現實從我眼前消逝，化為陰影，願我仍然發見，你在我一旁，手向上指！

聯經經典
大衛・考勃菲爾（上、下冊）

82.07.1488
・A87006-10・

中華民國八十二年七月初版
定價：上、下冊新台幣700元

著　　者 Charles Dickens
譯　　者 思　　　果
發 行 人 劉　國　瑞

出 版 者 聯經出版事業公司
臺北市忠孝東路四段555號
電　　話：3620137・7627429
郵撥電話：6 4 1 8 6 6 2
郵政劃撥帳戶第0100559-3號
印刷者　世和印製企業有限公司

行政院新聞局出版事業登記證局版臺業字0130號

ISBN　957-08-0998-1(一套：平裝)

國立中央圖書館出版品預行編目資料

大衛・考勃菲爾(上、下)/狄更斯 (Charles Dickens)著;思果譯. --初版. --臺北市:聯經, 民82
冊; 公分. --(聯經經典)
譯自:David Copperfield
ISBN 957-08-0998-1(一套:平裝)

873.57 82004937

聯經經典系列

①堂吉訶德(上)	楊　絳譯
②堂吉訶德(下)	楊　絳譯
③憂鬱的熱帶	王志明譯
④野性的思維	李幼蒸譯
⑤追思錄	鄺健行譯
⑥柏拉圖理想國	侯　健譯
⑦伊利亞圍城記	曹鴻昭譯
⑧奧德修斯返國記	曹鴻昭譯
⑨通靈者之夢	李明輝譯
⑩伊尼亞斯逃亡記	曹鴻昭譯
⑪追憶似水年華(一套七冊)	李恒基等譯
⑫大衛・考勃菲爾(上、下冊)	思　果譯